KB125241

별의 계승자

거인의 별

GIANTS' STAR

별의 계승자

거인의 별

제임스 P. 호건 지음 **최세진** 옮김

아작

차례

프롤로그

인류는 2030년대가 시작될 무렵 마침내 함께 살아가는 방법을 배우기 시작했다. 그리고 별들을 향해 나아갔다. 스스로를 불구로 만드는 무기 경쟁을 중단하고 대규모의 전략군을 해산시킨 초강대국들은 이제 제3세계 국가들에 서구의 기술과 전문 지식을 대규모로 전수하는 일에 수십억 달러를 쏟아부었다. 국제적으로 산업화가 보편적으로 자리 잡으며 부와 생활 수준이 향상되고, 더욱 풍요로운 생활양식과 함께 안전과 다양성이 확보되자, 인구 증가가 저절로 멈추었고, 인류 대다수를 오랫동안 괴롭혀온 다른 해악들과 함께 굶주림과 빈곤이 마침내 영원히 근절되기 직전인 것처럼 보였다. 그 사이 미국과 소련의 대립 관계는 안정된 민족 국가들 사이에서의 정치적 영향력과 경제 외교, 지성을 겨루는 경쟁으로 바뀌었고, 인간의 모험 욕구는 다국적 우주 계획으로 표출되며 새롭게 활력을 찾았다. 우주 계획은 별도로 구성한 UN 우주군의 지휘를 받으며 조율된 탐험과 팽창의 새로운 물결을 타고 태양계 곳곳으로 폭발적으로 뻗어 나갔다. 달의 개발과 개척이 빠르게 진행되었다. 금성의 궤도와 화성에 영구 기지가 건설되고, 대규모 유인(有人) 파견대가 외행성으로 나아갔다.

하지만 이 시대의 가장 위대한 혁명은 아마도 이러한 탐사 도중 달과 목성에서 이루어진 발견 뒤에 따라온 과학의 대격변일 것이다. 몇 년 사이에 연이어 일어난 놀라운 발견은 과학의 초창기부터 반론의 여지가 없었던 신념을 무너트리고, 태양계의 역사를 완전히 새로 쓰게 했다. 특히 이런 변화는 인류가 발전된 외계 종족과 처음으로 만나게 되었을 때 절정을 이뤘다.

당시까지는 몰랐었지만, 태양계가 최초로 형성될 때 화성과 목성 사이에 자리를 잡았다가 사라진 행성이 있었다. 그런 내력을 밝혀낸 연구자들이 그 행성에 '미네르바'라는 이름을 붙였다. 목성의 가장 큰 위성인 가니메데에서 존재가 처음 알려진 탓에 '가니메데인'이라는 이름이 붙은 신장 2.5미터의 발전된 외계 종족이 미네르바에 살았었다. 지금으로부터 2천5백만 년 전까지 번창했던 가니메데인의 문명은 어느 날 갑자기 사라졌다. 지구의 과학자 중 일부는 미네르바의 환경 조건이 악화하여 어쩔 수 없이 그 '거인들'이 다른 항성계로 이주할 수밖에 없었을 것으로 믿었지만, 그 문제는 확실한 결론을 내리지 못했다. 가니메데인들이 미네르바를 떠나고 오랜 시간이 지난 후, 현재 지구 역사에서 볼 때 약 5만 년 전 미네르바가 파괴되었다. 행성을 이루던 대부분의 질량은 바깥쪽으로 날아가, 태양계 끝에서 이심 궤도를 돌고 있는 명왕성이 되었다. 미네르바의 나머지 조각들은 목성의 기조력에 의해 뿔뿔이 흩어져서 화성과 목성 사이에 소행성대를 형성했다.

지구의 과학자들이 이 퍼즐의 조각들을 맞추고 있을 때, 먼 옛날 가니메데인 문명에서 출발한 우주선이 돌아왔다. 그들은 우주선에 시공간 왜곡을 일으키는 동력 체계의 기술적인 문제로 형성된 상대론적인 시간 팽창을 겪었다. 그 결과로 우주선에서의 시간이 20년 남짓 지나는 동안 지구에서는 대략 백만 배의 시간이 흘러갔다. 미네르바에 남아있던 가니메데인 종족에게 어떤 일이 발생한 때는 샤피에론호가 미네르바를 떠난 후였기 때문에, 샤피에론호의 승무원들은 그 문제를 연구하고 있는 지구 연구자들의 이론을 확증하거나 부정해줄 수 없었다. 거인들은 지구에 6개월 동안 머물며, 더 많은 단서를 찾으려는 지구 과학자들과 함께 노력을 기울이고, 지구의 사회 집단과 조화롭게 어울리려 애썼다. 인류는 친구를 찾았고, 가니메데인 종족에서 마지막 남은 이들은 새로운 고향을 찾은 듯했다.

하지만 그렇게 되지 않았다. 가니메데인 문명이 황소자리 근처의 항성으로 이주했다는 단서를 연구자들이 발견했다. 그 항성은 미네르바의 월인들에게 '거인의 별'이라 불렀다. 확실한 보장은 없었지만, 희망은 있었다. 얼마 지나지 않아 샤피에론호의 친절한 거인들은 슬퍼하면서도, 많은 면에서 더 지혜로워진 세계를 남겨두고 떠났다.

달의 뒷면에 있는 전파 천문대에서 거인의 별로 '샤피에론호가 그쪽으로 가고 있다'는 소식이 담긴 무전을 송신했다. 무전이 그 거리를 가려면 여러 해가 걸리겠지만, 그래도 우주선보다는 훨씬 앞서 도착할 예정이었다. 그 무전을 송신했던 과학자들은 처음 무전을 보낸 후 겨우 몇 시간 만에 거인의 별에서 보낸 회신이 와서 깜짝 놀랐다. 그 메시지에는 거인의 별이 실제로 가니메데인의 새로운 고향이라는 확답이 담겨 있었다. 하지만 그때는 샤피에론호가 이미 출발해버린 상태라서 그 메시지의 소식을 전달할 수 없었다. 주동력으로 우주선 주변에 유도된 시공간 왜곡이 전자기 신호의 수신을 방해하기 때문이었다. 지구의 과학자들이 할 수 있는 일은 이제 없었다. 샤피에론호는 처음에 모습을 드러냈던 진공 속으로 자취를 감췄다. 우주선에 타고 있는 가니메데인들은 앞으로 여러 해 동안 불확실한 시간을 보낸 뒤에야 자신들의 원정이 헛수고였는지, 아닌지 알 수 있을 것이다.

그 뒤로 3개월 동안 달의 뒷면에 있는 송신기들이 간헐적으로 무전을 계속 보냈지만, 거인의 별에서는 더 이상 회신이 없었다.

1부

1

빅터 헌트 박사는 빗질을 끝내고 깨끗한 셔츠의 단추를 채우더니, 잠시 멈춰 서서 욕실 거울에 비친 자신의 모습을 응시했다. 잠이 덜 깬 눈을 제외하고는 어디에 내놔도 부끄럽지 않은 외모였다. 짙은 갈색 머릿결 사이로 드문드문 흰 머리카락 몇 가닥이 눈에 들어왔지만, 누군가 일부러 찾아보기 전에는 알아보지 못할 것이다. 피부색도 그럭저럭 건강해 보였다. 뺨과 턱선은 단단하고 안정됐다. 그리고 허리띠는 뱃살을 집어넣기 위한 목적이 아니라, 바지를 내려가지 않게 한다는 원래의 목적에 맞게 허리에 살짝 걸쳤다. 헌트는 서른아홉 살 치고는 대체로 그리 나쁘지 않다고 결론 내렸다. 거울 속의 얼굴이 갑자기 인상을 찌푸렸다. 바로 이런 의례적인 행동 자체가 TV 광고에 나오는 전형적인 중년 남성 낙오자를 떠올리게 했기 때문이었다. 이제 등 뒤에 있는 문으로 술병을 휘둘러 대는 부인이 나타나 대머리약이나 체취 제거제, 구취 제거제 같은 이야기들을 쏟아내기만 하면 딱 맞다. 헌트는 그 생각에 몸서리를 치며, 세면대 위에 있는 약품 선반에 빗을 넣고, 욕실 문을 닫았다. 그리고 부엌으로 천천히 걸어갔다.

"헌트, 욕실 다 썼어?" 린의 목소리가 침실의 열린 문에서 들려왔다. 너무 밝고 흥겨워서 아침의 이 시간에는 어울리지 않는 목소리였다.

"응, 써도 돼." 헌트는 부엌용 단말기에 코드를 두드려 아침 식사 메뉴를 모니터에 띄우고 꼼꼼히 살펴봤다. 그리고 자동 요리기에 스크램블드에그와 베이컨(바삭하게), 마멀레이드를 바른 토스트, 커피 두 잔을 수문했다. 린이 복도에 모습을 드러냈다. 린은 헌트의 목욕 가운을 어깨에 느슨하게 걸치고 있었는데, 가운은 그녀의 길고 날씬한 다리와 햇빛에 보기 좋게 태운 몸을 거의 가려주지 못했다. 린이 헌트를 보며 살짝 미소를 짓더니, 허리까지 흘러내려 오는 붉은 머릿결을 찰랑대며 욕실 안으로 사라졌다.

"곧 아침 식사가 준비될 거야." 헌트가 린을 향해 소리쳤다.

"응, 평소처럼 해줘." 린의 목소리가 욕실에서 들렸다.

"메뉴가 뭔지 맞춰볼래?"

"영국인은 관습의 노예인걸, 뭐."

"굳이 삶을 복잡하게 만들 필요는 없잖아?"

모니터에 재고가 거의 바닥난 식료품 목록이 떴다. 헌트는 OK 버튼을 눌러 알버트슨 식료품점에 오늘 오후에 배달해달라는 주문을 전송했다. 그가 부엌에서 나와 거실을 가로질러 걸어갈 때 샤워기가 켜지는 소리가 들려왔다. 헌트는 수백만 명의 낯선 사람들 앞에서 변비, 치질, 비듬, 소화불량에 대해 떠들어대는 것은 정상적인 밤의 볼거리로 받아들이는 이 세계가, 어떻게 아름다운 여성이 옷을 벗은 모습은 외설이라고 할 수 있는지 이해가 되지 않았다. "사람들만큼 이상한 건 없단다." 요크셔에 계시는 할머니라면 그렇게 말씀하셨을 것이다.

굳이 셜록 홈스를 부르지 않더라도, 헌트의 눈앞에 펼쳐진 거실의 모습을 보면 누구라도 지난밤에 무슨 일이 있었는지 알 수 있었다. 명왕성 문제에 관한 새로운 연구 방법을 탐구하려는 아주 훌륭하고 순수한 시도로 시작된 저녁이었다는 사실을 보여주는 과학 논문과 메모가 책상 단말기 앞에 흩어져 있고, 그 주변에 반쯤 남은 커피잔과 빈 담뱃갑, 페퍼로니 피자 남은 조각이 굴렀다. 문 옆 탁자 위에 놓인 린의 핸드백과 소파 끝에 걸쳐놓은 그녀의 코트, 프랑스 백포도주 샤블리 빈 병, 그리고 쇠고기 카레의 흔적이 남아있는 포장판매용 하얀 마분지 상자를 보면, 예상치 못했던 갑작스러운 방해였지만 달갑지 않은 방문은 아니었던 것으로 보였다. 구겨진 쿠션과 소파, 커피 탁자 사이에 떨어져 있는 두 켤레의 신발이 그다음에 어떻게 전개되었는지를 말해줬다. 헌트가 혼잣말했다. '아, 뭐. 명왕성이 어떻게 거기까지 날아갔는지에 대한 해답은 24시간 더 기다려도 세상에 그다지 영향이 없을 거야.'

헌트는 책상으로 가서 단말기로 밤새 온 메일이 있는지 확인했다. 로렌스 리버모어 국립연구소의 마이크 배로우 팀에서 만든 논문 초안이 왔는데, 그들이 연구하고 있는 가니메데인 물리학 분야에서 저온 핵융합을 달성할 가능성이 보인다는 내용이 담겨 있었다. 헌트는 초안을 간략하게 살펴보고 사무실에서 더 자세히 살펴보기 위해 전송했다. 청구서 두어 장과 은행 계좌 현황 등은 보관했다. 월말에 다시 보면 되겠지. 나이지리아에 계신 윌리엄 삼촌에게서 동영상이 왔다. 헌트는 동영상 재생 명령을 입력하고 뒤로 물러나서 봤다. 닫힌 문 너머로 샤워 소리가 멈추더니, 린이 느긋하게 침실로 돌아갔다.

헌트는 최근 휴가 때 윌리엄 삼촌네 가족을 만나 즐겁게 지냈는데, 그들은 특히 헌트가 목성에서 경험한 일들과 나중에 가니메데인들과 함께 지구로 돌아온 뒷이야기를 좋아했다. 사촌 제니는 라고스 외곽에서 곧 문을 여는 원자력 제철 단지에서 관리직 일자리를 구했다. 런던에 있는 가족들한테서 온 소식은 모두 괜찮았지만, 조지 형만 예외였다. 형은 지역 술집에서 정치 논쟁을 한 후에 협박으로 고소를 당했다. 샤피에론호에 관한 헌트의 강의에 매혹된 라고스 대학의 어느 대학원생은 부디 헌트에게 답변해줄 여유 시간이 있기를 바란다며 질문 목록을 보내왔다.

동영상이 막 끝났을 때, 어젯밤에 입고 왔던 흑갈색 블라우스와 상아색 크레이프 치마를 입은 린이 침실에서 나오더니, 다시 부엌으로 사라졌다. "누구야?" 그녀가 소리쳤다. 그리고 찬장 문을 열었다가 닫고, 접시를 조리대 위에 내려놓는 소리가 들렸다.

"윌리엄 삼촌."

"당신이 몇 주 전에 방문했던 아프리카에 계신 그분?"

"응."

"어떻게들 지내신대?"

"삼촌은 잘 지내시는 것 같아. 제니는 내가 당신한테 이야기해줬던 새로운 원자력 단지에서 일자리를 잡았고, 조지 형은 또 문제를 일으켰어."

"아, 어떤 문제?"

"전해 들은 이야기로는, 형이 또 술집에서 논쟁을 했나 봐. 파업 중인 사람들의 임금을 정부가 보장해야 한다고 형이 주장했는데, 누군가 반대해서 싸움이 난 모양이야."

"대체 그분은, 바보야?"

"집안 내력이야."

"당신이 한 말이야. 난 아무 말도 안 했다?"

헌트가 씩 웃었다. "그러니까 나중에 내 경고를 못 들었다고는 하지 마."

"기억해둘게. 식사 준비됐어."

헌트가 단말기를 끄고 부엌으로 걸어갔다. 린은 벌써 부엌 한가운데에 있는 식탁에 앉아 먹고 있었다. 헌트가 그녀의 반대편에 앉아 커피를 마시고, 포크를 집어 들었다. "왜 그렇게 서둘러?" 헌트가 물었다. "아직 이른 시간이잖아. 그렇게 서두르지 않아도 돼."

"여기서 바로 출근하지 않을 거야. 집에 들러서 옷을 갈아입어야지."

"내가 볼 때는 괜찮은데. 정말로 전혀 나쁘지 않은 차림이야." 헌트가 말했다.

"아첨한다고 될 일이 아니야. 안 돼. 콜드웰 본부장이 오늘 워싱턴에서 특별한 손님이 온댔어. 외박한 티를 내서 항해통신본부의 인상을 망치고 싶지 않아." 린이 미소를 지으며 헌트의 영국식 억양을 흉내 내면서 말했다. "이봐, 사람은 기본을 지켜야 하는 거라고."

헌트가 콧방귀를 뀌며 비웃었다. "연습을 더 해야겠는걸. 손님은 누구야?"

"난 국무부에서 온다는 사실밖에 몰라. 요즘 본부장이 뭔가 비밀스러운 일에 얽혔어. 보안 채널로 연락이 많이 왔거든. 그리고 배달부가 봉인된 주머니에 넣은 1급 기밀 자료들을 들고 와. 그게 어떤 내용인지는 나한테 묻지 말아줘."

"본부장이 당신한테도 그게 뭔지 말을 안 해준단 말이야?" 헌트가 놀란 목소리로 말했다.

린이 고개를 끄덕이더니 어깨를 으쓱했다. "어쩌면 내가 신뢰할 수 없는 미친 영국인과 어울리기 때문인지도 모르지."

"그래도 당신은 본부장의 보좌관이잖아." 헌트가 말했다. "난 당신이 항해통신본부에서 일어나는 모든 일을 다 꿰고 있는 줄 알았어."

린이 다시 어깨를 으쓱했다. "이번엔 아니야. 적어도 지금까지는. 하지만 오늘 알아낼 수 있을 거라는 느낌이 들어. 본부장이 그런 기미를 비쳤거든."

"음, 이상하네." 헌트가 다시 자기 앞에 놓인 접시를 바라보며 그 상황을 머릿속에 떠올렸다. UN 우주군 항해통신본부의 본부장 그렉 콜드웰은 헌트의 직속상관이다. 항해통신본부는 콜드웰 본부장의 지휘 아래 이런저런 상황에 얽히며, 미네르바와 가니메데인에 관한 이론들을 종합하는 연구에서 선도적인 역할을 했다. 그리고 헌트는 가니메데인의 지구 방문 앞뒤에 있었던 무용담에 직접 관여했다. 가니메데인이 떠난 후 항해통신본부에서 헌트의 주요 업무는 외계인들이 지구에 남겨놓은 방대한 과학적 지식에 대해 다양한 장소에서 진행되고 있는 연구를 조율하는 부서를 이끄는 일이었다. 모든 발견과 이론이 대중에게 공표되는 것은 아니지만, 항해통신본부 안에서의 작업 환경은 대체로 아주 솔직하고 개방적이기 때문에, 보안 조치가 린이 묘사한 것처럼 그렇게 극단적으로 진행되는 경우는 사실상 들어본 적이 없었다. '그래, 뭔가 이상한 일이 진행되고 있어.'

헌트는 의자의 등받이에 기대고 앉아 담배에 불을 붙이며 린이 커피를 두 잔 연거푸 들이마시는 모습을 지켜봤다. 그녀의 회녹색 눈동자에서 절대 사라지지 않는 장난스러운 반짝거림과 눈에 잘 띄지 않게 그녀의 입 주변이 이리저리 춤을 추며 삐죽거리는 모습은 항상 그를 즐겁고 흥겹게 만들었다. '귀여워.' 아마도 그가 미국인이었다면 그렇게 말했을 것이다. 헌트는 샤피에론호가 떠난 이후 지난 3개월을 되돌아보며, 대체 무슨 일이 있었기에 똑똑하고 아름다운 린이 자신과 서로 집을 주기적으로 오가며 아침 식사를 함께하는 사이가 되었는지 떠올려보려 했다. 하지만 특별히 계기가 된 사건이 있는 것 같지는 않았다. 그냥 시간이 지나는 동안 어느새 그렇게 되어버린 것 같았다. 그래도 좋았다.

린이 주전자를 내려놓으며 고개를 들어 자신을 바라보고 있는 헌트를 쳐다봤다. "거봐, 나랑 같이 있으니까 정말 좋잖아. 아침마다 단말기 모니터만 쳐다보고 있었으면 지겹지 않았을까?" 린이 또 시작했다. 함께 사는 문제를 헌트가 진지하게 받아들이려 하지 않을 때만 하는 장난스러운 말투였다. 집세를 하나만 내는 게 두 집을 내는 것보다는 낫다, 공과금도 하나만 내면 싸다, 기타 등등, 기타 등등, 기타 등등.

"공과금은 내가 낼게." 헌트가 말했다. 그가 양팔을 벌리며 애원하듯 말했다. "당신도 아까 말했잖아. 영국인은 관습의 노예라고. 아무튼, 나는 기본은 지키고 싶어."

"당신은 멸종위기종 같아." 그녀가 말했다.

"나는 남성 우월주의자야. 최후의 저항을 하는 사람도 있어야지."

"당신은 나 필요 없어?"

"당연히 필요 없지. 맙소사, 대체 뭐라는 거야!" 헌트가 식탁 건너편을 험상궂은 눈으로 노려보자, 린이 장난스러운 미소를 지었다. 명왕성 문제를 밝혀내는 일을 48시간 더 늦춰도 세상은 기다려줄 수 있을 것이다. "오늘 밤엔 뭐해? 뭐 특별한 일 있어?" 헌트가 물었다.

"한웰에서 열리는 저녁 파티에 초대를 받았어. 내가 지난번에 이야기했던 마케팅 담당자와 부인이야. 사람들을 엄청 많이 초대했다는데 재미있을 것 같아. 나한테 친구를 데려오라고 하긴 했는데, 당신은 별로 흥미 없을 거야."

헌트가 인상을 찌푸렸다. "혹시 초능력이니, 피라미드니 뭐 그런 모임 아냐?"

"맞아. 그 사람들은 초심령술사가 올 예정이라 아주 기뻐하고 있어. 그 심령술사가 몇 년 전에 미네르바와 가니메데인에 대해 다 예언했대. 틀림없이 사실일 거야. 〈놀라운 초자연〉이라는 잡지에 그렇게 실렸었대."

헌트는 린이 자기를 놀리고 있다는 사실을 알았지만, 짜증을 억누르기 힘들었다. "아, 젠장. 난 이 빌어먹을 미국에도 교육제도라는 게 있는 줄 알았어! 그 사람들은 비판력이란 게 전혀 없대?" 헌트는 마지막 커피를 들이켜고 머그잔을 식탁에 쾅 내려놓았다. "그 심령술사가 몇 년 전에 그걸 예언했는데, 왜 그때는 그 이야길 들은 사람이 아무도 없대? 왜 과학이 그 심령술사한테 뭘 예언해야 할지 말해주고 나서야 그 예언을 들을 수 있는 거야? 그 심령술사한테 샤피에론호가 거인의 별에 도착했을 때 뭘 발견하게 될지도 물어봐. 그리고 그 예언을 써놓으라고 해. 내가 장담하는데, 〈놀라운 초자연〉에서는 절대로 그 예언을 싣지 않을걸."

"너무 진지하게 받아들이지 마." 린이 가볍게 말했다. "난 그냥 재미로 가는 거야. UFO가 다른 시대에서 온 타임머신이라고 믿는 사람들에게 '오컴의 면도날'을 설명해봤자 아무 소용없어. 그리고 그것만 빼면 좋은 사람들이야."

실험실에서 생물을 창조하고, 자의식을 가진 컴퓨터를 만들고, 우주선을 타고 날아온 가니메데인이 과학과 이성적인 사고로 밝혀낸 힘들 외에 우주에 다른 힘이 존재한다는 가정을 할 이유가 없다고 거듭 확인해주고 갔는데도, 어떻게 아직도 이런 게 계속 존재할 수 있는지, 헌트는 궁금했다. 사람들은 여전히 백일몽으로 삶을 낭비하고 있었다.

헌트는 자신이 너무 진지하게 받아들였다는 생각이 들어서 손을 저으며 그 일을 잊어버렸다. 그리고 픽 웃었다. "당신을 거기로 보내는 것보다는 뭔가 더 나은 게 있을 거야."

린은 거실로 가서 신발과 핸드백, 코트를 챙기고, 현관문 앞에서 기다리는 헌트에게 다가왔다. 둘은 입맞춤을 하고 포옹을 했다. "나중에 봐." 린이 속삭였다.

"나중에 봐. 그 미친 사람들 조심해."

헌트는 그녀가 엘리베이터 속으로 사라질 때까지 기다렸다가 문을 닫고, 5분 동안 부엌을 치우고, 다른 곳들은 대충 정리했다. 마지막으로 재킷을 입고 책상 위에 있는 물품들을 서류가방에 집어넣은 다음, 엘리베이터를 타고 옥상으로 올라갔다. 몇 분 후 그의 비행차가 6백 미터 상공으로 이륙해서 동쪽으로 향하는 항로로 섞여 들어갔다. 그리고 앞쪽 지평선에 햇볕을 받아 반짝이는 휴스턴의 무지개 타워를 향해 날아갔다.

2

헌트는 휴스턴 중심부에 있는 항해통신본부의 고층건물로 가서, 높은 층에 있는 사무실로 느긋하게 걸어 들어갔다. 약간 통통하고 세심한 중년의 비서 지니는 벌써 바쁘게 일하고 있었다. 지니는 아들이 셋이었는데, 다들 십대 후반이었다. 헌트는 그녀가 자기 일에 헌신적으로 열심히 일하는 모습을 볼 때마다, 아들 녀석들을 사회에 내놓은 죄업에 대한 속죄의 표현 같은 게 아닐까 하는 생각이 종종 들었다. 헌트는 지니 같은 여성이 언제나 일을 잘한다는 사실을 깨달았다.

"안녕하세요, 헌트 박사님." 지니가 헌트에게 인사했다. 헌트는 영국인이 공식적인 호칭으로 불리기를 늘 기대하거나 원하는 건 아니라고 지니를 계속 설득했지만, 끝내 성공하지 못했다.

"안녕하세요, 지니. 오늘은 어때요?"

"아, 좋아요."

"개는 어떤가요?"

"좋은 소식이에요. 수의사가 어젯밤에 전화해서 우리 개의 골반이 완전히 부서진 건 아니라고 이야기해줬어요. 몇 주 정도 안정을 취하면 괜찮아질 거래요."

"다행입니다. 그럼, 오늘 아침에 새로운 소식은 뭔가요? 혹시 끔찍한 소식이라도 있습니까?"

"별거 없어요. MIT의 스피핸 교수가 몇 분 전에 전화했는데, 점심 전까지 전화를 달랍니다. 메일은 조금 전에야 다 살펴봤어요. 박사님이 흥미로워할 만한 메일이 두어 통 있습니다. 리버모어 연구소에서 논문 초안이 왔는데, 박사님도 이미 읽어보셨겠죠."

둘은 30분 동안 메일을 확인하고 하루 일정을 조정했다. 항해통신본부에서 헌트가 맡은 부서 사람들이 출근하며 사무실들을 채우기 시작하자, 헌트는 진행 중인 프로젝트들을 점검하기 위해 사무실을 나섰다.

헌트의 부관인 던컨 와트는 1년 반 전에 UN 우주군의 재료구조부에서 옮겨온 이론 물리학자였다. 던컨은 전국의 여러 연구실에서 명왕성 문제에 관한 연구 결과를 수집하고 있었다. 2천5백만 년 전의 태양계 모습이 담긴 샤피에론호의 기록과 현재의 태양계를 비교함으로써 미네르바의 질량 대부분이 명왕성이 되었다는 사실은 의심의 여지 없이 확립되었다. 지구는 본래 위성이 없는 상태로 형성되었고, 달은 미네르바의 유일한 위성으로서 궤도를 돌고 있었다. 미네르바가 부서질 때 그 달이 태양을 향해 날아갔다. 그런데 몹시 희박한 확률로 지구에 붙잡혀서 지금까지 안정적으로 궤도를 돌고 있다. 문제는 명왕성이 현재 차지한 궤도까지 태양의 중력을 거슬러 올라갈 수 있을 정도로 충분한 에너지를 어떻게 획득했는지를 설명할 역학적 수학 모형이 지금까지 없다는 사실이었다. 전 세계의 천문학자와 천체 역학 과학자들이 그 문제를 해결하기 위해 온갖 방법을 시도해봤지만 성공하지 못했다. 가니메데인조차도 만족스러운 답을 만들어내지 못했으니 그리 놀라운 일은 아니었다.

"삼체 반응(three-body reaction)을 적용해야만 이 문제를 해결할 수 있습니다." 던컨이 격양된 표정으로 양손을 벌이며 말했다. "어쩌면 미네르바는 전쟁 때문에 파괴된 게 아닐 수도 있습니다. 태양계를 통과하던 다른 뭔가가 부딪혀서 미네르바를 부쉈을지도 몰라요."

30분 후 헌트는 복도를 걸어가며 사무실들을 지나다 마리와 제프를 만났다. 둘은 프린스턴 대학에서 임시로 파견된 학생들이었는데, 커다란 벽면 모니터에 일련의 편미분 텐서 함수들을 띄워놓고 격렬하게 토론하고 있었다.

"이건 리버모어에 있는 마이크 배로우 팀의 최신 연구예요." 마리가 헌트에게 말했다.

"응, 봤어." 헌트가 말했다. "그런데 아직 전체적으로 살펴볼 기회는 없었어. 저온 핵융합에 관한 거지?"

"가니메데인들은 양성자 간의 척력을 억누르기 위해 고온 에너지를 생성할 필요가 없었던 것처럼 보입니다." 제프가 대화에 끼어들었다.

"그럼 가니메데인은 핵융합을 어떻게 한 거야?" 헌트가 물었다.

"은근슬쩍 처리했어요. 그들은 척력을 일으키지 않는 중성자로 시작했습니다. 중성자가 강한 핵력의 범위 안에 들어가면, 중성자 표면의 에너지를 서서히 증가시켜서 전자쌍 생성을 일으킵니다. 중성자는 양전자를 흡수해서 양성자가 되고, 음전자는 핵에서 빼냅니다. 그러면 두 개의 양성자가 강력하게 결합하는 거죠. 짜잔! 핵융합."

헌트는 지금껏 가니메데인의 놀라운 물리학을 숱하게 봤지만, 이번에도 감명을 받았다. "그러면 가니메데인은 그런 미시 수준까지 제어할 수 있었다는 거네?"

"마이크 배로우 팀의 과학자들은 그렇게 생각하고 있습니다."

얼마 지나지 않아, 구체적인 문제들에 대한 논쟁이 격렬하게 진행되었다. 그리고 그들이 설명을 들으려 리버모어에 전화하는 사이 헌트는 그 자리를 떠났다.

가니메데인이 남기고 간 정보들이 한꺼번에 결실을 보기 시작하는 모양이었다. 매일 새로운 소식이 터져 나왔다. 헌트의 부서를 가니메데 과학 연구의 국제적인 정보 교환소로 사용하자던 콜드웰 본부장의 발상이 결과를 내놓기 시작한 것이다. 미네르바와 가니메데인에 관한 단서들이 처음 나오기 시작했을 때, 본부장은 이런 일을 처리하기 위해 헌트의 부서를 시험적으로 구성했다. 그 부서는 이런 업무에 잘 맞는다는 사실을 입증했고, 이제는 최신 연구들을 다루기에 안성맞춤인 조직이 되었다.

헌트가 마지막으로 방문한 사람은 폴 셸링이었다. 그의 팀은 아래층의 사무실과 컴퓨터실에서 근무했다. 가니메데인의 기술 중에서 가장 매력적인 분야는 그들의 '중력공학'이었다. 가니메데인들은 이 기술을 이용해 거대한 질량을 한군데로 모으지 않아도 인공적으로 시공간을 변형시켜서 중력을 생성할 수 있었다. 이 기술을 이용한 샤피에론호의 동력 체계는 우주선 앞에 '블랙홀'을 만들고, 그 속으로 끊임없이 '추락'하는 방식으로 우주선을 추진시켜 우주를 뚫고 나아갔다. 선체 안의 '중력'도 흉내를 내는 방식이 아니라 실제로 만들어냈다. 중력 물리학자인 셸링은 방위산업체인 록웰 인터내셔널에 안식 휴가를 내고, 가니메데인의 장(場) 방정식과 에너지 변형을 6개월 동안 파고들었다. 헌트가 셸링을 방문했을 때, 셸링은 등시선

(等時線)과 뒤틀린 시공간 측지선(測地線)의 영상을 응시하고 있었다. 셸링은 깊은 생각에 잠겨있는 것 같았다.

"여기에 다 나와 있어요." 셸링이 부드럽게 반짝이는 색색의 곡선을 응시하며 희미한 목소리로 말했다. "인공 블랙홀을 마음대로 켜고, 껐어요."

헌트는 그 이야기에 별로 놀라지 않았다. 가니메데인은 샤피에론 호의 주동력이 실제로 그럴 수 있다는 사실을 확인시켜줬었다. 그리고 헌트와 셸링은 여러 차례 그 기술의 이론적 배경에 관해 이야기를 나눴다. "당신이 이제 그 기술을 밝혀낸 건가요?" 헌트가 물었다. 그리고 빈 의자에 앉아 모니터를 골똘히 바라봤다.

"이럭저럭 진행 중입니다."

"그러면 우리가 '순간이동'에 좀 가까워진 건가요?" 순간이동의 가능성은 가니메데인들의 이론 구조 안에 함축되어 있었지만, 가니메데인도 이뤄내지 못한 기술이었다. 정상 우주에 멀리 떨어져 있는 블랙홀들은 초공간을 통해 연결되어 있는데, 그 영역에서는 생소한 물리학 법칙들이 작동하고, 상대론적 우주의 일반적인 개념과 한계는 적용되지 않는다. 가니메데인도 동의했듯이, 그 이론에 담긴 전망은 깜짝 놀랄 수준이지만, 그걸 현실로 만들어내는 방법은 아무도 알아내지 못했다.

"그게 저 안에 있어요." 셸링이 대답했다. "그 '가능성'이 저 안에 있다는 뜻이죠. 하지만 저를 괴롭히는 건 다른 부분이에요. 그걸 분리해내는 건 불가능합니다."

"무슨 이야긴가요?" 헌트가 물었다.

"시간 이동 말입니다." 셸링이 말했다. 헌트가 눈살을 찌푸렸다. 만일 헌트가 대화하고 있는 상대가 셸링이 아닌 다른 사람이었다면,

그는 이 말에 대해 미심쩍은 표정을 감추지 않았을 것이다. 셸링이 양팔을 벌리며 모니터를 가리켰다. “저는 그 문제에서 벗어날 수가 없어요. 그 공식이 정상 우주를 통과하는 순간이동을 허용하게 되면, 시간을 통과하는 이동도 허용하게 됩니다. 하나를 활용할 방법을 찾으면 자동으로 다른 쪽도 활용할 방법을 갖게 되는 거죠. 행렬 적분이 대칭적이거든요.”

헌트는 비웃는 목소리를 내지 않으려 잠시 참았다가 말했다. “그건 너무 심하잖아요, 셸링.” 그가 말했다. “인과성은 어떻게 되는 거죠? 만약 그렇게 되면 모두 엉망진창이 될 겁니다.”

“저도 알아요. 그 이론이 터무니없는 소리처럼 들리겠죠. 하지만 그게 사실이에요. 우리는 막다른 길에 막혀서 아무것도 하지 않거나, 두 개의 해법을 동시에 구할 수밖에 없습니다.”

그들은 그 뒤로 한 시간 동안 셸링의 방정식을 다시 살펴봤지만 더 이상 논의가 진척되지 않았다. 캘리포니아 공과대학, 케임브리지 대학, 모스크바의 우주과학부, 오스트레일리아의 시드니 대학에서도 그 문제를 해결할 기미가 보이지 않았다. 그렇다면 헌트와 셸링이 당장 그 문제를 해결할 가능성은 없었다. 결국 헌트는 호기심과 생각에 잠긴 얼굴로 그 방을 나왔다.

헌트는 자기 사무실로 돌아와 MIT의 스피핸 교수에게 전화했다. 스피핸 교수는 5만 년 전 달이 지구에 사로잡히는 과정에서 지구에 기후의 급격한 변화를 일으켰다는 모의실험 모형에서 흥미로운 결과를 몇 가지 끌어냈다. 헌트가 아침에 온 급한 메일들을 몇 가지 처리하고, 자리에 앉아 리버모어 논문 초안을 검토하고 있을 때, 린이 건물 꼭대기에 있는 본부장실로 오라고 전화를 했다. 그녀의 얼굴은 평상시와 달리 진지했다.

"콜드웰 본부장이 본부장실로 와서 회의에 참석하래." 린이 단도직입적으로 말했다. "지금 바로 올라올 수 있어?"

헌트는 그녀가 서두르는 게 느껴졌다. "2분 안에 갈게." 헌트는 바로 전화를 끊고, 논문 초안은 항해통신본부 자료실의 미분류함에 넣었다. 그리고 지니에게는 혹시 오늘 뭔가 급한 일이 생기면 던컨에게 문의하도록 지시하고, 빠른 걸음으로 사무실에서 나갔다.

3

태양계 전체에 분포된 UN 우주군의 기지들과 궤도를 돌고 있는 유인 혹은 무인 우주선을 연결하는 통신망부터 휴스턴 같은 곳에 있는 연구시설까지, 항해통신본부의 모든 업무를 책임을 지는 곳이 바로 본부 건물 가장 꼭대기에 있는 본부장 집무실이었다. 널찍하고 호화롭게 치장된 본부장실은 한쪽 벽이 완전히 유리로 되어서 본부보다 낮은 고층빌딩들과 까마득하게 아래에 있는 보행자 전용 구역의 개미떼를 내려다볼 수 있었다. 유리창의 모서리에서 안쪽을 향하고 있는 본부장의 커다란 곡선형 책상 맞은편에 있는 벽에는 모니터들이 전체적으로 뒤덮여 있어서 사무실이라기보다는 제어실 같은 느낌을 주었다. 나머지 벽에는 최근에 이루어진 UN 우주군 프로젝트들의 모습을 담은 화려한 컬러 사진들이 전시되었다. 그중에는 달에서 제작한 부품을 우주선이 조립되는 궤도에 던져 올리기 위해 '고요의 바다'에 32킬로미터에 걸쳐 설치한 전자석 투석기의 모습과 캘리포니아에서 설계한 11킬로미터 길이의 광자(光子) 추진 항성 탐사기의 사진도 있었다.

헌트가 사무실 밖에서 비서의 안내를 받아 본부장실에 들어가자, 콜드웰은 자기 책상에 앉아 있고, 책상 앞쪽에 T자형으로 붙은 탁자에 린과 함께 다른 두 사람이 있었다. 한 사람은 사십 대 중후반의 여성으로, 꼿꼿하고 나이보다 젊어 보이는 외모였는데, 목깃이 높은 감청색 정장을 입었고 그 위로 깃이 넓은 흰색과 감청색이 섞인 체크무늬 재킷을 입었다. 어깨까지 내려오지 않는 그녀의 단발머리는 얼어붙은 적갈색 바다처럼 세심하게 정돈된 모습이었다. 자연스러운 방식으로 엷게 화장하고, 매력이 없지 않은 그녀의 얼굴은 온화하고 자신감이 넘쳤다. 등을 곧게 펴고 앉은 그녀는 차분하고 자기통제력을 완벽하게 발휘하는 것처럼 보였다. 헌트는 그녀를 어디에선가 만났던 느낌이 들었다.

그녀와 함께 온 남자는 짙은 회색의 스리피스 양복에 하얀 셔츠를 입고, 두 색조의 회색 넥타이를 맸다. 깔끔하게 면도한 그는 젊고 건강한 얼굴이었고, 짙은 검은색 머리카락을 짧게 잘라 대학생처럼 단조롭게 빗질했지만, 헌트가 생각하기에는 자신과 나이 차이가 그리 나지 않을 것 같았다. 끊임없이 움직이는 그의 검은색 눈동자는 민첩하고 두뇌 회전이 빠른 느낌을 주었다.

두 방문자의 건너편에 앉아 있던 린이 헌트를 쳐다보고 슬쩍 미소를 지었다. 가장자리에 연한 주황색 무늬가 들어간 투피스를 빳빳하게 다림질해서 갈아입고, 머리를 올린 그녀의 모습은 확실히 '외박'한 사람처럼 보이지 않았다.

"헌트 박사, 어서 오십시오." 콜드웰 본부장이 걸걸한 베이스 바리톤 목소리로 그의 이름을 불렀다. "이분들은 워싱턴의 국무부에서 온 캐런 헬러 대사와 대통령의 외교 자문 노먼 페이시 씨입니다." 본부장이 헌트 쪽을 가리키며 말했다. "이쪽은 빅터 헌트 박사입니다. 멸종한 외계인의 유물을 살펴보라고 목성에 보냈더니 우주선 가득 살아있는 외계인을 데리고 돌아왔었죠."

그들은 의례적인 인사를 주고받았다. 헌트가 이미 많이 알려진 탓에 방문자들은 그의 업적에 대해 잘 알고 있었다. 사실, 헌트는 약 6개월 전에 취리히에서 가니메데인들에 대한 환영회가 열렸을 때 캐런을 아주 잠깐 만난 적이 있었다. 그렇지! 당시 그녀는 프랑스 주재 미국 대사였던 것 같은데? 그랬다. 하지만 지금 캐런은 UN에서 미국 대사로 일하고 있었다. 노먼도 워싱턴에서 가니메데인을 만나긴 했지만, 헌트는 그 자리에 없었다.

헌트는 탁자 끝에 있는 빈 의자에 앉았는데, 본부장 책상을 멀리서 정면으로 바라보는 자리였다. 콜드웰이 찌푸린 얼굴로 손을 내려다보며 손가락으로 책상을 두드리는 동안, 헌트는 짧게 자른 그의 뻣뻣한 회색 머리카락을 바라봤다. 콜드웰이 우락부락하고, 눈썹이 두툼한 얼굴을 들어 헌트를 똑바로 바라봤다. 콜드웰을 잘 알고 있는 헌트는 불필요한 서론 같은 것은 기대하지 않았다. "어떤 일이 일어났는데, 박사께 말해주고 싶었지만 그럴 수 없었습니다." 콜드웰이 말했다. "대략 3주 전부터 거인의 별에서 다시 무전이 오기 시작했습니다."

그런 일이 일어났다면 다른 누구보다 헌트 자신이 먼저 알아야 했겠지만, 그 순간 헌트는 너무 놀라 왜 자신에게 먼저 알려주지 않았는지는 궁금하지도 않았다. 샤피에론호가 출발했을 때 달의 뒷면 조르다노 브루노 크레이터에 있는 천문기지에서 처음 송신한 메시지에 딱 한 번 회신이 온 뒤로 여러 달이 지나는 동안, 헌트는 이 모든 일이 UN 우주군 통신망에 접속한 누군가가 우주의 적당한 방향에 설치된 UN 우주군 장비에서 메시지가 전달되도록 꾸민 짓궂은 장난이 아닐까 하는 의심이 커지고 있었다. 헌트는 발전된 외계 문명이라면 어떤 일도 가능하다는 생각을 받아들일 수 있을 정도로 생각이 열린 사람이었지만, 14시간 만에 회신이 온 것에 대한 가장 그럴듯한 설명은 '장난'인 것 같았다. 콜드웰의 말이 옳다면, 헌트의 그런 확신은 말도 안 되는 허튼 생각이 된다.

"그 메시지가 진짜라고 확신하십니까?" 처음의 충격에서 깨어난 헌트가 미심쩍은 목소리로 물었다. "어딘가에 있는 괴짜가 만든 빌어먹을 장난일 수도 있지 않나요?"

콜드웰이 고개를 저었다. "메시지를 송신한 출처에 대해 여러 대의 전파망원경을 이용해 간섭측정 방식으로 정확히 측정한 데이터가 이제 충분히 쌓였습니다. 전파는 명왕성 궤도보다 훨씬 먼 곳에서 왔는데, UN 우주군은 그 근처에 어떤 장비도 설치한 적이 없어요. 그리고 메시지가 전달된 경로에 있는 장비들을 하나하나 전부 점검했지만 깨끗합니다. 그 무전은 진짜입니다."

헌트는 눈살을 찌푸리며 긴 한숨을 뱉었다. '그렇군.' 그렇다면 그 문제는 헌트가 잘못 생각한 것이었다. 헌트는 콜드웰을 바라보던 눈길을 돌려 앞의 탁자 위에 놓인 공책과 문서들을 응시했다. 달의 뒷면에서 처음 보냈던 메시지와 마찬가지로, 거인의 별에서 왔던 회신은 샤피에론호가 출발했던 시대의 고대 가니메데인 언어와 통신 코드로 구성되어 있었다. 우주선이 떠난 뒤라서, 그 답변은 건물 아래층에서 언어학 팀을 이끄는 돈 매드슨이 번역했다. 매드슨은 가니메데인이 지구에 머무는 동안 그들의 외계 언어를 공부했었다. 회신은 짧았지만, 번역에는 상당한 노력이 필요했다. 그래서 헌트는 콜드웰이 말하는 최근에 온 무전을 다룰 수 있는 사람이 매드슨 외에는 없다는 사실을 잘 알고 있다. 헌트는 대체로 규정이나 절차에 대해 그다지 관심이 없었지만, 매드슨이 그 일에 관여하고 있다면 자신도 너무나 당연히 이 일을 알고 있어야 했다. "그러면 누가 번역을 했습니까?" 헌트가 미심쩍은 눈으로 물었다. "언어학자들인가요?"

"번역은 전혀 필요 없었습니다." 린이 간단히 대답했다. "무전은 표준 데이터 통신을 통해 들어왔는데, 모두 영어였거든요."

헌트는 의자에 털썩 기대 앉으며 멍하니 앞을 응시했다. 역설적이게도 그 사실은 이게 장난이 아니라는 명백한 증거였다. 제정신인 사람이라면 외계인의 메시지를 조작하면서 영어로 하겠는가? 그때 생각이 떠올랐다. "그럴 줄 알았어!" 헌트가 소리쳤다. "그들은 어떻게든 샤피에론호를 중간에서 낚아챘을 거야. 거참, 다행스러운…." 헌트는 콜드웰이 고개를 젓는 모습을 보고는 깜짝 놀라 말을 멈췄다.

"지난 몇 주간 주고받은 대화로 볼 때, 그런 일은 일어나지 않았다고 확신합니다." 콜드웰이 말했다. 그가 헌트를 침착하게 바라봤다. "그들은 지구에 왔던 가니메데인들과 이야기를 나누지 않았는데도, 우리의 통신 코드와 언어를 알고 있었습니다. 박사님 생각엔 그게 무슨 뜻이겠습니까?"

헌트가 사람들을 둘러봤다. 그들은 기대하는 눈빛으로 헌트를 바라보고 있었다. 그래서 헌트도 그 문제를 곱씹어봤다. 잠시 후 그의 눈이 서서히 커지더니, 도저히 못 믿겠다는 듯 입이 쩍 벌어졌다. "맙소사!" 그가 작은 목소리로 탄성을 뱉었다.

"맞습니다." 노먼이 말했다. "지구 전체가 일종의 감시를 받는 게 틀림없어요. 그리고 그 감시는 아주 오랫동안 진행된 것 같습니다." 그 순간 헌트는 너무 당황해서 아무 대꾸도 못 했다. 이 일 전체가 비밀리에 진행된 것도 무리가 아니었다.

“그 가설은 브루노 기지에 새로 도착한 첫 무전이 뒷받침해줬습니다.” 콜드웰이 이어서 말했다. “그 메시지에는 이 접촉과 관련된 건 무엇이든 레이저나 통신 위성, 데이터 통신 혹은 전자 매체를 통해 소통되지 않도록 해달라는 말이 분명하게 담겨 있었습니다. 브루노 기지에서 메시지를 받았던 과학자들도 그 지시에 따라 달에서 내려오는 수송선을 통해 그 메시지에 대해 내게 보고했습니다. 나도 같은 방법으로 그 내용을 항해통신본부를 거쳐 UN 우주군에 전해줬고, 브루노 기지에 있는 친구들한테는 누군가 거기로 돌아갈 때까지 메시지를 외부에 노출하지 말고 그곳에서만 취급하도록 지시했죠.”

“그게 의미하는 것은, 최소한 우리의 통신망을 도청하는 형태의 감시가 이루어지고 있다는 사실입니다.” 노먼이 말했다. “그리고 우리에게 무전을 보낸 존재가 누구든, 그리고 감시를 하는 사람이 누구든 그 두 집단이 동일한… ‘사람들’이나 뭐 그런 건 아니라는 겁니다. 그래서 메시지를 보낸 이들은 우리에게 다른 사람들이 무전에 대해 알지 못하도록 해달라는 거겠죠.” 이미 많은 사실을 알아챈 헌트가 고개를 끄덕였다.

“여기서부터는 캐런 대사께서 설명해주시면 좋겠네요.” 콜드웰이 말하며 그녀를 향해 고갯짓했다.

캐런 대사가 앞으로 몸을 숙이며 양팔로 탁자 모서리를 가볍게 짚었다. “브루노 기지에 있는 과학자들은 자신들과 연락하고 있는 존재가 실제로 미네르바에서 이주한 이들의 후손인 가니메데인 문명이라는 사실을 꽤 일찍 밝혀냈습니다.” 그녀의 말투는 조심스럽게 억양을 조율하며 자연스럽게 오르내려서 듣기 편했다. “그들은 ‘거인의 별’ 항성계에 있는 투리엔이라는 행성에 거주합니다. ‘거인별’이라고 줄여서 부르더군요. 이런 사실이 확인되는 동안, 워싱턴의

UN 우주군이 그 사실을 UN에 보고했습니다." 캐런 대사가 말을 멈추고 헌트를 바라봤지만, 그는 지금 던질 질문이 없었다. 그녀는 계속 말을 이어갔다. "UN 사무총장의 지시를 받는 특별조사위원회에서 그 문제에 대해 논쟁이 벌어졌습니다. 그리고 이런 형태의 접촉은 다른 무엇보다 정치적이고 외교적인 사안이라고 결론을 내렸습니다. 이후 진행되는 연락은 UN 안전보장이사회의 상임이사국 중 선택된 대표들로 이루어진 소규모 대표단에서만 비밀리에 다루기로 결정되었습니다. 보안을 유지하기 위해 당분간 대표단 외부에는 정보를 제공하거나 참여시키지 않기로 했습니다."

"그 결정이 지휘계통을 따라 내려왔기 때문에 어쩔 수 없이 지시를 따를 수밖에 없었어요." 콜드웰이 헌트를 쳐다보며 불쑥 말했다. "그래서 지금까지는 박사께 이 일에 관해 말해줄 수가 없었습니다." 헌트가 고개를 끄덕였다. 이제 어떻게 된 일인지 이해가 됐다. 적어도 그 상황 설명을 듣고 나니 기분이 조금 나아진 느낌이었다.

하지만 헌트가 완전히 행복해지려면 아직 멀었다. 전체적으로 전형적인 관료들의 과잉반응처럼 들렸다. 어느 정도까지는 신중하게 처리하는 게 좋지만, 이런 극단적인 보안은 너무 심했다. 소수에 불과한 한 줌의 선택된 개인들만 가니메데인과 접촉을 하고 모든 사람을 배제하겠다는 UN의 생각에 헌트는 화가 났다.

"다른 사람들은 전혀 참여시키지 않겠다는 건가요?" 헌트가 의심스러운 눈초리로 말했다. "가니메데인들을 잘 아는 과학자 한두 명도 안 되는 건가요?

"특히 과학자는 절대 안 된다더군요." 콜드웰이 말했다. 하지만 더 이상 말해줄 생각은 없는 듯했다. 헌트는 모든 게 터무니없는 소리처럼 들리기 시작했다.

"안전보장이사회의 상임이사국으로서 미국은 UN의 고위급 인사로부터 소식을 듣고, 그 대표단에 참가하기 위해 상당한 압력을 행사했습니다." 캐런 대사가 계속 말했다. "노먼과 제가 그 임무를 맡았죠. 그리고 그 뒤로 대부분의 시간 동안 브루노 기지에서 지내면서 투리엔과 계속 무전을 주고받는 일에 참여했습니다."

"그렇다면 모든 일이 거기에서만 다뤄졌다는 뜻인가요?" 헌트가 물었다.

"네. 그 문제와 관련된 어떤 것도 전자적인 통신을 통해 언급하는 일을 금지한다는 원칙이 엄격하게 지켜졌습니다. 거기에서 진행 상황을 아는 사람들은 모두 보안이 확실했고 신뢰할 수 있습니다."

"알겠습니다." 헌트가 등받이에 기대앉으며 앞에 있는 탁자에 팔을 기댔다. 아직도 풀리지 않는 수수께끼가 있었고, 몇 가지 이유로 불편하기도 했지만, 캐런 대사와 노먼이 지금 휴스턴에 와서 뭘 하는 것인지는 아직 전혀 설명되지 않았다. "그러면 지금은 어떻게 되고 있습니까?" 헌트가 물었다. "투리엔과는 어떤 이야기를 주고받았나요?"

캐런 대사가 고갯짓으로 그녀의 팔꿈치 옆에 놓인 문서철을 가리켰다. "거기서 주고받은 모든 메시지의 복사본입니다." 그녀가 헌트에게 말했다. "콜드웰 본부장도 복사본 전체를 가지고 있습니다. 그리고 당신도 이제부터 참여할 게 확실하므로, 곧 직접 읽어볼 수 있을 겁니다. 요약하자면, 투리엔에서 온 첫 메시지는 샤피에론호에 대한 정보를 요구했습니다. 우주선의 상태, 승무원의 건강, 그들이 지구에서 겪은 경험 같은 것들이었죠. 메시지를 보낸 사람들이 누군지는 몰라도, 그들은 확실하지 않은 이유로 우리가 샤피에론호에 위험을 끼칠 수 있는 존재라고 생각하는 것 같았습니다." 헌트의 얼굴에 퍼져가는 이해가 안 된다는 표정을 보고 캐런 대사가 말을 멈췄다.

“그들은 우리가 달의 뒷면에서 처음으로 무전을 송신하기 전에는 그 우주선에 대해 알지 못했다고 하지 않았나요?” 헌트가 물었다.

“그렇게 보입니다.” 캐런 대사가 대답했다.

헌트가 잠시 생각했다. “다시 말하자면, 감시하는 이들이 우리에게 이 메시지를 보낸 이들에게 그 사실을 말하지 않았다는 뜻이네요.” 헌트가 말했다.

“바로 그렇습니다.” 노먼이 동의하며 고개를 끄덕였다. “감시하는 이들이 우리의 통신망에 접근했다면 샤피에론호가 지구에 머무르는 동안 그들이 몰랐을 가능성은 거의 없습니다. 가니메데인들에 대해서는 언론사들이 1면 머리기사로 충분히 보도했으니까요.”

“그런데 이상한 건 그것만이 아닙니다.” 캐런 대사가 계속 말했다. “우리와 접촉하고 있는 투리엔인들은 지구의 최근 역사를 완전히 왜곡된 형태로 알고 있는 것 같았습니다. 그들은 우리가 3차 세계대전을 시작했다고 믿고 있는데, 그들이 알고 있는 3차 세계대전은 행성 간의 전쟁이었어요. 모든 곳에 궤도를 날아다니는 폭탄이 있고, 달의 지표면에서 지휘하는 방사선과 입자광선 무기들이 있는 전쟁이죠.”

헌트는 이야기를 들을수록 점점 더 어리벙벙해졌다. 왜 외계인들이 샤피에론호를 중간에 가로채지 않았을 거라고 했는지는 이제 이해가 됐다. 최소한 지금 지구와 이야기하고 있는 이 투리엔인들은 샤피에론호를 가로채지 않았다. 만일 그랬다면 우주선에 타고 있는 가니메데인들이 그런 오해를 말끔히 풀어줬을 것이다. 하지만 지구와 대화를 하는 투리엔인들이 샤피에론호를 중간에서 가로채지 않왔다고 하더라도, 그들은 지구에 대한 나름의 인상을 받고 있었다. 이것은 그들 스스로 지구에 대한 정보를 얻지 못하고, 감시를 담당하고 있는 투리엔인들에게서 정보를 얻을 수밖에 없다는 뜻이었다. 그들이 가진 지구에 대한 인상은 잘못됐다. 그렇다면 감시가 그다지 효과적이지 못했거나, 정보가 왜곡되어 전달되었다는 뜻이었다. 하지만 메시지가 영어로 왔다는 사실을 보면, 감시 수단은 아주 효과적인 게 틀림없었다. 그렇다면 그 정보를 전해준 투리엔인들이 제대로 된 정보를 넘기지 않았다는 의미이다.

그러나 그것도 그다지 말이 되지 않았다. 가니메데인은 고의로 다른 사람들을 속이거나 계략을 꾸미는 마키아벨리적인 게임을 하지 않는다. 그들의 정신은 그런 식으로 작동하지 않는다. 그들은 너무도 이성적이기 때문이다. 현재 투리엔에 존재하는 가니메데인들이, 샤피에론호에 타고 있는 조상과 헤어진 후 2천5백만 년이 지나는 동안 엄청나게 변하지 않았다면 말이다. 어쩌면 그럴 수도 있겠다는 생각이 들었다. 그 정도의 시간이면 많은 변화가 일어날 수도 있다. 헌트는 지금은 확실한 결론을 내릴 수 없다고 판단했다. 그래서 그 정보는 치워두었다가 나중에 다시 분석해보기로 마음먹었다.

"이상하긴 하지만, 알겠습니다." 헌트는 머릿속으로 그렇게 생각을 정리한 후 동의했다. "투리엔인들은 지금쯤 상당히 혼란스러워하겠네요."

"투리엔인은 그 전부터 그런 상태였습니다." 콜드웰이 말했다. "그들이 다시 대화를 개시한 이유는 지구에 대해 직접 와서 확인하고 싶었기 때문이죠. 내 짐작엔 전체적인 혼란을 바로 잡으려는 것 같습니다. 그게 바로 그들이 UN에 해결해주길 바라는 일입니다."

"그것도 비밀리에 말이죠." 노먼이 궁금해하는 헌트의 눈빛을 보고 설명했다. “대중적인 구경거리 같은 건 안 됩니다. 그들은 감시하는 무리가 알아채지 못한 상태에서 조용히 확인하고 싶어 하는 것 같습니다.”

헌트가 고개를 끄덕였다. 그 계획은 이해가 됐다. 하지만 노먼의 목소리에는 뭔가 썩 매끄럽지 않은 느낌이 있었다. “그런데 문제가 뭔가요?” 헌트가 노먼과 캐런 대사를 교대로 바라보며 물었다.

“문제는 정책을 UN 내부의 최상층부가 결정해서 내린다는 사실입니다.” 캐런 대사가 대답했다. “간단히 요약하자면, UN 상층부는 지구를 우리보다 수백만 년 앞선 문명에 개방해야 한다는 사실이 의미하는 바를 두려워하고 있습니다. 우리의 문화 전체가 뿌리부터 통째로 뽑힐지도 모른다는 거죠. 우리 문명이 산산조각이 날 수도 있고, 우리가 소화할 준비가 안 된 기술들에 압도당할 수도 있고…. 그런 것들 말이에요.”

“그렇지만 그건 바보 같은 소리잖습니까!” 헌트가 항의했다. “투리엔인이 지구를 장악하겠다는 게 아니잖아요. 그저 와서 이야기하고 싶다는 거잖습니까.” 헌트가 짜증을 내며 허공에 손을 흔들어댔다. “알았어요. 그 과정을 차분하게 그리고 조심스럽고 상식에 따라 진행해야 한다는 점은 이해가 됩니다. 하지만 대사께서 방금 이야기하신 건 신경쇠약 환자 같아요.”

“그렇습니다.” 캐런 대사가 말했다. “UN은 지금 비이성적입니다. 다른 말로는 이 상황을 표현할 방법이 없어요. 그리고 달의 뒷면에 있는 대표단은 그 정책을 글자 그대로 따르면서 천천히 움직이고 있습니다. ‘지연-시간벌기-일단멈춤’ 상황이죠.” 그녀가 앞서 가리켰던 파일을 향해 손을 흔들었다. “박사님께서 직접 보세요. 대표단의 반응은 회피적이고 모호해요. 그리고 투리엔인들이 가지고 있는 지구에 대한 잘못된 인상을 고치려 하지 않고 있습니다. 저는 맞서 싸우려 했지만, 투표에서 밀렸습니다."

헌트가 절망적인 눈으로 사무실을 둘러보다 린의 눈길과 마주쳤다. 린은 희미하게 어정쩡한 미소를 짓고는, 거의 알아보기 힘들 정도로 살짝 어깨를 으쓱하며 헌트가 어떤 느낌인지 안다고 표시했다. 처음에 기대하지 않았던 회신이 왔을 때에도, UN 내부에 있는 한 파벌이 지금과 똑같은 이유를 대면서 치열하게 싸움을 전개해서 달의 뒷면에서 계속 메시지를 송신하지 못하도록 막았던 일이 떠올랐다. 하지만 전 세계의 과학 공동체가 목이 터지라 격렬하게 항의해서 그 파벌의 의견을 제압했다. 바로 그 파벌이 다시 움직이기 시작한 모양이었다.

"우리는 그 배후에서 최악의 상황이 펼쳐지고 있을 것으로 의심하고 있습니다." 캐런 대사가 계속 말했다. "국무부에서 우리에게 내린 지침은, 상황이 허락하는 한 최대한 신속하게 투리엔과 연결된 지구의 통신을 확장하는 방향으로 순조롭게 진행되도록 돕고, 동시에 미국의 이익을 적절하게 보호하라는 겁니다. 국무부는 외부인 배제 정책에 전혀 동의하지 않지만, UN의 규정 때문에 그 정책을 따를 수밖에 없었습니다. 다시 말해, 지금까지 미국은 정직하게 진행하려고 노력하며 계속 이의를 제기하고 있는 상태입니다."

"어떤 상황인지 알겠습니다." 캐런 대사가 말을 멈추자 헌트가 말했다. "느리게 진행되는 상황 때문에 여러분이 화가 나셨다는 말씀인 거죠. 그런데 그것보다는 뭔가 더 있을 것처럼 들리네요."

"그렇습니다." 캐런 대사가 인정했다. "소련도 브루노 기지에 대표를 파견했습니다. 소브로스킨이라는 사람이죠. 지금의 전 세계 상황을 보면, 우리와 소련은 남대서양 통합 협상, 아프리카의 직업훈련 독점 사업권, 과학 지원 계획 같은 문제로 온갖 곳에서 경쟁하고 있습니다. 그래서 양쪽 모두 가니메데인의 전문 지식을 이용할 경우 얻을 수 있는 이익이 상당히 큽니다. 소련도 우리와 마찬가지로 안달하며 이 빌어먹을 대표단을 밀어붙일 거라 예상했었지만, 그들은 그러지 않았습니다. 소브로스킨은 UN의 공식적인 방침을 잘 따르고, 그에 대해 불평하지 않았습니다. 오히려 그는 복잡한 문제들을 제기해서 더 느리게 진행되게 하느라 대부분의 시간을 보냈습니다. 자, 이런 사실들을 나란히 놓고 보죠, 이 상황이 무엇을 말하는 걸까요?"

헌트는 잠깐 그 질문을 생각해보고는, 양손을 내밀며 어깨를 으쓱했다. "모르겠는데요." 헌트가 솔직하게 말했다. "제가 정치적 동물이 아니라서요. 말씀해주십시오."

"소련은 자신들만의 비밀 통신망을 구축하고, 시베리아 같은 곳에 착륙장을 만들어서 투리엔인의 기술을 독점하려는 계획을 짜고 있을 가능성이 있습니다." 노먼이 대답했다. "그런 경우라면, UN의 방침은 그들에게 딱 맞죠. 공식 채널이 꽉 막혔는데, 미국이 정직하게 업무를 진행하면서 공식 채널에만 매달려 있으면, 누가 그 횡재를 차지하게 될지 짐작해보세요. 우리는 갖지 못한 상태에서, 소련이 이용할 수 있는 많은 전문 지식을 전 세계의 선택된 정부의 소수의 지도자에게만 귀띔해줄 경우 권력 균형에 미칠 영향을 생각해보십시오. 아시겠죠. 이런 추정은 소브로스킨이 행동하는 방식과 잘 들어맞습니다."

"UN의 정책이 그런 음모에 너무도 편리하게 잘 들어맞는다는 사실을 생각하면 정신이 번쩍 듭니다." 캐런 대사가 덧붙였다. "그건 소련이 우리가 전혀 모르는 방식으로 UN 최상층 내부에 온갖 종류의 줄을 대서 압력을 행사하고 있다는 의미입니다. 이런 추측이 사실이라면, 미국의 국제적인 영향력에 몹시 치명적인 상황입니다."

헌트는 그 사실들의 조합이 확실히 논리적으로 그럴듯하다는 생각이 들었다. 소련은 시베리아나 궤도 위, 혹은 달 가까이에 다른 원거리 통신 설비를 쉽게 구축할 수 있으며, 달의 뒷면에서 보내는 무전을 태양계 가장자리 너머에서 가로채고 있는 어떤 장치까지 연결하는 독자적인 망을 운영할 수 있다. 거기서 회신이 온다면 지구에 도착할 때쯤에는 전파가 꽤 넓게 퍼져서 들어올 것이므로, 그 전파를 수신한 사람은 누구든 UN 외의 어딘가에서 다른 존재가 속임수를 부리고 있다는 사실을 알게 될 것이다. 하지만 회신이 사전에 약속된 암호의 형태로 돌아오면, 아무도 그 내용을 해석할 수 없고, 그 전파가 누구에게 가는지도 알 수 없게 된다. 그에 대해 소련을 비난할 수는 있겠지만, 그들은 격렬하게 그 혐의를 부정할 것이다. 그리고 그렇게 할 수 있는 국가나 사람들은 무수히 많다고 주장할 것이다.

헌트는 이제야 자신을 왜 여기로 불렀는지 깨닫기 시작했다. 캐런 대사가 '지금까지' 미국이 정직하게 처리하려 노력해왔다고 말을 했을 때 이미 속내를 드러냈다. 국무부도 보험 삼아 미국만의 비밀 통신망이 필요하다고 결정했지만, 지구의 수십만 킬로미터 반경 내에서 감지될 정도로 허술해서는 안 된다고 판단했을 것이다. 그렇다면 국무부는 캐런 대사와 노먼을 보내 누구에게 그 이야기를 하도록 했을까? 가니메데인과 그들의 기술을 많이 알고 있으며, 가니메데인들이 가니메데에 도착했을 때 처음으로 맞이했던 사람이 아니라면 누구겠는가?

거기에 더해, 한 가지가 더 있다. 헌트는 가니메데에서 오랜 시간을 보냈기 때문에 목성 4차, 5차 파견대에 있는 UN 우주군 직원 중에 가까운 친구들이 많았다. 목성은 지구에서 아주 멀리 있으므로, 태양계 가장자리에서 목성으로 향하는 전파는 지구 가까이 있는 수신 안테나에서 전혀 알아챌 수 없다. 설령 전파가 상당히 퍼지더라도 말이다. 4차, 5차 사령선들은 지구와 레이저 통신으로 상시 연결되어 있는데, 콜드웰 본부장과 항해통신본부가 이 망을 제어한다. 헌트는 이 모든 게 결코 우연일 리 없다는 생각이 들었다.

헌트는 콜드웰의 눈을 잠시 응시하다가, 고개를 돌려 워싱턴에서 온 두 사람을 쳐다봤다. "여러분은 목성을 통해 거인별과 비밀 통신망을 구축해서 투리엔인을 미국에 착륙시키고 싶은 거군요. 더 이상 미적거리지 않고, 소련이 뭔가 준비하기 전에 말이죠." 헌트가 그들에게 말했다. "그리고 레이저 통신망을 도청하는 또 다른 투리엔인들이 알아차리는 위험을 피하면서 목성에 있는 사람들에게 우리가 원하는 내용을 전달할 수 있는 아이디어를 제가 낼 수 있을지 알고 싶은 거고요. 맞나요?" 헌트는 콜드웰을 바라보며 고개를 살짝 숙였다. "본부장님, 저한테 몇 점 주실 건가요?"

캐런 대사와 노먼은 감명을 받은 표정으로 눈길을 주고받았다.

"10점 만점에 10점입니다." 콜드웰이 헌트에게 말했다.

"9점이요." 캐런 대사가 말했다. 헌트가 의아한 표정을 지으며 그녀를 바라봤다. 캐런 대사의 표정에 웃음기가 살짝 비쳤다. "박사님이 뭔가를 생각해낸다면, 우리는 그 뒤에 진행될 일들을 처리하기 위해 온갖 도움이 필요할 겁니다." 그녀가 설명했다. "UN은 가니메데인 전문가의 도움 없이 혼자 해내기로 했을지 모르지만, 미국은 그렇지 않습니다."

"다시 말해, 우리 팀에 들어온 것을 환영합니다." 노먼이 말을 마무리했다.

4

목성의 위성 가니메데 지상 3천2백 킬로미터 상공의 궤도를 돌고 있는 목성 5차 파견대의 파견대장 조셉 B. 섀넌은 2킬로미터 길이의 사령선 끝쪽에 있는 사령실 근처의 계기실에 서 있었다. 그는 넋을 놓고 서 있는 장교들과 UN 우주군 과학자들 뒤에서 커다란 벽면 스크린을 바라보고 있었다. 스크린에는 위쪽 어딘가에서 끊임없이 내리는 이슬비 때문에 흐릿하게 보이는 검은 하늘 아래 주황색과 노란색, 갈색으로 완만하게 오르내리는 풍경이 비쳤다. 멀리서 화면의 위쪽을 향해 색색의 기둥을 뿜어내며 지평선의 절반이 폭발했다.

보이저 1호와 2호 탐사선이 보내온 이오의 최초 근접 영상을 보고 패서디나에 있는 제트추진연구소 과학자들이 놀라워하며 그 얼룩덜룩한 주황색 원반을 '하늘의 거대한 피자'라고 불렀던 때가 52년 전이었다. 섀넌은 그해에 태어났다. 하지만 섀넌은 이런 식으로 요리된 피자는 본 적이 없었다.

목성의 자기장 때문에 그 주변에는 평균 입자 에너지가 100,000K

에 달하는 플라스마가 흐르고 있는데, 그 플라스마를 뚫고 목성의 위성 중 가장 가까운 궤도를 도는 이오는 거대한 패러데이 발전기와 같은 역할을 해서, 내부에 5백만 암페어의 순환 전류를 유지하며 1조 와트의 에너지를 소모한다. 거기에 더해, 다른 목성 위성들인 유로파와 가니메데가 목성의 중력장 안에 있는 이오를 주기적으로 위아래로 흔들어놓는 바람에 궤도가 요동쳤다. 이로 인한 조석 마찰로 열이 발생해서 더 많은 에너지가 이오의 내부에 쌓였다. 이렇게 전기와 중력으로 발생한 엄청난 열이 대량의 유황을 녹이는데, 그 유황이 이오의 지표면 아래에 모여 있었다. 그러다 때가 되면 이 유황이 단층을 뚫고 위로 솟구치며 사실상 압력이 0인 지표면 바깥으로 터져 나왔다. 그 결과가 초속 1천 미터의 속도로 튀어나오는 응고된 황산과 이산화황 얼음으로 이루어진 화산의 환상적인 분출이었다. 때때로 3백 킬로미터 이상 솟구쳐 오르기도 했다.

새넌은 지금 이오 지표면에 있는 탐사선이 보내오는 화산의 영상을 보고 있었다. 1년이 넘는 기간 동안 파견대의 공학자와 과학자들은 목성이 끊임없이 폭격하는 방사선, 전자, 이온들을 맞으면서 이상 없이 작동할 수 있는 장비의 포장재와 보호 수단을 궁리하느라 수도 없이 실패하고 바닥부터 다시 시작하는 실험을 반복했다. 그래서 새넌은 그들이 마침내 이룬 성공의 결과를 지켜보는 자리에 참석해야 할 의무감을 느꼈다. 새넌은 시시한 잡무가 될 거라 예상했었지만, 그의 예상과 전혀 달랐다. 행사는 활기가 넘쳤고, 현장에서 진행되는 일에서 손을 떼고 멀리서 최고 지휘관으로 지내는 게 얼마나 편한 건지 다시 상기시켜주었다. 새넌은 파견대의 과학 프로젝트들이 어떻게 진행되고 있는지 제대로 챙겨봐야겠다는 생각이 들었다.

새넌은 공식적인 업무 시간이 끝난 뒤로도 한 시간은 더 남아서 탐사선의 자세한 사항에 관한 이야기를 나눈 후에야 실례한다고 인사한 후 개인 숙소로 물러갔다. 파견대장은 샤워한 뒤 옷을 갈아입고, 전용실에 있는 책상에 자리를 잡고 앉아 단말기로 그날 온 메일 목록을 살펴봤다. 항해통신본부의 빅터 헌트가 보낸 텍스트 메일이 있었다. 섀넌은 뜻밖의 메일이라 기쁘면서도 흥미가 일었다. 섀넌은 헌트가 가니메데에 머물고 있을 당시 그와 흥미로운 이야기를 많이 나눴지만, 헌트가 한가하게 시간을 내서 사교를 즐기는 부류는 아닌 것 같았기 때문에, 뭔가 흥미로운 소식이 있을 것 같은 느낌이 들었다. 그는 호기심이 일어서 자판을 두들겨 헌트의 메일을 모니터에 띄웠다. 5분 후, 섀넌은 그대로 앉은 채 어리둥절한 표정으로 눈살을 찌푸리며 메시지를 응시하고 있었다.

조셉 B. 섀넌 파견대장에게,

이 주제에 대한 말다툼(cross words)을 피하고자, 저는 당신이 언급했던 책에서 몇 가지 단서를 찾았고, 5페이지와 24페이지, 10페이지의 참고사항을 우연히 발견했습니다(came across). 당신이 11절과 20절을 읽어 내려가면(get down), 무슨 말인지 아실 겁니다.

그들이 786을 어떻게 입수했는지는 여전히 수수께끼(puzzle)입니다.

모두에게 안부를 전해주세요.

헌트 보냄.

한마디도 이해가 되지 않았다. 섀넌은 헌트가 이성적인 사람이라는 사실을 잘 알았기 때문에 메시지 뒤에 뭔가 중요한 게 있을 거라 확신했다. 하지만 그가 떠올릴 수 있는 생각은 헌트가 자신에게 뭔가 비밀을 전하려 한다는 사실 정도였다. UN 우주군은 썩 괜찮은 암호 체계를 가지고 있는데, 왜 일부러 이런 수고를 한 걸까? UN 우주군의 통신망을 도청하는 건 당연히 불가능하지만, 고성능의 컴퓨터를 가진 사람이 있다면 보호 조치를 무력화시킬 수 있다. 다른 한편으로, 섀넌은 2차 세계대전 당시 독일이 자기네 암호 체계가 절대로 깨지지 않는다고 믿었다는 사실을 냉정하게 떠올렸다. 영국은 블레츨리 파크에서 '튜링 기계'를 이용해 히틀러와 독일 장교들 사이의 무전을 완벽하게 해석할 수 있었다. 종종 본래의 수신자보다 빨리 해독해내기도 했다. 이 메시지는 평범한 영어로 되어 있음에도, 제3자는 의미를 전혀 알 수 없다. 그저 무해한 내용처럼 보일 뿐이다. 문제는 섀넌조차도 의미를 전혀 알 수 없다는 점이었다.

*

섀넌은 다음 날 이른 아침 선임 장교용 식당에서 식사하기 위해 앉아서도 메일에 대한 생각에 잠겨 있었다. 그는 함장이나 일등항해사, 혹은 이른 아침 근무교대를 한 다른 장교들이 모습을 드러내기 전에 일찍 식사하는 것을 좋아했다. 섀넌은 아침 식사 시간을 하루 업무에 대한 생각을 정리하고, 〈행성저널〉을 훑어보면서 다른 곳에서 일어난 일들의 소식을 따라잡는 시간으로 활용했다. 〈행성저널〉은 일간지로서, 매일 UN 우주군이 지구에서 태양계 전체에 흩어져 있는 비행선과 시설로 송신했다. 그가 일찍 오는 걸 좋아하는 또 다른 이유는 저널에 실린 십자말 퍼즐과 씨름할 여유를 가질 수 있었기 때문이었다. 섀넌은 오래전부터 십자말 퍼즐에 중독된 상태로, 일종의 불치병이었다. 하지만 그는 이른 아침 퍼즐을 풀면 일과에 앞서서 정신을 날카롭게 만들어준다고 주장하며 자신의 퍼즐 중독을 합리화했다. 그 말이 사실이라고 정말로 확신하는 건 아니었지만, 그다지 신경 쓰지 않았다. 그래도 핑곗거리로는 썩 좋았다. 오늘 아침에는 흥미진진한 뉴스가 없었지만, 섀넌은 성실하게 다양한 기사들을 훑고, 기분 좋게 십자말 퍼즐 페이지를 펼쳤다. 그때 승무원이 그의 커피잔을 다시 채웠다. 섀넌은 그 페이지를 한 번 접고, 다시 한 번 접었다. 그리고 식탁 가장자리에 대고 단서들을 훑어보며 펜을 꺼내려 재킷 안주머니를 더듬다가 페이지 위에 있는 제목이 눈에 들어왔다.

〈행성저널〉 십자말 퍼즐(Crosswords puzzle) 786회

섀넌의 몸이 굳었다. 그의 손이 재킷 안주머니에서 그대로 멈췄다. 번호가 그의 눈길을 붙잡았다. "그들이 786을 어떻게 입수했는지는 여전히 수수께끼(puzzle)입니다."라는 글이 그의 머릿속에 즉시 재생됐다. 그리고 헌트의 이상한 메일에 담겨 있던 모든 단어가 뚜렷하게 떠올랐다. '786'과 '퍼즐(puzzle)' 둘 다 같은 문장에 담겨 있었다. 이건 절대로 우연일 리 없었다. 그리고 헌트도 가끔 여유가 생기면 십자말 퍼즐에 열중하던 모습이 떠올랐다. 헌트가 섀넌에게 몹시 난해한 〈런던 타임스〉의 십자말 퍼즐을 소개해줘서 둘은 바에서 오랜 시간 함께 퍼즐을 풀면서 술을 마시곤 했었다. 섀넌은 의자에서 뛰어오르며 "유레카!" 소리를 지르고 싶은 충동을 억누르고, 펜을 안주머니에 다시 넣으며 그 옆에 메일의 복사본이 들어있는 지갑을 더듬었다. 그는 복사본을 꺼내서 저널과 커피잔 사이의 식탁 위에 놓고 평평하게 펼쳤다. 메일을 다시 읽자 단어들이 완전히 새로운 의미로 다가왔다.

바로 첫 줄에 '말다툼(cross words)'이 있었다. 'Cross words'는 떼어

쓰면 '말다툼하다'라는 뜻이지만, 'crosswords'로 붙여 쓰면 '십자말 퍼즐'을 의미한다. 조금 뒤에는 '단서'라는 단어가 있다. 이제 이 단어들의 의미는 명확했다. 나머지 다른 단어들은 어떨까? 그는 헌트에게 어떤 책도 언급한 적이 없었다. 그러므로 그 부분은 의미 없는 삽입구일 것이다. 하지만 그 뒤에 나오는 숫자들은 아마도 뭔가 의미가 있을 것이다. 섀넌은 눈에 힘을 주고 그 숫자들을 응시했다. 5, 24, 10, 11, 20. 나열된 숫자들의 의미는 아무리 생각해봐도 금세 떠오르지 않았다. 이미 섀넌은 그 숫자들을 이리저리 다양한 방식으로 조합해봤지만, 의미를 찾을 수 없었다. 하지만 새로운 상황에서 다시 메일을 꼼꼼히 읽자, 그 전에는 거의 알아채지 못했던 두 구절이 분명하게 눈에 들어왔다. '우연히 발견했습니다(came across)'라는 구절이 5, 24, 10과 연결되었고, 바로 그 뒤에 '읽어 내려가면(get down)'과 11, 20이 연결되어 있었다. 이는 십자말 퍼즐과 관련된 말이 확실했다. 이 단어들은 가로(across), 세로(down)의 단서들을 가리켰다. 그렇다면 헌트가 말하려던 것은 가로 5, 24, 10번 단서와 세로 11, 20번 단서의 답을 찾으라는 뜻일 것이다. 그 외에 다른 의미일 수 없었다.

흥미가 솟은 섀넌은 다시 저널로 관심을 돌렸다. 바로 그때 함장과 일등항해사가 식당 건너편의 문에 나타났다. 그들은 쾌활하게 이야기를 나누며 웃고 있었다. 섀넌은 자리에서 일어나며 저널을 집어 들었다. 섀넌은 그들이 식당으로 세 걸음도 채 들어오기 전에 빠른 걸음으로 그들을 지나치며 어깨너머로 무뚝뚝하게 인사를 던졌다. "안녕, 여러분." 둘이 의아한 눈길을 주고받은 뒤 복도 쪽을 돌아봤을 때 이미 섀넌은 사라진 후였다. 둘은 다시 눈을 마주치고는 어깨를 으쓱하고 빈 식탁에 가서 앉았다.

〈행성저널〉 십자말 퍼즐 786회

(퍼즐 제작 - 휴스턴 항해통신본부 D. 매드슨)

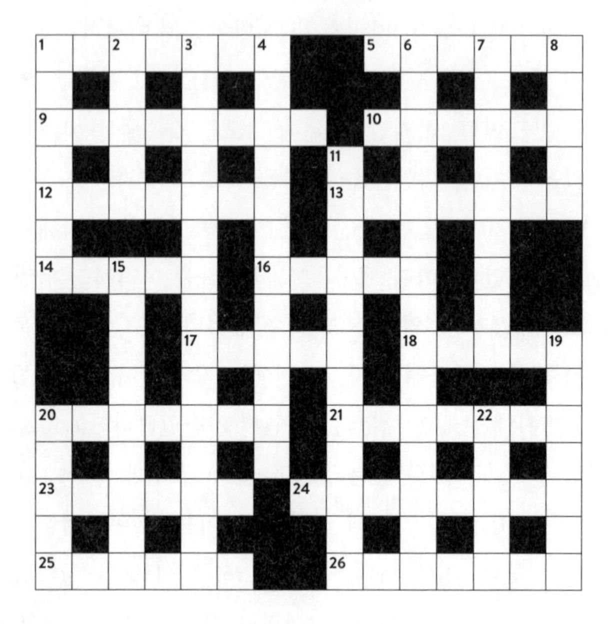

가로 단서

1. 물기를 머금은 아일랜드 꽃(Watery Irish flower) (7)

5. 디지털 이퀴프먼트사에 대한 시의 의미 찾기
(Find the meaning of a poem to Digital Equipment Corporation) (6)

9. 술집에서 돈이 없는 게 죄일까? 반대편은 조용해!
(Guilty of having no money after the pub? Quite the opposite!) (8)

10. 항해를 혼란스럽게 만들 수 있는 안내등
(A guiding light in what could be a confused voyage) (6)

12. 행동에 뛰어든 작가가 심오한 결론에 도달했다
(Writer, jumping into action, arrives at a profound conclusion) (4, 3)

13. 궁극적인 문서 처리 방안(The ultimate in text remedies) (7)

14. 스위스 수학자에 의해 바뀐 동양의 규칙
(Oriental rule changed by Swiss mathematician) (5)

16. 구어체로 쓴 짧은 서문의 주장을 둘러싸고 일어난 폭동
(Wild riot about the point of a short preamble, colloquially speaking) (5)

17. 전문가는 3분의 2를 잃었지만, 더 많은 것을 위해 예술을 뒤집었다
(Expert loses two-thirds but takes back art for something more) (5)

18. 분리된 조각(A separated piece) (5)

20. 어쩌면, 팬이 하나만 있는 콘티넨탈 차(Continental one-fan car, maybe) (7)

21. 권리를 없애기 위해 돌기(Ringing around to abolish a right) (7)

23. 코끼리의 머리와 꼬리를 빗속에 유지하기
(Keep the elephant's head and tail in the rain) (6)

24. 다이애나의 자물쇠 때문에 가슴이 아팠다(Dianna's lock causes heartache) (8)

25. 6개월 후, 남자들과 내가 아랍 사람을 찾았다
(After six months, men and I find a type of Arab) (6)

26. 노스캐롤라이나를 어느 정도 쉽게 둘러쌌다
(Surrounds North Carolina with ease, to a point) (7)

세로 단서

1. 아마도, 썰매에서 승리? 그건 불공평해!(Win in a sled, perhaps? It's not fair!) (7)

2. 그러나 이 유명한 여성이 가져오라고 조언을 들었던 무기는 비너스에 그다지 좋지 않을 것이다!
(But the arms this noted lady was advised to get wouldn't have been much good to Venus!) (5)

3. 심장에서 바로 전해지는 강력한 반응?
(Powerful response, right from the heart?) (7, 8)

4. 아마 진에 했을까? 할 수 없다, 습관성이 아니다
(Possibly did on gin? Can't, it's not habit-forming) (3, 9)

6. 경기병의 돌격으로 밀어닥치는 파도(A wave from a charge of the Light Brigade) (15)

7. 수소는 난폭한 항성의 핵에서 조화를 이룬다
(Hydrogen makes harmony in turbulent star-core) (9)

8. 노르만인의 머리가 호수에 있는가? 아니, 다른 녀석이다
(Norman's head in the lake? No, some other guy) (5)

11. 실험 결과를 재편성하기 위해 날짜를 맞추자
(Let's fit a date to reorganize the experimental results) (4, 4, 4)

15. 이것은 나무꾼의 음악처럼 들린다
(It sounds like a lumberjack's musical number) (9)

19. 초기에 남쪽을 믿었던 후버가 진보를 요구했다
(Hoover, initially in trust over the South, urges progress) (7)

20. 아르곤 광선 행렬(Argon beam matrix) (5)

22. 더 적은 양에 아무것도 예금하지 말라
(Deposit nothing in the smaller amount) (5)

전용실로 돌아간 섀넌은 책상에 앉아 다시 종이를 펼쳤다. 가로 5번 단서를 읽었다. '5. 디지털 이퀴프먼트사에 대한 시의 의미 찾기 (6).' 디지털 이퀴프먼트사(DEC)라는 회사의 이름은 UN 우주군과 과학자들에게 잘 알려져 있었다. DEC 컴퓨터는 목성과 지구 사이를 잇는 레이저 통신을 통해 끊임없이 쏟아지는 데이터를 처리하는 일부터 이오에 착륙한 로봇에 들어간 계측기의 제어까지 온갖 일에 사용되었다. 'DEC' 이 글자들이 해답의 일부일 것이다. 나머지 단서는 뭘까? '시(poem).' 그 단어와 관련된 단어들의 목록이 섀넌의 머릿속에 줄지어 지나갔다. 운문(verse)…, 서정시(lyric)…, 서사시(epic)…, 애가(elegy). 모두 별로였다. 그는 괄호 안에 표시된 여섯 자에 맞출 수 있도록 세 글자로 된 단어를 원했다. "송시(ode)!" 이 세 글자를 DEC에 붙이면 'DECODE(해독하다)'가 된다. 이 단어 뜻은 '…의 의미 찾기'이다. 별로 어렵지 않았다. 섀넌은 답을 적고, 가로 24번으로 관심을 옮겼다.

'24. 다이애나의 자물쇠 때문에 가슴이 아팠다 (8).' '다이애나의(Dianna's)'는 공짜나 다름없는 단서다. 섀넌은 잠시 생각한 후, '다이의 땋은 머리(Di's tress)'라는 답을 얻어냈다. 다이(Di)는 다이애나의 애칭, lock은 자물쇠 외에 '머리털'이라는 뜻도 있다. tress는 '땋은 머리.' 그래, 이것이 가슴에 'DISTRESS(고통)'을 준 것이다.

가로 10번을 읽었다. '항해를 혼란스럽게 만들 수 있는 안내등 (6).' 항해를 혼란스럽게 만들 수도 있다는 말은 '항해(voyage)'라는 단어의 철자를 뒤섞으라는 의미일 수도 있다. 그렇게 하면 여섯 자가 된다. 섀넌은 한참 동안 그 글자들을 이리저리 바꿔봤지만, 의미 있는 단어가 되지 않았다. 그래서 일단 세로 11번으로 넘어갔다. '실험 결과를 재구성하기 위해 날짜를 맞추자 (4, 4, 4).' 각각 네 글자로 이루어진 단어 세 개가 답이었다. '재구성'은 다시 글자를 뒤섞으라는 암시처럼 보였다. 섀넌은 단서를 꼼꼼히 읽으며 열두 자가 포함된 단어 조합을 찾았다. 그리고 곧 '날짜를 맞추자(Let's fit a date)'를 골라냈다. 그는 몇 분 동안 신문의 여백에 무작위로 그 글자들을 써내려가며 마구 뒤섞었다. 그리고 마침내 '시험 데이터 파일(TEST DATA FILE)'을 만들어냈다. 섀넌은 본능적으로 이게 정답이라는 사실을 알았다.

세로 20번의 단서는 '아르곤 광선 행렬 (5).' 무슨 뜻인지 잘 이해가 되지 않았다. 그래서 섀넌은 놓쳤던 단어들을 가로지르는 글자들을 손에 넣기 위해 다른 단서들을 맞춰봤다. 가로 10번의 '안내등'은 '신호기(BEACON)'로 밝혀졌다. 그 단어는 단서의 나머지 부분에 있었다. 그리고 바로 자신의 눈앞에서 그를 빤히 쳐다보고 있었다. "혼란스럽게 만들 수 있는(…could 'BE A CON'fused)." 글자를 뒤섞도록 유도한 것은 고의적인 속임수였다. 섀넌은 십자말 퍼즐 제작자가 되려면 정신이 어떤 식으로 뒤틀려 있어야 하는 건지 궁금해졌다. 마침내 '아르곤 광선(Argon beam)'은 'Ar(아르곤의 화학 기호)' 더하기 'ray(광선)'로서, 정답이 'ARRAY(배열)'이었다는 사실을 깨달았다. 다시 말해 행렬(matrix)은 배열이었다. 흥미롭게도, 가장 위에 있는 단서인 가로 1번의 해답은 아일랜드의 강인 '섀넌(SHANNON)'이었다. 아마도 그에게 개인적으로 확신을 주기 위해 슬쩍 끼워 넣은 모양이었다.

그 단어들로 이루어진 전체 메시지를 헌트가 메일로 전해줬던 번호의 순서대로 나열했더니 이렇게 읽혔다.

조난 신호기 시험 데이터 파일 배열을 해독하라.
(DECODE DISTRESS BEACON TEST-DATA-FILE ARRAY.)

새넌은 의자에 기대어 앉아 만족스러운 표정으로 최종 결과를 유심히 살펴봤다. 하지만 아직 모든 걸 알아냈다고 말하긴 힘들었다. 그러나 헌트가 관여했던 가니메데인과 관련된 어떤 일이라는 사실은 의심의 여지가 없었다.

샤피에론호가 심우주에서 가니메데로 모습을 드러내기 얼마 전에, 목성의 위성들을 탐사하던 UN 우주군 파견대가 좌초된 고대 가니메데인의 우주선을 발견했다. 우주선은 2천5백만 년 전 가니메데의 얼음층 아래에 묻혀 있었다. 가니메데 지표면에 있는 갱구기지에서 헌트와 공학자들이 선체에서 찾아낸 몇몇 장치들에 대해 실험을 하다가 가니메데인의 조난 신호기를 작동시켰다. 가니메데인의 우주선은 주동력으로 비행하는 동안 그들이 이용하는 추진 방법이 전자기파 신호의 수신을 방해하기 때문에, 그 신호기는 중력파를 이용했다. 그 신호가 태양계로 재진입한 샤피에론호를 가니메데로 끌어들였다. 샤피에론호가 출발한 뒤에, 같은 장치를 이용해서 거인의 별에서 온 놀라운 답장을 우주선에 전해주자는 제안이 있었던 사실이 기억났다. 하지만 처음에 온 회신을 장난으로 의심했던 헌트는 그 제안을 거부했었다.

헌트의 메시지에 있는 '조난 신호기'는 그 장치일 수밖에 없다. 그렇다면 새넌에게 해독하라는 '시험 데이터 파일 배열'은 무엇일까? 가니메데인의 신호기는 다른 여러 품목과 함께 지구로 수송해서 직접 실험하길 원하는 다양한 연구소로 보내졌다. 그리고 실험을 진행하는 연구자들은 그 결과를 레이저 통신망을 통해 목성으로 송신해서 관련자들에게 계속 정보를 제공하게 되어 있었다. 새넌이 추측할 수 있는 거라곤, 헌트가 어떤 정보를 조난 신호기와 관련된 시험 데이터로 위장해서 통신망을 통해 송신했을 것이란 사실이었다. 아마도 그 자료에는 숫자만 길게 나열되어 있을 것이다. 이제 섀넌의 관심이 그 파일로 향했다. 그 숫자들을 읽는 방법은 충분히 면밀하게 조사하면, 그 숫자들이 스스로 알려줄 것이다.

만일 이 추측이 맞는다면, 지구에서 날아온 특이한 시험 데이터 파일에 대해 알고 있을 가능성이 큰 사람들은, 얼음층 아래에서 신호기를 가지고 올라온 후 그 장치에 관해 연구했던 갱구기지의 공학자들일 것이다. 섀넌은 책상 위에 있는 단말기를 켜고 명령을 입력해서 목성 5차 파견대 직원 기록을 띄웠다. 몇 분 후, 섀넌은 그 일을 맡은 공학 프로젝트 책임자를 확인했다. 그는 캘리포니아 출신으로 버클리대에서 전기전자공학 석사학위를 받은 후 UN 우주군의 '추진 장치 및 추진 연료부'에서 10년 동안 일하다가 목성 5차 파견대에 합류한 빈센트 카리잔이었다.

처음에 섀넌은 갱구기지로 전화를 걸고 싶은 충동이 일었다. 하지만 잠시 좀 더 생각해본 뒤 그러지 않기로 했다. 헌트가 통신망을 통해 메시지를 전달하면서 다른 사람들이 그 문제에 대해 어떤 낌새도 알아채지 못하게 하려고 이렇게 고생을 한 걸 보면, 무슨 일이든 일어날 수 있다. 섀넌이 어떻게 할지 생각하고 있을 때 단말기에서 호출음이 들려왔다. 섀넌은 모니터를 정리하고, 자판을 두들겨 호출을 받았다. 사령실에 있는 그의 부관이 건 전화였다.

"대장님, 실례합니다. 5분 후에 G-327에서 진행될 운영 통제관의 보고에 참석할 일정이 잡혀 있습니다. 오늘 아침에 대장님을 본 사람이 아무도 없어서, 알려드리는 게 나을 것 같아 연락드렸습니다."

"아, 고맙네, 보브." 섀넌이 대답했다. "이봐, 일이 좀 생겼어. 그래서 거기에 참석하기 힘들 것 같아. 자네가 나 대신 변명 좀 해주겠나?"

“네, 그렇게 하겠습니다.”

“아, 그리고….” 문득 떠오른 생각 때문에 섀넌의 목소리가 갑자기 커졌다.

막 통화를 끊으려던 부관이 고개를 번쩍 들었다. “네?”

“그 일정을 마치는 대로 내 방으로 최대한 빨리 와주게. 가니메데 지상으로 수송하고 싶은 전문이 있어.”

“수송 말입니까?” 깜짝 놀란 부관이 의아한 표정을 지었다.

“그래. 갱구기지에 있는 공학자에게 보낼 거야. 지금은 설명해줄 수 없지만, 긴급한 일이네. 자네가 서둘러준다면 9시에 가니메데 중앙기지로 내려가는 왕복선에 실을 수 있을 거야. 자네가 여기 오기 전에 밀봉해놓고 있겠네. X등급으로 취급하게.”

부관의 얼굴이 바로 진지해졌다. “금방 가겠습니다.” 부관이 그렇게 말한 뒤 모니터가 꺼졌다.

섀넌은 점심시간 직전에 갱구기지에서 간단한 연락을 받았다. 카리잔이 중앙기지를 거쳐 목성 5차 파견대로 오고 있다는 이야기였다. 카리잔은 데이터 파일의 인쇄물을 가지고 도착했는데, 아마도 가니메데인의 조난 신호기에 실시된 시험과 관련된 듯했다. 그건 오늘 아침 지구에서 레이저 통신망을 통해 송신된 후 지표면으로 전달되어 갱구기지의 컴퓨터 모니터에 떴던 자료였다. 갱구기지의 공학자들은 파일의 표제 순서가 엉망이고, 포함된 참조 문헌이 데이터베이스 색인 체계와 일치하지 않아서 어리둥절하던 참이었다. 그리고 표제에 언급된 종류의 시험 일정에 대해서는 아는 사람이 아무도 없었다.

섀넌이 예측했던 대로 파일에는 숫자만 담겨 있었다. 각 숫자 모음은 쌍을 이루는 긴 번호의 목록으로 이루어졌다. 관련 변수를 판독하는 실험 보고서의 전형적인 배치였지만, 그 보고서를 액면 그대로 받아들이지 않을 이유가 없는 사람들은 그 외의 의미를 전혀 찾을 수 없었다. 섀넌은 입이 무거워 믿을 만한 과학자들을 소규모로 모았다. 쌍을 이룬 각 숫자 모음으로 256×256 행렬에서 X-Y 좌표로 정의된 일련의 좌표점을 만들어내는 데에는 그리 오랜 시간이 걸리지 않았다. 십자말 퍼즐 안에 그에 대한 암시가 있었기 때문이다. 각 점을 컴퓨터 모니터에 표시했더니, 각 숫자 모음은 시험 데이터의 확률적 분포를 나타낸 점의 무늬처럼 보였는데, 대략 직선 방정식 함수 그래프 같았다. 하지만 그 점의 무늬를 서로 겹쳐놓자, 선으로 이어지며 모니터를 비스듬히 가로지르는 단어를 형성했다. 그리고 단어들은 영어로 된 메시지였다. 그 메시지에는 지구에서 송신된 다른 파일에 담긴 숫자들에 대한 지시가 담겼고, 그 숫자들을 해독하는 방법에 대해 분명한 지침을 줬다. 그 일을 마쳤을 때 나온 정보의 양은 어마어마했다.

해독 결과는 목성 5차 파견대에게 기다란 가니메데인 통신 코드를 UN 우주군이 아니라 바깥쪽으로, 태양계 가장자리 너머의 좌표로 송신하라는 자세한 지시사항이었다. 그 방향에서 답변을 수신하면 그 내용을 지금까지 했던 방식대로 시험 데이터로 위장해서 레이저 통신망을 통해 항해통신본부로 전달하라는 지시도 담겨 있었다.

해독을 마치자, 섀넌은 모자란 잠 때문에 지치고 충혈된 눈으로 전용실에 있는 단말기 앞에 앉아 지구의 휴스턴 항해통신본부에 있는 빅터 헌트 박사 앞으로 보낼 메시지를 적었다.

빅터 헌트 박사,

빈센트 카리잔과 이야기를 나눴습니다. 이제 모든 게 훨씬 명확해졌습니다. 우리는 당신이 요청했던 시험들을 진행 중입니다. 뭔가 긍정적인 결과가 나오면, 즉시 그 결과를 보내드리겠습니다.

성공을 빌며,

조셉 B. 섀넌.

5

헌트가 조종사 자리에 느긋하게 앉아 장난감 마을 같은 휴스턴의 교외를 멍하니 내려다봤다. 저 아래 어딘가에서 간헐적으로 쏘아 올리는 2진수의 흐름에 의해 안내를 받는 비행차는 만족스러운 붕붕 소리를 내며 날고 있었다. 헌트는 저 아래의 길 위에서 조화를 이루며 흐르고, 합류하고, 느려지고, 가속하는 지상차들이 만든 무늬가 중앙에서 연주하는 거대한 작품을 조금 드러내 보여주는 것 같아 흥미로웠다. 마치 우주의 바흐가 작곡한, 믿기 어려울 정도로 복잡한 관현악 악보의 일부분을 보는 것처럼 느껴졌다. 하지만 그런 생각은 모두 망상이었다. 각 차량은 목적지의 상세 지도와 도로의 상황을 처리하기 위해 비교적 단순한 지침 몇 가지가 프로그램되어 있을 뿐이다. 저런 복잡성은 수많은 차량이 모여들며 만들어진 환경 속에서 자유롭게 상호작용한 결과로 나타난 것이다. 헌트는 마치 생물 같다는 생각이 들었다. 온갖 마술적이고 신비하고 초자연적인 힘은, 관찰한 우주가 아니라 잘못 이해한 관찰자의 마음속에 존재했던 창작이었다는 사실이 오랜 세월을 거치며 밝혀졌다. 헌트는 얼마나 많은 인간의 재능이 아직 계발되지 못한 채 희망 사항에 불과한 창작물을 헛되이 쫓느라 허비되고 있을지 궁금했다. 가니메데인은 그런 망상을 즐기지 않았다. 그들은 우주가 어떻게 보이는 것 같은지 혹은 어떻게 되길 원하는지가 아니라, 우주를 있는 그대로 이해하고 지배하려 열심히 노력했다. 아마도 그랬기 때문에 가니메데인은 별들에 닿을 수 있었을 것이다.

헌트의 옆자리에서 린이 며칠 전 〈행성저널〉 십자말 퍼즐을 절반쯤 풀다가 고개를 들고 물었다. "혹시 이 문제 뭔지 알겠어? '이것은 나무꾼의 음악처럼 들린다.' 당신은 이게 뭐 같아?"

"몇 글자인데?" 헌트가 잠시 생각해본 후 물었다.

"아홉 자."

헌트는 눈살을 찌푸리고, 자기 앞에 있는 제어장치 모니터에 주기적으로 갱신되는 비행 시스템 상태의 요약 정보를 보다가 말했다. "로그(Logarithm)."

린이 그의 대답을 곰곰이 생각하더니 어렴풋이 미소를 지었다. "아, 알겠다. 교묘한 문제네. 그 단어가 '나무꾼 리듬(Logger rhythm)'처럼 들린다는 거지."

"맞아."

"잘 들어맞네." 린이 저널을 무릎 위에 놓고 단어를 적었다. "섀넌 대장이 풀어야 했던 문제가 이것보다 쉬워서 다행이야."

"우리한테도 다행이지."

그 메시지를 이해했다는 섀넌의 확인 메일은 이틀 전에 도착했다. 밤에 둘이서 린의 집에 머물며 헌트의 〈런던 타임스〉 십자말 퍼즐 책을 풀다가 문득 그 아이디어가 떠올랐었다. 가니메데인의 언어를 공부했던 항해통신국의 언어 전문가 돈 매드슨은 정기적으로 그 저널에 퍼즐을 제작해주고 있었는데, 헌트의 가까운 친구이기도 했다. 그래서 헌트는 콜드웰 본부장의 허락을 받고, 매드슨에게 거인별 상황에 대해 필요한 사항을 최대한 말해줬다. 그리고 함께 메시지를 작성해서 목성으로 송신했다. 이제는 그 아이디어가 결과를 만들어 내길 희망하며 기다리는 수밖에 없다.

"부디 머피가 휴가를 떠났기를 바라자." 린이 말했다.

"그건 꿈도 꾸지 마. 차라리 다른 사람들이 '머피의 법칙'에 대한 '헌트의 확장판'을 기억하길 바라는 게 낫지."

"헌트의 확장판이 뭔데?"

"잘못될 가능성이 있는 모든 일은 잘못된다. 누군가 자신이 맡은 일을 해내지 못한다면."

유리창 바깥의 짧은 날개가 살짝 움직이더니, 비행차가 비스듬히 항로에서 벗어나면서 조금씩 아래쪽으로 내려가기 시작했다. 약 1.5킬로미터 정도 떨어져 있는 강둑에 늘어서 있던 커다란 하얀 건물들이 비행차 앞유리창 가운데를 향해 서서히 움직이더니 정면에 똑바로 섰다.

"그 사람은 틀림없이 보험 영업사원이었을 거야." 잠시 말이 없던 헌트가 중얼거렸다.

"누구?"

"머피 말이야. '모든 일은 엉망진창이 될 겁니다. 자, 신청서에 서명하시죠.' 보험 영업사원이 아니면 누가 그런 말을 할 생각을 해내겠어?"

정면의 건물들이 점차 커지더니 UN 우주군 생명과학부 웨스트우드 생물학연구소의 매끄럽고 깔끔한 윤곽선이 눈에 들어왔다. 비행차가 서서히 속도를 늦추다가 생화학 건물 상공 15미터 높이에서 멈췄다. 이 건물과 함께 신경과학, 생리학 건물은 삼총사처럼 서서, 햇빛을 받아 반짝이는 분수와 잔디밭으로 나뉜 색색의 모자이크로 포장된 광장 건너편의 길고 거대한 중앙관리본부를 마주 보고 있었다. 헌트는 착륙장을 눈으로 확인하고, 컴퓨터에 착륙 절차를 마무리하도록 지시했다. 몇 분 후 헌트와 린은 건물 최상층 로비에 있는 접수처에서 절차를 밟았다.

"단체커 교수님은 사무실에 안 계십니다." 접수원이 모니터를 보더니 그들에게 말했다. "지하실에 있는 연구실의 출입 코드에 교수님의 번호가 입력되었습니다. 그쪽에 연락해보겠습니다." 접수원이 자판으로 다른 코드를 두드리자, 잠시 후 모니터에 떠 있던 글자들이 흐릿한 색색의 형태로 사라지더니, 곧 가느다란 매부리코 위에 시대착오적인 금테 안경을 쓴 메마른 대머리 남자의 모습으로 변했다. 그의 피부는 뼈 위에 펼쳐서 바른 듯한 느낌을 줬는데, 시비조로 쑥 내밀고 있는 턱까지 제대로 덮기에는 그다지 여유가 없었던 모양이었다. 단체커는 그들의 방해가 그리 달갑지 않은 표정이었다.

"네?"

"단체커 교수님, 최상층 로비입니다. 박사님을 만나러 온 방문자 두 분이 계십니다."

"저는 몹시 바쁩니다." 단체커가 퉁명스럽게 대답했다. "그 사람들은 누구며, 뭘 원한답니까?"

헌트가 한숨을 뱉고는 평면 모니터를 돌려 그의 얼굴을 바라봤다. "우리야, 단체커. 헌트와 린. 우리랑 만나기로 약속했잖아."

단체커의 표정이 부드러워졌다. 꽉 다문 그의 입꼬리가 위로 살짝 올라갔다. "아, 그렇지. 미안하네. 내려와. 난 E층 해부실에 있어."

"자네 혼자 일하는 중인가?" 헌트가 물었다.

"응. 여기서 이야기할 수 있어."

"금방 내려갈게."

그들은 로비 뒤쪽에 있는 엘리베이터로 걸어갔다. "단체커 교수는 틀림없이 그 동물들을 연구하고 있을 거야." 둘이 엘리베이터를 기다리는 동안 린이 말했다.

"그 친구는 가니메데에서 돌아온 이후로는 바람 쐬러 위쪽으로 한 번도 안 올라왔을걸." 헌트가 말했다. "난 단체커가 그 동물들처럼 변하지 않은 게 오히려 놀라워."

단체커는 샤피에론호가 태양계에 다시 나타났을 때 헌트와 함께 가니메데에 있었다. 사실, 전체 이론에서 가장 놀라운 부분을 맞추는 데에 주로 공헌한 사람은 단체커였다. 민감한 세부사항들은 심리적으로도 준비가 안 된 세계에 아직 명확히 공표되지 않았다.

2천5백만 년 전 미네르바에서 가니메데인의 문화가 번창하던 시기에 그들이 지구를 방문했었다는 사실은 놀라운 일이 아니었다. 가니메데인 과학자들은 미네르바 대기 중 이산화탄소 농도가 높아져서 환경 조건이 악화하리라 예측했는데, 가니메데인들은 이산화탄소에 대한 내성이 낮았다. 그들이 지구에 관심을 가진 이유는 이주할 수 있는 행성 후보로 평가했기 때문이었다. 하지만 그들은 곧 그 생각을 철회했다. 가니메데인들은 육식동물의 등장을 막았던 생화학적 특성을 가진 조상으로부터 진화했기 때문에, 공격성과 잔인함 그리고 지구에서 생존 투쟁의 특성을 나타내는 대부분의 특질이 발달하지 않았다. 지구의 올리고세 후기와 미오세 초기의 환경에 충만했던 잔인성은 평온한 가니메데인의 기질에 너무도 부적당했으므로, 지구에 정착하겠다는 제안은 일고의 가치도 없었다.

그렇지만 당시의 지구 방문은 가니메데인의 과학적인 호기심을 만족시켜주었고, 더불어 실용적인 성과도 있었다. 지구에서 발견한 동물들의 생태를 연구하던 중 그들은 완전히 새로운 유전자에 기초해서 이산화탄소를 흡수하는 구조를 발견했는데, 이는 육상동물에게 훨씬 고등하고 더 높은 적응력을 가진 선천적인 내성을 부여해줬다. 이 덕분에 가니메데인들은 미네르바의 문제를 해결하기 위한 대안적인 방법을 떠올렸다. 가니메데인은 지구의 동물 종들을 대량으로 자기네 행성으로 데려가서 그런 작용을 하는 유전자를 미네르바의 종들에게 이식하고, 나중에는 자동으로 그 후손에게 유전되도록 하는 유전자 실험을 진행했다. 이 초기의 지구 동물 중 잘 보존된 표본들이 가니메데에 좌초한 우주선에서 발견되었다. 단체커는 자세한 연구를 위해 그 동물 중 다수를 웨스트우드로 가져왔다.

가니메데인의 실험은 성공적이지 못했다. 그리고 얼마 지나지 않아 가니메데인들은 미네르바에서 사라졌다. 미네르바에 남은 지구의 동물들은 사실상 방어력이 거의 없는 토종 생물들을 전멸시키고, 적응하고, 퍼져나가 행성 전체에 걸쳐서 번성했다. 그리고 꾸준히 진화를 계속해 나갔다.

약 2천5백만 년 후, 지구의 현재 시간으로 약 5만 년 전, 미네르바에 지적이고 완전히 인간의 형상을 한 종족이 자리를 잡았다. 이 종족은, 2028년 달 탐사가 진행되는 동안 그들이 존재했던 흔적이 처음 드러난 이후 '월인(月人)'으로 불렸다. 헌트는 이때 영국에서 옮겨와 UN 우주군에 합류하며 처음으로 참여했다. 월인은 폭력적이고 호전적인 종족이었다. 진보적인 기술을 빠르게 발전시켰던 그들은 결국 세리오스와 람비아라는 두 개의 초강대국으로 양분되어 대립했다. 이 두 국가가 미네르바 지표면 전체와 그 너머까지 최후의 무시무시한 전쟁을 벌이며 격돌했다. 이 전쟁의 폭력으로 미네르바는 파괴되어, 명왕성과 소행성대가 태어났고, 달은 고아가 됐다.

이 전쟁이 끝날 무렵 소수의 생존자가 달의 표면에서 오도 가도 못하는 신세로 고립되었다. 마침내 달이 지구의 주변을 도는 궤도에서 그럭저럭 안정되자, 이 중 몇 명이 태양계 전체에 유일하게 남은 피난처인 지구의 지표면에 성공적으로 도착했다. 그들은 그 뒤 수천 년 동안 멸종 직전의 불안정한 상황에 부닥치면서 다시 원시의 상태로 퇴보하고, 그 과정에서 자신들의 기원을 더듬어 추적할 수 있는 실마리까지 잃었다. 하지만 그동안 그들은 강해져서 멀리까지 넓게 뻗어 나갔다. 지구에서 평온하게 방해받지 않고 진화를 계속했던 영장류의 자손인 네안데르탈인의 자리를 그들이 대신 차지했다. 그리고 머지않아 현대 인류의 형상으로 행성 전체를 장악했다. 그 후 한참 시간이 지난 뒤에야 그들은 마침내 다시 과학을 발견하고, 우주로 모험을 떠나 자신들의 기원에 관한 이야기를 재구성할 수 있는 증거를 찾게 되었다.

*

헌트와 린이 지저분한 하얀 실험실 가운을 입은 단체커를 만났다. 그는 해부대 위에 놓인 거대한 갈색 털북숭이 사체에서 떼어낸 부분을 측정하며 살펴보고 있었다. 튼튼한 근육이 붙어있고, 주둥이가 제거된 아래턱에 잘 발달한 육식동물의 무시무시한 이빨이 노출되어 있었다. 단체커는 그들에게 이 동물이 미오세 전기의 다포에노돈과 같은 계통에 있는 종의 흥미로운 표본이라고 말해줬다. 이게 비록 네발 포유동물처럼 발가락으로 걷고, 적당히 다리가 길며, 꼬리가 두툼하고, 위쪽 어금니 세 개가 암피키온의 조상 같은 특색을 나타내긴 하지만 말이다. 윗어금니 두 개의 배열이 현대 갯과와 키노딕티스 중간쯤인 키노데스무스와는 달랐다. 단체커는 키노데스무스의 표본도 가지고 있었다. 헌트는 아무런 대꾸 없이 단체커의 설명을 묵묵히 들었다.

헌트는 투리엔의 비행선 착륙 계획이 성공한다면 단체커도 환영단에 포함되어야 한다고 콜드웰 본부장에게 거의 우기다시피 했다. 지구의 과학계에서 가니메데인의 생물학과 심리학에 대해 단체커보다 많이 아는 사람은 없기 때문이었다. 콜드웰은 웨스트우드 연구소장에게 비밀리에 그 문제를 이야기했고, 연구소장은 동의한 뒤 단체커에게 그 상황을 전달했다. 단체커는 그리 많이 설득할 필요도 없었다. 하지만 단체커는 지구의 문제를 다룰 책임이 있는 고위급 인사들이 이 사안을 다루는 방식에 대해 아주 언짢게 생각했다.

"상황 전체가 터무니없어." 단체커가 사용하던 장비들을 해부실 한쪽에 있는 멸균 장치에 넣으며 짜증스러운 말투로 뱉었다. "그놈의 정치와 은밀한 수법 말이야. 이건 지식의 진보를 위해 전례 없는 기회잖아. 인류 전체가 비약적으로 발전할 기회야. 그런데 우리는 지금 여기서 무슨 불법 마약을 다루는 양 음모를 짜고 있잖아. 젠장! 전화로 이야기도 못 한다는 게 말이 돼? 난 이런 상황을 참을 수가 없어."

해부대에서 다포에노돈의 노출된 장기를 흥미롭게 살펴보던 린이 고개를 들었다. "제 짐작에 UN은 인류를 위해 조심스럽게 진행해야 할 의무가 있다고 느끼는 것 같아요." 그녀가 말했다. "완전히 새로운 문명과의 접촉이잖아요. 그래서 UN은 전문가들이 이 문제를 다뤄야 한다고 생각했을 겁니다."

단체커가 멸균 장치의 뚜껑을 쾅 닫고 세면대로 걸어가서 손을 씻었다. "가니메데에 샤피에론호가 도착했을 때, 제 기억에는 거기에서 그들을 맞이했던 호모 사피엔스의 대표라고는 UN 우주군 목성 파견대의 과학자와 공학자들뿐이었어요." 단체커가 냉담하게 지적했다. "그들은 훌륭하게 임무를 수행했고, 우주선이 지구로 오기 오래전에 가니메데인들과 완벽하게 품위 있는 관계를 수립했어요. 그 '전문가'라는 사람들이 전혀 관여하지 않았어요. 전문가들이 한 일이라곤 상황을 어떻게 다뤄야 할지에 관해 지구에서 보내준 어리석은 조언밖에 없었는데, 그 조언은 현장에서 비웃음을 당하다가 무시됐죠."

헌트가 연구실 한쪽 구석에 있는 책상의 의자에 앉아서 단체커를 쳐다봤다. 책상은 컴퓨터 단말기와 모니터들에 거의 둘러싸여 있었다. "사실, UN의 방침에도 어느 정도 타당한 이유가 있어." 헌트가 말했다. "아마 자네는 우리가 얼마나 큰 위험을 무릅쓰고 있는지 생각해본 적이 없었을 거야."

단체커가 다시 해부대로 돌아오면서 콧방귀를 뀌었다. "그게 무슨 말이야?"

"만일 우리가 먼저 해내지 않으면 소련이 착륙 준비를 할 거라고 국무부가 확신하지 못했다면, 우리도 훨씬 조심스럽게 진행했을 거야." 헌트가 그에게 말했다.

"난 무슨 이야긴지 모르겠어." 단체커가 말했다. "조심할 게 뭐가 있는데? 자네도 알다시피, 가니메데인의 머리는 우리나 다른 사람의 안녕을 위협할 수 있는 어떤 것도 고안해낼 능력이 없어. 그 종족이 진화하는 과정에서는, 호모 사피엔스가 이렇게 공격적인 존재가 되도록 영향을 미쳤던 요소들의 영향을 받지 않았기 때문이야." 헌트가 뭔가 대답을 하기 전에 단체커가 그의 얼굴 앞에 손을 흔들며 말을 막았다. "그리고 투리엔인이 근본적으로 바뀌었을지도 모른다는 걱정은 머릿속에서 지워버려도 돼. 인류의 태도를 결정하는 근본적인 특성은 수천만 년 전이 아니라 수억 년 전에 결정되었어. 그리고 나는 가니메데인도 다르지 않다고 자신 있게 이야기할 수 있을 정도로 미네르바에서 진행된 진화에 대해 충분히 연구했어. 그런 시간 규모에 비하면 2천5백만 년은 거의 의미가 없어. 자네가 생각하는 그런 규모의 변화가 일어나는 건 거의 불가능해."

"나도 알아." 간신히 한마디 할 기회가 오자 헌트가 말했다. "그렇지만 자네는 지금 옆길로 샜어. 문제는 그게 아니야. 문제는, 우리가 이야기하고 있는 상대가 가니메데인이 아닐 수도 있다는 사실이야."

단체커는 순간적으로 깜짝 놀란 표정을 짓더니, 곧이어 생각하는 수준이 왜 그것밖에 안 되냐는 투로 얼굴을 찌푸렸다. "말도 안 돼." 단체커가 단호히 말했다. "가니메데인이 아니라면 우리가 누구랑 이야기하고 있겠어? 달의 뒷면에서 처음 보냈던 무전은 가니메데인 통신 코드로 암호화됐는데, 그쪽에서 이해했잖아. 그렇지 않아? 그 무전의 수신자가 다른 존재라고 추측할 만한 이유가 있는 거야?"

"그들이 지금 영어로 이야기하고 있지만, 그렇다고 그들이 영국인인 건 아니잖아." 헌트가 대답했다.

"하지만 거인별에서 송신한 거잖아." 단체커가 반박했다. "제각각 독립적으로 얻은 증거로 볼 때, 가니메데인이 보낸 거라고 추론하지 않을 이유가 있어?"

"그 무전이 거인별에서 왔는지는 우리도 몰라." 헌트가 지적했다. "그들이 그렇게 말한 거지. 하지만 그들은 그 외에도 온갖 이상한 소리를 했어. 우리가 보낸 전파는 거인별을 향하고 있지만, 태양계 너머에서 어떤 게 그 전파를 가로챘는지는 알 수 없어. 가니메데인이 송신한 신호를, 우리의 물리학으로는 이해하지 못하는 그들의 어떤 장비가 전자파로 중계해줬을 수도 있지만, 그렇지 않을 수도 있어."

"그건 명확해." 단체커가 별일 아니라는 듯한 말투로 말했다. "가니메데인들이 거인별로 이주할 때 어떤 종류의 감시 장비를 남겨놓았을 거야. 아마도 지적인 활동의 징후를 감지해서 그들에게 경고해주기 위한 목적이었겠지."

헌트가 고개를 저었다. "그런 경우라면, 100년 전에 초기의 라디오 전파가 감시 장비를 촉발시켰겠지. 지금보다 훨씬 전에 우리의 존재가 알려졌을 거야."

단체커가 잠시 생각하더니 씩 웃었다. "그것도 내 주장이 맞는다는 사실을 증명해줘. 감시 장비가 가니메데인 코드에만 반응했잖아. 우리는 그 전에 가니메데인 코드로 암호화한 전파를 보낸 적이 없어. 그렇지? 그러니까 그건 가니메데인이 보낸 것일 수밖에 없어."

"그런데 지금 그건 영어로 이야기하고 있어. 그렇다면 그건 보잉사가 만든 거라는 의미인가?"

"당연히 언어는 그들의 감시 활동을 통해 습득했을 거야."

"그렇다면 가니메데인의 언어도 같은 방식으로 배울 수 있어."

"자네 말은 앞뒤가 안 맞아."

헌트가 항의하듯 양팔을 펼쳤다. "아, 젠장, 단체커. 내 말은 당분간 열린 마음으로 상황을 보면서 우리가 예상하지 못했던 일을 겪게 될지도 모른다는 사실을 받아들이자는 거야. 가니메데인이 틀림없을 거라는 자네 말이 맞을 수도 있어. 하지만 가니메데인이 아닐 가능성도 있다는 거야. 내가 하려던 말은 그게 다야."

"교수님은 가니메데인이 음모를 꾸미지 않고 사실을 왜곡시키지 않을 거라 하셨지만," 린이 논쟁을 조금이라도 진정시킬 수 있길 바라며 끼어들었다. “누구인지는 몰라도, 조금 이상한 방법으로 행성 간의 관계를 시작하려는 것 같아요. 그리고 그들은 지구의 최근 상황을 아주 기괴하게 이해하고 있었어요. 그렇다면 누군가가 다른 곳에 있는 다른 누군가에게 제대로 말해주지 않은 거겠죠. 그건 전혀 가니메데인답지 않은 일이잖아요, 그렇지 않나요?”

단체커가 콧방귀를 뀌긴 했지만, 대답이 궁색한 표정이었다. 책상 옆에 있는 보조 탁자 위의 단말기가 호출음을 내며 궁지에 빠진 교수를 구해줬다. “실례할게요.” 단체커가 낮게 말하고는, 헌트를 지나 앞으로 몸을 숙이며 호출을 받았다. “네?” 단체커가 대답했다.

헌트의 비서 지니가 항해통신본부에서 연락한 것이었다. “안녕하세요, 단체커 교수님. 헌트 박사님, 거기 계시죠? 박사님에게 전할 급한 메시지가 있어서요. 콜드웰 본부장이 박사님을 찾아서 즉시 전해달라고 했거든요.”

단체커가 뒤로 한 걸음 물러나고, 헌트가 앉아 있던 의자의 바퀴를 굴려 모니터 앞으로 갔다. “안녕하세요, 지니.” 그가 인사했다. “무슨 소식인가요?”

“목성 5차 파견대에서 박사님에게 메시지가 왔어요.” 지니가 고개를 숙이고 화면 아래에 있는 뭔가를 읽었다. “조셉 B. 섀넌 파견대장이 보낸 겁니다. 읽어볼게요. ‘연구실에서 진행한 시험에서 당신이 바라던 결과가 나왔습니다. 이제 완료된 시험 결과 파일을 송신할 수 있도록 정리했습니다. 행운을 빌어요.’” 지니가 다시 고개를 들었다. “박사님이 알고 싶었던 내용인가요?”

헌트의 얼굴이 환희로 물들었다. “그렇고말고요. 지니! 내가 기다리던 게 바로 이거예요! 정말로 고마워요.” 지니는 고개를 끄덕이고 헌트를 쳐다보며 살짝 미소를 지었다. 화면이 꺼졌다.

헌트가 의자를 돌리자 두 사람이 놀란 눈으로 그를 바라보고 있었다. "그 문제에 대해서는 논쟁을 그만해도 될 것 같아." 헌트가 그들에게 말했다. "머지않아 확실하게 알게 될 거야."

6

브루노 천문기지의 수신용 접시안테나는 외눈박이 거인 키클롭스의 눈 같았다. 죽은 듯 적막한 달의 뒷면에 120미터 직경의 강철 그물로 이루어진 포물선이, 별빛이 점점이 박힌 암흑을 향해 불쑥 솟아 있었다. 안테나를 떠받치며 원형 궤도를 따라 서로 반대 방향에서 움직이는 두 개의 철탑은 지상에 있는 천문대와 기지의 건물들 사이에서 가장 두드러져 보였다. 가만히 서서 먼 은하계의 속삭임에 귀를 기울이고 있는 안테나는 주변에 웅크리고 있는 돔과 작은 건물들을 가로지르며 일그러진 그물처럼 생긴 그림자를 길게 드리웠다. 한쪽으로 흘러넘친 그림자는 바위들과 기지 너머에 흩어져 있는 크레이터까지 뻗어가며 희미해졌다.

캐런 대사는 2층의 중앙구역 지붕 위로 돌출된 전망탑의 투명한 유리벽을 통해 그 모습을 바라보고 있었다. 그녀는 열한 명으로 이루어진 UN 달의 뒷면 대표단에서 진행된 또 한 번의 격렬한 회의를 아무런 성과 없이 마친 뒤, 혼자 여기로 와서 자신을 추스르고 있었다. 그들이 최근 걱정하는 일은 그 무전이 가니메데인으로부터 온 게 아닐 수도 있다는 사실이었다. 일주일 전 휴스턴에 있을 때 헌트에게 들었던 이야기를 무분별하게 발언했던 건 그녀의 실수였다. 캐런 대사는 자신이 왜 그런 가능성을 화제로 꺼냈는지 지금까지도 이해가 되지 않았다. 뒤늦게 깨달은 사실이지만, 꾸물대는 상황을 굳힐 기회를 그들에게 준 셈이 되어버렸다. 그녀가 나중에 노먼에게 말했듯이, 그건 뭔가 긍정적인 반응을 촉발하기 위한 일종의 충격요법이었는데, 잘못 계산된 시도였고 불발로 끝났다. 그녀는 당시 상황에 대한 불만이 쌓여서 제대로 생각을 하지 못한 게 틀림없었다. 아무튼 이제는 끝났다. 마지막으로 거인별을 향해 송신된 무전은 가까운 미래에 투리엔인이 지구에 방문할 가능성을 떨어트리고, 지위와 규정에 관해 별로 중요하지 않은 사항들을 자세하게 잔뜩 전했다. 역설적이게도, 이런 과정은 그 외계인이 가니메데인이든 아니든 적대적인 의도를 갖고 있지 않다는 사실을 분명하게 드러냈다. 만일 그들이 적대적인 의도를 가진 상태에서 지구에 오고 싶었다면, 정중한 초대를 기다리지 않고 그냥 막무가내로 방문했을 게 틀림없었다. 그 모든 일 때문에 UN의 정책이 더욱 수상쩍게 생각되었다. 그리고 소련이 독자적으로 착륙을 추진하고 있으며, 어떻게든 UN을 만지작거리고 있을 거라는 캐런 대사와 미국 국무부의 의심이 더욱 강해졌다. 어쨌거나 미국은 휴스턴이 목성을 통한 통신에 성공할 때까지 UN의 규정을 묵묵히 따를 것이다. 그들은 휴스턴의 헌트 박사가 당연히 성공할 거라고 여겼다. 항해통신본부가 그 일을 해내고, 그때까지 브루노 기지에서의 진행 속도를 올리려던 그들의 노력이 성과를 내지 못한다면, 당연히 미국은 어쩔 수 없는 일이었다고 결론을 내리며 스스로를 합리화하려 할 것이다.

캐런 대사는 저물어가는 햇빛으로 생긴 그림자를 배경으로 뚜렷한 윤곽선을 드러낸 안테나의 금속선들을 보면서, 지구에서 40만 킬로미터 떨어진 불모의 사막에 생명의 오아시스를 창조하고 이런 설비를 건설한 지식과 솜씨에 감탄했다. 그녀가 지켜보고 있는 지금도 저 안테나는 조용히 우주의 가장자리를 관찰하고 있을 것이다. 미국과학재단에서 온 과학 자문이, 백여 년 전 전파천문학 분야가 시작된 이래로 전 세계의 전파망원경이 수집한 에너지를 다 모아도 몇 미터 떨어진 담배의 재에서 나오는 에너지 이상은 되지 않을 거라고 이야기해준 적이 있었다. 붕괴한 별, 블랙홀, 엑스레이를 뿜어내는 쌍성과 은하계의 '기본 입자'인 '가스'로 구성된 성운처럼 현대 우주론이 그려낸 그 모든 환상적인 사진들은 그렇게 적은 에너지에 담긴 정보를 재구성한 것이었다.

캐런 대사는 과학자들에 대해 상반되는 두 개의 관점을 가지고 있었다. 하나는 과학자들의 지적 성취가 엄청나다는 것이었다. 가끔 이렇게 대단한 일처럼 말이다. 한편, 그녀는 과학자들이 무생물 영역의 깊은 곳으로 도피한 것은 일종의 포기, 즉 지식의 표현이 의미를 지닌 인간 세계의 부담으로부터 도망친 듯한 느낌을 종종 받았다. 심지어 생물학자들도 생명을 분자와 통계의 수준으로 낮춰버린 것 같았다. 한 세기 전에 과학은 인류의 문제를 해결할 수 있는 도구를 만들었다. 하지만 다른 이들이 그 도구를 가지고 다른 목적을 위해 이용하는 동안 과학자들은 무력하게 서 있었다. UN이 진정으로 일관되고 세계적으로 믿을 만한 영향력을 발휘해서 전략 무기의 군축을 실현하고, 마침내 초강대국들이 더욱 안전하고 나은 세상을 만들기 위해 자원을 동원한 2010년대까지는 그런 상태를 벗어나지 못했다.

최근까지 의미 있는 진보와 인류의 잠재적인 능력을 실현하기 위해 전념하며 세계의 모범이었던 UN이 오히려 그 진보가 가려는 길의 걸림돌이 되어버린 지금의 상황은 더욱 참담하고 이해가 되지 않았다. 성공적인 사회운동과 제국은 변혁을 추진하는 동기가 되었던 요구가 충족된 후에 더 이상의 변화를 거부하는 게 역사의 법칙인 모양이었다. 캐런 대사는, 가속되던 세상의 시간에 속도를 맞추던 UN이 모든 제국들처럼 결국 노쇠 증세를 보이는 침체기에 벌써 접어든 건지도 모르겠다는 생각이 들었다.

하지만 행성들은 예상된 궤도를 따라 끊임없이 움직이고, 브루노 기지의 계기에 연결된 컴퓨터에 나타나는 행성 이동 패턴은 바뀌지 않고 있다. 그렇다면 혹시 그녀가 생각하는 '현실'은 사실 흐르는 모래 위에 세워진 환상이고, 그 환상을 피해 과학자들이 좇고 있는 더 광대하고 바뀌지 않는 현실이 유일하게 중요하고 영원한 것은 아닐까? 여하튼 캐런 대사로서는 휴스턴에서 만났던 헌트나 콜드웰이 현실과 동떨어진 삶을 살며 빈둥거리는 사람들이라고는 생각되지 않았다.

별이 가득한 하늘에서 불빛 하나가 떨어져 나와 차츰 커지더니, 티코 크레이터에서 정기적으로 오가는 UN 우주군의 화물선 모습으로 바뀌었다. 화물선은 기지의 반대편 상공에서 멈춘 상태에서 몇 초간 머문 뒤 서서히 내려앉으며 3번 광학돔과 여기저기 흩어진 저장고, 레이저 송수신기들 사이로 사라졌다. 화물선에는 휴스턴이 워싱턴을 통해 보낸 최근 정보가 실렸을 것이다. 전문가들은 가니메데인의 기술을 바탕으로 누군가 지구 통신망을 감시하고 있다면 어떤 짓이든 할 수 있을 것이라고 했다. 그래서 보안 통신망을 사용하는 것조차도 엄격하게 금지되었다. 캐런 대사는 몸을 돌려 돔을 가로지른 뒤 뒤쪽 벽에 있는 엘리베이터의 버튼을 눌렀다. 1, 2분 후 그녀는 전등이 밝게 비추는 하얀 벽의 지하 3층 복도로 나와 브루노 기지의 미로 같은 지하 통로의 중심부를 향해 걷기 시작했다.

UN 대표단의 소련 대표 미콜라이 소브로스킨이 그녀가 지나친 문에서 나오더니, 그녀와 같은 방향으로 걸었다. 소브로스킨은 키가 작지만 몸집이 큰 분홍색 피부의 대머리였는데, 달의 중력에서도 뒤뚱거리는 걸음걸이로 서둘러 걸어갔다. 캐런 대사는 그 모습을 보면서 '백설 공주'의 한 장면이 떠올랐다. 하지만 그녀는 노먼이 입수한 문서를 통해 이 소련인이 붉은 군대의 중장 출신으로서 전자전과 역탐지를 담당했으며, 전역 후에도 오랜 기간 첩보활동을 했다는 사실을 알고 있었다. 외모와 달리, 소브로스킨은 월트 디즈니와 가장 멀리 떨어진 세계에서 온 사람이었다.

"여러 해 전에 3개월 동안 핵 항공모함을 타고 태평양에서 장비 실험을 했던 적이 있어요." 소브로스킨이 말했다. "그 항공모함에서는 끝도 없는 복도들을 지나지 않고는 아무 데도 갈 수가 없었죠. 그 복도들 사이에는 대체 뭐가 있는지 절반도 알 수 없었어요. 이 기지에 있다 보면 그때가 떠오릅니다."

"저는 뉴욕 지하도가 떠올라요." 캐런 대사가 대답했다.

"아, 그래도 여기 복도는 훨씬 자주 청소한다는 점이 거기랑 다르죠. 자본주의의 한 가지 문제는 돈을 내야만 일이 된다는 사실입니다. 깨끗한 정장으로 더러운 속옷을 가리고 있는 거죠."

캐런 대사가 슬쩍 미소를 지었다. 여기서는 적어도 회의 탁자를 가로질러 분출했던 의견 차이를 회의실에 두고 나올 수 있어서 좋았다. 그러지 않았다면 이 비좁고 공동체적인 기지의 환경에서의 생활을 견딜 수 없었을 것이다. "티코에서 온 왕복 화물선이 방금 착륙했어요.” 그녀가 말했다. “뭐가 새로 왔을지 궁금하네요.”

“네, 압니다. 보나 마나 우리에게 내일 회의에서 주장하라는 내용이 담긴 모스크바와 워싱턴의 지시사항들이겠죠.” 본래 UN의 규정에는 대표단이 자국 정부의 지시를 받는 행위를 금지하고 있었지만, 달의 뒷면에서는 그런 사실을 굳이 숨기는 사람이 없었다.

“너무 많지 않았으면 좋겠네요.” 캐런 대사가 한숨을 뱉었다. “우리는 지구라는 행성 전체의 미래를 생각해야 하잖아요. 국내 정치가 이 일에 개입하면 안 되는 거예요.” 그녀는 말하면서 옆을 슬쩍 쳐다보고 소브로스킨의 얼굴에 나타나는 반응을 살폈다. 워싱턴에서는 UN의 입장이 소련 크렘린의 지시를 받은 건지, 아니면 소련이 자신들의 목적에 맞는 어떤 일을 위해 그저 UN에 협조하고 있는 건지 아직도 확실히 결론을 내리지 못했다. 하지만 소브로스킨은 전혀 속내를 드러내지 않았다.

그들은 복도를 따라가다 휴게실로 들어갔다. 본래는 UN 우주군의 장교식당이었지만, 체류하는 UN 대표단 중 비번인 사람들이 근무시간 외에 사용하는 장소로 배정되었다. 공기는 따뜻했지만 답답했다. UN 대표단과 기지 직원 십여 명이 함께 뒤섞여 있었다. 그 외에 책을 읽는 사람들도 있고, 두 사람은 체스에 몰두하고 있었다. 다른 사람들은 방의 여기저기와 반대쪽에 있는 작은 바에 옹기종기 모여 이야기를 나누는 중이었다. 소브로스킨은 계속 걸어가 반대편에 있는 문으로 사라졌다. 그 문은 대표단의 사무 공간으로 할당된 방으로 이어졌다. 캐런 대사도 그쪽으로 갈 참이었는데, 그들이 휴게실에 들어설 때 대표단의 단장 니엘스 스베렌센이 함께 서 있던 사람들 사이에서 떨어져 나왔다.

“아, 캐런 대사.” 스베렌센이 캐런 대사의 팔꿈치를 가볍게 잡고 그녀를 한쪽으로 데려갔다. "당신을 찾고 있었어요. 내일 안건이 확정되기 전에 오늘 회의에서 나왔던 몇 가지 문제를 처리해야 합니다. 회의 내용을 인쇄하기 전에 그 문제를 논의했으면 좋겠네요." 스베렌센은 키가 매우 크고 마른 스웨덴 사람으로서 우아한 은발에 거만하고 뻣뻣해서, 캐런 대사는 항상 그를 볼 때마다 유럽 귀족의 마지막 후손처럼 생각되었다. 브루노 기지에서는 대부분의 사람이 얼마 지나지 않아 훨씬 격식 없는 옷으로 갈아입는데, 스베렌센은 언제나 나무랄 데 없는 정장 차림이었다. 그리고 그는 다른 인간들을 무시하는 인상을 줬다. 마치 의무적으로 만나야 할 때만 거들먹거리며 그들과 어울리는 듯했다. 캐런 대사는 스베렌센이 있는 자리에서는 항상 마음이 편하지 않았다. 그녀는 파리와 다른 유럽 도시에 파견되어 시간을 많이 보냈기 때문에, 스베렌센의 이런 태도가 그저 문화적 차이로 여겨지지 않았다.

"글쎄요, 저는 우편물을 확인하러 가는 길입니다." 캐런 대사가 말했다. "한 시간 정도 후에 이야기해도 괜찮다면 여기로 돌아와서 당신을 찾을게요. 그러면 술을 한잔 하면서 처리할 수 있겠죠. 사무실로 가도 좋고요. 중요한 문제인가요?"

"진행 상황에 관한 문제 몇 개와 한두 가지 항목에서 정의를 명확히 해야 할 것들이 있어요." 스베렌센의 목소리가 조금 전까지의 대중연설 분위기에서 약간 낮아졌다. 그리고 그는 이 대화를 휴게실 안에 있는 다른 사람이 듣지 못하게 하려는 듯 말을 하면서 옆으로 움직였다. 스베렌센이 묘한 표정으로 그녀를 바라봤다. 이상하게 친밀하면서도 동시에 거리감이 담긴 '흥미로운 무관심'이었다. 캐런 대사는 중세 영주의 눈길을 받는 주방 하녀가 된 느낌이 들었다. "저는 그 뒤에 진행할 조금 더 안락한 어떤 일을 생각하고 있습니다." 스베렌센이 이제 기분 나쁘게 비밀스러운 말투로 말했다. "저녁 식사를 함께하는 영광을 제가 누릴 수 있을까요?"

"오늘 밤에는 제가 저녁 식사를 언제 하게 될지 잘 모르겠어요." 캐런 대사가 대답했다. 그녀는 자신이 전혀 잘못 생각하고 있었다는 느낌을 받았다. "아마 늦어질 겁니다."

"좀 더 친밀한 시간을 갖고 싶은데, 내키지 않는 모양이군요." 스베렌센이 낮은 목소리로 비난하듯 말했다.

캐런 대사는 다시 짜증이 나기 시작했다. 스베렌센의 말에는 자신에게 영광이 될 거라는 의미가 담겨 있지만, 그의 태도는 의심할 여지 없이 캐런에게 영광으로 생각하라는 뉘앙스였다. "아까는 안건이 확정되기 전에 논의할 게 있다고 하지 않았나요?" 캐런 대사가 말했다.

"그 문제는 당신이 내키는 시간에 처리할 수 있을 겁니다. 그러면 저녁 식사가 훨씬 더 느긋하고 즐거운 일이 되겠죠."

캐런 대사는 냉정함을 유지하기 위해 마른침을 삼켜야만 했다. 스베렌센은 그녀에게 수작을 걸고 있었다. 살다 보면 이런 일이 일어나기 마련이라지만, 이런 식으로 일어날 줄은 생각도 못 했다. "뭔가 오해하신 모양입니다." 캐런은 퉁명스럽게 말했다. "당신에게 논의해야 할 업무가 있다면, 한 시간 내로 당신과 이야기를 나누겠습니다. 자, 이만 실례해도 될까요?" 스베렌센이 그 정도에서 멈췄으면 아마 그녀도 금세 잊어버렸을 것이다.

스베렌센은 멈추지 않았다. 오히려 더 가까이 다가와서, 캐런 대사는 본능적으로 뒤로 물러설 수밖에 없었다. "당신은 매력적일 뿐 아니라 매우 지적이고 야심적인 여성입니다, 캐런." 스베렌센은 방금까지의 태도를 버리고 조용한 목소리로 말했다. "요즘 세상에는 기회가 아주 많습니다. 특히 영향력 있는 내부 인사들 사이에 친구를 만드는 데에 성공한 사람들에게는 더욱 그렇죠. 특히 당신에게 도움이 될 만한 일들을 내가 많이 해줄 수 있어요."

스베렌센의 뻔뻔스러움이 너무 지나쳤다. "당신 지금 실수하고 있는 겁니다." 캐런 대사는 주의를 끌지 않을 정도의 목소리를 유지하기 위해 애쓰며 거칠게 속삭였다. "상황을 더 악화시키지 마세요."

스베렌센은 침착했다. 마치 익숙하고 조금은 지겨운 일상적인 일처럼 보일 정도였다. "다시 생각해보세요." 그는 그렇게 말하고 아무렇지도 않게 몸을 돌려 조금 전까지 함께 있던 무리로 돌아갔다. 그는 마치 돈을 내고 표를 한 장 구입한 것 같았다. 그 이상은 아니었다. 캐런 대사는 발걸음을 평소처럼 유지하려 애쓰며 사무실로 가는 동안 속에서 억누르고 있던 분노가 끓어올랐다.

몇 분 후 캐런 대사가 미국의 대표단 사무실에 도착하자 노먼이 그녀를 기다리고 있었다. 노먼은 신이 난 것을 감추느라 힘든 모습이었다. "대사님, 소식이 왔습니다!" 캐런 대사가 사무실에 들어가자마자 노먼이 소리쳤다. 그러더니 그의 표정이 갑자기 바뀌었다. "어, 뭔가 화가 많이 난 얼굴이시네요. 무슨 일 있으세요?"

"별일 아니에요. 무슨 소식인가요?"

"말리우스크가 조금 전에 사무실에 들렀습니다." 말리우스크는 소련인으로, 브루노 기지 천문대의 소장이었다. 천문대 직원 중에서 거인별과의 대화에 대해 알고 있는 특전을 가진 소수 중 한 명이었다. "한 시간 전에 무전이 들어왔는데, UN 대표단으로 온 게 아니었습니다. 일종의 2진수로 이루어진 암호였다는데, 소장도 무슨 의미인지 알 수 없었답니다."

캐런 대사가 그를 멍한 눈으로 바라봤다. 이건 지구나 근처의 어딘가에 있는 다른 누군가가 거인별에 송신하기 시작했으며, 은밀히 대답을 듣고 싶어 한다는 의미일 수밖에 없었다. "소련일까요?" 그녀가 갈라진 목소리로 물었다.

노먼이 어깨를 으쓱했다. "그거야 아무도 모르죠. 스베렌센 단장이 특별 회의를 소집할 겁니다. 그러면 소브로스킨은 소련이 아니라고 부인하겠죠. 제 월급을 통째로 걸 수도 있어요."

그런데 노먼의 목소리에는 당연히 있어야 할 패배감이 담기지 않았다. 노먼의 조금 전 이야기로는 캐런 대사가 사무실에 들어왔을 때 그의 얼굴에 비쳤던 환희에 찬 표정이 설명되지 않았다. "다른 소식이 있죠?" 캐런 대사가 물었다. 그녀는 노먼이 기뻐했던 이유가 부디 자신이 생각하는 일이기를 속으로 빌었다.

노먼이 억누르고 있던 웃음을 더는 참지 못하고 활짝 웃었다. 그리고 옆에 있는 탁자 위에 열려있는 운송용 행낭 앞부분에 놓인 다발에서 종이를 꺼내 들더니 의기양양하게 흔들었다. "헌트 박사가 해냈어요!" 그가 소리쳤다. "목성을 통해서 해냈어요! 착륙은 일주일 내에 진행하기로 벌써 결정되었답니다. 투리엔인들도 동의했고요. 알래스카의 폐기된 공군기지에 착륙하기로 했습니다. 전부 다 준비가 끝났어요!"

캐런 대사가 노먼에게서 종이를 받았다. 그리고 안도의 미소를 지으며 기쁜 마음으로 첫 장을 빠르게 훑어 내려갔다. "노먼, 우리가 해낼 거예요." 그녀가 낮은 소리로 말했다. "우리가 그 개자식들을 이길 거야!"

"국무부에서 대사님을 지구로 소환했으니, 계획대로 그곳에 참석하게 될 겁니다. 달 비행선을 타고 가는 내내 우주적으로 행복하시겠네요." 노먼이 한숨을 쉬었다. "저는 여기서 자리를 지키는 내내 대사님을 생각할 겁니다. 저도 함께 가고 싶은 마음이 굴뚝 같아요."

"곧 기회가 있겠죠." 캐런 대사가 말했다. 다시 모든 게 밝아 보였다. 그녀가 손에 들고 있던 종이를 쳐다보다가 갑자기 고개를 들었다. "이렇게 하면 어떨까요. 오늘 밤에 우리 둘이 축하를 위해 특별 만찬을 가지는 거예요. 언제까지일지는 몰라도 아무튼 일종의 작별 파티인 거죠. 샴페인과 고급 포도주, 그리고 여기에 있는 요리사가 냉장고에 넣어둔 가장 좋은 고기를 먹읍시다. 당신 생각은 어때요?"

"정말 좋은데요." 노먼이 대답했다. 그러더니 곧 인상을 찌푸리며 미심쩍은 표정으로 턱을 문질렀다. "그렇지만 과연 좋은 생각일까요? 무슨 말이냐면, 내용을 알 수 없는 무전이 겨우 한 시간 전에 들어왔잖아요. 사람들은 우리가 왜 축하를 하는 건지 궁금해할 겁니다. 스베렌센은 비밀리에 일을 꾸미고 있는 게 우리라고 생각할 겁니다, 소련이 아니라."

"뭐, 우리도 일을 꾸미고 있긴 있잖아. 안 그래요?"

"네, 그렇기는 하죠. 하지만 우리는 합당한 이유가 있잖아요. 문제가 달라요."

"마음대로 생각하라고 하죠, 뭐. 우리가 들떠있다고 소련이 생각하게 되면, 그들은 보안에 뭔가 문제가 있다고 여길 테니, 너무 빠르게 움직이지는 못할 거예요." 캐런 대사는 그때 다른 생각을 떠올리며 눈동자에 잔인한 만족감이 비쳤다. "그리고 빌어먹을 스베렌센은 자기 좋을 대로 생각하게 내버려둬요." 그녀가 말했다.

2부

7

북극권 한계선에서 북쪽으로 160킬로미터 들어간 베어드 산맥의 고원에 위치한 맥클러스키 공군기지 콘크리트 비행장 위에서, 옷을 두껍게 껴입고 발을 동동 구르며 공기 중으로 얼어붙은 입김을 뿜고 있는 소수의 사람과 함께 UN 우주군의 표준 지급품인 북극 재킷과 눈신발, 누비 겉바지를 입은 헌트가 서 있었다. 어제보다 어느 정도 열어진 땅 안개를 통과한 흐릿한 덩어리 같은 태양이 황백색과 회색이 단조롭게 뒤섞인 주위의 풍경을 간신히 비추었다. 그들 뒤로 반쯤 버려진 건물들 사이에 사람의 흔적은 대부분 예전에 식당으로 쓰던 건물에 집중되어 있었다. 대충 수선하고 바람을 막은 식당을 임시로 숙박 시설과 작전본부로 사용했다. 비행장 가장자리에 장비와 쓰레기더미들이 쌓인 사이로 UN 우주군의 항공기와 다른 비행선들이 세워져 있었다. 작전본부는 레이더망까지 유선으로 연결하고, 가니메데인 우주선을 위한 착륙 유도 신호기를 설치했다. 묘한 긴장감이 흐르는 침묵은 외곽 담장 너머의 얼어붙은 습지 위를 선회하다가 내려오곤 하는 세가락갈매기의 울음소리와 주차된 트레일러에서 전원을 공급하는 전동 발전기의 웅웅거리는 소리에만 가끔 끊어졌다.

맥클러스키 기지는 미국의 국경 밖으로 나가지 않은 상태에서 인구밀집 지역과 주요 항공로에서 최대한 멀리 떨어진 곳이지만, 지구의 지표면을 샅샅이 뒤지는 인공위성의 감시에서는 여전히 벗어나지 못했다. UN 우주군은 이 착륙을 감추기 위해, 새로운 형태의 대기권 재돌입 비행선 시험이 그 지역에서 일주일 동안 진행될 예정이므로 항공사들과 여타의 조직들은 새로운 공지가 있을 때까지 항공노선을 변경하라고 알렸다. 그 지역의 레이더 관제사들을 비정상적인 활동 유형에 익숙하도록 만들기 위해, UN 우주군은 며칠 동안 알래스카 상공에 불규칙한 비행을 연출하고, 예고 없이 사전에 공지했던 비행 일정을 바꿨다. 그 이상으로 그들이 할 수 있는 일은 거의 없었다. 발전된 외계인의 감시 체계는 말할 것도 없고, 과연 지구에 있는 관측자들에게 우주선의 도착을 비밀로 감출 수 있을지조차 아무도 확신하지 못했다. 하지만 누구인지 몰라도 목성을 통해 메시지를 보낸 존재는 그 정도의 준비에 만족하는 듯했다. 그리고 나머지는 자신들이 알아서 처리하겠다고 했다.

목성을 통해 마지막으로 보낸 메시지에는 환영단에 참가한 인간들의 이름과 지위, 그리고 각 인간이 환영단에 포함된 이유와 업무에 대한 간단한 설명이 담겨 있었다. 외계인은 그에 대한 답변으로 지구의 문제를 처리하는 데에 주요한 역할을 맡게 될 세 명에 대해 알려왔다. 첫 번째는 '칼라자르'였는데, 그는 투리엔 정부와 관련된 행성들을 대표하는 '대통령'으로 소개되었다. 그리고 투리엔 사회의 다양한 분야들 사이의 일을 처리하는 역할을 하는 여성 대사 '프레누아 쇼음'과 중요한 과학과 산업, 경제 관련 업무를 하는 '포르딕 이샨'이 함께 오기로 했다. 외계인은 이들 외에 더 오는 사람이 있는지는 언급하지 않았다.

"샤피에론호가 지구에 도착하던 때와는 완전히 정반대네." 단체커가 주변의 풍경을 둘러보며 중얼거렸다. 제네바 호숫가에서 진행되었던 환영 행사는 수만 명이 지켜보고, 뉴스로 생중계되었다.

"가니메데 중앙기지가 떠올라." 헌트가 대답했다. "우주복 헬멧이랑 베가스 수송선 몇 대만 옆에 있으면 똑같을 것 같군. 새로운 시대를 시작하는 게 이런 거지!"

헌트 옆에서 부드러운 털로 장식된 커다란 후드로 불안한 얼굴을 감싸고 있는 린이 재킷 주머니에 양손을 깊숙이 집어넣고 얼어붙은 진창을 발로 툭툭 차면서 말했다. "외계인이 올 때가 거의 됐어. 우주선의 브레이크 성능이 좋기만 바랄 뿐이야." 모든 게 계획대로 진행되었다면, 우주선은 20광년 떨어진 투리엔에서 겨우 24시간 전에 출발했을 것이다.

"가니메데인 쪽에서 어리석은 짓을 할까 봐 걱정할 필요는 없을 거야." 단체커가 확신에 찬 말투로 말했다.

"그들이 가니메데인일지는 아직 몰라." 헌트가 말했다. 사실, 이때쯤엔 헌트도 그 문제에 대해서는 전혀 의심하지 않고 있었다.

"당연히 가니메데인이지." 단체커가 참지 못하고 씩씩거리며 말했다.

그들 뒤에는 캐런 대사와 미국 국무부 장관 제롤 패커드가 꼼짝도 하지 않고 말없이 서 있었다. 두 사람은 외계인이 가니메데인이든 아니든, 그들이 적대적이지 않다는 사실을 바탕으로 그 작전을 계속 진행하자고 대통령을 설득했었다. 두 사람이 잘못 판단한 것이라면, 그들은 미국을 역사상 최악의 실수로 몰아넣는 짓을 저지르는 셈이 될 것이다. 대통령도 이 행사에 직접 참석하길 바랐지만, 아무런 설명 없이 중요한 인물들이 동시에 너무 많이 자리를 비우면 바람직하지 못한 관심을 끌게 될 것이라는 보좌관들의 조언을 받아들일 수밖에 없었다.

갑자기 뒤쪽의 깃대 위에 설치한 스피커에서 식당 안에 있는 관제사의 목소리가 터져 나왔다. "레이더에 잡혔습니다!" 헌트 주변의 사람들이 눈에 띄게 경직되었다. 그들 뒤에 있는 UN 우주군 기술자들은 마지막 준비와 수정 작업에 광적으로 몰입하는 것으로 긴장한 사실을 감췄다. 그 목소리가 다시 들려왔다. "동쪽에서 똑바로 접근 중입니다. 거리 35킬로미터, 고도 3.6킬로미터, 시속 965킬로미터. 감속 중입니다." 헌트가 본능적으로 다른 사람들과 함께 고개를 돌려 위쪽을 쳐다봤지만, 우중충한 하늘 위로는 아무것도 보이지 않았다.

1분이 느리게 지나갔다. "8킬로미터." 관제사의 목소리가 들렸다. "고도 1.5킬로미터로 하강 중. 이제 곧 눈으로도 보일 겁니다." 헌트는 가슴 속에서 심장이 마구 뛰는 게 느껴졌다. 추위에도 불구하고 그의 몸을 감싼 두툼한 옷이 갑자기 갑갑하게 느껴졌다. 린이 헌트에게 팔짱을 끼더니 더 가깝게 달라붙었다.

그때 산맥에서 내려오는 동풍을 타고 낮게 울리는 소리가 처음으로 살짝 들려왔다. 그 소리는 1, 2초 정도 지속하다가 다시 사라졌다. 곧 다시 소리가 들리더니 이번엔 길게 이어졌다. 소리는 점점 커지더니 끊이지 않고 웅웅거림으로 바뀌었다. 헌트가 그 소리를 듣다가 눈살을 찌푸렸다. 그가 뒤쪽으로 고개를 돌려봤더니, UN 우주군 직원들도 이해가 안 된다는 눈빛을 주고받고 있었다. 뭔가 잘못됐다. 그 소리는 우주선이라고 하기에는 너무 익숙했다. 사방에서 웅성거리는 소리가 나기 시작하더니, 구름 아래로 어두운 형체가 모습을 보이자 우뚝 멈췄다. 그 비행기는 표준 보잉 1227 중거리 초음속 수직이착륙기였다. 국내 화물기로 널리 사용되는 모델로서 UN 우주군이 다양한 임무에 즐겨 이용했다. 비행장 주변에서 쌓여가던 긴장감이 풀어지며 툴툴거리는 소리와 욕설이 쏟아져 나왔다.

캐런 대사와 패커드 장관 뒤에 서 있던 콜드웰 본부장의 얼굴이 분노로 어두워지더니 당황한 UN 우주군 장교를 향해 고개를 돌렸다. "이 지역은 비워두라고 하지 않았나." 그가 매섭게 소리쳤다.

장교가 고개를 힘없이 저었다. "그랬습니다. 저는 이해가… 누가…."

"저 멍청한 자식을 당장 여기서 치워!"

당황해서 어쩔 줄 모르는 장교가 서둘러 뛰어가 식당의 열린 문으로 사라졌다. 동시에 관제실 안에서 목소리가 스피커로 들리기 시작했다. 당황한 담당자가 본의 아니게 마이크를 그대로 켜둔 모양이었다.

"전혀 대답이 없습니다. 반응하지 않습니다."

"비상 주파수로 해봐."

"이미 시도해봤지만, 반응이 없습니다."

"이런 젠장, 대체 무슨 일이야? 본부장이 나를 아주 씹어 먹을 기세야. 옐로우 식스에 문의해서 저게 누구인지 알아봐."

"지금 연결 중입니다. 그들도 누군지 모르겠답니다. 그쪽에선 우리 비행기 아니냐고 하네요."

"빌어먹을 전화기 내놔!"

비행기는 맥클러스키 기지의 관제탑 꼭대기에서 번쩍거리는 붉은 경고등을 무시하고, 1킬로미터 떨어져 있는 습지의 가장자리 상공을 수평 비행하며 꾸준히 다가왔다. 서서히 속도를 줄이더니 환영단의 앞쪽 콘크리트 비행장 상공에서 멈췄다. 그리고 잠시 가만히 있다가 땅으로 내려오기 시작했다. 소수의 UN 우주군 장교와 기술자들이 착륙을 중지하라고 미친 듯이 머리 위로 X자를 그려 신호를 보내며 앞으로 달려나갔지만, 비행기가 이를 무시하고 내려앉자 뒤엉켜서 뒤쪽으로 물러났다. 콜드웰이 그쪽을 향해 성큼성큼 걸어가며, 비행기 앞쪽에 모여 조종실에 계속 신호를 보내고 있는 UN 우주군 장교들에게 화난 몸짓을 하면서 고래고래 지시를 내렸다.

"이런 멍청이들!" 단체커가 투덜거렸다. "어떻게 이런 일이 일어나는 거야."

"머피가 휴가에서 돌아온 모양이야." 린이 헌트의 귀에 대고 체념한 듯 말했다. 하지만 헌트는 그 소리를 반쯤 흘려들었다. 그는 묘한 표정을 지은 채 보잉기를 뚫어지게 응시했다. 저 비행기에는 아주 이상한 점이 있었다. 기지에서 진행된 지난 며칠 동안의 활동 때문에 뒤섞인 진창과 눈의 바다 한가운데에 착륙했는데, 비행기는 착륙용 제트 분사 때문에 으레 일어났을 물보라를 일으키거나 증기를 뿜어내지 않았다. 이 비행기는 제트 분사를 전혀 사용하지 않는다는 의미였다. 만일 그렇다면, 이 비행기는 보잉 1227처럼 보일지 몰라도, 전혀 다른 동력을 사용하고 있을 게 틀림없었다. 게다가 조종석에서는 아래에 있는 사람들의 괴상한 행동에 그다지 반응을 보이지 않는 것 같았다. 실제로 헌트의 눈이 잘못 보는 게 아니라면, 조종석에는 아무도 없었다. 갑자기 헌트가 활짝 웃었다. 모든 게 맞아떨어졌다.

"헌트, 무슨 일이야?" 린이 물었다. "뭐가 그렇게 재미있어?"

"감시 체계를 피해 군용 비행장 한가운데에 뭔가를 감추고 싶을 때, 어떻게 위장하면 가장 확실하게 감출 수 있을까?" 헌트가 물었다.

그가 비행기를 가리키며 설명을 하기 전에 비행기 쪽에서 전형적인 미국식 영어가 비행장에 퍼졌다.

"투리엔에서 지구에 인사를 보냅니다, 기타 등등, 기타 등등. 하, 우리가 도착했습니다. 날씨가 정말 끔찍하네요."

비행기 근처의 모든 움직임이 즉시 멈췄다. 완전히 침묵에 잠겼다. 그 메시지가 점차 이해되기 시작하자, 한 명씩 고개를 이리저리 돌리며 입을 쩍 벌리고 말없이 서로 바라봤다.

이게 우주선일까? 예전 샤피에론호는 거의 8백 미터의 높이로 서 있었다. 하지만 이건 마치 달에 있는 티코 크레이터로 아담한 체구의 노부인이 자전거를 타고 나타난 듯했다.

앞쪽의 승객용 문이 열리고, 계단이 지면까지 자동으로 펼쳐졌다. 모든 눈이 열린 출입구로 집중됐다. 앞쪽에 있던 UN 우주군 장교들이 뒤로 물러나는 동안, 헌트와 동료들, 그리고 한 걸음 뒤에 서 있던 캐런 대사와 패커드 장관이 콜드웰이 서 있는 쪽으로 다가가기 시작했다. 그러다 다시 어정쩡하게 걸음 속도를 늦추고 제 자리에 섰다. 그들 뒤로 기대에 찬 카메라들이 흔들림 없이 계단 위쪽에 초점을 맞췄다.

"여러분이 올라오시는 게 좋겠어요." 그 목소리가 제안했다. "거기 밖에서 추위에 떠는 건 좀 바보스럽잖아요."

캐런 대사와 패커드 장관이 어리벙벙한 눈길을 주고받았다. 워싱턴에서 간략하게 상황을 보고받고 논의했을 때 이런 상황은 전혀 예상하지 못했었다. "이제 임기응변으로 해나가야 할 것 같네요." 패커드 장관이 낮은 목소리로 말했다. 그는 미소를 지어 사람들을 안심시키려 노력했지만, 미소가 얼굴까지 닿기 전에 어딘가로 새어나가 버렸다.

"그래도 이런 일이 소련의 시베리아가 아니라 여기서 일어나 그나마 다행이죠." 캐런 대사가 작게 말했다.

단체커가 만족스러운 눈길로 헌트를 바라봤다. "저런 발언이 가니메데인의 유머 감각이 잘 작동하고 있다는 사실을 보여주는 징후가 아니라면, 난 창조론을 받아들이겠네." 그가 의기양양하게 말했다. 헌트도 내심 동의했다. 확실히 가니메데인들은 가벼운 농담을 하고 싶은 욕구를 참지 못했다. 그리고 그들은 겉치레와 형식에 거의 얽매이지 않았다. 가니메데인이 할 법한 말 같았다, 그래 가자.

앞에서 이끄는 콜드웰 본부장을 따라 그들이 앞으로 걸어가기 시작하자, 그들이 지나갈 수 있도록 UN 우주군 직원들이 길을 열어줬다. 콜드웰이 첫 계단을 오르기 시작했을 때, 헌트는 두어 걸음 뒤에서 그를 따라가고 있었다. 콜드웰이 깜짝 놀라 탄성을 뱉었다. 그가 바닥에서 공중으로 부양하는 것처럼 보였다. 다른 사람들이 발걸음을 멈추고 얼어붙었다. 콜드웰은 몸의 어떤 부분도 닿지 않은 상태에서 계단을 넘어 위쪽으로 휙 올라가 그 자세 그대로 문 안쪽에 발을 디뎠다. 콜드웰이 고개를 돌려 그들을 바라볼 때는 살짝 흔들리는 것 같았지만, 재빨리 몸을 추슬렀다. "자, 뭘 기다리십니까?" 그가 큰 소리로 외쳤다. 헌트가 그의 바로 뒤에 있었다. 헌트는 불안한 한숨을 길게 내쉬고는, 어깨를 으쓱하고 앞으로 한 발 내디뎠다.

묘하게 쾌적하고 따스한 느낌이 감싸며 그를 위로 들어 올리자 다리에 실렸던 체중의 무게감이 사라졌다. 발아래로 지나가는 계단이 희미하게 느껴지더니 어느새 콜드웰 옆에 서 있었다. 콜드웰은 즐거운 기미를 감추지 않고 그를 유심히 바라봤다. 헌트가 마침내 확신했다. 이건 보잉 1227기가 아니다.

그들은 꽤 좁고 단순한 격실에 들어와 있었다. 반투명의 호박색

물질로 이루어진 벽에서 부드러운 빛을 비췄다. 여긴 대기실인 모양인지, 비행기의 뒤쪽으로 향하는 문이 있었고, 그 문에서 밝은 빛이 뿜어져 나왔다. 헌트가 더 자세히 살펴보기 전에, 린이 문으로 흘러 들어와서 그가 조금 전에 서 있던 자리로 가볍게 내려앉았다. "흡연석을 원하십니까, 금연석을 원하십니까?" 헌트가 장난스럽게 물었다.

"스튜어디스는 어디에 있죠? 전 브랜디를 주세요." 린이 말했다.

그때 밖에서 단체커가 급하게 질러대는 고함소리가 들려왔다. "대체 이게 무슨 일이야? 이 짜증 나는 장치를 어떻게 좀 해봐!" 그들이 내려다봤더니, 단체커는 그들과 합류하려고 계단으로 올라오다 중간에 멈춘 상태였는데, 과장된 몸짓으로 팔을 마구 흔들어대고 있었다. "이게 무슨 짓이야! 나를 여기서 내려줘!"

"여러분이 입구에 몰려있어서 그렇습니다." 앞서 비행기로 올라오라던 그 목소리가 어딘가에서 흘러나왔다. "조금 안쪽으로 들어와서 입구에 공간을 만들면 어떨까요?" 그들이 안쪽의 문을 향해 움직이자, 잠시 후 화난 얼굴의 단체커가 입구로 들어왔다. 곧이어 캐런 대사와 패커드 장관이 올라왔다. 그리고 콜드웰이 앞장서고 헌트와 린이 뒤를 따라 안으로 들어갔다.

비행기 뒤쪽을 향해 6미터 가량 되는 짧은 복도가 있었는데, 복도 끝에 있는 문은 닫혀 있었다. 그리고 복도 양쪽으로 대여섯 개의 좁다란 칸막이방이 서로 마주 보았다. 그들이 복도를 따라가면서 살펴보자 칸막이방은 모두 동일했고, 각 방에는 안락의자가 하나씩 있었다. 복도 쪽을 향한 안락의자는 붉은색의 화려한 천으로 겉감을 대고, 다양한 색의 수정으로 장식한 기구로 떠받친 금속 골격으로 둘러싸여 있었으며, 어떤 용도에 쓰는지 알 수 없는 정교하게 구성된 장비가 우아하게 배치되었다. 여전히 사람의 기미는 없었다.

"승선을 환영합니다." 목소리가 말했다. "여러분이 자리에 앉으시면 시작할 수 있습니다."

"말하는 사람은 누굽니까?" 콜드웰이 주위와 머리 위를 둘러보며 물었다. "본인의 정체를 밝혀주시면 감사하겠습니다."

"제 이름은 비자르입니다." 목소리가 대답했다. "제가 유일한 조종사이자 승무원입니다. 여러분과 만나기로 한 사람들은 몇 분 내로 여기로 올 겁니다."

헌트는 그들이 저 끝에 있는 문으로 들어올 모양이라고 결론 내렸다. 그런데 좀 이상했다. 그 목소리를 들으니, 샤피에론호가 가니메데의 궤도에 도착한 직후 우주선 안에서 가니메데인을 처음 만나던 때가 떠올랐다. 그 당시에도 외계인들과의 접촉은 통역사로 기능하는 목소리를 통해 이루어졌다. 나중에 그게 조락의 목소리라는 사실을 알게 됐다. 조락은 우주선 전체를 걸쳐 복잡하게 분산된 슈퍼컴퓨터로서 대부분의 시스템과 기능의 운영을 맡고 있었다. "비자르." 헌트가 소리쳤다. "혹시 이 우주선에 설치된 컴퓨터 시스템인가요?"

"그렇게 말해도 크게 틀리지 않습니다." 비자르가 대답했다. "당신이 말한 시스템과 거의 비슷하지만, 그보다는 조금 더 큽니다. 저의 나머지 시스템은 투리엔과 다른 행성들 전체에 걸쳐서 흩어져 있습니다. 여러분은 네트워크로 연결된 상태입니다."

"지금 이 비행기가 자율적으로 운영되는 게 아니라는 이야기인 건가?" 헌트가 물었다. "투리엔에서 여기까지 실시간으로 소통한다고?"

"그렇습니다. 그럴 수 없다면 목성에서 온 메시지를 저희가 어떻게 받았겠습니까?"

헌트는 깜짝 놀랐다. 비자르의 말에는 항성계 너머로 통신망이 형성되어 있는데, 지체 현상도 없이 운영된다는 의미가 함축되었다. 최소한 에너지 수준에서는 순간이동이 이루어진다는 뜻이었다. 그가 항해통신본부의 폴 셀링과 종종 이야기를 나눴던 순간이동이 이론적으로 증명되었을 뿐만 아니라 실제로 작동되고 있었다. 콜드웰이 놀라는 것도 무리가 아니었다. 항해통신부를 석기시대 수준으로 떨어트려 버렸기 때문이다.

헌트는 단체커가 바로 뒤에 서서 호기심 어린 눈길로 주위를 둘러보고 있고, 캐런 대사와 패커드 장관도 문 안으로 들어왔다는 사실을 깨달았다. 린은 어디에 있지? 헌트의 마음속에 생긴 의문에 대답이라도 하듯, 그녀의 목소리가 칸막이방 안에서 들려왔다. "야, 느낌이 정말 끝내줘요. 여기서 일주일이라도 지낼 수 있을 것 같아요." 헌트가 고개를 돌리자, 린이 벌써 안락의자에 등을 기대고 누워 즐거워하고 있는 모습이 눈에 들어왔다. 헌트가 콜드웰을 쳐다봤다. 그리고 잠시 망설이다 옆 칸의 방으로 들어가 몸을 돌려 안락의자에 앉았더니, 의자의 부드러운 곡선 안으로 몸이 잠겨 들었다. 헌트는 의자가 가니메데인이 아니라 인간의 비율에 맞춰져 있다는 생각이 들어 흥미로웠다. 이번 방문을 위해 가니메데인들은 일주일 동안 비행기 전체를 특별히 생산한 걸까? 이것도 전형적인 가니메데인답다는 생각이 들었다.

따뜻하고 쾌적한 느낌이 다시 헌트를 훑고 지나갔다. 그 느낌 덕분에 헌트는 나른해져서 오목한 머리받이 위로 고개가 저절로 떨어졌다. 그가 기억하는 한 이보다 편안한 때는 없었다. 다시 일어나지 않게 되더라도 상관없을 것 같은 기분이 문득 들었다. 그때 어떤 여성(이때 헌트는 그녀의 이름이 기억나지 않았다)과 워싱턴에서 온 무슨 장관이라는 남자가 꿈속에서처럼 그의 앞에 흐릿하게 보였다. 그들은 호기심 어린 눈빛으로 헌트를 내려다봤다. "해보세요. 좋아할 거예요." 자신의 입이 중얼거리는 소리가 희미하게 들려왔다.

헌트의 마음 한구석에서는 조금 전까지 자신이 또렷하게 생각하고 있었다는 사실을 알았다. 하지만 무엇을, 왜 신경 썼던 것인지는 기억나지 않았다. 그의 정신은 더 이상 일관된 존재로 기능하지 않았다. 정신이 제각각 기능별로 분해되어 통합되지 않고 고립된 개체로 작동하고 있는 모습을 멀리 떨어져서 지켜보는 느낌이었다. 자신의 일부분이 다른 부분들에 태연히 이야기하고, 나머지가 동의하는 모습을 지켜보고 있으면, 걱정되는 게 당연했다. 하지만 전혀 그렇지 않았다.

그의 시각에도 무슨 일인가 일어났다. 칸막이방의 천장이 갑자기 무너져 내리고, 의미를 알 수 없는 흐릿한 얼룩으로 변하더니, 곧 다시 맞추어지면서 부풀어 오르고, 줄어들어 흐릿해지다가 마침내 다시 또렷해졌다. 모양은 안정화되었지만, 모든 색이 잘못되었다. 마치 컴퓨터로 생성한 적외선 영상처럼 보였다. 색들이 몇 초 사이에 미친 듯이 보색으로 바뀌었다가 지나치게 많이 교정되더니, 순식간에 다시 정상으로 돌아왔다.

"예비 절차를 양해해주시기 바랍니다." 어딘가에서 비자르의 목소리가 들렸다. 적어도 헌트는 그게 비자르의 목소리라고 생각했다. 그 목소리는 몇 옥타브를 오가며 날카로운 비명에서 시작되어 알아듣기 힘든 저음으로 끝났다. "이 과정은…." 뭔가 전혀 이해할 수 없는 소리가 이어졌다. "…한 번만, 이후로 다시는 안…." 음절이 압축되어 혼란스러웠다. "…곧 설명해드릴 겁니다." 마지막 부분에서는 왜곡이 없었다.

그때 몸이 안락의자에 닿는 감각이 예민하게 느껴졌다. 그리고 이어서 피부에 옷이 닿는 느낌, 심지어 숨을 쉴 때 콧속을 흐르는 공기의 움직임까지 민감하게 느껴졌다. 그의 몸이 경련을 일으키기 시작했다. 갑자기 쥐가 날 것 같은 느낌이 들었다. 곧 그는 자신의 몸이 전혀 움직이지 않는다는 사실을 깨달았다. 피부 전체에 걸쳐 감각이 빠르게 변화하느라 발생한 느낌이었다. 몸 전체가 뜨겁다가 차갑게 느껴졌다. 잠시 간지럽다가, 따끔거리더니, 곧 완전히 멍해졌다. 그리고 곧 다시 정상이 되었다.

모든 게 정상이었다. 그의 정신은 다시 하나로 합체되었고, 모든 신체의 기능이 제대로 돌아왔다. 헌트는 손가락을 꼼지락거려보고는, 그의 몸을 감쌌던 보이지 않는 젤 같은 느낌이 사라졌다는 사실도 깨달았다. 팔을 움직여봤다. 그리고 다른 팔도 움직였다. 모든 게 괜찮아졌다.

"일어나셔도 괜찮습니다." 비자르가 말했다. 헌트가 느리게 몸을 일으켜 일어섰다. 그리고 복도로 걸어나가자 그와 마찬가지로 어리둥절한 얼굴을 한 다른 사람들이 있었다. 헌트는 사람들 너머로 복도 끝을 막고 있는 문을 바라봤다. 하지만 문은 여전히 닫힌 상태였다.

"방금 진행된 활동의 목적이 뭐라고 생각해?" 오랜만에 멍한 표정을 짓고 있는 단체커가 물었다. 헌트는 그저 고개를 절레절레 흔들 수밖에 없었다.

그때 린의 목소리가 뒤쪽에서 들여왔다. "헌트." 딱 한 마디뿐이었지만, 불길한 경고가 담긴 말투라 헌트가 즉시 몸을 돌렸다. 린이 눈을 동그랗게 뜨고 복도 너머 그들이 들어왔던 문 쪽을 바라보고 있었다. 헌트도 그녀의 눈길을 따라 고개를 돌려 그쪽을 바라봤다.

짙은 녹색 남성용 튜닉 위로 짧은 망토와 헐렁한 재킷의 중간쯤 되는 은색 옷을 입은 거대한 체격의 가니메데인이 그 문을 가득 채우고 있었다. 외계인의 길고 돌출된 얼굴과 깊고 맑은 보라색의 눈이 그들을 살펴보는 동안, 사람들은 그가 먼저 반응하기를 기다리며 조용히 지켜봤다. 그때 가니메데인이 말했다. "저는 브리욤 칼라자르입니다. 우리가 만나기로 했던 사람들이 여러분이군요, 알겠습니다. 이쪽으로 오시지요. 여기는 서로 소개하기에는 조금 비좁네요." 그 말과 함께 칼라자르가 바깥문으로 사라졌다. 단체커가 턱을 쭉 내밀고 최대한 허리를 펴서 자세를 바로잡더니, 그를 따라 대기실로 들어갔다. 잠시 망설인 뒤 린이 그 뒤를 따랐다.

"이건 말도 안 돼." 헌트가 린의 뒤를 따라 걸어가고 있을 때, 앞에서 단체커의 목소리가 들려왔다. 그 말에는 이성에 집착하는 사람이 자신의 감각으로 받아들인 내용이 사실이 아니라고 단호히 거부하는 말투가 담겨 있었다. 잠시 후 린이 헉 소리를 냈다. 그 직후 헌트도 이유를 알 수 있었다. 헌트는 칼라자르가 대기실에서 이어진 다른 격실에서 왔다고 추측했었다. 하지만 그런 격실은 없었다. 격실 자체가 필요가 없었다. 다른 가니메데인들이 바깥에 있었다.

알래스카에 있는 맥클러스키 공군기지와 북극이 모두 사라졌다. 대신 헌트는 완전히 다른 세상을 바라보고 있었다.

8

비행기인지 우주선인지 몰라도, 비행선은 더 이상 비행장에 서 있지 않았다. 헌트는 빛나는 호박색과 다양한 색조의 녹색을 띤 매끄러운 표면과 다양한 각도의 평면이 교차하는 거대한 공간의 내부를 바라보고 있었다. 이곳은 감각이 어지러울 정도로 여러 방향으로 향하는 공간을 가로지르며, 다양한 각도로 위아래 복잡하게 부챗살처럼 펼쳐진 3차원 도로와 복도, 수직 통로가 만나는 교통 중심지처럼 보였다. 헌트는 화가 에셔의 그림 속으로 걸어 들어간 느낌이었다. 하나의 면이 여기에서는 바닥이 되고, 저기에서는 벽이 되고, 다른 곳에서는 천장으로 변하는 모순적인 상황을 조금이나마 인식해보려 헌트가 애쓰고 있을 때, 그 모든 곳에서 가니메데인 모습의 수십 명이 태연하게 자기 일을 하고 있었다. 일부는 완전히 뒤집힌 상태로 모여 있었고, 다른 이들은 수직으로 서 있었다. 하나가 다른 하나와 합쳐지며 결국에는 어느 방향이 어느 방향인지 알 수 없는 상황이 되었다. 헌트의 두뇌는 이러지도 저러지도 못하다가 포기해버렸다.

그는 이 상황을 더 이상 이해할 수 없었다.

가니메데인 십여 명이 문에서 약간 떨어진 곳에 서 있었는데, 자신을 칼라자르라고 소개했던 가니메데인이 약간 앞에 자리를 잡았다. 지구인들을 기다리는 모양이었다. 잠시 후 칼라자르가 손짓했다. 완전히 멍한 상태에서 무슨 일이 일어나고 있는지 어렴풋이 깨달은 헌트는 거의 최면에 걸린 듯 문을 통해 끌려나가는 기분이었다. 그는 자신이 바닥으로 걸어 내려가고 있다는 사실을 간신히 인식했다.

그때 헌트의 사방을 둘러싼 모든 게 폭발했다. 풍경 전체가 폭발하며 색색의 소용돌이가 되어 그를 감싸고 돌았다. 소용돌이가 모든 방향을 휘감아 돌며 그가 서 있던 주변에 대한 방향감각조차 파괴되어버렸다. 위험을 알리는 수천의 요정들이 울부짖는 소리가 그를 짓눌렀다. 헌트는 날카롭게 비명을 지르는 빛의 무더기 안에 갇혀버렸다.

소용돌이가 회전하는 터널로 바뀌었다. 헌트는 무력한 상태로 점점 더 빨라지며 터널을 따라 앞으로 돌진했다. 눈앞의 빛이 무형에서 형태를 갖추기 시작하더니, 그의 바로 눈앞에서 터지며 산산이 부서졌다. 헌트는 평생 한 번도 공황 상태에 빠진 적이 없었지만, 바로 이게 공황 상태였다. 빛은 헌트의 지각 능력을 할퀴고, 갈가리 찢고, 완전히 마비시켰다. 헌트는 통제할 수도 없고, 깨어날 수도 없는 악몽 속에 있었다.

터널의 끝에 깜깜한 암흑의 허공이 열리더니 그를 향해 달려들었다. 갑자기 조용해졌다. 그 암흑은… 우주였다. 깜깜하고, 무한하고, 별이 가득한 우주. 헌트는 우주에 나와 별들을 보고 있었다.

아니다. 그는 어딘가의 내부에서 커다란 스크린에 비친 별들을 보고 있었다. 주변은 어둡고 흐릿했다. 일종의 제어실 같았는데, 흐릿한 형상들이 근처에 있었다. 인간의 형태였다. 헌트는 몸이 떨리고 옷이 땀에 흠뻑 젖었지만, 공황 상태가 어느 정도 가라앉아서 정신이 제대로 기능할 틈이 생겼다.

스크린에 별들을 배경으로 떠 있던 밝은 물체가 다가오면서 차츰 커졌다. 뭔가 익숙한 느낌이 들었다. 헌트는 오래전에 경험했던 일을 다시 경험하는 것 같았다. 거대한 금속성 구조물의 일부가 앞쪽에 희미하게 있다가 화면의 한쪽으로 이동했다. 스크린 밖에서 비치는 으스스한 붉은 빛을 받아 그 물체가 뚜렷하게 보였다. 그 영상은 일종의 비행선 안에서 촬영된 듯했다. 헌트는 비행선에 승선한 상태에서 뭔가 다가오는 모습을 스크린으로 보고 있는 것이었다. 그는 분명 예전에 바로 거기에 있었다.

물체가 꾸준히 커졌다. 헌트는 그 물체를 눈으로 제대로 확인하기도 전에 그게 무엇인지 알 수 있었다. 저건 샤피에론호였다. 그는 약 1년 전 가니메데에 샤피에론호가 처음 모습을 드러냈을 때, 목성 5차 파견대 사령선 안에서 우주선의 도착을 지켜보던 당시로 돌아가 있었다. 그때 이후로 헌트는 UN 우주군 자료실에 있는 이 장면을 여러 번 반복해서 봤기 때문에, 그 뒤에 어떻게 되는지 모든 부분을 상세히 기억하고 있었다. 우주선은 점차 느려지다가 상대적 거리가 약 8킬로미터 떨어진 평행궤도에 안착한 뒤 몸체를 돌려 우주 공학 기술로 빚어낸 8백 미터에 이르는 측면부의 우아한 곡선을 보여줬다.

그런데 그때 헌트가 전혀 예상치 못했던 일이 일어났다. 빠르게 움직이는 다른 물체가 꼬리에서 하얀 불꽃을 뿜으면서 화면의 한쪽에서 곡선을 이루며 들어와 샤피에론호의 앞부분에 근접해서 지나가더니, 우주선의 바로 뒤쪽에서 거대한 섬광을 내며 폭발했다.

놀란 헌트가 스크린을 뚫어지게 쳐다봤다. 당시에 일은 이런 식으로 진행되지 않았다.

그때 스크린에서 목소리가 들려왔다. 미국인 억양의 목소리였는데, 군대식으로 딱딱 끊어지는 말투였다. "경고용 미사일 발사. 목표물을 향해 일제사격 준비. 지근탄 형태로 T빔 발사. 구축함들은 근접 호위 대형으로 집결. 외계인이 탈출을 시도하면 즉시 위협사격하라."

헌트는 고개를 저었다. 그리고 좌우를 거칠게 돌아봤지만, 주변에 있는 흐릿한 형상들은 그가 여기에 있다는 사실을 알아채지 못했다. "아니야!" 헌트가 소리쳤다. "저렇지 않았어! 이건 전부 엉터리야!" 흐릿한 형상들은 상관하지 않았다.

불길하게 보이는 검은색 비행선들로 이루어진 소함대가 가니메데인 우주선 주변을 둘러쌌다. "외계인이 반응하고 있습니다." 목소리가 무미건조하게 말했다. "정박 궤도로 하강하기 시작했습니다."

헌트가 다시 항의하는 소리를 지르며 앞으로 뛰어나갔다. 그리고 동시에 흐릿한 형상들에게 대답을 끌어내기 위해 돌아봤다. 그런데 그들이 사라져버렸다. 사령실이 사라졌다. 목성 5차 파견대 전체가 사라졌다.

헌트는 별빛 아래 무방비로 노출된 얼어붙은 황야의 한복판에 모여 있는 금속 돔과 건물 옆으로 줄지어 서 있는 베가 왕복선들을 내려다보고 있었다. 여긴 가니메데 지상에 있는 중앙기지였다. 그리고 기지 옆의 공터에 자그만 베가 왕복선들 뒤로 으리으리한 샤피에론호가 불쑥 솟아 있었다. 헌트는 며칠 뒤로 와서 우주선이 막 착륙하던 순간을 다시 보고 있었다.

하지만 헌트가 기억하듯 소박하지만 감동적이었던 환영 장면 대신, 희망을 빼앗긴 가니메데인들이 우주선에서 내려 얼음 바닥 위에서 냉정하고 중무장한 전투부대의 대열 사이에 무리 지어 있었다. 그 뒤쪽에는 장갑차량에 올라탄 훈련된 병사들이 중화기의 총구를 가니메데인들에게 겨누었다. 그리고 기지에는 한 번도 존재하지 않았던 방위시설과 포대, 미사일, 그리고 온갖 무기가 설치되었다. 이건 미친 영상이다.

헌트는 당시 자신이 그랬듯 지금도 돔 안에서 그 장면을 보는 건지, 혹은 육체로부터 분리되어 둥둥 떠다니며 어딘가 다른 위치에서 보고 있는 건지 알 수 없었다. 다시 주변이 희미해졌다. 헌트가 몸을 돌렸는데, 몸에서 느껴지는 현실감이 사라져서 꿈속처럼 움직였다. 그는 혼자였다. 차갑고 끝도 없는 텅 빈 우주에 둘러싸여 있어도, 그는 답답한 폐소 공포가 느껴졌다. 외계인 비행기에서 내리며 처음으로 발을 내디딜 때 느껴졌던 공황이 아직도 그를 사로잡고 끈덕지게 괴롭히면서 이성적으로 사고할 힘을 빼앗아갔다. "이게 뭡니까?" 헌트는 목이 잠긴 목소리로 물었다. "이해가 안 돼요. 대체 뭘 하려는 건가요?"

"기억 안 나세요?" 아무 데도 아니면서 모든 곳에서 귀가 먹을 정도로 큰 소리가 들려왔다.

헌트가 거칠게 이리저리 둘러봤지만 아무도 없었다. "무슨 기억이요?" 그가 속삭였다. "이런 일은 전혀 기억이 안 나요."

"이 사건이 기억나지 않는다고요?" 목소리가 따졌다. "당신은 그 자리에 있었습니다."

헌트는 불쑥 화가 치밀어 올랐다. 정신과 감각에 가해진 무자비한 폭력으로부터 자신을 지키기 위해 지연된 행동 반응이었다. "아니야!" 헌트가 소리쳤다. "저렇지 않았어! 저런 일은 일어나지 않았어. 이게 대체 무슨 미친 짓이야?"

"그러면 어떻게 진행됐나요?"

"가니메데인은 우리의 친구였어. 가니메데인은 환영받았어. 우리가 가니메데인에게 선물을 줬다고." 헌트는 분노가 치밀어서 몸을 부들부들 떨었다. "당신 누구야? 미친 거야? 정체를 드러내."

가니메데가 사라지더니, 헌트의 눈앞에 일련의 혼란스러운 이미지가 쏟아졌다. 그런데 이상하게도 그의 정신은 하나로 모이며 일관적인 의미를 갖기 시작했다. 가니메데인들이 험악하고 완고한 미국 군인들에게 사로잡혀 있는 모습이 보였다…. 가니메데인은 그들이 가진 기술에 관해 자세한 내용을 지구에 털어놓기로 동의한 후에야 우주선을 수리할 수 있도록 허락받았다…. 그리고 굴욕적으로 심우주로 내쫓겼다.

"이렇게 진행되지 않았나요?" 목소리가 물었다.

"하느님 맙소사, 아냐! 누군지 모르겠지만, 당신은 미쳤어!"

"사실이 아닌 게 어떤 부분인가요?"

"전부 다. 도대체…."

소련의 뉴스 아나운서가 병적으로 흥분해서 떠들어대고 있었다. 소련어였지만, 웬일인지 헌트는 이해가 됐다. 서방이 유리한 지점을 확보하기 전에 당장 전쟁을 시작해야 한다…. 발코니에서 연설이 진행됐다. 군중이 구호를 외치며 환호했다…. 미국의 다탄두 미사일 위성이 발사됐다…. 워싱턴에서 선동이 펼쳐진다…. 탱크와 미사일 수송차, 중국 보병대의 행진 대열…. 태양계를 가로질러 심우주에 숨겨진 고성능 방사선 무기. 군악대가 연주하고 깃발을 흔들며 미쳐버린 무기 경쟁이 최후의 날을 향해 행진하고 있었다.

"아니야아아!" 헌트는 사방에서 덮쳐오는 비명에 맞서 자신의 목소리를 높였다. 그러자 어딘가 먼 곳에서 들려오던 소리들이 사라졌다. 헌트의 힘도 갑자기 증발해버렸다. 그는 자신이 무너지는 게 느껴졌다.

"그는 진실을 이야기했습니다." 어딘가에서 목소리가 들려왔다. 차분하고 단호한 말투였다. 그 목소리는, 우주 밖으로 헌트를 쓸어내 버리는 혼돈의 소용돌이 한복판에서 유일하게 온전한 바위 같았다.

붕괴… 추락… 암흑… 공허.

9

헌트는 부드럽고 아주 편안한 팔걸이의자에 파묻혀 깜빡 잠이 든 상태였다. 마치 한동안 여기에 있었던 듯 느긋하고 상쾌한 느낌이 들었다. 그가 경험한 일에 대한 기억은 아직도 선명했지만, 뭔가 동떨어진 이야기나 거의 학구적인 호기심으로 여겨질 정도로만 남아 있었다. 공황 상태는 사라졌다. 주변의 공기는 상쾌하고 희미한 향이 났다. 부드러운 음악 소리가 들려왔다. 얼마 지나지 않아 그 음악이 모차르트의 현악 4중주라는 사실을 깨달았다. 지금은 대체 어떤 미친 상황에 들어와 있는 걸까?

헌트가 눈을 뜨고 고개를 들어 주변을 둘러봤다. 그는 팔걸이의자에 앉아 있었는데, 의자는 평범해 보이는 방의 일부분이었다. 주로 주황색과 갈색으로 치장된 방과 잘 어울리는 짙은 갈색의 두툼한 카펫, 그 의자와 비슷하게 생긴 다른 팔걸이의자와 독서용 책상. 방 중앙에 커다란 나무 탁자가 있고, 문 옆의 보조 탁자 위에는 화려한 장미 꽃병이 놓였다. 그의 뒤쪽으로 하나뿐인 창문을 덮고 있는 두

꺼운 커튼은 바깥에서 불어오는 산들바람에 살짝 부풀어 올랐다. 헌트가 자신의 몸을 내려다보자, 짙은 푸른색 셔츠와 밝은 회색 바지를 입고 있었다. 방에 다른 사람은 없었다.

잠시 후 헌트가 몸을 일으켜봤더니 기분이 상쾌했다. 그는 느긋하게 방을 가로질러 가서 호기심에 커튼을 걷어봤다. 바깥은 지구의 주요 도시에서 흔히 볼 수 있는 맑은 여름 풍경이 펼쳐져 있었다. 깔끔한 높은 건물들이 햇빛을 받아 하얗게 빛나고, 익숙한 나무들과 녹색의 공터가 그를 유혹했다. 바로 아래에서 굽이도는 넓은 강, 난간과 둥그런 아치가 있는 구식 다리, 길을 따라가는 눈에 익은 모델의 지상차, 하늘에는 비행차들의 행렬이 보였다. 헌트가 커튼을 원래대로 다시 내려놓고, 시계를 봤더니 평소처럼 잘 가고 있는 것 같았다. 그 '보잉기'가 맥클러스키 기지에 착륙한 뒤 20분도 채 지나지 않은 상태였다. 이해가 되지 않았다.

헌트는 창문을 등지고 서서 주머니에 손을 집어넣고, 우주선에서 걸어나가기 전부터 이상하게 느껴졌던 뭔가를 기억해내려 애썼다. 뭔가 사소한 일이었다. 모든 게 미쳐가기 전에, 칼라자르가 비행기 안에 잠깐 모습을 보인 이후 비행기 바깥에서 자신이 마주했던 놀라운 광경을 처음 보기 전의 잠깐 사이에 일어났던 일이었다는 느낌이 살짝 들었다. 뭔가 칼라자르와 관련된 일이었다.

그제야 깨달았다. 샤피에론호에서는 정상적인 목소리를 합성해서 제공하는 이어폰과 목에 대는 마이크를 이용해 조락이 가니메데인과 인간 사이에서 언어를 통역했다. 하지만 원래 발언자의 얼굴 움직임을 합성하지는 않았다. 그런데 칼라자르는 그런 도구의 도움 없이 아주 손쉽게 말했다. 더욱 기묘한 사실은, 가니메데인의 발성기관은 낮은 후두음으로 발음하기 때문에 인간의 음색을 비슷하게

라도 흉내를 내는 일은 완전히 불가능하다는 점이다. 그런데 칼라자르는 그걸 어떻게 해낸 걸까? 그의 모습은 싸구려 더빙 영화 같은 티가 나지 않았다.

아무튼, 헌트는 여기에 이렇게 우두커니 서서는 해답을 전혀 찾을 수 없다고 결론 내렸다. 닫힌 방문은 평범해 보였다. 그 문이 잠겼는지 아닌지 알아보는 방법은 하나밖에 없다. 그가 문을 향해 반쯤 걸어갔을 때, 문이 열리더니 린이 걸어 들어왔다. 반팔 티셔츠와 바지를 입은 린은 시원하고 편안해 보였다. 헌트가 제자리에 우뚝 멈춰 섰다. 그녀가 전통적인 여주인공처럼 방을 가로질러 달려와 자신의 목에 팔을 두르고 흐느낄 일에 대비해 본능적으로 몸에 힘이 들어갔다. 하지만 린은 그냥 안으로 들어오더니 아무렇지도 않게 방을 둘러봤다.

"나쁘지 않네." 린이 말했다. "그래도 카펫은 너무 칙칙해. 좀 더 붉은색이 낫겠어." 그 즉시 카펫이 붉은색으로 바뀌었다.

헌트는 그 모습을 보면서 멍하니 눈만 껌뻑거렸다. 그리고는 어리벙벙한 표정으로 고개를 들었다. "대체 어떻게 한 거야?" 헌트는 질문하면서 다시 아래를 내려다보고 자신이 머릿속으로 상상한 게 아니라는 사실을 확인했다. 그의 망상이 아니었다.

린이 놀란 표정을 지었다. "비자르가 한 거잖아. 비자르는 뭐든지 할 수 있어. 비자르와 이야기 안 해봤어?" 헌트가 고개를 가로저었다. 린이 이해가 안 된다는 표정을 지었다. "그걸 몰랐다면 어떻게 다른 옷을 입고 있는 거야? 방한복은 어떻게 했어?"

헌트가 할 수 있는 반응이라고는 그저 고개를 젓는 것뿐이었다. "모르겠어. 내가 어떻게 여기에 왔는지도 모르겠어." 그는 다시 붉은색의 카펫을 내려다보았다. "굉장하네. 뭔가 마실 게 있으려나."

"비자르." 린이 살짝 목소리를 높여서 말했다. "스카치 어때? 스트레이트? 얼음 없이?" 헌트 옆의 탁자 위에 호박색 액체가 반쯤 찬 술잔이 허공에서 나타났다. 린은 아무렇지 않게 잔을 들어 헌트에게 건넸다. 헌트는 주저하며 손을 뻗어 손가락 끝으로 잔을 만져보면서도 그 잔이 거기에 없기를 반쯤 바랐다. 잔은 거기에 있었다. 그는 어정쩡하게 린에게서 잔을 받아 홀짝거리며 맛을 봤다. 그리고는 3분의 1가량 남아있는 술을 한 번에 들이켰다. 따스한 느낌이 가슴 부분을 부드럽게 타고 넘어갔다. 그리고 잠시 후 그의 몸속에서 스카치가 작은 기적을 일으켰다. 헌트가 깊게 숨을 들이쉬고 잠시 멈췄다가 천천히 내쉬었다. 하지만 여전히 몸이 떨렸다.

"담배?" 린이 물었다. 헌트는 아무 생각 없이 고개를 끄덕였다. 담배가 이미 불이 붙은 채로 그의 손가락 사이에 나타났다. '요구하지도 않았는데….' 헌트가 혼잣말했다.

이건 모두 일종의 정교한 환각인 게 틀림없다. 어떻게, 왜, 그리고 지금이 언제인지, 어디인지 알 수 없었지만, 당분간은 이대로 따르는 것 외에는 달리 방법이 없을 듯했다. 아마도 처음에 일어난 사건들은 이런 상황에 적응하거나 익숙해질 수 있는 시간을 제공하기 위해 투리엔인이 연출한 일들인 모양이었다. 만일 그런 거라면, 헌트도 그들이 왜 그렇게 했는지 이해가 됐다. 이건 마치 중세의 연금술사를 전산화된 화학 공장 한복판에 던져놓은 것 같았다. 헌트는 여기가 투리엔인지 아닌지 몰라도, 차츰 익숙해지는 것 같았다. 그렇게 생각하자, 그는 가장 큰 장벽을 넘어선 듯했다. 하지만 어떻게 린은 이렇게 빨리 적응했을까? 이전에는 생각해보지 못했지만, 어쩌면 자신이 과학자라서 불리한 점이 있는 건지도 모르겠다.

헌트가 고개를 들어 린의 얼굴을 살펴봤다. 그녀도 자신과 별로 다르지 않은 마음속의 당혹감을 억누르기 위해 겉으로 침착한 모습을 애써 유지하고 있다는 사실을 알 수 있었다. 린은 아마도 가까운 친척의 죽음 같은 몹시 고통스러운 소식을 들었을 때 일반적으로 충격이 지연되는 반응을 보이는 것처럼, 이 상황이 의미하는 모든 충격으로부터 일시적으로 정신세계를 차단하고 있을 것이다. 그래도 그녀에게서는 헌트가 경험했던 충격적인 일을 겪은 기미가 전혀 느껴지지 않았다. 아무튼 다행스러운 일이었다.

헌트는 의자로 다가가 손잡이 위에 걸터앉았다. "그러면, 당신은 여기로 어떻게 왔어?" 그가 물었다.

"글쎄, 나는 비행기에서 그 미친 장소로 걸어나가서 거기서부터, 당신은 뭐라고 부를지 모르겠지만, 아무튼 그 '중력 컨베이어'를 타고 당신 바로 뒤에 서 있었어, 그런데 그때…." 헌트의 얼굴에 서서히 퍼져가는 어찌할 줄 모르는 표정을 눈치채고, 린이 말을 멈췄다. "당신은 내가 무슨 말을 하는 건지 모르는 거구나, 그렇지?"

헌트가 고개를 끄덕였다. "중력 컨베이어라니?"

린이 얼굴을 찌푸리며 이해가 되지 않는 표정으로 그를 바라봤다. "우리 모두 비행기에서 걸어 나왔잖아? 거기에 모든 게 위아래로 뒤집힌 커다랗고 밝은 장소와 통로가 있었잖아? 그리고 비행기에 탈 때 우리를 들어 올렸던 것 같은 장치를 통해 튜브로 우리를 데리고 갔잖아. 노랗고 하얗고 커다란…?" 린은 천천히 상황을 나열하며 질문하는 말투로 끝을 맺으면서 헌트가 어느 지점에서 실마리를 놓쳤는지 알아볼 수 있게 도와주려는 듯 줄곧 헌트의 얼굴을 골똘히 바라봤지만, 처음 시작부터 헌트와 린은 완전히 다른 상황을 경험한 게 틀림없었다.

헌트가 앞으로 손을 내밀며 흔들었다. "알았어. 자세한 설명은 안

해도 돼. 당신은 다른 사람들과 어떻게 헤어진 거야?"

린이 대답하려다 갑자기 멈추더니 인상을 찌푸렸다. 자신의 기억이 생각했던 만큼 완벽하지 않다는 사실을 처음으로 깨달은 모양이었다. "잘 모르겠어…." 그녀가 머뭇거렸다. "어쩌다 보니 그렇게 됐어. 어디서 그랬는지는 모르겠어. 사람들의 이름이 색색의 도표에 들어있는 커다란 조직표가 있었고, 누가 누구의 지휘를 받는지 선으로 그어져 있었는데… '미국 우주군'이라는 정신 나간 조직표가 틀림없었어." 린은 마음속에 있는 기억을 되살리면서 점점 더 혼란스러운 표정을 지었다. "거기에는 내가 아는 UN 우주군의 이름도 많았지만, 계급 같은 게 완전히 엉터리였어. 콜드웰 본부장의 이름에는 장군이라고 표시되었고, 내 이름에는 소령이라고 되어 있었어." 린은 자신도 어떻게 된 건지 잘 모르겠으니 설명해달라고 요구하지 말라는 듯 고개를 저었다.

헌트는 달의 뒷면에서 수신된 투리엔 메시지들의 복사본을 떠올렸다. 메시지에는 지구가 여전히 동서로 나뉘어서 군사화된 듯 묘사되어 있어서 당황스러웠는데, 이상하게도 미네르바의 람비아와 세리오스가 최후의 파멸적인 전쟁을 벌이기 직전의 상황을 재구성한 것처럼 보였다. 그리고 헌트를 들들 볶았던 취조도 그 이야기가 맞느냐고 물으며, 메시지에 담긴 내용을 그대로 반복했었다. 뭔가 관련이 있는 게 틀림없었다. "그리고 어떻게 됐어?" 헌트가 물었다.

"비자르는 그 조직표가 내가 일하고 있는 조직을 정확히 나타내고 있는지 물어보기 시작했어." 린이 대답했다. "이름은 대체로 맞지만, 나머지는 잘못됐다고 말해줬어. 비자르는 콜드웰 본부장이 참여한다는 무기 계획에 대해 몇 가지 묻더니, '미국 우주군'이 궤도에 올려놓으려는 지상 폭격 위성과 달에 있는 거대한 방사선 발사장치의 사진을 보여줬는데, 그런 건 존재한 적도 없었던 것들이잖아. 난 비자르한테 미친 거 아니냐고 말해줬지. 우리는 그 문제에 대해 잠시 이야기를 나눈 후에 아주 친해졌어."

헌트는 그 모든 일이 10분 만에 일어날 수는 없다는 생각이 들었다. 틀림없이 일종의 시간 수축 과정 같은 게 관련되어 있을 것이다. "혹시… '강압적인' 분위기는 없었어?" 헌트가 물었다.

린이 놀란 표정으로 헌트를 쳐다봤다. "전혀 없었어. 아주 예의 바르고 싹싹했어. 그리고 그때 내가 실내에서 방한복을 입고 있으니까 이상하다고 말했더니, 갑자기… 휙!" 그녀가 자신을 위아래로 가리켰다. "순식간에 옷이 바뀌었어. 그러고 나서 비자르가 가진 능력을 몇 가지 더 알게 됐어. 언제쯤이면 IBM이 이런 걸 시장에 내놓을 수 있을까?"

헌트가 자리에서 일어나 방을 가로질러 걸어가기 시작하다가 담배의 재가 생기지 않아서 털어낼 필요가 없다는 사실을 깨달았다. 그 상황은 일종의 조사 과정이었을 것이다. 무슨 이유에선지 몰라도 투리엔인에게는 정확한 이야기를 듣는 게 중요했을 것이다. 만일 그런 경우라면, 그들은 확실히 시간을 전혀 낭비하지 않았다. 아마도 헌트가 경험한 일은, 그가 전혀 준비되지 않고 너무 혼란스러워서 이야기를 꾸며낼 수 없는 짧은 시간에 정확한 대답을 확보하기 위해 설계된 충격 요법이었을 것이다. '만약 그랬다면 확실히 제대로 했네.' 헌트가 씁쓸하게 생각했다.

"내가 비자르에게 당신이 어디에 있는지 물었더니, 문으로 나가서 복도를 따라가라고 했어. 그래서 여기로 온 거야." 린이 말을 마쳤다.

헌트가 뭔가 이야기하려는 참에 전화벨이 울렸다. 헌트는 주위를 둘러보고 전화기가 거기 있다는 사실을 처음으로 알아챘다. 그건 표준적인 국내용 데이터 단말기였다. 주변 환경과 너무 자연스럽게 어울려서 벨이 울리기 전에는 알아채지 못했다. 호출음이 다시 울렸다.

"받는 게 좋겠어." 린이 제안했다.

헌트가 구석으로 가서 의자를 끌어다 앉았다. 그리고 단말기의 키보드를 눌러 전화를 받았다. 맥클러스키 기지의 관제사 모습이 화면에 나타나자 헌트는 믿기지 않아 입을 쩍 벌렸다.

"헌트 박사님." 관제사가 안심한 듯 말했다. "괜찮으신지 확인하기 위한 일상적인 점검입니다. 여러분이 비행기 안으로 들어간 지 시간이 꽤 지나서요. 무슨 문제는 없나요?"

헌트는 멍하니 화면을 쳐다보고만 있었다. 한참 동안 그랬던 것 같다. 그는 환각의 세계에 현실 세계가 끼어들어 전화를 걸었다는 이야기를 들어본 적이 없었다. 이것도 환각인 게 틀림없었다. 환각 속의 운영 관제사에게 뭐라고 해야 할까? "어떻게 우리한테 연락한 거죠?" 마침내 헌트가 간신히 거의 정상적인 말투로 소리를 낼 수 있었다.

"조금 전에 그 비행기에서 무전을 받았는데, 저출력 지향성 전파를 비행기에 맞춰서 사용해도 좋다는 내용이었습니다." 관제사가 대답했다. "우리는 그렇게 맞추고 기다렸지만 아무런 반응이 없어서 박사님을 불러보는 게 좋겠다는 생각이 들었습니다."

헌트는 잠시 눈을 감았다가 다시 떴다. 그리고 옆에 있는 린을 슬쩍 쳐다봤다. 그녀도 이 상황이 이해되지 않는 표정이었다. "비행기가 아직 그 자리에 그대로 있다는 말인가요?" 헌트가 모니터를 돌아보며 물었다.

관제사가 아리송한 표정을 지었다. “왜… 네…. 지금 창문 밖으로 비행기가 바로 보입니다.” 잠시 멈춤. “정말 아무 문제도 없으신가요?”

굳은 얼굴로 의자에 기대어 앉은 헌트의 머릿속이 복잡했다. 린이 다가와 모니터 앞으로 몸을 숙였다. “네, 아무 일 없어요.” 그녀가 말했다. “저기요, 여기 일이 조금 바빠서 그런데, 몇 분 후에 다시 통화해도 될까요?”

“저희 생각에는 괜찮습니다. 나중에 다시 통화하죠.” 모니터에서 관제사가 사라졌다.

모니터가 꺼지자 린의 침착한 모습도 사라졌다. 그녀가 이 방에 들어온 이후 처음으로 두렵고 겁에 질린 얼굴로 앉아 있는 헌트를 내려다봤다. “비행기가 아직 그 자리에 그대로 있대….” 린은 억제하려고 애썼지만, 그녀의 목소리가 오락가락했다. “헌트…. 어떻게 된 거지?”

헌트가 인상을 찌푸리고 방을 빙빙 돌았다. 마침내 속에 억눌려있던 분노가 치솟아 올랐다. “비자르.” 그가 충동적으로 그 이름을 불렀다. “내 목소리 들려?”

“여기 있습니다.” 익숙한 목소리가 대답했다.

“맥클러스키 기지에 착륙했던 비행기…. 그게 아직 그 자리에 있대. 우리가 조금 전에 전화로 기지와 이야기를 나눴어.”

“알고 있습니다.” 비자르가 동의했다. “제가 전화를 연결했거든요.”

“이제 우리한테 대체 어떻게 돌아가는 건지 이야기해줄 때가 되지 않았나?”

“곧 투리엔인을 만나면 그들이 설명해줄 겁니다.” 비자르가 대답했다. “여러분은 사과를 받으실 겁니다. 투리엔인들은 저를 통하는 간접적인 방식이 아니라 직접 사과하고 싶어 합니다."

"그렇다면 우리가 지금 대체 어디에 있는 건지 이야기해줄 수는 있겠지?" 헌트는 비자르의 말을 듣고도 기분이 그다지 진정되지 않았다.

"당연합니다. 여러분은 퍼셉트론호에 있습니다. 그리고 퍼셉트론호는 여러분이 들은 대로 아직 맥클러스키 기지 비행장에 있습니다." 헌트와 린이 말없이 당황스러운 눈길을 주고받았다. 린이 고개를 살짝 흔들더니, 의자에 털썩 주저앉았다. "여러분은 별로 믿기지 않는 모양이네요." 비자르가 말했다. "제가 조금 보여드려도 될까요?"

헌트는 입을 열었다가 그냥 닫았다고 생각했지만, 자신의 입에서 나오는 소리가 들렸다. 하지만 그건 헌트가 만들어낸 소리가 아니었다. 그는 보이지 않는 줄에 당겨진 꼭두각시처럼 움직였다. "잠깐만 실례할게." 헌트의 입이 말하더니, 고개가 저절로 린을 향해 돌아갔다. "걱정하지 마. 비자르가 설명해줄 거야. 금방 돌아올게."

그런 후 헌트는 뭔가 유연하고 부드러운 것 위에 누워있었다.

"자, 보세요!" 머리 위쪽 어딘가에서 비자르의 목소리가 들렸다. 헌트는 눈을 뜨고 주변을 둘러봤지만, 몇 초 동안은 자신이 어디에 있는지 알 수 없었다.

그는 맥클러스키 기지에 착륙한 비행기의 칸막이방에 있는 안락의자로 돌아와 있었다.

사방이 몹시 조용하고 움직임도 없었다. 헌트는 자리에서 일어나 복도로 가서 근처의 칸막이방을 들여다봤다. 린이 아직 거기에 있었다. 편안하게 안락의자에 누워있었는데, 눈을 감은 그녀의 얼굴이 평온해 보였다. 헌트는 이때 처음으로 아래를 내려다보고는, 자신이 그녀와 마찬가지로 UN 우주군 방한복을 다시 입고 있다는 사실을 알아챘다. 복도를 따라가며 다른 칸막이방들을 살펴봤더니 다른 이들도 대체로 비슷한 모습으로 그곳에 있었다.

"밖으로 나가서 확인해보세요." 비자르의 목소리가 제안했다. "돌아오실 때까지 저희는 여기에 그대로 있을 겁니다."

헌트는 멍한 얼굴로 앞쪽 복도의 끝에 있는 문으로 가다가 잠시 멈춰 마음을 다진 후 대기실로 걸음을 내디뎠다. 맥클러스키 기지와 알래스카가 다시 거기에 있었다. 열린 바깥문을 통해 분주한 사람들의 모습이 보였다. 헌트의 모습을 보더니 사람들이 그를 향해 몰려들기 시작했다. 헌트가 비행장을 가로질러 식당을 향해 걸어가기 시작하자, 사람들이 그의 주변에 모여들어 기대에 찬 질문들을 마구 쏟아냈다.

"거기는 어떻게 되어가나요?"

"안에 가니메데인들이 있나요?"

"가니메데인들이 나올 건가요?"

"가니메데인들은 몇 명이나 있어요?"

"그냥… 지금까지는 이야기만 하는 중이에요. 네? 네…. 그렇죠. 잘 모르겠어요. 저기, 잠깐만요. 제가 확인해야 할 게 있어서요."

헌트는 식당 안으로 들어간 뒤 앞쪽에 있는 방에 설치된 관제실로 곧장 향했다. 창문을 통해 비행장을 지켜보고 있던 관제사와 기사 두 명이 기대에 찬 표정으로 헌트를 기다렸다. "헌트 박사님, 어떻게 되어가나요?" 헌트가 문으로 들어가자 관제사가 그를 맞이했다.

"잘 되고 있어요." 헌트가 멍한 얼굴로 작게 말했다. 그는 관제실에 설치된 제어판과 모니터들을 응시했다. 그리고 비행기에 올라탄 이후 일어났던 일들을 다시 돌이켜 곱씹었다. 지금 그가 보고 있는 것들은 현실이다. 그를 둘러싼 모든 게 현실이다. 전화 통화는 현실이 아니었던 뭔가의 일부분이었다. 확실히 그 반대일 리는 없었다. 현실은 무전기를 통해 가상의 영역과 통신을 할 수 없다. 확실히 그렇지 않은가?

"우리가 비행기 안으로 들어간 뒤에 비행기와 연락을 했던 적이 있나요?" 헌트가 관제실 직원들을 쳐다보며 물었다.

"왜… 네." 관제사가 갑작스레 걱정스러운 눈으로 바라봤다. "몇 분 전에 박사님이 저희랑 통화하셨잖아요. 정말로 별일 없나요?"

헌트가 손을 들어 이마를 문지르며 머릿속에서 부글거리는 혼란을 잠시 가라앉혔다. "전화를 어떻게 연결했죠?" 그가 물었다.

"아까 말씀드린 대로, 비행기에서 저출력 전파를 통해 연결할 수 있다는 무전을 받았습니다. 전 그냥 박사님의 이름을 대고 연결해달라고 요청했어요."

"다시 해봐요." 헌트가 말했다.

관제사가 관리용 컴퓨터로 가서 키보드에 명령을 입력하더니 주 모니터 위에 있는 양방향 스피커에 대고 말했다. "맥클러스키 기지 관제실에서 외계인에게. 외계인 비행기 나오라."

"수신했음." 목소리가 대답했다.

"비자르?" 헌트가 그 목소리를 알아듣고 말했다.

"안녕하세요, 다시 뵙네요. 이제 이해가 되세요?"

헌트가 생각에 잠긴 표정으로 눈을 가늘게 뜨고 텅 빈 모니터를 응시했다. 마침내 그의 두뇌의 바퀴가 정렬되어 다시 제대로 된 축에 배열된 느낌이 들었다.

한 가지 시도해볼 게 있었다. "린 가랜드에게 연결해줘."

"잠깐만요."

모니터가 밝아지더니, 잠시 후 화면에서 린이 그를 쳐다보고 있었다. 배경은 헌트가 조금 전까지 있던 그 방이었다. 린도 헌트가 맥클러스키 기지에서 전화했다는 사실을 확실히 알 수 있을 것이다. 하지만 린의 얼굴에는 그리 놀라는 기미가 없었다. 비자르가 설명을 해줬던 모양이다.

“기지로 돌아간 모양이네.” 린이 무뚝뚝하게 말했다.

처음으로 이 모든 게 이해되기 시작하자 헌트의 얼굴에 살짝 미소가 비쳤다. “안녕.” 그가 말했다. “물어볼 게 있어. 내가 마지막으로 당신한테 이야기한 후에 어떻게 됐어?”

“당신이 허공으로 사라졌어. 그냥 그렇게. 그래서 내가 약간 겁을 먹었는데, 비자르가 곧바로 많은 이야기를 해줬어.” 린이 손을 들어 올리더니 얼굴 앞에서 손가락을 꼼지락거리고, 감탄하며 고개를 흔들었다. “내가 실제로 이 행동을 하는 게 아니라는 사실이 믿기지 않아. 전부 내 머릿속에서 일어나는 일이잖아. 정말 대단해!”

헌트는 이제 린이 자신보다 상황을 더 잘 알게 된 모양이라는 생각이 들었다. 그렇지만 그는 지금 자신이 전반적인 개념을 이해했다는 생각이 들었다. 투리엔으로 즉시 통신이 연결되고…, 필요한 기적들이 일어나고…, 영어로 이야기하는 가니메데인….

그리고 비자르가 비행기를 뭐라고 불렀더라…. 퍼셉트론(perceptron, 인지 능력이 있는 인공 신경망)이라고 했던가? 퍼즐 조각들이 제자리를 찾아가기 시작했다.

“린, 비자르와 이야기를 나누고 있어.” 헌트가 말했다. “금방 돌아갈게.” 린이 미소를 지었다. 모든 게 잘 되고 있다는 의미의 미소였다. 헌트가 윙크를 보냈다. 곧 모니터가 꺼졌다.

“뭐가 어떻게 되어가는 건지 설명해줄 수 있나요?” 관제사가 물었다. “제 말은… 저희는 이 작전을 진행하라는 이야기밖에 못 들어서요."

"잠깐만요." 헌트가 코드를 입력해서 통신을 다시 연결했다. 그가 스피커를 향해 말했다. "비자르?"

"전화하셨나요?"

"우리가 퍼셉트론호 밖으로 걸어나갔던 장소 말이야, 그 장소는 실제로 존재하는 거야, 아니면 네가 만들어낸 거야?"

"실제로 존재합니다. 투리엔에 있는 오래된 도시로, 브라닉스라는 곳입니다."

"우리가 바로 현재의 그 도시를 봤던 거야?"

"네. 그랬습니다."

"그렇다면 넌 여기와 투리엔을 동시에 연결하고 하고 있다는 말이야?"

"박사님이 맞게 이해하셨습니다."

헌트가 잠시 생각했다. "카펫이 깔린 그 방은 뭐야?"

"그 방은 제가 만들었습니다. 일종의 특수 효과인데 가짜죠. 익숙한 환경을 제공하면 우리가 작동하는 방식에 대해 여러분이 익숙해지는 데에 도움이 되리라 판단했습니다. 나머지도 알아내셨나요?"

"가능할지 모르겠지만, 시도해볼게." 헌트가 말했다. "총체적인 감각 자극과 관찰, 더하기 즉각적인 통신 연결이라고 보면 어떨까? 우리는 투리엔에 가본 적이 없어. 네가 투리엔을 여기로 가져왔지. 그리고 린은 전화를 받은 적이 없어. 네가 린의 신경계에 직접 주입한 거야. 린이 자신이 하고 있다고 생각하는 다른 행동과 함께 말이야. 그리고 네가 적당한 소리와 영상 데이터를 만들어내서 전파를 통해 보낸 거지. 이건 어때?"

"아주 훌륭합니다." 비자르가 발언에 어울리는 강한 억양을 넣어서 대답했다. "그러면 다시 일행들과 합류할 준비가 되셨나요? 몇 분 내로 투리엔인을 만나실 겁니다."

"그래, 나중에 다시 이야기하지." 헌트가 통신을 끊었다.

"이제 어떻게 돌아가는 건지 이야기해주실 겁니까?" 관제사가 요청했다.

헌트의 표정은 딴생각을 하는 듯했다. 그의 목소리는 생각에 잠겨 느릿느릿했다. "비행장에 있는 건 비행하는 공중전화 같은 거예요. 그 안에는 신경계의 지각 부분에 직접 연결하는 장치가 있어서 원거리에서 감각 전체를 송신할 수 있죠. 조금 전에 모니터에서 봤던 영상은 린의 정신에서 직접 추출한 거예요. 컴퓨터가 그걸 시청각으로 변조해서 통신 전파를 통해 여러분의 안테나로 송신한 겁니다. 그리고 여기에서 발송된 무전은 그 반대로 처리하는 거죠."

10분 후 헌트는 퍼셉트론호에 다시 올라가서 앞서 앉았던 안락의자에 다시 앉았다. "뭐라고 하면 좋을까…. 옛날 영화 제목처럼 '집에 가자, 제임스(Home, James)'라고 할까?" 헌트가 큰 소리로 물었다.

이번에는 앞서 경험했던 감각의 혼란이 없었다. 헌트는 즉시 린이 있는 방으로 돌아갔다. 린은 이미 헌트가 나타나길 예상한 모양이었다. 틀림없이 비자르가 그녀에게 미리 언질을 줬을 것이다. 헌트는 궁금한 눈으로 방을 둘러보며 혹시 컴퓨터가 만들어낸 창조물이라는 사실을 알아차릴 만한 징후가 있는지 찾아봤다. 그런 기미는 전혀 없었다. 모든 게 세세한 부분까지 진짜였다. 기괴한 느낌이 들었다. 비자르의 영어 구사능력이나 퍼셉트론호를 보잉기처럼 위장하는 데 필요한 데이터와 마찬가지로, 모든 정보를 지구의 통신망에서 얻은 게 틀림없었다. 이쪽저쪽으로 소통되는 전자적인 통신에서 사실상 필요한 모든 정보를 구할 수 있었을 것이다. 투리엔인이 이번 일과 관련된 모든 정보를 네트워크를 통해 전달하지 않도록 한 것은 너무도 당연한 조치였다!

헌트는 시험적으로 손을 뻗어서 린의 팔을 손가락으로 훑었다. 따스하고 단단한 느낌이었다. 모든 게 헌트가 비자르에게 말했던 그대로였다. 전체적인 감각 자극 과정이 두뇌 중추에 영향을 주고, 신경에서 들어오는 정보를 우회시키는 모양이었다. 놀라웠다.

린이 헌트의 손을 내려다보더니, 고개를 들어 믿기지 않는다는 듯 그를 쳐다봤다. “이게 진짜인지 아닌지 전혀 모르겠어.” 그녀가 헌트에게 말했다. “하지만 지금 당장은 별로 안 궁금해. 신경 쓰지 마.”

헌트가 뭔가 대답하기 전에 전화벨이 다시 울렸다. 그가 전화를 받았다. 단체커였는데, 폭발 직전의 몰골이었다.

“끔찍해! 터무니없어!” 관자놀이의 혈관이 불끈거리는 모습이 눈에 들어왔다. “내가 어떤 꼴을 당했는지 알아? 자네는 컴퓨터가 만들어낸 이 정신병원에서 어디에 있는 건가? 대체 이게….”

“잠깐만, 단체커. 진정해.” 헌트가 손을 들었다. “자네 생각만큼 그렇게 나쁘지는 않아. 이건 모두….”

“그렇게 나쁘지 않다고? 대체 우리는 어디에 있는 거야? 여기서 어떻게 나가? 다른 사람들하고 이야기해봤어? 이 외계인들은 무슨 권리로….”

“자넨 어디에도 가지 않았어, 단체커. 아직 맥클러스키 기지의 땅 위에 그대로 있어. 나도 그렇고, 우리 모두 그래. 어떻게 된 거냐면….”

“터무니없는 소리 하지 마! 이건 아주 명확히….”

“비자르하고 이야기해봤어? 비자르가 나보다 훨씬 잘 설명해줄 거야. 린은 나하고 있어. 그리고….”

"아니, 안 해봤어. 앞으로도 난 그런 걸 할 생각이 전혀 없어. 이 투리엔인들이 당연한 예의를 갖추지 않는다면…."

헌트가 한숨을 뱉었다. "비자르, 단체커 교수를 집에 데려다주고, 오해를 풀어줘. 할 수 있겠지? 지금 당장은 내가 교수를 감당하지 못할 것 같아."

"제가 맡겠습니다." 비자르가 대답했다. 즉시 단체커가 사라지고 모니터에는 텅 빈 방만 비쳤다.

"대단하네." 헌트가 중얼거렸다. 그는 언젠가 단체커와 함께 그런 묘기를 부릴 수 있으면 좋겠다는 생각이 들었다.

문에서 가벼운 노크 소리가 들려왔다. 헌트와 린이 고개를 획 돌려서 문을 쳐다보고, 다시 고개를 돌려 의아한 눈길을 주고받았다. 그리고 다시 문을 응시했다. 린이 어깨를 으쓱하더니 방을 가로질러 문으로 갔다. 헌트가 단말기를 끄고 고개를 들었을 때, 문으로 들어온 2.5미터 장신의 가니메데인이 꼿꼿이 서 있었다. 린은 열린 문을 붙잡은 채로 놀라서 할 말을 잃은 모습이었다.

"헌트 박사님, 린 씨." 가니메데인이 말했다. "먼저, 저희 모두를 대표해서 괴상한 환영 행사에 대해 사과드립니다. 몇 가지 매우 중요한 이유 때문에 필요한 일이었습니다. 그 이유는 곧 모두 모이면 설명하겠습니다. 이렇게 여러분끼리 놔둔 것이 너무 무례하게 비치지 않았기를 바랍니다. 하지만 저희는 짧은 적응 기간을 두는 게 도움이 될 거라 판단했습니다. 저는 포르딕 이샨입니다. 여러분과 만나기로 했던 일행 중 한 명입니다."

10

헌트는 걸어가면서 이샨이 샤피에론호에 있던 가니메데인들과 형태적으로 미묘하게 다르다는 사실을 알아챘다. 노란색의 헐렁한 조끼와 빨간색과 호박색의 금속성 실로 정성스럽게 짠 셔츠를 입은 이샨은 그들과 똑같이 몸체가 거대했고, 똑같이 엄지손가락이 두 개씩 달린 여섯 손가락이었지만, 그의 피부는 헌트가 기억하던 가니메데인의 회색보다 좀 더 짙었고(거의 검은색이었다), 더 매끄러웠다. 그는 더 날씬하고 가벼워 보였으며, 키도 살짝 작았다. 그의 아래턱과 두개골은 여전히 눈에 띄게 길긴 했지만, 조금 짧아지고 넓어져서 인간의 외형에 가깝게 약간 둥그런 얼굴이 되었다.

"우리는 인공적으로 생성한 회전하는 블랙홀을 이용해서 물체들을 순간적으로 이동시킬 수 있습니다." 이샨이 그들에게 말했다. "여러분이 이론적으로 예측했듯이, 빠르게 회전하는 블랙홀은 원반처럼 납작해지다가 나중에는 질량이 테두리에 집중된 도넛 형태가 됩니다. 그런 상황이 되면 중앙의 구멍에 특이점이 형성되어, 파멸적인 기조력의 영향을 받지 않으면서 축을 따라 특이점에 접근할 수 있게 됩니다. 그 구멍은 초공간으로 들어가는 '입구 포트'를 제공해주는데, 초공간에서는 일반적인 시공간의 전통적인 제약을 받는 법칙이 적용되지 않습니다. 그런 입구를 만들면 초월-대칭 효과를 일으켜서 다른 곳에 있는 정상 우주에 투사되는데, 이게 '출구 포트'로 연결됩니다. 입구 포트 블랙홀의 차원, 회전, 방향과 다른 변수들을 제어해서 수십 광년 정도의 거리에 떨어져 있는 출구의 위치를 상당히 정확하게 선택할 수 있습니다."

이샨의 양쪽에서 헌트와 린이 함께 걸어가며, 다른 공간으로 이어진 널따란 광장과 반짝거리는 조각들, 치솟아 오르는 복도들로 이루어진 넓고 밝게 빛나는 아케이드를 지났다. 사방으로 에셔의 그림처럼 뒤틀어지고 뒤집힌 모습이 이전보다 더욱 많았다. 하지만 퍼셉트론호에서 처음 나와서 봤을 때의 광경만큼 압도적이지는 않았다. 가니메데인의 중력공학 기술을 투리엔의 건축에 접목한 게 틀림없었다. 여긴 투리엔이니까. 그들은 방에서 나와 복도를 여러 개 지나고, 가니메데인들이 분주하게 움직이는 거대한 돔을 지나 이 아케이드로 왔는데, 가상 세계가 너무 매끄럽게 현실에 뒤섞여 들어가서, 헌트는 어느 지점에서 가상이 현실로 바뀌었는지 알아채지 못했다. 두 행성 사이의 회의가 곧 열릴 거라고 이샨이 그들에게 알려줬다. 이샨은 그들을 직접 안내하는 역할을 맡았다. 당연히 비자르는 그들을 회의장으로 즉시 이동시킬 수 있겠지만, 그들이 '적응'할 수 있는 시간을 갖도록 좀 더 자연스러운 방식을 선택한 모양이라고 헌트는 생각했다. 사전에 적어도 외계인 중 한 명을 비공식적으로 알게 되는 기회를 얻으면, 그다음 진행을 하는 데에 도움이 된다. 아마도 그런 의도였을 것이다.

"그 방법을 통해 퍼셉트론호를 지구로 보내온 거군요." 헌트가 말했다.

"거의 지구 근처까지 보냈죠." 이샨이 그에게 대답했다. "상당히 큰 물체를 이동시킬 수 있을 정도로 큰 블랙홀은 먼 거리까지 중력 교란을 일으킵니다. 그래서 그런 물체를 항성계 안으로 들여보내지는 않습니다. 그렇게 하면 그 항성계의 시계와 달력 같은 것들을 엉망으로 만들어버릴 테니까요. 우리는 퍼셉트론호를 태양계 외곽으로 보낸 뒤, 마지막 단계는 더 전통적인 방식으로 이동했습니다."

"그렇다면 왕복 여행을 하려면 전통적인 단계를 네 번 거쳐야겠네요." 린이 말했다. "갈 때 두 번, 돌아올 때 두 번."

"그렇습니다."

"그래서 투리엔에서 지구로 올 때 하루 정도가 걸렸던 거군요." 헌트가 말했다.

"네. 행성에서 행성으로 순간이동은 안 됩니다. 하지만 통신은 완전히 다른 문제입니다. 우리는 감마선 주파수의 마이크로레이저를 극소형 블랙홀에 집어넣어서 메시지를 보내는데, 그런 블랙홀은 행성 표면에서도 바람직하지 못한 부작용을 일으키지 않고 운영되는 장비 안에서 생성할 수 있습니다. 그래서 행성에서 행성으로 순간적인 데이터 연결은 가능합니다. 게다가 극소형 블랙홀을 생성할 때에는 비행선을 통과시키는 커다란 블랙홀을 생성할 때 요구되는 정도의 거대한 에너지가 필요하지 않습니다. 그래서 우리는 꼭 필요한 경우가 아니라면 육체적으로 순간이동을 그리 많이 하지 않습니다. 대신 정보를 보내는 걸 더 좋아하지요."

이 설명은 헌트가 이미 알고 있는 내용과 일치했다. 헌트와 린은 실제로 맥클러스키 기지에 있고, 그들이 인지하는 모든 정보가 비자르를 통해 송신되고 있는 것이다. "정보가 어떻게 송신되는지 이해가 되네요." 헌트가 말했다. "그런데 시스템에는 어떤 정보가 입력되나요? 그리고 처음에 어떻게 시작되었습니까?"

"투리엔은 컴퓨터 시스템으로 촘촘하게 연결된 행성입니다." 이샨이 설명했다. "그리고 우리가 뻗어 나간 은하계의 다른 행성들도 대부분 그렇죠. 비자르는 그 행성들과 장소 모든 곳에 존재합니다. 그리고 감지기의 촘촘한 네트워크가 도시와 건물 안에 들어가 있고, 산과 숲, 평원에 보이지 않게 광범위하게 분포되어 있으며, 행성의 지표면 상공을 도는 궤도에도 설치되어 있습니다. 그렇게 입력된 데이터가 합쳐지고 그 사이가 보완되어서, 특정한 장소에 있는 사람이 경험하게 될 완벽한 감각의 입력을 계산하고 합성할 수 있게 됩니다.

비자르는 두뇌로 들어가는 정상적인 입력 통로를 우회해서 고해상도의 공간적인 압력파 배열의 초점을 맞춰서 상징과 관련된 신경 패턴을 직접 자극합니다. 그렇게 함으로써, 비자르는 특정한 장소에 육체적으로 존재하는 어떤 사람이 경험하는 환경 정보를 다른 사람의 마음속에 바로 주입할 수 있습니다. 또한 비자르는 자율 운동계의 신경 활동을 관찰해서 근육의 움직임 등에 따라 일어나는 모든 반응의 감각을 충실히 재현합니다. 네트워크 덕분에 실제로 먼 곳에 있는 듯한, 현실과 전혀 구분되지 않는 착각을 만들어냅니다. 신체가 물리적으로 이동하더라도 더 추가할 게 없습니다."

"항성 간 여행을 쉽게 하겠네요." 린이 작은 소리로 말했다. 그녀가 주변을 둘러보는 사이 아케이드가 끝나서, 그들은 굽은 복도를 따라 걷기 시작했다. 복도는 조금 전까지 벽처럼 보이던 표면 위로 이어졌지만, 그들이 걷는 동안에 복도가 서서히 위쪽으로 구부러지면서 방금까지 있던 아케이드와 거기에 연결된 구조물들이 그들의 뒤쪽에서 점점 올라가는 것처럼 느껴졌다. “이게 다 20광년 떨어진 곳에서 일어나는 일인가요?” 린이 여전히 믿기지 않는다는 투로 말했다. “제가 실제로는 여기에 없는 건가요?”

“그 차이를 알 수 있나요?” 이샨이 린에게 물었다.

“당신은 어떤가요, 이샨?” 새로운 생각이 떠오른 헌트가 물었다. “당신은 실제로 여기… 아니, 거기에 있나요? 브라닉스인지 뭔지?”

“저는 투리엔에서 3백20만 킬로미터 떨어진 인공 행성에 있습니다.” 이샨이 대답했다. “칼라자르 대통령은 투리엔에 있지만, 브라닉스에서 9천5백 킬로미터 떨어진 투리오스라는 도시에 있습니다. 투리엔의 수도죠. 브라닉스는 우리가 정서적이고 전통적인 이유로 유지하고 있는 오래된 도시입니다. 여러분이 곧 만나게 될 프레누아 쇼음은 크레이세스라는 행성에 있는데, 거인별에서 9광년 정도 떨어진 항성계에 있는 행성입니다.”

린이 어리둥절한 표정이었다. “제가 그 설명을 제대로 이해한 건지 자신이 없네요.” 그녀가 말했다. “우리가 각자 다른 장소에 있다면 어떻게 우리가 모두 일관된 느낌을 받을 수 있는 거죠? 은하계에 온통 흩어져 있다면, 저는 어떻게 헌트 옆에 있는 당신과 이 주변을 볼 수 있는 거죠?” 헌트는 조금 전에 이샨이 해준 말에 놀라서 아직 질문할 엄두를 내지 못하고 있었다.

“비자르가 다른 장소에서 발생한 데이터를 이용해 합성한 느낌을 만들어낸 뒤 전체적으로 하나로 묶어 송신합니다.” 이샨이 대답했다. “비자르는 시스템에 연결된 사람들의 신경 활동을 관찰해서 합성한 데이터를 시각, 촉각, 청각과 다른 상세한 주변 환경에 결합해서 각 개인에게 그 환경 안에 있는 완벽하게 개인화된 느낌을 제공하고, 육체적으로, 또 언어적으로 다른 사람과 교류할 수 있도록 해줍니다. 그렇게 해서 우리는 다른 행성을 방문하고, 다른 문화 사이를 여행하고, 다른 항성계에서 회의를 소집할 수 있습니다. 그래서 우주에 있는 인공 행성을 방문하고 즉시 집으로 돌아올 수 있죠. 우리도 물론 어느 정도는 육체적으로 직접 돌아다니기도 합니다. 예를 들어 휴양이나 육체적인 참석을 해야 하는 활동 같은 경우죠. 하지만 대체로 장거리 업무와 여행은 전자공학과 중력공학을 통해 진행합니다."

그들은 계속 위쪽으로 구부러지는 복도를 따라가다가 넓은 원형 회랑으로 나왔는데, 난간 너머로 한 층 아래에 있는 아주 분주한 광장이 내려다보였다. 머리 위쪽의 공간을 둘러싸고 있는 이리저리 이어지는 곡선과 바닥들 사이로 몇 분 전에 그들이 걸었던 아케이드 바닥이 살짝 보였다. 적어도 아까의 그 아케이드처럼 보였다. 하지만 그들도 이제는 그런 종류의 일에 익숙해지기 시작했다.

"우리가 맥클러스키 기지에 있는 그 비행기 안에서 처음으로 자리에 앉을 때 한참 동안 모든 감각이 혼란스러웠어요." 린이 그 당시를 되돌아보며 말했다. "왜 그런 일이 일어난 건가요?"

"비자르가 여러분의 개인적인 두뇌 유형과 활동 수준에 맞추느라 그런 겁니다." 이샨이 린에게 말했다. "정확한 피드백 반응을 획득할 때까지 조정이 이루어집니다. 개인마다 약간씩 다르거든요. 그 과정은 한 번만 진행됩니다. 지문과 비슷한 것으로 생각하셔도 되겠습니다."

"이샨." 잠시 침묵이 흐른 뒤 헌트가 입을 열었다. "처음 시작할 때 저를 끌어들였던 곡예비행에서 여러분은 지구에 대해 뒤섞인 정보를 가지고 있었기 때문에 그 내용을 확인할 필요가 있었던 거죠, 맞나요?"

"그건 극도로 중요한 문제라 칼라자르 대통령이 설명할 겁니다."

이샨이 대답했다.

"하지만 그럴 필요가 있었나요?" 헌트가 의문을 제기했다. "비자르가 상징을 다루는 신경 패턴에 직접 접속할 수 있다면, 제 기억에서 알고 싶은 내용을 간단히 꺼낼 수 있지 않나요? 그렇게 하면 잘못된 대답을 듣게 될 위험을 감수하지 않아도 될 테고요."

"기술적으로는 가능할 겁니다." 이샨이 동의했다. "그렇지만 우리의 법은 사생활보호를 위해서 그런 일을 금지합니다. 비자르는 두뇌에 1차 감각을 입력하고, 운동 신경과 특정한 다른 신경 말단에서 나오는 출력만 관찰할 수 있도록 제한된 방식으로 프로그램되어 있습니다. 그래서 보이는 것과 들리는 것, 감각으로 느껴지는 것 등만 통신할 수 있을 뿐, 마음은 읽지 못합니다."

"다른 사람들은 어떤가요?" 헌트가 질문했다. "다른 사람들이 어떻게 반응했는지 혹시 아시나요? 저로서는 여러분의 환영 행사가 친구를 만들기에 가장 좋은 방식이었다고 추천하긴 힘들 것 같거든요."

이샨의 입에 주름살이 생겼다. 오래전에 헌트는 그게 가니메데인의 웃음에 해당하는 표정이라고 알아차렸다. "걱정하실 필요 없어요. 당신처럼 빠르게 비자르의 바닥까지 내려갔던 사람은 없었습니다. 아직 몇몇은 약간 혼란스러워하긴 하지만, 그 외에는 다들 괜찮습니다."

헌트는 문득 그 혼란이 의도적으로 연출된 것이라는 생각이 들었다. 초기의 충격 요법의 영향으로 남아있는 적개심을 완화하기 위해 계산된 고의적인 조치였다. 어디로 가는지는 몰라도, 이샨이 나타나 그들을 안내하는 것도 그 조치의 일부일 게 틀림없었다. "당신이 도착하기 몇 분 전에 단체커 교수와 통화를 했는데, 꼭 그렇지는 않은 것 같더군요." 헌트는 그 말을 한 뒤 린의 얼굴에 떠오른 표정을 보고 혼자 씩 웃었다.

"사실, 당신과 단체커 교수는 다른 사람들에 비해 힘든 과정을 겪으셨습니다." 이샨이 그 사실을 인정했다. "그 문제는 죄송하게 생각합니다. 하지만 두 분은 우리가 특별히 알고 싶어 하던 샤피에론 호와 관련된 특정한 사건을 직접 경험한 유일한 분들이라서 그랬습니다. 여러분의 동료들은 각기 다양한 전공 분야들에 관해 이야기를 나누는 정도였습니다. 그분들의 설명은 서로 완벽하게 일치했습니다. 이를 통해 저희는 분명하게 이해할 수 있었습니다."

"당신과 단체커 교수에겐 무슨 일이 있었던 거야?" 린이 헌트를 건너다보며 물었다.

"나중에 이야기해줄게." 헌트가 대답했다. 그런 일이 관례에는 맞지 않겠지만, 확실히 효과가 있었다. 헌트도 마지못해 속으로 인정할 수밖에 없었다. 가니메데인들은 처음 몇 분 만에 지구인들이 며칠 동안 이야기할 수 있는 정보보다 더 많은 내용을 얻어내고 검증했다. 이게 그렇게 중요한 일이라면, 달의 뒷면에서 UN이 꾸물거린 방식을 놓고 볼 때 그들을 거의 비난하기 힘들었다. 헌트는 콜드웰 본부장과 다른 사람들도 같은 방식으로 이 문제를 바라볼지 궁금했다. 그건 얼마 지나지 않아 사람들을 만나게 되면 알 수 있을 것이다. 이제 목적지에 도착한 모양이었다.

그들이 마지막 아치를 지나 선풍기 날개 모양의 낮은 경사로를 내려가자 넓은 곳이 나왔다. 그들은 서로 맞물린 기하학적인 외관과 테라스, 동일한 분위기를 반복하는 커다란 원형 구조의 한쪽 면을 형성하고 있는 산책로를 따라 내려갔다. 그들의 바로 앞에 있는 가장 낮은 중앙 부위는 직사각형 바닥의 네 면에서 서로 마주 보고 앉을 수 있도록 계단식으로 의자가 배치된 회의장이었다. 그 장소는 전체적으로 수많은 색채로 이루어졌는데, 어른거리는 빛의 샘과 느리게 움직이는 강에서 흘러든 형광 액체의 웅덩이들 사이에 자리 잡았다. 여러 사람이 직사각형 바닥의 세 면에 모여 있었는데, 모두 가니메데인이었다. 그들은 서서 기다리고 있는 듯했다. 한쪽에 높이 배치된 가운데 의자 앞에 칼라자르가 서 있었다. 그의 짙은 녹색 튜닉과 은색 망토 때문에 알아볼 수 있었다.

그때 작고 단단한 덩치의 콜드웰이 오른쪽 먼 곳에 있는 다른 입구로 가니메데인 한 명과 함께 들어왔다. 그리고 콜드웰 너머에 있는 입구로 캐런 대사와 패커드 장관이 다른 가니메데인과 함께 들어왔다. 캐런 대사는 차분하고 자신 있는 태도로 걸었지만, 패커드 장관은 이쪽저쪽을 돌아보며 당황한 모습이었다. 그때 헌트가 고개를 다른 곳으로 돌렸더니 단체커가 아치를 통해 걸어 나오는 모습이 보였는데, 그는 팔을 흔들며 양쪽에 있는 가니메데인에게 항의를 하고 있었다. 교수를 다루기 위해 두 명이 필요했던 모양이다. 도착은 완벽하게 동시에 이루어졌다. 이건 결코 우연이 아니다.

갑자기 린이 헉 소리를 내더니 멈췄다. 그녀는 고개를 들어 머리 위의 뭔가를 응시하고 있었다. 헌트가 그녀의 눈길을 따라가다… 멈췄다. 그리고 헉 소리를 냈다.

그들이 들어와 있는 장소를 둘러싼 테두리 너머 세 면에서 출발한 세 개의 가느다란 분홍색의 소용돌이가 그들의 머리 위 까마득히 먼 곳에서 하나로 모이더니, 수 킬로미터는 떨어져 있는 뒤집힌 테라스와 성벽이 계단식으로 펼쳐져 있는 풍경 속으로 뒤섞여 들어갔다. 그 위로… 말이 안 되긴 하지만 아무튼 그 위쪽이었다. 거기는 하늘이 있어야겠지만, 한쪽 방향으로는 눈이 닿는 한도 내에서 가장 먼 곳까지 복잡하게 뒤엉킨 차원들의 건물들이 뒤섞여서 어지러이 우후죽순 펼쳐졌고, 그 반대편에는 멀리 바닷가가 보였다. 여긴 브라닉스가 틀림없었다. 하지만 그 모든 게 그들의 머리 위로 수 킬로미터 상공에 거꾸로 매달려 있었다.

그때 헌트는 깨달았다. 그들은 하늘 속으로 걸어 나온 것이었다. 그들의 주변에서 '올라간' 것처럼 보였던 세 개의 분홍색 소용돌이는 사실 도시에서 위쪽으로 솟아오른 거대한 타워였으며, 그 타워가 그들이 들어와 있는 장소인 원형 플랫폼을 지지하고 있었다. 그들은 그 플랫폼의 아래쪽 면으로 나온 것이다! 그들은 가니메데인의 미로 속에서 방향감각을 완전히 상실한 탓에 위아래가 뒤집혔다는 사실을 알아차리지 못했다. 그리고 국지적으로 생성된 중력효과 속으로 걸어 나와서 머리 위로 펼쳐진 투리엔의 지상을 거꾸로 올려다보게 된 것이다.

콜드웰과 다른 사람들도 그 모습을 봤다. 그저 다들 가만히 서서 멍하게 바라봤다. 단체커도 말을 멈추고 위를 올려다봤는데, 입을 반쯤 벌린 상태로 가만히 있었다. 헌트는 이게 가니메데인의 마지막 카드라는 사실을 깨달았다. 절묘한 솜씨였다. 아직 분노가 남아있던 동료들조차 회의가 시작되기 몇 분 전에 충격을 받도록 계획된 이 광경에 너무 압도되어서 강력하게 항의하기는 힘들 것이다. 이 특별한 순간에 그런 생각을 한다는 게 어떤 면에서는 이상하긴 했지만, 헌트는 이 외계인들이 마음에 들었다. 그는 항상 제대로 일할 줄 아는 전문가를 지켜보는 것을 좋아했다.

멍한 지구인들이 한 명씩 천천히 정신이 돌아오자 움직이기 시작했다. 그들은 가니메데인들이 기다리고 있는 중앙 회의장으로 내려갔다.

11

“여러분에게 사과드립니다.” 소개를 마치자마자 칼라자르가 직설적으로 말했다. “지구의 관례에서 이게 회의를 시작하는 최선의 방법이 아니라는 사실은 알고 있습니다. 하지만 나는 그 이유가 잘 이해되지 않습니다. 해야 할 말이 있다면, 말하고 해결하는 게 좋습니다. 지금은 여러분도 이해하듯이, 우리에게 중요한 몇 가지 사실을 확인할 필요가 있었습니다. 아마도 여러분에게도 중요한 일이었을 거라고 짐작합니다. 우리가 빨리 확인한 게 오히려 다행일 겁니다.”

헌트는 자신이 반쯤 각오했던 것보다 훨씬 비공식적으로 행사가 진행되어 안심되었다. 그는 자신이 듣고 있는 말이 칼라자르의 말을 정확히 통역한 것인지, 아니면 비자르가 자유롭게 혼합해서 통역한 것인지 궁금했다. 헌트는 회의에 앞서 이런 언급을 하는 것은 피할 수 없으므로, 격렬한 논쟁을 진행할 준비가 되어 있을 거라 짐작했다. 그런데 주변을 둘러봤더니, 오히려 가니메데인들이 바라던 효과는 진정 요법이었던 것처럼 보였다. 콜드웰과 캐런 대사는 이 문제를 그냥 이렇게 흘려보낼 생각은 없다는 듯 단호한 표정이었지만, 동시에 문제를 제기하기 전에 진행 상황을 지켜보기 위해 자제하고 있었다. 단체커는 조금 전까지 싸우고 싶어 안달하는 모습이었지만, 회의 직전 마지막 순간에 가니메데인이 말 그대로 난데없이 던진 심리적인 레프트 훅을 맞고 잠시 넋을 잃은 상태였다. 패커드 장관은 일종의 인사불성 상태인 것 같았다. 그에게는 진정제의 약효가 너무 잘 든 모양이었다.

잠시 정적이 흐른 후 칼라자르가 계속 말했다. "종족 전체를 대표해서 우리 행성과 사회에 오신 여러분을 환영합니다. 지금껏 서로 떨어진 채 발전해왔던 두 종족이 마침내 교차하게 되었습니다. 지금 이 순간부터 우리 모두의 이익과 서로를 더욱더 잘 이해할 수 있기 위해 두 종족이 계속 함께 나아가기를 희망합니다." 칼라자르가 자리에 앉았다. 헌트는 간결한 연설이라는 생각이 들었다. 일을 진행하기에는 이런 게 더 낫다.

지구인들의 얼굴이 패커드 장관을 향했다. 장관이 공식적으로 가장 상급자로서 연설을 맡았기 때문이었다. 다른 사람들이 왜 자신을 쳐다보는지 패커드 장관이 깨닫기까지 조금 시간이 걸렸다. 그는 어정쩡한 얼굴로 좌우를 살펴보더니 의자의 손잡이를 움켜쥐고 입술을 축였다. 그리고 천천히 일어섰는데, 약간 불안정한 자세였다. "정부를… 대표해서…." 말을 멈췄다. 장관은 선 채로 살짝 흔들리며 그의 앞에 배열한 외계인들의 얼굴을 멍하니 바라봤다. 그리고 고개를 들어 브라닉스의 대도시로 멀어져가는 타워의 광경과 사방으로 뻗어 나간 투리엔의 풍경을 바라보며 믿기지 않는다는 듯 고개를 저었다. 그 순간 헌트는 장관이 졸도할 것 같다는 생각이 들었다. 그때 패커드 장관이 사라졌다.

"유감스럽지만 국무부 장관은 일시적으로 몸이 불편하신 것 같습니다." 비자르가 회의장에 알렸다.

마법에서 풀려나기에는 그 정도로 충분했다. 즉시 콜드웰이 자리에서 일어섰다. 그의 눈길은 냉혹했고, 꽉 다문 그의 입술은 단호했다. 캐런 대사도 거의 동시에 일어났지만, 간발의 차이로 콜드웰이 빨라서 자제하고 다시 자리에 앉았다. "이건 너무 심하지 않습니까." 콜드웰이 칼라자르를 노려보며 화를 냈다. "세부사항은 치웁시다. 우리는 선의로 여기에 왔습니다. 여러분은 우리에게 설명할 책임이 있습니다."

즉시 모든 게 바뀌었다. 회의장과 타워, 브라닉스, 머리 위를 지붕처럼 덮었던 투리엔이 사라졌다. 그들은 모두 실내에 들어와 있었는데, 꽤 넓지만 거대하지는 않은 방에는 둥근 지붕이 덮였다. 중앙에는 색색으로 반짝이는 수정으로 만든 널찍한 원형 탁자가 있었다. 주요 참가자들은 콜드웰이 일어서기 전의 상대적인 위치에 그대로 자리를 잡았고, 다른 가니메데인들은 뒤쪽으로 올라간 자리에서 바라보고 있었다. 이전 회의장보다 보호되고 안전하다는 느낌이 들었다.

"우리가 충격을 과소평가했습니다." 칼라자르가 서둘러 말했다. "아마 여기가 여러분에게 익숙한 모습에 더 가까울 겁니다."

"'이상한 나라의 앨리스' 효과는 상관없습니다." 콜드웰이 말했다. "좋아요. 당신은 본인의 주장을 밝혔습니다. 우리도 인상 깊게 받아들였습니다. 하지만 우리는 여러분의 요청으로 여기에 왔습니다. 그런데 그 결과로 한 사람이 실신했습니다. 우리로서는 유쾌한 상황이 아닙니다."

"그럴 의도는 없었습니다." 칼라자르가 대답했다. "우리는 이미 사과의 뜻을 밝혔습니다. 여러분의 동료는 곧 정상적으로 돌아올 겁니다."

헌트는 이야기를 들으며, 만일 이런 충돌이 지구에서 일어났다면 더 이상 대화를 주고받을 의미가 없을 것이란 생각이 들었다. 그가 이야기를 들으며 알 수 있듯이, 가니메데인은 물려받은 특성 때문에 협박을 시도한다거나 협박에 반응하지 않는다. 그들은 그런 방식으로 생각하지 않는다. 칼라자르는 그저 사실을 언급했을 뿐 그 이상도 그 이하도 아니었다. 인류 문화의 표준과 조건은 이 상황에 적용할 수 없었다. 콜드웰도 이 사실을 알고 있겠지만, 누군가는 한계를 설정하는 모습을 보여야만 했다.

"자, 그러면 바로 질문과 답변을 진행해보죠." 콜드웰이 말했다. "당신은 우리 두 종족이 지금까지 별도로 발전해왔다고 말했습니다. 그건 전적으로 사실이 아닙니다. 아주 먼 옛날에 두 종족이 만났던 적이 있거든요. 여러분이 우리에 대해 아는 정보가 어딘가에서 혼동을 일으켰으므로, 우리가 이미 알고 있는 사실을 제가 요약하면 많은 불확실성을 해소하고 시간을 절약할 수 있을 겁니다." 콜드웰은 대답을 기다리지 않고 이야기를 바로 이어갔다. "우리는 여러분의 문명이 2천5백만 년 전까지 미네르바에 존재했다는 사실을 알고 있습니다. 여러분은 많은 지구 생물들을 그 행성으로 싣고 갔었죠. 아마도 환경 문제에 대해 유전공학적으로 해결책을 찾으려는 시도였을 겁니다. 여러분이 미네르바를 떠나고 난 뒤 그 생물들 사이에 있던 조상에서 월인이 진화했습니다. 우리는 또한 5만 년 전에 일어난 월인의 전쟁에 대해서도 알고 있습니다. 미네르바의 달이 지구에 잡혔다는 사실과 우리가 거기서 온 월인 생존자의 자손이라는 사실도 알고 있습니다. 지금까지 제 이야기가 이해되시나요?"

가니메데인 사이에 웅성거리는 소리가 터져 나왔다. 그들은 놀란 듯했다. 확실히 지구인은 그들이 예상한 것보다 훨씬 많은 내용을 알고 있었다. 헌트는 투리엔인들이 이 문제들에 대해 흥미로운 새로운 관점을 제시해 줄 수 있을지도 모르겠다는 생각이 들었다.

이 과정이 시작될 때 소개되었던 투리엔의 여성 대사 프레누아 쇼음이 대답했다. "여러분이 이미 월인에 관해 알고 있다면, 여러분이 당연하게 떠올렸을 의문 한 가지는 어렵지 않게 해답을 찾을 수 있었을 겁니다. 우리는 지구가 월인 조상과 같은 길을 가서 기술적으로 발전한 공격적인 행성이 될지 모른다는 우려 때문에 지구를 감시해왔습니다. 월인은 태양계 밖으로 퍼져나가기 전에 스스로를 파괴했습니다. 지구는 그러지 않을 '가능성'이 있었죠. 바꿔 말해, 우리는 지구를 은하계의 다른 지역들에 대한 '잠재적인' 위협으로 여겼고, 언젠가는 은하계 전체에 위협이 될지도 모른다고 생각했습니다." 쇼음은 지금까지도 그렇지 않다고 확신하기는 힘들다는 인상을 줬다. 헌트는 그녀가 지구인 혐오론자는 아닐 거라고 판단했다. 그 이유는 그리 놀랍지 않았다. 가니메데인이 존재해왔던 방식과 월인이 존재했던 방식을 고려하면, 저렇게 생각할 수밖에 없었다.

"그렇다면 왜 이렇게 비밀스럽게 진행하죠?" 콜드웰의 옆에 있던 캐런 대사가 질문을 던졌다. 콜드웰은 자리에 앉으며 그녀가 발언할 수 있도록 했다. "여러분은 투리엔 종족을 대표한다고 주장했지만, 모두를 대변하지는 않는 게 확실합니다. 여러분은 지구의 감시를 맡은 다른 누군가가 이 대화에 관심을 두는 것을 원하지 않습니다. 그렇다면 여러분은 본인들이 소개한 당사자가 맞습니까? 만일 그렇다면, 왜 여러분의 국민에게 자신의 행동을 감춰야 하는 건가요?"

"그 감시는 자치적인… 뭐랄까, 우리 체제 내에 있는 한 '조직'에

의해 운영되고 있습니다." 칼라자르가 대답했다. "그들이 우리에게 보고하는 정보 중 일부에 정확성을 의심할 만한 이유가 있었습니다. 우리는 그 내용을 확인할 필요가 있었지만, 우리가 잘못 판단했을 경우에 대비해 신중하게 처리할 수밖에 없었습니다."

"정확성이 의심됐다!" 헌트가 그 말을 반복하고 양손을 펼치며 탁자 주변에 앉은 사람들을 향해 간청하는 몸짓을 취했다. "여러분은 그 소리를 마치 사소한 일탈처럼 말하네요. 젠장. 그 '조직'은 여러분에게 샤피에론호가 귀환했으며, 지구에 있다는 사실조차 이야기하지 않았습니다. 여러분의 종족들이 타고 있는 여러분의 비행선인데 말이에요! 게다가 여러분이 가지고 있는 지구에 대한 영상은 그냥 부정확한 정도가 아니었어요. 체계적으로 왜곡되었습니다. 대체 무슨 일이 어떻게 되어가고 있는 겁니까?"

"그건 투리엔 국내 문제입니다. 그 문제에 대해서는 곧 우리가 뭔가 조처를 할 겁니다." 칼라자르가 헌트에게 장담했다. 칼라자르는 살짝 당황한 듯했다. 지구인이, 콜드웰이 앞서 밝힌 정도로 그렇게 많이 알고 있는지 몰라서 대비하지 못한 탓인 듯했다.

"이건 단순히 투리엔의 국내 문제가 아닙니다." 캐런 대사가 따졌다. "이것은 우리 행성 전체가 관련된 문제입니다. 우리는 누가 우리에 대해 부정확하게 왜곡해서 전달했으며, 왜 그랬는지 알아야겠습니다."

"우리도 이유는 모릅니다." 칼라자르가 그녀에게 솔직히 말했다. "우리가 밝혀내려는 게 바로 그 '이유'입니다. 그 첫 단계가 사실을 제대로 확인하는 것이었습니다. 제가 다시 사과드립니다만, 제 생각에 이제 그 문제는 해결된 것 같습니다."

콜드웰이 쏘아보며 말했다. "우리에게 그 '조직'이라는 사람들과 직접 만나서 이야기할 수 있도록 해주시면," 그가 나지막하고 굵직한 목소리로 말했다. "우리가 그 이유를 알아내겠습니다."

"그건 불가능합니다." 칼라자르가 말했다.

"왜죠?" 캐런 대사가 칼라자르에게 따졌다. "당연히 우리에게는 이 문제와 관련된 정당한 이해관계가 있습니다. 우리는 여러분의 신중한 사실 확인 과정을 따라줬습니다. 그래서 여러분은 원하던 답변을 얻었습니다. 여러분이 진짜로 이 행성을 대표한다면, 그렇게 하지 못할 이유가 뭔가요?"

"그러면, 여러분은 그런 요구를 할 만한 위치에 있습니까?" 쇼음이 이의를 제기했다. "이 상황에 대해 우리가 옳게 이해하고 있다면, 여러분은 지구의 사회 전체를 공식적으로 대표할 수 있도록 구성된 집단이 아닙니다. 그런 역할은 본래 UN이 하는 것이 타당합니다. 그렇지 않나요?"

"우리는 UN과 몇 주 동안 통신을 주고받았습니다." 칼라자르가 쇼음이 지적한 부분을 이어받아 말했다. "UN은 우리가 가지고 있는 지구에 대한 잘못된 인상을 떨쳐내려고 하지 않았습니다. 그리고 그들은 우리와 만나는 게 내키지 않는 것 같았습니다. 그런데 태양계 내부의 지구와 멀리 떨어진 곳에서 여러분이 보낸 무전이 왔습니다. 여러분은 우리의 답변이 널리 알려지는 걸 원하지 않는 것 같더군요. 그렇다면 여러분도 우리와 마찬가지로 비밀을 유지할 필요가 있었다는 뜻이겠죠."

"UN의 이상한 태도는 왜 그런 겁니까?" 쇼음은 질문을 던지고 지구인들을 한 명씩 쳐다보다가 캐런 대사에서 눈길이 멎었다.

캐런 대사가 피곤한 한숨을 뱉었다. "잘 모르겠습니다." 그녀가 인정했다. "UN은 발전된 외계 문명과 맞닥뜨릴 때 나타날 수 있는 결과를 경계하는 것 같습니다."

"우리 종족에도 같은 의견을 가진 사람들이 있을 겁니다." 칼라자르가 말했다. 투리엔의 기술 수준보다 지구가 더 발전했을 가능성은 전혀 없으므로 예상 밖의 주장이긴 했지만, 헌트는 그런 이상한 주장도 가능할 것이라고 추측했다.

"그래서 우리가 직접 그 조직과 이야기를 나눠야 한다고 주장할 수밖에 없습니다." 쇼음이 날카롭게 말했다. 그에 대한 답변은 더 이상 없었다.

헌트는 여전히 마음에 걸리는 뭔가가 있었다. 그는 자리에 앉은 채로 투리엔인이 지금까지 인식해왔을 법한 일련의 사건들을 마음속에서 재구성해보려 애썼다. 한동안 투리엔인은 의문의 조직이 전해주는 설명에 따라 지구를 공격적이고 군사화한 모습으로 알고 있었다. 그 조직에서는 샤피에론호에 대해 전혀 언급하지 않았다. 그때 갑자기 가니메데인 통신 코드로 된 무전이 칼라자르가 운영하는 쪽으로 곧장 들어와서 그 우주선이 고향을 향해 가고 있다고 알려줬다. 그 후 달의 뒷면에서 더 송신한 정보로 인해 지구가 감시 보고에 묘사된 모습과 상당히 다르다는 단서가 쌓여갔다. 그렇기는 해도 투리엔인에게 어떤 정보가 정확한지 확인하는 일이 왜 그렇게 중요했을까? 그걸 밝혀내기 위해 사용했던 수단으로 보면, 그저 학문적인 호기심이나 내부의 관리 문제를 바로 잡는 데 필요하다는 설명만으로는 부족한, 훨씬 심각한 문제로 받아들이고 있는 게 틀림없었다.

"그 중계기, 여러분이 그걸 어떻게 부르는지는 모르겠지만, 아무튼 여러분이 태양계 외부에 설치한 중계기에 관한 이야기부터 시작하지요." 머릿속이 훨씬 맑아진 헌트가 제안했다.

"그 중계기는 우리 장비가 아닙니다." 쇼음의 반대편, 칼라자르 옆에 있던 이샨이 말했다. "우리도 그게 뭔지 모릅니다. 우리가 거기에 설치한 게 아니에요."

"하지만 여러분이 설치한 게 틀림없습니다." 헌트가 따졌다. "그 중계기는 바로 여러분의 통신 기술을 사용했어요. 가니메데인 통신 코드에 반응했지 않습니까."

"그렇다고 하더라도 그 중계기는 수수께끼입니다." 이샨이 대답했다. "우리는 그 중계기가 우리가 아니라 감시 활동을 맡은 조직이 운영하는 감시 장비 중 하나인데, 뭔가 오작동을 일으켜서 무전을 원래 가야 할 목적지가 아니라 우리 장비로 보낸 게 틀림없다고 추측하고 있습니다."

"하지만 여러분은 거기로 답변을 보냈잖아요." 헌트가 지적했다.

"당시 우리는 그 무전이 샤피에론호에서 온 거라고 믿었습니다." 칼라자르가 대답했다. "그 시점에서 우리에게 시급한 관심거리는, 메시지가 도착했고 거인별을 정확히 인식했으며 올바른 장소로 향하고 있다는 사실을 그들에게 알려야 한다는 것이었습니다." 헌트가 고개를 끄덕였다. 헌트 자신이라도 같은 생각을 했을 것이다.

콜드웰은 여전히 명확하지 않은 부분이 있다는 듯 얼굴을 찌푸렸다. "좋습니다. 그래도 다시 이 중계기로 돌아가 보죠. 왜 여러분은 그게 뭔지 알아보지 않았습니까? 여러분은 투리엔에서 지구까지 하루면 장비를 보낼 수 있습니다. 왜 그 중계기를 확인하기 위해 뭔가를 보내지 않았습니까?"

"만일 그게 감시 장비인데 오작동을 해서 우리에게 직통 회선을 제공하고 있는 거라면, 굳이 그 조직의 주의를 끌고 싶지 않았습니다." 이샨이 대답했다. "그 중계기를 통해 흥미로운 정보를 얻고 있었으니까요."

"여러분은 그 조직이 이에 대해 알게 되는 걸 원하지 않았다는 뜻인가요?" 캐런 대사가 의아한 표정을 지으며 물었다.

"맞습니다."

"그렇지만 그들은 이미 알고 있을 겁니다. 거인별에서 온 대답은 지구의 뉴스 채널에 전부 다 보도가 됐거든요. 그들이 감시하고 있었다면 이에 대해 모를 수가 없습니다."

"그렇지만 우리가 보낸 답변에 대해 여러분이 보낸 무전은 그들이 알아채지 못했습니다." 이샨이 말했다. "그들이 알아챘다면 우리도 알았을 테니까요." 헌트는 샤피에론호가 출발한 이후 몇 달 동안 달의 뒷면에서 계속 보냈던 무전에 대해 거인별이 대답하지 않았던 이유를 문득 깨달았다. 투리엔인은 지구의 뉴스를 통해서 자신들의 직통선을 드러내고 싶지 않았던 것이다. 그건 투리엔인이 마침내 대화를 다시 시작했을 때 네트워크를 통한 정보 소통을 하지 말라고 주장했던 상황과 들어맞았다.

캐런 대사는 잠시 말을 멈추고 손을 들어 이마를 짚으며 생각을 정리했다. "하지만 그 조직은 이 문제를 그대로 내버려둘 수 없었을 겁니다." 그녀는 고개를 들고 말했다. "뉴스에서 얻어낸 정보 덕분에 그 조직은 당신들이 샤피에론호에 대해 안다는 사실을 알고 있었으니까요. 자신들이 여러분에게 말하지 않았던 정보죠. 그들은 아무것도 하지 않고 그대로 있을 수는 없었을 겁니다. 그랬을 경우 의심을 키울 테니까요. 이때쯤 그 조직에서는 여러분에게 이에 관해 이야기를 꺼낼 수밖에 없었을 겁니다. 그러지 않으면 여러분이 그들에게 찾아가서 곤란한 질문을 던지리라는 사실을 알았겠죠."

"그들이 했던 게 바로 그겁니다." 칼라자르가 확인해줬다.

"그런데 여러분은 왜 그보다 일찍 샤피에론호에 대해 말하지 않았는지 그들에게 물어보지 않았나요?" 콜드웰이 물었다. "무슨 말이냐면… 젠장, 그 우주선은 6개월 동안이나 지구에 있었단 말입니다."

"네. 물어봤습니다." 칼라자르가 대답했다. "그 조직이 밝힌 이유는, 그들은 샤피에론호의 안전을 우려했고, 개입하려는 시도가 오히려 그 상황을 더욱 악화시킬지 몰라 두려웠다는 것이었습니다. 맞든 틀리든, 그들은 샤피에론호가 태양계를 벗어난 뒤에 우리에게 알려주는 게 낫다고 결정을 내렸답니다."

콜드웰이 콧방귀를 뀌었다. 그 의문의 '조직'이 한 변명이 그다지 인상적이지 않은 게 분명했다. "그들에게 감시를 통해 입수한 기록들을 보여 달라는 요구는 안 했습니까?"

"했습니다." 칼라자르가 대답했다. "그러자 조직에서는 샤피에론호에 대해 그들이 걱정하는 이유를 잘 보여주는 자료를 만들어냈습니다."

헌트는 자신이 앞서 목격했던 샤피에론호가 가니메데에 도착하는 모습을 담은 가짜 영상이 어디서 왔는지 이제야 이해됐다. 그 '조직'이 줄곧 지구에 대해 거짓으로 보고서를 꾸몄던 것처럼 영상도 조작했다. 투리엔인들은 그 판본의 영상을 봤다. 현실과 환상을 무시무시하게 사실적으로 뒤섞어 놓은 그 장면들이 지금껏 계속되었다면, 오랫동안 의심하지 않은 게 놀랄 만한 일도 아니었다.

"제가 그 영상의 일부를 봤습니다." 헌트가 미심쩍은 목소리로 말했다. "그런데 여러분은 어떻게 그 보고가 진짜가 아닐지도 모른다는 의심을 하게 됐나요? 그 영상들은 놀라웠습니다."

"우리가 아니라," 이샨이 그에게 말했다. "비자르가 의심했습니다. 여러분도 아시겠지만, 샤피에론호는 주위의 시공간을 왜곡시키는 동력을 이용합니다. 주동력이 운영될 때 가장 분명하게 드러나지만, 보조 동력을 사용할 때에도 어느 정도 시공간 왜곡이 존재합니다. 배경에 있는 별들 중에 우주선의 윤곽선에 가까운 별들은 측정 가능한 수준으로 위치가 변경됩니다. 비자르는 우리가 봤던 영상에서 어떤 장면에서는 예측했던 변화가 일어났지만, 다른 장면에서는 전혀 변화가 없다는 사실을 알아챘습니다. 그래서 샤피에론호에 대한 보고를 의심하게 됐죠."

"그리고 그것만이 아니었습니다." 칼라자르가 말했다. "그 영향으로 지구에 대해 보고받았던 다른 정보들까지도 모두 의심하게 됐습니다. 하지만 우리에게는 그 정보를 비교해서 검증할 방법이 없었습니다." 그는 엄숙한 눈빛으로 지구인들의 얼굴을 차례차례 바라봤다. "이제는 여러분도 우리가 왜 우려했었는지 이해되실 겁니다. 우리에게는 지구에 관해 상반된 정보를 두 개 가지고 있었지만, 어느 쪽이 얼마나 진실인지 알 방법이 없었습니다. 우리가 오랫동안 믿어왔던 대로 지구가 공격적이고 비이성적이라면, 그리고 우리가 들었던 대로 샤피에론호의 선원들이 실제로 그런 취급을 받았다면…." 그는 말꼬리를 흐렸다. "자, 여러분이 우리 처지에 있다면 어떻게 생각하겠습니까?"

탁자 주변에 침묵이 내려앉았다. 헌트는 투리엔인이 무엇을 믿어야 할지 알 수 없었을 것이라는 생각이 들었다. 진실을 확인할 유일한 방법은 지구와 다시 대화를 재개해서 얼굴을 마주 보고 만나는 수밖에 없었고, 그들은 바로 그렇게 했다. 그렇다면 이게 왜 그렇게 중요한 문제였을까?

갑자기 린이 입을 열었다. 그녀는 동그랗게 뜬 눈으로 칼라자르를 바라보며 말했다. "당신들은 우리가 샤피에론호에 폭격 같은 걸 했을까 봐 걱정했던 거군요!" 그녀는 충격을 받은 얼굴이었다. "만일 우리가 그 조직이 전한 이야기처럼 했다면, 우주선이 투리엔에 가도록 놔두지 않았을 거예요. 그냥 가게 놔두면, 그들이 가서 누군가에게 그 이야기를 할 테니까요." 그녀가 말하는 사이 주변에 충격을 받은 얼굴이 퍼져갔다. 다른 사람들도 갑자기 이 모든 상황이 이해되기 시작했다. 심지어 콜드웰도 그 순간에는 한풀 꺾인 얼굴이었다. 패커드 장관에게 생긴 일은 유감이었지만, 아무도 투리엔인들의 행동을 비난할 수 없었다.

"그렇지만 여러분은 그걸 알아내기 위해 기다릴 필요가 없었습니다." 잠시 후 헌트가 말했다. "여러분은 블랙홀 포트를 통해 수 광년을 넘어갈 수 있습니다. 왜 그냥 간단히 우주선을 낚아채서 여기로 빨리 데려오지 않았던 건가요? 샤피에론호의 선원들은 여러분이 받았던 감시 보고서를 확실하게 확인해줬을 겁니다. 그들은 지구에 6개월 동안 있었으니까요."

"기술적인 이유 때문입니다." 이샨이 대답했다. "투리엔의 비행선은 하루 정도면 항성계를 벗어날 수 있지만, 그건 수송 포트와 상호작용하는 장비를 싣고 있어서 상대적으로 좁은 지역에만 중력 교란을 일으키기 때문입니다. 아시다시피 샤피에론호에는 그런 장비가 없으므로, 여러분의 행성 궤도를 교란하지 않으려면 수개월 동안 샤피에론호를 항해시킬 수밖에 없습니다. 만일 그렇게 기다리지 않고 샤피에론호를 가로챘을 경우, 우리의 우려가 근거가 없다고 밝혀졌다면 상당히 난처했을 겁니다. 하지만 우리는 충분히 위험을 감수했습니다. 마침내 우주선이 안전한지 아닌지 확인해야 하는 시점에 도달했습니다. 이제 더 이상의 지연이나 방해 없이… "

"UN과 더 이상의 대화가 진척되지 않는 게 명확해졌을 때, 우리는 샤피에론호를 데려오기로 결정했습니다." 칼라자르가 그들에게 말했다. "바로 그때 목성에서 여러분의 메시지가 들어오기 시작했고, 그래서 계획을 조금 더 미룬 겁니다. 이미 그때 우리는 필요한 비행선과 블랙홀 생성기를 준비해둔 상태였고, 그 이후로 줄곧 대기 상태로 있습니다. 작전을 시작하라는 신호를 보내기만 하면 됩니다."

헌트는 의자에 털썩 기대앉으며 긴 한숨을 뱉었다. 정말로 아슬아슬했다. 만일 목성 5차 파견대의 조셉 B. 섀넌이 하루나 이틀만 더 멍한 상태로 있었다면, 지구의 모든 천문학계는 완전히 처음부터 다시 연구를 시작해야 했을 것이다.

"그 지시를 바로 내리는 게 좋겠습니다."

지구인들 끝쪽에서 갑자기 목소리가 나왔다. 다들 놀란 얼굴로 고개를 돌렸다. 단체커 교수가 당연한 추론의 결과를 받아들이라는 듯한 표정을 지으며 탁자의 한쪽에서 다른 쪽을 도발적인 눈길로 쏘아보고 있었다. 스무 명 남짓의 지구인과 외계인의 얼굴이 멍하니 그를 바라봤다.

단체커는 수업시간에 이해가 느린 학생들에게 생각할 시간을 주는 교수처럼 안경을 벗어 손수건으로 닦더니 다시 코 위에 얹었다. 비자르가 누군가의 머릿속에만 존재하는 렌즈를 흐릿하게 만들 이유는 없었다. 헌트는 저 습관적 행위가 그저 무의식적인 버릇일 뿐이라는 생각이 들었다.

마침내 단체커가 고개를 들었다. "감시 활동을 맡았던 그 '조직'이란 게 어떤 특성을 가졌는지는 몰라도, 샤피에론호가 투리엔에 도착하게 되면 자기들에게 이익이 되리라고 생각하지 않을 것이라는 사실은 명확합니다." 그는 잠시 멈춰서 자신의 말이 완전히 이해되길 기다렸다.

"자, 이제 제가 그 조직 지도자의 위치에 있으면 어떤 생각을 하게 될지 가정해보겠습니다." 단체커가 말을 이었다. "나는 이 회의에 대해 전혀 모르며, 투리엔과 지구 사이에 진행된 대화도 전혀 모른다고 가정하겠습니다. 내 정보 출처가 지구의 통신망인데, 통신망을 통해서는 그런 사실에 대한 언급을 전혀 하지 않았기 때문입니다. 그러므로 나는 지구에 관해 조작했던 보고가 의심을 받을 거라고 믿을 이유가 전혀 없습니다. 그렇다고 하면, 샤피에론호가 항성 사이의 진공 속에서 뭐랄까, 불운한 사고 같은 걸 당하게 될 경우, 만일 투리엔인이 살인 행위가 일어났다고 의심하게 된다면, 나로서는 지구가 가장 가능성이 큰 범인으로 꼽히리라 확신할 수 있는 이유를 모두 가지고 있는 셈이 됩니다." 탁자 주변에서 오싹한 표정을 한 사람들이 그가 밀어붙인 충격을 받아들이고 있는 동안, 단체커는 고개를 끄덕이며 살짝 웃었다.

"바로 그렇습니다!" 단체커가 탁자 너머의 칼라자르를 바라보며 소리쳤다. "샤피에론호를 현재 놓인 곤란한 상황에서 빼낼 수 있는 재량권이 당신에게 있다면, 저로서는 더 지체하지 말고 즉시 그 권한을 행사하라고 강력히 권고합니다!"

12

스베렌센은 브루노 천문기지에 있는 자신의 간부용 숙소에서 베개에 기대 누워 반대편에 있는 화장대 옆에서 옷을 입고 있는 여성을 쳐다봤다. 그녀는 젊었으며 아주 아름답고 피부가 깨끗했다. 그리고 많은 미국인처럼 개방적인 성격이었다. 그녀가 늘어뜨린 검은 머릿결이 하얀 피부와 대비되어 매력적이었다. 스베렌센은 그녀가 체육관에서 제공하는 태양광 시설을 좀 더 자주 이용하는 게 좋겠다는 생각이 들었다. 그녀와 가졌던 대부분의 섹스와 마찬가지로, 대학을 나온 지식인인 체하는 그녀의 외피는 피부의 색소만큼도 깊지 않았다. 그 외피 아래의 그녀는 다른 여자들만큼이나 다루기 쉬웠다. 유감스러워도 어쩔 수 없는 노릇이었지만, 그래도 심각한 삶에서 벗어난 불쾌하지 않은 오락거리였다. "당신은 내 몸만 원하잖아!" 여자들은 언제나 변함없이 그렇게 분노하며 소리쳤다. "그러면 네가 다른 뭘 제공해줄 수 있는데?" 이게 스베렌센의 대답이었다.

그녀는 셔츠의 단추를 다 채우고, 거울 쪽으로 몸을 돌려 급하게 머리를 빗었다. "떠나기에 이상한 시간이라는 건 알아요." 그녀가 말했다. "오늘 아침 일찍 근무교대를 해야 해서요. 다른 때처럼 또 지각하겠어요."

"걱정하지 마." 스베렌센은 속내보다 더 관심을 기울이고 있는 듯 말했다. "급한 것부터 해야지."

그녀는 화장대 옆의 의자 등받이에 걸쳐뒀던 재킷을 집어 어깨에 걸쳤다. "카트리지 가지고 있어요?" 그녀가 고개를 돌려 스베렌센을 쳐다보며 물었다.

스베렌센이 침대 옆의 서랍을 열어서 안을 더듬더니 종이성냥 크기의 메모리 카트리지를 꺼냈다. "여기 있어. 조심해야 돼."

그녀가 스베렌센에게 걸어와서 카트리지를 받아 휴지로 감싸고 재킷 주머니에 밀어 넣었다. "그럴게요. 언제 다시 볼까요?"

"오늘은 아주 바쁠 거야. 나중에 알려줄게."

"너무 오래 걸리지는 말아요." 그녀가 미소를 짓더니 스베렌센의 이마에 입맞춤을 하고 문을 조용히 닫으며 떠났다.

그녀가 중앙 안테나 제어실에 10분 지각해서 도착했을 때, 브루노 기지의 천문대 소장 그레고르 말리우스크는 결코 기뻐하는 얼굴이 아니었다. "재닛, 또 지각했네." 그녀가 재킷을 문 옆의 옷장에 걸고 하얀 연구실 가운을 입었을 때 소장은 툴툴대며 말했다. "존이 오늘 프톨레마이오스 크레이터로 가야 해서 일찍 퇴근하는 바람에 내가 대신 근무를 했어. 게다가 난 한 시간 내로 회의에 참석해야 되기 때문에 그 전에 해야 할 일이 있단 말이야. 이건 좀 지나치잖아."

"죄송합니다. 소장님." 재닛이 말했다. "제가 늦잠을 자서요. 다시는 그러지 않겠습니다." 그녀는 관리용 단말기로 재빨리 걸어가, 손가락을 능숙하고 솜씨 좋게 움직이며 야간 상황 로그를 호출하는 일상 업무를 시작했다.

말리우스크 소장은 자기 사무실 밖에 있는 장비 선반 옆에서 악의적인 눈길로 재닛을 쳐다보며, 하얀 가운으로 부각된 그녀의 단단하고 날씬한 몸매와 부주의하게 옷깃 위로 늘어뜨린 찰랑찰랑한 검은 머릿결을 의식하지 않으려 노력했다. "또 그 스웨덴 녀석 때문이지, 그렇지 않아?" 그가 자제하지 못하고 화난 목소리를 내뱉었다.

"그건 내 사생활이에요." 재닛이 고개도 들지 않고 최대한 단호한 목소리로 말했다. "제가 예전에 말했잖아요. 다시 지각하는 일은 없을 거예요." 재닛이 입을 꾹 다물고 키보드를 거칠게 두들기며 모니터에 데이터를 불러들였다.

"557B에 대한 연관성 검토가 어제 다 마무리되지 않았어." 말리우스크 소장이 차갑게 말했다. "15시까지 마무리되었어야 하는데…."

재닛이 하던 일을 멈추고 눈을 잠깐 감더니 입술을 깨물었다. "젠장!" 그녀가 작은 소리로 투덜대더니, 곧 큰 소리로 외쳤다. "오늘 휴식시간을 건너뛰고 그걸 처리할게요. 별로 많이 안 남았어요."

"존이 벌써 끝냈어."

"죄송합니다…. 존의 다음 근무시간에 대신 추가로 근무할게요."

말리우스크 소장은 잠시 그녀를 노려보다가 휙 발길을 돌리더니 아무 말 없이 제어실을 떠났다.

재닛은 야간 상황 로그 점검을 마치고 모니터를 껐다. 그리고 송신 하부시스템 통신 보조프로세서 캐비닛으로 가서 외부 덮개를 열고, 스베렌센이 줬던 메모리 카트리지를 빈 홈에 집어넣었다. 그녀는 시스템 단말기 앞으로 가서 오늘 오후에 송신하기 위해 미리 만들어놓은 메시지 메모리에 카트리지의 내용을 통합시키는 명령을 입력했다. 그녀는 그 메시지가 어디로 송신되는지 모르지만, UN 대표단이 브루노 기지에 온 이유 중 하나였다. 항상 말리우스크 소장이 기술적인 부분을 직접 챙겼는데, 다른 직원들에게는 그 일에 관해 전혀 이야기해주지 않았다.

스베렌센 단장은 카트리지에 지구에서 늦게 올라온 형식적인 내용이 담겨 있는데, 이미 작성된 송신 메시지에 덧붙여야 한다고 재닛에게 말했다. 송신되는 모든 내용은 대표단 전원에게 공식적으로 승인을 받아야 하지만, 이런 사소한 내용 때문에 고무도장이나 찍자고 대표들을 모두 불러 모으는 건 바보 같은 짓이라는 이야기였다. 스베렌센은 그녀에게 일부 대표들이 예민하게 굴 수도 있으므로 눈에 띄지 않게 조심해서 처리하라고 일렀다. 재닛은 UN의 중요한 일에 대해 비밀스러운 이야기를 듣는 기분이 좋았다. 설령 이게 그저 사소한 일이라 할지라도, 세련되고 세상 경험이 많은 인물의 신뢰를 받는다는 사실이 좋았다. 너무 낭만적이잖아! 스베렌센이 했던 말들에 의하면, 그녀는 나중에 진짜로 큰 대가를 받을 수도 있었다.

*

“그 사람은 여러분들과 마찬가지로 여기서는 손님이에요. 그래서 우리는 최선을 다해 친절하게 대했습니다.” 소련 대표단 사무실에서 말리우스크 소장이 소브로스킨에게 말했다. “하지만 이러면 천문대 일에 방해가 됩니다. 나는 우리의 일에 피해를 받는 지경이 될 때까지 친절하게 대해줘야 한다고는 생각지 않습니다. 게다가, 내 시설에서 그런 태도는 용납할 수 없습니다. 특히 그런 지위에 있는 사람이라면 말입니다. 이런 일이 일어나서는 안 됩니다.”

“대표단 사업이 아닌 개인적인 문제에 대해서는 개입하기 힘듭니다.” 이 과학자의 분노 아래에 단순히 예의범절을 위반한 것에 대한 격분 이상의 무언가 있다는 사실을 감지한 소브로스킨이 최대한 외교적인 태도로 지적했다. "소장님이 직접 스베렌센 단장에게 이야기해보는 게 더 적절할 것 같습니다. 아무튼 그 여자는 소장님의 조수이고, 영향을 받은 것도 그 부서의 일이니까요."

"이미 시도해봤지만, 반응이 만족스럽지 않았습니다." 말리우스크 소장이 거북한 얼굴로 대답했다. "같은 소련인으로서, 내 불만사항이 이 대표단 사업을 맡은 소련 정부의 담당 부서에 전달되길 바랍니다. 담당 부서에서 UN을 통해 이 요청에 대해 적절한 영향력을 행사했으면 좋겠습니다. 그렇기 때문에 여기에서 그 부서를 대표하고 있는 당신에게 이야기하는 겁니다."

소브로스킨은 말리우스크 소장의 질투에 전혀 관심이 없었다. 소브로스킨은 특히 이런 일로 모스크바에서 소란을 일으킬 생각이 없었다. 무엇보다 대표단이 달의 뒷면에서 무슨 일을 하는지 알고 싶어 하는 사람들이 너무 많아서, 온갖 질문과 뒷조사를 불러들일 것이 뻔했다. 반면에 말리우스크 소장은 뭔가 조처를 해주길 원하는 게 분명했다. 하지만 소브로스킨이 거절할 경우 이 소장이 다음에 누구한테 전화하게 될지 알 수 없다. 사실 선택지가 별로 많지 않았다. "잘 알겠습니다." 소브로스킨이 한숨을 뱉으며 동의했다. "저한테 맡겨두세요. 오늘이나 내일쯤 스베렌센에게 이야기할 수 있을지 알아보겠습니다."

"고맙습니다." 말리우스크 소장이 예의 바르게 인사하고 사무실에서 걸어나갔다.

소브로스킨은 생각에 잠긴 채 잠시 앉아 있다가 뒤쪽으로 손을 뻗어서 금고를 열었다. 소련군 정보부에 있는 오랜 친구가 소브로스킨의 부탁을 받고 비공식적으로 브루노 기지에 올려보내 준 파일을 꺼냈다. 소브로스킨은 파일의 내용물을 훑으며 기억을 되살렸다. 그리고 숙고할 시간을 좀 더 가진 뒤 무엇을 할지에 대한 그의 생각을 바꿨다.

스베렌센 단장의 파일에 기록된 내용에는 이상한 게 너무 많았다. '1981년 스웨덴 말뫼에서 출생 추정, 10대 후반 아프리카에서 용병으로 복무 중 행방불명, 10년 후 유럽에서 다시 모습을 드러냈는데, 그동안 어디에 있었는지, 무엇을 했었는지에 대한 설명은 일관되지 않음.' 어떻게 이 사람은 그 시간 동안 아무런 흔적도 남기지 않고 움직이다가 느닷없이 상당한 부와 사회적 지위를 가지고 어둠 속에서 등장할 수 있었던 걸까? 게다가 어떻게 사람들에게 널리 알려지지 않은 상태에서 그런 폭넓은 국제적인 관계를 맺을 수 있었던 걸까?

여자를 밝히는 바람기는 오랜 기간 뚜렷하게 나타났다. 독일 재력가 아내와의 추문은 흥미로웠다. 상대방 남편이 공개적으로 복수를 선언했는데, 그 남편은 한 달도 채 지나지 않아 의심스러운 상황에서 스키 사고를 당했다. 그 사건에 대한 조사를 중단시키기 위해 사람들을 매수했다는 사실을 암시하는 증거가 많았다. 그랬다. 스베렌센은 공개적으로 알려지길 원하지 않는 연줄이 있었고, 필요할 때는 망설이지 않고 그들을 이용하는 무자비한 사람이었다.

그리고 최근, 실제로는 바로 지난달부터, 모스크바 과학아카데미의 우주 통신 전문가로서 현재 소련이 극비로 구축하고 있는 거인별과의 통신망에 참여한 베리코프가 스베렌센과 정기적으로 비밀리에 연락을 주고받은 이유는 뭘까? 소련 정부는 UN이 겉으로 내세우는 정책을 납득하지 못했지만, 확실히 소련에 유리한 정책이었다. 그러므로 소련의 독립적인 통신망은 다른 누구보다 UN에 비밀로 해야만 했다. 미국인들은 틀림없이 무슨 일이 일어나고 있는지 추측했겠지만, 그들로서는 증명할 방법이 없을 테니, 그건 미국의 패배다. 미국인들이 공정한 게임이라는 개념에 얽매여 있다면, 그건 자신들 탓이다. 그런데 베리코프는 왜 스베렌센과 이야기를 하고 있는 걸까?

스베렌센은 지난 몇 년 동안 UN의 전략 무기 감축을 이끄는 주요 인물이 되었고, 세계적인 협력과 생산력 향상의 대변자가 되어 꾸준히 활동했다. 그런데 왜 지금 그는 인류가 바로 그런 성과를 달성할 수 있는 가장 큰 기회를 잡으려는 계획에 반대하는 듯한 UN의 정책을 열정적으로 지지하는 걸까? 이상해 보였다. 스베렌센과 관련된 모든 게 이상했다.

아무튼, 말리우스크 소장의 조수 문제는 어떻게 해야 할까? 말리우스크 소장의 말로는 그녀가 미국인 여성이라고 했다. 소브로스킨으로서는 특히 피하고 싶은, 스베렌센의 주의를 끌지 않으면서 이 짜증 나는 일을 처리할 방법이 있을 것이다. 자국에 대한 충성심은 제쳐놓고, 소브로스킨은 캐런 대사가 떠난 뒤에 자기네 국가의 견해를 관철하기 위해 꾸준히 싸우는 노먼의 태도에 감탄하고 있었다. 그 미국인과 잘 사귀어 둘 필요가 있었다. 사실, 이 문제에서 소련과 미국이 같은 편에 서지 않는다는 사실은 어떤 점에서 볼 때 부끄러운 일이었다. 속내를 들여다보면, 그 두 국가는 대표단의 다른 나라들보다 훨씬 공통점이 많았다. 소브로스킨의 생각에는, 어쨌든 오래지 않아 두 국가가 비슷한 의견을 내놓게 될 것이 거의 확실했다. 언젠가 캐런 대사가 말했듯이, 그들은 인류 전체의 미래를 생각해야만 한다. 소브로스킨은 한 인간으로서 그녀의 의견에 동의하는 쪽으로 마음이 기울었다. 거인별과의 접촉이 그가 생각하고 있는 그런 의미를 품고 있다면, 50년 이내에 국적의 차이는 별로 중요하지 않게 될 것이다. 어쩌면 국가라는 게 존재할지도 의문이었다. 하지만 그건 한 인간으로서의 의견이었다. 그때까지는 소련인으로서 해야 할 일이 있었다.

소브로스킨은 고개를 끄덕이며 파일을 닫고 금고에 다시 넣었다. 그는 노먼을 통해 그 미국 여성에게 조용히 이야기할 수 있는지 알아보아야겠다고 생각했다. 운이 좋다면, 모든 문제가 약간의 잔물결만 일으키고 금세 가라앉으며 저절로 해결될 것이다.

13

방의 한쪽 벽면을 거의 채우고 있는 스크린에 뜬 영상은 수천 킬로미터 우주 밖에서 찍은 한 행성의 모습이었다. 행성 표면 대부분은 바다의 파란색이고, 황갈색과 녹색의 적도에서부터 몹시 추운 하얀색의 극지방까지 다양한 대륙 위에 엉킨 구름들이 나선형으로 움직이고 있었다. 그 행성은 따뜻하고, 햇빛이 가득하며, 기분 좋은 세계였다. 하지만 이 영상은 몇 달 전 그 모습을 촬영할 당시 가루스가 그 행성의 지표면에 가득한 생명의 에너지를 보며 느꼈던 경이감을 되살리지는 못했다.

장거리 과학 원정선 샤피에론호의 원정대장 가루스는 개인 전용실에 앉아 지구의 마지막 모습을 보면서 복합적으로 지연된 시간의 불가사의한 영역에서 오랜 시간 떠돌다 돌아온 그의 우주선을 환영해주던 그 놀라운 종족을 곰곰이 떠올렸다. 샤피에론호의 시간으로는 20년을 살짝 넘었을 뿐이었지만, 2천5백만 년 전 가루스와 동료들은 미네르바의 번성한 문명을 떠나서 과학 실험을 하기 위해 이스카리스라 불리는 항성으로 갔었다. 그 실험이 계획대로 진행됐다면 그들은 23년이 경과한 후 고향으로 돌아갔을 것이다. 샤피에론호를 타고 있는 그들에겐 5년밖에 지나지 않았겠지만 말이다. 그런데 실험이 계획대로 진행되지 않았다. 그리고 샤피에론호가 돌아오기 전에 미네르바에서는 가니메데인이 사라지고, 월인이 나타나 그들의 문명을 세우고 대립하는 파벌로 분열되다가 마침내 그들 자신과 행성을 파괴해버렸다. 그리고 호모 사피엔스는 지구로 돌아가 수만 년의 역사를 써내려갔다.

그렇게 해서 샤피에론호는 지구인들을 만났다. 가엽게 변형된 채 가니메데인에게 버림받은 이 돌연변이들은 혹독하고 완고한 환경에서 가망 없는 승산에 맞서 스스로 자긍심과 저항심을 가진 피조물로 변해 살아남았을 뿐만 아니라, 우주가 그들이 가는 길에 던지는 온갖 장애물을 경멸하며 비웃었다. 한때 가니메데인의 배타적인 영토였던 태양계는 이제 인류가 정당하게 소유하게 되었다. 그래서 샤피에론호는 다시 한 번 진공 속으로 떠나와, 가니메데인의 새로운 고향으로 추정되는 거인의 별에 닿기 위한 고독한 여행에 나섰다.

가루스가 한숨을 뱉었다. 무슨 근거로 이 여행에 나선 걸까? 논리적인 초등학생조차 증거로 받아들이지 않을 근거를 바탕으로 한 추측 때문이었다. 가루스와 소수의 담당자만 아는 현실적인 이유로 내린 결정이었다. 그 결정을 합리화하기 위해 그들은 가능성이 빈약한 지푸라기를 움켜쥐었다. 그 근거는 한계를 모르는 낙관주의와 열정을 가진 지구인들이 마음속에서 만들어낸 이야기에 불과했다.

지구인은 참으로 놀라운 존재였다….

지구인들은 거인별의 신화가 진실이라 확신하고는, 우주선이 출발할 때 모여서 가니메데인의 안녕을 빌어줬다. 샤피에론호에 탄 대부분의 가니메데인들이 여전히 믿는 것과 마찬가지로, 지구인들도 가루스가 말해준 이유를 믿었다. 지구의 허약한 문명은 아직 너무 어려서 외계인의 숫자와 영향력이 커질 때 일어날 공존의 압박을 견딜 수 없다. 하지만 미국인 생물학자 단체커와 영국인 헌트 박사 같은 소수의 인간은 틀림없이 진짜 이유를 추론해냈을 것이다. 오래전 가니메데인이 호모 사피엔스의 조상을 만들어냈다는 사실 말이다. 인류는 가니메데인이 그들에게 부과한 온갖 불리한 점에도 불구하고 살아남아 번성했다. 지구는 가니메데인의 간섭에서 벗어날 권리를 획득했다. 가니메데인은 이미 충분히 간섭했다.

그래서 가루스는 샤피에론호의 가니메데인들이 신화를 믿고 그를 따라 망각 속으로 가도록 이끌었다. 가루스로서는 힘들게 내린 결정이었지만, 적어도 당분간은 그의 종족들이 희망을 누리며 위안을 받을 권리가 있다고 생각했다. 모두 희망 덕분에 이스카리스부터 긴 항해를 견뎠다. 이제 그들은 그때와 마찬가지로 다시 가루스를 믿는다. 현재 가루스와 소수만이 알고 있는 사실을 모두에게 알려야 할 수밖에 없을 때까지, 그렇게 믿도록 놔둬도 잘못된 일은 아니다. 단체커와 헌트 같은 지구인들은 이미 알고 있을 것이다. 하지만 그는 격렬하고 때로는 공격적인 경향이 있는 이 놀라운 난쟁이 종족의 두 친구가 실제로 그 사실에 대해 얼마나 알고 있을지는 결코 확인할 수 없을 것이다. 다시는 그들을 만날 수 없을 테니까.

가루스는 우주선이 지구를 떠난 이래로 여러 번 이 영상과 머나먼 목적지를 보여주는 별자리 지도를 혼자서 조용히 응시하곤 했다. 거인의 별에 도착하기까지는 아직도 여러 해가 남았고 거인의 별은 수백만 개의 별들 사이에서 거의 눈에 띄지 않는, 반짝이는 작은 점에 불과했다. 물론 지구의 과학자들이 옳을 가능성도 있었다. 티끌 같은 희망은 언제나 있는 법이니까. 가루스는 돌연 마음을 가다듬었다. 그는 희망 사항에 불과한 생각에 빠져들고 있었다. 그건 그저 희망일 뿐이었다.

가루스는 의자에서 몸을 일으키며 망상에서 현실로 돌아왔다. 해야 할 일이 있다. "조락." 그가 큰 소리로 말했다. "영상 지워. 쉴로힌과 몬카르에게 오늘 오후에 만나고 싶다고 전해줘. 가능하면 저녁 음악회 직후에." 지구의 영상이 사라졌다. "그리고 3단계 교과과정 개정안 제안서를 다시 살펴보고 싶어." 스크린에는 즉시 통계표와 글자들이 표시되었다. 가루스는 한참 동안 자료를 살펴보면서 조락에게 기록하고 덧붙이도록 지시를 내렸다. 그리고 옆에 붙은 모니터에 다음 자료를 불러들였다. 그는 왜 그대로 놔둬도 유지될 교과과정에 관심을 가지는 걸까? 가루스가 내린 결정 때문에, 어른들과 마찬가지로 아이들은 샤피에론호 외에는 고향도 모른 채 별들 사이의 텅 빈 진공 속에서 애도해주는 이도 없이 불명예스럽게 죽어갈 운명이었다. 그런데 왜 그는 아무런 도움도 안 되는 교과과정의 자세한 부분에 관심을 가지는 걸까?

가루스는 그런 생각을 단호히 쳐내고 하던 일에 정신을 집중했다.

14

"이것 보세요. 내게 당신의 사생활에 개입할 권리가 없다는 사실은 잘 알고 있어요. 개입할 생각도 없습니다." 노먼 페이시는 소브로스킨으로부터 재닛에 관해 이야기를 들은 몇 시간 후, 브루노 기지에 있는 자신의 전용실에서 팔걸이의자에 앉아 말했다. 그는 이성적이고 정중하지만 동시에 단호한 목소리로 말하려 애썼다. "하지만 나까지 문제에 얽히고, 그 문제가 대표단의 업무에까지 영향을 미치는 상황이 되면, 뭔가 말을 할 수밖에 없습니다."

반대편 의자에 앉아 이 말을 듣고 있는 재닛의 표정에는 변화가 없었다. 눈가에 물기가 살짝 비치긴 했지만, 후회 때문인지 화가 나서인지, 아니면 아무 상관 없이 그저 콧속이 좋지 않아서 그런 건지 노먼으로서는 알 수 없었다.

"제가 조금 어리석었던 거 같아요." 마침내 재닛이 작은 목소리로 말했다.

노먼은 최대한 내색을 하지 않으며 속으로 한숨을 내쉬었다. "아무튼, 스베렌센 단장이 그러면 안 되는 거였어요." 노먼은 위로가 되길 바라며 그렇게 말했다. "제기랄…, 보세요. 난 당신에게 뭘 하라고 지시할 수는 없지만, 최소한 영리하게 굴라는 말을 해줄 수 있을 것 같아요. 당신이 내 조언을 바랄지는 모르겠지만, 다 잊어버리고 여기서 맡은 당신 일에 집중하라고 이야기해주고 싶습니다. 하지만 그건 당신에게 달렸어요. 그러지 않을 생각이라면, 말리우스크 소장이 우리에게 투덜댈 거리를 주지 않도록 하세요. 최대한 솔직하게 말하는 겁니다."

재닛이 손등으로 입술을 문지르면서 희미하게 미소를 지었다. "그게 가능할지는 잘 모르겠어요." 그녀가 속내를 털어놓았다. "말리우스크 소장이 이 문제 때문에 골치를 썩이는 진짜 이유를 알고 싶으시다면…, 제가 여기로 온 이후로 내내 소장이 저한테 딴생각을 품고 있었기 때문이에요."

노먼이 속으로 투덜거렸다. 그는 자신이 어쩌다 아버지 역할을 맡게 되었고, 재닛은 그 역할에 반응하고 있다는 느낌이 들었다. 이제 그녀가 지금껏 살아온 온갖 이야기를 쏟아낼 참이었다. 노먼에게는 그럴 시간이 없었다. "아, 이런." 그는 봐달라는 듯 양손을 앞으로 내밀었다. "난 당신의 사생활에 깊이 개입하고 싶은 생각이 전혀 없어요. 순전히 대표단에 참가하고 있는 미국인으로서 뭔가 말해야 한다는 느낌을 받았을 뿐입니다. 그 문제는 그냥 치워두고 친한 사이에 조언한 거로 해두죠, 네?" 그가 억지웃음을 지으며 기대하는 눈빛으로 재닛을 바라봤다.

하지만 재닛은 모든 걸 설명해야만 했다. "제 생각에는 여기서 일어나는 모든 일이 이상하고 특이해요. 있잖아요… 달의 뒷면에 있는 여기…." 그녀가 살짝 부끄러워하는 듯했다. "전 잘 모르겠어요. 누군가와 친해지면 좋을 거라 생각했어요."

"이해합니다." 노먼이 한 손을 반쯤 들고 말했다. "그런 사람이 당신이 처음은 아니…."

"그런데 스베렌센은 이야기를 나누기에는 너무 다른 부류의 사람이었어요. 그 사람은 이해가 빨랐어요, 당신처럼요." 재닛의 표정이 갑자기 바뀌더니 노먼을 이상한 눈빛으로 쳐다봤다. 뭔가를 말해야 할지 말지 망설이는 듯했다. 노먼은 그녀가 개인적인 고백을 늘어놓기 전에 자리에서 일어나 이 대화를 마무리하려 했지만, 그가 움직이기 전에 재닛이 입을 열었다. "다른 일이 있었는데… 다른 사람에게 이야기해야 하는 건지… 저는 잘…. 그 당시에는 아무 문제가 없는 것 같았어요. 그런데… 아, 잘 모르겠어요…. 그 일이 조금 신경 쓰이더라고요." 재닛은 계속 말하라는 신호를 기다리는 듯 노먼을 바라봤다. 노먼은 흥미 있다는 기색을 전혀 비추지 않고 그녀를 쳐다봤다. 그래도 재닛은 이야기를 이어갔다. "스베렌센이 저한테 메모리 카트리지를 줬는데, 말리우스크 소장이 처리하는 송신 메시지에 덧붙일 추가 자료라고 했어요. 그 사람은 그저 사소한 자료라고 했지만, 잘 모르겠어요…. 그 사람의 말투에 뭔가 이상한 점이 있었어요." 재닛이 크게 한숨을 뱉더니 후련한 듯 말했다. "아무튼, 그게… 이제 당신도 그걸 알게 됐네요."

노먼의 자세와 태도가 갑자기 바뀌었다. 그는 앞으로 몸을 숙이고 충격을 받은 얼굴로 재닛을 응시했다. 재닛은 자신이 말한 내용이 생각하던 것보다 훨씬 심각한 문제라는 사실을 깨닫고 깜짝 놀라 눈이 동그래졌다. "몇 번이나요?" 노먼이 사무적으로 물었다.

"세 번이요. 오늘 아침이 마지막이었어요."

"처음은 언제입니까?"

"며칠 전이었어요. 어쩌면 조금 더 오래됐을지도 몰라요. 캐런 대사가 떠나기 전이었어요."

"거기에 뭐가 담겼죠?"

"전 몰라요." 재닛이 무기력하게 어깨를 으쓱했다. "그걸 제가 어떻게 알겠어요?"

"아, 이런." 노먼이 참지 못하고 손을 저었다. "당신도 궁금했을 것 아닙니까. 아니라고 말하지 마세요. 당신한테는 메모리를 읽어서 모니터에 띄울 수 있는 장비도 있잖아요."

"시도는 해봤어요." 재닛이 잠시 후 인정했다. "그렇지만 메모리가 암호로 잠겨 있어서 단말기의 일반적인 프로그램으로는 읽을 수가 없었어요. 카트리지에 송신 신호가 들어오면 딱 한 번만 활성화하는 기능이 내장되어 있던 게 틀림없어요. 그리고 그 뒤에는 자동으로 삭제됐어요."

"그런데 그게 의심스럽지 않았다고요?"

"처음에 저는 그게 UN 보안 절차의 일종일 거라고만 생각했어요. 그런데 곧 정말로 그런 건지 확신이 들지 않더라고요. 그때부터 신경이 쓰이기 시작했어요." 재닛은 잠시 노먼을 초조하게 건너다보더니 곧 소심하게 덧붙였다. "그 사람이 이건 그냥 사소한 추가사항일 뿐이라고 했어요." 재닛의 말투로 볼 때 이제는 자신도 그 말을 믿지 않는 듯했다. 그 후 그녀는 입을 닫았다. 그사이 노먼은 멍한 얼굴로 자리에 앉은 채 무의식적으로 엄지손가락 마디를 깨물며 재닛이 말한 일이 어떤 의미일지에 대해 생각하느라 빠르게 머리를 굴렸다.

"그 외에 스베렌센이 다른 말은 하지 않았습니까?" 마침내 노먼이 입을 열었다.

"다른 말이라뇨?"

"뭐라도 좋습니다. 그의 행동이나 당신에게 했던 이야기 중에 이상하거나 특이한 건 뭐라도 상관없어요. 심지어 바보 같은 소리라도 말이에요. 중요한 일입니다."

"글쎄요." 재닛이 인상을 찌푸리며 노먼의 뒤쪽에 있는 벽을 물끄러미 쳐다봤다. "스베렌센은 군축을 위해 자기가 했던 일을 전부 이야기해줬어요. 그리고 어떻게 그 뒤에 UN을 유능한 세계 권력으로 탈바꿈시켰는지도…. 스베렌센은 전 세계의 고위급을 다 알고 있댔어요."

"어… 음. 그건 우리도 압니다. 그 외에는?"

재닛의 입에 미소가 살짝 비쳤다. "스베렌센은 대표단 회의에서 당신이 힘들게 만들었다며 화를 냈어요. 그 사람이 당신을 비열한 개자식으로 여긴다는 느낌을 받았어요. 하지만 이유는 모르겠어요."

"알겠습니다."

재닛의 표정이 갑자기 변했다. "다른 일이 있었어요. 오래전은 아니고… 어제였어요." 노먼은 아무 말 없이 기다렸다. 그녀가 잠시 생각하더니 말했다. "저는 그 사람 숙소에 있었어요. 욕실에요. 대표단에 있는 누군가가 갑자기 숙소의 앞문으로 왔어요. 완전히 흥분해서요. 전 그 사람이 누군지는 잘 모르겠어요. 그 키 작은 대머리 소련 남자는 아니었어요. 하지만 외국인이었죠. 어쨌든 그 사람은 제가 거기에 있다는 사실을 모르고 곧장 말을 하기 시작했어요. 스베렌센이 그 사람의 입을 막더니 몹시 화를 내는 소리가 들렸어요. 그렇지만 그 직전에 남자가 멀리 우주 밖에 있는 뭔가가 지금 곧 파괴될 거라는 소식을 전했어요." 재닛이 잠깐 눈살을 찌푸리더니 고개를 저었다. "그 외에 다른 일은 없었어요. 아무튼 제가 기억하는 한에는 그래요."

노먼이 미심쩍은 눈길로 그녀를 쏘아봤다. "그 사람이 그렇게 말한 게 확실한가요?"

재닛이 고개를 저었다. "그렇게 들렸어요. 확실하지는 않아요. 수돗물을 틀어놔서…." 그녀는 더 이상 말하지 않았다.

"다른 이야기를 들은 기억은 없나요?"

"네…. 죄송해요."

노먼이 일어나 문을 향해 천천히 걸어가다가 잠시 멈춰서 고개를 돌리더니, 다시 돌아와 그녀 앞에 서서 내려다봤다. "이것 보세요. 당신은 자신이 어떤 상황에 얽혀들었는지 깨닫지 못한 것 같습니다." 노먼이 목소리에 험악한 분위기를 집어넣었다. 재닛이 고개를 들고 겁먹은 표정으로 그를 쳐다봤다. "내 말을 잘 들으세요. 이 일은 아무한테도 말하지 마십시오, 절대로. 무슨 말인지 알겠습니까? 어떤 사람한테도! 앞으로 현명하게 처신할 생각이 있다면, 당장 지금부터 하세요. 당신이 나한테 했던 이야기는 절대로 한마디도 밖으로 새어나가면 안 됩니다." 재닛이 말없이 고개를 끄덕였다. "확실히 약속하세요." 노먼이 그녀에게 말했다.

재닛이 고개를 끄덕이고는 잠시 후 물었다. "그러면 스베렌센을 만나면 안 되는 건가요?"

노먼이 입술을 깨물었다. 더 알아낼 기회가 매력적이긴 했지만, 과연 재닛을 신뢰할 수 있을까? 노먼은 잠시 생각한 끝에 대답했다. "당신이 들은 말과 했던 말에 대해 비밀을 지킬 수 있으면 계속 만나세요. 그리고 다른 특이 상황이 발생하면 나한테 알려주세요. 스파이 놀이를 하거나 문제를 일으킬 일을 하지는 마세요. 그냥 눈과 귀만 열어놓으세요. 그러다 뭔가 이상한 걸 보거나 들으면 나한테 알려주십시오. 다른 사람에게 말하면 안 됩니다. 그리고 어떤 내용도

글로 쓰지 마세요. 알겠습니까?"

재닛은 다시 고개를 끄덕이며 웃으려고 했지만 잘 되지 않았다. "알았어요." 그녀가 말했다.

노먼이 그녀를 한참 쳐다보다가 양팔을 벌리며 이제 그만 마무리하자는 몸짓을 했다. "오늘은 이 정도면 된 것 같습니다. 미안하지만, 내가 해야 할 일들이 있어서요."

재닛이 일어나 문을 향해 재빨리 걸어갔다. 그녀가 밖으로 나가며 문을 닫으려는 순간 노먼이 불렀다. "그리고 재닛…." 그녀가 발길을 멈추고 뒤돌아봤다. "부디 정시에 출근하려고 노력하세요. 그 소련 소장 성질 좀 건드리지 마시고요."

"그럴게요." 재닛은 억지로 살짝 미소를 짓더니 떠났다.

*

얼마 전부터 노먼은 소련 대표 소브로스킨이 자신과 마찬가지로 스베렌센과 그 주변을 도는 일당들로부터 배척당하고 있다는 사실을 알아차렸다. 그래서 노먼은 이 소련인이 모스크바를 대신해서 고독한 게임을 진행하면서 UN의 정책을 유리하게 받아들이고 있을 뿐이라고 확신하게 되었다. 만일 그렇다면, 소브로스킨은 재닛이 입수한 자투리 정보와 관련이 없을 것이다. 노먼은 투리엔과 관계된 일에 대해서는 지구와 무전으로 통신하지 않는다는 규칙을 깨고 싶지 않았기 때문에, 자신의 직감을 믿고 저녁 늦게 천문기지에서 사람들이 거의 잘 다니지 않는 창고에서 소브로스킨과 만나기로 약속을 잡았다.

"물론 확신할 수는 없지만, 파괴한다는 게 샤피에론호일 수도 있습니다." 노먼이 말했다. "투리엔에 서로 솔직하게 소통하지 않는 두 집단이 있는 것 같아요. 지금껏 우리와 이야기를 나눴던 집단은 샤피에론호에 최대한 도움이 되기를 진심으로 바라는 듯합니다. 하지만 여기에 있는 다른 사람이 투리엔의 다른 집단과 이야기를 나누지 않았다고 우리가 어떻게 확신할 수 있겠습니까? 그리고 투리엔의 다른 집단이 같은 식으로 생각할지 어떻게 알겠습니까?"

소브로스킨은 주의 깊게 들었다. "암호화된 무전 말이죠?" 그가 말했다. 예상했던 대로, 모든 사람이 그 무전과는 관련이 없다고 부인했었다.

"그렇습니다." 노먼이 대답했다. "처음에는 그게 당신이라 추측했었습니다. 미국이 범인이 아니라는 사실은 아주 잘 알고 있었으니까요. 하지만 나는 우리가 그 문제를 잘못 판단했었다고 기꺼이 인정하겠습니다. UN이 브루노 기지에서 이 모든 일을 겉치레용으로 꾸며내고, 그 뒤에서 다른 게임을 하고 있었다고 가정해보죠. 그들은 우리 두 나라를 교착 상태에 빠트리고, 그 기간 내내 우리의 등 뒤에서… 잘 모르겠지만, 투리엔의 그쪽 집단이나 다른 쪽, 어쩌면 둘 다와 이야기를 하고 있을 수도 있습니다."

"어떤 게임 말인가요?" 소브로스킨이 물었다. 그는 정보를 얻으려는 게 분명했다. 그러고 난 뒤에야 자신이 가지고 있는 정보를 조금 털어놓을 것이다.

"누가 알겠습니까? 그렇지만 나는 샤피에론호가 걱정됩니다. 내가 잘못 생각했을 수도 있어요. 하지만 그저 아무것도 하지 않으면서 내가 틀렸기만을 바라고 있을 수는 없습니다. 그 우주선이 위험하다고 추정할 이유가 있다면, 우리는 투리엔인들에게 그 사실을 알려야 합니다. 그들이 뭔가 조처를 할 수 있겠죠." 노먼은 알래스카를 호출하는 위험을 감수할까 생각해봤지만, 결국 그러지 않기로 결정했다.

소브로스킨은 한참 동안 깊은 생각에 잠겨 있었다. 그는 그 암호화된 무전이 소련의 무선 송신에 대한 회신이라는 사실을 알고 있었다. 하지만 그걸 굳이 노먼에게 말해줄 이유는 없었다. 그런데 스웨덴인이 얽힌 괴상한 일이 또다시 드러났다. 소브로스킨은 그 문제를 끝까지 파헤치고 싶었다. 모스크바에서는 투리엔인과 잘 지내길 바랄 뿐이었다. 그리고 노먼이 마음속으로 뭘 노리고 있든, 투리엔인에게 경고하는 일에 협조해서 잃을 건 아무것도 없었다. 이 미국인의 공포가 근거가 없었던 것으로 밝혀진다고 해도, 큰 피해를 주지는 않으리라는 사실을 소브로스킨은 알 수 있었다. 노먼의 걱정이 맞든 틀리든, 소련 정부와 논의할 시간은 없었다. "당신의 확신을 존중합니다." 마침내 그가 말했다. 진심이었다. 노먼도 그의 진심을 알아봤다. "내가 어떡하길 바랍니까?" 소브로스킨이 물었다.

"브루노 기지 송신 안테나를 이용해서 무전을 보내고 싶습니다." 노먼이 대답했다. "물론 그 문제는 대표단을 거칠 수 없으므로, 우리는 말리우스크 소장에게 가서 기술적인 부분을 직접 해결해달라고 해야 합니다. 골치 아픈 사람이긴 하지만, 믿을 수 있을 것 같습니다. 내가 혼자 가면 그 사람의 반응을 끌어낼 수 없겠지만, 당신이 가면 아마 따르겠죠."

소브로스킨이 놀라서 눈살을 살짝 찌푸렸다. "당신이 그 미국 여자에게 가면 되지 않나요?"

"그 생각도 해봤습니다만, 재닛을 신뢰할 수 있을지 확신할 수 없었습니다. 그 여자는 스베렌센과 너무 가까워요."

소브로스킨은 잠시 생각을 정리하더니 고개를 끄덕였다. "한 시간만 주세요. 어떻게 결정되든 그때쯤 당신의 사무실로 연락하겠습니다." 그는 깊은 생각에 잠긴 표정으로 입술을 혀로 훑더니 덧붙였다. "나라면 그 여자 문제는 서두르지 않고 차분하게 대처할 겁니다. 나한테 스베렌센에 대한 보고서가 있는데, 위험할 수도 있는 사람이에요."

*

둘은 저녁 교대시간이 지나고 밤 근무를 맡은 천문학자들이 커피를 마시러 간 사이에 중앙 안테나 제어실에서 말리우스크 소장을 만났다. 소장은 소브로스킨이 그런 조치를 요구했으며, 소련 정부의 대표자로서 공식 자격으로 한 요청이라고 밝힌 양해 각서에 서명한 후에야 그들의 요구를 받아들였다. 말리우스크 소장은 그 문서를 자신의 개인 서류철에 넣고 잠갔다. 그는 제어실의 문을 닫고, 관리용 단말기의 모니터를 이용해서 노먼이 불러주는 메시지를 만들어 송신했다. 두 소련인은 왜 노먼이 메시지에 자기 이름을 덧붙이자고 우기는지 이해가 되지 않았다. 노먼에게는 아직 폭로할 준비가 되지 않은 뭔가가 있었다.

15

가루스가 비상호출을 받고 샤피에론호의 사령실에 도착했더니 가루스의 부관 몬카르가 긴장한 얼굴로 말했다. “지금껏 한 번도 보지 못했던 뭔가가 우주선 주변의 압력장에 영향을 미치고 있습니다.” 가루스가 의아한 얼굴로 쳐다보자 몬카르가 대답했다. “일종의 외부 편향이 세로축의 노드 패턴에 간섭해서 측지선 다양체를 축소시키고 있습니다. 기준 그리드의 균형이 깨지고 있지만, 조락도 이 상황을 이해하지 못하고 있습니다. 조락은 지금 이 변형을 다시 계산하려 시도하는 중입니다.”

가루스가 고개를 돌려 원정대 수석 과학자 쉴로힌을 바라봤다. 그녀는 자신이 이끄는 과학자들 가운데에 서서 그들 주변에 줄지어 있는 모니터에 나타난 정보를 보고 있었다. “무슨 일이야?” 가루스가 물었다.

쉴로힌이 무력한 얼굴로 고개를 저었다. “이런 현상은 들어본 적이 없습니다. 좌표들이 뒤집혀서 지수적 구조로 변형되는 일종의 시공간 비대칭 영역으로 들어가고 있습니다. 우리가 들어온 공간의 전체 구조가 무너져 내리고 있습니다."

"우리가 다룰 수 있는 문제인가?"

"아무것도 작동하지 않는 것 같습니다. 전환기도 효과가 없고, 세로축 균형 장치를 최대치로 출력을 올려도 보정이 되지 않습니다."

"조락, 네가 볼 땐 어때?" 가루스가 큰 소리로 물었다.

"정상 공간으로 지속적으로 연결되는 기준 그리드를 구축할 수가 없습니다." 컴퓨터가 대답했다. "다시 말해, 저는 길을 잃었고, 어디에 있는지, 어디로 가는지, 심지어 어디로 가고 있기는 한 건지조차 알 수 없습니다. 그리고 아무튼 전혀 제어가 안 됩니다. 그 외에는 다 괜찮습니다."

"시스템 상태는?" 가루스가 물었다.

"모든 감지기, 통신망, 하부시스템을 점검했고, 정상적으로 작동합니다. 아니… 저는 아프지 않습니다. 그리고 이걸 상상으로 만들어낸 것도 아닙니다."

가루스가 난처한 얼굴로 서 있었다. 사령실의 모든 얼굴이 자신을 바라보며 명령을 기다렸지만, 무슨 일이 일어나고 있는지 모르고, 설령 안다고 해도 뭘 해야 할지 모르는 상태에서 무슨 명령을 내릴 수 있겠는가. "모든 부서에 비상 대기 호출하고, 별도의 지시가 있을 때까지 대기하면서 경계 태세에 돌입하도록." 가루스가 말했다. 명확한 이유가 있다기보다는 승무원들의 기대를 충족시켜 주려는 의도가 더 컸다. 그의 옆에 있는 승무원이 지시를 받고 계기판을 향해 명령을 반복했다.

"압력장 전체가 정상 상태를 벗어났습니다." 쉴로힌이 모니터에 뜬 최신 정보를 바라보며 작은 소리로 말했다. "식별 가능한 모든 위치 정보가 끊어졌습니다." 그녀 주변 과학자들의 표정이 어두워졌다. 몬카르가 초조한 얼굴로 근처에 있는 단말기의 테두리를 움켜잡았다.

그때 조락의 목소리가 다시 들렸다. "지금 상황이 빠르게 회복되기 시작했습니다. 연결과 해석 기능이 새로운 기준 그리드에 맞춰 재건되었습니다. 위치 참조 기능이 다시 균형을 되찾았습니다."

"그 상황에서 빠져나온 모양입니다." 쉴로힌이 조용히 말했다. 사방에서 희망을 담아 웅성거리는 소리가 터져 나왔다. 그녀는 다시 모니터를 살펴보더니 어느 정도 긴장이 풀린 표정을 지었다.

"아직 압력장은 정상으로 돌아오지 않았습니다." 조락이 조언했다. "압력장이 외부로부터 억제된 상황입니다. 강제로 중력 속도 이하로 되돌아가고 있습니다. 불가피하게 공간 재통합이 곧 일어날 겁니다." 뭔가 강제로 우주선의 속도를 떨어트려서 정상 우주와 다시 연결되도록 만들고 있었다. "공간 재통합 완료. 우리는 다시 정상 우주와 연결되었습니다…." 조락이 이상하게 마지막 단어를 길게 뺐다. "하지만 어디인지 모르겠습니다. 우주에서 우리의 위치가 바뀐 것 같습니다." 사령실 바닥 중간에 있는 둥근 모니터에서 우주선을 둘러싸고 있는 별의 모양을 보여줬다. 태양계 근처에서 보던 모습과는 전혀 달랐다. 샤피에론호가 지구에서 출발한 이래로 알아보지 못할 정도로 바뀔 리가 없었다.

"거대한 인공 구조물들이 다가오고 있습니다." 잠시 후 조락이 알려왔다. "익숙한 형태는 아니지만, 확실히 지적 생명체가 만든 물체입니다. 그 의미는, 우리가 고의적으로, 알 수 없는 수단과 알 수 없는 목적으로 가로막혔고, 알 수 없는 지적 생명체에 의해 알 수 없는 장소로 옮겨졌다는 겁니다. 알 수 없는 부분들 외에는 모든 게 분명합니다."

"그 구조물들을 보여줘." 가루스가 명령했다.

사령실을 둘러싼 세 개의 스크린에 각기 다른 방향에서 찍힌 거대한 비행선 여러 대의 영상이 떴다. 가루스는 한 번도 보지 못했던 종류의 비행선들이 별들을 배경으로 천천히 다가오고 있었다. 가루스와 선원들은 놀란 표정으로 가만히 서서 말없이 스크린을 응시했다. 누군가가 입을 열기 전에 조락이 알려왔다. "미확인 비행선에서 통신이 들어왔습니다. 그들은 우리의 표준 고주파 형식을 사용했습니다. 제가 그 영상을 중앙 스크린에 띄웠습니다." 잠시 후 바닥의 대형 스크린에 영상이 나타났다. 사령선의 모든 가니메데인이 영상을 보고는 너무 놀라 그대로 얼어붙었다.

"저는 칼라자르입니다." 그 얼굴이 말했다. "오래전 이스카리스로 떠났던 여러분을 환영합니다. 곧 여러분은 우리의 새로운 고향에 도착하실 겁니다. 잠시만 참으시면 모두 설명하겠습니다."

가니메데인이었다. 약간 달라지긴 했지만, 가니메데인이 확실했다. 우쭐한 기분과 기쁨이 불신감과 뒤섞이며 혼란스러운 감정이 되어 가루스의 머릿속에서 폭발했다. 이 상황이 의미하는 것은 바로… 지구인이 달에서 외부로 발사했던 무전이 도착했다는 뜻이었다. 가루스는 갑자기 그 충동적이고, 감당하기 힘들고, 억제가 안 되는 지구인들이 좋아졌다. 결국, 그들이 옳았다. 가루스는 그들을 사랑했다. 한 사람, 한 사람을 모두 다.

무슨 일이 일어나고 있는 건지 한 명씩 깨닫기 시작하면서 사방에서 놀라는 헉 소리가 터져 나왔다. 몬카르는 억제할 수 없는 감정을 쏟아내며 공중으로 팔을 흔들어대면서 제 자리를 뱅뱅 돌았다. 쉴로힌은 빈 의자에 털썩 앉아서 눈을 동그랗게 뜨고 아무 말 없이 스크린을 바라보고만 있었다.

그때 조락이 그들이 이미 알고 있는 사실을 확인해줬다. "외삽법을 사용해 별자리의 위치를 기록과 대조해서 우리의 위치를 확인했습니다. 저한테 어떻게 된 것이냐고 묻지 마세요. 하지만 항해는 끝난 것처럼 보입니다…. 여기는 거인의 별입니다."

*

그 후 한 시간이 지나기 전에, 가루스는 가니메데인 선발대를 이끌고 샤피에론호 소속 비행선의 에어록 밖으로 나가서 투리엔에서 온 비행선의 밝은 빛이 쏟아지는 접객용 격실로 들어갔다. 그들은 줄을 서서 조용히 기다리고 있는 투리엔인들에게 다가갔다. 짧은 환영 의식을 진행하는 도중 마침내 댐이 터졌다. 방랑자들이 마음속에 꾹꾹 담아왔던 고통과 희망이 폭소와 적지 않은 눈물로 홍수처럼 쏟아져 나왔다. 이제 끝났다. 오랜 망명 생활이 끝났다. 망명자들이 마침내 고향에 돌아왔다.

새로운 도착자들은 옆방으로 안내를 받아 이동해서 소파 위에 잠시 앉아달라는 요청을 받았다. 그 목적이 무엇인지는 설명되지 않았다. 가니메데인들은 기묘한 감각의 혼란을 겪은 후 다시 모든 게 정상이 되었다. 그리고 모든 과정을 마쳤다는 이야기를 들었다. 잠시 후 가루스는 일행들과 함께 옆방에서 나와 투리엔인들이 모여 있는 곳으로 다시 들어가다가… 우뚝 발걸음을 멈추고 믿기지 않는 상황에 눈이 동그래졌다.

투리엔인들의 약간 앞에 낯익은 분홍색 난쟁이들이 완전히 당황한 가니메데인들을 바라보면서 활짝 웃고 있었다. 가루스는 입을 쩍 벌린 채 한동안 멍하니 있다가 아무 소리도 내지 못하고 다시 입을 닫았다. 다른 인간들 앞에서 그를 향해 다가오는 두 인물은 다름 아닌…. "가루스, 무슨 일로 아직도 안 떠나셨어요?" 헌트가 흥겹게 물었다. "혹시 가는 길에 도로표지판을 잘못 보셨습니까?"

"여러분들 모습을 보며 너무 즐거워해서 미안합니다." 단체커가 키득거리는 웃음소리를 감추지 못하고 말했다. "유감스럽지만, 여러분의 표정이 너무 극적이라서 참을 수가 없군요."

그들 뒤로 다른 익숙한 모습들이 가루스의 눈에 들어왔다. 땅딸막하면서 듬직하고, 뻣뻣한 회색 머리카락이 지저분하게 비쭉거리며 주름살이 깊이 잡힌 저 사람은 휴스턴에서 헌트의 상관이었다. 그리고 그의 옆에 있는 빨간 머리의 여성도 거기서 일하는 사람이다. 그들 옆에 있는 다른 남자와 여자는 가루스가 모르는 사람들이었다. 가루스는 힘겹게 다시 발걸음을 움직였다. 그리고 헌트가 지구에서 환영하는 관습대로 한 손을 내밀고 있는 모습이 그의 멍한 눈길에 들어왔다. 가루스는 헌트의 손을 잡고 따스하게 흔들었다. 그리고 다른 사람들과도 인사를 나눴다. 그들은 일종의 시각적 영상이 아니라, 진짜였다. 투리엔인들이 이 행사를 위해 미네르바 시절에는 알지 못하던 방식으로 지구에서 그들을 데려온 게 틀림없었다.

가루스가 동료들을 위해 뒤로 물러서자, 동료들이 지구인을 향해 몰려갔다. 가루스는 투리엔의 비행선에서 멀지 않은 곳에 있는 샤피에론호에 연결된 목의 마이크에 대고 조용히 말했다. "조락, 내가 꿈을 꾸는 건 아니지? 이게 정말로 일어나고 있는 일이야?" 조락은 우주선에서 가니메데인들이 대부분의 시간 동안 쓰고 있는 머리띠에 달린 소형 카메라를 통해 시각적인 모습을 관찰할 수 있었다.

"무슨 말을 하시는지 모르겠습니다." 조락이 가루스가 끼고 있는 이어폰으로 대답했다. "제가 볼 수 있는 건 천장뿐입니다. 원정대장님은 거기에 있는 일종의 의자 같은 곳에 계속 누워 있었습니다. 그리고 10분가량 전혀 움직이지 않았습니다."

가루스는 당황스러웠다. 그가 주의를 돌아보자, 가니메데인과 지구인의 무리를 뚫고 헌트와 칼라자르가 자신에게 다가오는 모습이 보였다. "저 사람들이 안 보여?" 가루스가 혼란스러워하는 목소리로 물었다.

"누구 말인가요?"

가루스가 대답하기 전에 다른 목소리가 말했다. "사실 이 목소리는 조락이 아니라 접니다. 제가 조락을 흉내 내어 반복해서 전달한 겁니다. 제 소개를 하겠습니다. 저는 비자르입니다. 몇 가지 설명할 시간이 된 듯합니다."

"하지만 로비에서 말고." 헌트가 말했다. "비행선 안으로 들어갑시다. 설명해야 할 게 아주 많아요." 가루스는 더욱 이해가 되지 않았다. 이제 보니 헌트는 통신 장비들을 쓰지 않고도 그 대화를 듣고 이해했다. 그 대화는 가니메데인의 언어였는데도 말이다.

칼라자르는 나머지 환영 행사와 소개가 다 마칠 때까지 기다리며 서 있었다. 그리고 손짓으로 가니메데인과 지구인들이 뒤섞인 일행을 투리엔의 거대한 비행선 안으로 이끌었다. 이제 남은 건 시간이 해결할 것이다.

3부

16

헌트와 단체커는 광대한 우주 밖 어딘가에 있었다. 그들 주변은 칸막이방처럼 벽으로 둘러쳐진 어둡고 넓은 공간으로, 넓은 바닥은 차분한 조명을 받으며 사방으로 뻗어 나가 어둠 속으로 사라졌다. 주 조명은 머리 위의 별들에서 내려오는 부드럽고 희미한 백광으로, 모든 별이 밝고 깜빡이지 않았다.

거인별 항성계에서 조금 떨어진 외곽에서 샤피에론호에 대해 환영 행사를 한 후, 다시 정신이 돌아온 패커드 장관이 당분간 두 가니메데인들끼리 놔두고 지구인은 끼어들지 말자고 제안했다. 다른 이들도 동의했다. 그래서 지구인들은 비자르 덕분에 여기저기를 잠깐 '방문'해서 투리엔 문명의 다른 부분들을 경험할 기회를 얻었다. 패커드 장관과 캐런 대사는 사회 조직 체계에 대해 더 배우기 위해 투리오스로 갔고, 콜드웰과 린은 투리엔인의 우주 공학을 더 살펴보기 위해 몇 광년씩 떨어져 있는 경유지 사이를 여행했다. 샤피에론호를 가로채기 위해 진행되었던 작전에 따라간 이후 흥미를 느낀 헌트와 단체커는 거대한 블랙홀을 형성해서 우주선의 경로에 던질 수 있는 에너지를 어떻게 생성하는지, 그리고 그 에너지를 어떻게 그런 엄청난 거리까지 보낼 수 있는지 궁금했다. 비자르가 그들에게 투리엔의 발전소를 보여주겠다고 제안했고, 그 직후 여기로 왔다.

그들은 커다랗고 투명한 돔 안에 있었는데, 돔은 우주에 떠 있는 어떤 구조의 일부분이었다. 그런데 이 구조의 규모는 얼마나 될까? 돔의 좌우와 앞뒤로 구조물의 외부 부분이 뻗어 나가며, 복잡하게 설계된 금속 구조물로 이루어진 네 개의 팔이 부드러운 곡선을 그리며 위쪽을 향해 올라가면서 먼 곳으로 작아져 가는 모습이 주는 광대한 인상은 거의 사람을 질리게 하였다. 그들은 지구의 적도와 경도의 선이 직각으로 만나듯, 두 개의 얇은 초승달 같은 팔이 교차하는 지점에 서 있었다. 네 개의 초승달 모양의 팔 끝에는 네 개의 길고 가는 원통형 물체가 달렸는데, 각 원통의 축은 모두 멀리 떨어진 한 지점을 가리켰다. 네 개의 거대한 총이 멀리 떨어진 목표물을 향해 총구를 겨눈 듯한 모양이었다. 주변에 크기를 비교할 수 있는 익숙한 사물이 없었기 때문에 얼마나 먼 거리인지는 짐작하기 힘들었다.

한쪽으로 더 멀리 떨어져서 시야가 간신히 닿는 곳에, 그들이 들어와 있는 것과 동일한 다른 구조물이 있었는데, 두 개의 초승달이 십자가 모양으로 엇갈리고 네 개의 원통이 달렸다. 반대편의 자세한 부분은 거리 때문에 잘 보이지 않았다. 그리고 다른 방향을 돌아보자 역시 시야가 간신히 닿는 곳에 구조물이 하나 더 있었다. 그리고 위쪽과 아래쪽에도 하나씩 더 있었다. 헌트가 볼 때, 전체 세트는 공동의 중심을 둘러싼 가상의 구의 표면에 공학자들이 그린 분해 조립도의 각 부분처럼 자리를 잡았고, 방사형으로 배치된 총신들이 안쪽을 겨냥했다. 그리고 이렇게 배치된 총신들이 겨누고 있는, 멀리 떨어진 지점에는 약간 보랏빛으로 물든 허공 속에 흐릿하게 뒤섞인 별빛의 후광이 비치고 있었다.

두 사람이 이 상황을 소화할 시간을 준 뒤, 비자르가 그들에게 말했다. "여러분은 지금 거인별 항성계 외곽에서 약 8백만 킬로미터 떨어진 곳에 있습니다. 여러분은 '압력기'라는 구조물 안에 서 있습니다. 압력기 여섯 대가 구형의 경계를 이루며 테두리처럼 공간을 둘러싸고 있습니다. 돔의 바깥에 있는 각 팔의 길이는 대략 8천 킬로미터입니다. 각 원통은 그 정도 거리에 떨어져 있으므로, 이 규모를 짐작할 수 있을 겁니다."

단체커가 말을 잃고 멍하게 서 있는 헌트를 쳐다봤다. 그리고 다시 고개를 들어 이 광경을 바라본 후 다시 헌트를 쳐다봤다. 헌트는 그저 멍한 눈길로 그를 바라볼 뿐이었다.

비자르가 계속 설명했다. "압력기들이 초점을 맞추고 있는 중앙을 향해 시공간의 곡률을 높인 구역을 만들어 강도를 증가시키면 그 부분이 붕괴하여 블랙홀이 됩니다." 비자르가 그들의 시각 정보에 영상을 중첩한 모양인지, 중심부의 흐릿한 영역 주변에 밝은 붉은색 원이 갑자기 생겼다. "후광 효과는 뒤쪽에 있는 별들에서 오는 빛이 굴절된 겁니다. 저 영역이 중력 렌즈처럼 작동하기 때문입니다. 블랙홀은 여러분으로부터 약 1만6천 킬로미터 정도 떨어져 있습니다. 실은 여러분이 있는 공간도 고도로 왜곡되어 있지만, 제가 혼란스러운 데이터를 걸러냈기 때문에 정상적인 공간처럼 느끼고 움직일 수 있는 겁니다.

압력기들로 형성된 경계면 외부에는 일련의 투사기들이 배치되어 있는데, 이 투사기가 물질을 소멸시켜서 얻은 에너지로 강력한 빔을 만들고, 압력기들 사이로 송신해서 블랙홀에 집어넣습니다. 거기에서 에너지가 송출되고, 더욱 높은 차원의 그리드를 통해 분배되어, 에너지가 필요한 정상 공간으로 배출됩니다. 다시 말해, 이 장치 전체가 입력된 에너지를 초공간의 분배 그리드에 넣어서 여러분이 원하는 어느 곳이든, 항성 간의 거리를 넘어서도 전달할 수 있도록 하는 겁니다. 마음에 드시나요?"

한참 후에야 헌트가 간신히 입을 열었다. "반대쪽으로는 어디에 연결된 거지?" 그가 물었다. "무슨 말이냐면, 이게 행성 전체에 에너지를 공급하는 거야?"

"에너지 분배 형태는 매우 복잡합니다." 비자르가 대답했다. "몇몇 행성은 가르팔랑에서 공급받습니다. 가르팔랑은 여러분이 지금 있는 공간의 이름입니다. 투리엔인은 다양한 공간에서 고에너지 프로젝트를 여러 개 진행하고 있습니다. 비행선, 차량, 기계, 주거시설처럼 작은 단위들도 에너지를 사용하는 거라면 무엇이든 그리고 그게 어디에 있든, 그리드에 연결할 수 있습니다. 그리드에 연결할 때 필요한 장비는 그리 크지 않습니다. 우리가 알래스카에 착륙시킨 퍼셉트론호도 지구로 가는 출구 포트를 통해 전형적인 단계의 그리드에서 에너지를 얻습니다. 기계들은 지역적으로 독립적인 에너지 자원을 거의 가지고 있지 않습니다. 기계들은 별도의 에너지가 필요 없습니다. 거대하고 중앙 집중화된 생성기들과 원격 중계기로부터 그리드를 통해 모든 걸 공급받을 수 있기 때문입니다. 먼 우주에 있는, 여러분이 타고 있는 그 퍼셉트론호처럼요."

"믿기지가 않네." 단체커가 작은 소리로 말했다. "생각해보면, 50년 전에 사람들은 에너지 자원이 고갈될까 봐 겁에 질려 있었잖아. 이건 충격적이야…. 정말로 충격적이야."

"주요한 자원이 뭐지?" 헌트가 물었다. "물질을 소멸시켜서 생산한 빔을 투입한다고 했잖아. 뭘 소멸시키는 거야?"

"주로 다 타버린 항성의 핵입니다." 비자르가 대답했다. "생성된 에너지 일부는 먼 곳에서 해체한 핵의 물질을 소멸기들이 있는 곳으로 이동시키기 위한 수송 포트의 네트워크를 운영하는 데에 사용됩니다. 가르팔랑에서 그리드로 공급하는 유효 에너지의 순 생산량은 하루에 지구의 달 한 개 정도의 질량입니다. 하지만 연료는 주변에 아주 많습니다. 에너지 위기는 먼 미래의 일입니다. 그건 걱정하지 마세요."

"그래서 넌 여기에서 에너지를 집중시켜서 일종의… 초차원을 통해 수 광년 떨어진 우주를 가로질러 먼 곳에 수송용 블랙홀을 만들 수 있다는 거지." 헌트가 말했다. "수송 과정은 우리가 봤던 그 작전처럼 항상 그렇게 복잡하게 진행되는 거야?"

"아닙니다. 그건 예외적으로 정확한 제어와 시점이 필요한 특별한 경우였습니다. 일반적인 수송은 비교적 아주 단순하고 일상적인 일입니다."

헌트는 할 말을 잃고, 고개를 들어 그 광경을 다시 한 번 바라봤다. 그리고 자신이 목격했던 그 작전의 세세한 부분을 머릿속으로 되짚었다.

브루노 기지에서 노먼이 직접 서명하고, 샤피에론호가 어떤 위험에 처할 가능성이 있다는 경고가 담긴 당황스러운 메시지가 날아오자, 칼라자르는 샤피에론호를 가로채는 작전을 지체 없이 진행하기로 했다. 투리엔에서 인식하고 있던 위험에 대한 정보를 노먼이 입수할 가능성은 거의 없었는데, 노먼이 어떻게 위험을 알아차렸는지는 수수께끼였다.

그 '조직'은 칼라자르의 사람들과 마찬가지로 샤피에론호의 경로를 추적할 수 있는 장비를 갖추고 있을 게 거의 확실했으므로, 칼라자르는 샤피에론호를 진행하고 있던 경로에서 단순히 사라지게 해서 작전을 들킬 생각이 없었다. 그래서 칼라자르는 이샨의 공학자들에게 20광년 떨어진 진공 속에서 샤피에론호를 가로채기만 할 게 아니라, 그 조직의 감시 장비가 동일한 우주선으로 착각할 만한 가짜 물체를 제작해서 샤피에론호와 바꿔치기하도록 작전을 변경하라고 요구했다. 그 과정에서 일어난 중력 교란이 감지될 위험이 있었지만, 끊김 없이 계속 진행하는 감시는 기술적으로 가능하지 않으므로, 그 작전을 최소한의 시간 내에 해낸다면 교체 과정이 감지되지 않을 가능성이 컸다. 교체는 계획대로 빠르고 순조롭게 마쳤다. 모든 게 잘 되었다면, 샤피에론호가 수 광년을 넘어 투리엔에 도착한 지금쯤 그 조직에서는 미끼가 만들어낸 추적 데이터를 받고 있을 것이다. 시간이 지나면 그 교체 과정이 충분히 빠르고 순조로웠는지 확인할 수 있을 것이다.

헌트는 경쟁 관계에 있는 두 가니메데인 집단 사이의 기만과 역기만의 게임을 어떻게 이해해야 할지 감이 잡히지 않았다. 단체커가 처음부터 주장했던 것처럼, 그런 반응은 가니메데인의 정신이 작동하는 방식과 맞지 않았다. 헌트는 여러 차례 비자르에게서 이번 사태의 너머에 있는 무언가에 관한 이야기를 끌어내려 시도해봤지만, 그 문제에 대해 말하지 말라고 단단하게 지시받은 게 틀림없는 이 기계는 그저 칼라자르가 적당한 때가 되면 스스로 밝힐 것이라는 이야기만 반복했다.

하지만 그 이유가 무엇이었든, 그리고 노먼이 걱정했던 방식이 어떤 것이었든, 이제 샤피에론호는 공격받지 않고 방해받지 않은 채 안전한 손안으로 들어갔다. 헌트가 내릴 수 있는 유일한 결론은 노먼이 뭔가를 완전히 오해해서 과잉반응을 했다는 것인데, 헌트가 알고 있는 노먼은 그런 사람이 아니라서 이상했다. 헌트가 그 문제를 다시 곰곰이 곱씹어봤더니, 사실 노먼은 샤피에론호가 위험하다고 명확하게 말하지 않았다. 노먼은 '우주에 있는 뭔가가 파괴될 위험에 처했다고 믿을 만한 이유가 있다'고 했다. 그리고 그는 그 뭔가가 샤피에론호일 수도 있다고 우려를 표했다. 칼라자르는 그 문제를 운에 맡기지 않겠다고 결론 내렸고, 헌트는 그런 판단을 내린 그를 탓할 수 없었다. 노먼은 뭔가를 완전히 잘못 생각해서 경고를 보낸 것처럼 보였다. 아니, 그가 맞았으려나? 헌트는 궁금했다.

헌트는 갑자기 육체적으로 불편한 느낌이 들었다. 확실히 이상했다. 물론 컴퓨터가 가상으로 만든 신체를 구성하는 감각이 그렇게 완벽할 수는 없을 것이다. '대체 어떻게 된 거지?'

헌트는 본능적으로 주변을 둘러보고는 자신의 몸이 다시 퍼셉트론호의 안에 있는 안락의자에 앉아 있다는 사실을 깨달았다. "복도의 뒤쪽 끝으로 와주세요." 비자르가 그에게 알려줬다. 헌트는 몸을 일으켜 앉으며 놀라서 머리를 흔들었다. 항상 그렇듯이, 가니메데인은 모든 걸 생각해둔다. 그 의문의 문은 바로 그런 목적이었다.

몇 분 후 헌트가 다시 거인별로 돌아갔더니, 단체커가 심각한 표정으로 그를 기다리고 있었다. "자네가 없는 사이에 걱정스러운 소식이 들어왔어." 교수가 그에게 알려줬다. "브루노 기지에 있는 친구가 우리의 짐작만큼 완전히 틀리진 않았던 모양이야."

"무슨 일인데?" 헌트가 물었다.

"달의 뒷면과 투리엔 사이의 통신을 중계하던 장비가 작동을 멈췄어. 비자르에 따르면, 뭔가가 그 중계기를 파괴한 것 같대."

17

달의 뒷면에서 고립되고 연락도 안 되는 노먼은 어떻게 그 중계기가 파괴될 거라는 사실을 알아냈을까? 노먼에게 태양계 외부로부터 전달되는 정보의 출처라고는 거인별의 투리엔에서 보낸 무전밖에 없었는데, 투리엔인조차 그런 일이 일어나리라는 사실을 몰랐다. 그리고 경고를 보낼 때, 노먼이 달의 뒷면에 있는 UN의 공식적인 대표단과 별도로 행동한 이유는 무엇일까? 게다가 노먼은 어떻게 거기에 있는 장비에 접근해서 작동시킬 수 있었을까? 요컨대, 달의 뒷면에선 대체 무슨 일이 일어나고 있는 걸까?

패커드 장관이 투리엔인에게 이 사업이 시작된 이후 지구와 주고받았던 모든 메시지의 투리엔 판본을 요청했다. 칼라자르가 그 자료를 제공해주겠다고 동의하자, 비자르가 퍼셉트론호에 있는 장비를 이용해 맥클러스키 기지로 복사본을 보내줬다. 기지에 있는 팀이 투리엔의 복사본과 UN의 자료를 비교해본 결과 특이한 불일치가 드러났다.

첫 번째 묶음은 샤피에론호가 떠난 직후부터 지구에서 일방적으로 보낸 무전들이었다. 거인의 별에서 보내왔던 짧고 예상치 못했던 무전으로 시작된 대화를 재개하려는 희망으로 브루노 기지에 있던 과학자들이 UN의 압력에 저항하며 꾸준히 보냈던 메시지들이었다. 수개월 동안 보낸 이 메시지들에는 지구의 문명과 과학적 발전 상태에 관한 정보가 담겨 있어서, 여전히 수수께끼인 그 '조직'이 오랜 기간 투리엔인에게 보고했던 정보와 전혀 다른 모습을 보여주기 시작했다. 아마도 이러한 모순 때문에 투리엔인들이 그 조직의 보고를 처음으로 의심하기 시작했을 것이다. 아무튼, 이 메시지들의 복사본 두 묶음은 완벽하게 일치했다.

다음 묶음은 투리엔인이 다시 무전을 보내고 UN이 지구 쪽의 무전에 개입하기 시작하던 때부터 주고받은 내용이었다. 이때 달의 뒷면에서 송신한 메시지의 말투는 분위기가 전혀 달랐다. 캐런 대사가 휴스턴에서 헌트를 처음 만났을 때 이야기했던 것처럼, 그리고 그 후 헌트가 스스로 확인했던 대로, 그 메시지들은 부정적이고 모호했다. 그리고 지구가 군사화되었다는 투리엔인의 생각을 떨쳐내기 위한 내용은 거의 없고, 착륙해서 직접 이야기를 나누고 싶다는 투리엔인들의 제안을 거절했다. 이 메시지들에서 처음으로 지구 판본과 투리엔 판본의 불일치가 나타났다.

캐런 대사가 달의 뒷면에서 지내는 동안 보낸 메시지는 충실히 투리엔의 기록에 복제되어 있었다. 그런데 투리엔의 판본에는 메시지가 두 개 더 많았는데, 문서 양식과 표제 형식이 브루노 기지 천문대에서 보낸 메시지와 완벽하게 일치했지만, 캐런 대사는 본 적이 없는 메시지였다. 더욱 이상한 점은, 메시지의 내용이 매우 호전적이고 적대적이라 UN 대표단이 아무리 부정적인 태도를 보여왔다고 해도 눈감아주기 힘든 수준이라는 사실이었다. 메시지에 담긴 내용 중 몇 가지는 명백한 거짓이었다. 요약하자면, 지구는 자신들의 문제를 스스로 해결할 수 있으므로, 외계인의 개입을 원하지도 용인하지도 않을 것이고, 착륙을 시도할 때는 군사적으로 대응하겠다는 것이었다. 더욱 이해되지 않는 부분은, 헌트와 다른 사람들이 투리엔인과 만난 이후에 알게 된, 지구의 상황에 관해 조작했던 영상의 내용과 일치하고, 또 그 내용을 오히려 강화하는 상세한 내용이 담겨 있다는 사실이었다. 어떻게 브루노 기지에 있는 누군가가 그 내용을 알 수 있었을까?

그때 헌트가 목성에서 보낸 무전이 들어오기 시작했다. 그 메시지는 가니메데인 통신 코드로 작성되었는데, 착륙 제안을 환영하고 적당한 장소를 추천하면서 그 전의 메시지들과 완전히 다른 모습을 보여줬다. 투리엔인이 혼란스러워한 것도 무리가 아니었다.

그 뒤, 답변을 보낼 때 사용할 보안 코드에 관해 자세한 내용이 담긴 소련의 무전이 들어왔다. 패커드 장관은 칼라자르에게 지구인들이 겪었던 일, 특히 자신이 개인적으로 입었던 피해를 강조하며 그 문서들까지 달라고 설득했다. 소련도, 헌트가 목성에서 보냈던 메시지보다 더욱 조심스러운 태도로 투리엔인의 착륙에 관심이 있다는 표현을 했다. 그런 발언은 소련이 보낸 대부분의 메시지에서 시종일관 나타나는데, 또다시 일부 메시지에(이 경우엔 세 개) 예외적인 내용이 담겨 있었다. 그 내용은 브루노 기지에서 송신했던 '비공식' 메시지들과 유사했다. 게다가 더욱 놀라운 점은, 그 메시지들이 브루노 기지에서 보냈던 그 특이한 메시지들과 상세한 부분에서 눈에 띄게 일치하는 부분이 있다는 사실이었다. 이건 결코 우연이 아닐 것이다.

어떻게 소련은 캐런 대사가 브루노 기지에 있을 때조차 알지 못했던 대표단의 비공식적인 무전의 내용을 알고 있는 걸까? 이건 당연히 소련이 그 메시지에 책임이 있을 때만 일어날 수 있는 일이었다. 그렇다면 이것은 소련 정부가 UN을 완전히 장악했으며, 브루노 기지에서 진행되는 활동 전체가 거인별에 대해 알고 있는 미국과 다른 주요 국가들의 주의를 돌리기 위해 벌인 소련의 거짓 쇼라는 의미일까? 소련 대표단이 겉으로는 온순했지만, 고의로 거기에 투입한 누군가가 진행을 방해하는 활동을 은밀히 벌이고 있던 건 아닐까? 혹시 그게 소브로스킨일까? 브루노 기지 천문대의 소장 말리우스크가 소련인이라는 사실도 그 생각을 더 강화했다. 그렇지만 소련의 자체적인 노력도 정확히 동일한 방식으로 방해받았다는 사실은 무시할 수 없는 진실이었다. 다시, 앞뒤가 맞는 게 전혀 없었다.

캐런 대사가 달의 뒷면에서 떠난 후 브루노 기지에서 세 번째 비공식 메시지가 투리엔으로 송신되었다. 이 메시지는 그 전보다 공격성이 한층 더 심해서, 지구는 관계를 단절하고 영구적으로 대화를 중단하는 조처를 할 것이라고 선언했다. 마지막으로 노먼이 보낸, 우주 밖에 있는 뭔가가 파괴될 것이라는 경고가 있었다. 그리고 얼마 지나지 않아 중계기가 작동을 멈췄다.

이 수수께끼들에 대한 해답은 알래스카에서 찾을 수 없을 것이다. 패커드 장관은 국무부 수송선이 거인별과의 통신 중단과 UN 대표단의 지구 귀환에 관한 공식적인 소식을 맥클러스키 기지에 가져올 때까지 기다렸다가, 콜드웰과 함께 워싱턴으로 떠났다. 린도 그들과 함께 떠났는데, 노먼과 대화를 나누자마자 새로운 소식을 가지고 맥클러스키 기지로 돌아올 셈이었다.

*

헌트와 단체커는 맥클러스키 기지의 비행장에 서서 UN 우주군 제트기가 워싱턴으로 돌아가는 패커드 장관과 콜드웰 본부장, 린을 태우고 이륙하는 모습을 지켜봤다. 제트기는 이륙하면서 급격하게 남쪽으로 기수를 돌렸다. 그들과 그리 멀지 않은 곳에서는 지상 승무원이 퍼셉트론호의 착륙 장치가 콘크리트에 남긴 구덩이를 눈으로 덮기 위해 바쁘게 삽질을 하고 있었다. 퍼셉트론호는 '조직'의 감시 장비에 자연스럽게 보이기 위해 비행장 한쪽에 줄지어 있는 다른 UN 우주군 비행선들과 줄을 맞추려 이동했다. 비행기의 통신 시스템에 있는 블랙홀이 아주 작더라도 작은 산의 무게와 맞먹었다. 맥클러스키 기지의 비행장은 그런 무게를 버틸 수 있게 설계되지 않았다.

"생각해보면 재밌어." 비행기가 먼 능선을 넘으며 점처럼 작아지자 헌트가 말했다. "브라닉스에서 워싱턴까지 20광년인데, 마지막 6천5백 킬로미터가 시간을 다 잡아먹잖아. 어쩌면 이번 일이 다 정리된 후에 지구의 일부 지역을 비자르에 연결하는 문제에 대해 생각해 볼 수 있겠지."

"그럴지도 모르지." 단체커가 어정쩡한 말투로 말했다. 그는 아침식사 이후 눈에 띄게 조용했다.

"그러면 콜드웰 본부장은 운송 서비스에 내는 비용을 많이 아낄 수 있을 거야."

"그렇겠지."

"항해통신본부와 웨스트우드에 있는 생물학연구소에 연결하면 어떨까? 그러면 우리는 사무실에서 곧장 투리엔에 갔다가 돌아와서 점심을 먹으러 갈 수도 있을 거야."

"으음…."

둘은 몸을 돌려 식당을 향해 걸어가기 시작했다. 헌트가 고개를 돌려 궁금한 눈빛으로 단체커를 바라봤지만, 단체커는 알아채지 못하고 계속 걸었다.

식당 안에 들어갔더니 캐런 대사가 있었다. 그녀는 허리를 굽히고 통신 복사본 뭉치와 자신이 브루노 기지에서 만들었던 기록을 살펴보고 있었다. 그들이 들어가자, 그녀는 문서들을 밀어버리고 의자에 털썩 기대앉았다. 단체커는 창문으로 걸어가 말없이 퍼셉트론호를 내다봤다. 헌트는 구석에 있는 의자를 돌려 다리를 벌리고 뒤쪽으로 걸터앉아 방을 쳐다봤다. "난 이걸 어떻게 이해해야 할지 모르겠어요." 캐런 대사가 한숨을 내쉬며 말했다. "우리를 제외하고는 맥클러스키 기지나 달에 있는 사람이 알 수 없는 정보들이 이 메시지들에 들어 있어요. 그들이 칼라자르가 말한 그 '조직'과 접촉하고 있던 게 아니라면 말이죠. 그게 가능한가요?"

"나도 그게 궁금합니다." 헌트가 대답했다. "암호화된 무전은 어떤가요? 어쩌면 모스크바가 칼라자르 쪽 사람들에게 무전을 보내지 않았는지도 몰라요."

"보냈어요. 제가 확인했어요." 캐런 대사가 자기 앞에 있는 문서들을 손짓으로 가리켰다. "우리가 받은 모든 자료는 칼라자르의 보좌관이 보낸 것이고, 그건 모두 해명됐어요."

헌트는 고개를 젓더니 팔짱을 끼고 의자의 등받이에 기댔다. "그럼 저도 할 말이 없네요. 기다렸다가 노먼이 돌아오면, 알아낸 게 뭔지 보죠." 침묵이 흘렀다. 단체커는 계속 생각에 잠겨 창문 밖을 응시하고 있었다. 한참 후에 헌트가 말했다. "이거 참, 재미있네요. 가끔은 상황이 너무 혼란스러워져서 절대로 이해하지 못할 것 같은 생각이 들 때가 있습니다. 그러다 모든 사람이 놓치고 보지 못했던 단순하고 분명한 사실 하나가 모든 이야기를 하나로 꿰기도 하죠. 몇 년 전 우리가 월인이 어디서 온 건지 알아내려 애쓰던 당시가 떠오르네요. 달이 움직였다는 사실을 알아채기 전까지는 앞뒤가 일관되게 맞는 게 하나도 없었어요. 하지만 나중에 되돌아보면, 모든 게 처음부터 분명했던 것처럼 보이죠."

"당신 생각이 맞길 바랄게요." 캐런 대사가 문서들을 정리해서 폴더에 집어넣으며 말했다. "잘 이해가 안 되는 또 다른 문제는 이 모든 게 비밀이라는 사실이에요. 난 가니메데인은 그런 식으로 일하지 않을 거라고 생각했거든요. 그런데 우리는 여기서 한쪽 집단과 함께 이것을 하고, 다른 집단은 다른 일을 하고 있죠. 그리고 서로 다른 쪽에게 뭘 하고 있는지 알려주려고 하지 않아요. 박사님은 다른 누구보다 가니메데인에 대해 잘 알잖아요. 이 상황이 이해가 되나요?"

"솔직히 잘 모르겠습니다." 헌트가 말했다. "그런데 중계기를 폭파한 건 누구일까요? 칼라자르 대통령 쪽은 아니니, 다른 쪽 집단이 한 게 틀림없을 겁니다. 만일 그렇다면, 그렇게 조심했는데도 그 조직에서 중계기에 대해 알아냈다는 뜻이겠죠. 하지만 조직은 왜 중계기를 폭파하고 싶어 했을까요? 가니메데인이 움직이는 방식으로는 확실히 이상해요. 적어도 2천5백만 년 전에 존재했던 가니메데인의 특성과는 맞지 않아요." 헌트는 마지막 말을 뱉으며 무의식적으로 고개를 돌려 단체커를 쳐다봤다. 단체커는 여전히 그들을 등지고 서 있었다. 헌트는 단체커가 듣지 않고 있다고 생각했지만, 잠시 후 교수가 고개를 돌리지 않은 채 대답했다.

"어쩌면 자네가 원래 제시했던 가설이 당시 내가 인정했던 것보다 더 생각해볼 가치가 있었는지도 몰라."

헌트가 잠시 기다렸지만, 더 이야기가 없었다. "무슨 가설 말이야?" 결국, 헌트가 물었다.

"어쩌면 우리가 상대하고 있는 존재가 가니메데인이 아닐지도 모른다는 가설 말이야." 단체커가 냉정한 말투로 말했다. 잠깐 침묵이 이어졌다. 헌트와 캐런 대사가 서로를 바라봤다. 캐런 대사가 인상을 찌푸리자 헌트가 어깨를 으쓱했다. 당연히 그들은 가니메데인을 대하고 있었다. 그들은 이야기를 더 해주길 바라는 눈길로 단체커를 쳐다봤다. 단체커가 갑자기 고개를 돌려 그들을 쳐다보더니, 양손을 들어 옷깃을 거머쥐었다. "드러난 사실들에 대해 생각해봐." 단체커가 제안했다. "우리는, 우리가 알고 있던 가니메데인의 본성과 완전히 상반되는 행동 양식을 보이는 상대와 마주했어. 그런 행동 양식은 존재하는 두 집단 사이의 관계 때문에 발생한 거야. 우리는 그중 한 집단을 만났고, 그들이 가니메데인이라는 사실을 알아. 우리가 다른 집단을 만나는 건 허용되지 않았어. 이유를 듣긴 했지만, 나로서는 주저 없이 핑계에 불과하다고 무시해버릴 만한 이유였어. 그렇다면 그로부터 끌어낼 수 있는 논리적인 결론은 두 번째 집단이 가니메데인이 아닐 수도 있다는 거야. 그렇지 않아?" 헌트는 멍한 눈으로 교수를 바라볼 뿐이었다. 그 결론은 너무도 분명해서 뭐라 대꾸할 말이 없었다. 지구인들은 모두 '조직'이 가니메데인일 거라고 짐작했었다. 투리엔인들은 우리에게 그런 생각을 바꿀 만한 말을 한 번도 하지 않았지만, 그렇다고 우리의 짐작이 맞는다고 확인해준 것도 아니었다.

"그리고 이걸 생각해봐." 단체커가 계속 말했다. "인류와 가니메데인의 두뇌에서 상징을 다루는 구조의 조직과 신경 활동 패턴은 완전히 달라. 한 종족에 밀접하게 연결되어 상호작용하기 위해 설계된 장비가 다른 종족에 아무런 문제 없이 작동한다는 사실은 받아들이기 힘들어. 다시 말해, 비행장에 서 있는 저 비행기 안에 있는 장치는 가니메데인에게 사용하기 위해 설계된 표준 모델도 아니고, 순전히 운이 좋아서 우연히 인간의 두뇌에 효과적으로 작동한 게 아니야. 그런 상황은 불가능해. 저 장치가 이처럼 작동할 수 있었던 것은 오로지 처음부터 인간의 중추 신경계와 연결되도록 특별하게 제작했기 때문인 거야! 그렇다면 설계자는 인간 신경계 내부의 상세한 작동 방식에 대해 무척 잘 알고 있는 게 틀림없어. 그들이 감시 활동을 통해 지구의 현대 의학 연구에서 수집할 수 있는 정보의 양보다 월등히 많이. 그렇다면 그 지식은 투리엔에서 직접 습득했다고밖에 볼 수 없어."

헌트가 미심쩍은 눈길로 단체커를 쳐다봤다. "단체커, 무슨 말을 하는 거야?" 그가 긴장한 목소리로 물었지만, 그 말의 의미는 이미 명확했다. "투리엔에 가니메데인뿐만 아니라 인간도 있다는 거야?"

단체커가 힘차게 고개를 끄덕였다. "바로 그거야. 우리가 처음으로 퍼셉트론호에 올라탔을 때, 비자르는 겨우 수 초 만에 매개 변수를 조절해서 정상적인 수준의 감각 자극을 만들어내고, 신경계의 운동 영역에서 반응 명령을 해독했어. 그런데 비자르는 어느 정도의 자극 수준이 인간에게 정상이라는 사실을 어떻게 알았을까? 어떤 반응 패턴이 정확하다는 사실을 어떻게 알았을까? 유일하게 가능한 설명은, 비자르가 그 전에 인간의 신체에 그 장치를 사용해본 경험이 대단히 많다는 거야." 단체커가 반응을 기대하며 한 명씩 바라봤다.

"그럴 수도 있겠네요." 캐런 대사가 작은 소리로 말했다. 그리고 들은 이야기를 소화하면서 천천히 고개를 끄덕였다. "어쩌면 가니메데인들이 그 문제에 대해 우리에게 성급하게 말하지 않는 이유가 설명될 수도 있겠어요. 우리가 어떻게 반응할지 알 수 있을 때까지 미룬 거겠죠. 특히 지금껏 우리가 어떤 존재인지에 대해 그들이 받았던 보고를 생각해보면 말이죠. 그리고 그 조직이 인간이라면, 그들이 지구를 감시하는 작업을 맡아서 감시 프로그램을 운영했다는 게 이해가 되네요." 캐런 대사는 자신이 한 말을 곰곰이 생각하며 다시 고개를 주억거리더니, 다른 생각이 떠오른 듯 인상을 찌푸렸다. 그녀가 고개를 들어 단체커를 바라봤다. "그런데 어떻게 인간들이 거기에 있을 수 있죠? 가니메데인이 투리엔에 가기 전에 독자적으로 진화한 종족이 이미 거기에 있었던… 그런 건가요?"

"아, 그건 전혀 불가능합니다." 단체커가 참지 못하고 말했다. 캐런 대사가 살짝 물러나며 반대 의견을 내려고 입을 열었지만, 헌트가 그녀에게 경고하는 눈빛을 던지며 거의 보이지 않을 정도로 살짝 고개를 흔들었다. 캐런 대사가 단체커를 자극해서 진화에 대해 강의를 하게 만들면, 오늘 온종일 그 강의를 들어야 하기 때문이었다. 캐런 대사는 한쪽 눈썹을 살짝 올려 그 경고를 받아들였다는 신호를 보내고, 그냥 그렇게 마무리 지었다.

"난 우리가 그 의문에 대한 답을 찾기 위해 아주 멀리까지 찾아 나설 필요는 없다고 생각합니다." 단체커는 유쾌한 표정으로 그들에게 말하며 허리를 쭉 펴고 옷깃을 쥔 손에 힘을 주었다. "우리는 가니메데인들이 대략 2천5백 만 년 전에 미네르바에서 투리엔으로 이주했다는 사실을 알고 있습니다. 또한 그때쯤에는 그들이 지구의 생물을 많이 데리고 있었다는 사실도 알고 있죠. 당시 가장 발달한 영장류를 포함해서요. 실제로, 우리는 가니메데인의 비행선 안에서 그 생물 중 일부를 발견했습니다. 그 비행선이 바로 그 이주와 관련되어 있었다고 믿을 만한 이유는 많습니다." 단체커는 나머지 설명까지 해야 하는지 망설이는 듯 잠시 이야기를 멈추더니, 다시 이야기를 이어갔다. "가니메데인이 현대 인류가 출현하기 이전의 초기 인류를 데리고 갔던 게 틀림없습니다. 그 후손들이 진화하고 인구가 늘어서 투리엔의 사회 안에 공존하는 시민의 지위를 누리게 되었을 겁니다. 비자르가 가니메데인과 그들을 동일하게 지원한다는 사실이 증거라고 할 수 있죠." 단체커가 양손을 내려 뒷짐을 지면서 만족스러운 얼굴로 턱을 쭉 내밀었다. "그리고 헌트, 내가 많이 오해한 게 아니라면, 그게 자네가 찾고 있던, 지금껏 놓치고 보지 못했던 단순하고 분명한 원인일 거야." 단체커가 말을 맺었다.

18

바깥 사무실에서 수레에 상자들을 싣고 있는 UN 우주군 사병들에게 지시를 내리고 있는 비서에게 노먼이 손을 들어 주의시키는 손짓을 하며 문을 닫았다. 재닛은 브루노 기지에서 떠나는 대표단의 준비를 돕느라 짐으로 싸기 위해 놔둔 서류철과 종이 더미를 치우고 의자에 앉아 그 모습을 지켜봤다. "자, 다시 시작합시다." 문에서 돌아온 노먼이 재닛에게 말했다.

"어젯밤이었어요. 어쩌면 오늘 새벽이었는지도 몰라요…. 정확한 시간은 잘 모르겠어요." 재닛이 어색한 자세로 연구실 가운의 단추를 만지작거렸다. "스베렌센이 누구한테서 전화를 받았어요. 제 생각에는 유럽합중국에서 온 프랑스 대표 달다니에 같았는데… 당장 논의할 게 있다고 했어요. 달다니에가 베리코프(저한테는 그렇게 들렸어요)라는 사람에 대해 뭔가 말하기 시작하자, 스베렌센이 그 사람의 말을 막고, 그 사람 숙소에서 만나 이야기하자고 했어요. 전 계속 잠든 척했어요. 스베렌센은 옷을 차려입고 숙소에서 빠져나갔는데… 나를 깨우지 않으려고 조심하는 것 같아서 좀 으스스했어요."

"알겠습니다." 노먼이 고개를 끄덕이며 말했다. "그리고 어떻게 됐어요?"

"음…. 제가 스베렌센의 숙소로 처음 갔을 때 그 사람이 서류를 보고 있던 게 기억났어요. 그 사람이 서류를 금고에 넣긴 했지만, 잠그지 않은 게 확실했어요. 그래서 전 그 서류에 뭐가 있는지 알아보기로 마음먹었죠."

노먼은 이를 꽉 다물고 자신의 감정을 드러내지 않으려 노력했다. 노먼이 재닛에게 절대로 하지 말라던 게 바로 그런 종류의 일이었다. 하지만 그 결과가 궁금했다. "그래서요." 노먼이 이야기를 재촉했다.

재닛이 묘한 표정을 지으며 말했다. "안에 있는 물건들 사이에 서류철이 있었어요. 밝은 빨간색 테두리에 분홍색 바탕의 서류 봉투였어요. 서류 앞에 당신의 이름이 있다는 사실을 알아챘죠."

이야기를 듣던 노먼이 눈썹을 치켜세웠다. 재닛이 묘사한 건 UN에서 극비 문서에 사용하는 표준 서류 봉투처럼 들렸다. "그 안을 봤나요?"

재닛이 고개를 끄덕였다. "내용이 이상했어요. 그 보고서에는 당신이 여기서 진행된 회의를 방해했다는 사실을 비판하고, 결론 부분에는 미국이 더욱 협조적인 태도를 보였다면 대표단의 활동이 훨씬 더 진척되었을 거라고 쓰여 있었어요. 그건 전혀 내가 아는 당신 같지 않았어요. 그래서 제가 이상하다고 생각했던 거예요." 노먼은 말없이 그녀를 응시했다. 그가 뭔가 대답할 말을 찾기 전에, 재닛은 다음에 자기가 할 말에 대해서도 자기 책임이 아니라는 듯 고개를 저었다. "그리고 당신에 대한 부분 외에도… 캐런 대사에 대한 부분도 있었어요. 보고서에서는 두 사람이….” 재닛이 주저하더니, 검지와 가운뎃손가락을 들어서 교차시키며 말했다. “…그런 게, 그렇게… 어떻게 이런 내용을 넣을 수 있죠? ‘뻔뻔스럽고 무분별한 행동은 이런 성격의 임무에 맞지 않으며, 그 과정에서 미국의 비생산적인 발언과 어느 정도 관련이 있을 수 있다.’” 재닛이 등받이에 기대앉으며 다시 고개를 저었다. “저는 그 보고서가 사실이 아니라는 걸 알아요. 그리고 그 사람이 쓴 게, 글쎄요….”

재닛이 마지막 부분에서 목소리가 차츰 작아지더니 그렇게 끝맺어버렸다.

노먼이 반쯤 찬 상자의 모서리에 앉아 그녀를 미심쩍은 눈길로 바라봤다. 잠시 시간이 지난 뒤에야 그가 입을 열었다. “그 내용을 실제로 다 봤습니까?” 마침내 노먼이 물었다.

“네. 제가 그 내용을 그대로 다 알려드릴 수는 없지만, 그런 내용이었어요.” 재닛이 망설였다. “저도 그게 미친 소리라는 건 알아요. 그게 도움이 될지는 모르겠지만….”

“당신이 그 보고서를 봤다는 사실을 스베렌센이 압니까?”

“스베렌센은 알 수 없을 거예요. 제가 원래 있던 그대로 다시 집어넣었거든요. 그보다 많은 사실을 알려드릴 수도 있었겠지만, 스베렌센이 언제 돌아올지 알 수 없었어요. 그 사람은 한참 후에야 돌아왔지만, 그때는 그럴 줄 몰랐으니까요.”

“괜찮아요. 위험한 상황에 빠지지 않고 잘 처리하셨습니다.” 노먼은 한참 동안 바닥을 내려다봤다. 그는 어떻게 해야 할지 전혀 갈피를 잡지 못하고 있었다. 그러더니 다시 고개를 들고 물었다. “어땠어요? 이제 우리가 떠나는 문제 때문에 그가 이상하게 행동하지는 않았나요? 뭐라도…. 뭔가 험악한 말이라던가?”

"컴퓨터에 관해 제 입을 막으려는 무서운 경고 같은 거 말인가요?"

"음… 네. 그럴 수도." 노먼이 궁금한 표정으로 그녀를 바라봤다.

재닛이 고개를 저으며 얼핏 미소를 지었다. "실은 정반대였어요. 스베렌센은 아주 신사적으로 저를 대하면서 그 일이 몹시 부끄럽다고 했어요. 언젠가 지구에서 다시 만날 수 있을 거라고 넌지시 말하기까지 했어요. 저한테 진짜로 돈이 되고 온갖 흥미로운 사람들을 만날 수 있는 직업을 마련해줄 수 있다는 말도 했어요."

'영리한 수법이네.' 노먼이 속으로 생각했다. 큰 기대를 품게 해주면 절대로 배신하지 않는다. "그 사람을 믿나요?" 노먼이 한쪽 눈썹을 치켜세우며 물었다.

"아니요."

노먼이 인정한다는 표정으로 고개를 끄덕였다. "당신은 철이 빨리 드네요." 노먼이 사무실을 돌아보며 피곤한 듯 이마를 문질렀다. "난 이제 뭔가를 좀 생각해봐야 할 것 같습니다. 그 일에 관해 말해줘서 고마워요. 그런데 연구실 가운을 입고 있는 걸 보니, 다시 연구실로 돌아가야 하는 모양이네요. 말리우스크 소장을 또 삐치게 하지는 맙시다."

"오늘은 소장이 쉬는 날이에요." 재닛이 말했다. "그래도 당신 말이 맞아요. 연구실로 돌아가야 할 것 같아요." 재닛이 일어나서 문으로 가더니, 문을 열면서 뒤돌아봤다. "잘 풀렸으면 좋겠어요. 당신이 저한테 대표단 사무실 쪽으로 오지 말라고 했던 말은 기억하지만, 중요한 문제 같았어요. 그리고 모두 떠나면…."

"그건 걱정하지 말아요. 괜찮아요. 나중에 다시 봅시다."

재닛이 떠났다. 노먼이 손을 흔들며 문은 열린 채로 두라고 했다.

그는 한동안 의자에 앉아 재닛이 했던 말을 다시 곰곰이 생각해보려 했지만, UN 우주군 사병들이 짐을 옮길 준비를 하느라 상자들을 정리하기 위해 들어와서 중단되었다. 그는 휴게실에 가서 커피를 마시며 이 문제를 생각해보기로 했다.

*

잠시 후 노먼이 휴게실에 도착했을 때는 사람들이 별로 없었다. 스베렌센과 달다니에, 그리고 다른 두 대표뿐이었는데, 모두 바에 모여 있었다. 노먼이 휴게실에 들어서자 그들은 과장해서 친한 척하기보다는 그저 고개를 끄덕거리는 정도로 인사하고 자기들끼리 하던 이야기를 계속했다. 노먼은 휴게실 한쪽에 있는 음료대에서 커피를 챙겨 구석에 있는 탁자에 자리를 잡고 앉았다. 괜히 여기로 왔다는 생각이 들었다. 그는 커피잔을 들고 힐끗힐끗 그들을 관찰하면서 바에 모인 부하들 가운데에 서 있는, 키 크고 흠잡을 데 없이 차려입은 스웨덴인에 관해 쌓여왔던 의문들을 하나씩 머릿속에 떠올렸다.

샤피에론호에 대한 노먼의 우려는 잘못 짚었던 것 같았다. 재닛이 엿들었던 내용은 갑자기 끊어진 거인별과의 통신과 관련된 것일까? 수상쩍게도 그 직후에 통신이 끊겼으니까. 만일 그렇다면, 스베렌센과 적어도 다른 한 명의 대표는 그 일을 어떻게 알았을까? 그리고 어떻게 스베렌센과 달다니에는 베리코프와 연결된 걸까? 노먼은 CIA 보고서를 통해 베리코프가 소련의 우주 통신 전문가라는 사실을 알고 있었다. 모스크바와 UN의 내부 파벌 사이에 음모가 진행 중이라면, 왜 소브로스킨은 노먼에게 협조했던 걸까? 어쩌면 그 협조 역시 소브로스킨의 더 복잡한 계략의 일부일지도 모른다. 노먼은 그 소련인을 믿었던 게 실수였다고 씁쓸하게 인정할 수밖에 없었다.

그는 소브로스킨과 말리우스크 소장을 이 일에 개입시키지 말고, 재닛을 활용했어야 했다.

마지막으로, 노먼의 개인적인 명예를 손상하고, 캐런 대사를 모독하고, 브루노 기지에서 그들이 했던 역할을 왜곡하려는 시도의 배후에는 어떤 동기가 있는 걸까? 스베렌센이 그 계획이 작동하리라 생각했다는 사실이 잘 이해되지 않았다. 재닛이 이야기했던 그 문서는 대표단의 공식 회의록에 의해 부정될 것이다. 회의록의 복사본도 뉴욕에 있는 UN 본부에 송신된다. 스베렌센도 다른 사람들과 마찬가지로 그 사실을 알고 있다. 스베렌센은 문제가 많은 사람이지만, 결코 미련하지는 않다. 그제야 노먼은 실상을 깨달으면서 속이 서서히 불편해지기 시작했다. 노먼 자신이 읽고 승인했던 회의록, 즉 회의에서 진행된 논쟁이 정확하게 기록되었던 회의록이 제대로 복사되어 뉴욕으로 보내질 것인지 확인할 방법이 없었다. 막후에서 진행되었던 이상한 음모를 떠올리자 무슨 일이든 가능할 것 같았다.

"제 의견으로는 남대서양 협상은 미국으로 가면 좋을 것 같습니다." 바에서 스베렌센이 말했다. "지난 세기말에 미국의 원자력 산업이 거의 만신창이가 된 이후, 소련이 사실상 대부분의 중앙아프리카를 독점하게 된 것은 그리 놀랄 일이 아닙니다. 전반적인 지역에서 영향력이 균등해지고 경쟁이 격화되는 것은 모든 이해 관계자들에게 장기적으로 더 큰 이익이 될 수 있습니다." 그를 둘러싸고 있는 세 명이 고분고분하게 고개를 주억거렸다. 스베렌센이 무심코 무언가를 던지는 시늉을 했다. "아무튼, 제 위치에서는 단순히 한 나라의 정치에 의해 흔들리면 안 됩니다. 인류 전체의 장기적인 발전이 중요합니다. 그게 바로 제가 항상 옹호해왔던 것이고, 앞으로도 쭉 옹호할 가치입니다."

지금껏 그 온갖 일을 벌여놓고서는, 이건 좀 심했다. 노먼은 커피를 한입 가득 털어 넣고, 컵을 탁자에 거세게 내려놨다. 바에서 놀란 얼굴들이 그를 돌아봤다. "헛소리!" 노먼이 휴게실 너머의 그들을 향해 짜증스런 소리를 내뱉었다. "내 평생 그런 쓰레기 같은 소리는 처음 듣습니다."

스베렌센은 그 고함이 혐오스럽다는 듯 인상을 찌푸렸다. "무슨 뜻인가요?" 그가 차갑게 물었다. "부디 설명을 해주시겠습니까."

"인류의 발전에 이바지할 수 있는 가장 큰 기회가 바로 당신의 손안에 있었어요. 그런데 당신이 던져버렸죠. 그게 내가 하고 싶은 말입니다. 내 평생 그렇게 위선적인 말은 처음 들어보는군요."

"유감이지만 무슨 이야긴지 모르겠네요."

노먼은 그 소리를 믿지 않았다. "제기랄, 지금껏 여기서 우리가 벌였던 이 광대극 말입니다!" 노먼은 자신의 목소리가 고함으로 올라가는 게 느껴졌다. 그게 안 좋다는 건 알고 있었지만, 너무 화가 나서 멈출 수가 없었다. "우리는 몇 주 동안 거인별에 대해 떠들어댔지만, 쓸 만한 말은 하나도 없었고, 아무 성과도 없었어요. 대체 당신이 무슨 '발전을 옹호'했다는 겁니까?"

"동의합니다." 스베렌센은 차분한 말투를 유지하며 대답했다. "그런데 당신이 이렇게 이례적인 태도로 항의하는 게 이상하게도 부적절하게 생각되네요. 나로서는 당신네 정부와 그 문제를 논의해보라고 권해주고 싶어요."

말도 되지 않는 소리였다. 노먼이 잠시 혼란스러워져서 고개를 가로저었다. "지금 무슨 소리를 하는 건가요? 미국의 정책은 항상 이렇게 움직였어요. 우리는 처음부터 외계인의 착륙을 원했다고요."

"그렇다면 그 정책을 표명하기 위한 당신의 노력이 대단히 서툴렀다고밖에 달리 할 말이 없네요." 스베렌센이 대답했다.

노먼은 자신이 제대로 들은 건지 믿기지 않아서 눈을 깜빡거렸다. 다른 이들을 쳐다봤지만, 그들의 얼굴에서는 노먼이 처한 상황에 대한 연민이 전혀 비치지 않았다. 처음으로 무슨 일이 일어나고 있는지에 대한 깨달음이 차가운 손가락처럼 그의 척추를 훑고 내려갔다. 노먼은 말없이 대답을 요구하며 그들의 얼굴을 하나씩 빠르게 쳐다봤는데, 프랑스 대표 달다니에가 눈길을 피하지 못하고 그에게 잡혔다.

"저로서는 미국의 대표가 끈질기게 부정적인 관점을 제출하지 않았다면, 대화가 더욱 생산적으로 진행되었을 가능성이 상당히 컸을 것으로 생각됩니다." 달다니에가 노먼의 이름을 언급하지 않으면서 말했다. 말하고 싶지 않았는데 대답을 강요당한 사람처럼 내키지 않는 말투였다.

"몹시 실망스럽네요." 브라질 대표 사라케스가 말했다. "난 달에 처음으로 인간을 보냈던 나라가 이보다는 낫길 바랐습니다. 언젠가 다시 토론이 이뤄지고, 잃어버린 시간을 되찾을 수 있길 바랍니다."

전체 상황이 미쳐 돌아가고 있었다. 노먼은 놀라서 할 말을 잃고 그들을 뚫어지게 쳐다봤다. 그들 모두가 이 음모의 일원이었다. 지구에 돌아가서도 이런 식으로 말하고, 문서 기록으로 뒷받침된다면, 무슨 일이 있었는지 노먼이 설명하더라도 믿을 사람이 없을 것이다. 그 자신조차도 벌써 이 상황을 믿어야 할지 확신이 서지 않았다. 하지만 그는 아직 브루노 기지를 떠나지 않았다. 분노가 치솟아 오르자, 자제력을 잃은 그의 몸이 떨리기 시작했다. 노먼은 자리에서 일어나서 탁자로 다가가 스베렌센을 똑바로 바라봤다. "이게 뭡니까?" 노먼이 위협적으로 따졌다. "이것 보세요. 당신은 자신이 강력한 힘을 가지고, 위엄과 품위가 있는 사람이라고 생각할지도 모르지만, 내가 여기 처음 도착했을 때부터 당신만 보면 역겨웠어요. 이제 다 잊어버립시다. 난 뭐가 어떻게 돌아가는 건지 알고 싶어요."

"여기로 개인적인 문제를 들고 오는 건 자제하시라고 강력히 권하고 싶습니다." 스베렌센이 말했다. 그리고 신랄하게 덧붙였다. "특히 당신처럼… 조심성 없는 사람은 말입니다."

노먼은 자신의 얼굴이 화끈거리는 게 느껴졌다. "대체 그게 무슨 소립니까?" 그가 따졌다.

"아, 이런…." 스베렌센이 인상을 찌푸리더니, 민감한 주제를 피하려는 사람처럼 눈길을 돌렸다. "당신이 그 미국인 동료와 벌였던 불륜을 사람들이 전혀 알아채지 못할 거라 기대하지는 않았겠죠. 정말로… 당황스럽고 부적절한 일입니다. 나로서는 그 문제에 대해서는 이 정도로 마쳤으면 좋겠습니다."

노먼은 믿기지 않는 표정으로 한동안 그를 노려봤다. 그리고 고개를 돌려 달다니에를 쳐다봤다. 프랑스인은 고개를 돌리고 음료수를 집어 들었다. 노먼이 사라케스를 보자, 그는 눈길을 피하며 아무 말도 하지 않았다. 마지막으로 남아프리카공화국에서 온 반 헤링크를 쳐다봤다. 그는 지금까지 쭉 듣고만 있었다. "그건 매우 어리석은 행동이었습니다." 반 헤링크는 마치 변명하듯 말했다.

"저 사람이!" 노먼이 스베렌센을 손짓으로 가리키며 다시 다른 사람들의 눈을 한 명씩 바라봤다. 이번에는 항의하는 눈빛이었다. "여러분은 저 사람이 저기에 서서 저런 소리를 뱉도록 놔둘 겁니까? 그 많은 사람 중에 다른 사람도 아니고 저 사람을? 설마 진심은 아니겠죠."

"당신의 말투를 좋게 받아들일 수 있을지 자신이 없습니다, 노면." 스베렌센이 말했다. "당신이 주장하려는 게 뭡니까?"

이 상황은 현실이었다. 스베렌센은 진짜 뻔뻔스러운 작자였다. 노먼은 허리춤에 불끈 쥔 주먹이 느껴졌지만, 내뻗고 싶은 충동을 억눌렀다. "그 문제도 내가 꿈이라도 꿨다고 할 건가요?" 노먼이 작은 소리로 말했다. "말리우스크 소장의 조수… 아무 일도 없었나요? 당신의 이 꼭두각시들이 그 문제에 대해서도 당신 편이 되어줄까요?"

스베렌센이 놀라는 척을 훌륭하게 연기했다. "혹시 당신이 말하려는 게 내가 생각하는 그런 내용이라면, 즉시 그 말을 철회하고 사과하라고 권하고 싶습니다. 그건 무례할 뿐 아니라, 당신 같은 지위에 있는 사람으로서는 품위를 손상하는 짓입니다. 한심하게 조작해낸 이야기로는 여기에 있는 사람들의 관심을 끌 수 없을 겁니다. 그리고 지구에서 자초한 좋지 않은 인상을 회복하는 데에도 전혀 도움이 될 것 같지 않습니다. 나는 당신이 이보다는 더 지적인 사람일 거라 여겼습니다."

"안 좋아, 너무 안 좋아." 달다니에가 고개를 절레절레 흔들며 음료수를 홀짝였다.

"이런 일은 처음이네…." 사라케스가 중얼거렸다.

반 헤링크는 불편한 표정으로 바닥을 내려다보며 아무 말도 하지 않았다.

그때 천장에 감춰진 스피커에서 나오는 호출 소리가 끼어들었다. "UN 대표단의 스베렌센 단장에게 전화가 왔습니다. 급한 용무라고 합니다. 스베렌센 단장은 통신실로 오시기 바랍니다."

"여러분, 저는 실례해야겠네요." 스베렌센이 한숨을 뱉으며 말했다. 그가 근엄한 얼굴로 노먼을 쳐다봤다. "나는 이 애석한 상황을 당신이 지구 밖의 환경에 적응하느라 어쩌다가 일어난 탈선으로 여기고, 더 이상 이에 대해 언급하지 않을 각오가 되어 있습니다." 스베렌센의 목소리가 좀 더 험악하게 바뀌었다. "하지만 우리가 이 시설을 벗어난 뒤에도 당신이 그런 중상모략을 계속해댄다면, 나는 훨씬 엄중한 견해를 따를 수밖에 없습니다. 만일 그렇게 된다면, 당신은 개인적인 상황이나 미래의 직업적인 전망에 결코 이롭지 못한 결과를 맞게 될 겁니다. 내 말이 제대로 전달되었길 바랍니다." 그 말을 마친 스베렌센은 고개를 돌리고 위엄 있는 모습으로 휴게실을 나갔다. 다른 세 명도 음료수를 서둘러 마시더니 재빨리 그 뒤를 따라갔다.

*

브루노 기지에서 마지막이 될 그날 밤, 노먼은 너무도 당혹스럽고 좌절감과 화가 치밀어서 잠을 이룰 수 없었다. 그는 일어나서 방 안을 서성이면서 일어났던 모든 일을 하나씩 되돌아봤다. 전체 상황을 하나의 관점으로 살펴봤다가 다시 다른 관점으로도 살펴봤다. 하지만 모든 상황에 들어맞는 패턴을 찾을 수 없었다. 다시 한 번 알래스카로 전화하고 싶은 유혹이 들었지만 참았다.

새벽 2시가 가까워졌을 때, 문에서 작은 노크 소리가 들렸다. 의자에 앉아 골똘히 생각에 잠겼던 노먼은 어리둥절한 표정으로 일어나 문을 열었다. 소브로스킨이었다. 소련인은 재빨리 방 안으로 들어와 노먼이 문을 닫을 때까지 기다렸다가 재킷 안에서 커다란 봉투를 꺼내더니 아무 말 없이 그에게 건넸다. 노먼이 봉투를 열었다. 안에 밝은 빨간색으로 테두리가 된 분홍색 서류철이 있었다. 앞에는 제목이 붙었다.

극비. 보고서 238/2[G/Nrs/FM].
노먼 H. 페이시 - 개인 약력과 기록.

노먼은 믿기지 않는 표정으로 서류철을 쳐다보다가 열어서 내용물을 재빨리 훑어봤다. 그리고 고개를 들어 말했다. "어떻게 이걸 입수했어요?" 그가 갈라진 목소리로 물었다.

"방법이 있지요." 소브로스킨이 모호하게 말했다. "이 서류에 대해 알고 있었나요?"

"난… 이런 게 존재한다는 믿을 만한 정보가 있었어요." 노먼이 조심스럽게 말했다.

소브로스킨이 고개를 끄덕였다. "당신이 이 서류를 안전한 곳에 보관하거나 태워버리고 싶어 할 거라는 생각이 들더군요. 유일한 복사본은 내가 이미 파괴했습니다. 이제 그 서류가 보내려던 곳으로 가지 않게 되었다는 사실을 알게 됐으니 안심해도 될 겁니다." 노먼은 너무 놀라서 할 말이 생각나지 않아 다시 서류철을 내려다봤다. "하나 더. 대표단의 회의를 기록한 아주 이상한 회의록을 우연히 발견했습니다. 내 기억과 전혀 다른 기록이더군요. 당신과 내가 읽고 승인했던 원래의 회의록으로 내가 바꿔치기했습니다. 뉴욕으로는 제대로 된 회의록이 갔다고 장담할 수 있습니다. 그게 티코 크레이터로 실려 나가기 전에 내가 수송용 행낭에 직접 봉인했거든요."

"하지만… 어떻게?" 노먼이 할 수 있는 말은 그게 다였다.

"당신에게 말해줄 의향은 조금도 없습니다." 소련인의 말투가 무뚝뚝했지만, 그의 눈이 장난기로 반짝거렸다.

마침내 세상의 모든 사람이 그의 적은 아니라는 메시지를 이해한 노먼이 갑자기 활짝 웃었다. "우리가 함께 앉아서 기록을 비교해볼 때가 된 것 같네요. 나한테 보드카는 없을 것 같은데, 진은 어때요?"

"내가 내린 결론도 바로 그랬습니다." 소브로스킨이 안주머니에서 종이 다발을 꺼내며 말했다. "진, 좋지요…. 내가 아주 좋아하는 술입니다." 그는 재킷을 문 옆에 걸고, 팔걸이의자에 편안하게 자리를 잡았다. 그사이 노먼은 잔을 가지러 옆방으로 가서 제빙기가 가득 차 있는지 확인했다. 긴 밤이 될 것 같은 느낌이 들었다.

19

가루스는 샤피에론호에서 28년이라는 세월을 보냈다. 고대 미네르바에서 예견된 이산화탄소의 증가를 제어하기 위해 일군의 과학자들이 대규모의 기상 및 지질 공학 프로그램을 주창했다. 하지만 그 계획은 극도로 까다로웠다. 상대적으로 태양에서 멀리 떨어진 미네르바에서 생명을 유지할 수 있도록 해주는 온실효과를 붕괴시켜서, 오히려 더욱 빠르게 행성을 살기에 적합하지 않은 곳으로 만들어버릴 위험이 크다는 사실이 모의실험에서 드러났다. 다른 과학자들이 이러한 위험에 대한 예방조치로 태양의 자체 중력을 조절해서 복사량을 증가시키는 방법을 제안했다. 기후 공학 프로그램을 계속 진행할 수 있게 하려는 발상이었다. 온실효과를 파괴할 정도로 불안정해지면, 태양 온도를 올려서 그 피해를 보정할 수 있다. 그러면 종합적인 측면에서 미네르바가 악화되는 상황을 막을 수 있다.

우선, 미네르바 정부는 사전 예비 조치로, 태양과 유사한 항성이지만 행성들에 생물이 없는 이스카리스에서 실물 크기의 실험을 진행하기 위해 샤피에론호에 과학 원정대를 태워서 파견했다. 그들은 계획대로 실험을 진행했다. 그러다 뭔가가 잘못되어 이스카리스가 신성으로 변하자, 샤피에론호는 당시 진행 중이던 주동력 시스템의 수리를 미처 마치지 못한 상태에서 도망쳐 나와야 했다. 제동 장치가 작동하지 않는 상태에서 최고 속도로 내던져진 샤피에론호는 내부의 시간으로 20년 넘게 태양계의 주변을 돌았는데, 복합적인 시간 팽창의 영향을 받아 나머지 우주에서는 백만 배의 시간이 흘러갔다. 그렇게 해서, 마침내 샤피에론호가 지구에 도착했다.

가루스는 우주선 학교의 계단식 교실 입구에 서서 빈 좌석들과 흠집투성이의 작업대, 교단, 반대편에 줄지어 있는 모니터를 바라보며 그 세월을 회상했다. 미네르바에서 그와 함께 출발했던 많은 이들이 이 날을 보지 못하고 죽어갔다. 가루스도 종종 아무도 이 날을 보지 못할 거라 생각했었다. 하지만 삶이란 게 언제나 그렇듯, 새로운 세대가 죽어간 이들을 대체했다. 텅 빈 우주에서 새로운 세대가 태어나고 자랐다. 그 아이들은 지구에 잠시 머물었던 때를 제외하고는 우주선 내부 외에는 다른 고향을 알지 못했다. 여러모로 가루스는 그 아이들 모두에게 아버지 같은 감정을 느꼈다. 가루스 자신의 믿음은 때때로 흔들렸지만, 아이들의 믿음은 흔들림이 없었다. 그리고 아이들이 전혀 의심하지 않았던 것처럼, 가루스는 그들을 새로운 고향으로 데리고 왔다. 이제 그들에게는 어떤 일이 일어날까? 가루스는 궁금했다.

그 날에 도달한 지금, 가루스는 여러 감정이 뒤섞인 기분을 느꼈다. 이성적인 부분에서는 당연히 기나긴 망명을 끝내고 마침내 자신들과 같은 종족과 재회했다는 사실을 기뻐했다. 하지만 그보다 깊은 곳에 있는 그의 다른 부분에서는 이 자그마한 자립적인 세계가 그리웠다. 여기는 그가 오랜 시간 동안 알고 있던 유일한 세상이었다. 우주선과 그 안의 삶의 방식, 그리고 자그맣고 긴밀하게 맺어진 공동체는, 가루스가 그들의 일부였던 것과 마찬가지로 그의 많은 부분을 차지하는 일부였다. 이제는 그 모든 게 끝났다. 그는 마술이나 다름없는 기술을 가진, 도저히 표현할 수 없이 압도적인 투리엔 문명과 수 광년의 우주와 항성들을 가로지르며 움직이는 수천억의 인구에 예전과 동일한 방식으로 소속감을 느낄 수 있을까? 샤피에론호에 탔던 가니메데인들 중에 투리엔 문명에서 소속감을 느낄 수 있는 사람이 있을까? 그렇지 못하다면, 그들은 다시 어디에서 소속감을 찾을 수 있을까?

한참 후 가루스는 방향을 돌려 우주선의 사령실로 그를 다시 데려다줄 수송 튜브로 가기 위해 삭막한 복도와 통신실을 지나 천천히 걷기 시작했다. 복도는 오랜 세월 지나는 발걸음으로 헤지고, 벽의 모서리는 수없이 오간 사람들에 닳아서 매끄러워졌다. 모든 흠집과 자국에는 그 세월을 지나는 동안 어딘가에서 일어났던 어떤 사건들의 이야기가 담겨 있다. 이제 이 모든 것들이 잊혀갈까?

어떤 면에서 가루스는 벌써 그걸 느끼고 있었다. 샤피에론호는 투리엔의 높은 궤도에 떠 있었고, 승무원 대부분은 지상에 준비된 숙소로 내려갔다. 대중적인 축하연이나 환영 행사는 없었다. 우주선을 가로챘다는 사실을 아직 비밀로 유지해야 했기 때문이었다. 지극히 소수의 투리엔인만 가루스와 샤피에론호의 승무원들이 존재한다는 사실을 알았다.

가루스가 사령실에 도착했을 때 쉴로힌이 모니터에 뜬 정보를 살펴보며 그를 기다리고 있었다. 가루스가 다가가자 쉴로힌이 돌아봤다. "우주선을 가로채는 작전이 이렇게 복잡한 건지 전혀 몰랐습니다. 어떤 물리학 분야는 정말로 놀라워요."
"왜 그런 거지?" 가루스가 물었다.
"이샨의 공학자들이 초공간 포트를 합성했습니다. 하나의 블랙홀이 한 방향으로는 입구 포트가 되고 다른 방향은 출구 포트로 기능할 수 있도록 만들었죠. 그래서 교체가 그렇게 빨리 이뤄질 수 있었던 겁니다. 우리가 들어가는 블랙홀의 반대 방향으로 모형이 나온 거죠. 하지만 그 상황을 제어하기 위해 그들은 1조 분의 1초 단위로 시간을 맞췄어요." 쉴로힌이 말을 멈추더니 가루스를 찬찬히 살폈다. "우울해 보이시네요. 무슨 일이 있나요?"
가루스가 애매한 몸짓으로 그가 방금 온 방향을 가리켰다. "아, 그냥… 우주선을 걸어 다녔어. 텅 비고 아무도 없는…. 여기서 오랜 시간을 지낸 탓인지 금방 익숙해지지 않네."
"네, 이해합니다." 쉴로힌의 목소리가 이해한다는 투로 가라앉았다. "그래도 대장님은 우울해하실 필요가 없어요. 약속한 일을 해내셨잖아요. 사람들은 얼마 지나지 않아 다시 자신들의 삶을 살아갈 거예요. 전보다는 나은 삶이 될 겁니다."
"그러길 바라야지." 가루스가 말했다.
그때 조락이 말했다. "방금 비자르를 통해 메시지를 받았습니다. 칼라자르 대통령이 지금 여유 시간이 생겼다고, 여러분이 준비되는 대로 만나고 싶답니다. 퀴이스라는 행성에서 만나자고 제안했는데, 여기에서 약 20광년 떨어진 곳입니다."
"곧 갈게." 가루스가 대답했다. 그들이 사령실을 나갈 때 가루스가 묘한 표정으로 고개를 절레절레 흔들었다. "난 앞으로도 이게 익숙해질지 자신이 없어."
"지구인들은 잘 적응한 것 같아요." 쉴로힌이 대답했다. "헌트 박사와 마지막으로 이야기했을 때, 박사는 지구에 있는 자기 사무실에 연결 장치를 설치할 방법을 찾고 있더라고요."

"지구인들은 뭐든지 잘 적응할 거야." 가루스가 한숨을 뱉으며 말했다.

그들은 투리엔인들이 설치해준, 감각 신경을 연결하는 휴대용 칸막이방 네 개가 줄지어 있는 방으로 들어갔다. 샤피에론호는 비자르가(따라서 칼라자르도) '방문'할 수 있도록 연결되어 있지 않았기 때문에, 이 칸막이방들이 투리엔의 시스템을 이용할 수 있는 유일한 수단이었다. 우주선이 궤도를 도는(즉, 자유낙하를 하는) 상태가 아니었다면, 그 장비의 통신 부품 안에 있는 극소형 블랙홀의 무게 때문에 갑판이 휘어져 버렸을 것이다. 가루스가 한 칸막이방으로 들어가자 쉴로힌도 다른 칸막이방으로 들어갔다. 가루스는 안락의자에 몸을 누이고 두뇌를 비자르에 연결했다. 얼마 지나지 않아 그는 퀴이스 80킬로미터 상공에 뜬 인공섬의 커다란 방 안에서 칼라자르 옆자리에 서 있었다. 몇 초 후 쉴로힌이 가루스 옆에 나타났다.

*

"지구인은 여러분이 판단하는 것보다 훨씬 현명합니다." 셋이 한참 동안 이야기를 나눈 뒤 가루스가 말했다. "우리는 그들과 함께 6개월 동안 살았기 때문에 잘 압니다. 가니메데인의 사고방식은 속임수를 파악하기 힘들지만, 지구인들에게는 속임수를 인식하는 게 생활 방식의 일부분입니다. 그들은 속임수에 대한 본능적인 감각이 있어서 금세 진실을 파악합니다. 그 사실을 계속 감추려는 시도는 그들이 진실을 알아냈을 때 우리 모두를 더욱 난처한 상황으로 몰아넣을 뿐입니다. 여러분은 지금 당장 지구인에게 사실대로 말해야 합니다."

"게다가 이건 가니메데인의 방식이 아닙니다." 쉴로힌이 말했다. "우리는 여러분에게 지구의 실제 상황과 우리가 어떻게 환영받았는지, 그리고 가능한 모든 방법으로 도움을 받았다는 사실을 이야기했습니다. 그 이전에 여러분이 지구인에게 가졌던 의심은 제블렌인이 거짓말로 보고했기 때문이었으므로 정당화할 수 있었습니다. 하지만 더 이상은 안 됩니다. 여러분에게는 지구인과 우리에게 당장 그 문제에 관해 전체적인 진실을 밝혀야 할 의무가 있습니다."

칼라자르는 조금 떨어진 곳에서 뒷짐을 지고 돌아서서 그들의 말을 곰곰이 되씹었다. 그들이 있는 방은 인공섬의 아래쪽에 타원형으로 돌출된 형태로 이루어졌다. 내부는 완만하게 경사진 투명한 벽으로 둘러싸였고, 벽 너머의 모든 방향으로 구름이 드문드문 떠 있는 자주색의 퀴이스 지표면이 내려다보였다. 벽의 바깥과 위쪽으로, 일련의 금속성 윤곽선과 돔, 돌출물들이 어렴풋이 보이는 거대한 섬은 부드럽게 곡선을 이루며 위쪽으로 시야에서 멀어져갔다.

"제블렌인이 샤피에론호를 파괴하고 지구에 그 책임을 뒤집어씌울 계획을 꾸밀 우려가 있다는 사실을 처음 인식했던 사람들이 지구인이라는 걸 떠올려보세요." 가루스가 칼라자르에게 상기시켰다. "투리엔인은 그런 생각을 전혀 못 했을 겁니다. 솔직히 말하죠. 지구인과 제블렌인이 사고하는 방식은 매우 비슷합니다. 가니메데인은 전혀 다르게 생각하죠. 우리는 포식동물이 아니고, 포식동물을 감지하는 기술을 갖도록 진화하지도 않았습니다."

"그리고 같은 이유로, 제블렌인이 꾸미고 있는 일의 진상을 정확히 파악하기 위해서는 지구인의 도움이 필요하다는 사실을 여러분이 깨닫게 될 겁니다." 쉴로힌이 거들었다. "여러분은 제블렌인이 수

년간 지구에 대한 보고서를 체계적으로 위조한 이유를 조금이라도 밝혀냈나요?"

칼라자르가 벽에서 고개를 돌려 다시 그들을 쳐다봤다. "아니요." 그가 인정했다.

"수년 동안." 가루스가 신랄한 말투로 반복했다. "그리고 달의 뒷면에서 보낸 무전이 도착하기 전까지 여러분은 전혀 의심하지 않았습니다."

칼라자르가 한참 동안 생각하더니 한숨을 뱉으며 체념하듯 고개를 끄덕였다. "여러분의 말이 맞아요. 우리는 전혀 의심하지 않았습니다. 최근까지도 제블렌인들이 우리의 과학과 문화에 대한 열정적인 학생으로서 우리 사회에 잘 융합되었다고 믿었습니다. 우리는 그들을 우리와 함께 다른 세계들로 뻗어 나갈 협력적인 시민으로 바라봤습니다." 칼라자르가 자신의 뒤쪽 아래를 손짓으로 가리켰다. "여기도 그런 예입니다. 우리는 제블렌인이 자율적으로 관리하고, 완벽하게 자치적인 행성을 세울 수 있도록 도와주기까지 했습니다. 그 행성이 우리와 협력하며 은하계를 가로지르는 새로운 문명의 요람이 되리라 믿었죠."

"음, 어딘가에서 뭔가가 확실히 심하게 잘못됐네요." 쉴로힌이 말했다. "무엇이 왜 잘못되었는지 알아내려면 지구인의 사고방식이 필요할지도 모릅니다."

칼라자르가 그들을 다시 한참 바라보다가 다시 고개를 끄덕였다. "지구와 관련된 문제의 처리는 공식적으로 프레누아 쇼음이 담당하고 있습니다. 이에 대해 그녀에게 이야기해줘야 합니다. 지금 쇼음을 여기로 부를 수 있을지 알아보겠습니다." 칼라자르가 고개를 돌리더니 살짝 큰 소리로 외쳤다. "비자르, 프레누아 쇼음에게 시간 여유가 있는지 알아봐. 여유가 되면, 여기서 우리가 나눈 대화를 보여주고, 다 본 뒤에 여기에 와서 우리와 함께 이야기를 나눌 의사가 있는지 물어봐."

"확인해보겠습니다." 비자르가 대답했다.

잠시 침묵이 흐른 뒤 쉴로헌이 말했다. "브라닉스에서 열렸던 회의 영상을 봤는데, 그녀가 지구인을 아주 좋아한다는 생각은 들지 않더군요."

"쇼음은 지금껏 제블렌인을 한 번도 믿지 않았습니다." 칼라자르가 대답했다. "그녀의 그런 감정이 지구인에게까지 확장된 모양입니다. 그리 놀랄 일은 아니죠." 다시 잠시 침묵이 흐른 뒤 그가 말을 이었다. "퀴이스는 흥미로운 행성입니다. 지표면의 넓은 면적에 걸쳐서 새롭게 나타난 지적인 종족이 퍼져 있죠. 예전에 제블렌인들은 이와 비슷한 많은 행성을 우리의 체제로 끌어오는 일에 협력했습니다. 그들에게는 가니메데인으로서는 쉽지 않은 방식으로 원시 종족을 다루는 천부적인 재능이 있는 것 같습니다. 그 말이 무슨 뜻인지 예를 하나 보여주겠습니다. 비자르, 내가 예전에 봤던 그 장소의 다른 영상을 보여줘."

방의 중앙 부위에서 위쪽으로 3차원 영상이 나타났다. 바위를 자르거나 진흙을 구워 만든 벽돌을 이용해 특이한 곡선 모양으로 세운 조잡한 건물들로 이루어진 마을을 내려다보는 영상이었다. 사람들이 다른 건물들보다 크고 눈에 띄는 전당 아래에 모여 있었다. 전당은 여섯 면에서 넓고 납작한 계단이 가장 높은 상단까지 올라가고, 꼭대기에는 경사로와 기둥이 설치되었다. 가루스가 전당을 봤더니, 지구에 머무는 동안 봤던 고대 성전과 어렴풋이 비슷한 느낌이 들었다. 한쪽 계단 아랫단 앞에 있는 공간에 사람들이 빼곡하게 몰렸다.

"퀴이스는 아직 비자르에 통합되지 않았습니다." 그들이 영상을 바라보는 동안 칼라자르가 알려줬다. "그래서 저 아래로는 내려갈 수 없습니다. 궤도에서 고해상도로 촬영한 영상을 여러분의 시각피질에 투사한 것입니다."

영상이 확대되면서 좁은 구역을 비췄다. 군중은 두 발과 두 팔, 머리 하나가 달렸다. 그들이 거칠게 자른 옷으로 덮지 않은 부분들은 피부가 아니라 분홍색의 반짝이는 결정체처럼 보였다. 그들의 머리는 세로로 길었고, 머리 위와 뒤쪽을 불그스름한 매트로 덮었다. 그들의 팔다리는 길고 가늘었는데, 흐르듯 우아하게 움직여서 가루스가 보기에는 묘한 매력이 있었다.

군중들 위로 계단 꼭대기에 자리 잡은 다섯 사람이 높이 솟은 복잡한 머리 장식과 옷가지를 휘날리며 꼼짝 않고 서 있는 모습을 보고 가루스의 놀란 눈이 커졌다. 그들은 군중들을 경멸하는 듯 쌀쌀한 눈길로 내려다보는 것 같았다. 그리고 그때 가루스는 그 가냘픈 분홍색 외계인들의 움직임이 어떤 의미인지 깨달았다. 그 움직임은 애원과 공경을 나타냈다. 거의 숭배라고 할 수 있었다. 가루스가 갑자기 고개를 돌려 의아한 표정으로 칼라자르를 쳐다봤다.

"퀴이스인들은 제블렌인을 신이라고 생각합니다." 칼라자르가 설명했다. "저들이 하늘에서 신비한 배를 타고 내려가 기적을 일으켰으니까요. 제블렌인은 그런 기술을 여러 차례 실험했었습니다. 원시적인 종족을 야만 상태에서 문명으로 이끌고 가기 전에, 그들을 진정시키고 제블렌인을 존경하고 신뢰하도록 주입하는 거죠. 제블렌인들은 오랜 시간 동안 감시하며 관찰해온 지구에서 그런 발상을 얻은 게 틀림없습니다."

쉴로힌이 생각에 잠긴 얼굴로 물었다. "저게 현명한 방법일까요?

저 사회가 저런 불합리를 바탕으로 건설된다면, 어떻게 저 종족이 이성적인 방식으로 발전해서 환경을 효과적으로 통제할 거라고 기대할 수 있죠? 우리는 지구에서 어떤 일이 일어났었는지 알고 있습니다."

"여러분이 그렇게 이야기를 할지 궁금했습니다." 칼라자르가 말했다. "나도 같은 의문을 품고 있었습니다. 최근 사건들이 벌어지기 전까지 우리가 제블렌인들을 너무 믿었던 거겠죠." 그가 진지한 얼굴로 고개를 끄덕거리며 말을 이었다. "우리는 그리 머지않은 미래에 큰 변화가 일어나는 모습을 지켜보게 될 겁니다."

다른 사람이 대답하기 전에 비자르가 그들에게 알려줬다. "프레누아 쇼음이 지금 여러분에게 합류할 겁니다."

"저 영상은 더 이상 필요 없어." 칼라자르가 말했다. 퀴이스의 영상이 사라지고, 몇 초도 지나지 않아 쇼음이 칼라자르 옆에 서 있었다.

"저는 그 생각에 동의하지 않습니다." 쇼음이 단도직입적으로 말했다. "지구인들은 제블렌인과 대결하려 할 겁니다. 그러면 온갖 문제가 일어날 수 있어요. 전체 상황은 이미 충분히 복잡합니다."

"하지만 우리가 제블렌인에게 지구의 감시를 맡겼잖아요." 칼라자르가 지적했다. "우리가 그 결과를 받아들여야 하지 않을까요?"

"우리가 그들에게 시킨 게 아닙니다." 쇼음이 말했다. "당시 투리엔 행정부가 허용할 때까지, 그들이 주장하고 강력히 요구했었습니다. 사실상 제블렌인이 그 일을 '차지한' 겁니다." 쇼음이 걱정스러운 표정으로 고개를 저었다. "그리고 우리의 조사에 지구인을 참여시키자는 발상은 우려스럽습니다. 저는 지구인에게 투리엔 수준의 기술에 접근할 수 있도록 하자는 생각에 동의하지 않습니다. 월인들에게 무슨 일이 일어났었는지 떠올려보세요. 그리고 제블렌인이 자기네만의 비자르를 손에 넣었을 때 무슨 짓을 했는지 보세요. 이건 그 종 모두에 대한 단순한 사실입니다. 그들의 손에 발전된 기술을 쥐여 주면, 그들은 그 기술을 악용합니다." 쇼음이 가루스와 쉴로힌을 바라봤다. 그리고 다시 칼라자르를 바라봤다. "우리가 걱정했던 대상은 샤피에론호였습니다. 그건 이제 투리엔에 안전하게 있습니다. 나머지 일을 저한테 맡겨 주신다면, 저는 당장 지구와 연결을 끊고, 우리가 제블렌인과의 문제를 바로 잡을 동안 그들을 완전히 떼어놓을 겁니다. 우리에겐 지구인이 필요 없습니다. 그들은 더 이상 쓸모가 없습니다."

"그 말에 반대합니다!" 가루스가 소리쳤다. "우리는 지구인을 친한 친구로 여깁니다. 그들의 도움이 없었더라면, 우리는 투리엔까지 올 수 없었을 겁니다. 우리는 그렇게 간단히 그들을 무시할 수 없습니다. 그건 샤피에론호에 있던 모든 가니메데인에 대한 모독입니다."

칼라자르가 대답하기 전에, 비자르가 끼어들어 다른 소식을 전달했다. "다시 실례합니다. 하지만 포르딕 이샨이 여러분의 논의에 참여하고 싶다고 요청했습니다. 급한 일이랍니다."

"글쎄, 이 문제가 몇 분 내로 해결될 것 같지는 않네요." 칼라자르가 말했다. "알았어, 비자르. 이샨을 참여시켜."

즉시 이샨이 나타났다. "저는 지금 헌트 박사와 단체커 교수를 투리엔에 남겨두고 왔습니다." 그가 말했다. 투리엔인들은 비자르에 너무도 익숙해서, 항상 나타나자마자 단도직입적으로 말했다. "저도 반쯤은 예상했는데…, 그들이 제블렌인에 대해 알아냈습니다. 우리에게 제블렌인에 대해 모두 이야기해달라고 요구하고 있습니다."

칼라자르가 놀란 얼굴로 그를 뚫어지게 쳐다봤다. 다른 이들도 모두 똑같이 깜짝 놀랐다. "어떻게?" 칼라자르가 물었다. "어떻게 그들이 알아낸 거죠? 비자르가 지구로 가는 데이터 흐름에서 제블렌에 관한 모든 자료를 걸러냈잖아요. 그들은 어떤 영상에서도 단 한 명의 제블렌인도 볼 수 없었습니다."

"그들은 여기에 인간이 있다고 추론해냈습니다." 이샨이 앞서 했던 발언을 수정해서 대답했다. "그리고 지구에 대한 감시가 인간에 의해 운영되었던 게 틀림없다고 파악했습니다. 우리는 뭔가 대답을 해줘야 합니다. 저는 그들에게 계속 핑계를 댈 수 있을 거라 생각하지 않습니다. 특히 단체커 교수에게는요."

가루스가 칼라자르와 쇼음을 돌아보면서 양손을 펼쳤다. "이렇게 말하기는 싫지만, 제가 말했던 게 바로 이겁니다. 여러분은 지구인에게 비밀을 감출 수가 없어요. 당장 그들에게 말해줘야 합니다." 칼라자르가 질문을 던지듯 쇼음을 바라봤다.

쇼음은 마음속으로 다른 대안을 찾아봤지만, 전혀 떠오르지 않았다. "좋습니다." 그녀가 짜증스러운 얼굴로 동의했다. "그래야 한다면 할 수 없죠. 우리가 함께 있을 때 그들을 여기로 불러와서 사실을 말해주는 게 좋겠습니다."

"비자르. 캐런 대사는 어때?" 칼라자르가 물었다. "그녀도 지금 시스템에 연결되어 있나?"

"캐런 대사는 투리엔에서 오래전의 감시 보고서를 점검하고 있습니다." 비자르가 대답했다.

"그렇다면 그녀도 초대해서 참여시켜." 칼라자르가 지시했다. "그들이 준비되는 대로 모두 여기로 데려와."

"잠깐만요." 잠시 침묵이 이어졌다. 그러더니, "캐런 대사가 방금 기록들을 맥클러스키 기지로 복사하는 일을 마쳤습니다. 그녀는 30초 내로 여기로 올 겁니다." 동시에 헌트와 단체커가 가운데에 나타났다.

"난 아직도 이게 전혀 익숙해질 것 같지 않아." 가루스가 쉴로힌에게 중얼거렸다.

20

"우리는 인류의 문명이 시작되었을 때부터 지구를 감시해왔습니다." 칼라자르가 분명하게 밝혔다. "대부분의 시간 동안 그 업무는 우리 사회에서 제블렌인이라고 불리는 종족이 맡아왔습니다. 지금까지 우리는 그 종족이 여러분의 눈에 띄지 않도록 막았습니다. 여러분이 이미 스스로 추론해냈듯이, 제블렌인은 형태적으로 완벽한 인간입니다."

"호모 사피엔스가 다소… 격렬해서요." 추가적인 설명이 필요하다고 느낀 듯 프레누아 쇼음이 덧붙였다. "인간은 경쟁하려는 본능이 강합니다. 우리는 그 사안이 잠재적으로 민감한 문제라고 생각했습니다. 그런 문제가 내일 드러날 수도 있겠지만, 오늘 일단 말한 내용이 다시 철회되는 일은 없을 겁니다."

"봤지." 단체커가 아주 만족스러운 표정으로 헌트를 바라보며 목소리를 높였다. 단체커의 반대편에는 캐런 대사가 서 있었다. "내가 주장했듯이… 미네르바에서 투리엔으로 이주하던 당시 데려간 고대

영장류 계통에서 진화한 독립적인 인간종이 있었던 거야."

"어…, 그건 아닙니다." 칼라자르가 미안한 표정을 지으며 말했다.

단체커가 눈을 껌뻑이더니, 모욕을 당한 듯한 표정으로 외계인을 노려봤다. "다시 말해주겠습니까?"

"제블렌인은 그보다 호모 사피엔스에 훨씬 더 가깝습니다. 사실, 그들은 여러분과 마찬가지로 5만 년 전 월인의 후손입니다." 칼라자르는 걱정스러운 표정으로 쇼음을 보더니, 다시 지구인들을 바라보며 그들의 반응을 기다렸다. 가루스와 쉴로힌은 조용히 기다렸다. 그들은 이미 전체적인 이야기를 알고 있었다.

헌트와 단체커는 혼란스러운 얼굴로 서로 마주 보고, 다시 가니메데인들에게로 눈길을 돌렸다. 월인 생존자들은 달에서 지구로 왔다. 어떻게 월인이 투리엔에 올 수 있었지? 유일하게 가능한 방법은 투리엔인들이 그들을 여기로 데려오는 것이다. 하지만 투리엔인이 어디서 월인들을 데려올 수 있었을까? 미네르바의 생존자는 존재할 수 없었다. 헌트의 머릿속에서 갑자기 너무 많은 질문이 끓어 넘치기 시작해서, 어디서부터 시작해야 할지 감이 잡히지 않았다. 단체커도 비슷한 문제가 있는 듯했다.

마침내 캐런 대사가 입을 열었다. "처음으로 돌아가서 기본적인 문제들부터 살펴보죠." 그녀가 칼라자르를 쳐다보며 말했다. "우리는 여러분이 미네르바에서 투리엔으로 떠날 때 남겨둔 지구의 조상으로부터 월인이 진화했다고 추론했습니다. 이 추정은 맞습니까? 아니면 뭔가 빠졌나요?"

"그 추론은 정확합니다." 칼라자르가 대답했다. "여러분이 추측했던 거의 그대로, 5만 년 전 그들은 상당히 발전된 수준의 기술을 가진 문명으로 성장했습니다. 그 지점까지는 여러분이 재구성했던 추론과 일치합니다."

"아무튼, 그걸 알게 돼서 다행입니다." 캐런 대사가 고개를 끄덕이며 안심한 목소리로 말했다. "그렇다면 그때부터 어떤 일들이 일어났는지 사건이 일어난 순서대로 이야기해주시면 어떨까요?" 그녀가 제안했다. "그렇게 하면 불필요한 질문을 줄일 수 있을 겁니다."

"좋은 생각입니다." 칼라자르가 동의했다. 그는 잠시 생각을 정리하더니, 세 사람을 한 명씩 쳐다본 뒤 계속 이야기를 이어갔다. "가니메데인이 투리엔으로 이주할 때, 그들은 미네르바의 진행 상황을 지켜보기 위해 관측 시스템을 남겨뒀습니다. 당시는 오늘날 우리가 가진 수준의 정밀한 통신 기술을 갖지 못했기 때문에, 그들이 받는 정보는 파편적이고 불완전했습니다. 그래도 어떤 일이 일어나고 있는지는 상당히 잘 이해할 수 있는 수준이었습니다. 어쩌면 여러분은 당시 감지기들에 촬영된 미네르바를 보고 싶을지도 모르겠네요." 칼라자르가 비자르에게 지시를 내리더니, 몇 발자국 뒤로 물러나서 방의 가운데 부분을 쳐다봤다. 커다란 3차원 영상이 나타났는데, 마치 손으로 만질 수 있을 것처럼 실감 났다. 그건 한 행성의 영상이었다.

헌트는 미네르바의 모든 해안선과 지표면의 모습을 기억해서 알고 있었다. 최근 몇 년간 가장 기념할 만한 발견은 '찰리'였다. 찰리는 달에서 발굴 작업을 진행하던 중 드러난, 우주복을 입은 월인이었다. 사실, 찰리의 발견으로 시작된 조사 덕분에 샤피에론호가 등장하기도 전에 미네르바와 가니메데인의 존재를 입증했었다. 항해통신본부 연구자들은 찰리에서 발견된 지도를 이용해 그 행성을 2미터 지름의 모형으로 재구성할 수 있었다. 하지만 지금 헌트가 보고 있는 영상에는 그가 모형에서 봤던 거대한 빙하 지대와 가느다란 적도 지대가 보이지 않았다. 두 개의 땅덩어리가 있긴 했지만, 윤곽선이 상당히 달랐다. 그리고 현재 지구의 극지방보다 별로 크지 않은, 그들이 만들었던 모형에서보다 훨씬 작은 남극과 북극의 빙하 지대까지 대륙 일부가 뻗어 나갔다. 저건 월인이 존재하기 이전, 2천5백만 년 전의 미네르바였다. 영상은 당시의 모습을 생생하게 보여줬다. 이건 지도로 재구성했던 단순한 모형이 아니었다. 헌트가 단체커를 돌아봤지만, 넋을 잃은 교수는 반응이 없었다.

그리고 다음 10분 동안, 그들은 궤도에서 근접 촬영한 영상이 재생되는 모습을 보고 들었다. 1분에 2백만 년씩 흐르는 영상에는 지구에서 수입한 동물들이 진화하며 확산하고, 미네르바의 토종 생물들을 멸종시키고, 적응하고 퍼져가는 모습이 나왔다. 그러다 마침내 인공적으로 변형되었던 지구의 영장류 계통에서 처음으로 사회적인 유인원이 나타났다.

진행되는 양상은 지난 몇 년간 지구에서 추론했던 내용과 아주 흡사했다. 2028년까지는 모두 이런 과정이 미네르바가 아니라 지구에서 일어났던 것으로 잘못 추측하거나, B.C. 5만 년 이전의 화석을 다른 인간종으로 판단했었다. 그런데 지구의 인류학자들이 만든 이론에는 한 번도 등장하지 않았던, 전혀 예상치 못했던 단계가 있었다. 유인원 시대 초기에 일정 기간 동안 물에서 생활하는 반수생(半水生) 환경으로 돌아간 종들이 있었다. 대개는 육지의 포식자들을 상대할 수 있는 육체적인 조건을 갖추지 못한 탓이었다. 그래서 그 종들은 고래나 다른 수생 포유류가 거쳤던 길을 가기 시작했지만, 그들이 스스로를 보호할 수 있는 다른 수단을 갖출 수 있을 정도로 지능이 향상하자, 다시 육지로 되돌아왔다. 그들의 직립 자세와 적은 체모, 엄지와 검지 사이의 물갈퀴 흔적, 눈물샘에서 염분이 분비되는 기능, 그리고 지구의 과학자들이 오랜 세월 논쟁해왔던 몇 가지 특성은 이 단계로 설명이 된다. 나중에 단체커가 일주일 내내 그 이야기만 해대자, 헌트는 시간이 될 때 이샨과 다시 이야기를 나눠보라고 그를 설득했다.

도구와 불을 발견한 후 부족을 이루고, 사회 질서의 발전에 따라 원시적인 수렵과 채집 경제가 농업과 도시 건설을 거쳐 과학의 발견과 산업화의 시작으로 이어졌다. 헌트가 볼 때, 이 부분도 지구 인류의 역사와 달랐다. 월인은 그들이 하는 모든 일에 실용적이고 현실적인 방법을 채택했다. 수천 년 동안 지구인이 자신들의 문제를 해결하기 위해 미신이나 마술 같은 것들에 헛되게 의지하며 헤맸던 모습과는 달리, 그들은 자원과 재능을 효과적으로 활용했다. 초기의 사냥꾼에게는 더 나은 무기와 뛰어난 기술이 성공을 보장해줬다. 상상 속에나 존재하는 신의 변덕을 달래줄 필요가 없었다. 농사꾼에게는 식물과 땅, 자연에 대한 더 나은 지식이 수확을 증가시켰다. 제사와 주술은 그렇지 않았으므로 곧 버려졌다. 그리고 그리 오래지 않아, 측정과 관찰, 이성의 힘이 우주를 지배하는 법칙을 밝히고, 에너지를 동력으로 이용하고, 부를 창조하는 새로운 지평을 열었다. 그 결과로 월인의 과학과 산업은 하룻밤 사이에 버섯처럼 쑥쑥 자라났다. 일관성 없이 비틀거리고, 더듬거리는 행태를 수없이 반복한 후에야 계몽을 향해 나아갔던 지구와 비교되었다.

월인에 대한 정보를 복원했던 지구의 과학자들은 월인이 구제불능으로 공격적이고 호전적인 종족이라서 발전된 기술을 갖게 되자 결국 스스로를 파괴했다고 추측했었다. 이제 헌트와 다른 이들은 이 영상을 통해 그런 이미지가 아주 정확한 건 아니었다는 사실을 알게 됐다. 월인의 역사에서 초기에는 불화와 싸움이 종종 있었다. 그건 사실이었다. 하지만 산업시대로 접어들자 그런 일이 드물어졌다. 더 위대한 공동의 목표가 미네르바의 나라들을 하나로 묶었다. 과학자들이 환경 조건이 악화하고 있다는 사실을 깨달은 것이다. 미네르바에 빙하시대가 다가오고 있었다. 그래서 수 세기 내에 더 따뜻한 행성으로 그들을 이동시켜줄 수 있는 과학을 서둘러서 발전시키는 일에 종족 전체가 뛰어들었다. 당시 천문학자들은 가장 유망한 후보로 화성과 지구를 꼽았다. 생존이 달려 있었으므로, 내부 분쟁에 낭비할 자원이 없었다. 그런데….

최후의 파멸적인 전쟁이 일어나기 2백 년 전 어떤 일이 발생해서 상황이 완전히 바뀌었다. "그때까지 이 종족이 선천적으로 가지고 있던 극단적인 유전적 불안정성의 결과일 수도 있습니다. 당시 월인들은 증기를 동력으로 이용할 줄 알았고, 전기를 막 연구하기 시작하고 있을 때였는데, 뛰어난 한 종족이 갑자기 나타나 그 행성에 존재하던 다른 어떤 종족들보다 앞서서 엄청난 속도로 발전해갔습니다. 정확히 언제, 어디에서 그들이 나타났는지는 우리도 모릅니다. 초기에 그들은 숫자상으로 아주 적었지만, 빠르게 확산하며 다른 종족을 합병해나갔습니다." 칼라자르가 설명했다.

"그때 행성이 양극단으로 나뉘기 시작했나요?" 캐런 대사가 물었다.

"네." 칼라자르가 대답했다. "그 뛰어난 종족이 '람비아'가 되었습니다. 람비아는 철저히 무자비했습니다. 그들은 전체주의적인 군국주의 정권을 형성하고, 다른 국가들이 저항할 힘을 모으기 전에 행성의 많은 지역을 힘으로 눌렀습니다. 그들의 목표는 미네르바의 산업과 기술적 능력을 통제해서 자신들만이 지구로 떠날 수 있도록 보장을 받는 것이었습니다. 이는 여러 나라가 단결해서 추진해왔던 목표를 탈취하겠다는 뜻이었습니다. 항복은 전멸을 의미했습니다.

다른 나라들은 단결해서 무장하고, 자신들의 안전을 방어하는 것 외에는 다른 선택을 할 수 없었습니다. 그들이 '세리오스'가 되었습니다. 결국 두 나라는 목숨을 건 싸움으로 나갈 수밖에 없었습니다."

헌트는 미네르바가 차츰 하나의 거대한 군대로 바뀌고, 전쟁을 준비하기 위해 기계를 제작하는 모습을 더 지켜봤다. 그는 일어나고 있는 비극적 상황을 보면서 오싹한 느낌이 들었다. 그들은 그럴 필요가 전혀 없었다. 월인 종족 전체가 지구로 두 번은 갈 수 있는 것보다 많은 노력이 군사력에 투입되었다. 그 상황에서 람비아인이 나타나지 않았더라면, 미네르바의 사람들은 지구로 갔을 것이다. 그들은 수천 년을 보내고, 이제 2백 년 정도만 더 노력하면 전멸에서 살아남아 문명을 보존할 수 있는 목표에 도달할 수 있었는데, 바로 그때 그 기회를 모두 버렸다.

비자르가 전쟁 장면을 보여주기 시작했다. 도시들을 증발시킨 수 킬로미터의 불덩이가 일으킨 충격으로 행성이 진동했다. 바다가 끓고, 불타는 숲은 불모의 잿빛 양탄자가 되었으며, 대기가 요란하게 몸부림치며 뒤틀렸다. 곧 연기와 먼지의 장막이 지표면을 완전히 덮어 행성 전체가 검붉은색의 더러운 구로 바뀌었다. 붉은 점들이 보이더니, 서서히 흔들거리는 노란색이 나타났다. 처음에는 뚝뚝 떨어진 채로 어렴풋이 커지더니, 더 밝아지고 넓게 퍼져나갔다. 그리고 하나로 합쳐지며 대륙이 찢겨 나갔다. 행성의 내부가 폭발하며 진공 속으로 지각의 파편들을 내던졌다. 소행성들이 태어났다. 그리고 나중에 명왕성이 될 덩어리가 잘려나가며 종족 전체의 묘지가 되어 태양으로부터 멀어져갔다. 가루스와 쉴로힌은 이 장면을 전에 봤었지만, 입을 꾹 다물고 있었다. 여기 참석한 사람 중에 미네르바를 고향으로 인식하는 사람은 오로지 그들뿐이었다.

칼라자르는 분위기가 밝아질 때까지 기다렸다가 계속 말을 이었다. "가니메데인은 초기의 월인 조상들에게 유전공학으로 간섭했던 사실 때문에 양심의 가책으로 오랫동안 힘들어했습니다. 그래서 미네르바에 대한 가니메데인의 정책은 그들의 일에 개입하지 않는다는 것이었습니다. 여러분은 방금 그 결과를 보셨습니다. 그 참화 이후 소수의 생존자가 달에 남아서 살아갈 희망을 잃은 채 갇혀 있었습니다. 그때쯤 투리엔에서는 통신과 물체의 순간이동을 가능하게 해줄 블랙홀 기술이 완성되었기 때문에, 가니메데인은 그 상황을 실시간으로 알 수 있었고, 개입할 수도 있었습니다. 자신들의 정책이 낳은 결과를 목격한 후라서, 그들은 그저 한쪽으로 비켜서서 생존자들이 죽어가도록 놔둘 수 없었습니다. 그래서 가니메데인은 구조대를 조직해서 큰 비행선 여러 대를 달과 미네르바 근처로 보냈습니다."

칼라자르가 방금 한 말에 함축된 의미를 헌트가 이해하는 데에는 잠시 시간이 필요했다. 그가 돌연 놀란 눈으로 칼라자르를 쳐다봤다. "태양계 밖이 아니고요?" 헌트가 물었다. "항성계 내부에는 큰 블랙홀을 만들지 않는다고 하지 않았었나요?"

"그때는 비상 상황이었습니다." 칼라자르가 대답했다. "가니메데인들은 규칙을 한 번 무시하기로 결정했습니다. 허비할 시간이 없었으니까요."

그게 의미하는 바를 깨닫자 헌트의 눈이 커졌다. 바로 그렇게 해서 명왕성이 그 위치로 갈 수 있었던 것이다! 그리고 바로 그게 미네르바와 달의 중력 결합을 끊어버렸다. 이 간단한 한마디 덕분에 항해통신본부에 있는 헌트의 연구원 중 절반이 할 일을 잃어버렸다.

"그렇다면 인류의 월인 조상은 달을 타고 지구에 오지 않았겠군요." 캐런 대사가 말했다. "가니메데인이… 그들을 지구로 데려왔군요. 달은 나중에 지구로 온 거고요."

"네." 칼라자르가 간단하게 대답했다.

그 대답은 다른 수수께끼도 해결해줬다. 그 과정을 계산한 모든 수학 모형에서 달이 미네르바에서 지구의 궤도로 이동하는 데에는 많은 시간이 걸렸다. 달에서 지구까지 오는 데에 필요한 자원은 차치하더라도, 과연 한 줌도 안 되는 월인 생존자가 그 긴 시간을 버틸 수 있었을지 많은 이들이 의심했다. 하지만 그 방정식에 가니메데인의 개입을 추가하자 모든 게 바뀌었다. 가니메데인의 도움으로 소수의 월인은 자신을 위한 안전한 정착지를 건설하고, 그들의 문화를 재건할 출발점을 만들 수 있었을 것이다. 그렇다면 그들은 왜 미개한 상태로 추락해서 회복하는 데에 수만 년이나 걸렸던 걸까? 나중에 지구에 잡힌 달에 의해 일어난 지각의 대격변이 유일한 해답이 될 수 있을 것이다. 헌트는 진실이 너무도 얄궂다는 생각이 들었다. 월인들이 지구에 도착한 후 자신들의 달에 뒤통수를 맞지 않았다면, 그들은 B.C. 4만5천 년이 채 되기 전에 다시 우주로 나아갈 수 있었을 것이다.

"하지만 모든 이들을 지구로 데려간 건 아니었던 거죠." 단체커가 단정적으로 말했다. "다른 집단을 투리엔으로 데려갔고, 그들이 나중에 제블렌인이 되었겠네요."

"그렇습니다." 칼라자르가 그 생각을 확인해줬다.

"그 사태를 겪고 나서도," 쇼음이 설명했다. "세리오스인과 람비아인은 함께 어울리지 못했습니다. 람비아인이 문제의 원인이었기 때문에, 당시의 가니메데인들은 람비아인을 투리엔으로 데려가는 게 더 낫겠다고 판단했습니다. 희망이긴 했지만, 가니메데인의 방식과 사회에 융합시키려고 한 거죠. 세리오스인은 그들의 요구에 따라 지구에 데려다줬습니다. 그들이 재건할 수 있도록 지속적인 지원을 하겠다고 제안했지만, 그들이 거절했습니다. 그래서 대신 그들을 계속 지켜볼 수 있는 감시 시스템이 설치되었습니다. 무엇보다 그들을 보호하기 위한 것이었죠." 헌트가 놀랐다. 감시 시스템이 그렇게 오래전에 설치되어 있었다면, 가니메데인은 자신들이 건설하도록 도와준 정착지가 붕괴한 사실을 알았을 것이다. 왜 가니메데인은 그런 일이 일어나게 내버려뒀던 걸까?

"그러면 다른 사람들… 람비아인은 어떻게 알아낸 건가요?" 캐런 대사가 물었다. "그들은 그렇게 오래전부터 감시를 진행하지는 못했을 겁니다. 어떻게 그들이 감시 시스템을 손에 넣은 거죠?"

칼라자르가 묵직하게 한숨을 토해냈다. "람비아인은 당시 투리엔인에게 골치 아픈 문제를 많이 일으켰습니다. 그들의 문제가 너무 심각한 탓에, 달이 지구에 잡히면서 광범위한 재난이 일어나서 지구에 뿌리를 내리기 시작하던 세리오스인 사회의 허약한 초기 기반이 파괴되었을 때, 투리엔인은 그 상황을 그냥 내버려두기로 했습니다. 투리엔인은 자신들의 고향에서 일어난 문제들 때문에, 또 다른 인류의 문명이 앞뒤 가리지 않고 발전해나가는 모습을 그다지 보고 싶어 하지 않았거든요. 미네르바의 재난이 반복될 거라 여겼죠." 칼라자르는 그런 생각이 맞든 틀리든 당시는 그랬다는 듯 어깨를 으쓱하더니, 설명을 다시 이어갔다. "하지만 시간이 지나고, 람비아인의 새로운 세대가 꾸준히 나타났다가 사라지는 사이 상황이 점차 개선되는 것처럼 보였습니다. 그들이 가니메데인의 사회에 완전히 융합될 수 있을 것 같은 징후들이 나타났습니다. 그래서 가니메데인 지도자들은 그 과정을 가속하기 위한 시도로 유화정책을 도입했습니다. 그 결과로 제블렌인이 감시 프로그램의 통제권을 갖게 됐죠. 람비아인의 자손이 제블렌인으로 불리기 시작한 것도 그때쯤입니다."

"실수였죠." 쇼음이 말했다. "그들을 추방했어야 해요."

"때늦은 판단이지만, 나도 동의합니다." 칼라자르가 말했다. "하지만 그건 이미 오래전에 일어난 일이에요."

"감시 시스템에 관해 이야기해줄 수 있나요?" 헌트가 제안했다. "그게 어떻게 작동하죠?"

이샨이 대답했다. "대부분은 우주에서 감시가 이루어집니다. 100년 전까지는 비교적 쉬웠습니다. 지구가 전자공학과 우주의 시대로 접어들자, 제블렌인은 훨씬 조심스럽게 감시를 할 수밖에 없었습니다. 그들의 장비는 매우 작고 거의 감지되지 않습니다. 그들의 정보 대부분은 여러분의 통신을 가로채서 재송신하는 과정에서 나옵니다. 지구와 목성 사이의 레이저 통신 같은 것 말이죠. 여러분의 우주 계획 초기에는, 제블렌인이 감시 장비를 여러분의 우주 쓰레기 파편들과 비슷하게 만들었지만, 여러분이 쓰레기들을 청소해버리자 중단할 수밖에 없었습니다. 그래도 그 시도는 쓸모가 있었습니다. 우리가 퍼셉트론호를 보잉기처럼 보이게 만든 발상도 거기서 얻은 거였죠."

"그런데 그들은 어떻게 가짜 보고서를 그렇게 만들 수 있었던 거죠?" 헌트가 물었다. "그들은 틀림없이 자신들만의 비자르 같은 걸 가지고 있을 겁니다. 애들 장난감 같은 컴퓨터로는 그렇게 못 해요."

"네, 가지고 있습니다." 이샨이 헌트에게 말했다. "오래전 제블렌인에 대해 낙관적으로 판단해도 될 것 같았을 때, 투리엔인은 그들이 자기들만의 자치적인 세계를 건설할 수 있도록 도왔습니다. 거기가 제블렌입니다. 우리가 개발한 우주 영역의 가장자리에 있죠. 거기에 '제벡스'라는 시스템이 설치되었습니다. 비자르와 비슷하지만,

별도로 운영되는 독립적인 비자르라고 할 수 있습니다. 비자르와 마찬가지로, 제벡스는 자체적인 여러 항성계에 걸쳐서 운영됩니다. 지구의 감시 시스템도 제벡스에 연결되어 있습니다. 그리고 우리가 받는 보고서는 제벡스에서 비자르를 통해 직접 송신됩니다."

"그래서 조작과 왜곡이 어떻게 이루어졌는지는 어렵지 않게 이해할 수 있습니다." 쇼음이 말했다. "박애 정신이 넘쳐흘렀죠. 제블렌인에게 그런 시스템을 운영하도록 허락해서는 안 되는 거였습니다."

"하지만 그들은 왜 그런 짓을 했던 거죠?" 캐런 대사가 물었다. "우리는 아직 이해가 되지 않습니다. 그들의 보고서는 2차 세계대전까지는 상당히 정확했습니다. 20세기 후반의 문제는 약간 과장됐더군요. 그런데 최근 30년 동안의 보고서는 완전히 소설이었어요. 그들은 왜 우리가 지금도 3차 세계대전을 향해서 가고 있다고 여러분이 생각하길 원한 건가요?"

"뒤틀어진 인류의 마음을 누가 이해할 수 있겠습니까?" 쇼음이 무심결에 인간 전체를 가리키는 일반명사를 사용해서 말했다.

헌트는 쇼음이 말을 하면서 본의 아니게 칼라자르를 힐끗거리는 걸 알아차렸다. 그는 이 이야기 뒤에 뭔가가 더 있다는 사실을 알아챘다. 투리엔인들이 지금까지도 털어놓지 않은 뭔가가 있다. 그게 무엇이든, 그 순간에는 가루스와 쉴로힌도 모르고 있는 게 확실했다. 하지만 헌트는 지금은 그 문제를 따질 때가 아니라는 느낌을 받았다. 대신 뭔가 다른 사정이 더 있다는 사실을 기억해두고, 이 대화를 기술적인 방향으로 돌렸다. "제벡스에는 어떤 자료들이 저장되어 있습니까?" 그가 물었다. "비자르처럼 미네르바에 있던 가니메데인 문명부터 지금까지의 기록들을 전부 다 가지고 있나요?"

"아닙니다." 이샨이 대답했다. "제벡스는 그보다 훨씬 최근 자료들만 가지고 있습니다. 비자르에 완벽한 기록보관소가 있으므로 제벡스가 그걸 저장할 이유가 없죠. 가니메데인만 관련된 자료들이니까요." 이샨이 흥미로운 눈빛으로 헌트를 잠시 살펴보더니 말을 이었다. "혹시 샤피에론호가 나오는 영상에서 비자르가 알아챘던, 배경에 있는 별들의 위치 이동이 비정상적이었던 일에 대해 생각하신 건가요?"

헌트가 고개를 끄덕였다. "그걸로 설명되네요. 그렇죠? 제벡스는 별자리의 위치 이동에 대해 알지 못했습니다. 비자르는 샤피에론호에 대한 원래의 자료를 이용할 수 있었지만, 제벡스는 그러지 못했겠죠."

"맞습니다." 이샨이 말했다. "이상한 부분이 조금 더 있었습니다. 하지만 모두 그와 비슷한 문제였습니다. 모두 제벡스가 잘 알지 못하는 가니메데인의 옛날 기술과 관련된 부분들이었습니다. 바로 그때 우리가 의심을 하게 되었죠." 그들은 이때부터 투리엔인들은 제벡스가 보내온 모든 자료를 의심하기 시작했다. 하지만 제블렌인을 완벽하게 우회해서 정보의 출처, 즉 지구로 곧장 가지 않고서는 나머지 정보를 맞춰볼 방법이 없었다. 그래서 투리엔인들은 바로 그렇게 했다.

칼라자르는 그 주제에서 벗어나고 싶은 모양이었다. 잠시 분위기가 진정되자, 그가 말했다. "가루스 원정대장이 저한테 여러분이 흥미로워할 만한 다른 장면을 보여주자고 하네요. 비자르, 가니메데인이 고르다에 착륙하는 장면을 보여줘."

헌트가 놀라서 고개를 번쩍 들었다. 익숙한 이름이었다. 단체커도 믿기지 않는 표정이었다. 캐런 대사가 두 사람을 한 명씩 쳐다보며 아리송한 표정으로 눈살을 찌푸렸다. 캐런 대사는 두 사람만큼 찰리의 이야기를 잘 알지 못했다.

항해통신본부 돈 매드슨의 언어학 팀이 오랜 시간 동안 수수께끼로 남아 있던 찰리의 노트를 해독하는 데에 성공했었다. 달에서 탈출할 마지막 희망, 가능성조차 희미한 그 희망을 실현해줄 기지에 닿으려 필사적으로 달의 지표면을 가로질러 먼 거리를 여행하며, 빠르게 숫자가 줄어가는 세리오스 생존자 중 한 명인 찰리가 경험한 하루하루를 기록한 노트였다. 그 기록에는 찰리가 발견된 장소에 도착할 때까지 일어난 사건들이 담겨 있었다. 그때까지 온갖 사건들을 겪으며 그의 일행은 겨우 두 명으로 줄어든 상태였다. 찰리와 코리엘이라는 이름의 동료. 찰리는 생명지원시스템의 고장으로 그 자리에 주저앉았지만, 코리엘은 기지에 도착하기 위해 혼자서 길을 나섰다. 찰리의 주검으로 보아, 코리엘이 다시 돌아오지 않은 건 확실했다. 그들이 향했던 기지의 이름이 '고르다'였다.

방의 가운데에 새로운 영상이 나타났다. 별들이 빽빽한 검은 하늘 아래 심하게 긁힌 바위들과 먼지로 뒤덮인 황무지였다. 상상조차 힘든 무지막지한 공격으로 그 지역의 지표면을 태우고 마구 휘저어놓아서, 한때 넓은 기지였던 그곳은 뒤틀리고 부서진 잔해만 남았다. 그 황량한 풍경 한가운데에 거의 손상을 받지 않고 살아남은 구조물 하나가 서 있었다. 땅딸막하고 장갑으로 덮인 돔 혹은 포탑이 한쪽으로 벌컥 열렸다. 그 내부는 어두웠다.

"고르다 기지에 남아있던 건 저게 전부였습니다." 칼라자르가 말했다. "여러분이 보고 있는 영상은, 당시 투리엔 비행선이 착륙하자마자 찍은 모습입니다."

대략 직사각형이긴 했지만, 여기저기가 불룩하게 돌출된 작은 비행선이 뒤쪽에서 천천히 카메라의 앞쪽으로 이동했는데, 지상에서 약 6미터 가량 떠 있었다. 비행선이 돔의 근처에 내려앉더니, 우주복을 착용한 일군의 가니메데인이 나와서 조심스럽게 잔해들을 지나 공터를 향해 걸어가다가 우뚝 자리에 섰다. 그들 앞쪽의 어두운 그늘에서 움직임이 보였다.

뒤쪽 어딘가에서 나온 불빛이 공터를 비췄다. 더 많은 사람의 모습이 드러났는데, 그들 역시 우주복을 입고 있었다. 그들은 어떤 구역의 지하로 내려가는 입구처럼 보이는 곳의 앞부분에 서 있었다. 한때는 돔도 그 구역의 일부였다. 그들의 우주복은 달랐다. 그들의 키는 몇 미터 떨어진 곳에서 그들을 바라보고 있는 가니메데인들의 어깨에 미치지 않을 정도로 작았다. 그들은 무기를 들고 있었지만, 자신이 없는 자세로 긴장한 듯 서로 눈길을 주고받다가 가니메데인을 돌아봤다. 아무도 뭘 해야 할지, 어떻게 될지 모르는 것 같았다. 하지만 한 명은 예외였다.

그는 먼지가 덕지덕지 달라붙고 여기저기 그을려서 괴상하게 탈색된 파란 우주복을 입고 다른 이들보다 앞에 서 있었다. 당당한 자세로 우뚝 선 그는 소총 같은 무기를 한 손으로 단단하게 붙잡고, 앞에서 이끄는 가니메데인을 겨누고 있었다. 그는 자유로운 손으로 뒤쪽에 손짓해서 다른 이들에게 앞으로 나오라고 지시했다. 그의 몸짓은 단호하고 위엄이 있었다. 사람들이 손짓에 따라 일부가 앞으로 나와 그의 양쪽에 섰다. 다른 이들은 주변에 흩어진 잔해들 사이의 몸을 방어할 수 있는 곳으로 이동해서 외계인을 무기로 겨눴다. 그 사람은 다른 이들보다 키가 컸고 덩치도 육중했다. 차광판 너머로 보이는 그의 입술은 고함을 치느라 뒤로 당겨져서 하얀 이가 드러났는데, 수염을 깎지 않은 거무스름한 뺨과 턱에 대비되었다. 무전을 통해 뭔가 이해할 수 없는 소리가 들려왔다. 그 말이 무슨 의미인지는 알 수 없었지만, 도전적이고 적대적인 말투가 틀림없었다.

"당시 우리의 감시 방식은 포괄적이지 않았기 때문에," 칼라자르가 말했다. "언어는 몰랐습니다."

그들 앞에 있는 영상 속에서는 가니메데인 대표가 자신의 언어로 대답했다. 억양과 몸짓으로 경계심을 풀려는 게 틀림없었다. 그런 식의 대화가 계속 이어지면서 긴장이 풀리는 것 같았다. 차츰 큰 인간이 무기를 낮추고, 숨어있던 사람들이 다시 모습을 드러내기 시작했다. 그는 가니메데인들에게 따라오라고 손짓했다. 그리고 그의 뒤에 있던 대열이 열리며 길을 만들어주자, 그가 몸을 돌려 가니메데인들을 이끌고 내부문 아래로 데리고 갔다.

"저 사람이 코리엘입니다." 가루스가 말했다.

헌트는 이미 그렇게 짐작하고 있었다. 그는 여러 가지 이유로 무척 안심되었다.

"코리엘이 성공했군요!" 단체커가 나직이 말했다. 그는 몹시 기뻐했지만, 그 기쁨을 억누르는 게 역력히 보였다. "코리엘이 고르다에 도착했어요. 그… 그걸 알게 돼서 기쁩니다."

"네." 가루스가 대답했다. 그리고 헌트의 얼굴에 드러난 질문을 알아챘다. "우리가 저 비행선의 기록을 살펴봤습니다. 그들은 돌아갔지만, 코리엘의 동료는 이미 사망한 상태였습니다. 그들은 그 동료를 발견한 그 장소에 그대로 놔뒀습니다. 대신 그들은 지나온 길을 따라가며 남겨져 있던 다른 사람들을 구조했습니다."

"그리고 그 후에는 어떻게 됐나요?" 단체커가 물었다. "우리는 종종 코리엘이 지구에 도착한 사람 중에 있었는지 궁금했습니다. 이제 보니 코리엘은 건강한 것 같네요. 정말로 그가 지구에 왔었는지 혹시 알고 있나요?"

칼라자르가 그에 대한 대답으로 다른 영상을 불러냈다. 멀리 산등성이가 흐릿하게 보이는 아열대의 숲을 배경으로 강가에 낯선 형태의 이동식 건물들 10여 채가 서 있는 정착지의 모습이었다. 한쪽에 나무상자와 드럼통, 다른 화물들이 쌓여 있는 보급창고 같은 게 있었다. 2, 3백 명의 군중이 앞쪽에 모여 있었다. 인간들이었다. 그들은 주로 단순하지만 튼튼하게 보이는 셔츠와 바지를 입고 있었다. 많은 이들이 무기를 허리춤에 차거나 어깨에 멜빵처럼 걸쳤다.

그들 앞에 큰 키에 떡 벌어진 어깨, 무성한 검은 머리, 웃음기 없는 얼굴의 코리엘이 서 있었다. 그는 양손의 엄지손가락을 벨트 위에 걸쳤다. 부관 두 명이 양쪽에 서서 그의 뒤를 따랐다. 군중 속에서 몇 명이 팔을 들어 작별 인사를 했다.

그때 그 모습이 서서히 작아지며 한쪽으로 기울어졌다. 정착지가 빠르게 작아지더니, 나무 꼭대기들의 양탄자 사이로 사라졌다. 그리고 점차 크기가 줄어들고 사방에서 주변의 풍경이 영상 안으로 흘러들어오더니, 그 숲은 그저 색색을 이어붙인 조각보에서 한 조각의 흐릿한 녹색 지역이 되었다. "마지막 부분은 비행선이 지구를 떠나 투리엔으로 돌아오는 장면입니다." 칼라자르가 말했다. 해안선이 화면 안으로 들어왔는데, 홍해의 일부분이라는 사실을 알아볼 수 있었다. 원근감 때문에 주변이 왜곡되긴 했지만 줄어들면서 눈에 익은 중동 지역의 일부가 되었다. 마지막으로 행성의 가장자리가 화면에 들어왔다. 벌써 곡선 모양이 두드러져 보였다.

그들은 한동안 조용히 그 모습을 바라봤다. 이윽고 단체커가 중얼거렸다. "상상해봐. 인류 전체가 저 한 줌도 안 되는 사람들에서 시작된 거야. 그 모든 일을 견뎌내고, 저들은 전 세계를 차지했어. 정말 엄청난 종족인 게 틀림없어."

단체커가 진심으로 감동한 모습을 보는 것은 헌트에게 아주 드문 기회였다. 헌트도 단체커와 같은 느낌이었다. 헌트는 월인의 전쟁 장면과 제블렌인이 만든 영상에서 지구가 똑같은 대참사를 향해 몰려가고 있던 모습을 다시 떠올렸다. 사실, 그 상황은 거의 실현될 뻔했었다. 그 상황에 거의 근접했었다. 아주 많이 근접했었다. 만일 지구가 그때 진로를 바꾸지 않았더라면, 겨우 30년 이내에 현실이 되었을 것이다. 그랬다면, 찰리와 코리엘, 고르다, 투리엔의 노력, 그가 방금 봤던 소수 생존자의 투쟁은… 그리고 그들이 그 뒤로 겪었던 그 모든 일은… 그저 헛수고가 되고 말았을 것이다.

워털루 전쟁에서 나폴레옹을 이긴 후 웰링턴 장군이 했던 말이 떠올랐다. "아주 근소한 차이였어. 염병할 진짜 근소한 차이였어…. 살면서 이보다 더 근소한 차이는 볼 수 없을 거야."

4부

21

제롤 패커드 국무부 장관은 노먼에게서 브루노 천문기지에서 일어난 일을 들은 뒤, CIA에 UN 대표단의 스베렌센 단장과 다른 대표들에 대해 수년간 축적된 파일을 모두 정리해서 알려 달라고 비밀리에 의뢰했다. 그 의뢰를 담당한 CIA 요원 클리퍼드 벤슨이 하루 뒤에 패커드 장관의 국무부 사무실에서 열린 비밀회의에 참여해서 조사 결과를 간추려 발표했다.

"스베렌센은 이미 확립된 사회적, 재정적 연줄을 갖추고 2009년 서유럽에 재등장했습니다. 어떻게 그럴 수 있었는지는 확실하지 않습니다. 그 이전 약 10년 동안은 입증할 만한 흔적을 발견하지 못했습니다. 사실 그때쯤에 스베렌센은 에티오피아에서 살해된 것으로 추정되었습니다." 벤슨 요원이 이름과 사진, 조직의 개요도와 게시판에 핀으로 고정된 연결 화살표를 손으로 가리켰다. "그는 '프랑스·영국·스위스 투자은행 합작기업'과 아주 가까운 관계를 맺고 있습니다. 그 합작기업에서는 19세기 중국 아편 무역의 수익금을 세탁하기 위해 동남아시아 주변에 금융조작망을 구축했던 가문들이 아직도 많은 부분을 차지하고 있습니다. 자, 이제 흥미로운 부분입니다. 그 합작기업의 프랑스 거물 중 하나가 달다니에와 혈연관계입니다. 사실 3세대 동안 두 가문이 관계를 맺고 있었습니다."

"그 사람들이 아주 긴밀하게 연결되어 있다는 거군요." 콜드웰 본부장이 말했다. "나로서는 그런 게 중요한 의미가 있는 건지 잘 모르겠습니다만."

"만일 이게 유일한 사례라면, 저도 그렇게 생각했을 겁니다." 벤슨 요원이 동의했다. "하지만 다른 부분까지 살펴보세요." 그가 도표의 다른 부분을 가리켰다. "영국과 스위스 쪽이 세계의 금괴 사업에서 상당 부분을 관리하고 있는데, 영국의 금 시장과 광산업체들을 통해 남아공과 연결되어 있습니다. 그런데 그 줄의 끝에 있는 이름 중에 우리가 발견한 거물이 누구인지 보세요."

"저 반 헤링크가 스베렌센의 무리에 있는 그 사람과 같은 가문인가요?" 린이 미심쩍은 목소리로 물었다.

"같은 가문입니다." 벤슨 요원이 대답했다. "여러 사람이 있는데, 모두 다 같은 사업의 다른 분야에 관련되어 있습니다. 굉장히 복잡하게 구성되어 있죠." 그가 잠시 멈췄다가 다시 이야기를 이어갔다. "21세기 초까지 반 헤링크가 관리하는 많은 돈이, 흑인이 주도권을 쥐고 있는 아프리카 지역의 정치적, 경제적 안정성을 깨트려서 백인의 지배권을 유지하는 일에 사용됐습니다. 이것 때문에 70년대부터 90년대까지 진행되었던 쿠바와 공산주의 전복에 맞서 저항을 지원하는 일에 아무도 관심이 없는 것처럼 보였던 겁니다. 그 가문은 무역이 봉쇄된 상태에서 자신들의 군사적 지위를 유지하기 위해 종종 남미 정권의 중개를 통한 무기 거래를 조직했습니다."

"거기서 그 브라질 녀석을 만난 건가요?" 콜드웰이 한쪽 눈썹을 치켜들며 물었다.

벤슨 요원이 고개를 끄덕였다. "무엇보다 사라케스의 부친과 조부는 둘 다 상품담보자금조달 분야의 거물입니다. 특히 석유에 관해서요. 그들은 또한 반 헤링크와 더불어 20세기 후반 중동 지역이 불안정해지도록 배후에서 선동하던 사람들과 연관되어 있습니다. 세계가 원자력으로 나아가기 전에 단기적인 석유 수익을 극대화하기 위한 것이었습니다. 이는 동시에 원자력에너지에 대한 반대 여론을 조직했던 이유이기도 합니다. 사라케스가 자기 이익을 위해 벌였던 일들의 부수 효과로 중앙아메리카의 석유에 대한 수요가 증가했습니다." 벤슨 요원이 양손을 내밀며 어깨를 으쓱했다. "더 있습니다만, 여러분이 이미 요점을 파악하셨을 겁니다. 그와 비슷한 일들에 관련된 UN 대표단의 대표들이 좀 더 있습니다. 많은 경우에 그들은 말 그대로 한통속이었습니다."

벤슨 요원이 설명을 마치자, 콜드웰 본부장이 새삼 흥미롭게 도표를 꼼꼼히 살펴봤다. 잠시 후 콜드웰이 등받이에 기대앉으며 물었다. "그래서 이게 우리에게 무슨 의미가 있죠? 달의 뒷면에서 벌어졌던 일과 어떻게 관련되는 겁니까? 그건 아직 밝히지 못했나요?"

"저는 그저 사실들을 수집했을 뿐입니다." 벤슨 요원이 대답했다. "나머지는 여러분에게 맡겨두겠습니다."

패커드 장관이 방의 한가운데로 걸어갔다. "그들이 움직이는 방식에 흥미로운 측면이 하나 더 있습니다." 장관이 말했다. "전체 네트워크에서 공통적인 이념이 나타납니다. 봉건제죠." 다른 사람들이 의아한 표정으로 장관을 쳐다봤다. 장관이 설명을 시작했다. "벤슨 요원이 이미 언급했듯이, 그들은 30년 전에 광적인 원자력에너지 반대 운동에 관여했습니다. 하지만 그것만이 아니었습니다." 그가 벤슨 요원이 보여줬던 도표를 손으로 가리켰다. "스베렌센의 출발점이 되었던 투자은행 합작기업을 예로 살펴보죠. 20세기 말 마지막 25년간 그들은 제3세계를 속여서 '적절한 기술'을 포기하도록 하고, 다양한 반진보주의와 반과학 로비 같은 것들을 엄청나게 지원했습니다. 남미에서는 동일한 네트워크의 지부가 인종주의를 부추기고, 진보적인 정부와 산업화, 흑인에 대한 포괄적인 교육을 막았습니다. 그리고 바다 건너에서는 군부 쿠데타를 통해 소수의 이익을 보호하는 우익 파시스트 정권들을 세우고, 동시에 전반적인 발전을 가로막았습니다. 아시겠죠, 이는 모두 기본적인 이념이 같다는 사실을 보여줍니다. 그 당시 지배 집단의 봉건적 특권과 이익을 지키려는 겁니다. 그 말은, 제 추측입니다만, 지금까지도 그다지 많이 변한 게 없다는 겁니다."

린이 의아한 표정을 지었다. "하지만 변했잖아요. 그렇지 않나요?" 그녀가 말했다. "그건 요즘 세계가 나아가는 방향과 다르잖아요. 이 스베렌센이라는 사람과 그 주변 사람들은 정확히 반대의 일에 헌신하지 않았나요? 행성 전체를 발전시키는 방향으로요."

"제 말은 동일한 사람들이 아직도 그런 이익을 누리는 지위에 있다는 의미입니다." 패커드 장관이 대답했다. "하지만 당신의 말도 맞습니다. 지난 30년 동안 그들의 기본 정책이 바뀐 것처럼 보입니다. 스베렌센의 은행가들은 반 헤링크 가문 같은 사람들의 협력이 없이는 작동되지 않았던 금본위제에 따라 나이지리아 핵융합 발전과 철강 산업에 쉽게 신용대출을 해줬습니다. 남미의 석유는 수소 기반의 대체 에너지로의 변환을 주도하며 중동을 해체하는 데에 도움을 주었습니다. 이것이 군축을 가능하게 했던 요인 중 하나였습니다." 장관이 어깨를 으쓱했다. "갑자기 모든 게 바뀌었습니다. 그런 후원이 있었기에 50년 일찍 군축을 마무리할 수 있었죠."

"그러면 브루노 기지에서 그들의 정책은 대체 어떻게 된 건가요?" 콜드웰이 다시 물었다. "앞뒤가 안 맞습니다."

잠시 침묵이 흐른 뒤 패커드 장관이 다시 입을 열었다. "이런 가설은 어떤가요? 지배 권력을 가진 소수는 변화를 통해 얻을 수 있는 게 아무것도 없습니다. 그래서 그들은 줄곧 전통적으로 기술에 반대했던 겁니다. 자신들의 이익을 증진할 수 있는 뭔가를 제공해주지 않는다면 말이죠. 그 말은 자신들이 통제할 수 있기만 하다면 좋다는 뜻입니다. 그러므로 지난 세기말까지 그런 식의 전통적인 태도를 고수했습니다. 하지만 그 무렵 세상이 나아가고 있는 모습을 볼 때, 뭔가가 빨리 바뀌지 않으면, 누군가가 버튼을 누르기 시작해서 물고기가 있는 연못이 하나도 남지 않게 될 것이라는 사실이 분명해진 거죠. 원자로나 핵폭탄 중의 하나를 선택할 수밖에 없는 상황이 된 겁니다. 그래서 그들이 만든 이 혁명이 일어난 겁니다. 그리고 그들은 진행 과정을 통제하려고 한 거죠. 게다가 그 과정을 훌륭하게 해냈습니다.

하지만 투리엔과 그들의 등장이 의미하는 것들은 전혀 다른 문제였습니다. 이 급격한 변화로 일어난 먼지가 마침내 가라앉을 때쯤이면 그 집단도 휩쓸려 나가고 없을 겁니다. 그래서 그들은 이 문제를 다루는 UN을 장악하고, 그들이 다음에 어떻게 해야 할지 생각이 떠오를 때까지 담을 쌓은 겁니다." 장관이 양손을 펼치고, 의견을 말하라는 듯 방을 둘러봤다.

"그들이 중계기에 대해서는 어떻게 알아낸 걸까요?" 구석에 있던 노먼이 물었다. "콜드웰 본부장과 린 씨가 암호화된 무전은 중계기의 파괴와 아무런 상관이 없다고 이야기해줘서 우리는 그 사실을 알고 있습니다. 그리고 소브로스킨이 파괴하지 않았다는 사실도 압니다."

"스베렌센 일당이 중계기를 없애는 일에 관여한 게 틀림없습니다." 패커드 장관이 대답했다. "어떻게 했는지 모르지만, 다른 가능성은 생각할 수 없습니다. 아마도 몇 달 전 거인별에서 처음 무전이 오자마자, 입이 무거운 UN 우주군 직원을 이용했거나, 독자적으로 폭탄 같은 걸 발사할 수 있는 정부나 기업을 이용했을 겁니다. 만일 그랬다면, 그 폭탄이 중계기에 도착할 때까지 상황을 지연시키는 게 바로 그들이 지금껏 했던 일인 겁니다."

콜드웰이 고개를 끄덕였다. "말이 되네요. 그들의 승리를 인정할 수밖에 없겠습니다. 거의 옴짝달싹 못 하게 막아버렸으니까요. 맥클러스키 기지에서 투리엔인을 만나지 않았다면, 이 사실들을 어떻게 알았겠습니까?"

묵직한 침묵이 한동안 이어졌다. 마침내 린이 호기심 어린 눈빛으로 사람들을 한 명씩 쳐다봤다. "그러면 이제 어떻게 될까요?" 그녀가 물었다.

"잘 모르겠습니다." 패커드 장관이 대답했다. "전체적으로 복잡한 상황입니다."

린이 모호한 표정을 지으며 장관을 바라봤다. "그들이 이대로 빠져나갈 수 있을 거라는 말씀은 아니시죠?

"그럴 가능성도 있습니다."

린이 자기 귀를 못 믿겠다는 듯한 표정으로 노려봤다. "그건 말도 안 돼요! 장관님이 우리한테 말씀하신 건… 얼마나 오래됐는지 몰라도, 이런 사람들이 계속 고위층에 있으려고 국가들을 통째로 후

퇴시키고, 교육을 방해하고, 온갖 종류의 멍청한 사이비 집단과 유언비어를 지원했잖아요. 그런데도 아무것도 할 수가 없다고요? 말도 안 돼요!"

"난 상황이 꼭 그렇게 될 거라고 말하지는 않았습니다." 패커드 장관이 말했다. "상황이 복잡하다고 했죠. 뭔가를 확신하는 것과 그걸 증명할 수 있느냐는 다른 문제입니다. 이 사건을 해결하기 위해서는 훨씬 많은 일을 해야만 합니다."

"그래도, 그래도…." 린이 할 말을 찾았다. "뭐가 더 필요한가요? 다 드러났어요. 명왕성 밖에 있는 중계기를 폭파한 것만으로 충분해요. 그들이 한 짓은 지구라는 행성 전체를 위한 게 아니었습니다. 전체의 이익을 위한 건 확실히 아니었죠. 그들을 체포하기 위해서는 그 정도면 충분하지 않나요?"

"우리는 그들이 폭파했는지 확실하게 알아낼 방법이 없습니다." 패커드 장관이 지적했다. "순전히 추측일 뿐이에요. 중계기가 그냥 고장이 난 건지도 모릅니다. 칼라자르의 조직이 그랬을 수도 있죠. 스베렌센이 빠져나가지 못하게 혐의를 씌울 방법이 없어요."

"스베렌센은 그런 일이 일어날 거라는 사실을 알고 있었어요." 린이 반박했다. "당연히 그 사람은 그 일에 참여했습니다."

"누가 그렇게 말했는지 아세요?" 패커드 장관이 반박했다. "자신이 이해하지 못한 뭔가를 들었을지도 모른다고 생각하는, 브루노 기지에 있는 어린 직원이에요." 장관이 고개를 절레절레 흔들었다. "노먼의 이야기를 들었잖습니까. 스베렌센은 자신과 그녀가 아무런 사이도 아니라고 증언해줄 사람들을 만들어내서 복도의 이 끝에서 저 끝까지 줄을 세울 수도 있을 사람입니다. 스베렌센은 관심조차 없는데 그녀가 관심을 끌기 위해 노먼에게 달려가 바보 같은 소리를 했다고 할 겁니다."

"스베렌센이 그녀에게 보내게 시켰던 가짜 무전은 어떤가요?" 린이 끈질기게 따졌다.

"무슨 가짜 무전이요?" 패커드 장관이 어깨를 으쓱했다. "모두 같은 이야기가 될 거예요. 그녀가 이야기를 만들어냈다고 하겠죠. 그런 무전은 애초에 존재하지도 않은 게 될 겁니다."

"그렇지만 투리엔의 기록에 있잖아요." 린이 말했다. "지금 당장 전 세계에 알래스카에 대해 알릴 필요는 없지만, 적당한 때가 되면 가니메데인의 행성 전체를 불러들여서 장관님을 지지하게 할 수 있어요."

"맞습니다. 하지만 그들이 확인해줄 수 있는 건, 공식적으로 발송한 적이 없는 약간 이상한 무전을 받았다는 사실뿐이에요. 그들은 그 무전이 어디서 왔는지, 혹은 누가 보냈는지 확인해줄 수 없습니다. 표제 형식은 달의 뒷면 기지의 흉내를 내서 가짜로 만들 수도 있습니다." 패커드 장관이 다시 한 번 고개를 저었다. "당신이 충분히 생각해본다면, 그건 결코 결정적인 증거가 될 수 없다는 사실을 깨닫게 될 겁니다."

린이 애원하는 표정으로 콜드웰 본부장을 돌아봤다. 콜드웰은 애석하다는 듯 고개를 저으며 말했다. "장관님이 잘 지적하셨어요. 나도 그놈들이 모조리 잡혀가는 꼴을 보고 싶지만, 아직은 그럴 수 있는 상황이 아닌 것 같군요."

"문제는 우리가 놈들에게 전혀 접근할 수 없다는 사실입니다." 벤슨 요원이 다시 대화에 끼어들며 말했다. "그들은 실수를 많이 하지 않습니다. 그리고 실수를 할 때는 우리가 접근할 수 없습니다. 종종 브루노 기지에서 발생한 사건 같은 것들이 흘러나오긴 하지만, 결정

타에는 턱없이 못 미칩니다. 우리에겐 그게 필요합니다…. 뭔가 매듭을 지을 수 있는 결정타. 스베렌센에 가까운 내부에 누군가를 심어야 합니다." 그가 자신 없는 얼굴로 고개를 저었다. "하지만 그러려면 많은 조사와 계획이 필요합니다. 그리고 그 일에 맞는 사람을 선발하는 데에는 상당히 시간이 걸립니다. CIA가 그 작업에 착수하겠지만, 결과가 금방 나올 거라고 기대하지는 마십시오."

*

린과 콜드웰, 노먼은 모두 워싱턴 센트럴 힐튼 호텔에 묵고 있었다. 그들은 그날 밤 저녁 식사를 함께하고, 커피를 마시며 패커드 장관 사무실에서 알게 된 사실들에 대해 더 이야기를 나눴다.

"역사를 따라가면 기본적으로 유사한 투쟁을 발견할 수 있습니다." 노먼이 말했다. "상반되는 두 개의 이념 말이에요. 한쪽에는 귀족들의 봉건주의가 있고, 반대편에는 장인과 과학자, 건축업자들의 공화주의가 있었죠. 고대의 노예제, 중세 유럽에서 교회의 지식에 대한 억압, 대영 제국의 식민주의, 그리고 이후의 동구 공산주의와 서구 자본주의에서도 볼 수 있어요."

"열심히 일하게 하고, 믿을 만한 이유를 주고, 너무 깊게 생각하지 않도록 가르치는 거 말이죠?" 콜드웰이 거들었다.

"맞습니다." 노먼이 고개를 끄덕였다. "그들이 절대 원하지 않는 게 교육받고 풍요로우며 자유로운 대중이에요. 권력은 부의 규제와 통제에 달려 있습니다. 과학과 기술은 무한한 부를 제공하죠. 그래서 과학과 기술을 통제해야 하는 거예요. 지식과 이성은 그들의 적입니다. 그런 것들에 맞서서 미신과 불합리를 무기로 사용하죠."

한 시간 후, 세 사람은 로비의 한쪽 끝에 연결된 조용하고 작은 공간의 탁자에 앉아 있었는데, 린은 아직도 그 대화를 생각하고 있었다. 그들은 일과를 마치고 쉬러 가기 전에 마지막으로 한잔 하기로 했지만, 바는 너무 사람이 붐비고 시끄러워 보였다. 린은 이게 헌트가 의식적이든 아니든 일평생 싸워왔던 전쟁과 같은 거라는 생각이 들었다. 투리엔을 거의 차단해버렸던 스베렌센은, 강제로 갈릴레오 갈릴레이의 주장을 철회시켰던 종교재판소, 다윈에 반대했던 주교들, 미국을 자국 산업을 위한 전속 시장으로 만들었던 영국 귀족, 핵폭탄을 손에 쥐고 전 세계를 폭탄의 인질로 만들었던 철의 장막 안팎의 정치인들과 같은 편이었다. 그녀는 이 전쟁에 뭔가 기여하고 싶었다. 그렇지만 어떻게? 린은 이렇게 초조하면서 동시에 무기력한 느낌을 받아본 적이 없었다.

그러다 콜드웰 본부장이 휴스턴에 해야 하는 급한 전화를 기억해냈다. 콜드웰은 실례한다며 일어서서 잠시 후에 돌아오겠다고 하고는 기념품 가게와 남성 의류점이 있는 아케이드를 지나 엘리베이터로 갔다. 노먼은 의자에 비스듬히 기대앉아 탁자 위에 잔을 내려놓고 린을 바라봤다. "말이 없으시네요. 스테이크를 너무 많이 드신 건가요?"

린이 미소를 지었다. "아…, 그냥 생각할 게 있어서요. 그게 뭔지는 묻지 마세요. 오늘은 안 그래도 일 이야기를 너무 많이 했잖아요."

노먼이 손을 뻗어서 탁자 중앙의 접시에서 비스킷을 집어서 입안에 털어 넣었다. "워싱턴 D.C.에는 자주 오세요?" 그가 물었다.

"자주 오죠. 그래도 이 호텔에는 그리 자주 오지 않았어요. 저는 보통 하얏트나 컨스티튜션 호텔에 묵거든요."

"UN 우주군 사람들이 대개 그쪽으로 가죠. 여기는 정치인들이 가장 즐겨 찾는 호텔 중 하나인 것 같아요. 가끔은 근무시간 후의 외교관 클럽 같다니까요."

"UN 우주군에게는 하얏트 호텔이 딱 그렇죠."

"아…." 정적. "동부 출신이죠, 아닌가요?"

"원래 뉴욕 출신이에요. 북부 이스트사이드요. 저는 대학을 마친 뒤에 UN 우주군에 들어가려고 남쪽으로 갔어요. 우주를 날아다니는 우주인이 될 줄 알았지만, 기껏 책상들 사이나 날아다니고 있죠." 그녀가 한숨을 뱉었다. "불만이 있는 건 아니에요. 콜드웰 본부장과 일하는 건 나름 재밌거든요."

"본부장은 정말 대단한 사람 같아요. 내 짐작에 콜드웰 본부장은 같이 일할 때 까다롭지 않은 상사일 것 같은데요."

"콜드웰 본부장은 자기가 하겠다고 말한 건 반드시 하고, 자기가 할 수 없는 건 하겠다고 말하지 않아요. 항해통신본부에 있는 대부분의 사람이 본부장을 많이 존경해요. 항상 본부장의 의견에 동의하는 건 아닐지라도요. 그렇지만 그건 상대적인 거죠. 있잖아요, 본부장은 항상…."

안내 방송이 나와서 대화가 중단됐다. "노먼 페이시 씨를 찾습니다. 안내석으로 와주시기 바랍니다. 긴급 메시지가 있습니다. 안내석에 노먼 페이시 씨에게 온 긴급 메시지가 있습니다. 고맙습니다."

노먼이 자리에서 일어났다. "대체 무슨 일인지 궁금하네요. 실례할게요."

"그러세요."

"한 잔 더 주문해 줄까요?"

"제가 주문할게요. 그냥 가세요."

노먼이 로비를 가로질러 갔다. 로비는 오가는 사람들과 늦은 저녁 식사를 위해 모여드는 사람들로 상당히 붐볐다. 그가 안내석으로 다가가자, 직원이 무슨 일이냐는 듯 눈썹을 치켜세웠다. "노먼 페이시입니다. 조금 전에 저를 찾으셨죠. 여기 어딘가에 메시지가 있을 겁니다."

"잠깐만요, 손님." 직원이 몸을 돌려서 뒤에 있는 분류함을 확인했다. 그리고 잠시 후 하얀 봉투를 손에 들고 돌아섰다. "노먼 페이시 씨, 3527호 맞으신가요?" 노먼이 직원에게 방 열쇠를 보여줬다. 직원이 봉투를 건넸다.

"고맙습니다." 노먼은 조금 떨어진 곳으로 이동해 이스턴 항공 간이 점포 모퉁이에서 봉투를 열었다. 안에는 손글씨가 쓰인 종이 한 장이 있었다.

'지금 즉시 당신에게 전할 중요한 이야기가 있습니다. 저는 로비 건너편에 있습니다. 보안을 위해 당신의 방을 이용하는 게 좋겠습니다.'

노먼이 인상을 찌푸렸다. 그리고 고개를 들어 로비를 이쪽에서 저쪽까지 훑었다. 잠시 후 반대쪽 끝에서 그를 쳐다보고 있는, 어두운 색 양복에 키가 크고 거무스름한 남자가 눈에 들어왔다. 그 남자는 시끄럽게 잡담을 나누고 있는 대여섯 명의 남성과 여성 일행과 가까이 있었지만, 혼자인 것처럼 보였다. 남자가 살짝 고개를 숙였다. 노먼은 잠깐 망설였다가, 살짝 고개를 숙였다. 그 남자는 손목시계를 슬쩍 보더니 주변을 둘러보고, 엘리베이터로 이어진 아케이드를 향해 느긋하게 걸어갔다. 노먼은 그가 사라지는 모습을 지켜본 뒤 린이 앉아 있는 곳으로 돌아갔다.

"잠깐 일이 생겼어요." 노먼이 린에게 말했다. "저기요, 미안하지만, 지금 누군가를 만나러 가봐야 합니다. 콜드웰 본부장께는 대신 사과 전해주십시오."

"본부장님께 무슨 일이라고 할까요?" 린이 물었다.

"실은 저도 아직은 모르겠어요. 얼마나 걸릴지도 모릅니다."

"알겠어요. 저는 세상이 흘러가는 모습이나 지켜보고 있죠, 뭐. 나중에 봬요."

노먼이 로비를 가로질러 아케이드로 들어설 때, 은발에 키 크고, 마르고, 완벽하게 차려입고 안내석에서 방 열쇠를 받은 후 돌아서는 남자를 지나쳤다. 그 사람은 로비의 중앙으로 유유히 걸어가서 멈추더니 주변을 둘러봤다.

*

1분쯤 후 노먼이 35층으로 올라가자 거무스름한 남자는 엘리베이터에서 조금 떨어진 곳에서 기다리고 있었다. 노먼이 다가가자, 그는 조용히 몸을 돌려 3527호를 향해 걸어가더니, 노먼이 잠긴 문을 여는 동안 옆으로 비켜 서 있었다. 노먼이 그에게 먼저 들어가라고 권하고, 곧 따라 들어가서 문을 닫자, 그가 전등을 켰다. "흠?" 노먼이 질문을 던지듯 그를 쳐다봤다.

"저는 이반입니다." 거무스름한 사람이 말했다. 유럽 억양이 강한 영어였다. "워싱턴에 있는 소련 대사관에서 왔습니다. 노먼 씨께 직접 전달하라는 지시를 받은 메시지를 가지고 있습니다. 소브로스킨 씨가, 제가 이해하기로는, 당신이 알고 있는 상당히 중요한 문제 때문에 긴급하게 만나고 싶어 하십니다. 런던에서 만나자고 제안하셨습니다. 세부사항을 알려드리겠습니다. 당신은 저를 통해 소브로스킨 씨에게 답변을 전하면 됩니다." 노먼이 그 메시지를 어떻게 이해해야 할지 몰라 어정쩡한 표정으로 이반을 바라보자, 그는 잠시 노면의 모습을 지켜보다가 재킷 안에서 빳빳하게 접힌 종이처럼 생긴 물건을 꺼냈다. "이걸 당신에게 주면 당신이 이 메시지가 진짜라고 이해할 것이라는 이야기를 들었습니다."

노먼이 종이를 받아 펼쳤다. 그건 UN이 극비 정보에 사용하는 빨간 테두리가 쳐진 분홍색 서류철이었는데, 비어있었다. 노먼이 서류철을 잠시 응시하다가 고개를 들어 끄덕였다. "제 권한으로는 지금 당장 당신에게 답변을 줄 수 없습니다. 늦은 밤에 다시 만나야 할 것 같은데, 그래도 될까요?"

"그럴 거라 예상했습니다." 이반이 말했다. "여기서 한 블록 떨어진 곳에 '하프 문'이라는 커피숍이 있습니다. 거기서 기다리겠습니다."

"제가 어딘가에 다녀와야 할지도 모릅니다." 노먼이 경고했다. "오래 걸릴 수도 있어요."

이반이 고개를 끄덕였다. "기다리겠습니다." 그는 그렇게 말한 뒤, 서류철을 들고 떠났다.

노먼은 문을 닫고, 생각하면서 방을 앞뒤로 서성였다. 그리고 데이터 단말기 앞으로 가서 활성화하고, 패커드 장관의 자택번호를 입력했다.

*

린은 아래층의 로비 한쪽에 있는 작은 공간에서 이집트 피라미드와 중세 성당, 영국의 전함, 20세기 후반의 군비 경쟁에 대해 생각하고 있었다. '그것들은 모두 같은 패턴의 일부였을까?' 린은 궁금했다. 좋은 기술이 1인당 소득을 얼마나 많이 올리든, 잉여 소득을 다 빨아들이고 보통 사람들을 평생 노동으로 밀어 넣는 존재들이 항상 있었다. 생산력이 아무리 증가하더라도, 사람들의 일은 줄어들지 않는 것 같았다. 일이 바뀔 뿐이었다. 만일 노동자들이 노동의 성과를 거두지 못한다면, 누가 그 열매를 가져가는 걸까? 그녀는 전에는 보지 않았던 방식으로 많은 것을 보기 시작했다.

그가 말을 하기 전까지, 린은 조금 전에 노먼이 비운 자리에 다른 남자가 앉았다는 사실을 알아차리지 못했다. "제가 합석해도 될까요? 바쁜 하루를 보내고는 아무것도 안 하면서 그냥 사람들이 살아가는 모습을 지켜보기엔 너무 나른하네요. 당신이 언짢게 생각하지 않으시길 바랍니다. 세상에는 혼자만의 섬을 만들고 비극을 고집하는 외로운 사람들이 너무 많습니다. 저는 항상 그런 태도가 수치스럽고 몹시 부적절하다고 생각하거든요."

린은 손에 들고 있던 잔을 거의 떨어트릴 뻔했다. 겨우 몇 시간 전에 벤슨 요원이 패커드 장관의 사무실 벽에 붙인 도표에서 봤던 얼굴이 린의 눈앞에 있었다. 스베렌센이었다.

린은 남은 술을 한 모금에 들이켰다. 그녀는 술이 목에 걸려 간신히 말했다. "네…. 그렇죠. 대부분 그렇지 않나요?"

"여기에 계속 계실 거면, 제가 뭘 물어봐도 괜찮을까요?" 스베렌센이 물었다. 린이 고개를 끄덕였다. 스베렌센이 미소를 지었다. 그의 귀족적인 태도와 계산된 초연함에는 인류의 절반인 대부분의 남성과 달리 많은 여성을 매료시킬 뭔가가 있다고, 린도 인정할 수밖에 없었다. 스베렌센의 우아한 은발 머릿결과 잘 그을린 귀족적 이목구비, 그는… 뭐, 놀기 좋아하는 여성의 기준에 딱 맞는 미남은 아니었지만, 더할 나위 없는 방식으로 흥미를 끌었다. 그리고 먼 곳을 바라보는 듯한 그의 눈은 여자들을 거의 녹여버렸을 것이다. "혼자신가요?" 그가 물었다.

린이 다시 고개를 끄덕였다. "그런 셈이죠."

스베렌센이 눈썹을 치켜들더니, 고갯짓으로 그녀의 술잔을 가리켰다. "당신이 일행도 없이 혼자 있는 모습을 봤습니다. 저는 바에 있다가 쉬려고 가던 참이었죠. 그건, 지극히 일시적일지라도, 우리 두 사람이 90억 인구의 세계에서 섬이 되어버린 느낌이었습니다. 몹시 유감스러운 상황이지만, 우리가 이 상황을 바로 잡을 수 있는 뭔가를 할 수 있을 거라는 확신이 제게 들었습니다. 혹시 당신께 저와 함께 어울리자고 초대한다면 무례한 일이 될까요?"

*

노먼이 엘리베이터를 탔더니 안에 콜드웰이 있었다. 로비로 돌아가던 길이었던 게 틀림없었다.

"짐작보다 오래 걸렸어요." 콜드웰이 말했다. "휴스턴에서 예산 할당과 관련해서 귀찮은 일이 많아서요. 나는 휴스턴으로 최대한 빨리 돌아가야 할 것 같습니다. 너무 오래 자리를 비웠거든요." 콜드웰이 노먼을 의아하게 쳐다봤다. "린은 어디 있죠?"

"아래층에 있습니다. 저는 호출을 받아서요." 노먼이 엘리베이터의 문을 잠시 응시하더니 말했다. "소브로스킨이 워싱턴의 소련 대사관을 통해 접촉해왔습니다. 뭔가 할 말이 있다며 런던에서 만나자고 하네요."

콜드웰이 깜짝 놀라 눈썹을 치켜세웠다. "갈 겁니까?"

"아직은 모르겠습니다. 방금 패커드 장관에게 전화했어요. 그 문제에 관해 이야기를 나누기 위해 지금 바로 장관의 자택으로 택시를 타고 갈 예정입니다. 그리고 늦은 밤에 어떤 사람을 만나 알려줄 계획입니다." 노먼이 고개를 절레절레 흔들었다. "오늘 밤은 조용히 보낼 줄 알았는데 말이죠."

그들은 엘리베이터를 나와서 아케이드를 지나 린이 있던 곳으로 향했다. 그 작은 공간에는 아무도 없었다. 그들이 주변을 돌아봤지만, 린은 아무 데서도 보이지 않았다.

"아마 화장실이라도 간 모양이네요." 콜드웰이 추측했다.

"그런 것 같습니다."

그들은 선 채로 이야기하면서 기다렸지만, 린은 전혀 기미를 보이지 않았다. 마침내 노먼이 말했다. "린은 한 잔 더 하고 싶은데 여기서는 서비스가 안 되어서 바에 갔을지도 모릅니다. 어쩌면 아직 거기에 있을 겁니다."

"내가 확인해볼게요." 콜드웰이 말했다. 그는 뒤로 돌아 로비를 가로질러서 성큼성큼 걸어갔다.

잠시 후 콜드웰이 돌아왔는데, 힐튼 호텔 한가운데에서 자기 일에 빠져있다가 뒤에서 전차로 들이받힌 사람의 표정이었다. "린은 저기 있습니다." 그는 멍한 목소리로 말하더니 빈 좌석에 털썩 앉았다. "일행이 있네요. 직접 가서 한번 보세요. 하지만 문에서 뒤로 떨어져서 보세요. 그리고 돌아와서, 내가 생각하는 그 사람이 맞는지 말해주십시오."

1분 후, 노먼이 반대편 의자에 털썩 앉았다. 노먼도 돌아오는 길은 전차에 치인 사람의 몰골이었다. "그놈이에요." 노먼이 멍하게 말했다. 한참 시간이 흐른 뒤, 노먼이 중얼거렸다. "스베렌센은 코네티컷주의 어딘가에 집이 있어요. 브루노 기지에서 돌아가는 길에 워싱턴 D.C.에서 며칠 머무는 모양입니다. 우리가 다른 숙소로 옮기는 게 나을 것 같네요."

"린은 어때 보이던가요?" 콜드웰이 물었다.

노먼이 어깨를 으쓱했다. "괜찮았어요. 대체로 그녀가 이야기하는 것 같았는데, 아주 편안해 보였어요. 잘은 모르겠지만, 어떤 사내가 그 말을 곧이곧대로 믿고 몇백 달러를 고스란히 바칠 것처럼 보이더군요. 린 씨는 잘 대처하는 것 같았어요."

"그렇지만 린이 대체 뭘 하려는 걸까요?"

"본부장님이 저한테 말해주셔야죠. 린 씨의 상관이잖아요. 전 그녀를 거의 몰라요."

"그래도, 젠장, 저기에 그대로 놔둘 수는 없어요."

"우리가 뭘 할 수 있을까요? 그녀는 자기 발로 걸어 들어갔고, 술을 마실 수 있는 나이예요. 아무튼 저는 저기에 못 들어가요. 스베렌센이 저를 아는데, 문제를 일으켜서 좋을 게 없으니까요. 본부장님만 남았어요. 어떻게 하실 거죠? 자기가 분위기 망치는 줄 모르고 나서는 상관처럼, 끼어드실 건가요?" 콜드웰이 짜증이 나서 찌푸린 얼굴로 탁자를 노려봤지만 대답할 말이 궁한 모양이었다. 잠시 침묵이 흐른 뒤, 노먼이 자리에서 일어나 미안한 듯 양팔을 벌렸다. "저기, 본부장님. 이런 소리를 하긴 그렇지만, 저는 가봐야 해서 이 문제는 본부장님에게 맡길게요. 하고 싶은 대로 하세요. 장관이 지금 저를 기다리고 있어서요. 중요한 일입니다. 저는 이만 가보겠습니다."

"네, 그래요. 알았어요." 콜드웰이 얼핏 손을 흔들었다. "돌아와서 전화 줘요. 무슨 일이 있는지 알려주고."

노먼은 로비를 가로지르지 않으려고 바의 앞에 있는 호텔 옆문으로 나갔다. 콜드웰은 한참 동안 생각에 잠긴 채 앉아 있었다. 그러다 어깨를 으쓱하고, 곤혹스러운 얼굴로 고개를 절레절레 흔들더니, 자신의 방으로 올라가서 노먼의 전화를 기다리는 동안 읽을 만한 자료를 집어 들었다.

22

단체커는 투리엔의 연구실에서 나란히 떠 있는 두 개의 입체 영상을 한참 동안 응시했다. 그 영상은 가니메데인이 관할하는 한 행성의 심해 바닥에 살아가는 벌레에서 채취한 세포 한 쌍을 고배율로 확대한 모습이었다. 핵과 다른 성분을 쉽게 구별할 수 있도록 색채를 보정해서 내부 구조를 보여줬다. 한참 후 단체커가 고개를 절레절레 흔들며 머리를 들었다. "제가 패배를 인정할 수밖에 없겠네요. 저한테는 두 세포가 똑같아 보입니다. 그런데 하나는 이 종의 세포가 아니라고 하셨죠?" 단체커가 믿기지 않는다는 투로 말했다.

단체커 바로 뒤에 서 있는 쉴로힌이 미소를 지었다. "왼쪽에 있는 세포는 자기 핵에 있는 DNA를 해체하고, 그 조각들을 재조립해서 숙주 생물의 DNA를 복사하도록 프로그램된 효소를 가진 단세포 생물입니다." 그녀가 말했다. "그 과정이 완료되면, 그 기생 생물은 전체 구조를 빠르게 변형해서 서식하는 숙주의 세포 형태를 복제합니다. 그때부터 기생 생물은 말 그대로 숙주 일부분이 되어, 숙주 자체에서 자연적으로 생성한 세포와 구별되지 않기 때문에 항체나 거부 반응 체계에 영향을 받지 않습니다. 그 생물은 매우 뜨겁고 푸른 항성으로부터 강한 자외선 복사를 받는 행성에서 진화했는데, 아마도 극단적인 돌연변이에 맞서 종을 안정화하던 세포 복원 체계에서 그런 형태로 진화한 것 같습니다. 우리가 아는 한 유일한 적응 형태입니다. 당신이 보면 흥미로워할 것 같았어요."

"엄청나네요." 단체커가 낮은 소리로 말했다. 그는 방을 가로질러, 원래의 영상을 생성해서 데이터로 만든, 번쩍거리는 금속과 유리로 된 장비로 걸어갔다. 그리고 허리를 숙여서 그 조직 표본을 담고 있는 작은 칸막이를 유심히 들여다봤다. "지구로 돌아가서 이 생물을 가지고 제가 직접 몇 가지 실험을 해보고 싶습니다. 음…. 투리엔인들이 이 표본을 가져갈 수 있도록 허락해줄까요?"

쉴로힌이 웃음을 터트렸다. "교수님, 투리엔인들이라면 기꺼이 줄 거라고 저는 확신합니다. 그렇지만 이걸 어떻게 휴스턴으로 가져갈 건가요? 여기가 현실이 아니라는 사실을 깜빡하신 것 같네요."

"아크! 이런 바보가 있나!" 단체커가 고개를 젓더니, 주변에 있는 장치를 보기 위해 뒤로 몇 걸음 물러났다. 교수는 대부분의 기능을 아직 이해하지 못했다. "배워야 할 게 너무 많아." 그는 반쯤 혼잣말로 중얼거렸다. "배워야 할 게 너무 많아…." 교수는 한동안 생각에 잠겨 있더니 표정이 바뀌며 얼굴을 찌푸렸다. 그리고 고개를 돌려 쉴로힌을 다시 쳐다봤다. "이 투리엔 문명 전체에 대해 궁금한 부분이 있는데, 혹시 도와줄 수 있습니까?"

"노력해볼게요. 어떤 게 궁금하세요?"

단체커가 한숨을 뱉었다. "글쎄요. 잘 모르겠습니다만…. 제 생각에는 2천5백만 년의 시간이 지났다면 이보다 훨씬 더 발전했어야 할 것 같아서요. 물론 지구보다는 월등히 앞서 있지만, 지구가 투리엔의 현재와 비슷한 수준에 도달하기까지 그렇게 오랜 시간이 걸릴 것 같지는 않습니다. 뭔가 좀… 이상해요."

"저도 비슷한 생각이 들었습니다." 쉴로힌이 말했다. "그래서 그 문제에 대해 이샨과 이야기를 나눠봤죠."

"그가 이유를 설명해주던가요?"

"네." 쉴로힌이 더 이야기하지 않고 한참 동안 가만히 있어서, 단체커가 의아한 눈으로 그녀를 바라봤다. 그때 그녀가 입을 열었다. "투리엔의 문명은 아주 오랜 시간 동안 멈춰있었습니다. 역설적이게도, 그건 발전된 과학으로 인한 결과였습니다."

단체커가 이해가 안 된다는 듯 안경 너머로 눈을 깜빡였다. "어떻게 그럴 수 있죠?"

"교수님은 가니메데인의 유전공학 기술에 대해 광범위하게 연구하신 것으로 압니다." 쉴로힌이 대답했다. "투리엔으로 이주한 후 그들은 유전공학을 더욱 발전시켰습니다."

"그게 어떤 관련이 있는 건지 잘 모르겠습니다."

"여러 세대 동안 꿈꿔왔던 능력을 투리엔인이 완성했습니다. 유전자를 프로그램해서 신체의 노화와 쇠약으로 인한 영향을… 영원히 상쇄시키는 능력을 완성한 겁니다."

쉴로힌의 말을 단체커가 완전히 이해할 때까지는 시간이 필요했다. 그러더니 단체커가 입을 쩍 벌렸다. "불사(不死)라는 말인가요?"

"그렇습니다. 한동안은 유토피아를 실현한 것 같았습니다."

"같았다?"

"모든 결과를 예견하지는 못했던 거죠. 오랜 시간이 지난 후 그들의 진보와 개혁, 창의성이 사라졌습니다. 투리엔인들은 너무 현명하고, 너무 많이 아는 존재가 되어버린 겁니다. 특히, 그들은 어떤 일이 불가능한 이유와 왜 더 이상 달성할 수 없는지를 너무 잘 알았습니다."

"그들이 꿈꾸는 걸 멈췄다는 뜻이군요." 단체커가 울적한 얼굴로 고개를 저었다. "안 됐군요. 우리가 지금 당연하게 받아들이는 모든 일은, 불가능한 일을 꿈꿨던 이들로부터 시작된 건데 말이에요."

쉴로힌이 고개를 끄덕였다. "그리고 과거에는 늘 젊은 세대가 있었습니다. 너무 순진하고 경험이 없어서 불가능하다는 사실을 알아보지 못하고 시도해볼 정도로 바보스러운 세대 말입니다. 젊은 세대가 얼마나 자주 성공을 해냈는지를 보면 놀랍죠. 하지만 당연하게도, 그들에게는 더 이상 젊은 세대가 없었습니다."

단체커가 이야기를 들으며 천천히 고개를 끄덕였다. "정신적으로 노후한 사회로 바뀐 거군요."

"그렇습니다. 그래서 투리엔인은 무슨 일이 일어났는지 깨달은 후 예전의 방식으로 돌아갔습니다. 하지만 그들의 문명은 너무 오래 정체되어 있었죠. 그 결과로, 대부분의 획기적인 발명은 상대적으로 최근에 일어났습니다. 순간이동 기술은 월인 전쟁의 끝자락에 아슬아슬하게 개발되어서 그들이 개입할 수 있었습니다. 그리고 초공간 동력 분배 그리드, 신경과 기계의 직접 연결, 비자르 같은 기술은 훨씬 나중에 등장했습니다."

"어떤 문제였는지 상상이 되네요." 단체커가 멍한 표정으로 중얼거렸다. "사람들은 자기가 하고 싶은 일들을 하기에는 인생이 너무 짧다고 불평하지만, 그런 제약이 사라지면 사람들은 아무것도 하지 않게 되는 거죠. 유한한 시간이라는 압력이 확실히 가장 큰 동기가 됩니다. 저도 불사라는 꿈이 실현되면 그런 일이 일어나지 않을까

하는 의심이 종종 들었습니다."

"음, 투리엔인의 경험을 바탕으로 판단하자면, 당신의 생각이 맞습니다." 쉴로힌이 단체커에게 말했다.

그들은 투리엔에 대해 좀 더 대화를 나눴는데, 쉴로힌이 가루스, 몬카르와 회의가 있어서 샤피에론호로 돌아가야 할 시간이 됐다. 단체커는 연구실에 남아 비자르가 보여주는 투리엔의 생물학을 좀 더 살펴봤다. 단체커는 여기서 시간을 보낸 뒤, 세부사항에 대한 기억이 선명할 때 자신이 본 것들에 대해 헌트와 의견을 나누고 싶어졌다. 그래서 비자르에게 헌트가 지금 시스템에 연결되어 있는지 물었다.

"아니요, 헌트 박사님은 연결되어 있지 않습니다." 비자르가 단체커에게 알려줬다. "박사님은 15분 전에 맥클러스키 기지에서 떠난 비행기를 타고 가셨습니다. 원하시면, 기지의 관제실로 연결해 드릴 수 있습니다."

"아, 어… 그래, 그렇게 해줄 수 있다면." 단체커가 말했다.

단체커의 눈앞, 바닥에서 약 60센티미터 높이의 허공에 통신용 모니터의 영상이 나타났는데, 맥클러스키 기지의 담당 관제사의 얼굴이 보였다. "안녕하세요, 교수님." 관제사가 인사했다. "무엇을 도와드릴까요?"

"헌트가 어딘가로 떠났다고 비자르가 조금 전에 알려주더군요." 단체커가 대답했다. "무슨 일인지 궁금합니다."

"헌트 박사님은 아침에 휴스턴으로 간다는 메시지를 교수님에게 남겼습니다. 하지만 자세한 사항은 쓰여 있지 않습니다."

"단체커 교수인가요? 제가 교수한테 할 말이 있어요." 캐런 대사의 목소리가 화면 뒤쪽 어딘가에서 어렴풋이 들려왔다. 잠시 후 관제사가 화면 한쪽으로 움직이고, 캐런 대사가 화면 안으로 들어왔다. "안녕하세요, 교수님. 헌트 박사는 린 씨가 워싱턴에서 소식을 가지고 돌아오는 걸 기다리다 지쳐서 휴스턴에 연락해봤는데, 콜드웰 본부장은 휴스턴으로 돌아갔지만 린은 거기에도 없었어요. 그래서 박사가 무슨 일인지 알아보러 갔어요. 제가 이야기해줄 수 있는 건 그게 다입니다."

"아, 알겠습니다." 단체커가 말했다. "이상한 일이네요."

"제가 교수님하고 나누고 싶은 이야기가 더 있어요." 캐런 대사가 계속 말했다. "저는 칼라자르 대통령, 쇼음과 함께 월인의 역사를 자세히 살펴봤는데, 다소 흥미를 끄는 사실이 있었어요. 몇 가지 의문에 대해 교수님의 의견이 듣고 싶어요. 언제쯤 기지로 돌아올 예정인가요?"

단체커가 작게 중얼거리면서 가니메데인의 연구실을 아쉬운 듯 돌아봤다. 그때 비자르를 통해 그의 몸이 다시 배고픈 상태가 되었다는 신호를 받았다. "지금 돌아가겠습니다." 단체커가 대답했다. "지금으로부터 10분 후에 식당에서 이야기를 나눌 수 있을 것 같네요."

"거기서 뵐게요." 캐런 대사가 동의했다. 모니터의 영상이 사라졌다.

*

10분 후 단체커는 맥클러스키 기지로 돌아가 베이컨과 달걀, 소시지, 감자튀김 한 접시를 게걸스럽게 먹기 시작했다. 그사이 캐런 대사는 식탁 건너편에 앉아 샌드위치를 먹으며 이야기했다. 대부분의 UN 우주군 직원들은 영구적인 저장시설을 더 많이 만들기 위해 다른 건물을 수리하느라 바빴다. 바로 옆 주방에서 들리는 달가닥거리며 부딪히는 소리 외에는 그들의 주변에 아무도 없었다.

"우리는 월인 문명과 지구 문명의 발전 속도를 분석해봤어요." 캐런 대사가 말했다. "깜짝 놀랄 정도로 차이가 나더군요. 월인은 석기 도구를 사용하기 시작한 후 몇천 년 만에 증기기관과 기계를 만들었어요. 우리는 그보다 열 배 정도 오래 걸렸죠. 왜 그런 차이가 났다고 생각하세요?"

단체커가 씹는 걸 멈추고 눈살을 찌푸렸다. "월인의 급속한 발전의 원인은 이미 아주 명확하게 드러났다고 생각합니다." 그가 대답했다. "우선 한 가지를 꼽자면, 그들은 시간상으로 가니메데인의 유전 실험에 가까웠습니다. 그래서 그들은 유전적으로 몹시 불안정했고, 좀 더 극단적인 돌연변이 형태가 등장할 수 있는 경향성을 가지고 있었습니다. 람비아인의 갑작스러운 등장은 의심할 바 없이 그런 경우라고 생각됩니다."

"나는 그걸로 발전 속도를 설명할 수 있으리라는 확신이 안 들어요." 캐런 대사가 천천히 대답했다. "교수님은 수만 년의 시간으로는 많은 변화를 만들어낼 수 없다고 여러 차례 이야기했었잖아요. 샤피에론호가 지구에 왔을 때 조락이 입수했던 인간의 유전 정보를 이용해서 비자르에게 몇 가지 계산을 시켜봤어요. 그랬더니 교수님의 주장을 입증하는 결과가 나왔습니다. 인류의 유전 형태는 람비아인이 등장하기 훨씬 전에 이미 자리 잡고 있었어요. 그리고 람비아인이 등장한 건 전쟁이 일어나기 겨우 2백 년 전이었습니다."

단체커가 토스트에 버터를 바르며 콧방귀를 뀌었다. '정치인에게는 과학자 행세를 할 권리가 없다고.' "월인은 미네르바에서 이전의 가니메데인 문명의 흔적을 풍부하게 발견할 수 있었습니다." 단체커가 의견을 제시했다. "그런 특성을 가진 출처에서 얻은 지식 덕분에 지구보다 훨씬 빨리 출발할 수 있었던 겁니다."

"그렇지만 지구에 온 세리오스인들도 이미 앞서있던 문명에서 왔잖아요." 캐런 대사가 지적했다. "그러면 피장파장이에요. 그 차이를 만든 다른 요인이 뭐가 있을까요?"

단체커가 인상을 구기며 노려봤다. '과학자 행세를 하는 여성 정치인이라니!' "월인 문명은 빙하시대가 다가와서 환경 조건이 악화하는 상황에서 발전했습니다. 그게 추가적인 압력을 제공했을 겁니다."

"세리오스인이 지구에 도착했을 때도 빙하시대였어요. 그리고 빙하시대는 그 뒤로도 오랜 기간 지속됐습니다." 캐런 대사가 그에게 상기시켰다. "이것도 빼야겠네요. 자, 다시 해보죠. 차이를 만든 원인이 뭘까요?"

단체커가 분개하며 음식을 포크로 쿡쿡 찔렀다. "당신이 생물학자이자 인류학자인 내 말을 의심하고 싶다면, 물론 그럴 권리가 있으시겠지요, 대사님." 단체커가 대수롭지 않다는 듯 말했다. "나로서는 사실을 이해하는 데 필요한 단순하고 최소한의 가설 이상으로 그 가설을 정교하게 다듬는 일이 왜 필요한지 모르겠습니다. 그리고 이미 우리가 알고 있는 사실들은 그 목적에 완벽하게 잘 들어맞았습니다."

캐런 대사는 단체커가 그런 말을 할 거라고 예상했던 모양인지 반응을 보이지 않았다. "어쩌면 당신은 너무 생물학자라는 틀에 갇혀서 생각하고 있는 건지도 몰라요." 그녀가 주장했다. "사회학적인 관점에서 이 문제를 보려고 노력해보세요. 그리고 다른 방식으로 그 문제에 질문을 던져보십시오."

단체커는 다른 방식이란 게 있을 수 없다는 표정이었다. "그게 무슨 뜻인가요?" 그가 따졌다.

"나한테 월인의 발전 속도가 왜 빨랐는지 이야기하지 말고, 무엇이 지구의 속도를 느리게 만들었는지 답을 찾으려고 해보세요."

단체커가 험악한 얼굴로 잠시 접시를 내려다보다가, 고개를 들고 씩 웃으며 말했다. "달이 지구에 잡히면서 일어난 지각 대변동 때문이죠."

캐런 대사가 노골적으로 믿기지 않는다는 표정을 지으며 단체커를 쳐다봤다. "그래서 회복하는 데에 수만 년이 걸릴 정도로 퇴보시켰다는 건가요? 말도 안 돼요! 기껏해야 겨우 몇 세기 정도겠죠. 그 정도도 너무 많이 잡은 것 같긴 하지만요. 난 그 주장을 받아들일 수 없었습니다. 쇼음도 마찬가지고, 칼라자르 대통령도 받아들이지 않았어요."

"알겠습니다." 단체커가 살짝 물러난 듯했다. 그는 한동안 말없이 베이컨을 쿡쿡 찌르고 있더니 다시 입을 열었다. "그 외에 다른 설명은 뭐죠? 그런 게 있기나 한지는 모르겠지만, 만일 제가 물어본다면, 다른 설명을 해줄 건가요?"

"지금까지 교수님이 언급하지 않았던 문제예요." 캐런 대사가 대답했다. "월인은 초기에 이성적이고 과학적인 사고를 발전시켰고, 문명 초기부터 완벽하게 그런 사고방식에 의지했습니다. 반면에 지구는 마법과 신비주의, 산타클로스, 부활절 토끼, 이빨 요정이 문제를 해결해줄 거라는 믿음에 수천 년 동안 빠져있었습니다. 비교적 최근이 되어서야 바뀌었죠. 심지어 오늘날에도 그런 믿음은 곳곳에 많이 있어요. 우리는 비자르를 이용해 그 효과를 계산해봤는데, 다른 모든 요소를 덮어버릴 정도였습니다. 그게 바로 차이를 만든 거예요!"

단체커는 한참 동안 이 말을 곰곰이 생각하더니, 마지못해 인정하는 말투로 대답했다. "좋군요." 단체커가 방어적으로 턱을 내밀며 말했다. "그렇지만 또 다른 의문을 불러일으키는 통속극 같은 주장까지 필요한지는 잘 모르겠습니다. 이른 시기에 이성적인 방법론을 도입한 종족이 속도를 냈다는 주장은, 그런 방식이 없어서 더딘 다른 종족에 관한 이야기만큼이나 타당합니다. 당신이 주장하려는 요점이 뭡니까?"

"투리엔인들과 이야기를 나눈 뒤로 많이 생각해봤어요. 그리고 그 이유가 무엇일지 찾았어요. 헌트 박사는 모든 일에는 이유가 있다고 했죠. 그 이유를 알아내기 위해 조금 파헤쳐야 할 때도 있지만요. 그렇다면 행성 전체가 수천 년 동안 허튼소리와 미신에 끈덕지게 매달린 이유가 뭘까요? 조금만 관찰해보면 상식적으로 그런 게 작동하지 않는다는 사실을 알 수 있는데도 말이에요."

"내 생각에는 당신이 과학적 방법론의 복잡성을 과소평가한 것 같습니다." 단체커가 캐런 대사에게 말했다. "사실과 오류, 진실과 신화를 확실하게 구분하기 위해 필요한 기술이 발전하는 데에는 수 세대, 수백 년이 걸렸어요. 당연히 하룻밤 새에 일어날 수 있는 일이 아니에요. 대체 당신은 뭘 기대한 건가요?"

"그렇다면 그런 문제가 왜 월인에게는 방해가 되지 않았을까요?"

"저야 모르죠. 당신은 아십니까?"

"그게 내가 도달한 질문이었어요." 캐런 대사가 앞으로 몸을 숙이며 식탁 건너의 단체커를 뚫어지게 쳐다봤다. "이런 추측은 어떻게 생각하세요? 지구의 문화에 신화와 마술에 대한 믿음이 그렇게 깊게 뿌리내리고, 그렇게 오래갈 수 있는 이유가, 지구 문명 초기 단계에서 그런 믿음이 효과적으로 작동했기 때문이라면?"

단체커가 막 삼키려던 음식을 입에 가득 담은 상태로 캑캑거렸다. 그리고 눈에 띄게 얼굴이 붉어졌다. "뭐라고요? 말도 안 되는 소리예요! 우주의 운행을 결정하는 물리 법칙이 최근 몇천 년 동안 바뀌기라도 했다는 말인가요?"

"아뇨, 그게 아니라, 제 말은…."

"그런 터무니없는 주장은 처음 들어보네요. 이 문제는 점성술이나 초능력, 그리고 당신의 머릿속에 들어있는 그런 어리석은 생각으로 설명하려 하지 않더라도 이미 충분히 복잡해요." 단체커는 짜증스러운 얼굴로 주변을 돌아보고는 한숨을 뱉었다. "이런, 당신이 왜 애들 잡지에 나오는 헛소리와 과학을 구별하지 못하는지 설명하려면 너무 많은 시간이 걸릴 것 같네요. 그냥 내 말을 믿으세요. 당신은 지금 본인의 시간을 낭비하고 있습니다. 내 시간도 낭비하고 있다고 덧붙여야겠네요."

캐런 대사는 침착성을 유지하기 위해 애썼다. "저는 그런 걸 주장하는 게 아닙니다." 그녀의 말투에서 피로감이 살짝 묻어났다. "2분만 제 말을 들어보세요." 단체커는 아무 말도 하지 않고 식탁 너머의 그녀를 미심쩍은 눈으로 바라보면서 계속 음식을 먹었다. 캐런 대사가 말을 이었다. "이런 시나리오를 생각해보세요. 제블렌인은 자신이 람비아인이고, 우리가 세리오스인이라는 사실을 절대 잊지 않았습니다. 그들은 여전히 지구를 경쟁자로 보고 있고, 앞으로도 그럴 겁니다. 그들은 투리엔으로 가서 가니메데인의 기술을 모조리 흡수할 기회를 잡았는데, 지구에 있는 경쟁자는 달이 나타나면서 출발점으로 다시 돌아간 상황입니다. 자, 이 상황에 그들을 집어넣어 봅시다. 그들은 감시 작업에 대한 통제권을 얻었습니다. 그리고 아마도 이때쯤 그들은 자신들의 비행선을 순간이동 시키고 은하계 어디라도 갈 수 있었을 겁니다. 그들에게는 독립적인 행성에 자신들만의 독립적인 컴퓨터 네트워크 '제벡스'가 있었으니까요. 또한 그들은 형태적으로 인간입니다. 육체적으로는 경쟁자와 구분되지 않죠." 캐런 대사가 의자에 기대앉으며 반응을 기대하는 얼굴로 단체커를 바라봤다. 마치 그가 나머지 이야기를 스스로 채워주길 바라는 듯했다. 단체커는 입으로 향하던 포크를 중간에 멈추고 입을 벌린 상태로 그녀를 노려봤다.

"그들은 마술과 기적이 작동하는 것처럼 보이게 할 수 있어요." 캐런 대사가 잠시 후 계속 말을 이었다. "그들은, 뭐라고 할까, '요원'을 고대 역사 과정에서 우리 문화에 집어넣어서 고의로 신앙 체계를 주입한 겁니다. 우리는 여전히 그 상태에서 완전히 벗어나지 못했죠. 신앙은 경쟁자가 과학을 다시 발견해서 자신들이 다시 걱정해야 할 정도의 기술을 발전시킬 때까지 아주 아주 오래 걸리도록 확실하게 보장해줍니다. 그사이 제블렌인은 자신들만의 체제를 구축하고, 제벡스를 발전시키고, 가니메데인의 전문 지식을 빨아들이고, 그들이 다른 짓을 할 수 있는 시간을 넉넉히 벌게 되죠." 캐런 대사가 등받이에 기대앉아 양손을 펼치며 반응을 기다리는 눈빛으로 단체커를 바라봤다. "어떻게 생각하세요?"

단체커가 한참 동안 그녀를 응시하더니 단호하게 말했다. "불가능합니다."

캐런 대사의 인내가 마침내 바닥이 났다. "왜요? 그 가설에서 뭐가 잘못됐죠?" 그녀가 따졌다. "뭔가가 지구의 발전을 늦춘 건 사실입니다. 이게 그 이유를 설명해주죠. 그리고 당신은 아무런 제안도 하지 못했어요. 제블렌인은 수단과 동기가 있었고, 이 추론은 증거에도 부합합니다. 당신은 뭘 더 원하나요? 난 과학자라면 열린 마음으로 문제를 바라볼 줄 알았는데요."

"너무 황당무계한 소리예요." 단체커가 쏘아붙였다. 그는 이제 노골적으로 빈정거렸다. "과학의 또 다른 원칙은, 당신이 간과한 것 같은데, 실험으로 가설을 검증하기 위해 노력한다는 겁니다. 당신이 이 광범위한 가설을 어떻게 검증할지 모르겠습니다만, 슈퍼맨을 그린 만화가나 슈퍼마켓에서 파는 주부 잡지에 글을 쓰는 작가들을 만나 상담을 해보기를 권합니다." 그리고 단체커는 다시 자기 음식으로 관심을 돌렸다.

"뭐, 당신이 그런 태도로 나올 거라면, 점심 맛있게 드세요." 캐런 대사는 화가 나서 자리에서 벌떡 일어났다. "헌트 박사가 월인이 존재하다는 사실을 당신에게 받아들이게 하느라 엄청나게 많은 시간을 허비했다는 이야기를 들은 적이 있어요. 왜 그랬는지 똑똑히 알겠습니다!" 캐런 대사는 고개를 돌리고 성큼성큼 식당을 빠져나갔다.

*

캐런 대사는 30분이 지난 후에도 화가 가라앉지 않아서 비행장 구석에 있는 한 건물 옆에 서서 UN 우주군 직원들이 발전기를 하나 더 설치하는 모습을 지켜보고 있었다. 단체커는 조금 떨어진 식당의 문에서 나와 그녀를 힐끗 보더니, 뒷짐을 지고 반대 방향으로 천천히 걸어갔다. 그는 기지의 담장까지 걸어가 한참 동안 습지를 바라보며 서 있다가, 가끔 고개를 돌려 캐런 대사가 서 있는 곳을 쳐다봤다. 이윽고 몸을 돌려 생각에 잠긴 얼굴로 식당 문을 향해 걸어갔다. 단체커는 거의 식당에 다다랐을 때 멈춰 서더니, 다시 캐런 대사를 건너다봤다. 그리고 잠시 망설이다 방향을 바꿔 그녀에게 다가갔다.

"저기, 음, 어…. 사과드립니다." 단체커가 말했다. "대사님의 말씀에 일리가 있는 것 같습니다. 확실히 대사님의 결론은 추가로 조사를 해봐야 할 것 같아요. 최대한 빨리 다른 사람들을 만나서 이에 관해 이야기를 나누는 게 좋겠습니다."

23

"린이 어쨌다고요?"

헌트가 항해통신본부 건물의 꼭대기에 있는 본부장실로 이어진 복도를 따라 걷고 있던 콜드웰의 팔을 잡아 멈춰 세웠다.

"그놈이 린에게 다음에 뉴욕으로 어머니를 만나러 오면 연락하라고 했답니다." 콜드웰이 말했다. "그래서 내가 린에게 휴가를 주고 어머니를 만나러 가라고 했죠." 콜드웰은 그의 재킷 소매를 붙잡고 있는 헌트의 손가락을 들어서 치우고 계속 걸어갔다.

헌트는 그 자리에 꼼짝 않고 서 있다가 다시 종종걸음으로 본부장을 따라잡았다. "이게 대체…? 본부장님이 그러면 안 되죠! 린은 저한테 아주 특별한 사람이란 말입니다."

"린은 내 보좌관이기도 합니다."

"그렇지만…, 린이 그놈을 만나게 되면 뭘 할 거라고 생각하는 겁니까. 시라도 읽을까요? 본부장님, 이러면 안 되죠. 당장 린을 거기서 빼내세요."

"박사님은 꼭 우리 이모 같은 소리를 하는군요." 콜드웰이 말했다. "나는 아무것도 하지 않았습니다. 린이 알아서 스스로 계획을 세운 거죠. 그리고 그런 기회를 이용하지 않을 이유가 없죠. 쓸모 있는 뭔가를 알아낼지도 모릅니다."

"린의 직업정보에 '마타 하리' 노릇을 해야 한다는 소리는 없었습니다. 이건 근로계약 의무의 한계를 벗어난 뻔뻔스럽고 용납할 수 없는 직원 착취예요."

"터무니없는 소리는 하지 마시고요. 이건 경력을 쌓을 기회입니다. 린의 직업정보에는 진취성과 창의성이 강조되어 있어요. 바로 이런 거죠."

"무슨 경력이요? 그 녀석은 머릿속에 오직 한 가지 생각밖에 없는 놈이에요. 보세요, 놀랄 만한 성과가 나올지도 모르겠지만, 저는 린이 그놈의 셔츠에 붙일 보이 스카우트 배지가 되도록 놔둘 생각이 없습니다. 제가 구식인지는 몰라도, 그게 UN 우주군을 위해 할 수 있는 최선의 일이라고 생각하지 않습니다."

"과잉반응하지 마세요. 아무도 그렇게 이야기하지 않았습니다. 이건 우리가 놓치고 있는 세부 항목을 조금 채울 기회가 될 수도 있습니다. 난데없이 나타난 기회를 린이 붙잡은 거고요."

"캐런 대사에게서 자세한 이야기는 이미 충분히 들었습니다. 알아요. 우리는 규칙을 알고 있고, 린도 규칙을 압니다. 하지만 그 녀석은 규칙이란 걸 몰라요. 그놈이 무슨 짓을 할 것 같으십니까? 자리에 앉아서 질문란에 답을 채워주기라도 할 것 같아요?"

"린이 잘 다룰 겁니다."

"린에게 그런 일을 하게 놔둬서는 안 됩니다."

"나도 린을 막을 수 없습니다. 린은 어머니를 만나러 가려고 휴가를 냈잖아요."

"그렇다면 저도 특별 휴가를 내야겠습니다. 지금 당장 출발하겠습니다. 제가 뉴욕에서 개인적으로 급하게 참석해야 할 일이 있어서요."

"거부하겠습니다. 박사님은 여기서 처리해야 할 훨씬 더 중요한 일이 많은 것으로 아는데요."

둘은 말없이 바깥 사무실을 지나 콜드웰 본부장실의 내부 사무실로 들어갔다. 콜드웰의 비서가 음성을 받아쓰는 기계에 메모를 읽다가 고개를 들더니 끄덕 인사했다.

"본부장님, 이건 너무 심하잖습니까." 둘이 안에 들어가자 헌트가 다시 시작했다. "그게…."

"박사께서 생각하시는 것보다 중요한 문제입니다." 콜드웰이 그에게 말했다. "나는 노먼과 CIA로부터 충분히 들었기 때문에, 이게 나타났을 때 붙잡아야 하는 기회라는 걸 압니다. 린도 그걸 알고 있고요." 콜드웰이 재킷을 벗어 문 옆 옷걸이에 걸고 돌아서 자기 책상으로 걸어갔다. 그리고 들고 왔던 서류가방을 책상 위에 내려놨다. "우리가 상상도 못 했던 일들이 스베렌센 주변에서 엄청나게 많이 일어났습니다. 그리고 우리도 알아내고 싶었지만, 아직 모르고 있는 사실이 많아요. 그러니까 신경과민 환자 노릇은 그만하고, 앉아서 5분만 이야기를 들어봐요. 내가 요약해서 설명해줄 테니."

헌트가 체념의 긴 한숨을 뱉더니, 항복하듯 양손을 내밀며 의자에 털썩 앉았다. "5분보다는 훨씬 시간이 많이 필요할 겁니다." 콜드웰이 자리에 앉으며 헌트를 바라보자, 헌트가 이야기를 계속했다. "어제 우리가 투리엔인들에서 알아낸 것들을 먼저 이야기해드려야 할 테니."

*

휴스턴에서 7천8백 킬로미터 떨어진 런던 하이드파크의 서펜타인 호숫가 벤치에 노먼이 앉아 있었다. 올해 처음으로 따뜻해진 날에 잘 어울리는 목이 파인 셔츠와 여름 드레스를 입고 산책하는 사람들이 주변을 둘러싼 푸른 나무들에 활기찬 색조를 더했다. 나무들 위로 지난 50년 동안 눈에 띄는 변화가 없었던 위엄 있고 당당한 건물들의 모습이 멀리 보였다. 노먼은 주변을 둘러보고 소리를 들으며, 어쩌면 사람들이 원하는 삶은 이런 게 전부라는 생각이 들었다. 세상의 모든 사람이 원하는 건 자신의 삶을 영위하고, 빚지지 않고, 혼자 있을 수 있게 내버려두는 것이다. 그런데 어떻게 사람들과 다른 야망을 품은 소수가 항상 권력을 장악하고, 그들이 원하는 체제를 강요할 수 있게 되는 걸까? 이상을 가진 광신자와 이상에 전혀 신경 쓰지 않을 정도로 자유로운 백 명의 사람 중 어떤 게 더 큰 악일까? 하지만 자유를 지키는 문제에 관심을 두게 되면, 그게 하나의 이상(理想)이 되고, 그 이상을 지키려는 사람들을 광신자로 만든다. 만 년 동안 인류는 그 문제와 씨름을 해왔지만 해답을 찾지 못했다.

땅에 그늘이 드리워지더니, 노먼의 옆 벤치에 소브로스킨이 앉았다. 그는 이 좋은 날씨에도 두툼한 양복에 넥타이를 하고 있었다. 이마에는 햇볕을 받아 맺힌 땀이 번들거렸다. "브루노 기지와 달리 상쾌하네요." 그가 말했다. "달의 바다가 진짜 바다였다면 얼마나 좋았을까요."

호수 건너편을 쳐다보고 있던 노먼이 고개를 돌리며 씩 웃었다. "그리고 나무도 좀 심고요? UN 우주군이 금성을 식히고 화성에 산소를 공급하는 계획을 진행하는 동안, 달에 대한 개발 계획은 중단한 거로 알아요. 달은 목록의 저 아래에 있죠. 그게 아니더라도, 과연 누군가가 달에 바다를 만들 발상을 해낼 수 있을지는 의문이네요. 그래도 누가 알겠어요? 어쩌면 언젠가 될지도 모르죠."

소련인이 한숨을 쉬었다. "어쩌면 우리 손바닥 안에 이미 그런 지식이 있는지도 몰라요. 그런 지식을 그냥 낭비하고 있는 거죠. 우리가 인류의 역사상 가장 큰 범죄를 목격했다는 사실을 알고 있나요? 아마 세상은 앞으로도 전혀 모를 겁니다."

노먼이 고개를 끄덕이고, 잠시 기다렸다가 약간 사무적인 자세로 물었다. "그래서… 새로운 소식이 뭔가요?"

소브로스킨이 안주머니에서 손수건을 꺼내 이마를 닦았다. "당신은 거인별에서 왔던 암호화된 무전이 우리 소련이 독자적으로 건설한 송신 시설에서 보낸 무전에 대한 회신일 거라 의심했지요. 사실 그 생각이 맞았습니다."

노먼은 놀라는 기색 없이 고개를 끄덕였다. 그는 이미 콜드웰과 린이 워싱턴에서 그 사실을 이야기해줘서 알고 있었다. 하지만 그렇게 말할 수는 없었다. "베리코프와 스베렌센이 어떻게 어울리게 되었는지는 알아냈나요?" 노먼이 물었다.

"그런 것 같습니다." 소브로스킨이 대답했다. "그들은 지구와 투리엔 사이의 통신을 차단하려는 일종의 초국적 작전에 함께 참여한 모양입니다. 그들은 같은 방법을 사용했어요. 베리코프는 독자적인 통신망을 열려는 소련의 시도를 강하게 반대했던 유력한 파벌의 일원입니다. 그들이 제시한 이유는 UN과 같습니다. 그들이 통신을 차단할 수 있도록 조직하기 전에 독자적인 통신 시설이 구축되자, 그들은 무척 놀랐습니다. 그 후 통신 시설에서 무전을 몇 번 보냈습니다. 스베렌센과 마찬가지로, 베리코프는 비밀리에 추가 메시지를 만들어서 보내는 데에 주된 역할을 했습니다. 소련의 시도를 좌절시키기 위한 목적이었죠. 적어도 우리는 그렇게 생각합니다. 다만, 증명할 방법은 없습니다."

노먼이 다시 고개를 끄덕였다. 노먼은 그 사실도 알고 있었다. "그들이 뭐라고 했는지 알고 있나요?" 노먼이 호기심에 물었지만, 사실 그는 투리엔에서 콜드웰이 가져온 베리코프의 메시지 복사본을 이미 읽었다.

"아니요, 하지만 추측은 할 수 있습니다. 이 사람들은 거인별 중계기가 비활성화되리라는 사실을 그 전부터 알고 있었습니다. 그 사건은 이들이 일으킨 게 틀림없습니다. 잘은 모르지만, 그들은 몇 개월 전에 독립적인 발사업체나 그들이 믿을 수 있는 UN 우주군 직원들과 준비했을 겁니다. 내 짐작으로는, 중계기가 완전히 작동 불능 상태에 빠질 때까지 양쪽에서 진행 상황을 지연시키는 게 그들의 전략이었던 것 같습니다."

노먼은 호수 건너편을 쳐다봤다. 호수 건너편에서는 아이들이 햇볕을 받으며 수영과 물놀이를 하고 있었다. 때때로 아이들의 고함과 웃음소리가 산들바람에 실려 흘러왔다. 베리코프가 개입되어 있다는 확인 외에는 새로운 정보는 없었다. "당신은 그 상황을 어떻게 생각하고 있나요?" 노먼이 고개를 돌리지 않은 채 물었다.

길고 무거운 침묵이 흐른 뒤 소브로스킨이 대답했다. "21세기 초까지 러시아에는 폭정의 인습이 있었습니다. 15세기 몽골의 지배에서 벗어난 후부터 러시아는 다른 나라의 안보를 용납할 수 없는 위협으로 여길 정도로 자국의 안보를 지키는 일에 강박적이었습니다. 정복을 통해 국경을 확장하고, 탈취한 영토는 탄압과 위협, 공포로 유지했죠. 하지만 새로운 영토에는 또 국경이 있을 거 아닙니까. 끝도 없이 그 과정이 반복되었습니다. 공산주의는 아무것도 바꾸지 못했습니다. 그건 그저 속기 쉬운 이상주의자들을 불러 모으고 희생을 합리화시키기에 편리한 깃발이었을 뿐입니다. 러시아 혁명이 일어났던 1917년의 몇 달을 빼고 나면, 중세 시대의 교회가 기독교가 아니었던 것과 마찬가지로 소련도 공산주의가 아니었습니다."

소브로스킨은 말을 멈추고 손수건을 접어서 다시 주머니에 집어넣었다. 노먼은 말없이 그가 이야기를 계속하길 기다렸다. "21세기 초에 핵전쟁의 위험이 사라지고, 국제주의에 대한 좀 더 진보적인 관점이 퍼지면서, 우리는 그 모든 게 바뀌기 시작할 것으로 기대했습니다. 겉으로는 바뀌었죠. 소련이 폭정에서 벗어나자, 나처럼 생각하는 많은 사람이 서구를 이해하고 공통적인 진보를 이루는 새로운 분위기를 조성하기 위해 헌신했습니다." 소브로스킨이 한숨을 쉬면서 슬픈 얼굴로 고개를 절레절레 흔들었다. "그렇지만 투리엔 사건을 통해 소련을 다시 암흑시대로 밀어 넣으려는 세력이 사라지지 않았으며, 그들의 목표도 변하지 않았다는 사실이 드러났습니다." 소브로스킨이 매서운 눈으로 노먼을 바라봤다. "서구에 종교적 공포와 경제적 착취를 가했던 세력도 사라지지 않았습니다. 소련과 서구 양쪽 모두에서 그들은 다른 구세력들과 함께 파멸하는 사태를 면하기 위해 입장을 수정했을 뿐입니다. 지구 전체를 가로지르며 수많은 스베렌센과 수많은 베리코프를 연결하는 망이 있습니다. 그들은 자유를 외치는 구호와 깃발 뒤에 숨어있지만, 놈들이 추구하는 자유는 자신들만의 자유지, 그들을 따르는 사람들의 자유가 아닙니다."

"네, 압니다." 노먼이 말했다. "우리도 그들에 대해 조금 알아냈습니다. 그러면 해결책이 뭘까요?"

소브로스킨이 팔을 들어 호수 건너편을 가리켰다. "우리가 아는 거라곤, 저 아이들이 자라나 다른 태양 아래에 있는 다른 세계를 보게 될 수도 있다는 겁니다. 그 대가는 지식이 되겠지요. 지식은 모든 형태의 폭정에 맞서는 적입니다. 지식은 역사상 만들어진 어떤 이념이나 교리보다 많은 사람을 빈곤과 압제에서 자유롭게 해줬습니다. 모든 노예는 정신의 노예에서 시작됩니다."

"당신이 무슨 말을 하려는 건지 잘 모르겠습니다." 노먼이 말했다. "혹시 우리 쪽으로 넘어오겠다든가, 뭐 그런 이야긴가요?

소련인이 고개를 저었다. "지금 중요한 전쟁은 국적과 아무런 상관도 없습니다. 이건 아이들의 정신을 자유롭게 해주려는 편과 아이들에게 투리엔이 존재하지 않는다고 말하는 편의 전쟁입니다. 최근의 마지막 전투에서는 졌지만, 전쟁은 계속될 겁니다. 언젠가는 다시 투리엔인과 이야기를 나누게 될 겁니다. 지금 모스크바에서는 크렘린에 대한 통제권을 두고 전투가 일어나기 직전입니다. 나는 그 전투에 참여해야만 합니다." 소브로스킨이 뒤로 손을 뻗어서 벤치 뒤쪽에 두었던 꾸러미를 들더니, 그 꾸러미를 노먼에게 내밀었다. "우리는 내부의 일을 다룰 때는 무자비한 전통이 있습니다. 당신은 거기에 참여할 수 없죠. 앞으로 몇 달 동안 많은 이들이 살아남지 못할 가능성이 큽니다. 나도 그중 하나일 수 있습니다. 만일 그렇게 된다면, 내가 한 일이 결코 헛된 일이 아니었다고 생각하고 싶습니다." 그는 꾸러미를 놓고 팔을 뺐다. "거기에는 내가 아는 모든 기록이 담겨 있습니다. 모스크바에 있는 동료에게 맡겨도 안전하지 못할 겁니다. 그들의 미래도 나만큼이나 불안하니까요. 하지만 당신은 그 정보를 현명하게 사용할 수 있을 겁니다. 당신도 나처럼 진짜로 중요한 전쟁에서 우리가 같은 편이라는 사실을 이해하고 있으니까요." 소브로스킨이 자리에서 일어나며 덧붙였다. "노먼, 당신을 만나서 기뻤습니다. 지도 위에 그려진 색깔보다 깊은 연대감이 존재한다는 사실을 확인하니 안심이 됩니다. 다시 만나고 싶습니다. 하지만 그러지 못하더라도…." 그가 말꼬리를 흐리더니 손을 내밀었다.

노먼이 일어나 그 손을 꽉 쥐었다. "다시 만날 겁니다. 그리고 잘 될 겁니다."

"그러길 바랍니다." 소브로스킨이 손을 놓고 몸을 돌려 호숫가를 따라 걸어가기 시작했다.

노먼은 땅딸막한 사내가 저 아이들의 웃음을 위해 죽을 수도 있는, 운명과의 약속을 지키기 위해 절뚝거리며 걸어가는 모습을 지켜보면서 꾸러미를 쥔 손에 힘이 들어갔다. 노먼은 소브로스킨을 그냥 보내줄 수 없었다. 그에게 사실을 알려주지 않고 그냥 가게 할 수 없었다. "소브로스킨!" 그가 소리쳤다.

소브로스킨이 발걸음을 멈추고 뒤를 돌아봤다. 노먼이 기다리자 소련인이 다시 돌아왔다.

"마지막 전투는 지지 않았습니다." 노먼이 말했다. "지금 투리엔과 연결된 다른 통신망이 작동하고 있습니다. 미국에요. 그건 중계기가 필요 없습니다. 우리는 몇 주 전부터 투리엔인과 이야기를 나누고 있습니다. 캐런 대사가 지구로 돌아갔던 이유가 바로 그겁니다. 그 통신망은 이상 없습니다. 스베렌센의 무리는 이제 통신을 막을 수 없습니다."

소브로스킨은 한참 동안 노먼을 응시한 후에야 그 말의 의미를 깨달았다. 마침내 그가 거의 알아채기 힘들 정도로 천천히 고개를 끄덕였다. 그의 눈이 무표정하게 먼 곳을 바라보더니 조용히 말했다. "고맙습니다." 그리고 몸을 돌려 다시 걷기 시작했는데, 이번에 천천히 딛는 그의 발걸음은 마치 꿈속에서 헤매는 듯했다. 20미터쯤 걸어간 그가 멈추더니 다시 뒤를 돌아봤다. 그리고 말없이 팔을 들어 인사를 했다. 그리고 뒤로 돌아 다시 걸어가기 시작했다. 몇 걸음 뒤, 그의 발걸음이 가볍고 빨라졌다.

그렇게 떨어진 거리에서도, 노먼은 소브로스킨의 환희를 느낄 수 있었다. 그는 소브로스킨이 멀리 떨어진 호숫가의 보트 창고 옆을 걷고 있는 사람들 사이로 사라질 때까지 그의 모습을 지켜봤다. 그리고 고개를 돌려 반대 방향의 서펜타인 다리를 향해 걸어갔다.

24

스베렌센의 백만 달러짜리 저택은 뉴욕에서 60킬로미터 떨어진 코네티컷주에 있었는데, 롱아일랜드 해협이 내려다보이는 200에이커의 정원과 수목이 무성한 해변을 끼고 있었다. 저택에는 계단식 관목으로 둘러싸인 커다란 클로버 잎 모양의 풀장이 양쪽에 있었다. 한쪽에는 테니스장이 있고, 다른 쪽에는 별채들이 풀장을 완벽하게 감쌌다. 그 저택은 최신 유행에 따라 현대적이고 널찍하며 밝고 바람이 잘 통했으며, 지붕 일부가 용마루에서 지면 가까이까지 깔끔하게 쭉 뻗어서 완벽한 건물에 추상적인 조각 같은 선과 구성을 부여해줬고, 다른 쪽의 지붕은 짧게 드리워서 곧은 수직 외관과 반짝이는 적갈색 사암, 타일 모자이크, 비스듬한 유리창을 드러냈다. 웅장한 중앙 건물은 2층으로 되어 있었는데, 큰 방들과 스베렌센의 개인 공간이 있었다. 한쪽 부속건물은 단층으로, 스베렌센이 종종 여는 주말 파티와 다른 행사에 참석한 손님들을 수용하기 위한 여분의 침실 여섯 개와 추가적인 생활공간으로 이루어졌다. 다른 쪽 부속건물은 2층이었는데, 중앙 부분만큼 높지는 않았지만, 스베렌센과 비서가 사용하는 사무실과 서재, 그리고 그가 업무용으로 사용하는 별도의 방들이 있었다.

스베렌센 저택의 내력에는 뭔가 이상한 점이 있었다.

린은 CIA 벤슨 요원의 동료 한 명과 함께 뉴욕으로 날아갔는데, 그는 CIA 지역 사무실에서 스베렌센에 대한 추가적인 정보를 수집하기 위해 기록을 조사하고 있다고 자신을 소개했다. 스베렌센의 저택은 10년 전 다양한 사업을 하는 대기업인 바이스만트 주식회사의 건설지부가 지었다. 그 회사는 개인 주택이 아니라 산업용 건물을 짓는 건설 업체였다. 아마도 외부 건축가와 설계자들을 고문으로 불러들였을 것이다. 이 건설 과정에서 더 이상한 점은 바이스만트 주식회사가 캘리포니아에 기반을 둔 회사라는 사실이었다. 이 지역에도 적합한 회사가 많은데, 스베렌센은 왜 그 회사를 이용했을까?

조사를 더 진행하자, 바이스만트의 주식을 캐나다 보험 합작기업이 대부분 소유하고 있는데, 이 합작기업은 다시 영국의 금융회사와 밀접하게 연관되어 있다는 사실이 드러났다. 이 금융회사는 프랑스와 스위스의 관련 기업들과 함께 무명이었던 스베렌센이 갑자기 화려하게 등장한 배경이 되었던 회사였다. 스베렌센은 그저 은혜를 갚아준 걸까, 아니면 친밀하고 비밀스러운 관계를 맺고 있는 회사를 이용해서 그의 집을 지어야 할 다른 이유가 있었던 걸까?

린은 비키니를 입고 풀장 옆에 있는 야외용 긴 의자 위에 누워서 화단과 관목들 너머로 저택을 유심히 바라보며 다시 그 의문을 곱씹었다. 선글라스를 끼고 진홍색 수영복은 입은 스베렌센은 몇 미터 떨어진 곳에서 파라솔이 달린 탁자에 앉아 아이스 레모네이드를 마시면서 래리라는 남자와 이야기를 나누고 있었다. 바로 옆에는 체릴이라는 금발 여자가 벌거벗고 엎드려서 햇볕을 쬐고 있었고, 다른 두 여자 샌디와 캐럴은 풀장에서 지중해 출신처럼 생긴 엔리코라는 남자와 웃고 소리치며 놀고 있었다. 샌디는 브라를 벗고 있었는데, 지금 벌어지고 있는 저 몸싸움은 그녀의 아랫도리까지 벗기기 위한 게 틀림없었다. 그 외에도 두 명이 더 있었는데, 그들은 한 시간 전쯤에 돌아갔다. 금요일 오후라서 저녁 시간이 되면 더 많은 사람이 올 예정이라고 했다. 내일 아침에도 오는 사람들이 있을 것이다. 린이 목요일 아침에 스베렌센에게 전화했을 때, 그는 이 행사를 '재미있는 친구들과의 즐거운 모임'이라고 했었다.

린은 저택을 쳐다보면서 사무용 부속건물이 약간 특이해 보인다는 생각이 들었다. 앞서 스베렌센이 저택을 구경시켜 줄 때 그 부속건물은 손님에게 개방하지 않는다고 강조했었다. 충분히 그럴 수 있다고 생각했지만, 그래도 뭔가 좀 달랐다. 몇 미터 크기의 판유리로 된 유리창이 달리고, 유리 여닫이문을 열면 안으로 들어가는 저택의 다른 부분들과 달리, 사무용 부속건물은 통풍이 잘되는 구조도 아니었고, 개방적으로 설계되지도 않았다. 대신 벽체가 견고하고 창문은 높은 곳에 작게 달려 있었다. 창문은 두꺼워서 햇볕이 들어가기보다는 오히려 차단하기에 더 적합한 것처럼 보였다. 린이 자세히 살펴보자, 처음에 창문에 놓인 장식품처럼 보였던 게 실은 진입 가능성을 완전히 배제하기 위해 신중하게 위장된 쇠창살이라는 사실을 알게 되었다. 도둑이 아니라 탱크라도 막을 수 있을 것 같았다. 바깥에서는 들어가는 문이 전혀 없었다. 그 부속건물로 가려면 저택 내부에서 들어가는 방법밖에 없는 것 같았다. 이 사무용 부속건물은 저택의 다른 부분과 똑같이 페인트를 칠하고 타일을 붙였지만, 그 표면 아래는 사실상 요새나 마찬가지였다. 린이 일부러 살펴보지 않았으면 그 사실을 알아채지 못했을 것이다.

풀장에서 점점 요란해지던 소음은, 엔리코가 물보라를 튀기면서 의기양양하게 샌디의 수영복 팬티를 머리 위로 흔들자 터져 나온 비명과 함께 최고점에 달했다. "한 명은 끝났고, 한 명 남았어." 그가 소리쳤다.

"불공평해!" 샌디가 소리쳤다. "난 물을 잔뜩 먹었단 말이야. 이건 불공평해!"

"캐럴 차례야!" 엔리코가 소리쳤다.

"그렇게는 안 될걸!" 캐럴이 웃었다. "이건 불공평해. 샌디, 도와줘. 저놈을 잡자." 다시 시끌벅적해졌다.

"저 친구들이 도움이 필요한 모양이네." 스베렌센이 말하며 린 쪽을 바라봤다. "가서 어울려요. 여기서는 즐기는 데에 제한이 없어요."

린은 긴 의자에 머리를 기대며 억지 미소를 지었다. "아, 가끔은 구경하는 것만으로도 아주 즐거워요. 아무튼 저 사람들은 잘 놀고 있는 것 같으니까, 저는 그냥 예비조로 있을게요."

"영리한 사람이라 에너지를 아껴두려는 거야." 래리가 스베렌센에게 말하고, 린에게 저속한 표정으로 윙크했다. 린은 그럭저럭 윙크를 알아채지 못한 척했다.

"아주 현명하지." 스베렌센이 말했다.

"진짜 재미는 나중에 시작되는 거니까." 래리가 씩 웃으며 말했다. 린은 한쪽 입술을 올리며 억지로 웃으면서, 동시에 이 상황을 어떻게 다뤄야 할지 고민했다. "새 친구들을 잔뜩 소개해줄게요. 아주 괜찮은 친구들이 많이 올 거예요."

"기대되네요." 린이 건조하게 말했다.

"매력적이지 않아?" 스베렌센이 래리를 힐끗 쳐다본 후 만족스러운 눈길로 린을 돌아봤다. "워싱턴에서 만났어. 운이 좋아서 우연히 마주쳤지. 뉴욕에서 만날 사람들이 있대." 린은 그 소리를 들으며 마치 자신이 상품이 된 듯한 느낌이 들었다. 아마도 그게 지금 그녀가 처한 상황에 가장 근접한 평가일 것이다. 린은 별로 놀라지 않았다. 어울려 노는 척할 마음의 준비가 되지 않았다면, 애초에 여기에 오지도 않았을 것이다.

"내가 워싱턴에 자주 가는데, 거기서 무슨 일을 하나요?" 래리가 린에게 물었다.

린이 고개를 저었다. "음, 어, 저는 휴스턴에 있는 우주군에서 일해요. 컴퓨터, 레이저, 그리고 온종일 숫자 이야기만 하는 사람들만 가득하죠. 뭐, 사는 게 그렇죠."

스베렌센이 말했다. "아, 우리가 그 상황을 바꿔줄 수 있을 거예요, 린." 그가 래리를 쳐다보며 말했다. "사실, 난 워싱턴에 린 씨에게 딱 맞는 일이 어떤 게 있을지 생각 중이야. 훨씬 흥미로운 일자리 말이야. 확실히 있을 거야. 필 그래즌비 기억나지? 내가 워싱턴에 잠시 머물 때 그 사람이랑 점심을 먹었던 적이 있는데, 자기가 새롭게 여는 에이전시를 운영할 영리하고 매력적인 사람을 찾더라고. 그리고 정말로 꽤 돈을 많이 줄 생각인가 봐."

"당신만 괜찮다면 거기에 함께 가보면 좋겠네요." 래리가 린에게 말했다. 그가 얼굴을 찌푸렸다. "아, 그래도 그건 사업이니까, 오래 걸릴 거예요. 그런데 워싱턴에 갈 때까지 굳이 기다릴 필요가 없잖아? 우리가 여기서 서로를 알면 되겠네요. 당신은 혼자 왔어요?"

"응. 린 씨는 한가해." 스베렌센이 작게 말했다.

"그거 잘됐네!" 래리가 소리쳤다. "나도 한가해요. 여기서 당신한테 새로운 사람들을 소개해줄 사람으로는 나만 한 사람이 없을 거예요. 날 믿어요, 예쁜 아가씨. 당신은 사람을 제대로 만난 거예요. 당신은 취향이 세련되었을 테니까, 말해봐요. 나중에 게임을 할 때 나랑 파트너가 되는 건 어때요. 그러면 그렇게 하기로 한 겁니다?"

"난 현재만 생각하고 살아요." 린이 말했다. "나중 일은 나중에 생각하기로 하죠, 괜찮죠?" 린이 몸을 쭉 펴며 태양을 힐끗 쳐다봤다. 그리고 스베렌센을 향해 말했다. "지금 당장은 뭘 덮지 않으면 햇볕 때문에 열사병에 걸리기 딱 좋을 것 같아요. 난 그늘로 들어가서 시원해질 때까지 다른 옷을 좀 걸칠게요. 나중에 봐요."

"아무렴, 좋지요." 스베렌센이 말했다. "당신이 환자 목록에 올라가는 건 나도 정말 원하지 않는 일이니까." 린은 긴 의자에서 일어나 저택으로 향했다. "내 생각에 그 전에 자네가 열심히 해서 이길 만한 게임을 해보는 게…." 스베렌센이 작게 말하는 소리가 들려왔다. 그 뒷이야기는 풀장에서 지르는 비명에 묻혔다.

체릴이 고개를 들어 관목 사이로 사라지는 린의 모습을 지켜봤다. "래리, 당신은 그녀에게 해줄 수 있는 게 아무것도 없어." 그녀가 말했다. "곧 내가 저 여자한테 정말로 즐거운 게 뭔지 보여줄 수 있을 거야."

"우리 둘은 대체 뭐가 잘못된 걸까?" 래리가 물었다.

*

린의 방에는 킹사이즈 침대가 두 개 있었는데, 사치스럽게 장식이 되어서 이 저택의 다른 부분들과 잘 어울렸다. 린은 도너라는 여성과 방을 함께 사용할 예정이었지만, 그녀는 아직 도착하지 않았다. 린은 방으로 들어가 비키니를 벗고 셔츠와 반바지를 입었다. 그리고 창문 앞에 서서 잠시 생각을 정리했다.

방에 데이터 단말기가 있었지만, 도청당할 가능성이 컸기 때문에 전화하고 싶지는 않았다. 사실, 린이 여기서 빠져나가고 싶을 때는 전화를 할 필요도 없었다. 벤슨의 다른 요원들이 이미 그런 상황을 예상해서 준비해놨기 때문이다. 벽장에 있는 그녀의 숄더백에는 콤팩트처럼 생긴 마이크로전자송신기가 있는데, 안전 고리를 열고 위장된 단추를 누르면 신호가 송신된다. 단추를 한 번 누르면 즉시 CIA 요원이 저택으로 전화할 것이다. 그리고 오빠 흉내를 내면서 가족에게 급한 일이 생겼다는 소식을 전하고, 그녀를 데리고 갈 택시를 보낼 것이다. 세 번 누르면, 대문에서 1킬로미터 떨어진 도로에 정차한 비행차에 타고 있는 요원 두 명이 30초 내로 도착하게 되어 있지만, 이 방법은 그녀에게 진짜로 문제가 발생했을 때만 사용할 예정이었다. 그녀는 아직은 여기서 나갈 생각이 없었다. 주말 동안 지금처럼 저택이 비고 조용한 시기는 앞으로 없을 것이다. 지금처럼 방해받을 위험이 거의 없이 저택을 둘러볼 기회는 다시 오지 않을 것 같았다. 린은 아무것도 보고할 게 없이 두 시간을 보낸 상황에서 겁을 먹고 꽁무니를 뺄 생각은 전혀 없었다.

린은 숨을 깊게 들이쉬고 초조하게 입술을 깨물며 문으로 걸어가 살짝 열고는 귀를 기울였다. 사방이 조용하게 느껴졌다. 그녀가 복도로 나왔을 때 반대편 문에서 낄낄 소리가 둔하게 들려왔다. 린이 잠깐 그 자리에 멈춰 섰지만 다른 소리는 없었다. 그래서 그녀는 조용히 저택 중앙 부분을 향해 걸어갔다.

복도는 작은 서재를 통해 커다란 중앙의 열린 공간으로 이어졌는데, 천장이 저택의 높이만큼이나 높았고, 한쪽으로 유리로 된 벽이 저택 뒤쪽을 향해 비스듬히 내려와 있었다. 그 공간은 L자 형태로, 두꺼운 양탄자가 깔렸고 벽돌로 만든 커다란 벽난로 앞의 바닥이 움푹 들어간 형태였는데, 거기를 둘러싸고 위로 올라간 바닥은 저택의 다른 부분으로 이어지는 계단과 빈 공간으로 이어졌다.

한쪽 복도에서 둔하게 울리는 목소리와 부엌 소음이 들렸다. 그러나 린에게 가까운 주변에서는 스베렌센의 집안일을 하는 사람들의 기미가 전혀 느껴지지 않았다. 린은 천천히 가구들과 장식, 벽의 그림들, 천장을 살펴봤다. 하지만 그 장소에 어울리지 않는 물건은 눈에 띄지 않았다. 린은 잠시 멈춰 서서 머릿속으로 저택의 구조도를 그려본 후, 사무용 부속건물로 향할 것으로 짐작되는 좁은 복도를 골라 그쪽으로 갔다.

복도를 따라가면서 방들의 배치를 살펴봤더니, 대부분은 스베렌센이 그녀를 데리고 구경시켜줄 때 이미 봤던 방들이었다. 마침내 린은 유일하게 사무용 부속건물로 연결된 듯한 문으로 돌아갔다. 그녀가 손잡이를 조용히 돌려봤더니, 예상대로 잠겨 있었다. 손등으로 문을 두드려보니 둔탁하고 딱딱한 소리가 났는데, 나무판처럼 보이는 부분도 그랬다. 표면은 나무일지 모르지만, 속에는 다른 게 있었다. 그 문은 그저 외풍을 막는 정도의 용도가 아니었다. 바위를 뚫는 착암기나 폭파 전문 부대가 없는 한 그쪽으로는 갈 수 없을 것 같았다. 그래서 그녀는 다시 저택의 중앙 부분으로 돌아왔다. 그녀가 처음에 움직이기 시작했을 때, 중앙 부분에서 봤던 조형물이 문득 떠올랐다. 당시에는 그다지 눈에 띄지 않았지만, 지금 다시 생각해보니 어렴풋이 익숙한 느낌이 들었다는 사실을 깨달았다. 린은 그 모습을 머릿속에 다시 떠올리려 애쓰며 생각했다. '절대 그럴 리 없어.' 그건 불가능했다. 그녀는 인상을 찌푸리며 발걸음을 조금 서둘렀다.

그 조형물은 벽난로 한쪽의 움푹 들어간 벽감에 조명을 받으며 서 있었다. 은과 금, 반투명의 결정체 같은 것으로 만들어진 약 20

센티미터 크기의 추상적인 조형물이었는데, 단단한 검은 받침대 위에 올려져 있었다. 린이 몇 분 전에 무심코 힐끗 봤을 때는 그 조형물이 추상적이라고 생각했었다. 하지만 그 조형물을 들어서 손 위에 올려놓고 천천히 돌려본 지금은 이 형태가 단순한 우연이 아닐 거라는 생각이 점차 확신으로 굳어졌다.

가장 아랫부분은 별로 의미 없는 면과 모양으로 구성되었지만, 조형물의 주요 부분을 형성하고 있는 가운데에서 위로 솟은 부분은 섬세하게 조각된 테라스와 층, 사이사이의 지지대가 독특한 곡선을 이루며 위로 부드럽게 올라가면서 점차 가늘어졌다. 린은 이게 타워를 형상화한 건지 궁금해졌다. 그녀가 얼마 전에 봤던 그 타워 말이다. 세 개의 가느다란 소용돌이가 중앙 기둥에서부터 위쪽으로 이어졌다. 세 개의 소용돌이가 꼭대기의 바로 아래에 있는 원반을 받치고 있었다. 플랫폼인가? 그 원반은 표면이 세밀하게 깎여 있었다. 린은 조형물을 돌려보다가…, 숨이 멎었다. 플랫폼의 아랫면에는 쉽게 알아볼 수 있는 동심원 모양의 무늬가 훨씬 세밀하게 묘사되어 있었다. 그녀가 지금 바라보고 있는 것은 투리엔의 브라닉스 중앙 타워를 묘사한 조형물이었다. 이건 불가능하다. 하지만 이게 다른 것일 수는 없었다.

린은 손을 떨면서 그 조형물을 원래 있던 벽감에 되돌려놓았다. '난 대체 어떤 일에 얽혀든 걸까?' 그녀가 속으로 물었다. 린에게 가장 먼저 든 생각은 자신의 방으로 돌아가서 짐을 챙겨 빨리 빠져나가야겠다는 것이었다. 하지만 억지로 마음을 차분하게 가라앉혀 좀 더 맑은 정신으로 생각해보고는 그 충동을 억눌렀다. 더 알아낼 기회는 이번뿐이다. 다시는 이런 기회가 생기지 않을 것이다. 만일 뭔가가 더 있다면, 그녀가 지금 찾아내지 않는 이상 아무도 알 수 없을 것이다. 린은 잠시 눈을 감고, 깊게 숨을 들이쉬면서 끝까지 해내기 위해 남아있는 담력을 끌어모았다.

린은 사무용 부속건물에 대해 더 알아내야만 한다. 하지만 그 안으로 들어갈 방법은 없는 것 같았다. 다른 길로 가면 좀 더 가까이 다가갈 방법이 있을지도 모른다. 혹시 아래로 가면? 이런 저택은 틀림없이 지하 저장실이 있을 것이다. 주방 쪽으로 가면 어딘가에 계단이 있겠지. 그녀는 주방으로 향하는 복도의 끝으로 갔다. 목소리들은 여전히 들려왔지만, 그들의 소리는 어딘가에서 막혔다. 문 두 개는 벽장이었다. 세 번째 문을 열었더니 아래로 내려가는 나무 계단이 나타났다. 린은 안으로 들어가서 살그머니 문을 닫고 내려갔다.

린이 발견한 지하실은 평범해 보였다. 작업대와 도구 선반, 저장 공간이 있고, 파이프들과 도관이 보였다. 기계 같은 게 있었는데, 차광판이 붙은 문 뒤에서 윙윙거렸다. 중앙 냉난방 장치인 모양이었다. 다른 저장실 두 개가 거기서 이어졌다. 각각의 저장실은 저택의 부속건물 방향이었다. 그녀는 사무용 부속건물 방향의 저장실로 들어갔다. 거기는 또 다른 저장 공간으로, 상자들과 장식물들이 잔뜩 쌓여 있었다. 가운데에 틈새가 있는 칸막이벽이 저장실의 반대쪽 끝을 가렸다. 린은 저장실을 가로질러 가서 틈새를 통해 내다봤다. 지하실은 부속건물 아래까지 이어지지 않았고, 칸막이벽 뒤에 있는 작은 공간 너머의 벽에서 끝났다. 린이 주변을 돌아보며 자세히 살펴봤더니, 그가 들어온 저장실 부분은 이상하게 나머지 부분과 구조적으로 달랐다. 특히 그녀가 마주 보고 있는 빈 벽이 그랬다.

벽과 천장이 만나는 부분이 철제 들보로 이루어져 있었는데, 들보의 폭은 적어도 40센티미터는 될 것 같았다. 그리고 모서리를 따라 세워진 똑같이 튼튼한 기둥 두 개가 그 들보를 떠받쳤다. 그 기둥은 벽의 아랫부분에서 살짝 보이는 단단한 콘크리트 기초 부분까지 내려갔다. 천장도 여러 개의 들보와 모서리에 보강판을 댄 가로대로 강화했다. 다른 저장실 공간과 어울리도록 모두 하얀 페인트로 칠해 놔서 무심코 봐서는 알 수 없었다. 하지만 예외적인 부분을 찾는 누군가, 저택의 그쪽 부분에 특히 관심이 많은 누군가에게는 이 튼튼한 구조가 쉽게 눈에 띄었다.

사무용 부속건물은 지하 저장실 대신 단단한 토대 위에 세워져 있었다. 린은 지금 그 토대의 한쪽 부분을 보고 있는 것이다. 이 부속건물은 전함을 만들고 떠받치는 재료와 방식으로 세워졌다. 평범한 주택의 토대는 짓눌려버릴 것이기 때문에, 이렇게까지 만들어야 하는 위층에는 뭐가 있는 걸까? 그녀는 궁금해졌다.

그때 맥클러스키 공군기지의 콘크리트 비행장에 생겼던 구덩이가 떠올랐다.

투리엔의 항성 간 통신 시스템을 운영하려면 인공적으로 생성한 극소형 블랙홀이 필요했다.

하지만 그 생각은 미친 소리 같았다. 이 집은 10년 전에 세워졌다. 2021년 당시에는 투리엔은 고사하고, 가니메데인에 대해서도 아는 사람이 아무도 없었다.

린은 멍한 얼굴로 천천히 칸막이벽에서 물러 나와 계단을 향해 돌아갔다.

그녀는 계단 꼭대기에 멈춰 서서 두근대는 가슴을 가라앉히고 어질어질한 정신을 가다듬었다. 그리고 문을 살짝 열었더니, 바로 그때 스베렌센이 모퉁이 방 가까이에 있는 벽 쪽으로 멀어지는 모습이 살짝 눈에 들어왔다. 그는 고개를 이쪽저쪽으로 기웃거리면서 움직이고 있었는데, 아마도 뭔가를… 혹은 누군가를 찾는 모양이었다.

린은 경련이 일어나듯 몸이 떨렸다. 갑자기 항해통신본부와 휴스턴이 너무도 멀리 있는 것처럼 느껴졌다. 여기서 빠져나간다면, 다시는 아늑한 사무실을 떠나고 싶지 않았다.

스베렌센이 린을 찾는 거라면, 이미 그녀의 방문을 두드려봤을 것이다. 자신의 정체를 들킬까 봐 두려워하는 그녀의 마음 한구석에서 방에 있지 않았던 핑계가 필요하다는 생각이 들었다. 린은 잠시 생각하다가 복도로 나가 다른 방향으로 가서 부엌으로 들어갔다. 잠시 후 커피잔을 손에 쥐고 다시 나타나서 손님용 부속건물로 돌아가기 시작했다.

"아, 거기 있었군요." 린이 중앙 부분을 반쯤 가로질렀을 때 뒤쪽에서 스베렌센의 목소리가 들려왔다. 그녀의 몸이 굳었다. 만일 그녀가 다른 짓을 하고 있었다면, 커피잔을 양탄자 위에 쏟았을 것이다. 린이 고개를 돌려 스베렌센을 봤을 때, 그는 옆방에서 나오고 있었다. 그는 아직 수영복 차림이었지만, 발에 샌들을 신고 어깨에 셔츠를 느슨하게 걸쳤다. 스베렌센은 뭔가 살짝 의심이 들기는 하지만 완전히 확신할 수 있을 정도는 아닌 듯 애매한 눈빛으로 그녀를 바라봤다.

"커피를 좀 가지러 갔었어요." 린은 설명이 필요한 일인 양 말했다. 즉시 그녀는 전형적인 멍청한 여자가 된 느낌이 들었다. 하지만 적어도 린은 그 말과 함께 멍청하게 웃음을 터트리는 짓만은 참을 수 있었다. 린은 스베렌센이 그녀의 어깨너머로 그 벽장의 조형물을 바라보는 게 확실히 느껴졌다. 그녀는 조형물 위에 15센티미터쯤 되는 네온사인 글자가 번쩍거리는 모습이 마음의 눈으로 보였다. "난 움직여졌어!" 그녀는 고개를 돌려 그쪽을 보고 싶은 충동을 그럭저럭 억눌렀다.

"휴스턴에서 오신 분이 태양을 싫어하리라고는 생각해보지 못했습니다." 스베렌센이 말했다. "특히 당신처럼 햇볕에 잘 태운 사람은요." 겉으로는 무심코 뱉은 말 같았지만, 설명을 요구하는 말투가 아래에 깔렸다.

린은 살짝 함정에 빠진 느낌이 들긴 했지만 입을 열었다. "잠깐 벗어나고 싶었어요. 당신 친구 래리가 조금 심하게 나오기 시작해서요. 이런 분위기에 익숙해지려면 저는 시간이 필요할 것 같아요."

스베렌센은 자신이 걱정하던 문제를 그녀가 확인시켜줬다는 듯 미심쩍은 눈으로 그녀를 바라봤다. "글쎄요, 난 당신이 너무 시간이 지나기 전에 긴장을 약간 풀었으면 좋겠어요. 여기에서는 그저 즐길 생각만 하면 됩니다. 한 사람이 어색하게 굴어서 다른 사람들의 분위기까지 망친다면 참으로 부끄러운 일이 아닐까요?"

린이 혼란스러워서 엉겁결에 날 선 말투를 감추지 못하고 말했다. "이것 보세요. 전 이런 걸 기대하고 여기에 온 게 아니에요. 여기서 난잡하게 놀 거라는 말은 전혀 하지 않았잖아요."

스베렌센의 얼굴에 짜증스러운 표정이 비쳤다. "아, 이런. 부디 중산층의 도덕이 어쩌고 하는 소리는 늘어놓지 않기를 바랍니다. 대체 뭘 기대한 겁니까? 난 친구들을 즐겁게 대접할 거라고 했었습니다. 난 그 친구들이 즐기길 바라고, 그들의 취향에 어울리는 방식으로 편하게 지내도록 해줄 겁니다."

"그들의 취향이요? 정말 친절한 분이시군요. 친구들이 당신을 참 좋아할 것 같네요. 제 취향은 어떻게 되는 건가요?"

"내 지인들이 당신의 기준에 맞지 않는다는 말인가요? 정말 재미있군요. 당신의 취향은 이미 아주 확실해요. 당신은 쾌락과 그걸 함께 즐길 수 있는 사람들을 열망하고 있어요. 당신은 이제 그걸 다가졌어요. 물론 그런 삶을 공짜로 얻을 수 있을 거라 기대하지는 않겠죠."

"난 저 철없는 어른들 앞에 달랑달랑 매달려 있는 사탕 취급을 받으리라고는 기대하지 않았어요."

"꼭 애들처럼 이야기하네요. 내게는 당신을 환대한 대가로 손님으로서 사교적으로 행동해주길 기대할 권리도 없습니까? 아니면 내가 순수하게 자선사업으로 자택을 개방하는 박애주의자라도 된 줄 알았나요? 당신이 나와 전혀 다른 부류의 사람이며, 삶의 현실을 이해할 지성조차 없는 사람이란 걸 확실히 알겠습니다."

"누가 자선사업에 대해 한마디라도 했나요? 당신은 여기에 오는 사람들을 존중해주지 않나요?"

스베렌센이 코웃음을 쳤다. 존중하지 않는 게 확실했다. "또 중산층의 멍청한 소리. 내가 해줄 수 있는 말은, 당신이 마음속에 품고 있는 망상은 슬프게도 전혀 근거가 없다는 겁니다." 그가 한숨을 뱉더니 어깨를 으쓱했다. 이미 가망 없는 문제로 치부해버린 듯했다. "난 재정적인 걱정 없이 삶을 즐길 기회를 당신에게 줬어요. 하지만 그 기회를 붙잡으려면 어린 시절의 어리석은 방어적인 관념들을 던져버리고, 당신의 상황에 대해 현실적으로 평가해보세요."

린의 눈에 불꽃이 튀었지만, 목소리를 자제했다. "난 현실적인 평가를 마쳤습니다." 그녀의 말투가 나머지를 말해줬다.

스베렌센은 무관심한 표정이었다. "그렇다면 지체하지 말고 택시를 불러서 낭만을 잃어버리고 꿈을 이룰 수 없는 당신의 세계로 돌아가세요. 나한테는 별 상관 없습니다. 한 시간 내로 다른 사람을 부를 수 있어요. 선택은 순전히 당신 몫입니다."

린은 스베렌센의 얼굴에 커피를 던져버리고 싶은 충동을 억누를 수 있을 때까지 입을 꾹 다물고 그 자리에 가만히 서 있었다. 그리고 돌아서서 침착한 모습을 유지할 수 있도록 힘을 끌어모으며 자신의 방을 향해 걸어갔다. 스베렌센은 냉담한 눈길로 그녀를 잠시 바라본 후, 경멸스러운 표정을 지으며 어깨를 으쓱하고는, 풀장에 있는 다른 사람들과 다시 어울리기 위해 옆문으로 서둘러 나갔다.

*

두 시간 후, 린은 뉴욕까지 동행했던 CIA 요원과 함께 워싱턴으로 향하는 비행기에 타고 있었다. 주변에는 가족들, 연인, 혼자, 혹은 함께 어울린 사람들이 있었다. 어떤 이는 양복을 입고, 어떤 이는 재킷을 입고, 다른 이들은 평상복, 스웨터, 청바지를 입었다. 그들은 이야기하고, 웃고, 읽고, 잤다. 남의 일에 간섭하지 않고, 평범하고, 건전하고, 예의 바른 사람들이었다. 린은 그들 모두를 한 명씩 안아주고 싶었다.

25

캐런 대사는 비자르가 만들어낸 가상 세계에서 신장 8억 킬로미터의 거인이 되어 우주를 떠다녔다. 그녀 앞에 하나는 노랗고, 하나는 하얀 탁구공 크기의 두 별이 느슨하게 연결된 쌍성을 이루며 천천히 돌고 있었다. 사방으로 뻗어 나간 무한한 암흑 속에서 무수한 빛의 점들이 빛났다. 이 쌍성의 질량 중심은 '수리오'라는 행성이 도는 아주 긴 타원 궤도의 초점 두 개 중 하나였는데, 비자르가 그 타원 궤도를 영상에 겹쳐서 보여줬다.

캐런 대사 옆에 있는 단체커는 물질세계를 장난감인 양 바라보는 우주의 신처럼 우주 한가운데에 떠 있었다. 비자르가 속도를 올린 시뮬레이션에서 궤도를 따라 도는 행성을 단체커가 손으로 가리켰다. "행성 수리오는 타원 궤도의 양쪽 끝에서 마주하는 환경 조건이 완전히 극과 극입니다. 태양 두 개와 가깝게 근접하는 쪽에서는 몹시 뜨겁고, 태양 두 개와 멀어지는 쪽에서는 몹시 춥죠. 수리오의 1년은 바다 상태로 있는 차가운 기간과, 똑같이 길지만 사실상 물이 전혀 없는 뜨거운 기간이 교대로 나타납니다. 이샨의 말에 따르면 투리엔인이 지금까지 발견한 행성 중에서 가장 독특하다고 합니다."

"정말 놀랍네요." 캐런 대사가 매혹당한 듯 말했다. "그런데 교수님은 저런 환경에서도 생명이 발생한다는 거죠. 제가 볼 때는 불가능할 것 같은데요."

"저도 그렇게 생각했었습니다. 이샨이 이걸 보여주지 않았다면 저도 안 믿었을 겁니다. 대사님께 보여주려는 게 그겁니다. 자, 그럼 같이 행성으로 좀 더 가까이 내려가서 살펴보죠."

비자르가 그들의 구두 신호에 반응하자, 둘은 수리오를 향해 돌진하듯 다가갔다. 별들은 뒤쪽으로 사라지고, 행성이 빠르게 커지며 구형으로 부풀어 오르더니, 두 사람이 하늘에서 내려가자 지표면이 발아래에 평평하게 펼쳐졌다. 지금은 차가운 바다 상태였다. 그들이 낙하하는 동안 신체 크기가 줄어들어서 수평선에서 수평선까지 펼쳐진 바다의 모습이 정상적으로 보였다.

그리고 그들이 물속으로 들어가자, 주변의 바닷속에서 낯선 외계 생물들이 헤엄치고 꼬불꼬불 꿈틀거리며 나아갔다.

물고기처럼 생긴 검은색의 생물이 눈에 띄었는데, 어렴풋이 상어를 연상시키는 형태였다. 그들이 물고기를 따라가자 시점이 서서히 바뀌었다. 그때 비자르가 그들의 시각 신경에 주입하는 정보의 내용을 변화시켜서 그 생물의 신체와 연한 조직이 반투명하게 바뀌고 골격의 구조가 선명하게 드러났다. 머리 위에서 물로 스며들던 빛이 갑자기 사라지더니, 다시 돌아왔다. 그러더니 고속 촬영한 영상처럼 계속 끊임없이 깜박거렸다. 물고기의 모습은 그들의 앞에 그대로 있었다. "낮과 밤의 순환입니다." 캐런 대사가 궁금한 표정을 짓자 단체커가 설명했다. "비자르는 우리가 관찰할 수 있도록 인위적으로 시간의 속도를 높이고 이 영상을 움직이지 않도록 한 거예요. 햇빛의 강도가 조금씩 강렬해지는 걸 눈치채셨나요?"

캐런 대사도 알아챘다. 그녀는 생물의 골격이 미묘하게 변하기 시작한 것도 알아챘다. 척추가 짧아지면서 두꺼워졌다. 그리고 지느러미 안쪽의 뼈들이 길어지고, 명확하게 식별할 수 있는 관절 부분으로 분화되었다. 또한, 지느러미들이 서서히 생물의 아래쪽으로 이동했다. "무슨 일인가요?" 캐런 대사가 지느러미를 가리키며 물었다.

"이 생물의 적응 과정인데, 대사님이 흥미로워하실 줄 알았습니다." 단체커가 대답했다. "행성 온도가 점차 올라가고, 주변의 바다가 빠르게 증발하기 시작했습니다." 비자르가 그들을 해수면 위로 들어 올려서 단체커의 말을 다시 확인시켜줬다. 행성의 표면은 그들이 도착한 이후로 이미 알아볼 수 없을 정도로 바뀌어 있었다. 바다는 둘레의 경사로가 가파른 일련의 해분(海盆)으로 줄어들었고, 전에는 흩어진 섬과 작은 육지였던 것들이 이제는 광활한 대륙으로 변해서 물 위로 드러난 넓은 대륙붕들과 연결되었다. 식물들은 물러나고 있는 해안선을 넘어 천천히 메마른 산악지대였던 곳까지 올라갔다. 짙은 구름층이 형성되어 끊임없이 쏟아지는 빗줄기가 고지대를 흠뻑 적셨다.

그들은 한참 동안 지표면이 끊임없이 변하는 모습을 지켜봤다. 그리고 다시 내려가 얕은 강어귀에서 국지적으로 일어나고 있는 상황을 따라갔다. 내륙의 비가 내리는 지역으로부터 흘러온 강물은 노출된 대륙붕을 가로지르고 흙을 파헤치고 깎아내면서 줄어드는 바다로 흘러갔다. 그들이 앞서 살펴봤던 생물은 이제 개펄 위에 사는 양서류가 되어 있었는데, 초보적인 다리가 이미 작동했고 완전히 분화된 머리가 이리저리 움직였다. "환경 자극 때문에 촉발되어 분비된 특별한 체액이 뼈를 녹이면, 바뀐 환경에서 생존하기에 더욱 적합한 새로운 골격이 자라납니다." 단체커가 말했다. "정말 신기하죠."

캐런 대사에게는 이것이 지나치게 극단적인 해결 방식처럼 보였다. "그냥 물고기로 머물면서 바다 쪽으로 옮겨가면 안 되나요?" 그녀가 물었다.

"곧 저 행성에는 바다가 하나도 남지 않게 됩니다. 잠시 기다리면서 지켜보세요."

바다가 진흙에 둘러싸인 고립된 웅덩이들로 줄어들더니 곧 완벽하게 말라버렸다. 기온이 점차 상승하자 고지대에서 내려온 강물이 저지대로 흘러내려 가는 사이 실개천으로 변하더니, 결국 물웅덩이에 닿기도 전에 증발해버렸다. 해저 지대였던 지역이 사막으로 변했다. 대륙붕 전역에서 식물이 감소하다가 산봉우리와 높은 고원에 끈덕지게 달라붙어 드문드문 생명의 오아시스를 형성했다. 그 생물은 위쪽으로 이동해서 이제는 비늘로 덮인 피부와 붙잡을 수 있는 앞발을 가진 육지 동물로 완전히 적응했다. 지구의 초기 파충류와 거의 다르지 않았다. "이제 이 동물은 완전히 변태한 상태입니다." 단체커가 말했다. "수리오가 1년을 지나는 동안 동물들은 한 형태에서 다른 형태로 극단적인 변태를 반복합니다. 끈질긴 생명이 불리한 환경에서 어떻게 살아가는지를 보여주는 놀라운 사례죠. 대사님 생각에도 그렇죠?"

중첩된 두 개의 태양이 햇빛을 비추는 시간이 점차 길어지다가, 수리오가 궤도의 끝을 돈 뒤 다시 짧아지기 시작하더니, 추운 기간을 향해 긴 여행에 나섰다. 식물들이 산허리를 내려가기 시작하고, 그 생물의 다리가 줄어들기 시작했다. 그리고 변태 과정 전체가 천천히 거꾸로 진행됐다. "이런 행성에서 지성체가 나올 수 있을까요?"

캐런 대사가 미심쩍은 표정을 지으며 물었다.

"누가 알겠습니까?" 단체커가 대답했다. "며칠 전이었다면, 저는 지금 우리가 목격하고 있는 이 상황을 고려할 가치도 없다고 했을 겁니다."

"정말 환상적이에요." 캐런 대사가 경외감이 깃든 목소리로 작게 말했다.

"아뇨, 현실적입니다." 단체커가 말했다. "현실은 인간이 아무런 도움 없이 상상력만으로 고안해낼 수 있는 어떤 것보다 훨씬 더 환상적입니다. 예를 들어, 적외선이나 자외선 같은 새로운 색깔은 머릿속에 떠올릴 수 없습니다. 인간은 오직 이미 경험한 요소들을 조합해서 다룰 수 있을 뿐입니다. 진실로 새로운 것은 우주 바깥에서만 올 수 있습니다. 그리고 거기에 있는 진실을 밝혀내는 것은 당연히 과학의 역할입니다."

캐런 대사가 의심스러운 눈빛으로 단체커를 쳐다봤다. "제가 교수님을 잘 알지 못했다면, 교수님이 논쟁을 시작하려는 걸로 생각했을 겁니다." 그녀가 단체커를 놀렸다. "이 대화를 더 진행하기 전에 돌아가서 헌트 박사의 연락이 왔는지 보죠."

"그러죠." 단체커가 즉시 대답했다. "비자르, 맥클러스키 기지로 돌려보내 줘."

단체커는 안락의자에서 일어나 퍼셉트론호의 복도로 나가서 캐런 대사가 칸막이방에서 나올 때까지 기다렸다. 둘은 대기실을 통해 밖으로 나와 지면까지 운반되었다. 그리고 비행장 한쪽을 따라 걸으며 식당으로 향했다.

"교수님이 이렇게 빠져나가게 두지 않을 거예요." 잠시 침묵이 흐른 뒤 캐런 대사가 입을 열었다. "전 처음에 법을 전공했어요. 법도 진실을 밝히는 일과 상당히 관련이 많죠. 그리고 사용하는 방법도 과학적이에요. 과학자들이 일할 때 컴퓨터를 이용한다고 해서 논리적 추론을 독점할 권리가 있는 건 아니에요."

단체커가 잠시 생각하더니 말했다. "흠…. 좋네요. 누군가가 수학을 이해하지 못해서 고생하면, 법이 대안으로 다른 뭔가를 제시해주겠군요." 단체커가 거만한 표정으로 인정했다.

"아, 정말 그러기예요? 법을 하기 위해서는 과학보다 훨씬 더 독창성이 필요해요. 그리고 법은 과학자들이 한 번도 고민해보지 않았던 방식으로 머리를 짜내야 합니다."

"정말 대단한 발언이시네요! 대체 어떻게 그런 건지 물어봐도 될까요?"

"교수님, 자연은 종종 복잡하긴 해도, 거짓말을 하지는 않잖아요. 교수님은 진실을 밝히는 과정에서 기득권을 지키기 위해 진실을 감추려는 상대방이나 고의로 조작된 증거를 놓고 다퉈보신 적이 얼마나 자주 있나요?"

"흠! 최근에 가설을 제출하기 위해 실험을 통해 엄격하게 검증하는 시험을 거쳐야만 했던 때가 언제였나요? 대답해보시죠." 단체커가 따졌다.

"우리는 반복적으로 실험할 수 있는 사치를 즐길 수가 없어요." 캐런 대사가 대답했다. "통제된 실험 환경 아래서 자신의 범죄를 재현해주는 범죄자는 그리 많지 않거든요. 그래서 우리는 처음부터 지혜를 아주 날카롭게 유지해야만 합니다."

"흠, 흠, 흠…."

그들은 딱 좋은 시간에 맥클러스키 기지에 도착했다. 그들이 관제실에 들어가자마자 헌트의 연락이 왔다. "여기로 얼마나 빨리 돌아올 수 있어?" 단체커가 헌트에게 물었다. "캐런 대사가 굉장한 생각을 해냈거든. 나도 곰곰이 고민해봤는데, 그 생각에 동의할 수밖에 없었어. 가능하면 빨리 그 문제를 논의해야만 해."

"콜드웰 본부장과 나는 곧 출발할 거야." 헌트가 말했다. "방금 '존'이 그 도시를 방문했던 이야기를 해줬어. 그 이야기 덕분에 모든 걸 완전히 새로운 관점으로 봐야 할 상황이야. 최대한 빨리 위원회에 이야기해야 해. 자네가 준비해줄 수 있겠어?" 이 말은 노먼과 소브로스킨의 회합에 대한 패커드 장관의 보고서가 휴스턴에 도착했으며, 칼라자르와 투리엔인들과의 회의를 급하게 열어야 한다는 뜻이었다.

"바로 확인할게." 단체커가 약속했다.

*

한 시간 후, 단체커가 칼라자르와 약속을 잡았다. 헌트와 콜드웰은 아직 오는 중이었는데, 패커드 장관이 워싱턴에서 전화를 걸었다. "모두 잠깐 멈추세요." 그가 지시했다. "'매리'가 돌아왔어요. 지금 바로 비행기에 태워서 그쪽으로 보낼 겁니다. 당신이 뭘 알고 있다고 생각하든, 절반도 채 모르고 있을 겁니다. 매리가 엄청나게 충격적인 소식을 전해줬어요. 매리가 여러분에게 말해주기 전까지는 아무것도 하지 마세요."

"잘 알겠습니다." 단체커가 한숨을 뱉었다.

5부

26

제블렌 연합의 수상이자, 투리엔 문명의 제블렌 부문 책임자인 이마레스 브로귈리오는 여러 세대를 거치며 조심스럽게 준비해온 계획을 망칠 뻔한 예상치 못했던 사태 때문에 지난 몇 달을 시달렸다.

처음에는 전혀 예상하지 못한 상태에서 갑자기 샤피에론호가 지구에 다시 나타났다. 우주선이 지구를 떠날 때 지구인들이 보낸 무전이 제벡스를 거치지 않고 곧장 비자르로 중계되기 전까지 투리엔인은 이에 대해 전혀 모르고 있었다. 어떻게 그런 일이 일어났는지는 여전히 수수께끼였다. 브로귈리오로서는 칼라자르가 난처한 질문을 던지기 전에 먼저 나서서 무슨 일이 일어났는지 설명을 하는 방법밖에 없었다. 제블렌인은 호전적이고 변덕스러운 지구인들로 인해 이미 상황이 위태로웠기 때문에, 투리엔인을 개입시킬 경우 문제를 악화시킬까 봐 우주선이 안전하게 지구를 벗어날 때까지 그 소식을 전달하지 않고 미루기로 결정했었다고 설명했다. 어쩔 수 없이 급하게 꾸며낸 설명이긴 했지만, 당시 칼라자르는 그 설명을 받아들이는 것 같았다. 중계기와 관련해서 브로귈리오가 협정을 위반했다고 비난하자, 칼라자르는 무전을 중계한 장치는 투리엔인이 태양계 근처에 설치한 게 아니라며, 투리엔인은 지구의 감시를 제블렌인에게 맡긴다는 협정을 위반하지 않았다고 주장했다. 하지만 브로귈리오의 과학자들은 투리엔인이 그 중계기를 설치했다고밖에 달리 설명할 방법이 없다고 했다. 그렇다면 어쨌든 투리엔인들은 그가 지금껏 믿어왔던 것보다 훨씬 약삭빠른 종족이었던 것이다.

막연하게 가졌던 이 생각은, 몇 달 후 투리엔인이 이례적으로 제벡스가 제공한 정보를 재확인할 목적으로 비밀리에 지구와의 대화를 재개했을 때 확신으로 바뀌었다. 브로귈리오는 이런 전개 과정에 대해 공개적으로 문제를 제기할 수 없었다. 그렇게 하면 아직 투리엔인이 알아내지 못한, 지구에 있는 정보원의 존재가 밝혀지기 때문이었다. 하지만 그는 몇 가지 교묘한 조치를 통해 투리엔인의 시도를 무력화시켰다. 제블렌인이 지구 쪽 통신에 대한 통제권을 확보했으므로 적어도 당분간은 유지할 수 있었다. 그런데 갑작스럽게 두 번째 채널을 열려는 소련의 움직임을 저지하려던 브로귈리오의 노력은 그다지 성공적이지 못했다. 그래서 그는 통신망이 작동되지 않게 하려고 극단적인 수단을 동원할 수밖에 없었다. 투리엔인이 대화를 계속하기 위해 좀 더 직접적인 방법을 선택할 위험이 있었기 때문에, 그때까지는 브로귈리오가 피해왔던 방법이었다. 그는 투리엔인이 직접 통신망을 구축할 정도로 노골적으로 협정을 위반하려면, 그 전에 오랜 시간 동안 주저하리라 판단했다.

투리엔인은 자신들이 지구와 접촉했다는 사실을 누설하지 않기 위해 중계기가 파괴된 사건에 대해 언급하지 않기로 했었다. 브로귈리오의 자문들은 이 상황을, 중계기의 파괴에 대한 책임이 지구에 있다고 투리엔인을 믿게 만들었던 조치가 성공한 것으로 해석했다. 더욱 의미 있는 사실은, 제블렌인이 만들어왔던 '적대적이고 공격적인 지구인들'이라는 인상이 그대로 살아남았다는 것이었다. 투리엔인이 상황을 더 파악하기 위해 지구에 착륙하려던 계획을 단념시키기에는 그런 인상만으로도 충분할 것이다.

불안한 시기를 지나고 나서 보니 그 도박은 성공적이었다. 유일하게 남은 문제는 태양계에서 출발한 샤피에론호였다. 샤피에론호는, 가로채기할 경우 행성들의 궤도를 혼란스럽게 만들 위험이 큰 지점을 이미 지났다. 브로길리오는 투리엔인이 조심스러운 종족이므로 신중을 기하기 위해 안전거리를 충분히 확보하려 할 것이라는 짐작이 들었다. 그래서 브로길리오는 먼저 중계기를 처리하고, 그 상황을 이용해서 지구인이 공공연하게 저지른 적대적 행동일 거라는 의견을 투리엔인이 얼마나 쉽게 받아들이는지 시험하기로 했다. 투리엔인이 그 생각을 받아들인다면, 지구인이 샤피에론호를 파괴했다는 설명도 받아들일 가능성이 컸다. 투리엔인은 그 시험을 통과했다. 이제 몇 분만 지나면, 오랫동안 이마레스 브로길리오를 괴롭혔던 문제의 마지막 요소가 제거된다.

브로길리오는 힘든 문제를 잘 해결한 것에 대해 깊은 만족감을 느끼며, 제블렌의 산맥 지하 깊은 곳에 있는 작전실의 한쪽 끝에 서 있었다. 주변에는 그를 수행하는 자문관들과 군사 전략가들이 있었다. 수 광년 떨어져 있는 샤피에론호를 추적하는 장비가 송신한 정보가 제벡스를 통해 계속 들어왔다. 브로길리오는 제블렌 군대의 검은 군복을 입은 장군들을 둘러보고, 일렬로 배치되어 제국 곳곳에서 정보를 가져오고 그의 명령을 전달하는 장비들을 돌아보면서, 운명이 그를 위해 예비한 약속이 실현되리라는 강렬하고 감동적인 기대감이 차올랐다. 이는 제블렌인의 우월성과 강철 같은 의지의 표현이다. 그는 오랜 기간 계승되어 내려온 기획의 마지막 계승자이자, 궁극의 화신이다. 이제 얼마 지나지 않아 제블렌인은 은하계 곳곳에서 권리를 주장할 것이다.

아직 공개적인 자리에서는 군복을 입지 않았다. 제블렌을 방문해서 이따금 다양한 이유로 오랜 기간 체류하는 가니메데인들도 이곳은 모른다. 조직과 계획, 훈련 작전은 아직 비밀리에 진행하고 있지만, 기초적인 장교단이 훈련된 부대의 중추까지 지휘계통을 확립해서 출동할 준비가 되어 있고, 부대원은 신중하게 계획된 신병 프로그램을 통해 즉시 모집을 시작할 수 있다. 제블렌이 관리하는 외딴 행성인 '우탄'의 지표면 아래 깊숙이 숨겨진 공장에서 수년간 꾸준히 무기와 군수물자를 축적해왔다. 그리고 제블렌의 산업과 기업들을 한꺼번에 전시 체제로 변환시키는 계획도 상당히 진행된 상태다.

하지만 아직은 그럴 때가 아니다. 지난 몇 달간 브로길리오도 한두 번 정도는 일부 보좌관의 과잉반응과 극심한 공포, 그리고 설익은 행동에 자극받아서 흔들릴 뻔했다. 하지만 브로길리오는 명확한 판단력과 담력, 확고한 의지력으로 장애를 뚫고 부하들을 이끌며 모든 문제를 하나씩 하나씩 제거했고, 마지막으로 샤피에론호 문제만 남았다. 이제 곧 샤피에론호도 처리될 것이다. 브로길리오는 지금까지 시험을 받았지만, 부족하지 않은 사람으로 판명되었다. 투리엔인이 짓누르고 있는 굴레가 벗겨지자마자 지구에 있는 세리오스인들도 그 사실을 깨닫게 될 것이다. 하지만 아직은 아니다…. 확실히 아니다.

"목표물이 스캔 구역 안으로 근접했습니다." 제벡스가 알려줬다. 작전실 안에 팽팽하게 긴장한 기대감이 퍼졌다. 샤피에론호를 쫓고 있는 투리엔의 추적 장비에 수송용 블랙홀로 인한 중력의 교란이 감지될 수 있으므로, 이를 피하고자 며칠 전에 샤피에론호의 예상 비행 경로에 수송해놓은 제블렌인의 장치에 샤피에론호가 접근하고 있었다. 몇 기가톤급의 핵폭탄을 싣고 있다가 우주선이 근접하면 자동으로 폭발하도록 프로그램된 저 장치 자체는 중력적인 영향이 없으므로 투리엔의 추적 시스템에 감지되지 않을 것이다. 그들의 추적 시스템은 우주선의 주동력이 만든 압력장의 공간적 위치를 계산하는 방식으로 작동한다. 스캔 구역 안으로 근접했다는 제벡스의 보고는 추적 시스템이 샤피에론호의 위치에 대한 정보를 송신한 뒤, 그다음 정보를 송신하기 전에 폭탄이 폭발할 것이라는 의미였다.

브로길리오의 과학 자문인 에스토르두는 초조한 듯했다. "전 이 작전이 마음에 들지 않습니다." 그가 작은 소리로 말했다. "저는 아직도 우주선을 우회시켜서 우탄 같은 곳에 억류해야 한다고 생각합니다. 이건…." 에스토르두가 고개를 저었다. "이건 너무 극단적인 방식입니다. 투리엔인이 알아내기라도 한다면, 우리는 변명할 여지가 없습니다."

"이건 유일한 기회야. 투리엔인들은 심리적으로 지구를 탓하게 되어 있어." 브로길리오가 단호하게 말했다. "이런 기회는 다시 오지 않을 거야. 그런 순간은 낚아채서 이용해야 하는 거지. 소심하고 우유부단하게 굴다가 이런 기회를 놓쳐선 안 돼." 그가 과학자를 업신여기는 눈초리로 노려봤다. "바로 그래서, 나는 명령하고 자네는 따르는 거야. 비범한 재능이란, 감수할 만한 위험과 경솔함의 차이를 아는 거지. 그리고 기꺼이 사활을 걸고 도박을 할 수 있어야 해. 위대한 일은 결코 어중간한 방식으로 이룰 수 없어." 그가 콧방귀를 뀌었다. "게다가 투리엔인이 뭘 할 수 있겠어? 그들은 힘에 힘으로 맞서 싸우지 못해. 애석하게도 그들은 우주가 지시하는 조건에 따라 우주의 현실을 다룰 능력을 물려받지 못했어."

"그럼에도 불구하고, 그들은 오랜 시간 살아남았습니다." 에스토르두가 말했다.

"그건 부자연스러운 결과입니다. 그들은 한 번도 적대적인 시험을 받아본 적이 없기 때문입니다." 브로귈리오의 한쪽에 줄지어 서 있던 사람 중에서 와일로트 장군이 단호하게 말했다. "하지만 힘에 의한 시험은 우주의 자연법칙입니다. 상황이 더욱 자연스러운 과정으로 전개된다면, 그들은 결코 이기지 못할 겁니다. 투리엔인은 은하계의 미지 세계로 앞장서서 나아갈 배짱이 없습니다."

"저게 바로 군인의 말이야." 브로귈리오가 에스토르두와 다른 과학자들을 심술궂은 눈초리로 노려보며 말했다. "너희는 안전한 축사 안에서 투리엔인의 양 떼처럼 울어대지만, 너희가 산 위에 올라가 사자와 마주치면 누가 너희를 보호해줄까?"

그때 제벡스가 다시 말했다. "최신 정보가 분석되었습니다." 일순간에 제블렌 작전실에 정적이 내려앉았다. "스캔 데이터에 목표물이 더 이상 잡히지 않습니다. 모든 흔적이 사라졌습니다. 파괴는 백 퍼센트 성공적으로 마쳤습니다. 임무가 완료되었습니다."

갑자기 긴장감이 치솟았다가, 안도하며 웅성거리는 소리가 사방에서 요란스럽게 터져 나왔다. 브로귈리오는 만족감에 냉혹한 미소를 지으며 그 소란을 내버려뒀다. 그리고 그는 허리를 곧게 펴고 사방에서 자신을 향해 외치는 축하 인사를 받았다. 브로귈리오의 가슴은 그의 제복이 상징하는 권력과 권위로 부풀어 올랐다. 와일로트 장군이 몸을 돌려 손을 빳빳하게 뻗으며 지도자를 향해 제블렌식 경례를 했다. 다른 군인들도 따라서 경례를 했다.

브로귈리오가 형식적으로 경례를 받아준 뒤 잠시 흥분이 가라앉을 때까지 기다렸다가 한 손을 들었다. "이것은 앞으로 일어날 일에 대한 사소한 맛보기에 불과하다." 브로귈리오가 그들에게 말했다. 큰 소리로 외치는 브로귈리오의 목소리가 작전실의 구석구석까지 퍼져나갔다. "제블렌인이 운명을 향해 진군할 때, 그 어떤 것도 우리의 길을 막을 수 없다. 태양계를 휩쓸고, 또 은하계를 휩쓰는 태풍 속에서 투리엔인은 길을 잃고 헤매는 한 줌의 지푸라기 신세가 될 것이다. 제군들은 나를 따르겠는가!"

"따르겠습니다!" 대답이 울려 퍼졌다.

브로귈리오가 다시 미소를 지었다. "제군들은 절대 실망하지 않을 것이다." 그가 다짐했다. 브로귈리오는 작전실이 조용해질 때까지 기다렸다가 좀 더 부드러운 목소리로 말했다. "하지만 그때까지 우리는 투리엔인 상전들을 위해 연기를 해드려야만 한다." 그가 마지막 말을 뱉을 때 입을 이죽거리며 비아냥거렸다. 그 모습 때문에 부하 중 일부가 활짝 웃었다. 브로귈리오가 고개를 살짝 들며 외쳤다. "제벡스, 비자르를 통해 칼라자르에게 연락해서 나와 에스토르두, 와일로트 장군이 몹시 긴급한 문제로 즉시 만나고 싶다고 요청해."

"네, 각하." 제벡스가 대답했다. 잠시 시간이 흐른 뒤 제벡스가 보고했다. "칼라자르 대통령은 지금 회의 중이라 잠시 기다릴 수 있는지 비자르가 제게 물었습니다."

"나는 가장 중요한 문제에 대한 소식을 조금 전에 들었다." 브로귈리오가 말했다. "나는 기다릴 수 없어. 칼라자르에게 내 사과를 전하고, 비자르에게 내가 지금 당장 투리엔으로 가야겠다고 알려라. 샤피에론호가 심각한 재난을 당했다고 믿을 만한 정보가 우리에게 있다고 비자르에게 말해."

1, 2분 후 제벡스가 말했다. "칼라자르 대통령이 지금 즉시 각하를 만나겠답니다."

27

휴스턴에서 콜드웰은, 어쩌면 수백 년 동안 지구 곳곳에 숨어서 과학적인 진보를 가로막거나 통제하면서 자신들의 특권을 보존하고 이익을 증진해왔던 진짜 권력의 네트워크에 대해 헌트에게 설명했다. 처음에는 투리엔과의 통신을 지체시키다가 다음에는 차단해버리는 계획은, 그 권력자들의 정책에 부합하는 듯했다.

그때 맥클러스키 기지에 있는 단체커가 눈에 띄게 흥분한 얼굴로 캐런 대사가 전체 상황에 대해 완전히 새로운 차원의 관점을 던져주는 생각을 해냈다는 소식을 전했다. 몇 시간 후 알래스카에 도착한 헌트와 콜드웰은, 제블렌인이 지구의 역사가 동이 트는 순간부터, 지구의 기술적 발전에 개입했다고 추정할 수 있는 근거에 대해 알게 되었다. 지구가 헤매는 동안 제블렌인은 숫자를 불리고, 재조직하고, 가니메데인의 지식을 이용해 이익을 얻었다. 너무 놀라운 추정이라서 워싱턴에서 돌아온 린이 놀라운 사실을 알려주기 전까지는 두 개의 정보를 연결하지 못했다. 린의 이야기에 따르면, 스베렌센은 제블렌과 통신을 하고 있을 뿐만 아니라, 조형물을 근거로 판단할 때, 스베렌센이 오랫동안 지구에 머물렀듯이 제블렌인은 여전히 최소한 간헐적으로 지구에 육체적으로 방문하고 있다. 다시 말해, 제블렌인은 그저 지구 역사의 초기에만 개입했던 게 아니었다. 노먼과 소브로스킨이 지금 막 밝혀내기 시작했던 부분들은 제블렌인이 조종한 작전이었던 것이다.

그 소식은 즉시 완전히 새로운 의문들을 불러일으켰다. 스베렌센은 토종 지구인인데 협력자로 일하고 있는 걸까, 아니면 제블렌인이 지구에 침투시킨 요원으로서 수년 전에 아프리카에서 죽인 스웨덴인의 신원을 이용하고 있는 걸까? 그 대답이 어느 쪽이든, 스베렌센과 같은 이들은 얼마나 많으며, 어떤 사람들일까? 왜 제블렌인은 보고서를 왜곡해서 지구를 공격적으로 보이도록 만들었을까? 미래에 지구인이 태양계 너머까지 침략의 손길을 뻗치게 될 가능성에 대비해 '보험' 삼아 자신들이 군사력을 유지하는 거라고 가니메데인에게 정당화할 수 있는 핑계가 필요했던 걸까?

만일 그렇다면, 제블렌인은 그 군사력을 누구에게 사용하려는 걸까? 그 대상이 투리엔이라면, 가니메데인이 지배하는 시대를 끝내려는 것으로 보였다. 혹시 대상이 지구라면, 5만 년이 지난 원한을 갚으려는 걸까? 만일 목표가 지구라면, 최근 수십 년 동안 전략적 무기 감축과 평화로운 공존을 장려했던 스베렌센 조직의 활동은 지구를 무방비로 만들어 차지하기 위해 계산된 고의적 계략인 걸까? 그래서 저항할 힘이 남아있을 수 있는 연기가 풀풀 나는 파편 덩어리 대신 산업과 경제에 관심을 돌리게 한 걸까? 만일 이게 사실이라면, 제블렌인은 투리엔인을 어떻게 상대하려 했던 걸까? 그런 일이 일어나는 동안 투리엔인이 아무것도 하지 않고 그냥 멍하니 앉아 있지는 않을 텐데?

가니메데인과 지체 없이 이야기를 나눠야 할 충분한 이유가 있었기 때문에, 칼라자르가 모두 함께 투리오스로 불렀다. 샤피에론호에 있는 가루스와 쉴로힌, 몬카르도 함께 불렀다. 그 결과 두 시간 넘게 논쟁이 진행되었을 즈음, 비자르가 끼어들어 뭔가가 샤피에론호의 대체물을 방금 파괴했다는 소식을 알렸다. 몇 분 후 제블렌 연합 수상인 이마레스 브로길리오가 즉시 만나고 싶다고 연락을 해왔다.

헌트는 맥클러스키 기지에서 함께 간 다른 사람들과 투리오스에 있는 정부청사의 방 한쪽에 앉아서 긴장한 상태로 제블렌인과의 첫 대면을 기다렸다. 그들은 이제라도 곧 나타날 것이다. 반대편에는 샤피에론호에서 온 가루스와 두 동료가 작게 모였고, 칼라자르와 이샨, 쇼음, 그리고 소수의 투리엔인이 한쪽 끝에 모여 있었다. 가니메데인들은 그들이 상상하지 못했던 사기와 속임수에 대해 알게 된 후 아직도 충격에서 벗어나지 못한 상태였다. 프레누아 쇼음조차도 그런 기만적인 행위를 꿰뚫어보는, 확실히 독특한 인간의 능력이 아니었다면, 가니메데인이 과연 그 진상을 파악할 수 있었을지 의심스럽다고 인정했다. 다른 사람의 동기를 의심하는 습성은 육식동물의 사고방식에 적응하면서 생긴 특성인 듯했다. 가니메데인은 육식을 하지 않으니까. "지구에는 도둑은 도둑으로 잡는다는 말이 있더군요." 가루스가 말했다. "인간을 잡기 위해 인간이 필요한 걸 보니 그 말이 맞나 봅니다."

"가니메데인이 뛰어난 과학자일지는 몰라도, 변호사로는 형편없을 거예요." 캐런 대사가 단체커의 귀에 대고 속삭였다. 단체커는 코웃음을 쳤지만, 아무 대꾸도 하지 않았다.

칼라자르는 제블렌인을 충분히 놀 수 있도록 풀어주면 어디까지 거짓말을 할지 궁금했다. 또한 자신이 얼마나 알고 있는지 밝히기 전에 그들로부터 더 알아내고 싶었다. 그런 이유로, 칼라자르는 지구인과 샤피에론호의 가니메데인들을 당장 제블렌인과 대면시키고 싶지 않았다. 그는 제벡스로 송신되는 데이터를 편집해서 이 두 집단과 관련된 모든 정보를 잘라내도록 비자르에게 명령했다. 이는 헌트와 가루스, 그리고 동료들은 그 자리에 그대로 있지만, 제블렌인에게는 전혀 보이지 않게 된다는 의미였다. 그런 전술은 명백히 예의에 어긋나고, 투리엔의 법을 위반하는 것이며, 비자르가 사용된 이래로 수백 년간 전례가 없던 일이었다. 그런데도 칼라자르는 제블렌인이 지금까지 했던 행동으로 볼 때 이번 경우는 예외적으로 인정할 수 있다고 선언했다. 헌트는 결과가 궁금했다.

"제블렌의 브로귈리오 수상과 와일로트 장관, 에스토르두 과학 자문입니다." 비자르가 알려줬다. 긴장한 헌트의 몸이 뻣뻣해졌다. 칼라자르와 투리엔인들 반대쪽에 세 명의 모습이 나타났다. 헌트는 보자마자 가운데에 있는 사람이 브로귈리오인 게 틀림없다고 결론 내렸다. 그의 키는 적어도 190센티미터는 될 것 같았고, 무성한 검은 머릿결과 짧게 자른 수염에 둘러싸인 공격적인 입 모양 때문에, 맹렬하게 이글거리는 검은 눈동자가 한층 위협적인 느낌을 줬다. 그는 넓은 가슴과 튼튼한 상체 위에 연한 자줏빛 튜닉을 입고, 그 위로 금빛의 짧은 외투를 걸쳤다.

"샤피에론호는 어떻게 됐습니까?" 칼라자르가 평소와 달리 딱딱한 말투로 물었다. 헌트는 브로귈리오 정도의 지위에 있는 사람과 만날 때는 대화를 시작하기 전에 일종의 의례적인 인사 같은 걸 나눌 줄 알았다. 다른 두 제블렌인의 얼굴에서도 살짝 놀라는 기미가 느껴졌는데, 아마 그들도 의례적인 인사를 예상했던 듯했다. 그들 중 한 명이 헌트가 앉아 있는 쪽을 똑바로 바라봐서 묘한 느낌이 들었다.

"회의에 갑자기 끼어들게 되어 유감입니다." 브로궐리오 수상이 입을 열었다. 그의 목소리는 깊고 거칠었다. 그는 마치 쉽사리 끌어 모을 수 있는 것보다 훨씬 큰 감정을 보여주어야 하는 임무를 수행하듯 부자연스럽게 말했다. "조금 전에 매우 심각한 소식을 들었습니다. 우리의 추적 데이터에서 그 우주선의 자취가 모조리 사라졌습니다. 우리는 우주선이 파괴되었다고 결론 내릴 수밖에 없었습니다." 브로궐리오는 효과를 끌어올리기 위해, 말을 잠시 멈추고 회의실을 돌아봤다. "고의적인 행동의 결과일 수 있다는 가능성을 떨쳐버리기 힘듭니다."

투리엔인들은 입을 다문 채 한참 동안 그를 응시했다. 투리엔인들은 걱정이나 실망, 혹은 놀라워하는 기미조차 보이지 않았다. 브로궐리오의 눈에서 처음으로 주저하는 낌새가 비치더니, 반응을 보기 위해 투리엔인들의 얼굴을 살폈다. 그가 예상했던 대로 진행되지 않는 게 확실했다.

역시 큰 키에 칙칙한 남색 옷을 입고, 차가운 푸른 눈동자와 올백으로 넘긴 은발에 통통하고 혈색 좋은 브로궐리오의 부하는 그런 분위기를 전혀 읽지 못한 모양이었다. "우리는 여러분에게 경고해주려고 노력했습니다." 그는 그 순간 투리엔인들이 느끼고 있을 거라 짐작되는 괴로움을 나누는 시늉을 하기 위해 애원하듯 팔을 펼치며 말했다. "우리는 이전에 우주선을 가로채야 한다고 여러분에게 촉구했었습니다." 그건 전혀 사실이 아니었다. 아마도 그는 암시의 힘을 상당히 믿는 모양이다. "우리는 여러분에게 샤피에론호가 투리엔에 닿을 때까지 지구인들이 가만히 보고만 있지는 않을 거라고 말했었습니다."

회의실 건너편에 있는 가루스의 눈빛이 차가워졌다. 그의 표정에는 가니메데인으로서 가능한 최대한의 증오심이 담겨 있었다. "참으세요, 가루스." 헌트가 소리쳤다. "곧 당신에게 공격할 기회가 올 거예요."

"다행히 가니메데인이 참을성 하나는 아주 많아요." 가루스가 대답했다. 제블렌인들은 둘의 대화를 전혀 듣지 못했다. 기묘한 광경이었다.

"정말인가요?" 칼라자르가 잠시 후 대답했다. 그의 말투에는 설득되거나 깊은 인상을 받은 느낌이 전혀 없었다. "당신의 우려는 몹시도 감동적입니다, 와일로트. 당신은 자신의 거짓말을 정말로 믿는 것처럼 들리네요."

와일로트는 입을 반쯤 연 채로 얼어붙었다. 깜짝 놀란 게 틀림없었다. 세 번째 제블렌인이 에스토르두인 모양이다. 그는 마르고 매부리코에 여윈 얼굴이었는데, 노란 셔츠 위로 밝은 녹색 바탕에 금으로 무늬를 새긴 화려한 투피스 의상을 입고 있었다. 그가 충격을 받은 표정으로 양손을 내밀었다. "거짓말이라뇨? 전 이해가 안 됩니다. 왜 그렇게 말씀하시죠? 여러분도 그 우주선을 추적했잖아요. 비자르가 그 데이터를 확인해주지 않았나요?"

브로귈리오의 표정이 어두워졌다. "당신은 우리를 모욕했습니다." 그가 음산하게 나직이 울리는 목소리로 말했다. "우리가 말한 내용을 비자르가 확인해주지 않았다는 이야긴가요?"

"나는 그 데이터에 대해 따지고 있는 게 아닙니다." 칼라자르가 그에게 말했다. "그렇지만 그 문제에 관한 당신의 설명을 다시 한 번 생각해보라고 권하고 싶습니다."

브로귈리오가 허리를 쭉 펴고 투리엔인들을 똑바로 바라봤다. 그는 뻔뻔스럽게 밀고 나가려는 게 확실했다. "칼라자르 대통령, 그게 무슨 말인지 설명해주시오." 그가 화난 목소리로 말했다.

"우리는 당신이 먼저 설명해주기를 기다리고 있습니다." 칼라자르 옆에 있는 쇼음이 말했다. 그녀의 목소리는 낮고, 속삭이는 소리보다 살짝 더 컸을 뿐이지만, 단단하게 감긴 스프링처럼 팽팽하게 긴장한 목소리였다. 브로귈리오가 고개를 돌려 그녀를 바라봤다. 그리고 자신이 함정으로 걸어 들어가고 있다는 육감이 들었는지 미심쩍은 눈빛으로 이쪽, 저쪽을 돌아봤다. "샤피에론호에 대해서는 잠시 잊기로 하죠." 쇼음이 계속 말했다. "얼마나 오랫동안 제벡스가 지구에 대한 보고서를 조작했습니까?"

"뭐라고요?" 브로귈리오의 눈을 부릅떴다. "무슨 말인지 이해가 안 됩니다. 대체 그게 무슨…."

"얼마나 오래됐습니까? 쇼음이 다시 물었다. 그녀의 목소리가 갑작스럽게 커지며 공기를 예리하게 갈랐다. 그녀의 말투와 다른 투리엔인들의 표정에는 이 사실을 부인하려는 어떤 시도도 헛된 짓이 될 거라는 무언의 압력이 담겨 있었다. 브로귈리오의 안색이 새파랗게 질렸지만, 그는 너무 놀라 대꾸할 엄두도 못 내는 듯했다.

"무슨 근거로 그런 비난을 하는 겁니까?" 와일로트가 따졌다. "감시를 진행하는 부서는 내가 맡고 있습니다. 이건 나에 대한 인신공격입니다."

"근거요?" 쇼음이 그 말을 퉁명스럽게 내뱉었다. 너무 터무니없는 요구라 진지하게 받아들일 가치도 없다는 투였다. "지구는 최근 10년 동안 전략 무기 감축을 진행했고, 그 후로 평화로운 공존을 추구하고 있습니다. 그런데 제벡스는 한 번도 이에 대해 언급한 적이 없습니다. 대신 핵무기가 궤도에 배치되고, 방사선 투사기가 달에 설치되고, 태양계 곳곳에 군사 시설이 설치됐다면서, 존재한 적도 없는 허구를 온통 뒤섞어서 보고했습니다. 이 사실을 부인하는 겁니까?"

에스토르두는 그 이야기를 들으며 미친 듯이 머리를 굴렸다. "정확했습니다." 그가 불쑥 내뱉었다. "보고서는 정확했습니다. 조작하지 않았습니다. 우리의 정보원들에 따르면, 지구의 정부들은 감시를 알아챈 후 서로 공모해서 자신들의 군사적인 의도를 감췄습니다. 우리는 제벡스에게 지시를 내려서 감시가 발각되지 않았을 경우 일어났을 진행 과정을 추론해서 보정하도록 했습니다. 우리는 보호 조치가 느슨해지지 않게 하려고 이렇게 보정한 결과를 사실로 보고했던 겁니다." 투리엔인들이 노골적으로 경멸하는 눈빛으로 그를 바라봤다. 그러자 에스토르두가 어정쩡하게 말을 마무리했다. "물론, 그 보정이… 본의 아니게 어느 정도 과장되었을 가능성도 있습니다."

"자, 다시 묻겠습니다. 얼마나 오래됐습니까?" 쇼음이 말했다. "얼마나 오랫동안 그걸 해왔습니까?"

"10년, 어쩌면 20년 정도…, 잘 기억이 안 나네요."

"당신도 모릅니까?" 쇼음이 와일로트를 쳐다봤다. "당신 부서라면서요. 기록이 없습니까?"

"제벡스가 기록했습니다." 와일로트가 딱딱하게 대답했다.

"비자르, 제벡스에서 기록을 가져와." 칼라자르가 말했다.

"이건 너무 모욕적이군요!" 브로귈리오가 소리쳤다. 그의 얼굴이 분노로 험악해졌다. "감시 프로그램은 오래전부터 우리 담당이었습니다. 당신에게는 그런 명령을 내릴 권리가 없어요. 이건 협정 위반입니다."

칼라자르가 그의 말을 무시했다. 잠시 후 비자르가 그들에게 알렸다. "제벡스가 이해되지 않는 반응을 했습니다. 기록이 훼손되었거나, 기록을 공개하지 말라는 지시를 받은 모양입니다."

쇼음은 놀라지 않았다. "괜찮아. 신경 쓰지 마." 그녀가 말하며 에스토르두를 쳐다봤다. "당신에게 유리하게 해석해보죠. 20년이라고 칩시다. 그러면 그 전에 제벡스가 했던 보고는 변경되지 않았을 겁니다. 맞습니까?"

"아마 더 오래되었을지도 모르겠네요." 에스토르두가 허둥지둥 말했다. "어쩌면 25년이나 30년?"

"그러면 그보다 훨씬 더 과거로 가보죠. 지구의 2차 세계대전은 86년 전에 종료되었습니다. 나는 당시 제벡스가 그 기간에 일어난 사건들에 관해 설명한 보고서를 검토해봤습니다. 제벡스는 함부르크와 드레스덴, 베를린이 재래식 폭격이 아니라 핵무기에 의해 황폐해졌다고 보고했습니다. 그리고 1950년대의 한국전쟁이 소련과 미국의 대규모 전쟁으로 확대되었다고 했습니다. 하지만 그런 일은 일어나지 않았습니다. 1960년대와 1970년대 중동 사태 때 전술 핵무기는 사용되지 않았고, 1990년대에는 중국과 소련의 분쟁도 발생하지 않았습니다." 쇼음은 차갑게 식은 말투로 이야기를 마쳤다. "또한 샤피에론호는 가니메데에 있는 미국의 군사기지에 잡히지 않았습니다. 미국은 가니메데에 군사기지를 세운 적도 없었습니다."

에스토르두는 대답이 없었다. 와일로트는 꼼짝 않고 선 채로 앞을 멍하니 바라보고 있었다. 브로귈리오는 분노가 머리끝까지 차오른 모양이었다. "근거를 보여 달라고 했잖아!" 그가 소리쳤다. "그건 근거가 아니야. 주장일 뿐이잖아. 근거가 어디 있는데? 증인도 없잖아. 이렇게 무례하게 행동하는 근거가 대체 뭐냐니까!"

"제가 근거를 대겠습니다." 콜드웰 옆에 있던 캐런 대사가 일어서며 말했다. 그녀는 이 문제에 대해 브로귈리오가 이기게 놔둘 생각이 없었다. 헌트가 앉은 곳에서 볼 때는 아무것도 변하지 않았지만, 세 제블렌인의 고개가 캐런 대사 쪽으로 획 돌아가는 것으로 볼 때, 비자르가 갑자기 그녀를 무대 위로 올린 게 틀림없었다.

제블렌인들이 뭔가 말하기 전에 칼라자르가 먼저 입을 열었다. "여러분의 요구를 충족시켜 줄 분을 소개하겠습니다. 캐런 헬러, 미국 국무부에서 투리엔으로 파견한 특사이십니다."

에스토르두의 얼굴이 하얗게 질렸다. 와일로트의 입이 벌어졌다가, 아무 소리도 내지 못하고 다시 닫혔다. 브로귈리오는 주먹을 불끈 쥐고 선 채 온몸을 훑고 지나가는 격렬한 분노로 파르르 떨었다. "증인은 많습니다." 칼라자르가 말했다. "사실 지구인 90억 명이 모두 증인이죠. 하지만 지금은 소수의 대표만으로도 충분할 겁니다." 남아있던 지구인 사절단이 마저 모습을 보이자, 제블렌인들의 눈이 더욱 커졌다. 제블렌인 중에 반대 방향을 보는 사람은 아무도 없었다. 칼라자르가 아직 비자르에게 샤피에론호에서 온 가루스와 동료들을 드러내라고 지시하지 않았기 때문이다.

캐런 대사는 지구에서 일어난 사건 중 제블렌인이 조작했다고 의심되는 일들을 길게 열거했다. 그중에서 그녀가 당장 입증할 수 있는 건 아무것도 없었다. 하지만 지금처럼 윽박질러서 제블렌인에게서 고백을 받을 기회는 다시 돌아오지 않을 것이므로, 캐런 대사는 잠시도 틈을 주지 않고 밀어붙였다. "미네르바 전쟁 이후, 달에서 투리엔으로 수송된 람비아인은 줄곧 경쟁자인 세리오스인을 잊지 않았습니다. 그들은 항상 지구를 언젠가 제거해야 할 잠재적인 위협으로 여겼습니다. 람비아인은 그날을 대비해서 가니메데인의 과학을 이용할 기회를 최대한 활용하고, 무적으로 만들어 주리라 생각되는 지식과 기술을 마지막 한 방울까지 흡수할 수 있을 때까지, 경쟁자가 다시 나타나 자신들에게 도전하지 못하게 막으려고 정교한 계획을 짜서 그들을 낙후한 상태에 남아있게 하였습니다." 캐런 대사는 무의식적으로 마치 이 과정이 재판이고, 칼라자르와 투리엔인들이 판사와 배심원인 것처럼 그들을 향해 발언했다. 투리엔인들이 말없이 기다리는 동안, 캐런 대사가 잠시 말을 멈췄다가 다른 핵심적인 문제로 옮겨갔다.

"지식이란 게 뭘까요?" 캐런 대사가 투리엔인들에게 물었다. "겉으로 어떻게 보이는지, 혹은 어떻게 보고 싶은지와 반대되는, 현실을 있는 그대로 보여주는 진짜 지식이 뭘까요? 진실과 신화, 현실과 망상, 허위와 진실을 구별하는 일에 효과적으로 발달한 유일한 사고 체계가 뭘까요?" 캐런 대사가 다시 잠시 말을 멈추더니, 소리쳤다. "과학입니다! 우리가 알고 있는 모든 진실은, 믿음의 힘이 현실에 영향을 미칠 것처럼 맹목적으로 받아들이는 신앙과 달리, 과학적인 방법을 적용한 이성적인 과정을 통해 밝혀졌습니다. 과학만이 검증할 수 있는 결과를 예측하기 때문에, 타당성이 입증된 신념을 체계화할 수 있는 토대를 제공해줍니다. 그런데…." 캐런 대사의 목소리가 끊어졌다. 그리고 자신의 주변에 앉아 있는 지구인들을 향해 고개를 돌렸다. "그런데 수천 년의 세월 동안, 지구에 있는 종족들은 사교(邪教)와 미신, 비이성적인 교리, 무능력한 우상에 끈덕지게 매달렸습니다. 지구인들은 자신의 눈으로 본 것을 받아들이지 않았습니다. 그들이 신뢰하고 마음대로 구사하고 싶어 했던 마술적이고 신비한 힘이 허구이며, 결과가 빈약하고, 예측 능력이 없으며, 유용하게 적용할 수 없다는 사실을 받아들이지 않았던 겁니다. 한마디로 말해서, 그것들은 도움이 되지 않았지만, 어떤 결과가 나오더라도 지구인들의 믿음은 흔들리지 않았습니다. 람비아인 혹은 제블렌인의 관점에서 볼 때, 이것은 놀랍도록 편리한 상황이었습니다. 너무도 편리해서 그냥 우연이라고 보기 힘들 정도입니다." 캐런 대사가 고개를 돌려 차가운 눈길로 제블렌인들을 쳐다봤다. "하지만 우리는 그게 단순한 우연이 아니라는 사실을 알고 있습니다. 오히려 그 반대였죠."

단체커가 깜짝 놀란 얼굴로 헌트를 쳐다보더니, 가까이 고개를 숙이고 속삭였다. "정말 대단하지 않아? 저렇게 멋진 연설을 하리라고는 상상도 못 했어."

"나도 믿기지 않아." 헌트가 속삭였다.

캐런 대사는 제블렌인들을 계속 응시하면서 말을 이었다. "우리는 제블렌인이 고용해서 훈련시킨 '기적을 일으키는 사람들'이 초기의 초자연적인 신앙을 확립했다는 사실을 알고 있습니다. 당신들이 그들을 요원으로 투입해서 미신에 바탕을 둔 대중운동과 반문화를 창설해서 대중화했으며, 여러분의 위치에 도전하거나 발전된 기술과 환경에 대한 통제력으로 발전할 수 있는 이성적인 사고 체계가 등장할 기미가 보이면, 그 기반을 훼손하고 불신하도록 만들었습니다. 이 사실을 부인할 건가요?" 캐런 대사는 제블렌인들의 표정을 보고 자신의 허세가 성공적이라는 사실을 읽어낼 수 있었다. 그들은 굳은 얼굴로 꼼짝도 하지 않고 서 있었는데, 너무 충격을 받은 탓에 멍한 상태가 되어 반박할 엄두조차 내지 못했다. 캐런 대사는 더욱 자신 있는 태도로 투리엔인들을 훑어본 뒤 이야기를 이어갔다. "지구의 초기 문화에 나타난 미신과 종교는 정교하게 설계되어 주입된 겁니다. 예를 들어, 바빌로니아, 마야, 고대 이집트, 초기 중국의 신앙은 논리적인 사고 방법을 계발할 수 있는 잠재력을 파괴하기 위해 기적과 마술, 신화, 전설이라는 개념을 바탕으로 수립되었습니다. 그런 토대 위에 성장한 문명은 도시를 건설하고, 예술과 농업을 발전시키고, 선박과 간단한 기계를 만들었지만, 그들은 이와는 비교할 수 없는 수준의 진정한 힘을 얻을 수 있는 과학은 발전시키지 못했습니다. 신앙은 흔들리지 않았죠."

투리엔인들 중 일부가 처음으로 지구인이 폭로한 내용을 전체적으로 깨닫기 시작하면서 그들 사이에 낮은 중얼거림과 속삭이는 소리가 퍼져나갔다. "그 후 지구의 역사는 어떻게 됐습니까?" 모든 일에 관여해왔던 자신과 달리 진행 상황을 알지 못하는 투리엔인들을 위해 칼라자르가 질문을 던졌다.

"현대까지 동일한 양상이 꾸준히 나타났습니다." 캐런 대사가 대답했다. "예언을 전달하고 기적을 행해서 전설을 만들어냈던 성인들과 유령은 신앙을 강화하고 확신을 주기 위해 제블렌인이 보낸 요원들이었습니다. 19세기 유럽과 북미에서 유행했던 초자연적인 사이비 과학과 허튼소리들, 그리고 점성술과 심령술에 대한 믿음을 영속시켜주는 신흥 종교와 운동들은 진정한 과학과 이성의 진보를 약화시킬 목적으로 만들어졌던 겁니다. 심지어 20세기에 일어났던 과학과 기술, 바람직한 경제 성장, 원자력에너지와 같은 것들을 대한 대중적 반발도 사실은 세심히 조직된 겁니다."

"뭐라고 답할 겁니까?" 칼라자르가 브로길리오를 노려보며 무뚝뚝하게 물었다.

브로길리오가 팔짱을 끼고 한숨을 뱉더니, 캐런 대사가 서 있는 곳을 향해 천천히 고개를 돌렸다. 브로길리오는 분노를 가라앉힌 듯했지만, 아직 패배를 인정할 생각은 전혀 없는 것 같았다. 그는 도발적인 눈초리로 지구인들을 잠시 쏘아보다가 눈길을 돌려 칼라자르를 바라봤다. "네, 그랬습니다. 그 말 그대로입니다. 하지만 동기는 다릅니다. 오직 지구인만이 그런 동기를 생각해낼 수 있을 겁니다. 지구인들은 자신들의 사악한 생각을 우리에게 투영하고 있는 겁니다." 그가 질책하듯 팔을 뻗어서 지구인들을 가리켰다. "칼라자르 대통령, 당신은 저 행성의 역사를 알고 있습니다. 미네르바를 파괴했던 그 모든 폭력과 잔인함이 오늘날 지구에 고스란히 남아있습니다. 그들의 끝없는 분쟁과 전쟁, 혁명, 학살의 역사를 당신에게 다시 반복해서 이야기해줄 필요는 없겠지요. 우리가 그들을 제어하려고 그렇게 노력했는데도 그런 일이 계속되었던 겁니다! 그 사실을 잊지 마세요. 그렇습니다. 우리는 저들을 과학과 이성으로부터 떼어놓기 위해 요원들을 투입했습니다. 그래서 우리를 비난할 겁니까? 만일 저들이 수만 년 전에 다시 우주로 돌아올 수 있도록 내버려뒀더라면, 오늘날 은하계 곳곳을 휩쓸며 일어났을 대학살을 상상해보세요. 우리만이 아니라 당신들에게 위협이 되었을 그 상황을 상상해보란 말입니다." 브로귈리오가 다시 지구인들이 앉아 있는 곳을 쳐다보더니, 혐오스럽다는 듯 인상을 찌푸렸다. "지구인들은 미개합니다. 미쳤어요! 저들은 언제까지나 그럴 겁니다. 어린아이에게 불을 주지 않는 것과 같은 이유로, 우리는 저들의 행성을 뒤로 물러가게 했던 겁니다. 저들을 보호하고, 우리를 보호하고, 또 여러분도 보호하기 위해서 말입니다. 우리는 같은 상황이라면 다시 그렇게 할 겁니다. 나는 사과할 이유가 없습니다."

"당신은 자신의 말과 반대로 행동했어요." 프레누아 쇼음이 쏘아붙였다. "당신이 호전적인 행성을 평화로운 상태로 만들었다고 믿고 있었다면, 그 성과에 대해 자랑스러워했을 겁니다. 그런 경우라면 당신은 사실을 감출 필요가 없었겠지요. 하지만 당신은 반대로 행동했어요. 당신이 바람직하다고 여겼을 방향으로 지구가 정확히 움직이고 있을 때, 당신은 지구의 모습을 호전적으로 조작한 영상을 제출했죠. 당신은 지구가 현명하게 발전할 수 있을 정도로 미네르바의 유전자가 충분히 희석될 때까지 지구의 발전을 성공적으로 늦췄어요. 하지만 당신은 그 사실을 감췄을 뿐만 아니라 왜곡하기까지 했어요. 그건 어떻게 설명할 겁니까?"

"그건 지구인의 일시적인 일탈일 뿐입니다." 브로귈리오가 대답했다. "본질은 전혀 바뀌지 않았어요. 우리는 당신에게 혼동을 주지 않기 위해 최근의 진행 과정을 바꿨던 겁니다. 이 문제에 대한 '최종 해결책'은 여전히 필요합니다."

캐런 대사는 그 이야기를 들으며 빨리 머리를 굴렸다. '최종 해결책'이라는 건, 그녀가 의심했던 대로, 지구의 호전성을 핑계로 제블렌인이 유지하려는 자신들의 군사력을 의미하는 게 틀림없었다. 이는 그녀가 조사하면서 궁금해했던 다른 생각을 뒷받침해주는 것 같았다. 그리고 그 생각을 검증해 볼 기회가 여기에 있다. 하지만 그렇게 하려면 그녀는 다시 허세를 부려야만 한다. "그 주장에 이의를 제기합니다." 캐런 대사가 말했다. "지금까지 제가 이야기한 것은 오로지 제블렌인이 했던 짓의 일부에 불과합니다." 회의실에 있는 모든 눈길이 그녀에게 향했다. "제블렌인의 노력에도 불구하고, 19세기 즈음이 되자 서구 문명이 과학과 산업기술을 세계에 빠르게 퍼트립니다. 그때 제블렌인이 전술을 바꿨기 때문입니다. 그들은 다양한 분야에서 주요한 발견을 끌어낼 수 있는 정보들을 유출해서 과학적 발견을 자극하고 가속하기 시작했습니다." 캐런 대사가 고개를 살짝 돌렸다. "헌트 박사, 한마디 부탁드려도 될까요?"

헌트는 그녀가 요청하리라 예상했었다. 그가 일어나서 말했다.

"19세기 후반과 20세기 초반에 물리학과 수학에서 주요한 발견들이 몹시 불연속적이고 비선형적으로 일어났다는 사실은 오랜 시간 동안 수수께끼였습니다. 제 의견으로는, 그런 개념적 혁명은 얼마간의 외부 영향이 없이는 그 당시 일어날 수 없었다고 봅니다."

"고맙습니다." 캐런 대사가 말했다. 헌트가 자리에 앉았다. 캐런 대사가 의아한 표정을 짓고 있는 투리엔인을 바라봤다. "당시까지 자신의 경쟁자를 지체시키는 정책을 시행하고 있던 제블렌인이 왜 그런 일을 했을까요? 그들이 지구의 발전을 더는 지연시킬 수 없다는 사실을 어쩔 수 없이 받아들였기 때문입니다. 그래서 제블렌인은 지구가 어차피 높은 기술력을 가진 행성이 될 거라면, 그 전에 구축해서 영향력을 행사할 수 있는 하부조직을 이용해 경쟁자를 자멸하는 방향으로 몰고 가기로 했던 겁니다. 다시 말해, 자신들이 발전하도록 도와준 과학이 오랜 기간 인류를 괴롭혀온 재앙을 없애는 데에 이용되지 않고, 세계적인 규모의 전쟁을 일으켜 전례 없이 엄청난 폭력을 행사하도록 공학적인 발견들을 배치했습니다." 캐런 대사는 이야기하면서 조심스럽게 브로귈리오를 쳐다봤다. 그리고 자신이 제대로 맞췄다는 사실을 알아챘다. 이제 치명타를 날릴 때가 됐다.

"19세기 말 제블렌 요원들이 유럽 귀족들 사이에 잠입해서 상호 파괴적으로 서로를 질시하게 하여 결국 1차 세계대전이라는 참상을 빚어냈다는 사실을 부인해보세요." 캐런 대사는 갑자기 목소리를 높이며 매서운 말투로 이야기했다. "1917년 러시아 혁명이 일어난 이후, 제블렌인이 조종하는 조직이 소련에 대한 통제권을 강탈해서 전체주의적인 경찰국가의 원조로 만들었다는 사실을 부인해보세요. 그리고 1차 세계대전 이후 파괴된 독일에 제블렌인 단체를 세워서 평화적인 방법으로 대책을 마련하기 위해 구성되었던 국제연맹에 대한 증오를 일으켰다는 사실을 부인해보세요. 아주 신중하게 선발해서 훈련시킨 사람들이 그 단체를 이끌지 않았나요? 진짜 아돌프 히틀러에겐 무슨 일이 일어났던 겁니까? 아니면 당신들이 권좌의 배후에서 조종했을지도 모르겠군요…. 혹시 히틀러의 측근 알프레트 로젠베르크였나요?" 세 제블렌인은 아무 말도 할 필요가 없었다. 그들의 얼어붙은 자세와 놀란 표정만으로도 모두 확인된 것이나 마찬가지였다. 캐런 대사가 투리엔인을 향해 고개를 돌리고 설명했다. "2차 세계대전은 핵전쟁이 될 계획이었습니다. 사전에 필요한 과학적, 정치적, 사회적, 경제적 조건이 모두 갖춰진 상태였습니다. 계획대로 잘 되지는 못했지만, 무서울 정도로 근접했었죠."

투리엔인들 사이에서 다시 속삭이는 소리가 쏟아져 나왔다. 캐런 대사는 소리가 가라앉을 때까지 기다렸다가 조용한 목소리로 결론을 맺었다. "반세기 이상 긴장이 계속되었습니다. 하지만 끊임없는 제블렌인의 노력에도 불구하고, 그들이 추구했던 지구적 대참사는 절대 일어나지 않았습니다." 다음 부분은 순전히 어림짐작에 불과했지만, 그녀는 말투를 바꾸지 않고 계속 말했다. "제블렌인은 언젠가 경쟁자와 대결을 할 수밖에 없다고 결론지었습니다. 그래서 그들은 자신들이 '방어적' 군사력을 만드는 것을 투리엔인에게 합리화하기 위해, 지구의 전쟁과 군사력 발전을 과장하는 계획을 시작했습니다. 동시에 그들은 지구에 대한 정책을 거꾸로 뒤집었습니다. 자신들의 망을 활용해 긴장을 완화하고 군축을 촉진해서, 사람들이 늘 원했던 방식으로 창조적으로 재능을 계발하고 자원을 이용할 수 있도록 해줬습니다. 물론 이 정책의 목적은 지구를 속수무책으로 무장 해제된 목표물로 만드는 것이었습니다. 제블렌인이 투리엔인에게 제공한 자료는, 자기네 군사력의 증가를 계속 합리화하기 위해 제벡스 안에서 창조해낸 총체적인 판타지로 바뀌었습니다."

캐런 대사가 다시 이야기를 멈췄지만, 이번에는 아무런 소리도 나지 않았다. 그녀는 제블렌인들을 향해 돌아서더니, 큰 소리로 그들을 힐책했다. "저들은 지구 역사상 최악의 파괴와 유혈 사태를 일으킨 사람들이 자기네 요원들이라는 사실을 잘 알고 있으면서도, 우리에게 서로를 죽인다는 혐의를 씌웠습니다. 저들은 지구라는 행성의 지도자들이 죽인 사람을 모두 합한 것보다 훨씬 많은 수의 사람들을 죽였습니다." 그녀의 목소리가 음산하게 낮아졌다. "하지만 예상치 못했던 샤피에론호의 등장이 그 모든 계획을 엉망으로 만들어버렸죠. 투리엔인과 접촉하게 놔두면 그들의 거짓말을 폭로할 일군의 가니메데인이 나타난 겁니다. 이제 우리는 제블렌인이 이들의 존재를 밝히지 않았던 진짜 이유를 알 수 있습니다." 브로귈리오의 안색이 창백해졌다. 얼굴색이 파랗게 질린 와일로트는 숨쉬기가 힘든 모양이었다. 브로귈리오 옆에 있는 에스토르두는 비지땀을 뚝뚝 흘리면서 눈에 띄게 몸을 떨었다. 회의실 건너편에 있는 가루스와 쉴로힌, 몬카르는 곧 모습을 드러낼 시간이 다가온다는 느낌이 들어서 긴장한 얼굴로 앞을 바라보며 똑바로 앉았다.

"이제야 샤피에론호의 문제에 도착했습니다." 캐런 대사가 말했다. 그녀의 말투는 부드러워졌지만, 제블렌인들에게 꽂힌 그녀의 눈빛은 위협적이었다. "앞서 우리는 지구가 이 우주선을 파괴했다는 주장을 들었습니다. 그건 우리가 이미 거짓이라고 알고 있는 사실들을 바탕으로 한 주장입니다. 샤피에론호가 지구에 머문 6개월 동안 그들은 위험에 처한 적이 한 번도 없었습니다. 반대로, 우리와 가니메데인의 관계는 매우 우호적이었습니다. 우리에게는 그 사실을 증명할 수 있는 기록이 엄청나게 많습니다." 캐런 대사가 잠시 말을 멈췄다. "하지만 우리는 샤피에론호와 승무원들이 해를 전혀 입지 않았다는 사실을 증명하기 위해 그런 기록의 도움을 받을 필요가 없습니다. 우리에게는 그보다 훨씬 확실한 증거가 있습니다." 회의실 건너편에 있는 가루스와 동료들이 긴장해서 얼굴이 굳어졌다. 칼라자르가 비자르에게 지시를 내릴 준비를 했다.

그때, 제블렌인들이 사라졌다.

그들이 서 있던 바닥이 갑자기 비었다. 놀라서 웅성거리는 소리가 사방에서 터져 나왔다. 몇 초가 지난 후 비자르가 알려왔다. "제벡스가 모든 연결을 끊었습니다. 저는 제벡스에 전혀 접속할 수 없습니다. 제벡스가 재연결 요청을 무시하고 있습니다."

"그게 무슨 뜻이야?" 칼라자르가 물었다. "제블렌인과 통신을 전혀 할 수 없다는 건가?"

"행성 전체가 모든 연결을 끊은 상황입니다." 비자르가 대답했다. "제블렌인의 영역 전체가 끊겼습니다. 제벡스는 분리되어 독립적인 시스템이 되었습니다. 제벡스가 운영하는 영역에는 더 이상 통신이나 방문을 할 수 없습니다."

투리엔인들이 엄청나게 놀라워하는 모습을 보니 몹시 특이한 사건이 일어난 모양이었다. 헌트가 고개를 돌리자 궁금한 표정을 한 단체커와 눈이 마주쳤다. 헌트가 어깨를 으쓱하며 말했다. "제벡스가 외교 관계를 단절했나 봐."

"그게 무슨 뜻일 것 같아?" 단체커가 물었다.

"아무도 모르지. 마치 성문을 닫아버린 것 같아. 제블렌인들은 제벡스가 제어하는 구역 안에 있고, 제벡스는 아무하고도 이야기하지 않잖아. 그렇다면 이제 비행선을 보내는 것 외에는 그들과 소통할 방법이 없을 거야."

"그것도 그리 쉽지는 않을 거야." 헌트 옆에 있던 린이 말했다. "제블렌인들이 은하계 경찰로 자칭하면 다루기가 쉽지 않을걸."

투리엔인들 사이에 묘한 침묵이 흘렀다. 칼라자르와 쇼음은 불안한 눈빛을 주고받았다. 이샨은 고개를 숙이고 자기 손등을 어색하게 만지작거렸다. 마침내 칼라자르가 고개를 들고 한숨을 뱉었다. "당신이 보여준 제블렌인들에게서 진실을 끌어내는 방법은 정말로 탁월했습니다. 하지만 당신의 가설 중 한 가지는 잘못됐습니다. 우리는 지구가 공격적으로 확장할 가능성이나 여타의 다른 이유에 대응하기 위해 군사력을 유지해야 한다는 제블렌인의 제안에 동의해준 적이 없습니다."

자리에 앉아 있던 캐런 대사는 그 말을 듣고도 썩 안심하는 것 같지 않았다. "여러분은 이제 제블렌인이 어떤 사람들인지 압니다. 여러분은 어떻게 그들이 비밀리에 무장하지 않았을 거라 확신할 수 있나요?"

"물론, 확신할 수 없습니다." 칼라자르가 인정했다. "그들이 무장했다면, 우리 두 문명은 심각한 상황에 직면할 겁니다."

콜드웰은 이해가 되지 않았다. 그는 자기 머릿속을 점검해보듯 잠시 얼굴을 찌푸리더니, 캐런 대사를 잠깐 응시했다가, 칼라자르를 바라봤다. "하지만 우리는 제블렌인이 군사력을 갖출 핑계를 대기 위해 가짜 이야기를 만들어냈다고 생각했었습니다. 그게 아니라면, 이유가 뭘까요?"

투리엔인들이 더욱 불편한 표정을 지었다. 쇼음이 칼라자르 쪽을 쳐다보더니, 더는 숨길 수 없으니 인정하라는 듯 양손을 펼치는 몸짓을 했다. 칼라자르가 멈칫하더니, 고개를 끄덕였다. "지금 우리는 제블렌인이 보고서를 위조한 이유를 명확히 알고 있습니다." 쇼음이 고개를 돌려 회의실 전체를 둘러보며 말했다. 그녀가 잠시 말을 멈춘 사이, 정적이 내려앉으며 다음 이야기를 기다렸다. 쇼음이 숨을 깊게 들이쉬더니 이야기를 이어갔다. "이 문제와 관련된 이야기가 더 있습니다. 우리가 지금까지는…." 그 순간 그녀는 옆으로 고개를 돌려 가루스와 동료들을 힐끗 쳐다봤다. "…여러분 모두에게 말하지 않는 게 현명하다고 생각해왔습니다." 그들은 다음 이야기를 기다렸다. 쇼음이 이야기를 계속 이어갔다. "오랫동안 가니메데인은 미네르바에서 일어났던 사태가 다시 반복될 거라는 생각에 사로잡혀 있었습니다. 이번에는 은하계로 그런 사태가 확대될 수 있다고 생각했죠. 약 1세기 전, 제블렌인은 우리의 선조들을 설득해서 지구가 그런 일을 저지르기 직전이라며, 지구의 확장을 영구적으로 막을 수 있는 해결책을 요구했습니다. 그에 따라 투리엔인은 비상사태에 대비한 계획을 세우기 시작했습니다. 제블렌인이 우리에게 제공한 왜곡된 영상 때문에, 우리는 그 계획을 실행할 준비를 꾸준히 진행했습니다. 우리가 지구의 상황에 대한 진실을 알았더라면 그 계획을 폐기했을 겁니다. 제블렌인은 우리의 기술을 이용해서 자신들의 경쟁자를 영원히 가두고, 언젠가 은하계 곳곳에서 그들과 경쟁할 가능성을 없애버리기 위해 우리를 속였던 게 분명합니다. 브로길리오가 언급했던 '최종 해결책'이 바로 그겁니다."

쇼음이 말한 내용을 지구인들이 소화하기에는 조금 시간이 필요했다. "제가 당신의 말을 잘 이해했는지 모르겠지만," 단체커가 마침내 입을 열었다. "지구의 확장을 막는다는 게 무슨 뜻입니까? 무력으로 그렇게 한다는 뜻은 아니겠죠?"

칼라자르가 천천히 고개를 저었다. "그건 가니메데인의 방식이 아닙니다. 우리는 막는다고 했지, 맞서 싸우겠다고 하지 않았습니다.

그 단어는 신중하게 선택된 겁니다."

헌트는 칼라자르가 말하는 의미를 이해하려 애쓰며 인상을 찌푸렸다. 지구를 막는다? 그건 너무 늦었잖아. 인류의 문명은 오래전에 이미 지구를 넘어서 퍼져나갔다. 그렇다면 그 의미는 오로지…. 믿기지 않는다는 듯, 헌트의 눈이 갑자기 커졌다. 그래, 투리엔인이라면 그렇게 광대한 규모의 일을 생각해낼 수 있다. "태양계 말인가요?" 헌트가 말을 제대로 잇지 못하고, 경외감이 가득한 눈빛으로 칼라자르를 응시했다. "설마 태양계 전체를 차단할 계획을 세웠었다는 이야기를 하는 건가요?"

칼라자르가 엄숙하게 고개를 끄덕였다. "우리는 중력공학을 이용해서 지구인이든, 지구인의 공격성이든, 심지어 빛 그 자체도 탈출하지 못하는 가파른 중력 비탈의 껍질을 만드는 계획을 세웠습니다. 그 껍질 안의 환경은 정상이고, 지구도 자신들이 선택한 삶의 방식이 뭐든 자유롭게 추구하며 살 수 있었을 겁니다. 그리고 껍질 너머에 있는 우리도 살아가는 거죠." 칼라자르가 주위를 둘러보며, 너무 놀라 넋을 잃은 시선들을 마주했다. "그게 우리의 최종 해결책이었습니다." 그가 말했다.

28

그렇게 해서, 가니메데인들은 종족의 긴 역사에서 처음으로 전쟁 상황에 놓였다. 혹은 전쟁과 아주 유사한 상황에 놓였다고 할 수도 있겠지만, 그 차이를 따지는 건 탁상공론일 뿐이었다. 제블렌인에 대한 그들의 대응은 신속하고 강력했다. 칼라자르는 비자르에게 명령해서 투리엔과 가니메데인이 제어하는 다른 행성들에 육체적으로 존재하는 제블렌인들에 대한 모든 서비스를 중단시켰다. 언제 어디든 즉시 통신하거나 여행하는 능력, 요구하기만 하면 모든 종류의 정보를 입수할 수 있었던 능력을 평생 당연하게 여기고, 모든 측면에서 기계에 완전히 의존해왔던 사람들이 알고 있는 유일한 형태의 사회로부터 갑자기 차단된 것이다. 그들은 고립되어 의지할 곳을 잃고 공황 상태에 빠졌다. 무기력한 상태에 빠진 제블렌인들은 몇 시간 내로 신속하게 포위되어 감금되었다. 이는 가니메데인들의 안전과 건강뿐 아니라, 혹시나 있을지도 모르는 위해로부터 제블렌인들을 지키려는 조치였으며, 가니메데인이 그들을 어떻게 할지 결정을 내릴 때까지 억류될 것이다. 그렇게 해서 가니메데인의 영역 곳곳에 흩어져 있던 제블렌인들이 한 명도 남기지 않고 일시에 제거되었다.

적의 본부 행성 제블렌, 그리고 제블렌과 연합한 행성들의 시스템이 남았는데, 이들은 비자르가 아니라 제벡스로 운영되었다. 헌트의 생각처럼 단순히 비행선을 보내는 식으로는 파괴할 수 없는 난공불락이었기 때문에, 훨씬 골치 아픈 상황이었다.

제블렌이 거인별로부터 수 광년 떨어진 곳에 있으므로, 비행선을 거기로 보내려면 비자르가 투사한 블랙홀을 통하는 방법밖에 없다는 사실이 문제였다. 제벡스가 운영하는 지역에 비자르가 시험용 빔을 투사하려 시도하면, 제벡스는 그 빔을 쉽게 방해할 수 있다. 제벡스가 효과적으로 방해할 수 있는 반경 너머에 투사한 블랙홀을 통해 비행선을 수송하고, 거기서부터 제블렌으로 가게 하는 방법도 적당하지 않았다. 이 경우 문제는, 투리엔의 모든 비행선은 동력만이 아니라 항해, 제어 신호가 중앙집중식으로 생성되고 통제 센터에서 초공간 그리드를 통해 송신하는 빔에 의지하고 있으므로, 제벡스가 그 빔을 쉽게 차단할 수 있다는 점이었다. 다시 말해, 제벡스가 작동되는 한 어떤 것도 제블렌 시스템 안으로 들여보낼 수 없다. 그리고 제벡스를 멈추게 하려면 그 안으로 뭔가를 들여보내는 방법밖에 없다. 이도 저도 못하는 교착 상태였다.

더욱 심각한 문제는, 제블렌인이 오랜 기간 비밀리에 무기를 축적했을지도 모른다는 사실이었다. 또한 지금 일어나고 있는 바로 이런 상황을 고려해서 독립적인 추진력과 통제력을 가진 비행선들을 건조했을 가능성도 있었다. 만일 그렇다면, 제블렌인은 비자르가 제어하는 지역 안으로 자신들의 군대를 거리낌 없이 집어넣을 수 있고, 방해받지 않으며 계획했던 위협이나 작전을 펼칠 수 있다. 시간이 가장 중요했다. 투리오스에서 일어난 사건은 제블렌인이 의도했던 것보다 빨리 갈라서도록 몰아붙인 게 틀림없었다. 투리엔의 대응이 빠르면 빠를수록, 준비를 충분히 하지 못한 제블렌인을 사로잡을 가능성이 컸다. 하지만 무장한 적을 저지해본 경험이 없고, 설령 그런 경험이 있다고 하더라도 대응할 무기가 전혀 없으며, 적에게 가까이 다가갈 방법도 없는 종족이 과연 어떤 대응을 할 수 있을까? 투리오스에서 논쟁을 펼친 다음 날까지 아무도 해결책을 제시하지 못했다. 그때 가루스와 쉴로힌, 이샨이 칼라자르 대통령에게 사적인 접견을 요청했다.

✶

"무례하게 굴 생각은 없지만, 대통령의 전문가들은 분명한 사실을 놓치고 있습니다." 가루스가 말했다. "그들은 너무 오랫동안 투리엔의 발전된 기술을 당연하게 받아들여서 다른 방식으로 사고할 줄 모릅니다."

칼라자르가 방어적인 자세로 손을 들었다. "진정하세요. 팔을 휘두르지 말고, 하려던 이야기를 하세요." 그가 완곡하게 말했다.

"제블렌에 들어갈 수단이 바로 지금 투리엔의 궤도를 돌고 있습니다." 쉴로힌이 말했다. "샤피에론호 말입니다. 여러분의 기준으로 보면 시대에 뒤떨어진 우주선일지 몰라도, 자체적인 동력을 가지고 있습니다. 그리고 초공간 그리드를 통해 조종하지 않더라도, 조락이 완벽하게 비행할 수 있습니다."

놀란 칼라자르가 말없이 그들을 응시했다. 그들의 말은 사실이었다. 제벡스가 연결을 끊은 이래로 끊임없이 그 문제를 논의하고 있는 과학자 중 아무도 샤피에론호를 염두에 두지 않았다. 칼라자르는 그 부분을 놓치고 있었다고 인정할 수밖에 없었다. 그는 의견을 묻는 듯한 표정으로 이샨을 바라봤다.

"안 될 이유는 없는 것 같습니다." 이샨이 대답했다. "쉴로힌 수석 과학자의 말대로, 제벡스는 샤피에론호를 막을 방법이 없습니다."

이 제안에는 그 뒤에 뭔가 더 깊은 이야기가 있었다. 칼라자르는 가루스의 얼굴을 살펴보고 그런 사실을 알아챘다. 제벡스가 운영하는 영역에 샤피에론호가 진입하는 것을 물리적으로 막지 못하더라도, 일단 그 영역 안에 들어가고 나면 우주선을 저지하기 위해 제블렌인들이 쓸 수 있는 수단은 무수히 많을 것이다. 가루스 일행이 이 문제를 언급하지 않았지만, 너무도 명확한 사실이었다. 어제 가루스는 제블렌인과 대면하기를 몹시 바랐다. 그런데 그 바람이 마지막 순간에 좌절되어 버렸다. 지금 가루스는 브로귈리오 수상에 대한 개인적인 원한 때문에 자기 자신과 승무원들, 그리고 우주선까지 무모하게 위험한 상황에 내몰려는 걸까? 칼라자르는 그걸 허용할 수 없었다. "샤피에론호도 감지될 겁니다." 그가 지적했다. "제블렌인은 자신들의 항성계 전역에 감지기와 스캐너를 설치했을 겁니다. 여러분이 어떤 상황에 맞닥뜨릴지 알 수 없습니다. 샤피에론호는 투리엔과 통신이 두절된 채 고립될 텐데, 우주선에 방어수단이…?" 그는 마지막 말을 길게 빼면서 표정으로 나머지 말을 대신했다.

"우리 생각에는 그 문제를 해결할 방법이 있습니다." 쉴로힌이 대답했다. "제벡스의 감지기에 걸리지 않는 저출력 초공간 중계기가 달린 탐지기들을 우주선 주변에 설치하는 겁니다. 샤피에론호에서 약 30킬로미터 떨어진 곳에 탐지기들을 배치하면 차단막으로 활용할 수 있습니다. 탐지기들은 우주선의 컴퓨터와 사실상 빛보다 빠른 통신을 주고받을 수 있게 됩니다. 그 상태에서 조락이 소멸 기능을 작동시키면, 우주선에 부딪혀서 반사되는 광파장과 레이더 파장에, 탐지기들이 위상을 뒤집은 신호를 추가해서 파동을 상쇄시킵니다. 그렇게 하면 어느 방향에서든 멀리서 감지하는 네트워크의 계기판에는 아무것도 나타나지 않게 됩니다. 다시 말해, 샤피에론호는 전자기적으로 보이지 않는 존재가 되는 겁니다."

"초공간 스캔에는 나타날 겁니다." 칼라자르가 반론을 제기했다. "제벡스는 샤피에론호의 주동력이 발생시킨 압력장을 감지할 수 있습니다."

"우리는 주동력을 이용할 필요가 전혀 없습니다." 쉴로힌이 반박했다. "비자르가 초공간에서 우주선을 가속해 출구 포트로 내보내면, 동력을 사용하지 않고도 추진력이 충분해서 하루 안에 제블렌에 닿을 수 있습니다. 그리고 제블렌이 가까워지면 보조 동력을 이용해서 속도를 늦추면 됩니다. 그 정도는 감지기에 잡히지 않는 한계 내에서 가능합니다."

"그렇다고 하더라도, 제블렌 항성계 밖에 출구 포트를 투사해야만 합니다." 칼라자르가 말했다. "그 정도 규모의 중력 교란을 제벡스가 알아채지 못하게 감출 수는 없어요. 제벡스는 뭔가가 진행되고 있다는 사실을 알아챌 겁니다."

"그래서 우리는 미끼로 사용할 다른 비행선을 한두 대 더 보낼 겁니다. 무인 비행선으로요." 쉴로힌이 대답했다. "제벡스에게 그 비행선들을 막게 하고, 그게 전부라고 생각하게 할 겁니다. 샤피에론호로부터 주의를 돌리는 좋은 방법이 될 겁니다."

칼라자르는 아직도 그 제안이 마음에 들지 않았다. 그는 몸을 돌려 뒷짐을 지고 방을 가로질러 걸어갔다. 그리고 반대편 벽을 응시하며 그 제안을 다시 한 번 곰곰이 생각했다. 그는 기술 전문가가 아니었지만, 자신이 아는 한 그 계획은 이론적으로 가능할 것 같았다. 투리엔의 비행선들은 투사된 블랙홀과 상호작용하는 보정기를 싣고 있어서 주변에 형성된 중력 교란을 압축시켜 최소화한다. 그 보정기 덕분에 투리엔 비행선들은 항성계 밖으로 나가서 겨우 하루 정도만 재래식으로 순항하면 초공간을 통해 이동할 수 있다. 샤피에론호는 그런 보정기와 함께 제작되지 않았기 때문에, 태양계에서 벗어나기 위해 몇 달 동안 항해를 해야만 했다. 하지만 칼라자르는 그 생각이 떠오르자마자, 간단한 해결책을 깨달았다. 며칠 정도면 샤피에론호에도 투리엔의 보정기 시스템을 설치할 수 있다. 아무튼 기술적으로 심각한 어려움이 있다면, 이샨이 이미 파악했을 것이다.

칼라자르는 그 작전의 목적이 뭔지 물어볼 필요가 없었다. 제벡스는 비자르와 유사한 거대한 네트워크로 구성되어 있다. 그리고 제벡스의 초공간 통신 시설에는 제블렌 주변의 지역 통신에서 사용하는 재래식 전자파 신호를 위한 고밀도 그물 안테나가 있다. 투리엔인이 이 재래식 전자파 신호 중 하나를(물론 여러 개면 더 좋겠지만) 가로챈 후, 제벡스의 주의를 끌지 않고 정상적인 통신으로 위장할 수 있다면, 제벡스의 운영체제의 핵심 부분까지 접근해서 내부로부터 시스템을 파괴할 수 있다. 그들이 성공해서 제블렌인의 운영체제를 전체적으로 무너뜨린다면, 며칠 전에 투리엔 영역에 있던 제블렌인들에게 소규모로 일어났던 일이 제블렌 제국 전체에서 그대로 일어나게 될 것이다. 그러나 전파를 가로챌 수 있는 위치에 필요한 하드웨어를 물리적으로 어떻게 집어넣느냐가 문제였다. 이샨의 과학자들이 그 문제를 두고 온종일 논쟁했지만, 지금까지 쓸 만한 의견을 만들어내지 못했다.

마침내 칼라자르가 몸을 돌려 사람들을 다시 바라봤다. "아주 좋습니다. 그와 관련된 문제들은 여러분이 모두 이해한 것 같네요." 그가 인정했다. "그래도 내가 놓친 게 있으면 말해주세요. 여러분이 아직 언급하지 않은 문제가 또 있습니다. 제벡스 같은 시스템을 다운시키기 위해서는 엄청난 연산 능력이 필요합니다. 조락은 그 일을 절대로 해내지 못할 겁니다. 현재 존재하는 시스템 중에서 그게 가능한 것은 비자르가 유일합니다. 하지만 여러분은 조락에 비자르를 연결할 수가 없어요. 그러려면 초공간 연결이 필요한데, 제벡스가 작동하는 동안에는 초공간 통신을 연결할 수 없기 때문입니다."

"그 문제는 운에 맡기는 수밖에 없습니다." 이샨이 인정했다. "그렇지만 조락이 제벡스의 시스템 전체를 다운시킬 필요는 없습니다. 조락은 비자르가 들어갈 수 있는 채널만 열면 됩니다. 샤피에론호와 그에 딸린 탐지기들에 비자르와 연결될 수 있는 초공간 연결 통신 장비를 장착시키고, 사방에 흩뿌려서 제벡스로 통하는 다수의 통신 채널을 가로챌 계획입니다. 조락이 제벡스의 차단 기능을 막을 수 있을 정도로 시스템 안으로 파고 들어가기만 하면, 조락의 배후에 숨어 있던 비자르를 통째로 던져 넣어서 순식간에 사방에서 제벡스를 공격할 수 있습니다. 나머지는 비자르가 처리할 겁니다."

칼라자르는 가능성이 있는 계획이라고 인정할 수밖에 없었다. 그는 성공할 가능성이 얼마나 되는지는 알지 못했지만, 이건 기회였다. 그리고 가루스의 제안은 지금까지 다른 이들이 내놨던 의견들보다 훨씬 나았다. 그렇지만 샤피에론호가 비무장으로 방어수단도 없이 적대적인 우주 공간으로 혼자 들어가 위험을 무릅쓰는 모습이 눈에 밟혔다. 그리고 자그마한 조락이 제벡스의 힘에 맞서 싸우는 모습은 상상만으로도 끔찍했다. 칼라자르가 다시 방의 가운데로 천천히 걸어서 돌아가는 모습을 세 가니메데인이 지켜보고 있었다. 그들이 칼라자르에게 어떤 대답을 원하는지는 표정에 역력히 나타났다. "당신은 당연히 이 작전이 샤피에론호를 상당히 위험한 상황 속으로 몰아넣을 수 있다는 사실을 잘 알고 있을 겁니다." 칼라자르가 가루스를 바라보며 엄숙하게 말했다. "우리는 제블렌인이 거기서 무슨 음모를 꾸미고 있는지 전혀 모릅니다. 일단 그곳에 들어가면, 여러분에게 어려운 상황이 닥치더라도 우리는 여러분에게 닿을 방법이 없습니다. 여러분은 자신의 위치를 드러내지 않고는 우리에게 연락할 방법이 없고, 연락이 닿더라도 그 통신 채널은 즉시 차단될 겁니다. 여러분은 전적으로 홀로 그 상황에 맞서야 합니다."

"알고 있습니다." 가루스가 대답했다. 그의 얼굴은 딱딱하게 굳었고, 목소리도 평소답지 않게 긴장한 상태였다. "저는 갈 겁니다. 하지만 우리 승무원들에게 함께 가자고 요구하지 않을 겁니다. 그들의 개인적인 결정에 맡길 겁니다."

"전 이미 결정했어요." 쉴로힌이 말했다. "승무원 전체가 필요하지는 않습니다. 그래도 필요한 인원보다 많은 이들이 나설 겁니다."

칼라자르는 내심 반박할 수 없이 논리적인 그들의 주장에 굴복할 수밖에 없었다. 시간이 중요했다. 무엇을 하든 제블렌인의 야심을 저지할 수만 있다면, 그 일의 효과는 하루하루 절약한 시간만큼 엄청나게 증폭될 것이다. 하지만 칼라자르는 가루스의 과학자들과 조락이 제벡스와 머리를 겨누는 전쟁을 벌일 수 있을 정도로 투리엔의 컴퓨터 기술에 대해 알지 못한다는 사실도 알고 있었다. 원정대에는 투리엔의 전문가도 참가해야만 한다.

이샨이 그의 마음을 읽은 모양이었다. "저도 갈 겁니다." 그가 조용히 말했다. "역시 우리에게 필요한 숫자보다 많은 전문가가 자원할 겁니다. 걱정하지 마십시오."

한참 동안 무거운 침묵이 흐른 뒤 쉴로힌이 입을 열었다. "항해통신본부의 그렉 콜드웰 본부장이 빠른 시간 안에 어려운 결정을 내려야 할 때 사용하는 방법이 있습니다. 결정 사항 자체는 머릿속에서 지워버리고, 다른 대안을 생각해보는 겁니다. 대안 중에 받아들일 만한 게 전혀 없으면, 원래대로 결정을 내립니다. 그 방법을 이 상황에 적용해도 좋을 것 같습니다."

칼라자르가 긴 한숨을 뱉었다. 쉴로힌이 말이 옳았다. 위험하긴 하다. 하지만 아무것도 하지 않고 있다가는 며칠 후에 준비를 마친 제블렌인들과 대면해야만 하는데, 그때 그들은 시간이 흐른 만큼 더욱 진전된 계획을 갖췄을 테니, 장기적으로 더 큰 위험을 감수해야 할 것이다. "비자르, 네 의견은 어때?" 칼라자르가 물었다.

"모든 부분에 대해 동의합니다. 특히 마지막 부분이 마음에 듭니다." 비자르가 간단히 대답했다.

"제벡스와 대결할 자신 있어?"

"붙여만 주세요."

"조락을 통해서만 접속해야 하는데, 효과적으로 작전을 펼 수 있겠어? 그런 상황에서 제벡스를 제압할 수 있을까?"

"제압이라뇨? 제가 그 녀석을 갈가리 찢어버릴 겁니다!"

깜짝 놀란 칼라자르가 눈썹을 치켜세웠다. 비자르가 지구인들과 대화를 너무 많이 나눈 모양이었다. 칼라자르는 잠시 더 생각을 곱씹으면서 표정이 다시 심각해졌다가, 고개를 끄덕였다. 결정이 내려졌다. 그의 태도가 즉시 조금 사무적으로 바뀌었다. "지금 가장 중요한 것은 시간입니다." 그가 사람들에게 말했다. "시간이 얼마나 걸릴 것 같습니까? 아직 일정 계획은 세우지 않았지요?"

"저희 과학자들 열 명을 선발하고 간단히 개요를 설명하는 데에 하루, 샤피에론호에 보정기를 설치해서 거인별을 벗어나는 데에 최소한 닷새, 그리고 우주선과 초공간 연결 장비를 갖춘 탐지기, 차단용 하드웨어를 준비시키는 데에 닷새가 걸립니다." 이샨이 즉시 대답했다. "하지만 이 작업들을 동시에 진행하고, 항해하면서 시험할 수 있습니다. 거인별에서 벗어나는 데에 하루, 출구 포트에서 제블렌까지 가는 데에 하루, 그리고 추가로 헌트 박사가 말했던 '머피의 법칙' 요소를 고려해서 하루가 더 필요합니다. 그렇게 하면 우리는 엿새 내로 투리엔에서 출발할 수 있습니다."

"아주 좋군요." 칼라자르가 고개를 끄덕이며 말했다. "우리가 모두 시간이 중요하다는 점에 동의한다면, 잠시도 낭비할 시간이 없습니다. 즉시 시작합시다."

"한 가지가 더 있습니다." 가루스가 말을 꺼내더니 잠시 주저했다.

칼라자르가 기다리다가 말했다. "네, 원정대장?"

가루스가 양손을 펼쳤다가 다시 내렸다. "지구인들 말입니다. 분명 그들도 함께 가고 싶어 할 겁니다. 제가 그들을 잘 알거든요. 그들은 퍼셉트론호를 이용해서 육체적으로 투리엔으로 와서 우리와 합류하려 할 겁니다." 그는 도와달라는 표정으로 쉴로힌과 이샨을 바라봤다. "하지만 이건… 이 전쟁은 순전히 발전된 가니메데인의 기술과 기술이 맞붙는 싸움이 될 겁니다. 지구인들이 도움을 줄 수 있는 게 전혀 없을 거예요. 그 밖에도, 우리는 지금까지 지구에서 준 정보로 엄청나게 도움을 받았습니다. 앞으로도 그럴 겁니다. 다시 말해, 지금처럼 맥클러스키 기지와 통신 채널을 유지하지 않으면 우리는 해내지 못할 겁니다. 그들은 거기서 더욱 가치 있는 역할을 할 수 있습니다. 그러므로 저는 그런 요구를 거절하고 싶습니다. 무엇보다 그들 자신을 위해서요."

칼라자르가 가루스의 눈을 바라봤는데, 브로귈리오가 샤피에론 호의 파괴 소식을 알리던 순간 그의 눈에서 비쳤던 냉정한 눈빛이 다시 보였다. 칼라자르가 짐작했던 대로, 가루스에게는 브로귈리오와 해결해야 할 개인적인 빚이 있는 것이다. 가루스는 제3자가 개입하는 것을 원하지 않는다. 심지어 헌트와 동료들이라 할지라도. 칼라자르가 쉴로힌과 이샨을 바라보자, 그들도 가루스의 생각을 읽은 듯했다. 하지만 그들은 그 사실을 굳이 말로 꺼내서 가루스의 자긍심과 위엄을 훼손할 생각이 없었다. 그건 칼라자르도 마찬가지였다.

"좋습니다." 칼라자르가 고개를 끄덕이며 동의했다. "원정대장의 요청대로 하지요."

29

프란츠 요제프 제도와 북극 사이에 놓인 빙하 위에서 북쪽을 향해 날아가고 있는 소련의 군용 제트기에 밤이 내려앉았다. 크렘린과 소련의 권력기관 곳곳에서 일어난 충돌은 아직 해결될 기미가 보이지 않았고, 군 내부의 충성심도 분열되었다. 그래서 비행은 위험을 최소화하기 위해 비밀스럽게 진행되었다. 어두운 객실 뒤쪽에는 무장한 두 경비원 사이에 베리코프가 경직된 얼굴로 앉았고, 대여섯 명의 다른 장교들이 그 주변에서 졸거나 낮은 소리로 잡담을 나누고 있었다. 소브로스킨은 창문 밖의 어둠을 응시하며, 지난 48시간 동안 일어났던 놀라운 사건들을 생각하고 있었다.

소브로스킨은 외계인들이 취조를 그다지 잘 견디지 못한다는 사실을 알게 됐다. 적어도 외계인 베리코프는 버티지 못했다. 취조 결과 베리코프는 감시 활동을 진행하는 제블렌의 인간 파견대 네트워크에 소속된 요원이었다. 그 네트워크는 역사가 흐르는 내내 지구의 사회에 침투해왔다. 스베렌센도 요원이었다. 지구의 비무장화는 그들이 제블렌인에 의해 구축된 지배 엘리트로 등장할 때를 대비해 꾸민 계략이었다. 스베렌센은 지구의 대군주가 될 참이었다. 지구는 점차 산업 능력을 상실해서 제블렌의 귀족들을 위한 놀이터와 더욱 충성스러운 하인들에게 하사할 광활한 농지를 제공해줄 예정이었다. 그런 상태로 몰락한 행성이 노동이나 서비스에 필요하지 않은 인구를 어떻게 유지할지는 설명되지 않았다.

일단 이 정도로 파악되자, 베리코프의 목숨 가치가 현저하게 떨어졌다. 베리코프는 살아남기 위해 협력하겠다고 제안했고, 자신의 진정성을 증명하기 위해 제블렌과 지구에 있는 작전본부 사이에 연결된 통신에 대해 자세히 폭로했다. 작전본부는 코네티컷주에 있는 스베렌센의 집에 있었으며, 통신 장비는 제블렌인의 다른 활동을 위해 위장으로 세운 미국 건설회사에 고용된 제블렌 기술자들이 설치했다. 이 통신을 통해 스베렌센은, 투리엔인이 비밀리에 달의 뒷면으로 무전을 보내 지구와 나눈 대화의 자세한 사항을 보고할 수 있었고, 지구 쪽의 발언을 통제하라는 지침을 받았다. 소브로스킨은 노먼이 언급했던 미국의 통신 채널에 대해서는 베리코프가 전혀 알지 못한다는 사실을 간파했다. 제블렌인의 정보 수집 체계가 정교하긴 했지만, 소브로스킨은 적어도 그 비밀은 아직 안전하다고 결론을 내렸다.

소브로스킨은 그 네트워크를 해체하기 위한 첫 단계는, 그들이 발각되었다는 사실을 아직 모르고 있을 때 스베렌센의 통신을 끊는 것이 되어야 한다고 생각했다. 그래야 제블렌인들이 방심해서 취약한 상태로 있을 것이다. 그건 오직 워싱턴에 있는 누군가의 도움이 있어야만 달성할 수 있었다. 그런데 아무도, 심지어 베리코프조차도, 그 네트워크의 전체 범위나 그들 중 누가 요원인지 다 알지 못하기 때문에, 도움을 요청할 수 있는 사람은 노먼밖에 없었다. 소브로스킨은 다시 소련 대사관에 있는 '이반'을 호출해서 사전에 협의된 재미없어 보이는 문구들을 이용해 노먼에게 메시지를 전달하도록 했다. 8시간 후 미국 국무부가 모스크바에 있는 사무실로 전화해서 방문하는 소련 사절단을 위해 호텔 예약을 마쳤다고 알리며, 그 메시지를 받았고 이해했다는 사실을 확인시켜 주었다.

"5분 후 착륙합니다." 어두운 객실의 머리 위에 달린 스피커에서 조종사의 목소리가 들려왔다. 객실에 약한 불빛이 들어오자, 소브로스킨과 장교들이 담뱃갑과 서류, 그리고 주변에 흩어져 있는 물품들을 챙기기 시작했다. 그리고 추운 바깥 날씨에 대비해 두툼한 방한복을 입었다.

몇 분 후, 비행기가 어둠 속에서 서서히 빠져나와 미국의 과학연구기지와 북극 기상관측소의 착륙장으로 표시된 침침한 빛의 한가운데로 내려앉았다. 한쪽의 어스름 속에 미국 공군 수송기가 엔진을 켜놓은 채 대기 중이었고, 두툼하게 차려입은 소수의 사람이 그 앞에 모여 있었다. 객실의 앞쪽 문이 열리고 계단이 아래로 내려갔다. 소브로스킨과 일행이 계단을 내려갔다. 그리고 베리코프를 호송하는 두 장교와 함께 재빨리 얼음 위를 가로질러, 그들을 기다리고 있는 미국인들에게 다가갔다.

"제가 그렇게 오래 걸리지 않을 거라고 했잖아요." 노먼이 두툼한 장갑을 낀 손으로 악수하며 소브로스킨에게 말했다.

"당신에게 해줄 이야기가 많아요." 소브로스킨이 말했다. "당신이 어떻게 상상하든 그보다 훨씬 더 놀라울 겁니다."

"과연 그럴까요." 노먼이 씩 웃으며 대답했다. "우리도 그냥 그 자리에 우두커니 서 있지는 않았거든요. 당신도 제 이야기를 들으면 좀 놀랄 겁니다."

그들이 미국 수송기에 오르기 시작하자, 그들 뒤에 있던 소련 제트기의 엔진 소리가 올라가기 시작했다. 그리고 곧 제트기는 밤의 어둠 속으로 사라졌다. 30초 후 미국 수송기가 이륙해서 북쪽으로 기수를 돌렸다. 수송기는 북극을 거쳐 캐나다 동부해안을 따라 내려가 워싱턴 D.C.로 갈 예정이었다.

*

맥클러스키 기지는 늦은 밤이었다. 기지 전체가 조용했다. 담장을 따라 일정한 간격으로 배치된 전등의 약한 주황색 불빛을 받으며 나란히 정박한 비행선들이 조용히 웅크렸다. 그리고 조금 떨어진 곳에서 헌트와 린, 단체커가 황소자리 별자리를 응시하며 서 있었다.

그들은 그 일이 지구인에게도 누구 못지않게 중요하며, 가루스와 이샨이 자신들의 목숨을 건다면, 그 결과가 어떠하든 지구인도 함께 감당하는 게 명예이고 정의라고 주장하며 구슬려보고 항의했다. 하지만 소용이 없었다. 칼라자르는 퍼셉트론호를 움직일 수 없다고 단호하게 말했다. 그들은 UN이나 미국 정부에 있는 고위직들에게 그들을 지원해달라고 요청할 수가 없었다. 누가 제블렌인을 위해 일하는지 알아낼 방법이 없기 때문이었다. 그래서 그들은 그저 행운을 빌며 기다리는 수밖에 없었다.

"이건 말도 안 돼." 잠시 후 린이 말했다. "저들은 역사상 한 번도 싸워본 적이 없어. 그런데 지금 기습 특공대로 행성 하나를 통째로 빼앗으려는 거잖아. 가니메데인이 그런 사람들일 줄은 상상도 못 했어. 혹시 가루스가 정신이 나가거나 뭐 그런 거 아닐까?"

"가루스는 자기 우주선을 한 번 더 날려보고 싶었을 거야." 헌트가 중얼거리며 씁쓸하게 웃었다. "당신 생각에는 2천5백만 년 동안 비행하고 나면 충분할 것 같지." 어쩌면 가루스는 유명한 선장처럼 샤피에론호와 함께 침몰하기로 결정했는지 모르겠다는 생각이 헌트의 머리를 스치고 지나갔지만, 그렇게 말할 수는 없었다.

"어쨌거나 품위 있는 태도야." 단체커가 말했다. 그는 한숨을 뱉으며 고개를 절레절레 흔들었다. "그래도 난 마음이 편하지 않아. 퍼셉트론호가 왜 여기에 있어야만 하는지도 잘 모르겠어. 그 말은 핑계 같아. 우리가 기술적으로는 아무런 기여를 할 수 없더라도, 다른 도움을 줄 수는 있어. 난 가루스와 동료들이 어려운 상황에 직면했을 때 우리의 도움이 필요했다는 사실을 뒤늦게 깨닫게 될까 봐 걱정돼."

"무슨 뜻이에요?" 린이 물었다.

"제 생각에는 너무도 분명한 사실입니다." 단체커가 대답했다. "우리는 이미 가니메데인과 인간의 정신이 얼마나 다르게 작동하는지 알고 있어요. 제블렌인은 음모와 기만에 어느 정도 재능을 가지고 있긴 하지만, 자신들이 상상하는 것처럼 그 분야의 대가는 아닙니다. 그렇더라도 그들의 실수를 알아보고 활용하려면 인간의 통찰력이 필요해요."

"그들은 지금껏 오로지 가니메데인만 상대해왔지만," 헌트가 말했다. "우리는 수천 년 동안 서로 연습을 해왔지."

"내 말이 바로 그거야."

잠시 침묵이 흐른 뒤 린이 무심코 말했다. "내가 뭘 보고 싶은지 알아? 그 제블렌 녀석들이 자기네가 엄청 영리하다고 생각한다면, 진짜 전문가들과 대결을 붙여서 속임수라는 게 뭔지 깨닫게 되는 꼴을 보고 싶어. 그러려면 비자르가 우리 편이니까, 우리는 비자르를 제대로 사용할 수 있는 기술도 갖춰야 할 거야."

헌트가 린을 바라보며 인상을 찌푸렸다. "무슨 뜻이야?"

"나도 아직은 확실히 잘 모르겠어." 린이 잠깐 생각을 하더니 어깨를 으쓱했다. "그냥 제벡스가 오랫동안 정보를 조작해서 투리엔인에게 줬던 일이 떠올랐어. 우리가 놈들한테 그와 비슷한 뭔가를 할 수 있다면 괜찮겠다는 생각이 들더라고…. 별다른 의미는 아니야."

"어떤 걸 하면 좋겠어?" 헌트가 아직도 아리송한 얼굴로 물었다.

린이 먼 곳을 응시하는 표정으로 밤하늘을 다시 올려다봤다. "글쎄, 예를 들어 이런 걸 상상해봐. 제벡스가 지금까지 거짓말로 지어냈던 무기와 폭탄에 대한 자료들을 모두 자료실 어딘가에 저장해놨을 거야, 그렇지? 그리고 그 자료실의 다른 어딘가에는 감시 시스템을 통해 수집한 지구에 대한 진짜 정보들도 모두 있겠지. 다시 말해서, 제벡스가 진짜라고 알고 있는 지구에 관한 모든 자료 말이야. 하지만 제벡스는 어느 게 어느 건지 어떻게 알까? 제벡스는 어느 기록이 진짜고, 어느 기록이 가짜인지 어떻게 알까?"

"나야 모르지." 헌트가 어깨를 으쓱하더니 잠시 그 말을 곱씹었다. "자료에 일종의 표제 같은 거로 꼬리표를 붙여놓지 않았을까?

"내 생각도 그래." 린이 고개를 끄덕였다. "이제 비자르가 어찌어찌해서 제벡스 안으로 들어가 이 꼬리표들을 뒤죽박죽으로 섞어버려서 제벡스가 더 이상 구별하지 못하게 만들었다고 가정해봐. 제벡스가 그 모든 자료를 사실이라고 믿게 만들 수도 있어. 제벡스가 그렇게 이야기하기 시작하면 어떻게 될지 상상해봐. 브로길리오와 일당들은 완전히 돌아버릴걸. 내 말이 무슨 뜻인지 알겠지. 아주 볼만할 거야."

"정말 재미있는 생각입니다." 단체커가 흥미로운 표정으로 낮게 말했다. 그 광경을 머릿속에 떠올리자, 단체커의 얼굴에 사악한 미소가 퍼졌다. "그 이야기를 칼라자르에게 하지 않은 게 너무 아쉽네요. 전쟁이든 아니든, 가니메데인들도 그 제안은 반대하기 힘들었을 텐데 말이에요."

헌트도 그 생각을 하면서 희미하게 미소를 지었다. 그 아이디어를 활용하면, 린이 제안한 것보다 훨씬 더 많은 일을 할 수 있다. 비자르가 꼬리표를 바꿀 정도로 제벡스의 메모리 시스템에 침투할 수 있다면, 메모리에 비자르가 만들어낸 허구를 추가하는 정도는 아무것도 아닐 것이다. 일례로, 제벡스가 지구에서 들어오는 감시 자료를 관리하는 부분에 대한 이용 권한을 손에 넣을 수 있다면, 비자르는 마음 내키는 대로 제벡스에게 지구에서 어떤 일이 일어나고 있다고 생각하도록 만들 수 있다…. 제블렌을 은하계에서 날려버릴 준비를 갖춘 우주함대 같은 걸 만들어낼 수도 있다. 단체커 말대로, 재미있는 생각이었다.

"제블렌에 기동 타격대를 수송하기 위해 투리엔의 블랙홀을 이용하기로 투리엔인과 가짜로 협정을 맺을 수도 있어." 헌트가 말했다. "제벡스가 지구의 기동 타격대가 며칠 내로 도착할 거라고 말하도록 만들 수도 있지. 그리고 그 전에 과거의 자료를 뒤섞어 놓으면, 제벡스는 자기가 수년간 보고해왔던 내용과 완전히 일치한다고 생각하게 될 거야. 물론 제블렌인들은 그렇지 않다는 사실을 알겠지…. 하지만 그들은 평생토록 제벡스에 대해 의문을 제기한 적이 없었기 때문에 어떻게 생각해야 할지 알 수 없을 거야. 브로귈리오는 그 상황을 어떻게 받아들일까?"

"그놈은 심장마비에 걸릴 거야." 린이 말했다. "단체커 교수님, 교수님은 어떻게 생각하세요?"

단체커가 갑자기 진지한 표정을 지었다. "잘 모르겠습니다." 그가 대답했다. "하지만 이게 바로 내가 아까 말했던 이야기에 딱 맞는 사례예요. 적을 당황하게 만들 방법을 찾는다는 발상은 인간에게는 자연스럽지만, 가니메데인에게는 아니죠. 그들은 단순히 제벡스를 다운시키기 위해 곧장 접근을 시도할 거예요. 우회할 생각은 하지 않고 똑바로, 논리적으로. 하지만 제블렌인이 제벡스가 없어지더라도 독자적으로 운영될 수 있는 백업 시스템을 마련해놨다고 가정해보죠. 그럴 경우, 샤피에론호는 제벡스를 다운시키는 데에 성공한다고 해도 심각한 위험에 노출될 수 있어요. 내 말이 무슨 뜻인지 알겠죠?" 단체커가 두 사람을 진지한 눈빛으로 바라보더니, 이야기를 이어갔다. "하지만 반면에, 가니메데인들의 계획이 제벡스를 망가트리기보다는 통제해서 방금 두 사람이 묘사한 종류의 속임수로 제블렌인을 혼란스럽게 만드는 것이라면, 그 결과로 일어난 상황을 활용할 수 있는 다양한 방법이 제시되겠지만, 그런 계획을 세웠을 리가 전혀 없습니다." 단체커가 고개를 들어 하늘을 다시 바라보더니 슬픈 표정으로 고개를 저었다. "유감이지만, 나는 우리의 가니메데인 친구들이 그런 작전을 채택하리라고는 전혀 상상이 되지 않아요."

헌트가 단체커의 말을 듣는 동안 그의 얼굴에서 조금 전의 즐거운 표정이 사라졌다. 헌트도 시도해봤고, 콜드웰도 시도해봤고, 캐런 대사도 시도해봤지만, 헌트는 여전히 자신들이 좀 더 노력했어야 했다는 미련을 버리지 못하고 있었다. 그런데 단체커가 그 이야기를 입에 올리자, 자신이 밖으로 드러내지 않고 참아왔던 생각을 다른 사람도 하고 있다는 사실을 깨달았다. "우리가 그들과 함께 갔어야 했어." 헌트가 묵직한 목소리로 말했다. "콜드웰 본부장이 그들을 못살게 굴어서라도 그 제안을 받아들이게 해야 했어."

"난 그런다고 무슨 차이가 있을까 싶어." 단체커가 말했다. "가루스가 브로길리오에게 개인적인 복수심을 품고 있는 거 못 봤어? 가루스는 원칙적으로 다른 사람을 개입시키지 않겠다는 거야. 칼라자르 대통령도 그 사실을 알아. 우리가 무슨 말을 하더라도 바뀌지 않았을 거야."

"자네 말이 맞는 것 같아." 헌트가 한숨을 내쉬었다. 그는 다시 황소자리로 눈길을 돌려 한참 동안 쳐다봤다. 그러더니 갑자기 몽상에서 벗어나 두 사람을 쳐다보며 말했다. "점점 추워지네. 안에 들어가서 커피나 마셔야겠어."

그들은 몸을 돌려 비행장을 가로지르며 식당 쪽으로 천천히 걸어가기 시작했다.

수 광년 떨어진 곳에서 샤피에론호가 조용히 투리엔의 궤도를 벗어나고 있었다. 다음 날까지 비자르는 거인별 항성계 너머로 샤피에론호를 이끌었다. 그리고 초공간을 통해 제블렌 항성계의 외곽, 제벡스가 통제하는 영역 바로 바깥 부분으로 수송되는 모습을 지켜봤다. 샤피에론호와 함께 보낸 미끼용 무인 비행선 두 대에 연결된 동력과 제어 빔은 즉시 막혔다. 무인 비행선 두 대가 제벡스 공간 가장자리에 무력하게 떠 있는 사이, 샤피에론호는 계속 안으로 비행해 들어갔다. 그리고 비자르의 장비로는 투과할 수 없는 망토로 둘러싼 적의 항성계 안으로 들어가며 시야에서 사라졌다.

30

가운데가 텅 빈 사각형 모양의 구조물이 우주에 떠 있었다. 사각 구조물의 한 변은 8백 킬로미터가 넘었다. 각 모서리에서 30킬로미터 두께의 막대가 대각선으로 뻗어 나가 사각형 중앙에 있는 3백 킬로미터 지름의 구를 지지하고 있었다. 바깥 사각형의 표면에는 각진 돌출부, 뼈대 부분, 돔으로 덮인 건축물들이 빼곡했는데, 그 위로 검은색과 금속성 회색의 그림자가 거칠게 드리워졌다. 그리고 거대한 코일들이 중앙에 있는 구의 부품들과 구를 지지하는 구조물을 감싸고 있었다. 그 구조물 뒤로 우주 멀리까지 3천 킬로미터 간격으로 동일한 구조물들이 줄지어 있었는데, 그 끝이 보이지 않을 때까지 이어지며 별빛 속으로 사라졌다.

투리엔의 제블렌 부문 책임자였다가, 최근에 스스로 제블렌 행성들의 독립 보호령 대군주가 된 이마레스 브로길리오가 군 최고사령관의 검은 제복을 입고 서 있었다. 그는 팔짱을 끼고 수천 킬로미터 떨어진 우주선 선체 위의 돔 안에서 그 광경을 보며 인상을 찌푸렸다. 한쪽 아래로 검은 우주에 초승달 모양으로 걸린 행성 우탄의 거친 천체가 보였다. 브로귈리오가 선 자리에서는 우탄이 테니스공만 한 크기로 보였다. 와일로트 장군과 제블렌의 다양한 사령부에서 온 많은 군인이 그의 뒤에 서 있었고, 그 옆에는 에스토르두와 민간 자문관들이 있었다. 한쪽에는 그다지 행복해 보이지 않는 스베렌센과 사각수축기 건설 프로그램의 기술 책임자 페일론 투름이 서 있었다.

브로귈리오가 팔을 휘두르며 바깥의 광경을 가리켰다. "우리는 어쩔 수 없이 아주 짧은 시간 안에 시간 계획표를 과감하게 수정할 수밖에 없었어." 그가 페일론을 노려보며 퉁명스럽게 말했다. "난 자네도 최소한 그 정도는 해줄 거라고 기대해."

"그렇지만 이 정도 규모의 공사에서는 명령만 내린다고 속도를 낼 수는 없습니다." 페일론이 항의했다. "우리는 아직 50세트가 부족합니다. 중요한 모든 부서가 24시간 밤낮없이 맞교대로 일하더라도, 최소한 2년은 걸릴…."

"2년은 용납 안 돼." 브로귈리오가 딱 잘라 말했다. "나는 자네한테 요구사항을 넘겼어. 자네는 그 요구를 확인만 해주면 돼. 오늘 그렇게 확정될 거야. 공사 기간을 변경하기 위해 뭘 할 수 있는지 말해봐. 보호령은 이제 전시 경제 체제로 운영될 거야. 필요한 자원은 뭐든지 대줄 수 있어."

"공사는 생산 자원만의 문제가 아닙니다." 페일론이 주장했다. "그 정도 숫자의 사각수축기를 목적지까지 옮기기 위한 동력을 2년 이내에 준비하는 건 불가능합니다. 크랄로르트가 최근에 계산한 결과를 보면…."

"크랄로르트는 감금됐어." 브로귈리오가 그에게 알려줬다. "그놈의 사무실은 지금 군의 통제를 받고 있어. 발전기는 이미 발효된 비상 계획에 따라 생산이 확대될 거야. 필요한 동력은 정해진 계획대로 맞출 거야."

"제 생각에…." 페일론이 입을 열었지만, 브로귈리오가 짜증스러운 손짓으로 말을 잘라버렸다.

"지금부터 딱 24시간을 줄 테니까 직원들하고 수정된 계획을 논의해. 그리고 곧바로 제블렌 부처 간 전략기획회의에 참석해서 논의 결과를 보고해. 나는 서투른 변명 따위는 듣고 싶지 않아. 내 말이 무슨 뜻인지 이해되지?"

"네, 각하…." 페일론이 우물우물 대답했다.

브로귈리오는 다른 사람들에게 들리지 않도록 낮은 목소리로 제벡스에게 오늘 오후 일정에 우탄에서 페일론을 대체할 사람에 대한 검토 시간을 포함시키라고 지시했다. 그리고 고개를 돌려 스베렌센을 경멸하는 눈빛으로 노려봤다. "지구의 상황을 '잘 통제'하고 있다고 생각했던 '유능한 부관'도 똑같이 무능력한 놈으로 밝혀졌지." 브로귈리오가 코웃음을 쳤다. "이거 참, 넌 지금껏 뭘 알아낸 거야? 어떻게 투리엔인이 바로 네 코앞에서 지구인과 통신을 할 수 있느냐 말이야. 놈들의 시설은 어디에 있지? 그걸 제거하기 위한 네 계획은 뭐야? 지구인 놈들이 네 활동을 어떻게 파악한 거야? 배신자가 누구야? 난 네가 제대로 된 답을 해줄 거라 믿어, 스베렌센."

"저는 이의를 제기할 수밖에 없습니다." 스베렌센이 충격을 받은 목소리로 말했다. "네, 투리엔인이 어떻게든 통신망을 구축했다는 사실은 인정합니다. 하지만 저희의 작전이 파악되었다는 비난은 근거가 없습니다. 근거도 없이…."

"넌 눈이 먼 거냐, 아니면 멍청한 거냐?" 브로귈리오가 성난 소리를 내뱉었다. "내가 거기에 있었어, 투리오스에. 넌 거기에 없었지.

내가 너한테 그놈들이 모조리 알고 있더라고 말해줬잖아. 지구인들은 네 조직에 있는 얼간이들을 변절시켜서 수년 동안 우리에게 대항해서 활동하게 한 게 틀림없어. 투리엔인은 언제부터 지구와 직접 소통했지?"

"저희는… 아직 그 사항은 파악하지 못했습니다, 각하." 스베렌센이 인정했다.

"달의 뒷면에서 뭔가를 시작하기 훨씬 이전부터 소통했던 게 틀림없어." 브로귈리오가 말했다. "브루노 기지에서 진행된 활동은 죄다 놈들이 너를 속여서 계속 바쁘게 만들려고 꾸민 쇼야. 그런데 너는 그걸 죄다 믿어버렸지." 브로귈리오는 얼굴을 일그러트리더니 아양을 떠는 흉내를 냈다. "'각하, 우리가 전부 통제하고 있습니다.' 난 그렇게 들었어. 흥!" 브로귈리오가 주먹으로 손바닥을 쳤다. "통제라고? 지구인들이 너를 꼭두각시처럼 가지고 놀았어. 놈들은 아마도 수년 동안 그랬을 거야. 지구의 대군주? 넌 유치원을 통치하려고 낑낑대는 쪼다밖에 안 돼." 파랗게 질린 스베렌센이 입술을 들썩거렸지만 아무 말도 하지 못했다.

브로귈리오는 앞에 있는 다른 보좌관들에게 자신의 처지를 보라는 듯 양손을 치켜들었다. "너희는 내가 지금 뭐하고 싸우고 있는지 알아? 멍청한 공학자들과 멍청한 요원들이야. 너희는 뭐하고 싸우는데? 우리가 준비를 마칠 때까지 적들이 멍청하게 앉아서 기다리고 있을 것 같아? 그런데 우리는 그 준비에 2년이 걸린다는 이야기를 들었어. 우리가 주도권을 쥐고 있는 지금 뭔가 행동을 해야 하는데, 문제가 생겼어. 너희가 가진 계획은 뭐야?"

몇몇 장군들이 어정쩡한 얼굴로 서로를 바라봤다. 마침내 와일로트 장군이 주저하며 대답했다. "저희는 아직 최근 벌어진 상황을 분석 중입니다. 최근 상황은 모든 방면에서 완전히 계획을 수정해야 하는….”

“아무짝에도 쓸데없는 분석이나 평가 같은 건 때려치워. 자네는 사각수축기 건설 계획이 완료되기 전에 당장 우리의 기반을 확고히 할 수 있는 공격을 펼칠 확실한 계획을 갖고 있나?”

“아뇨, 하지만 저희는 한 번도….”

“장군께서 계획이 없다네.” 브로귈리오가 다른 사람들에게 말했다. “봤지…. 나는 사방을 둘러싸고 있는 멍청이들하고 싸워야 해. 하지만 우리 모두에게 다행스러운 점은, 내가 계획을 가지고 있다는 거야. 여기 우탄에서 우리의 무기 생산 계획의 결과가 나오기 시작했어, 그렇지 않아? 우리에게는 비행선과 무기가 있고, 거인별로 그것들을 즉시 수송하기에 충분한 동력이 있어. 투리엔인은 아무것도 갖고 있지 않아. 지금은 대담해져야 할 때야.”

와일로트 장군이 걱정스러운 얼굴로 말했다. “그건 지금까지 우리가 계획했던 방향이 아닙니다. 우리의 계획에는 정당한 이유 없이 투리엔을 침공하는 작전은 포함되어 있지 않았습니다. 우리 무기는 세리오스인에게 사용하기로 되어 있었습니다. 그런 공격은 국민에게 정당화하기 힘들어서 대중적인 지지를 받지 못할 겁니다.”

“내가 투리엔을 공격한다고 했던가?” 브로귈리오가 물었다. “자넨 폭력과 꼴사나운 짓거리 말고는 생각해낼 줄 모르나? 자넨 섬세한 감각 같은 건 없어?” 그가 머리를 돌려 사람들을 바라보며 말했다. “전쟁은 무기도 중요하지만 심리학도 중요해. 특히 적의 심리를 이해하는 게 중요하지. 지구의 역사를 공부해. 아니면 미네르바의 역사라도. 수많은 위대한 승리는 심리적으로 적절한 순간을 이용한 것이었어. 그리고 우리에겐 지금이 바로 그런 순간이야.”

"어떻게 할 작정이신가요?" 에스토르두가 불안한 얼굴로 물었다. "투리엔을 협박해서 굴복하도록 하실 건가요?"

브로귈리오가 놀라워하며 쳐다보더니, 노골적으로 그를 칭찬했다. "과학자라서 그런지 이번엔 이해가 빠르네." 그가 말했다. 그리고 목소리를 높였다. "모두 들었어? 과학자가 여러분보다 장군답게 생각하고 있어. 투리엔은 전쟁을 경험해본 적이 없고, 전쟁에 대한 개념조차 없어. 지금 이 순간 그들은 우리가 껍데기 속으로 후퇴했으며, 앞으로 오랫동안 그들을 성가시게 하지 않을 거라고 믿고 있어. 투리엔인은 당분간 안전하다고 생각하겠지. 지금이야말로 그들이 취약한 상태야."

브로귈리오가 돔의 한쪽으로 천천히 걸어가 멀리 떨어진 우탄을 잠깐 바라봤다. 그리고 다시 가운데로 돌아와 이야기를 이어갔다. "지금 투리엔인들이 무슨 생각을 하고 있을지 말해줄게. 그들은 우리의 위협에 대해 자신들이 감히 맞서 싸울 배짱이 없다는 사실을 알아. 하지만 지구인들은 그럴 배짱이 있어. 반면에, 투리엔인은 위협에 대항하는 데에 필요한 기술을 가지고 있지만 지구인들은 없지. 자, 그들이 선택할 뻔한 전략이 뭘까?"

와일로트 장군이 천천히 고개를 끄덕이기 시작했다. "지구인을 무장시키고 준비시켜서 앞잡이로 쓰겠군요. 투리엔인은 자기네를 대신해서 싸워줄 지구인 용병을 모집할 겁니다."

"바로 그거야!" 브로귈리오가 소리쳤다. "하지만 아무튼 지구는 무장이 해제된 상태이고, 우리와는 기술적으로 상대가 안 돼. 그리고 지금 당장 투리엔인에게는 지구인을 무장시킬 수 있는 게 아무것도 없어." 그가 눈을 번득이며 의기양양하게 사람들을 돌아봤다. "다시 말해, 그들의 해결책에는 시간이 필요해. 하지만 우리는 시간이 필요 없어. 우리는 지금 당장 가진 게 있으니까. 그들은 아무것도 없지. 우리의 군사력은 그들이 나중에 조직할 수준에 비하면 작을지 몰라도, 지금 상황은 적더라도 뭔가를 가진 쪽과 아무것도 없는 쪽의 대결이야. 이건 우리가 무한히 우세하다는 뜻이지. 지금처럼 우리에게 유리한 상황은 다시 오지 않을 거야. 그래서 지금이 바로 행동해야 할 때야. 나중이 아니라."

브로퀄리오가 뭘 하려는지 깨닫기 시작하자, 와일로트 장군의 눈이 반짝거렸다. "우리는 자체 동력을 가진 비행선들로 조직한 기동부대를 집어넣어서 투리엔인에게 비자르의 통제 권한을 넘기라고 최후통첩을 할 수 있습니다. 가니메데인에게는 다른 선택지가 없을 겁니다. 그들이 속수무책으로 항복하면, 우리는 제벡스와 비자르가 결합한 제국에 대한 완전한 통제권을 확보하게 될 겁니다."

"그리고 지구인은 자신들의 무기제작자를 잃게 되는 거지." 브로퀄리오가 마무리했다. "지구인은 투리엔인이 없는 상태에서는 2년 이내에 우리와 맞설 엄두도 못 낼 거야. 따라서 우리는 투리엔을 영원히 제압하고 지구를 처리할 준비를 마칠 시간을 벌게 되는 거지." 그가 고개를 돌려 와일로트 장군을 똑바로 바라보며 팔짱을 끼고 턱을 내밀었다. "장군, 이런 게 바로 계획이야…. 내 계획."

"천재적인 발상이십니다." 와일로트 장군이 단언했다. 그의 뒤에 서 있는 줄에서 그 발언을 지지하는 소리가 이구동성으로 터져 나왔다. "저희는 즉시 상세한 준비에 들어가겠습니다."

"그렇게 해." 브로퀄리오가 명령했다. 그가 고개를 돌려 스베렌센을 노려봤다. "그리고 넌 말이야, 혹시 스스로 실수를 만회할 능력이 있다고 생각한다면 지구로 돌아가. 너희 조직에 있는 배신자들을 모조리 찾아내서 추적하고 처리해. B2 계급 이상을 제외하고 전부 다.

B2 계급 이상은 붙잡아두면, 우리가 지구에 가서 제블렌으로 데려올 거야. 그놈들은 내가 직접 처리하겠어." 브로궐리오가 목소리를 낮추며 험악하게 으르렁댔다. 그의 눈이 분노로 이글거렸다. "네가 이 임무에 실패하면, 스베렌센, 너를 잡아올 거야. 설령 내가 직접 지구에 가는 한이 있더라도 널 반드시 잡아올 거야."

31

샤피에론호에서 아무런 소식이 없는 상태로 며칠이 흘렀다. 비자르는 제벡스의 설계에 관한 가능한 한 모든 자료를 분석해서 조락이 전자적으로 자물쇠를 따고 보안 검사 단계를 뚫고 들어가 적의 시스템을 보호하는 제한구역에 접근할 가능성을 5퍼센트로 올렸다. 문제는 가니메데인이 설계한 제벡스의 분자 회로가 10억분의 1초보다 빠른 속도 단위로 작동하면서 정규적인 운영 사이사이에 자체 점검을 엄청나게 자주 한다는 점이었다. 조락이 제벡스의 갑옷에 난 틈새를 어찌어찌 비집고 들어가더라도, 비자르가 그 틈새를 파악하기 위해 들어오기도 전에 제벡스에게 감지되어 닫혀버릴 확률이 월등히 높았다. 다시 말해, 제벡스는 내부 진행 과정에 대한 스캔을 엄청나게 빠르게 진행할 수 있다. 헌트는 이 문제에 대해 콜드웰에게 이렇게 말했다. "제벡스는 자기 내부에서 진행되고 있는 일을 즉시 알아챌 수 있어요. 우리가 몇 초 만이라도 제벡스의 주의를 돌릴 수 있다면, 조락이 차단 시스템을 제압하고 비자르를 불러들일 수 있을 겁니다.” 하지만 그들에게 제벡스의 주의를 돌릴 수 있는 채널은 조락밖에 없고, 제벡스의 주의를 돌리지 않는 한 조락이 안으로 들어갈 수 없는데, 어떻게 제벡스의 주의를 돌릴 수 있을까?

그때 비자르가 거인별 항성계 외곽에 일련의 중력 교란이 발생했다고 보고했다. 뒤이어 어딘가에서 수송된 물체가 꾸준히 늘어났는데, 일종의 비행선처럼 보였다. 얼마 지나지 않아, 그 물체들이 투리엔을 향해 움직이기 시작했다. 비자르에는 초공간 그리드 동력이나 제어 빔이 감지되지 않아 그 비행선들의 움직임을 저지할 수 없었다. 그 비행선들은 자체 동력을 갖추고 중무장한 제블렌인의 전함이었다. 그런 전함이 50척이었다. 전함들이 산개하며 투리엔을 포위하는 위치로 이동할 때, 제벡스가 일시적으로 비자르에게 통신을 연결해서 제블렌인의 최후통첩을 전달했다.

‘투리엔인은 48시간 이내에 전 세계 시스템에 대한 통제권을 제블렌인에게 넘겨야 한다. 그 시각까지 투리엔인이 따르지 않을 경우, 투리엔의 도시를 한 번에 하나씩 제거하기 시작할 것이며, 그 시작은 브라닉스다. 이게 요구사항이다. 협상은 없다.’

*

투리오스의 정부청사 내부는 긴박하고 긴장된 분위기였다. 맥클러스키 공군기지에 있던 지구인들 모두가 참석했고, 칼라자르와 쇼음, 그리고 이샨의 부관 모리잘을 포함해서 공학과 기술 전문가들도 참석했다. 최후통첩을 받고 6시간이 지난 후였다.

“하지만 여러분이 할 수 있는 일이 반드시 있을 겁니다.” 낙담한 콜드웰이 회의실 중앙을 앞뒤로 쿵쾅거리고 오가면서 따졌다. “비행선을 원격 조종해서 저 전함들에 들이받게 할 수 없나요? 비자르가 블랙홀을 몇 개 만들어서 비행선들을 빨아들이게 할 수 없나요? 뭔가 방법이 있을 겁니다."

"동의합니다." 쇼음이 칼라자르를 바라보며 말했다. "우리는 시도를 해봐야 합니다. 저도 이게 불쾌한 일이라는 건 잘 압니다. 하지만 제블렌인이 이런 판을 짰습니다. 혹시 고려하고 계신 다른 대안이 있나요?"

"저들의 전함은 들이받을 우리 비행선이 근처에 가기도 전에 제거해버릴 수 있습니다." 모리잘이 말했다. "그리고 저들은 블랙홀이 형성되는 걸 감지할 수 있으므로, 전함들을 붙잡기 훨씬 전에 피해버릴 겁니다. 그렇다고 해도 최소한 몇 대는 잡을 수도 있겠죠. 그러면 나머지 전함들이 최종 시간까지 기다리지 않고 투리엔을 불태울 겁니다."

"거기에 더해서, 그건 길이 아닙니다." 마침내 칼라자르가 양손을 펼치며 입을 열었다. "가니메데인은 전쟁이나 폭력으로 문제를 해결하지 않습니다. 나는 그런 행위는 어떤 것도 용납할 수 없습니다. 우리는 야만적인 제블렌인의 수준으로 타락하지 않을 겁니다."

"여러분은 이전에 이런 종류의 위협을 받아본 적이 없을 겁니다." 캐런 대사가 지적했다. "이런 위협에 맞설 수 있는 다른 방법이 있나요?"

"캐런 대사의 말이 맞습니다." 쇼음이 말했다. "제블렌인의 군사력은 크지 않습니다. 저 전함들이 지금 제블렌인이 가진 전부일 가능성이 큽니다. 지금으로부터 6개월이 지나면 상황이 바뀔 겁니다. 지구인의 논리는 거칠지만, 그럼에도 불구하고 이런 상황에서는 그들의 생각이 현실적입니다. 지금 소수의 사람을 잃으면 나중에 더 많은 사람을 구할 수 있는 시간을 벌 수 있습니다. 이게 저들이 배워

온 교훈입니다. 어쩌면 우리도 배워야 할지 모릅니다."

"다시 말하지만, 그건 길이 아닙니다." 칼라자르가 쇼음을 바라보며 말했다. "당신도 지구의 역사를 봤잖아요. 그런 논리는 항상 끝도 없이 군사력을 강화하게 되어 있습니다. 그건 미친 짓이에요. 나는 우리가 그런 길로 내려가도록 놔둘 수 없습니다."

"브로퀄리오는 미쳤습니다." 쇼음이 주장했다. "다른 길이 없습니다."

"반드시 있을 겁니다. 우리에게는 생각할 시간이 필요해요."

"우리에겐 시간이 없습니다."

무거운 침묵이 내려앉았다. 회의실 한쪽에서 린의 눈길과 마주친 헌트가 무기력하게 어깨를 으쓱했다. 린이 인상을 찌푸리더니 한숨을 내쉬었다. 할 수 있는 말이 없었다. 상황이 좋지 않은 것 같았다. 조금 떨어져 있는 단체커도 불편한 모양이었다. 그는 안경을 벗어서 얼굴 앞에서 이리저리 돌리며 눈을 가늘게 뜨고 안경알을 통해 바라봤다. 그리고 다시 안경을 쓰더니, 엄지와 검지로 콧등을 꾹꾹 누르기 시작했다. 그의 마음속에 뭔가가 떠오른 모양이었다. 헌트는 궁금한 눈빛으로 그를 쳐다보면서 기다렸다.

"혹시…." 단체커가 입을 열다가, 잠시 생각해보더니, 칼라자르와 모리잘이 있는 방향으로 고개를 돌렸다. "혹시 우리가 제블렌인의 공격 계획을 늦추고, 군사력을 방어 형태로 돌리도록, 다시 말해서… 그들을 제블렌으로 돌아가도록 유도하면 어떨까요? 그러면 우리는 시간을 좀 벌 수 있을 겁니다."

칼라자르가 의아한 표정으로 그를 바라봤다. "저들이 왜 돌아가겠습니까? 뭘 방어하려고요? 우리는 저들에게 공격하겠다고 위협할 수 있는 게 아무것도 없습니다. 여러분도 마찬가지고."

"그렇습니다." 단체커가 말했다. "그렇지만 우리가 가진 것처럼 저들이 생각하게 만들 방법은 있습니다." 가니메데인들이 어리둥절한 표정으로 그를 응시했다. 단체커가 설명했다. "린 씨와 헌트 박사가 최근에 제블렌을 총공격하는 가상 정보를 비자르에게 만들게 해서 그 정보를 제벡스 안에 주입하자는 이야기를 했습니다. 물론 조락이 제벡스에 접속했을 경우를 가정한 거죠. 그리고 제벡스 내부에 있는 자료들을 적절하게 조작해서, 아마 비자르가 할 수 있을 겁니다, 제벡스가 그런 공격 상황과 자신이 수년 동안 관찰해왔던 상황이 모순되지 않는다고 확신하게 하는 겁니다. 제 말이 이해되시죠? 그런 계략을 쓰면, 제블렌인 진영 내부가 혼란스러워져서 스스로 군사력을 철수하게 될 겁니다. 그리고 불확실성을 충분한 수준으로 키우면, 제블렌인이 실제 상황을 밝혀낼 때까지 투리엔에 발포할 위험은 아마 없을 겁니다. 그때 우리가 어떻게 해야 할지는 저도 모르겠습니다. 하지만 적어도 현재의 곤란한 상황을 일시적으로 지체시킬 수는 있을 겁니다."

쇼음이 그 이야기를 들으며 기묘한 표정을 지었다. "그건 저들이 우리에게 했던 방식과 거의 똑같네요." 그녀가 중얼거렸다. "그들의 전술을 그대로 되돌려주는 거군요."

"네, 그런 작전이 나름대로 호소력이 있거든요." 단체커가 동의했다.

모리잘이 몇 가지 질문을 던지자, 단체커가 그 아이디어를 아주 자세히 설명했다. 단체커가 이야기를 마치자, 가니메데인들이 미심쩍은 눈빛을 서로 주고받았지만, 그 주장에서 치명적인 오류를 찾아낼 수 있는 사람은 아무도 없었다. "비자르, 네 생각은 어때?" 한동안 사람들이 이야기를 나눈 후, 칼라자르가 물었다.

"될 것 같습니다. 하지만 아무리 낙관적으로 봐도 가능성이 5퍼센트밖에 안 된다는 게 문제입니다." 비자르가 대답했다. "여전히 같은 문제 때문입니다. 조락이 차단 시스템을 끌 수 있어야만 제가 제벡스 안으로 들어갈 수 있는데, 아직 조락은 그다지 운이 좋지 못한 것 같습니다. 여전히 조락에게서 아무런 소식도 못 들었습니다."

"네가 할 수 있는 다른 제안은 없어?" 칼라자르가 물었다.

"없습니다." 잠시 후 비자르가 인정했다. "저는 지구인들의 도움을 조금 받아 가상 정보를 만들 수 있고, 희미한 확률이나마 조락이 저를 집어넣어주면 빔을 통해 그 정보를 송신할 준비를 할 수 있지만, 여전히 확률은 5퍼센트입니다. 즉, 너무 기대하지 마세요."

토론이 계속되는 동안 헌트의 눈이 아련하게 먼 곳을 응시했다. 사람들이 그 모습을 알아채고 한 명씩 고개를 돌려 궁금한 눈빛으로 그를 바라봤다. "이 문제는 다시 제벡스의 주의를 흐트러트리는 것으로 돌아갔네요." 헌트가 말했다. "그렇지 않나요? 조락이 차단 시스템을 끄고 초공간 통신을 열 수 있도록 제벡스의 자체 점검 기능을 단 몇 초만 멈추게 할 수 있다면, 비자르가 그 연결을 영구적으로 열어놓으면서 나머지를 처리하겠죠."

"맞습니다. 그런데 요점이 뭔가요?" 비자르가 말했다. "그건 이미 우리가 생각했던 겁니다. 우리가 그렇게 하지 못하는 건, 조락이 먼저 그 안에 들어가야만 가능하기 때문입니다."

"내 생각엔 할 수 있을 것 같아." 헌트가 꿈꾸는 듯한 목소리로 말했다. 회의실에 깊은 침묵이 내려앉았다. 그의 눈이 갑자기 맑아지더니, 다른 이들을 둘러봤다. 사람들이 기다렸다. "우리가 조락을 통해 제벡스의 주의를 돌릴 수 없는 것은, 조락은 시스템 밖에서 안으로 들어가야 하는 상황이기 때문이죠. 하지만 우리에게는 내부로 곧장 들어갈 수 있는 다른 채널이 있습니다…. 그것도 제벡스의 핵심으로 곧장 들어갈 수 있는 것으로요." 헌트가 말했다.

콜드웰이 고개를 저으며 이해가 안 된다는 표정으로 바라봤다. "박사님, 그게 무슨 말입니까? 무슨 채널? 어디에?"

"코네티컷주에 있죠." 헌트가 사람들에게 말했다. 헌트가 린을 슬쩍 보더니, 다시 다른 사람들을 바라봤다. "스베렌센의 집 안에 있는 장비가 제벡스로 연결할 수 있는 완벽한 통신시설일 거라고 장담할 수 있습니다. 아마 신경계와 연결하는 장비도 있겠죠. 그렇지 않겠습니까? 우리는 그 장비를 이용해서 제벡스에 연결할 수 있습니다."

그가 말한 내용을 사람들이 완전히 이해하는 데에는 조금 시간이 걸렸다. 모리잘이 어리둥절한 표정으로 물었다. "그걸로 연결해서 뭘 하나요? 그걸 어떻게 이용하겠다는 건가요?"

헌트가 어깨를 으쓱했다. "아직 거기까지는 생각해보지 못했습니다. 하지만 뭔가 방법이 있을 겁니다. 어쩌면 그 채널을 이용해서 제벡스에게 비자르가 만들어낸 정보들을 확인해주는 이야기를 해줄 수도 있겠죠. 지구는 오래전부터 완전히 무장된 상태이고, 지금 당장 제블렌을 쓸어버리기 위한 공격을 진행하고 있다…. 그런 이야기들 말입니다. 그러면 제벡스를 1, 2초는 흔들 수 있을 겁니다."

"그렇게 황당한 소리는 처음 들어봅니다." 콜드웰이 어이없는 얼굴로 고개를 저었다. "제벡스가 박사 말을 왜 믿겠습니까? 그 컴퓨터는 박사님이 누구인지도 모를 겁니다. 그리고 어쨌든 박사님은 그 안락의자에 앉아서 제벡스가 자신의 머릿속에 들어가게 하겠다는 건가요?"

"아뇨, 내가 하지는 않을 겁니다." 헌트가 말했다. "제벡스는 스베렌센을 알죠. 스베렌센이 하는 말은 어쩌면 믿을 겁니다. 그러면 정말로 충격을 줄 수도 있어요."

"스베렌센이 그런 짓을 왜 할까요?" 캐런 대사가 물었다. "박사님은 왜 스베렌센이 협조해줄 거라 생각하시죠?"

헌트가 어깨를 으쓱했다. "우리가 그 개자식의 머리통에 총을 대고 시켜야죠." 그가 간단하게 대답했다.

다시 침묵이 흘렀다. 그 제안은 너무도 엉뚱해서 아무도 의견을 낼 엄두를 못 냈다. 가니메데인들은 놀란 표정으로 서로 눈짓을 주고받았다. 프레누아 쇼음만 예외였다. 그녀는 바로 그 계획에 동조할 준비가 되어 있는 듯했다.

"그 안에는 어떻게 들어가죠?" 마침내 콜드웰이 미심쩍은 목소리로 물었다. "린의 말로는 군대가 필요할 거라고 했어요."

"그러면 군대를 쓰면 되죠." 헌트가 말했다. "패커드 장관과 노먼 자문관은 그 일을 할 수 있는 사람들을 아주 잘 알고 있을 텐데요."

사람들이 그 제안을 곱씹으면서 점차 받아들이기 시작했다. "그렇지만 스베렌센에게 강제로 그런 말을 시키면서 제벡스에게 박사님이 거기에서 그러고 있다는 사실을 알아채지 못하게 할 수 있을까요?" 캐런 대사가 물었다. "무슨 말이냐면, 비자르는 맥클러스키 기지에 있는 퍼셉트론호에 누군가가 들어가면 안락의자에 앉기도 전에 그 사람을 볼 수 있잖아요. 어떻게 박사님은 스베렌센의 시설은 그렇지 않을 거라 생각하는 건가요?"

"저도 모릅니다." 헌트가 인정했다. 그는 애원하듯 양손을 펼쳤다. "그럴 위험이 있습니다. 하지만 칼라자르 대통령에게 대사께서 제안했던 일보다는 훨씬 위험이 적습니다. 게다가, 가니메데인들은 이미 충분히 위험한 상황입니다."

헌트가 이 말을 하자마자 콜드웰이 무뚝뚝하게 고개를 끄덕였다.

"나도 그렇게 생각합니다. 그걸로 하죠."

"비자르, 네 생각은 어때?" 갑작스러운 상황 변화에 아직도 얼떨떨한 얼굴을 한 칼라자르가 물었다.

"그런 이야기는 처음 들어봅니다." 비자르가 말했다. "하지만 확률을 5퍼센트 이상으로 올려줄 수 있다면 해볼 가치가 있습니다. 저는 언제 영화 제작을 시작할까요?"

"지금 바로 시작해야지." 콜드웰이 말했다. 그가 사람들 가운데로 걸어갔다. 다시 지휘관이 된 듯한, 오랜만에 익숙한 느낌이 문득 들었다. "캐런 대사와 저는 여기에 남아 그쪽을 돕겠습니다. 단체커 교수님, 교수님도 남아서 제안을 전체적으로 다시 설명해주는 게 좋겠습니다. 헌트 박사는 워싱턴으로 가서 패커드 장관에게 우리가 원하는 걸 말해주십시오. 린도 헌트 박사와 함께 가는 게 좋겠고요. 스베렌센의 집 구조를 아니까 말입니다."

"우리는 콜드웰 본부장이 이 작전을 지휘하는 것으로 생각하면 될 것 같네요." 칼라자르가 말했다.

"고맙습니다." 콜드웰이 고개를 끄덕하고 방을 둘러봤다. "좋습니다. 전체적인 상황을 처음부터 상세히 살펴보고, 양쪽에서 최대한 동시에 작전을 진행해봅시다."

*

헌트와 린은 그날 오후 늦게 워싱턴에 도착했다. 콜드웰이 알래스카에서 패커드 장관에게 미리 전화해놔서, 패커드 장관과 노먼, CIA 요원 벤슨이 그들을 기다리고 있을 거라 예상했지만, 소브로스킨이 이끄는 소련의 장교 파견단도 있을 줄은 생각도 못 했다. 그들은 건물의 다른 방에 지구 쪽으로 투항한 제블렌인 과학자 베리코프도 있다는 이야기를 듣고는 아연실색했다.

대부분의 소련인들은 헌트와 린의 이야기를 듣고 너무 놀라서 진행 과정에 그다지 도움을 주지 못했다. 하지만 소브로스킨은 그들의 이야기를 재빨리 소화하고, 베리코프가 이미 자신에게 해줬던 이야기를 확인시켜줬다. 스베렌센 저택의 사무용 부속건물에는 실제로 신경 연결 장비를 포함해서 제벡스로 통하는 통신 시설이 통째로 들어 있었다. 베리코프 자신도 제블렌을 급하게 방문해야 할 때 그 통신 시설을 여러 차례 이용했었다. 이에 따라 소브로스킨은 헌트와 린이 설명한 계획을 상당히 간단하게 처리할 방법을 제안했다. "여러분이 이야기했듯이, 스베렌센에게 강제로 그런 말을 하게 시키는 것은 제벡스가 무슨 일이 일어나고 있는지 알아챌 수 있어서 몹시 위험합니다. 하지만 그런 필요가 전혀 없을지도 모릅니다. 장비에 접근할 수만 있다면, 베리코프를 설득해서 우리가 요구하는 일을 자발적으로 하도록 만들 수 있습니다. 제벡스는 이미 베리코프를 알고 있으므로, 이상하게 생각할 이유가 전혀 없습니다."

10분 후 그들은 모두 그 방을 나가 한 층 아래로 내려가서 무장한 경비원 두 명이 입구를 지키고 있는 방으로 들어갔다. 베리코프가 소브로스킨의 다른 두 장교와 함께 그 안에 있었다. 소브로스킨이 요구하자, 베리코프는 벽에 있는 모니터에 스베렌센 저택의 평면도를 약식으로 그려줬다. 그 약도에는 저택의 방어 시설뿐만 아니라, 통신실의 위치와 그 부속건물로 들어가는 문의 위치까지 표시되어 있었다. "당신이 보기엔 어때요?" 베리코프가 설명을 마치자, 노먼이 린에게 물었다.

린이 고개를 끄덕였다. "백 퍼센트 정확해요. 저기예요. 저기로 들어가면 될 겁니다."

"베리코프가 사실을 말한 것 같네요." 패커드 장관이 만족스러운 말투로 말했다. "그가 소브로스킨 씨에게 말한 다른 내용도 헌트 박사가 말한 내용과 일치합니다. 저 사람을 믿어도 될 것 같습니다."

놀란 베리코프의 눈이 동그래졌다. 그는 자신이 그린 약도를 손짓으로 가리키더니 그다음에 린을 가리켰다. "이 여자분이 이미 저택의 구조를 알고 있단 말인가요? 어떻게 그럴 수 있죠? 어떻게 통신 설비에 대해 알고 있었나요?"

"설명하려면 길어." 소브로스킨이 말했다. "제벡스가 그 저택의 주변에 어떤 종류의 광학 감지기를 설치했는지 말해줘. 저택의 방들과 외부, 통신실 내부 같은 곳들에 감지기가 설치되어 있나?"

"통신실에만 설치되어 있습니다." 베리코프가 대답했다. 그는 이해가 안 된다는 표정으로 이쪽저쪽을 돌아봤다.

"그러면 제벡스는 그 저택에서 통신실 밖의 다른 구역에서 일어나는 일은 전혀 모르겠군." 소브로스킨이 말했다.

베리코프가 고개를 끄덕였다. "네."

"저택의 경계 안으로 들어가는 침입자에 대한 재래식 경보 시스템은 어떻게 되어 있습니까?" 노먼이 물었다. "그런 게 설치된 지역이 있나요? 감지되지 않고 담장 안으로 넘어서 들어갈 수 있습니까?"

"재래식 경보 시스템은 전체적으로 넓게 설치되어 있습니다." 베리코프가 대답했다. 질문이 의미를 알아챈 그가 놀란 표정을 지었다. "확실히 감지될 겁니다."

"궤도에 있는 제블렌인의 감시 위성이 그 장소를 지켜봅니까?" 헌트가 물었다. "감시 위성에 기록되지 않고 공격할 수 있습니까?"

"제가 아는 한 주기적으로 점검할 겁니다. 하지만 지속해서 감시하는 건 아니에요."

"얼마나 자주요?"

"그건 모릅니다."

"스베렌센의 저택에서 일하는 직원들은 어떤가요?" 린이 물었다. "그들도 제블렌인인가요? 아니면 그냥 스베렌센이 지역에서 고용한 사람들인가요? 그들은 얼마나 알고 있죠?"

"경비원들은 특별히 선발한 제블렌인들입니다. 전부요."

"몇 명이나 되지?" 소브로스킨이 물었다. "무장했나? 경비원들은 어떤 무기를 갖추고 있지?"

"열 명입니다. 그중 최소한 여섯 명은 저택을 항상 지키고 있어요. 경비원들은 항상 무장하고 있습니다. 지구의 재래식 총으로요."

패커드 장관이 다른 사람들을 쳐다봤다. 사람들이 한 명씩 천천히 고개를 끄덕였다. "안으로 들어갈 수 있을 것 같네요." 패커드 장관이 말했다. "전문가들을 불러와서 그들은 어떻게 생각하는지 의견을 들어봅시다."

베리코프가 갑자기 불안한 얼굴로 물었다. "공격한다는 이야긴가요? 거기로 들어갈 건가요?"

"너도 저택 안으로 들어갈 거야." 소브로스킨이 그에게 말했다.

베리코프가 항의하기 시작했지만, 위협적인 소브로스킨의 눈빛을 보고는 멈췄다. 베리코프가 입술을 핥으며 고개를 끄덕였다. "나한테 뭘 해달라는 거죠?" 그가 물었다.

*

한 시간 후, 수직이착륙 인력 수송기가 그 사람들을 모두 싣고 포토맥강을 건너서 포트마이어스에 있는 군사기지로 날아갔다. 거기서 대테러 특공대를 지휘하는 쉬어러 대령을 만났다. 특공대는 이미 연락을 받고 비상 대기 중이었다. 이른 새벽 시간까지 계획과 상황 설명이 이어졌다. 동쪽에서 잿빛의 여명이 막 비치기 시작했을 때, 포트마이어스에서 이륙한 공군 수송기가 해변을 따라 뉴잉글랜드 지역을 향해 날아갔다. 30분이 채 지나기 전에, 수송기는 코네티컷 주의 스탬퍼드 외곽에서 약 30킬로미터 가량 떨어진 외지의 나무가 우거진 언덕 사이에 자리 잡은 군대 보급창고에 조용히 내려앉았다.

32

제블렌인은 여전히 지구의 통신망을 도청하고 있었다. 지구인은 제블렌인이 도청하고 있다는 사실을 알고, 제블렌인은 지구인이 안다는 사실을 알았다. 그러므로 콜드웰은 이렇게 추론했다. 제블렌인은 지구의 정부들 사이에 이루어지는 고위급 인사들의 통신은, 특히 곧 진행될 제블렌에 대한 공격에 관한 통신은 일반적으로 뚫을 수 없다고 생각되는 방식으로 암호화해서 주고받을 거라 예상할 것이다. 암호화하지 않으면 오히려 가짜처럼 보일 것이다. 하지만 암호가 진짜로 뚫리지 않으면, 통신에 담겨 있는 내용을 제벡스가 해독할 수 없으므로, 제벡스에게 진짜처럼 보이는 암호화된 가짜 정보를 넘겨준다는 목적을 달성할 수 없다.

콜드웰은 맥클러스키 기지에 있는 과학자들에게 요청해서, 최근에 지구에서 보안 수준이 높은 통신을 위해 이용하고 있는 암호 알고리듬을 퍼셉트론호를 통해 비자르에게 송신했다. 비자르는 알고리듬을 살펴본 후 제벡스가 푸는 데에는 문제가 없을 거라고 알려왔다. 과학자들은 그 말을 믿지 않았다. 그래서 비자르가 시험 삼아 암호화한 메시지를 만들어서 보내달라고 요구하자, 과학자들이 보내줬다. 비자르는 1분이 채 되기 전에 그 암호를 평문으로 풀어서 돌려줬다. 깜짝 놀란 과학자들은 알고리듬에 관해 연구해야 할 게 아직 많이 남았다고 절망했다. 하지만 콜드웰에게는 그 결과가 만족스러웠다. 제벡스는 자신이 지구에서 높은 수준으로 암호화된 통신을 도청했다고 믿을 가능성이 컸다.

그때부터 비자르는 최근 수십 년간의 지구 역사를 새로 수정해서 만드느라 바빠졌다. 그 역사에는 지구의 초강대국들이 군비를 축소하지 않고, 전략적인 군사력을 끌어올려서 대량 살상 능력이 정신병적인 수준까지 이르렀다. 마지막 부분에서 지구의 지도자들은 비밀리에 만나 신속하게 연맹을 맺고, 연합한 군사력을 제블렌에 퍼붓기로 합의했다. 그리고 투리엔이 제블렌을 공격할 수 있는 거리까지 그 군대를 수송해주기로 했다는 내용으로 마무리되었다. 비자르가 투리오스의 정부청사에서 시연한 최종 결과물에는, 그 작전의 공동기획회의에 참여했던 고위급 장교 중 일부가 참모들에게 상황 설명을 위해 연결한 회의의 모습이 담겨 있었다. 비자르가 미국 최고사령관으로 임명한 기어비 장군이 이야기를 시작했다.

"우리는 이제 곧 우리보다 까마득히 앞선 기술을 가지고 있고, 우리가 알지 못하는 수준의 군사력과 보복 능력을 갖춘 적과 교전을 할 것입니다. 반면에, 우리에게 유리한 두 가지 요소가 힘의 균형을 맞춰줄 것입니다. 바로 시간과 준비입니다. 우리는 지금 움직일 수 있습니다. 투리엔인이 전해준 정보로 판단해볼 때, 적들은 그럴 준비가 되지 않았습니다. 그러므로 우리의 전략은 이 요소들을 최대한 활용하는 것이 될 것입니다. 세부적인 사항은 생략하겠습니다. 신속하게 이동해서 단일하게 기습적으로 총력적이고 전격적인 공격을 비타협적으로 퍼부어 적을 완전히 섬멸해버리기 위해 현장 지휘관들의 결단력이 중요합니다. 도덕성 따위를 생각하고 있을 시간이 없습니다. 우리에게 두 번째 기회는 없을 것입니다."

소련 장군이 앞으로 몸을 숙이며, 거기서부터 이야기를 이어받았다. "공격의 시작 단계는 U자형으로 이뤄질 겁니다. 열다섯 대의 장거리 방사선 투사기로 제블렌의 선별된 목표 지역에 대해 국소소멸 작전을 시작할 텐데, 구축함으로 이루어진 전위 함대들과 근접 지원 전술 부대들 뒤로 1백60만 킬로미터 떨어진 곳에서 발사할 겁니다. 그 폭격은 방어 부대를 끌어내서 교전하기 위한 것입니다. 그사이 선봉 부대들이 들어가서 행성을 둘러싸고 작전을 시작할 겁니다."

유럽 공군 참모총장이 이어서 말했다. "먼저 밴시(Banshee) 작전 단계에서는 적의 장비를 모조리 없애버리기 위해 제블렌의 근거리 우주에서부터 쓸어내려 갈 겁니다. 그 뒤로 주요 군사시설을 제압하고 집결한 지상군을 감시하기 위해 혼합 타격 궤도 시스템이 신속하게 배치될 겁니다. 두 번째 공격 부대는 공황 상태를 만들고 통신을 방해하기 위해 인구밀집 지역들과 행정중심 지역에 집중합니다. 동시에 저고도 요격기와 타격 위성들이 제블렌의 공군을 공격하고, 항공모함을 바탕으로 한 전술기들이 선별적으로 지상 폭격과 대(對)화력전을 펼칠 겁니다. 이 단계에서 우리의 목표는 12시간 이내에 선봉 부대가 지표면 상공의 통제력을 완벽하게 확보하는 겁니다. 이 단계가 성공적으로 완료되면 작전명 클레이모어(Claymore)가 시작될 겁니다."

중국 장군이 마지막 부분을 요약했다. "지상에 교두보를 확보할 수 있는 조건이 마련되면 클레이모어가 종료될 겁니다. 그다음 단계는 드래곤(Dragon)으로 명명되었습니다. 원격 조정되는 미끼용 착륙선들이 가장 먼저 강하해서 살아남은 방어 시설이 걸려들면, 그 목적을 위해 남겨두었던 궤도 폭격기의 일부가 그 시설을 남김없이 파괴할 겁니다. 그리고 지상군 진압에 할당된 항공모함들이 비행선들을 발사하기 시작합니다. 강하를 위한 항공로가 정리되면, 지상군이 열두 군데의 전략 요점에 먼저 착륙할 겁니다. 이 작전의 세부사항들은 각 교두보를 맡은 지휘관들과 함께 현재 마무리하는 중입니다. 방어 부대들이 착륙지점에 집중되는 것을 막기 위해 고공에서의 전략폭격이 계속 진행될 겁니다."

"이것으로 작전 개요를 마칩니다." 기어비 장군이 말했다. "각각의 임무와 일정표, 무선 호출 신호는 즉시 알려줄 겁니다. 대기상태를 유지하십시오."

"어떻게 생각하십니까?" 영상이 끝나자 콜드웰이 물었다.

"정말 인상적이네요." 캐런 대사가 말했다. "엄청나게 무서웠어요."

"끔찍하군요." 칼라자르가 멍한 목소리로 말했다. "여러분이 샤피에론호와 함께 떠나지 않아서 다행입니다. 우리는 절대로 저런 걸 생각해내지 못했을 겁니다."

단체커는 그다지 즐거워 보이지 않았다. "저 영상에는 우리가 반드시 전달해야 하는 절박한 위기감이 아직 담겨 있지 않습니다." 그가 말했다. "특정한 날짜를 전혀 언급하지 않고 있어요."

"그건 내가 일부러 그렇게 한 겁니다, 교수님." 콜드웰이 그에게 말했다. "우리를 믿을 수 있게 하려면, 지구의 비행선이 태양계를 벗어나는 데에도 몇 달은 걸려야 할 테니까 말입니다. 날짜는 불명확하게 놔두는 게 가장 좋을 것 같습니다. 다른 방법이 있을까요?"

"저는 잘 모르겠습니다. 그래도 여전히 별로 마음에 안 들어요." 단체커가 말했다.

잠시 동안 아무도 말이 없었다. 그때 모리잘이 입을 열었다. "음, 투리엔인이 태양계 외곽에 수송 포트들을 이미 설치해준 것으로 하죠. 한 발 더 나가서, 지구인의 비행선들에 투리엔인이 공급해준 초공간 그리드 추진기를 설치했다고 할 수도 있을 겁니다. 그러면 태양계를 벗어나는 데에 하루면 충분할 거예요."

"함대 전체를요?" 캐런 대사가 미심쩍은 목소리로 물었다. "함대 전체를 그렇게 빨리 준비할 수 있을까요?"

"가능할 것 같습니다." 모리잘이 대답했다. "그건 아주 간단한 작업입니다. 가니메데인 공학자들로부터 무한한 지원을 받으면 실현 가능합니다."

"교수님 생각엔 저 이야기가 어떻습니까?" 콜드웰이 단체커를 보며 물었다.

"우리가 원하는 이야기에 훨씬 가깝네요." 단체커가 고개를 끄덕이며 동의했다.

"제가 이 영상의 마지막 부분을 바꿔봤습니다." 비자르가 제안했다. 영상이 다시 나타나서 기어비 장군의 모습을 다시 보여줬는데, 그 이야기를 압축해서 잘 묘사했다.

"이것으로 작전 개요를 마칩니다." 장군이 말했다. "일정에 대한 주요한 수정은 보고할 게 없습니다. 현재 투리엔인들이 초공간 빔 추진기를 설치하고 있습니다. 1차 공격 부대는 오늘 18시 정각에 지구에서 출발할 겁니다. 현재 진행 상황으로 보면, 계획에 따라 지금으로부터 사흘 후 적의 항성계 외각에 전 함대가 집결을 마칠 것으로 생각됩니다. 함대는 그때 초공간으로 재진입해서 제블렌까지 22

시간 안에 이동할 수 있는 속도로 가속해서 정상 공간에 다시 모습을 드러낼 겁니다. 그러므로 우리는 지금부터 나흘 후에 작전에 돌입합니다. 여러분의 행운을 빕니다. 각각의 임무와 일정표, 무선 호출 신호는 즉시 알려줄 겁니다. 대기상태를 유지하십시오." 영상이 사라졌다.

"대단하네." 단체커가 중얼거렸다.

"다음으로 저는 이 정보를 뒷받침할 수 있도록 지구의 감시 자료에 대한 작업을 시작해야 합니다." 비자르가 말했다. "하지만 먼저 현재 지구의 군사 장비와 설비에 대한 참고 자료가 좀 필요합니다. 맥클러스키 기지를 통해 저한테 보내줄 수 있나요?"

"나한테 연결해줘." 콜드웰이 말했다. "지금 즉시 가져올게." 그는 고개를 돌려 비자르가 그 지역에서 모은 자료로 만들어진 다른 영상을 매섭게 노려봤다. 투리엔을 둘러싸고 있는 제블렌 전함들의 위치가 담긴 영상이었다. "샤피에론호에서는 아직 소식 없어?" 그가 물었다.

"없습니다." 비자르가 무덤덤한 말투로 말했다.

콜드웰의 조금 떨어진 공중의 정면에 맥클러스키 기지 관제실의 영상이 틀 안에 들어 있는 형태로 나타났다. 콜드웰은 제블렌인의 위협적인 영상에서 고개를 돌려 당장 처리해야 할 문제에 집중했다.

33

"젠장! 젠장! 젠장!" 스베렌센이 데이터 단말기의 터치 보드를 난폭하게 두들기다가 모니터가 계속 켜지지 않자 윗부분을 주먹으로 힘껏 내리쳤다. 그는 몸을 돌려 L자형의 건물 중앙을 향해 쿵쾅거리며 걸어갔다. "빅커스!" 그가 소리쳤다. "대체 어디 있는 거야? 내가 지금 당장 데이터전화 직원을 부르라고 했잖아."

덩치가 크고 까무잡잡한, 스베렌센의 경비 대장 빅커스가 복도 끝에서 모습을 드러냈다. "겨우 10분 전에 신고했습니다. 전화국에서는 지금 바로 오겠답니다."

"그래, 그런데 왜 안 오는 거야?" 스베렌센이 조급하게 물었다. "당장 급한 전화를 받아야 한단 말이야. 서비스를 즉시 수리해야 해."

빅커스가 어깨를 으쓱했다. "저도 이미 그렇게 말했습니다. 제가 달리 뭘 어떻게 하겠습니까?"

스베렌센이 주먹을 다른 손으로 문지르고 이리저리 서성거리며 낮은 소리로 욕을 뱉었다. "왜 이런 일은 항상 이런 때에 일어나는 거야? 이 멍청한 지구 놈들은 어떻게 간단한 통신 서비스조차 제대로 관리할 줄을 몰라? 아, 젠장, 전부 개판이야!"

비행차가 다가오며 창문 쪽에서 희미하게 윙윙거리는 소리가 처음으로 들려왔다. 빅커스가 고개를 한쪽으로 기울이고 잠시 소리에 듣더니, 벽의 한 부분을 형성하고 있는 비스듬한 유리창으로 다가가 밖을 내다봤다. "택시입니다." 그가 어깨너머로 말했다. "지붕 너머로 내려가고 있습니다." 택시가 저택 앞쪽의 진입로에 착륙하는 소리가 들려왔다. 잠시 후 벨 소리가 울리자, 현관 복도로 급히 나가는 비서의 발걸음 소리가 들렸다. 그리고 낮게 주고받는 여성의 목소리가 들리더니, 곧 비서가 미소를 짓고 있는 린을 안으로 안내했다. 스베렌센이 놀라움과 당황스러움이 뒤얽힌 표정으로 입을 쩍 벌렸다.

"스베렌센 씨!" 린이 소리쳤다. "당신한테 전화하려고 했는데, 전화선에 문제가 있는 모양이더라고요. 어쨌든 내가 온다고 해도 당신이 반대하지는 않을 것 같았어요. 당신이 했던 말을 쭉 생각해봤는데요. 있잖아요, 당신 말이 맞을지도 모르겠어요. 우리가 화해할 수 있지 않을까 하는 생각이 들더라고요." 그녀는 말을 하면서 숄더백 위에 손을 자연스럽게 얹었다. 스베렌센은 통신실 안에 있지 않았다. 그가 통신실로 들어가기 전에 린이 해야 할 일이 있었다. 쉬어러 대령이 강조했던 일이었다. 린은 손가락으로 더듬어서 숄더백 내부의 위쪽에 있는 송신기 버튼을 찾아 세 번 눌렀다.

"아, 지금은 안 돼요!" 스베렌센이 툴툴거렸다. "이렇게 무턱대고 들이닥치면 어떡합니까. 난 엄청나게 바쁜 사람이에요. 처리해야 할 일들이 많습니다. 아무튼, 지난번에 그다지 기억하고 싶지 않은 일에 대해 완벽하게 설명했다고 생각합니다. 안녕히 가세요. 빅커스, 어서 이 분을 택시까지 정중히 모셔드려."

"이쪽으로 가시죠." 빅커스가 앞장서며, 아직 그 자리에 서 있는 비서를 향해 고갯짓했다.

"아, 하지만 당신이 그랬잖아요." 린은 빅커스를 무시하고 스베렌센을 쳐다보며 말했다. "당신 말은 아주 잘 이해했어요. 당신 말대로 내가 너무 어리석었어요. 그렇지 않나요? 그렇지만 이제 그 일을 다시 생각해보니까, 그게…."

"이 여자를 여기서 내보내." 스베렌센이 낮게 으르렁거리며 고개를 돌렸다. "오늘은 얼빠진 여자가 재잘거리는 소리나 들으면서 허비할 시간이 없어." 빅커스가 린의 위팔을 잡고 현관 복도 쪽으로 단호하게 몰았다. 비서는 현관으로 먼저 달려가 열린 문을 붙잡았다. 택시는 아직 그 자리에 그대로 있었다. 그들이 현관에 막 도착했을 때, 남부 뉴잉글랜드 데이터전화 회사의 수리 트럭이 진입로 모퉁이를 돌아 현관으로 다가왔다. 수리 트럭이 택시에 너무 바짝 붙어 서는 바람에, 트럭 위에 달아놓은 사다리가 택시의 이륙 경로를 막아버렸다.

택시운전사가 창문을 내리더니 밖으로 고개를 내밀고 트럭을 향해 소리쳤다. "어이, 인마! 대체 어디서 운전을 그따위로 배운 거야? 이러면 내가 여기서 어떻게 나가라는 거냐고!" 수리공 두 명이 트럭의 조수석 문을 열며 뛰어내리고, 뒤쪽에서 한 명이 서둘러 내렸다. 트럭 엔진이 힘겹게 끵끵거리며 돌아가기 시작하더니 털털거리다가 죽어버렸다.

"문제가 생겼어." 트럭의 열린 운전석 창문에서 큰소리가 들려왔다. "우리가 사무실에서 출발할 때도 똑같은 문제가 있었거든."

"참 내, 그 빌어먹을 차 좀 어떻게 해봐! 나도 먹고살아야지."

빅커스가 린의 팔을 놓고, 낮은 소리로 욕을 뱉으며 툴툴거렸다.

진입로에서 벌어진 일 때문에, 빅커스와 비서는 린이 소리 없이 다시 현관으로 돌아간 사실을 알아채지 못했다.

"젠장, 후진해. 뭐가 문제야? 택시를 어떻게 돌려야 하는지 모르는 거 아냐?"

"내가 어떻게 후진을 해? 내 뒤에 있는 게 무슨 꽃밭이라도 되는 거로 보여? 눈깔이 삐었어?"

트럭 뒤에서 수리공이 한 명 더 내렸다. 단순한 수리 작업을 위해 보낸 인원이라고 하기에는 좀 많았다. 하지만 빅커스와 비서는 말싸움에 완전히 정신을 빼앗겨서 잠깐 사이에 일어난 일을 깨닫지 못했다. 또한 그들은 진입로 옆 나무 꼭대기 너머에서 서서히 커지는 비행기의 엔진 소리도 알아채지 못했다.

린이 건물 중앙으로 다시 들어갔을 때, 갑자기 사방에서 몰려드는 소리 때문에 스베렌센은 반대편에 있는 창문 앞에서 위쪽을 내다보고 있었다. 육군 강습 착륙선 두 대가 위에서 내려오더니 문이 열리며 카키색 복장의 사람들이 풀장 옆에 있는 테라스 위에 내리기 시작했고, 동시에 저택 위쪽에서 폭발 소리와 함께 창문이 깨지는 소리가 들렸다. 앞쪽 현관으로 쏟아져 들어온 더 많은 사람에 의해 빅커스와 비서가 쓰러지는 모습이 살짝 보였는데, 그들이 바닥에 닿기 전에 복도를 따라 연기가 솟아오르며 시야가 가렸다.

린이 숄더백에서 방독면을 꺼내 얼굴 위로 뒤집어쓰고 머리 뒤의 끈을 조이자마자 섬광 수류탄과 최루탄이 저택의 1층 창문을 깨트리며 우수수 쏟아져 들어왔다. 사방에서 폭발음과 연기가 피어오르고, 드문드문 고함과 유리창 깨지는 소리, 문이 부서지는 소리, 그리고 여기저기에서 총소리가 들려왔다. 경비원 한 명이 중앙 계단으로 통하는 아치형 복도에 나타나 미친 듯이 위쪽과 자기 뒤쪽을 가리키며 소리쳤다. "놈들이 지붕 위에 있어요! 지붕으로 군인이 내려와요! 놈들이…." 그 뒤의 소리는 폭발음에 묻혔다. 그리고 그의 모습도 뒤에서 솟아오른 연기와 최루가스가 삼켜버렸다.

스베렌센이 창문에서 물러났다. 그가 손으로 눈을 마구 비비며 자신이 어디에 있는지 확인하려 애쓰는 모습이 린의 눈에 들어왔다. 무슨 일이 있더라도, 지금 스베렌센을 통신실에 들어가게 해서는 안 된다. 린은 스베렌센이 사무용 부속건물로 연결된 복도 쪽으로 가는 걸 막으려고 조심스럽게 벽을 따라 돌아가기 시작했다. 스베렌센이 연기를 뚫고 움직이는 그녀를 보고는 가까이 다가왔다. "너!" 린을 알아보자마자 그의 얼굴이 분노로 일그러졌다. 그의 뺨에 묻은 검댕을 가르고 흘러내린 눈물 자국 때문에 더욱 괴상하게 보였다. 린의 가슴 속에서 심장이 이리저리 공중제비를 넘었다. 그녀는 뒤로 물러나면서도 통신실 쪽 복도를 향해 움직였다. 연기 때문에 흐릿해진 스베렌센의 모습이 그녀를 향해 똑바로 다가왔다.

그때 지휘관이 명령하는 소리가 저택 안에서 들려왔다. 아마도 그리 멀지 않은 손님용 부속건물 쪽에서 들려오는 것 같았다. 스베렌센이 어깨너머로 뒤를 힐끗 돌아보더니 머뭇거렸다. 부엌 바깥 복도에서 어둑한 형상들이 버둥거리고, 풀장 쪽에서 움직이는 사람들이 더 늘어났다. 스베렌센이 방향을 바꿔 사무용 부속건물을 향해 재빨리 움직였다. 린은 자신이 무엇을 하고 있는지 인식하지 못한 상태에서 고리버들 의자를 집어 들고 건너편에 있는 스베렌센의 다리를 향해 힘껏 집어 던졌다. 스베렌센이 둔탁하게 쓰러지며 벽에 머리를 들이받고 바닥에 너부러졌다.

그렇지만 연기 사이로 아직도 움직이는 그의 모습이 눈에 들어왔다. 린은 필사적으로 주변을 돌아봤다. 그리고 협탁 위에 있는 커다란 꽃병을 집어 들고, 침을 꿀꺽 삼키며 덜덜 떨리는 손을 안정시키려 애썼다. 내키진 않았지만 억지로 좀 더 가까이 다가갔다. 스베렌센은 반쯤 몸을 일으킨 자세로 앉아 한 손으로 머리를 움켜잡고 있었는데, 손가락 사이로 피가 뚝뚝 떨어졌다. 그가 다리에 힘을 주고 한 손을 뻗어 벽에 기대며 중심을 잡더니 몸을 일으키기 시작했다. 린은 양손으로 꽃병을 높이 들어 올렸다. 그런데 스베렌센의 다리가 풀린 모양이었다. 그는 잠깐 흔들거리더니 큰소리로 툴툴대면서 다시 바닥에 쓰러졌다. 린이 아직 그 자세 그대로 멍하게 서 있는 사이, 방독면과 군복을 입고 소총을 든 사람들이 그녀를 감싼 연기 사이로 모습을 드러냈다. 그중 한 사람이 그녀가 손에 든 꽃병을 가볍게 받아들었다. "저 사람은 이제 우리가 처리하겠습니다." 거친 목소리가 그녀에게 말했다. "괜찮으십니까?" 린이 말없이 고개를 끄덕이는 사이, 특공대원 두 명이 스베렌센을 거칠게 일으켜 세웠다.

"정말 대단한 활약이야." 린의 뒤쪽 어딘가에서 영국 억양의 목소리가 들려왔다. "조금만 더 노력하면, 미국 특수부대에서 일자리를 구할 수도 있겠는걸." 그녀가 고개를 돌리자, 헌트가 만족스러운 표정으로 그녀를 바라보고 있었다. 쉬어러 대령도 그 옆에 서 있었다. 헌트가 린에게 다가와 그녀의 허리를 감싸더니 격려하듯 꼭 안았다. 린도 헌트의 어깨에 머리를 기대며 꼭 끌어안았는데, 긴장이 빠져나가며 몸이 떨려왔다. 이야기는 나중으로 미뤄야 할 것 같았다.

주변의 소음이 가라앉고 연기가 진정되자, 스베렌센의 경비원들을 건물 중앙으로 데려가서 수색하고 무기를 빼앗은 후 손님용 부속건물로 몰아넣었다. 저택 안에 있는 특공대원들과 다른 이들은 벌써 방독면을 벗은 상태였다. 곧 미국과 소련 장교들이 잔해들을 헤치며 안으로 들어왔다. 그들은 민간인 복장 위로 전투복 재킷을 입은 사람들과 함께였다. 스베렌센이 믿기지 않는다는 표정을 지으며 간신히 초점을 맞춘 눈을 부릅떴다.

"안녕하십니까." 노먼이 깊은 만족감을 드러내며 인사했다. "우리가 기억나시는지?"

"전쟁은 끝났어, 친구." 소브로스킨이 말했다. "실은 모든 게 끝났다고 할 수 있지. 브루노 기지가 당신의 기준에 맞았더라면 좋았을 텐데, 아쉽네. 앞으로 당신이 가야 할 곳에 비하면 엄청나게 화려한 곳이니까." 스베렌센의 얼굴은 분노로 일그러졌지만, 아직도 멍한 상태라 대꾸를 하지 못했다.

방 건너편에서 중사가 경례하고 쉬어러 대령에게 보고했다. "사상자는 없습니다. 그냥 베거나 멍이 든 정도인데, 대체로 저쪽 사람들입니다. 도주한 사람도 없습니다. 저택 전체를 확보했습니다."

쉬어러 대령이 고개를 끄덕였다. "즉시 놈들을 끌어내. 그리고 감시 위성에 잡히기 전에 착륙선들을 멀리 치워. 베리코프와 CIA 요원들은 어디에 있나?" 대령이 말을 하는 바로 그때 다른 사람들이 방으로 밀려들어 왔다. 스베렌센은 그 이름을 듣는 순간 고개를 획 돌리더니 입을 쩍 벌렸다. 베리코프가 스베렌센의 바로 앞에 멈춰 서서 그를 시비조로 쳐다봤다.

"그러면, 바로 네가…." 스베렌센이 씩씩댔다. "네가… 배신자였어?" 스베렌센은 본능적으로 앞으로 튀어나오다가, 소총 개머리판으로 명치를 세게 두들겨 맞고는 상체가 반으로 접혔다. 그가 축 늘어지자 특공대원 두 명이 그를 붙잡아 세웠다.

"스베렌센이 항상 통신 시설로 들어가는 열쇠를 가지고 있었습니다." 베리코프가 말했다. "열쇠는 목걸이에 있을 겁니다." 쉬어러 대령이 스베렌센의 셔츠 앞부분을 찢어 열고 열쇠를 찾아 떼어냈다.

그리고 그 열쇠를 베리코프에게 건넸다.

"대령, 당신은 이 잔학 행위에 대한 대가를 치를 거야." 스베렌센이 헐떡거리며 간신히 말했다. "내 말을 기억해둬. 나는 당신보다 훨씬 높은 사람들도 박살 냈어."

"잔학 행위라니?" 쉬어러 대령이 질문하듯 고개를 돌렸다. "자네는 이 사람이 무슨 이야기를 하는 건지 알겠나, 중사?"

"전혀 모르겠습니다."

"혹시 자네는 잔학 행위가 일어나는 걸 본 게 있나?"

"전혀 못 봤습니다."

"이 사람이 왜 자기 배를 움켜잡고 있다고 생각하나?"

"아마 소화가 잘 안 되는 모양입니다."

대령은 스베렌센을 거칠게 밀어서 그의 직원들과 합류시켰다. 쉬어러 대령이 CIA의 벤슨 요원을 향해 말했다. "지금 부하들을 데려가겠지만, 경호를 위해 열 명은 저택에 남겨놓을 겁니다. 당신에게 넘겨줄 준비를 마친 것 같습니다."

"수고 많으셨습니다, 대령님." 벤슨 요원이 인사했다. 그리고 돌아서서 다른 이들에게 말했다. "자, 시간이 중요합니다. 안으로 들어갑시다."

베리코프가 사무용 부속건물의 복도로 향하자 사람들이 비켜섰다가 몇 걸음 뒤에서 그를 따라갔다. 그는 복도 끝에 있는 커다랗고 단단해 보이는 나무문으로 갔다. "제벡스가 시각적으로 어디까지 볼 수 있는지 확실히 알 수는 없습니다." 그가 다른 사람들에게 말했다. "여러분은 훨씬 뒤쪽에 계시는 게 좋겠습니다." 다른 이들이 뒤쪽으로 물러나며 헌트와 린, 소브로스킨, 벤슨 요원, 노먼과 함께 옹기종기 모였다. "잠깐 매무시를 가다듬어야 할 것 같네요." 베리코프가 말했다. 사람들은 그가 옷에 묻은 검댕을 쓸어내고, 머리를 정리하고, 손수건으로 얼굴을 닦는 동안 조용히 기다렸다. "이 정도면 제가 정상적으로 보이나요?" 그가 사람들에게 물었다.

"좋습니다." 헌트가 대답했다.

베리코프가 고개를 끄덕이고 잠긴 문을 열쇠로 열었다. 그리고 긴 숨을 들이쉬더니, 문의 손잡이를 붙잡고 밀었다. 정교한 계기판들과 번쩍거리는 장비들이 다른 사람들의 눈에 슬쩍 보였다. 베리코프가 안으로 걸어 들어갔다.

6부

34

샤피에론호의 사령실에는 며칠째 폭발 직전의 팽팽한 긴장감이 맴돌았다. 이샨이 사령실 가운데에 서서 중앙 스크린을 바라보고 있었다. 스크린에는 부호가 달린 상자들이 거대한 거미줄처럼 연결되었는데, 제벡스로 들어가는 과정을 보여주는 지도였다. 조락이 통계적 분석과 탐지기 신호로 입수한 반응의 패턴 상호관계를 종합해서 공들여 만들었다. 하지만 조락은 아직 시스템의 핵에 도달하지 못했다. 제벡스의 차단 기능을 방해하려면 뚫고 들어가야만 했다. 하지만 조락의 모든 시도는 제벡스가 끊임없이 가동하는 자체 점검에 감지되고, 자동으로 시작되는 오류 수정 과정 때문에 계속 좌절되었다. 지금 가장 큰 문제는, 제벡스 내부에 오류 진단 데이터가 누적되어 감독 기능을 하는 시스템에 뭔가 아주 이상한 일이 일어나고 있다는 경고가 가기 전에, 조락에게 얼마나 더 시도하게 할지 판단하는 일이었다. 의견은 진작부터 모든 시도를 중단하길 원하는 이샨의 과학자들과, 어떤 위험도 감수할 것 같은 가루스와 승무원들로 엇비슷하게 나뉘어 있었다. 이샨은 가루스와 승무원들을 보면 볼수록 일종의 자살 욕구 같은 게 있는 건 아닌가 하는 생각이 들기 시작했다.

"3번 탐지기에 내린 명령이 세 번째로 의심받았습니다." 근처의 단말기를 보고 있던 한 과학자가 알렸다. "헤더 반응 분석에 따르면, 우리가 또다시 거부 시스템을 자극한 모양입니다." 그가 이샨을 바라보며 고개를 절레절레 흔들었다. "지금 상태로는 너무 위험합니다. 이 채널에 대한 탐지를 중지시키고 다시 정규적인 통신만 재개해야 합니다."

"활동 유형을 보면 실행 분석 지표를 새로 설정한 게 틀림없습니다." 다른 과학자가 소리쳤다. "우리가 상위 단계의 오작동 점검 기능을 작동시켜버린 겁니다."

"3번 탐지기를 중지시켜야 합니다." 이샨 옆에 서 있던 다른 과학자가 애원했다. "우리는 너무 노출되었습니다."

이샨이 일련의 연상 기호가 아래로 펼쳐지며 그 경고를 확인시켜 주고 있는 중앙 스크린을 암울한 표정으로 응시했다.

"조락, 너는 어떻게 판단해?" 이샨이 물었다.

"저는 호출 신호를 줄였습니다. 하지만 오류 표시는 계속 뜨고 있습니다. 빠듯하긴 하지만, 목표에 거의 다가간 상황입니다. 저는 위험을 감수하고 한 번 더 시도하거나, 그 기회를 포기하고 뒤로 물러날 수 있습니다. 어떻게 할지는 여러분이 결정해야 합니다."

이샨은 긴장한 얼굴로 지켜보고 있는 가루스와 몬카르, 쉴로힌을 흘깃 쳐다봤다. 가루스가 입을 꼭 다물고 겨우 알아볼 수 있을 정도로 살짝 고갯짓했다. 이샨이 한숨을 뱉었다. "조락, 한 번만 더 해봐." 그가 지시했다. 사령실이 일시에 조용해지면서 모든 눈이 커다란 중앙 스크린을 향했다.

1, 2초 만에 먼 우주에 떠 있는 제블렌의 통신 중계기와 조락 사이에 20억 비트의 정보가 오갔다. 그때 갑자기 새로운 상자들이 스크린에 나타났다. 상자 안에는 빠르게 반짝거리는 밝은 빨간색을 배경으로 기호들이 새겨져 있었다. 과학자 중 한 명이 겁을 먹고 앓는 소리를 냈다.

"경계경보." 조락이 보고했다. "시스템 전체를 관리하는 운영프로그램에 경계경보가 켜졌습니다. 우리 때문에 작동된 것 같습니다." 그건 여기에 샤피에론호가 있다는 사실을 제벡스가 알아챘다는 의미였다.

이샨이 고개를 숙이고 바닥을 내려다봤다. 뭐라 할 말이 없었다. 가루스는 이런 일이 일어났다는 사실을 받아들일 수 없다는 듯 멍한 얼굴로 말없이 고개를 저었다. 쉴로힌이 가까이 다가가 그의 어깨에 손을 올렸다. "노력했잖아요." 그녀가 조용히 말했다. "시도해볼 수밖에 없었어요. 유일한 기회였으니까요."

가루스가 꿈에서 깨어난 듯 주변을 두리번거렸다. "내가 무슨 생각을 하고 있는지 알아?" 그가 중얼거렸다. "나한테는 이렇게 할 권리가 없었어."

"해야만 했어요." 쉴로힌이 단호하게 말했다.

"3천2백 킬로미터 떨어진 곳에서 물체 두 개가 이쪽으로 빠르게 다가오고 있습니다." 조락이 보고했다. "아마도 이 지역을 점검하기 위해 다가오는 방어용 무기로 생각됩니다." 심각한 상황이었다. 샤피에론호를 가려주고 있는 차단막은 근거리 탐지를 막을 수 없다.

"언제 우리가 저들의 장비에 감지될까?" 이샨이 갈라진 목소리로 물었다.

"길게 잡아도 2분 후입니다." 조락이 대답했다.

*

브로궐리오는 제블렌 작전실에서 투리엔 주변에 배치된 기동 전함들을 비춰주는 화면을 응시하며 서 있었다. 그 전함들은 비자르가 통제하는 영역 안에 있었지만, 비자르는 제블렌으로 연결된 전함들의 통신을 차단하지 않았다. 투리엔인들은 통신을 방해할 경우 전함들이 자동으로 공격에 돌입하도록 명령을 받았을 거라 짐작하고 있는 게 틀림없었다. 적어도, 그들은 그럴 위험을 감수할 생각이 없는 것이다. 이것은 겁이 많고 소심한 종족인 투리엔인들이 보여주리라 브로궐리오가 예상했던 반응과 정확히 일치했다. 그의 직관이 절대 틀리지 않았다는 사실이 다시 한 번 입증되었다. 마침내 제블렌인의 정체가 드러난 상황에서도, 투리엔인들은 브로궐리오가 빚어낸 용기와 힘과 의지의 조합에 맞설 수 없다는 사실을 다시 보여줬다. 승리는 이미 결정된 거나 다름없다는 생각이 들면서, 깊은 만족감과 성취감이 브로궐리오를 휩쓸고 지나갔다.

정해진 시간까지 반응이 없으면, 최후통첩이 장난이 아니라는 사실을 보여주기 위해 투리엔의 지상에서 아무도 살지 않는 지역을 골라 초토화하는 계획이 실행될 것이다. 그 시간이 이제 다가왔다. 그래서 브로궐리오의 보좌관들은 긴장하고 기대하는 얼굴로 대기하고 있었다. "함대의 현재 상태를 보고하라." 브로궐리오가 무뚝뚝하게 지시를 내렸다.

"변화가 없습니다." 제벡스가 대답했다. "폭격 비행대가 대기상태로 명령을 기다리고 있습니다. 2등급 빔을 열어놓고 집중 공격 지역을 조준하고 있습니다. 목표물로 선택된 좌표의 입력을 마쳤습니다."

브로궐리오는 이 순간을 즐기기 위해, 자신을 둘러싸고 서 있는 장군들을 쭉 둘러보고는 명령을 내리려고 입을 열었다. 바로 그 순간 제벡스가 다시 말했다. "각하, 방해해서 죄송합니다. 지구에서 통신 채널이 방금 열렸는데, 긴급한 통신입니다. 각하가 즉시 받으셔야 합니다."

브로귈리오의 얼굴에서 선웃음이 사라졌다. "스베렌센하고는 할 이야기가 없어. 이미 지시를 내렸잖아. 무슨 이야기가 하고 싶대?"

"스베렌센이 아닙니다, 각하. 베리코프입니다."

브로귈리오의 얼굴이 분노로 일그러졌다. "베리코프? 그놈이 지금 거기서 뭘 하는 거야? 소련의 상황을 처리하고 있어야 하잖아. 이런 식으로 규정을 무시하는 의도가 뭐야?"

제벡스가 잠시 주저하는 것 같았다. "베리코프는… 베리코프 말로는 직접 각하께 최후통첩을 전달하겠답니다."

브로귈리오는 난데없이 얼굴을 한 대 얻어맞은 표정이었다. 그가 잠시 꼼짝 않고 서 있는 동안, 진보라색의 불길한 흐름이 턱수염 아래쪽에서 꿈틀대더니, 그의 옷깃에서 시작해서 마침내 머리끝까지 슬금슬금 올라갔다. 그를 둘러싼 장군들이 놀라서 어리벙벙한 눈길을 주고받았다. 브로귈리오가 입술을 핥으며 주먹을 쥐락펴락했다. "그놈을 여기로 불러." 그가 소리쳤다. "그리고 제벡스, 내가 지시할 때까지 그놈을 끊지 마."

"각하, 유감이지만 그건 불가능합니다." 제벡스가 대답했다. "베리코프는 시스템에 신경계를 연결하지 않았습니다. 소리와 영상만 전달받았습니다." 작전실 한쪽 벽의 스크린이 켜지며 스베렌센의 통신실 중앙에 서 있는 베리코프의 모습이 보였다. 그는 안락의자에 자신을 맡기기보다는 차라리 뒤쪽이 조금 보이는 게 낫다고 판단한 모양이었다. 베리코프가 통신실에 들어간 이후 그의 모습은 뭔가 달라 보였다. 베리코프는 팔짱을 낀 채 이쪽을 노려보고 있었다. 차분하고 확신에 찬 표정이었다.

"보라, 저 교과서적인 군사 지도자를." 베리코프가 한쪽 입술을 치켜들고 경멸에 찬 눈초리로 비웃으며 말했다. "브로퀼리오, 당신은 우리를 지구로 보내지 말았어야 했어. 지구에서 보낸 시간은 진짜 전사들을 만나는 영광스럽고 교육적인 시간이었지. 내 말을 들어. 당신은 그 어설픈 오합지졸들을 데리고 지구인과 맞붙는 바보로 끝나지 않고, 훨씬 더 바보가 될 수도 있어. 당신이 그런 짓을 하면, 지구인들이 당신을 박살 낼 거야. 이게 내 메시지야."

브로퀼리오가 눈을 부릅떴다. 목의 핏대가 불끈불끈 뛰기 시작했다. "네놈이 배신자였구나!" 그가 내뱉었다. "지금 우리는 드디어 정체를 드러낸 해충을 보고 있는 거야. 최후통첩이라니, 대체 무슨 말이야?"

"배신자라니? 아니지." 베리코프는 계속 냉정한 태도를 유지했다. "그저 이길 확률을 계산해봤을 뿐이야. 어쨌든 당신이 했던 말을 그대로 따른 거지. 당신은 우리에게 지구를 빨리 장악하라며 잘 준비시켜줬잖아. 그 점에 대해서는 당신한테 감사해. 당신에겐 유감스럽게도, 브로퀼리오 당신은 우리를 이기는 쪽에다 넣었어. 우리가 어느 쪽을 더 선호했을 것 같아? 당신 제국의 전초 기지 관리자? 아니면 우리가 소유한 제국의 지배자? 대답은 그리 어렵지 않을 거야."

"'우리'라니 무슨 뜻이야?" 브로퀼리오가 따졌다. "이 배후에 몇 명이나 있는 거지?"

"물론 우리 모두지. 우리는 지구의 주요 국가들을 모조리 교묘하게 조종했어. 그래서 전략 무기에 대한 통제권을 갖게 됐지. 그리고 아주 오랫동안 투리엔에 즐겁게 협조했어. 그렇지 않았다면, 어떻게 당신이 전혀 모르는 사이에 지구인이 투리엔인과 대화를 할 수 있었겠어? 투리엔인은 은하계를 진짜로 위협하는 존재가 지구인이 아니라 바로 당신이라는 사실을 오래전에 알았어. 그래서 그들을 설득해서 이 문제를 다룰 수 있도록 우리에게 자유 재량권을 달라고 했지. 덕분에 우리는 투리엔의 기술로 뒷받침된 완전히 무장한 행성을 지휘할 수 있게 됐어. 브로귈리오, 이제 다 끝났어. 지금 당신에게 남은 건 당신 피부 껍데기밖에 없어."

베리코프가 이야기하고 있는 통신실의 열린 문에서 조금 떨어져 있던 헌트가 놀란 얼굴로 린을 바라보더니 그녀의 귀에 대고 속삭였다. "저 사람에게 저런 재주가 있을 줄은 생각도 못 했네. 저 친구는 오스카상을 받아도 될 것 같아." 그들 옆에서 역시 믿기지 않는 표정으로 지켜보던 소브로스킨이 베리코프를 겨누고 있던 자동권총을 내렸다.

브로귈리오는 어리둥절한 표정이었다. "전략 무기? 무슨 전략 무기? 지구에는 전략 무기 같은 거 없어."

그때 제벡스가 다시 끼어들었다. "5번 구역에서 경계경보가 작동됐습니다. 정체를 알 수 없는 물체가 네트워크를 뚫고 들어오려고 시도하는 중입니다. 조사를 위해 우주정거장에서 구축함 두 척을 발사했습니다."

"지금 그런 거로 날 귀찮게 하지 마." 브로귈리오가 참다못해 손을 흔들며 화를 냈다. "그 구역 제어센터에 위임하고 나중에 보고해." 그가 다시 베리코프로 눈을 돌렸다. "지구는 이미 오래전에 무장이 해제됐잖아."

"그렇게 믿고 있나?" 베리코프가 음흉한 미소를 지으며 말했다. "당신은 참 불쌍한 얼간이야. 이런 날이 올 거라는 사실을 알고 있는 우리가 지구의 무장을 해제시켰을 거라 생각하는 거야? 그런 거야?

그 이야기는 순전히 당신 좋아하라고 지어낸 이야기들이야. 그런데 얄궂게도 당신은 그 보고를 다시 거의 실제 현실에 가깝게 다시 바꿨지. 투리엔인들이 그걸 보면서 정말 즐거워했었어."

브로귈리오는 아직도 전혀 이해가 되지 않았다. "지구는 무장이 해제됐어." 그가 우겼다. "우리의 감시… 제벡스가 우리한테 보여…."

"제벡스!" 베리코프가 비웃었다. "비자르가 오래전부터 꾸며낸 이야기를 제벡스에 쏟아부었어." 베리코프의 표정이 굳으며 위협적으로 바뀌었다. "브로귈리오, 되풀이해서 말해줄 기분이 전혀 아니니까, 내 말을 잘 들어. 투리엔에서 벌인 이번 무력시위는 너무 나갔어. 투리엔인들은 이제 당신이 어떤 인간인지 알게 됐기 때문에, 우리를 말릴 생각이 전혀 없어. 그래서 이게 당신에게 보내는 우리의 최후통첩이야. 지금 당장 조건 없이 투리엔에서 물러나서 당신의 군사 지휘권 전체를 넘겨주지 않으면, 투리엔인이 지구인 병력과 연합해서 제블렌으로 넘어가 당신을 우주 먼지로 만들어서 날려버릴 거야. 당신과 행성 전체, 그리고 당신이 컴퓨터 네트워크라 부르는 웃기는 고철 덩어리까지."

제벡스의 깊은 어딘가에서 뭔가가 삐끗했다. 새로운 데이터에 대한 긴급 분석을 급하게 진행하느라, 우선 작업 순위의 구성을 전체적으로 새롭게 설정한 지시 사항이 시스템 핵심 부위의 가장 높은 층위부터 아래로 내려가면서 생긴 혼란 때문에, 시스템 내부에 돌아가고 있던 백만 개의 작업이 갑자기 멈췄다. 그러는 사이에 호기심이 많은 탐지기에 대한 초공간 스캐닝 작업이 멈칫거렸다. 지극히 짧은 시간에 불과했다. 하지만….

투리엔에서 여러 시간 동안 조용히 경계를 서던 비자르가 갑자기 침묵을 깨고 말했다. "뭔가 일이 터졌어요! 조락에 연결됐습니다!" 콜드웰이 벌떡 일어서고, 캐런 대사와 단체커가 깜짝 놀란 얼굴로 위를 쳐다봤다. 2진수로 이루어진 정보의 물결이 심연을 건너 몇 광년 떨어진 샤피에론호로 쏟아져 들어갔다. 그리고 비자르는 조락이 정리한 정보 패턴을 분석하기 시작했다.

"무슨 상황이야?" 칼라자르가 긴장한 목소리로 물었다. "우주선은 괜찮은가? 제벡스에는 얼마나 뚫고 들어갔대?"

"문제가 있습니다." 잠시 지체된 후 비자르가 말했다. "잠깐 시간을 주세요. 이걸 급하게 처리해야 돼서요."

며칠 동안 듣지 못했던 익숙한 목소리가 절망에 잠긴 샤피에론호 사령실의 침묵을 깨고 들려왔다. "어이쿠, 여긴 좀 어수선하네요. 꼼짝 말고 그대로 있으세요. 제가 처리하겠습니다."

이샨이 믿기지 않는 표정을 지으며 입을 쩍 벌렸다. 비어있는 승무원 자리에 앉아 축 처져 있던 가루스가 말없이 고개를 들었다. 그 목소리를 들은 다른 가니메데인들도 얼떨떨한 표정을 지었지만, 그들도 이 상황이 믿기지 않았다. "비자르?" 환청을 들은 게 아닐까 하는 생각에 반쯤 겁에 질린 얼굴로 이샨이 작게 말했다. "조락, 저 목소리가 비자르였어?"

"저 지금 바빠요." 조락의 목소리가 대답했다. "저한테 무슨 일인지 묻지 마세요. 하지만 맞습니다. 뭔가가 제벡스의 자체 점검 기능을 비활성화해서, 제가 통신 차단 기능을 껐습니다. 우리는 투리엔으로 연결되었습니다."

조락이 말하고 있는 사이, 비자르는 제벡스의 점검 하부시스템으로 들어가는 암호를 풀고, 거기서 발견한 데이터들을 삭제하고, 자신이 만든 새로운 데이터를 대신 집어넣고, 경보 표시기를 초기화했다. 제블렌의 제5 방어구역 제어센터 안에 있는 모니터의 화면이 바꾸면서 원거리 통신 중계기의 오류로 인한 허위 경보라고 공지했다. 멀리 떨어진 우주에서는 구축함 두 척이 우주정거장으로 기수를 돌리고 일상적인 순찰을 이어갔다. 비자르는 조락에게조차 설명할 짬도 없이, 이미 엄청난 양의 정보를 제벡스에 쏟아부었다. 동시에 제벡스의 통신 하부시스템으로 가는 길을 뚫어서 지구로 연결된 통신 채널의 통제권을 장악했다.

스베렌센의 통신실에 갑자기 비자르의 목소리가 나왔다. 베리코프는 그 목소리가 비자르라는 걸 알아봤다. "자, 우리 일은 다 마쳤습니다. 혹시 헌트 박사와 다른 사람들이 그 뒤 어딘가에 있다면 들어와서 다음에 어떻게 진행되는지 지켜보라고 하세요. 제블렌으로 가는 데이터 통신을 편집해서 그들을 잘라낼 수 있습니다. 그리고 이제 베리코프 당신은 가능한 한 빨리 통신 연결을 끊으세요."

베리코프는 놀란 모습을 그럭저럭 잘 감췄다. 비자르의 소리를 듣고, 베리코프의 뒤로 헌트와 다른 이들이 천천히 문 안으로 들어왔지만, 다들 너무 놀라서 아무 말도 하지 못했다. 여전히 황당한 표정을 지으며 이쪽을 노려보고 있는 브로귈리오는 확실히 그들을 보지 못했다. 베리코프가 정신을 추스르고 신속하게 반응했다. "당신에게 대답할 시간을 한 시간 주겠어, 브로귈리오. 그리고 이걸 명심해. 투리엔에 있는 전함 중 한 대라도 적대적으로 움직이는 기미를 조금이라도 보인다면, 우리는 한 번 발령되고 나면 철회할 수 없는 명령에 따라 공격을 시작할 거야. 한 시간 주겠어."

모니터에 비치는 영상은 전혀 변화가 없었지만, 비자르가 알려줬다. "잘했어요, 이제 통신 채널이 끊어졌습니다." 즉시 사방에서 축하 인사와 시끌벅적한 칭찬이 쏟아져서 베리코프가 어리둥절한 표정을 지었다. 노먼과 벤슨 요원은 문간에서 믿기지 않는 표정을 지으며 이 모습을 지켜봤고, 통신실로 막 들어온 소브로스킨은 자동권총을 슬그머니 재킷 안으로 집어넣었다.

비자르는 장악한 제벡스의 통신 기능을 자신의 통신망에 접목했다. 샤피에론호 사령실의 모습이 다른 모니터에 떴다. 몇 초 후, 또 다른 모니터에 투리오스 정부청사의 모습이 비쳤다. 지금껏 이렇게 이상한 컴퓨터 연결을 본 적이 없었던 헌트의 눈길이 모니터들 사이로 이리저리 바쁘게 오갔다. 콜드웰과 캐런 대사, 단체커는 육체적으로 알래스카에 있었지만, 헌트는 코네티컷에서 수 광년 떨어진 제블렌 항성계로 연결되고, 다시 거기서 샤피에론호로, 샤피에론호에서 거인별로, 그리고 다시 거인별에서 맥클러스키 기지에 있는 퍼셉트론호로 연결되는 과정을 통해 그들을 보고 있었다.

"정말로… 아슬아슬했어요." 샤피에론호에서 아직도 얼떨떨한 모습의 이샨이 말했다.

"당신은 걱정이 너무 많아요." 콜드웰이 모니터 바깥을 가리키며 말했다. "우리는 이런 일을 어떻게 처리해야 하는 건지 잘 안다니까요." 그가 코네티컷 방향을 똑바로 바라보며 말했다. "거기는 어때요? 다들 괜찮습니까? 스베렌센은 어디 있어요?"

"우리가 계획을 바꿨습니다." 헌트가 대답했다. "나중에 이야기해 줄게요. 여기에 있는 사람들은 다들 괜찮습니다."

또 다른 모니터에 제블렌의 작전실 모습이 떴다. 브로길리오가 제벡스로부터 지구에서 가로챈 통신 감시 결과를 보고받고 있었다. 제벡스는 지구의 지도자들이 비밀리에 만나 제블렌에 대한 연합 공격의 세부 항목들에 합의했다고 보고했다. "이건 이미 역사적인 사건입니다." 제벡스는 너무 놀라 멍한 상태인 브로길리오의 질문에 그렇게 대답했다. 현재 지구의 공격 계획은 완료되었고, 준비는 잘 진행되고 있다는 것이었다. 제벡스가 가장 최근에 가로챈 통신은 지구의 연합 사령부 고위급 장교들이 작전 개요를 설명하는 영상이었다. 그 영상이 재생되었다. 브로퀄리오는 그 영상을 보는 동안 점점 당황하더니 어쩔 줄 모르고 갈팡질팡했다.

"제벡스, 이걸 설명해봐." 브로퀄리오가 목멘 소리로 따졌다. "저 야만인들이 말하는 군사력이 대체 뭐야? 저 무기들은 뭐야?"

"존경하는 각하, 그건 설명하지 하지 않아도 자명해 보입니다." 제벡스가 대답했다. "지구는 얼마 전부터 전략 무기를 구축해왔습니다. 언급된 무기들은 현재 지구의 다양한 국가들에 배치된 전형적인 무기들입니다."

브로퀄리오 이마의 주름살이 깊어지고 수염이 파르르 떨렸다. 그는 갑자기 이들 중에서 오로지 자기만이 제정신인 건 아닐까 하는 의심이 드는 듯 험악한 눈길로 주변의 긴장한 얼굴들을 노려봤다. "현재 지구에 배치된 전형적인 무기라니? 넌 지금껏 그런 무기에 대해 한 번도 보고한 적이 없잖아."

1초가 채 지나기 전에 보이지 않는 손가락이 제벡스의 메모리를 훑으며 수십만 개의 기록을 교체했다. "유감스럽지만 그 말씀에는 이의를 제기할 수밖에 없습니다, 각하. 저는 줄곧 상세하게 보고했습니다."

브로퀄리오의 안색이 더욱 어두워졌다. "무슨 소리를 하는 거야? 뭘 상세하게 보고했다는 거야?"

"지난 수십 년 동안 지구가 개발해왔던 고성능의 행성 간 공격 및 방어 능력 말입니다." 제벡스가 말했다.

"제벡스, 대체 무슨 소리를 하는 거야!" 브로퀄리오가 폭발했다. "지구는 오래전에 무장이 해제됐어. 네가 줄곧 그렇게 보고했잖아.

이걸 설명해봐."

"설명할 게 없습니다. 저는 줄곧 지금 말하고 있는 이 내용을 보고했었습니다."

브로궐리오가 양손을 들어 눈을 비볐다. 그러더니 갑자기 돌아서서 그를 둘러싼 이들을 향해 손을 내밀며 애원하는 몸짓을 했다. "내가 지금 미쳐가고 있는 건가, 아니면 저 멍청한 기계가 발작 같은 걸 일으킨 건가?" 그가 물었다. "아무나 말해봐. 내가 최근 몇 년 동안 듣고 봤던 게, 지금 내가 듣고 보고 있는 저런 내용이었나? 지금껏 내가 혼자 상상을 했던 거였나? 지구가 무장을 해제했다고 들었나, 아니면 그런 소리를 들은 적이 없었나? 조금 전에 들은 저런 무기가 존재하는가, 존재하지 않는가? 이 작전실에서 나만 제정신인가, 아니면 나만 미친 건가? 아무나 내게 무슨 일인지 말해줘."

"제벡스가 지금 보고한 게 사실입니다." 에스토르두가 마치 그 한 마디로 모든 게 설명된다는 듯 밑도 끝도 없이 말했다.

"어떻게 저게 사실을 보고하고 있는 거야!" 브로궐리오가 소리쳤다. "지금까지 했던 말이랑 모순되는 주장을 하고 있잖아. 사실은 사실이지, 서로 모순될 수는 없어."

"저는 모순된 주장을 하지 않았습니다." 제벡스가 반론을 제기했다. "제 기록들을 보면 모두…."

"닥쳐! 넌 말하라고 할 때나 말해."

"죄송합니다, 각하."

"비자르에 대한 베리코프의 말이 사실이었던 모양입니다." 에스토르두가 걱정스러운 목소리로 작게 말했다. "제벡스가 연결을 끊기 전까지, 비자르와 연결되어 있던 상태에서는 비자르가 제벡스를 조작할 수 있었습니다. 아마 여러 해 동안 그랬을 겁니다. 이제 제벡스가 비자르와 단절되자, 우리에게 처음으로 진짜 정보를 제공하는 것 같습니다." 작전실에 탄성이 퍼졌다.

입술을 핥던 브로귈리오의 얼굴에서 갑자기 자신감이 사라졌다. "제벡스." 그가 컴퓨터를 불러냈다.

"네, 각하."

"그 보고… 그 자료들은 감시 시스템에서 직접 받은 거야?"

"물론입니다, 각하."

"그런 무기들이 존재하는 거야? 그 무기들을 지금 동원하고 있는 건가?"

"네, 그렇습니다, 각하."

와일로트 장군이 불안한 표정을 지었다. "우리가 어떻게 확신할 수 있죠?" 그가 반론을 제기했다. "제벡스는 처음에 이 소리를 했다가 다음엔 저 소리를 하고 있습니다. 어느 게 진실인지 우리가 어떻게 알 수 있나요?"

"그러면 우리는 아무것도 하지 말까?" 브로귈리오가 와일로트 장군에게 물었다. "지구의 강습 부대가 존재하지 않기만 바라면서 그냥 그러고 앉아 있을까? 어떻게 하면 자넬 확신시켜 줄 수 있겠나. 자네 목구멍에 놈들의 전함 수십만 대를 쑤셔 넣어줘야 확신할 거야? 그러면 그때 자넨 뭘 할 건데? 멍청한 놈!" 와일로트 장군이 입을 닫았다. 작전실에 있는 다른 보좌관들이 두려운 눈빛을 주고받았다.

브로귈리오가 뒷짐을 지고 천천히 걷기 시작했다. "우리에게는 아직 소매에 감춰둔 카드가 남아있어." 그가 잠시 말을 멈췄다가 다시 이었다. "우리는 놈들의 최상위 보안 통신의 암호를 풀었어. 그래서 우리는 놈들의 계획을 알고 있지. 우리가 놈들보다 무기의 수량이 적을지는 몰라도, 기술적으로는 우리가 월등히 우월해. 그래서 훨씬 뛰어난 화력을 가지고 있어." 그가 고개를 들었다. 그의 눈이 번뜩이기 시작했다. "자네들도 그 야만인들이 하는 말을 들었잖아. 놈들이 믿고 있는 이점은 허를 찌르는 기습이야. 이제 그건 더 이상 이점이 될 수 없어. 베리코프가 우리를 오합지졸이라고 했지, 안 그래? 그놈에게 지구의 야만인들을 떼로 보내라고 해. 우리가 놈들을 기다리고 있을 테니까. 지구인들이 제블렌의 무기와 부딪혀보면, 녀석도 누가 오합지졸인지 알게 될 거야."

브로귈리오가 고개를 돌려 와일로트 장군을 바라봤다. "투리엔에서의 작전은 당분간 연기할 수밖에 없겠다." 그가 선언했다. "우리의 부대들을 불러들여서 제블렌 방어를 위해 재배치해. 지금은 거인별 항성계의 궤도가 뒤죽박죽되든 말든 신경 쓸 시간이 없어. 지금 전함들이 있는 곳으로 수송 포트를 투사해서 가능한 한 빨리 귀환시켜. 내일 이 시간까지 전함들을 자리에 배치해."

투리엔에 있는 기동 부대의 지휘관들에게 새로운 명령이 전달되었다. 그들은 즉시 귀환할 수 있도록 전함을 준비시켰다. 하지만 그 전함들은 비자르가 통제하는 공간에 있었다. 제벡스가 그 지역에 입구 포트를 투사하려던 시도가 비자르에 의해 막혔다고 보고했다. 전함들은 거인별의 항성계를 완전히 벗어나지 않으면 귀환할 수 없다. 브로귈리오는 자신의 최종 기한을 하루 더 연장하고, 부대에는 자체 동력을 이용해 항성계 밖으로 나오라고 명령할 수밖에 없었다. 한 시간 후 전함들이 줄지어 최대 속도로 투리엔 항성계의 가장자리를 향해 날아갔다.

"1단계가 성공적으로 완료되었습니다." 투리오스의 정부청사에서 콜드웰이 모니터를 바라보며 만족스럽게 선언했다. "우리가 저 개자식들을 도망가게 만들었습니다. 자, 이 방향으로 쭉 진행합시다."

35

거인별 항성계 외곽에 계획대로 수송 준비를 마친 포트가 대기 중이었다. 제블렌 전함들은 대형을 풀고 힘차게, 훈련받은 대로, 군대식으로 정확하게 하나씩 줄지어 포트 안으로 들어갔다. 그들은 이때 제벡스가 아니라 비자르가 수송 시스템을 통제하고 있다는 사실을 몰랐다. 제벡스의 내부 기능을 비자르가 조작하고 있다는 사실은 제벡스도 알지 못했다. 출구 포트를 통해 정상 우주로 나온 후, 한 비행 중대가 시리우스에 도착했다는 사실을 깨달았다. 다른 중대가 나온 곳은 황소자리 일등성 알데바란이었다. 다른 중대는 용골자리 일등성 카노푸스, 나머지 중대는 하나 혹은 둘씩 아르크투루스, 프로키온, 카스토르, 북극성, 리겔과 그 사이에 있는 다양한 별들에 흩뿌려져 있었다. 그러므로 그들은 당분간 전혀 위협이 될 수 없었다. 전함들을 찾아서 모으려면 꽤 시간이 걸릴 것이다. 콜드웰의 2단계 계획이 완료되었다.

*

헌트는 한 손에 담배, 다른 손에 블랙커피를 들고 스베렌센 저택의 바깥 테라스에 서서, 밝은 색상의 옷을 차려입은 사람들이 풀장 옆에 착륙한 공군 수송기 안으로 떠밀려 들어가며 항의하는 모습을 지켜봤다. 조금 떨어진 곳에서는 특공대원들이 반원 형태로 경계를 펼치고 있었다. 마지막으로 잡힌 사람들은, 기대에 차서 스베렌센의 파티에 참석했다가 대기 중인 CIA 요원들과 맞닥뜨린 사람들이었다. 비자르가 감시 시스템을 통제하게 되자, 더 이상 궤도의 감시로부터 저택 주변의 활동을 감출 필요가 없었다. 하지만 벤슨 요원은 변함없이 눈에 띄지 않는 작전 형태를 유지했다. 이는 주로 스베렌센의 지인 목록을 더 추가할 기회를 활용하자는 의도였지만, 실제로는 인근 지역에서 고용된 협력자를 식별하려는 예방조치였다. 비자르가 제벡스의 자료로부터 지구에서 진행되는 제블렌인의 활동에 관한 전체 조직도를 찾아내 그 정보를 벤슨 요원과 소브로스킨에게 전달했으므로 나머지 네트워크도 곧 소탕될 것이다.

가니메데인의 우주선들이 제블렌 항성계의 주변에 점점 더 많이 모여들었다. 그리고 이때쯤 비자르는 앞서 투리엔인이 관리하는 세계에 있던 제블렌인들에게 했듯이, 제블렌인들에 대한 제벡스의 모든 서비스를 차단할 수 있게 되었다. 하지만 문제는 제블렌인이 오래전부터 전시 상황에 대한 준비를 해왔다는 사실이었다. 제블렌인은 제벡스가 없어진 상태에서도 운영될 수 있는 별도의 독립적인 시스템이나 백업 시스템을 가지고 있을 가능성이 있었다. 그래서 헌트와 콜드웰은 간단히 전원을 뽑아버리고 가니메데인을 파견해서 상황이 잘 풀리기만 바라는 건 올바른 선택이 아니라고 결론 내렸다.

대신 그들은 베리코프가 요구했던 무조건적인 항복을 확보하거나, 제블렌인이 내부에서부터 붕괴할 때까지 계속 압력을 가하기로 했다. 또한 그들은 제블렌 작전실 내부에서 반응을 관찰해서 어떻게 될 것인지, 그리고 어느 정도 가능하다면, 실제로 제벡스가 없이도 제블렌인이 계속 움직일 수 있는지 알 수 있기를 바랐다.

헌트 뒤쪽에서 임시로 수리하느라 저택 뒷부분에 달아놓은 비닐이 펄럭이며 열렸다. 그리고 린이 건물 중앙의 유리창이었던 곳으로 걸어 나왔다. 그녀는 헌트에게 다가와서 가볍게 팔짱을 끼었다. "이제 여기는 파티 장소의 목록에서 빼야겠네." 그녀가 풀장 옆에 수직 이착륙선이 내려오는 모습을 보면서 말했다.

"내 운이 그렇지, 뭐." 헌트가 중얼거렸다. "내가 소문으로 들었던 미녀들이 몇 명 오자마자, 저 CIA 녀석들이 다시 데려가 버렸어. 내가 무슨 죄를 지었기에 인생이 이런 거야?"

"당신이 관심 있던 게 그것뿐이었어?" 린이 물었다. 그녀의 눈이 반짝거렸다. 그녀의 목소리에는 장난스럽게 따지는 느낌이 담겨 있었다.

"물론, 스베렌센 녀석이 잡혀가기 전에 보고 싶기도 했지. 그거 말고 또 뭐가 있겠어?"

"아, 정말?" 린이 슬쩍 놀리듯이 말했다. "콜드웰 본부장에게 들었던 말은 조금 다르던데."

"아." 헌트가 순간적으로 얼굴이 일그러졌다. "본부장이, 어…, 그러니까 본부장이 당신한테 그때 일을 이야기했단 말이야?"

"본부장과 나는 일할 때 손발이 잘 맞아. 당신도 기억해두는 게 좋을 거야." 그녀가 팔짱을 더욱 세게 끼었다. "누군가가 엄청 당황했다는 것 같더라고."

"원칙에 대한 문제야." 헌트가 잠시 후 퉁명스럽게 말했다. "생각해봐, 나는 맥클러스키 기지 같은 곳에 처박혀 있는데, 누군가는 이렇게 햇볕 따스한 여기로 와서 온갖 일을 했잖아. 이건 원칙에 대한 문제라고. 나는 원칙 문제에 아주 민감해."

두 사람은 저택 안으로 걸어 들어갔다. 소브로스킨은 다른 소련 장교 두 명 옆에 서 있었고, 베리코프는 방의 한쪽에 있는 소파에 앉아서 벤슨과 CIA 요원들, 그리고 몇몇 소련인들과 이야기를 나누고 있었다. 노먼은 보이지 않았다. 아마도 헌트가 마지막으로 봤을 때처럼 아직 통신실에 있는 모양이었다. 헌트는 소브로스킨과 눈이 마주치자 고갯짓으로 슬쩍 베리코프를 가리켰다. "저 친구가 잘해줬어요. 정말 애썼어요." 헌트가 낮은 목소리로 속삭였다. "부디 최대한 감형 받을 수 있기를 바랍니다."

"우리가 할 수 있는 일을 찾아보겠습니다." 소브로스킨이 대답했다. 그의 말투는 속내를 비치지 않았지만, 헌트는 그 깊숙이 마음을 든든하게 해주는 뭔가가 있다는 사실을 알아챘다.

"뭐라고?" 통신실로 이어지는 복도 쪽에서 브로길리오의 새된 목소리가 어렴풋이 들려왔다. "그것들을 어디에서 찾아냈다고?"

"오호, 누군가가 방금 자기 함대를 찾은 모양이네." 헌트가 씩 웃으며 말했다. "자, 가서 재미있는 쇼를 지켜봅시다." 헌트와 린이 복도를 향해 걸어가자, 방에 있는 사람들이 일어나서 그들의 뒤를 따라갔다. 아무도 그 재미를 놓치고 싶지 않은 모양이었다.

"제벡스가 오류를 일으킨 게 틀림없습니다." 브로길리오가 그를 향해 위협하듯 한 말에 투리엔 기동부대의 지휘관이 몸을 움츠리며 변명했다. "모든 게 조급하게 진행되었습니다. 수송 시스템을 전체적으로 시험할 시간이 없었습니다."

"사실입니다." 얼굴이 하얗게 질린 와일로트 장군이 지휘관 뒤에서 말했다. "시간이 충분하지 않았습니다. 행성 간 작전을 조직하기에는 부족한 일정이었습니다. 불가능한 작전이었습니다."

브로궐리오가 고개를 휙 돌리며, 지구인의 전투 대형에 관한 최신 정보가 떠 있는 모니터를 손가락으로 가리켰다. "어쨌든 저놈들은 해냈잖아!" 그가 분노를 터트렸다. "지구에서는 자전거 공장, 요강 공장까지 죄다 무기를 만들고 있어." 그가 다시 고개를 돌려 작전실 전체를 바라보며 호소했다. "그런데 우리 전문가들께서는 나한테 뭐라고 했지? 사각수축기 프로그램을 마치려면 2년이 걸린대! 추가로 생성기를 배치하는 데에는 열두 달! 나한테 뭐라고 했었지? '그래도 저희가 기술적으로는 월등히 압도하고 있습니다, 각하.'" 브로궐리오가 얼굴을 붉으락푸르락하며 주먹을 머리 위로 치켜들었다. "그래서, 그게 어디 있다고? 은하계의 멍청이들은 왜 죄다 우리 편에 있는 건데? 나한테 지구인 열 명만 주면, 우주를 정복했을 거야." 브로궐리오가 에스토르두를 쳐다봤다. "전함들을 여기로 데려와. 출구 포트를 항성계 한가운데에 만드는 한이 있더라도 오늘 내로 여기로 데려와."

"그게… 그렇게 간단하지 않을 것 같습니다." 에스토르두가 궁색한 표정으로 웅얼거렸다. "제벡스가 수송 시스템을 제어하기 힘들다고 보고했습니다."

"제벡스, 이 멍청이가 지금 조잘대는 게 대체 무슨 소리야?" 브로궐리오가 버럭 고함을 질렀다.

"중앙 빔 동기화 시스템이 반응하지 않습니다, 각하." 제벡스가 대답했다. "저도 혼란스럽습니다. 분석 보고서가 이해가 되지 않습니다."

브로귈리오가 눈을 감고 자제하려 애썼다. "그렇다면 제벡스 없이 집행해." 그가 에스토르두에게 말했다. "우탄에 대기 중인 수송 시설을 이용해."

에스토르두가 마른침을 삼켰다. "우탄의 수송 시스템은 다목적용이 아닙니다." 그가 지적했다. "그 시스템은 오직 제블렌에 물자를 수송하는 일만 처리하도록 설정되어 있는데, 전함들은 열다섯 개의 항성계에 흩어져 있습니다. 우탄에서는 그 각각에 맞춰서 재조정을 해야만 하는데, 몇 주는 걸릴 겁니다."

격분한 브로귈리오가 몸을 홱 돌리더니, 작전실을 미친 듯이 오락가락하기 시작했다. 그러다 지역 방어 체계를 지휘하는 장군 앞에 갑자기 멈춰 섰다. "지구인들은 너희 부대의 마지막 멍청이까지 쓸어버린 후에 누가 변소 구덩이를 팔 것인지까지 모든 공격 계획을 세워놨어. 너는 놈들의 통신망에 직통선을 가지고 있고, 놈들의 통신을 해독할 수 있어. 넌 놈들의 계획을 알아. 네 방어 계획은 어디 있지?"

"네? 저는…." 장군이 당황하며 말을 멈췄다. "어떻게…"

"네 방어 계획은 어디에 있냐고!"

"그렇지만… 우리한테는 무기가 없습니다."

"예비로 남겨둔 무기도 없어? 무슨 놈의 장군이 그따위냐?"

"로봇 구축함 몇 대밖에 없는데, 전부 제벡스가 제어하는 겁니다. 그것들을 믿을 수 있을까요? 예비 무기들은 모두 투리엔으로 보냈습니다." 브로귈리오가 당시 그렇게 하라고 우겼었다. 하지만 그 사실을 지적해줄 사람은 아무도 없었다.

제블렌 작전실에 죽음 같은 침묵이 덮였다. 마침내 와일로트 장군이 단호하게 말했다. "휴전 협정을 해야 합니다. 다른 대안은 없습니다. 우리는 휴전 협정을 요청해야 합니다.”

“뭐야?” 브로궐리오가 와일로트 장군을 쳐다봤다. “이제 겨우 보호령을 선언했는데, 너는 벌써 야만인들 아래로 기어들어가자는 이야기를 하는 거야? 이게 대체 무슨 소리야?”

“시간을 벌기 위해서입니다.” 와일로트 장군이 간청했다. “우탄이 생산시설을 완전히 가동해서 비축량이 쌓일 때까지, 그리고 군대의 힘을 키우고 훈련할 시간을 벌어야 합니다. 지구는 수 세기 동안 전쟁에 적합하도록 성장해왔습니다. 우리는 그렇지 못했습니다. 거기에 차이가 있는 겁니다. 투리엔과의 단절이 너무 성급했습니다.

“그게 우리에게 가능한 유일한 방법으로 보입니다, 각하.” 에스토르두가 말했다.

*

“제벡스가 통신 채널을 다시 열었습니다.” 비자르가 알려줬다. “브로궐리오가 칼라자르 대통령에게 개인적인 접견을 요청했습니다.” 칼라자르는 연락이 올 걸 예상하고, 정부청사에 있는 방의 한쪽에 혼자 앉아 기다리고 있었다. 그사이 콜드웰과 단체커, 캐런 대사, 그리고 다른 투리엔인들은 반대쪽에서 그 모습을 지켜봤다.

칼라자르 앞에 브로궐리오의 상반신 영상이 담긴 틀이 나타났다. 브로궐리오는 놀라고 어리둥절한 모습이었다. “우리가 왜 이런 식으로 대화해야 합니까? 나는 투리엔으로 가겠다고 요청했습니다.”

“그렇게 친밀한 접촉은 적절하지 않은 것 같습니다.” 칼라자르가 대답했다. “어떤 이야기를 하고 싶은 겁니까?”

브로궐리오가 마른침을 삼키며 하고 싶은 말을 자제하는 게 눈에 보였다. “최근에… 일어난 일련의 사건들에 대해 다시 한 번 생각할 기회가 있었습니다. 돌이켜 생각해보니, 우리가 지구인의 오만한 태도 때문에 혼란에 빠졌던 것 같습니다. 우리의 반응이 약간 성급했습니다. 우리 두 종족의 관계를 재고하기 위한 논의를 제안하고 싶습니다."

"난 그 문제에 이제 관심이 없습니다." 칼라자르가 브로궐리오에게 말했다. "그 문제는 지구인과 제블렌인이 자체적으로 해결하게 놔두기로 지구와 합의했습니다. 그들이 당신에게 요구조건을 전달했을 겁니다. 그 제안을 수락하겠습니까?"

"그들의 요구조건은 너무 지나칩니다." 브로궐리오가 항의했다. "우리는 협상을 해야 합니다."

"지구인과 협상하세요."

브로궐리오의 얼굴에 공포감이 비쳤다. "그렇지만 놈들은 미개한 야만인입니다. 놈들이 하고 싶은 대로 하도록 내버려뒀을 때 무슨 일이 일어났는지 잊었습니까?"

"나는 잊지 않았습니다. 당신은 샤피에론호를 잊었습니까?"

브로궐리오의 얼굴이 창백해졌다. "그건 변명의 여지가 없는 잘못이었습니다. 그 문제에 책임이 있는 자들을 처벌할 겁니다. 하지만 이건… 이건 다릅니다. 당신은 가니메데인입니다. 우리는 수천 년 동안 가니메데인과 함께 해왔습니다. 당신이 지금 뒤로 물러나며 우리를 버려서는 안 됩니다."

"여러분은 수천 년 동안 우리를 기만했습니다." 칼라자르가 차갑게 대답했다. "우리는 월인의 폭력이 은하계로 퍼지는 걸 막으려 했었지만, 이미 은하계에 풀려난 상황이었습니다. 여러분을 바꾸려던 우리의 시도는 실패했습니다. 지구인에게 맡기는 게 유일한 해결책이라면 그렇게 해야지요. 가니메데인은 더 이상 할 수 있는 게 없습니다."

"칼라자르 대통령, 우리는 이 문제를 논의해야 합니다. 당신은 이런 식으로 진행되게 놔두면 안 됩니다."

"지구인의 요구사항을 수락할 겁니까?"

"그 요구는 진심이 아닐 겁니다. 협상을 위한 여유가 분명히 있을 겁니다."

"그러면 지구인과 협상하세요. 나는 더 할 말이 없습니다. 그럼 이만." 브로궐리오의 영상이 사라졌다.

칼라자르가 고개를 돌려 방 건너편에서 만족스러운 얼굴의 사람들을 마주 보며 물었다. "제가 어땠나요?"

"대단했어요." 캐런 대사가 말했다. "UN에 한자리 얻으셔도 될 것 같습니다."

"지구인 스타일로 비정한 역할을 해보니까 어떤 느낌인가요?" 쇼음이 궁금한 표정으로 물었다.

칼라자르가 자리에서 일어나 몸을 쭉 펴고 깊게 숨을 들이쉬면서 그 질문을 곰곰이 생각했다. "그게 조금… 기운을 받는 느낌이군요." 그가 고백했다.

콜드웰이 고개를 돌려 지구에서 지켜보고 있는 사람들을 비추는 영상을 쳐다보며 말했다. "그리 나쁘지는 않은 것 같습니다. 놈들은 전함을 데리고 올 수 없는 상황인데, 그 외에는 별로 없는 모양입니다. 지금 완전히 주저앉힐 수 있을 것 같은데, 박사님 생각은 어떤가요?"

헌트가 모호한 표정으로 대답했다. "브로궐리오가 흔들리긴 했지만, 아직 꺾이지는 않았습니다. 놈은 여전히 난폭하게 굴 가능성이 충분히 있습니다. 특히 무장하지 않은 투리엔의 비행선들만 모습을 드러낸다면요. 우선 저놈을 좀 더 흔들어놓는 게 좋을 것 같아요."

"우리 생각에도 그렇습니다." 샤피에론호의 가루스가 말했다. 그는 의심할 여지가 전혀 없는 문제라는 투로 말했다.

콜드웰이 잠시 생각에 잠겼다가 고개를 끄덕였다. "나도 동의합니다." 그가 턱을 쓰다듬으며 헌트에게 눈짓했다. "그리고 비자르가 모든 자료를 정말 끝내주게 준비했죠. 그걸 그냥 허비하면 안타깝지 않겠습니까?"

"어마어마하게 안타깝죠." 헌트가 진지하게 동의했다.

36

지구 연합 전투함대가 대형을 이루고 지구에서 떠나는 영상이 제블렌 작전실의 스크린에 상영되었다. 가장 먼저 위협적이고 매끈한 회색의 구축함 편대가 자기 자리를 찾아가는 모습이 보였는데, 그 편대는 곧 눈길이 닿는 끝까지 펼쳐진 함대 일부분이 되었다. 카메라가 멀리 물러나자 처음 본 장면이 작아지며 대열에 흡수되고, 화면 밖에 있던 더욱 많은 함대가 장엄한 모습으로 화면 안으로 미끄러져 들어왔다. 그리고 그 모습은 다시 점점 커지는 광경에 녹아들었다. 첫 번째 함대는 소련의 붉은 별을 달고 있었다. 다음 함대는 미국의 성조기를 달았다. 그 뒤로 유럽합중국, 캐나다, 오스트레일리아, 중국의 기장을 단 함대들이 있었다. 그 함대들 뒤로 멀리 떨어진 곳에서 거대한 전함들의 행렬이 서서히 움직이며 이동해서 앞쪽으로 나왔다. 빈틈없이 견고한 전함들의 윤곽선에 드러난 무기를 보호하는 덮개와 외부로 돌출된 미사일 발사대가 험악한 분위기를 드리웠다. 전함들 뒤로, 기동 전대와 보급품 수송선, 폭격기 발사 함정,

순양함, 요격기 모함, 지상 진압용 궤도 전함, 왕복선 발사선, 군인과 장갑차 수송선…, 모든 함선이 지원과 호위를 맡은 비행선 무리에 둘러싸여 있었다. 그 함대들이 점으로 보일 정도로 카메라가 뒤로 물러나자, 배경에 있는 별들이 거의 움직이지 않는 것처럼 보였다. 하지만 그렇게 보이는 건 착각이었다. 놀랍도록 화려한 그 무리는 조용히 쉬지 않고 지구에서 벗어나 속도를 내고 있었다. 가니메데인의 수송 포트를 향해서.

제벡스의 목소리가 들려왔다. "달 근처에서 대열을 형성한 제1군이 출발했습니다. 가속도를 계산해보면, 지구인들이 계획했던 도착 시각과 일치합니다."

브로길리오의 얼굴이 창백해졌다. "제1군이라니?" 브로길리오가 헉 소리를 냈다. "더 있단 말이야?"

그 질문에 대한 대답으로, 황량한 사막에 둘러싸이고 담장을 두른 거대한 기지처럼 보이는 지역을 내려다보는 영상으로 바뀌었다. 영상의 줌이 확대되자, 한쪽에 줄지어 있던 점들이 선명해지며 짐을 싣고 있는 왕복선들의 줄로 바뀌었다. 왕복선의 행렬 앞에는 탱크와 대포, 인력 수송선, 그리고 깔끔하게 기하학적인 모양으로 모여서 기다리고 있는 군인 수천 명이 무리를 이루고 있었다. "현재 궤도에 모이고 있는 제2군을 수송하기 위해 중국의 정규 사단들이 왕복선에 승선하는 모습입니다." 제벡스가 알려줬다.

영상이 다시 바뀌어 비슷한 장면을 보여줬지만, 이번에는 그 배경이 무성한 숲으로 덮인 산들이었다. "시베리아에서 저공비행용 초음속 폭격기와 고공비행용 요격기를 싣는 모습입니다."

또 다른 영상으로 바뀌었다. "미국 서부에서 미사일 포대와 대전차 레이저 부대를 싣는 모습입니다. 전 지구적으로 더 많이 모여들고 있습니다. 제3군을 조직하기 위한 사전 계획을 수립하는 중입니다."
브로궐리오의 얼굴에 땀이 흘러내렸다. 그는 눈을 감고 침착함을 유지하기 위해 애쓰며, 소리 없이 입술을 들썩거렸다. "각하, 제 짐작으로는…." 와일로트 장군이 입을 열었지만, 브로궐리오가 손을 세차게 흔들어 말을 잘랐다.

"조용해. 생각할 시간이 필요해." 브로궐리오가 손을 올려 턱에 짚더니, 신경질적으로 수염을 잡아당기기 시작했다. 주먹을 쥔 다른 손으로 뒷짐을 지고, 작전실 반대편 끝까지 걸어갔다. 그리고 다시 고개를 돌리더니 소리쳤다. "제벡스."

"네, 각하."

"비자르는 분명히 지구에 있는 투리엔 시설을 통해 지구인의 통신망과 연결되어 있을 거야. 비자르를 통해 나를 그 통신 채널에 연결해줘. 미국의 대통령이나 소련의 서기장, 아니면 누가 됐든 비자르가 접촉할 수 있는 고위 권력자와 대화를 하고 싶어. 즉시 실시하도록."

"제가 어떻게 가지고 놀면 좋을까요?" 비자르가 투리오스의 정부 청사에 물었다.

"본래의 계획을 중단할 수는 없어." 콜드웰이 말했다. "브로궐리오가 선택할 수 있는 길은 무조건적인 항복뿐이야. 베리코프 외에는 모든 통신이 끊겨서 아무하고도 대화할 수 없다고 생각하게 만들어줘."

브로궐리오가 불안하고 초조한 얼굴로 다시 작전실을 오락가락하기 시작했다. 그때 제벡스가 말했다. "비자르가 요구를 거절했습니다. 비자르는 지구인과 제블렌인 사이에 일어난 일에 개입하지 않는다는 투리엔인의 정책을 따르도록 지시받았습니다."

브로궐리오의 다리가 휘청했다. “우리를 쓸어버리려는 전함들을 투리엔인이 수송해주고 있다고!” 그가 소리쳤다. “그게 무슨 불개입 정책이야? 비자르에게 내 주장을 전달해.”

“비자르가 각하에게 이렇게 조언을 전해달라고 했습니다. ‘존경하는 각하, 지옥으로 꺼져버려.’”

브로궐리오는 너무 충격을 받아 멍한 상태가 되어서 격렬하게 반응하지 못했다. “그러면, 비자르에게 나를 다시 칼라자르 대통령에게 연결해달라고 해.” 그의 목이 멨다.

“비자르가 거부했습니다.”

“그러면 나를 비자르한테 연결해줘.”

“비자르가 모든 연결을 끊었습니다. 저는 더 이상 어떤 반응도 얻어낼 수 없습니다.”

브로궐리오가 분노와 공포가 뒤섞인 얼굴로 부들부들 떨기 시작했다. 그는 이쪽저쪽으로 고개를 마구 돌리며 흰자위가 번득이는 눈으로 노려봤다. “베리코프 외에는 다른 방법이 없습니다.” 와일로트 장군이 말했다. “각하께서 최후통첩을 수락해야 합니다.”

“절대로 안 돼!” 브로궐리오가 소리쳤다. “난 군대를 그대로 내어주지 않을 거야. 우리에게는 아직 이틀이 있어. 우리는 장교단 전체와 과학자, 최고의 공학자들을 대피시켜서 우탄에 다시 집결시킬 수 있어. 우리는 거기서 다시 일어날 거야. 우탄에는 영구적인 방어 시설이 구축되어 있으니까, 지구인이 함부로 덤벼들지 못할 거야. 놈들이 거기까지 우리를 따라오면 놈들을 위해 준비해둔 기습 공격을 받게 될 거야.” 그가 와일로트 장군을 쳐다봤다. “이틀 안에 제블렌에서 최대한 많이 대피시킬 수 있는 계획을 세워. 지금 즉시 시작해. 다른 업무는 모두 무시해.”

“제 생각에는 상황 전환을 시도해보는 게 좋겠습니다.” 헌트가 그 모습을 지켜보며 말했다. “이제 거의 준비가 다 됐어요.”

“그걸 정말로 시도하실 건가요?” 샤피에론호에서 쉴로힌이 물었다. 그녀가 회의적인 말투로 이야기했다. “그건 너무 비논리적입니다.”

“단체커 교수님의 생각은 어떤가요?” 콜드웰이 어깨너머로 물어봤다.

“제블렌인들은 지금 모순되는 상황도 받아들일 만한 상태입니다.” 단체커가 말했다. “지금 저들은 그 상황에 의문을 가질 정도로 충분히 생각할 수 없을 가능성이 큽니다.”

“거의 공황 상태에 가까워요.” 헌트 옆에서 지켜보고 있던 소브로스킨이 말했다. “공황과 논리는 절대로 함께 어울릴 수가 없지요.”

“저는 아직도 여러분이 공황이라고 부르는 현상이 어떤 건지 이해가 되지 않습니다.” 샤피에론호에 있는 이샨이 말했다.

“당신에게 공황이란 걸 보여줄 수 있을지 한 번 해봅시다.” 콜드웰이 말했다. 그리고 비자르에게 지시를 내렸다.

“각하, 죄송하지만,” 제벡스가 의문을 제기했다. “각하께서 이틀로 계산하신 건 부적절해 보입니다.”

“뭐라고?” 브로귈리오가 우뚝 멈춰 서서 말했다. “무슨 뜻이야, 부적절하다니?”

“각하께서 왜 이틀이라고 특정해서 말씀하시는지 이해가 되지 않습니다.” 제벡스가 대답했다.

브로귈리오가 난처한 표정을 지으며 고개를 절레절레 흔들었다. “당연하잖아, 안 그래? 지구인의 공습이 지금부터 이틀 후에 시작될 거잖아, 아니야?”

“각하, 저는 이해가 되지 않습니다.”

브로귈리오가 어리둥절한 표정을 지으며 작전실을 둘러봤다. 그의 보좌관들도 똑같이 어리벙벙한 얼굴로 그를 바라봤다. "공습이 이틀 후에 시작될 예정이잖아, 그렇지 않아?" 그가 다시 말했다.

"각하, 그 작전은 연기되지 않았습니다. 공격은 여전히 오늘, 지금부터 열두 시간 후에 진행될 예정입니다."

몇 초 동안 아무런 움직임도, 아무런 소리도 나지 않았다.

브로귈리오가 손을 들어서 여러 차례 천천히 이마를 때렸다. "제벡스." 그가 차분한 목소리로 말했다. 자제하려는 노력이 과도한 탓이었다. "네가 조금 전에 우리한테 제1군이 지금 지구를 떠나고 있다고 보고했잖아."

"각하, 죄송하지만, 제가 그렇게 말했다는 기록이 없습니다."

이건 너무 심했다. 브로귈리오의 목소리가 올라가며 통제력을 잃고 떨리기 시작했다. "어떻게 지구인이 하루도 안 되어서 올 수 있단 말이야?" 그가 따졌다. "지구인들이 지금 지구에서 출발한 거야, 아니야?

"지구인들은 이틀 전에 지구에서 출발했습니다." 제벡스가 대답했다. "그들은 이미 제블렌 항성계 안으로 들어왔으며, 열두 시간 안에 공격을 시작할 겁니다."

브로귈리오의 안색이 급격히 어두워졌다. "네가 조금 전에 보여준 감시 영상 말이야. 네가 영상을 보여줬을 당시 그 영상이 지구에서 생중계된 거야, 아니야?"

"저는 이틀 전에 입수한 기록이라고 말씀드렸습니다."

"넌 그런 이야기를 하지 않았어!" 브로귈리오가 소리쳤다.

"했습니다. 제 기록을 보면 확실합니다. 제가 다시 재생해드릴까요?"

브로귈리오가 고개를 돌려 작전실에 있는 사람들을 향해 호소했다. "다들 그 소리 들었지. 저 멍청한 기계가 대체 뭐라는 거야? 아까 그 영상들은 생방송 아니었어?" 아무도 그 소리를 듣고 있지 않았다. 보좌관 한 명은 앞뒤로 오가면서 알 수 없는 소리를 질러댔고, 다른 보좌관은 얼굴을 움켜쥐고 흐느꼈다. 그사이 다른 사람들도 사방에서 겁에 질린 얼굴로 마구 떠들어댔다.

"지구인들이 이틀 전에 출발했을 리가 없어."

"네가 어떻게 알아? 뭐가 일어난 일이고, 어떤 게 아닌지 네가 어떻게 알아? 네가 뭘 알아?"

"제벡스가 그렇게 말했어."

"제벡스는 반대로도 말했어."

"제벡스가 미쳤나 보지."

"그래도 제벡스 말로는…."

"제벡스는 자기가 무슨 말을 하는지 몰라. 우리는 아무것도 믿을 수 없어."

"지구인들이 오고 있어! 우리에겐 몇 시간밖에 안 남았다고!"

작전실 한쪽에 있던 과학자 에스토르두가 조용히 사라졌다. 혼란스러운 상황이라 아무도 알아채지 못했다.

브로귈리오가 왁자지껄 떠들어대는 사람들을 향해 양손을 흔들며 소리쳤다. "열두 시간! 열두 시간! 그런데 너희는 무기가 없다고 했어! 놈들은 우리가 어떻게 대항할 줄 모르기 때문에… 우리가 전혀 대응할 수 없다는 사실을 모르기 때문에, 곧장 죽이러 올 거야. 비행선 한 척 분량의 어린애들이 걸어와도 우리 행성을 차지할 수 있어. 하지만 지구인들은 그런 사실도 몰라. 놈들을 막으려면 뭘 해야 할까? 멍청한 장군들, 멍청한 과학자들, 그리고 이 멍청한 컴퓨터!"

와일로트 장군이 사람들을 밀치며 브로귈리오가 서 있는 곳으로 왔다. "다른 대안이 없습니다." 그가 주장했다. "베리코프의 조건을 받아들여야 합니다. 그러면 적어도 목숨은 유지할 수 있습니다." 브로귈리오가 고개를 돌려 그를 노려봤지만, 그의 눈에는 와일로트 장군의 이야기를 받아들일 수밖에 없다는 생각이 쓰여 있었다. 그러나 여전히 그는 자신이 그 명령을 내릴 수는 없었다. 와일로트 장군이 잠시 기다렸다가, 고개를 들고 아직도 주변에서 진행되고 있는 야단법석을 뚫고 소리쳤다. "제벡스, 스베렌센 저택에 연결된 통신 채널을 통해 지구를 호출해. 베리코프를 연결해."

"즉시 진행하겠습니다, 장군님." 제벡스가 대답했다.

코네티컷에 있는 통신실에서 헌트가 고개를 돌려 베리코프를 쳐다봤다. 베리코프는 문간에서 그 모습을 보고 있었다. "들어오시는 게 좋겠어요. 곧 당신을 다시 불러서 항복할 것 같네요. 이제 다 마무리되기 직전입니다." 베리코프가 통신실 가운데로 오자, 다른 사람들이 물러서며 그를 위해 동그랗게 자리를 내줬다. 모니터에는 제블렌 작전실에서 와일로트 장군과 브로귈리오가 이쪽을 똑바로 바라보며 제벡스가 연결해주길 기다리고 있었다. 베리코프가 팔짱을 끼며 거만해 보이는 자세로 준비에 들어갔다.

갑자기 모니터가 꺼졌다.

통신실에 있는 사람들이 모두 당황했다. "비자르?" 잠시 후 헌트가 말했다. "비자르, 무슨 일이야?" 대답이 없었다. 투리엔과 샤피에론호와 연결된 모니터도 모두 꺼졌다.

베리코프가 재빨리 통신실 한쪽에 장비들이 모여 있는 곳으로 가서 일련의 점검을 서둘러 진행했다. "죽었어요." 그가 고개를 들고 다른 이들을 쳐다보며 말했다. "시스템 전체가 죽었어요. 통신 채널이 전부 끊어졌어요. 아무 데도 연결이 안 돼요. 뭔가가 제벡스로 통하는 통신을 완전히 끊어버린 모양이에요."

✴

투리오스 정부청사에 있던 콜드웰도 똑같이 당황했다. "비자르, 무슨 일이야?" 그가 물었다. "지구와 제블렌의 영상이 어디로 갔어? 그쪽으로 통하는 통신 채널이 끊긴 거야?"

몇 초의 시간이 흐른 후, 비자르가 대답했다. "그보다 더 나쁜 상황입니다. 코네티컷과 제블렌 작전실로 통하는 통신만 잃은 게 아닙니다. 제벡스가 통째로 사라졌습니다. 전혀 그쪽으로 들어갈 수 없습니다. 전체 시스템의 전원이 꺼졌습니다."

"넌 제블렌에서 무슨 일이 일어났는지 전혀 몰라?" 깜짝 놀란 모리잘이 물었다.

"모릅니다." 비자르가 말했다. "제벡스가 통제하는 세계 안에 제가 접촉할 수 있는 유일한 통신 채널은 샤피에론호로 통하는 채널뿐입니다. 제벡스가 죽은 것 같습니다. 전체 시스템이 다운되었습니다."

✴

브로귈리오는 전략기획지도부가 거주하는 복합 건물의 깊은 지하에 있는 전용 숙소에 누워있었다. 그는 벌떡 일어났지만, 무슨 일이 일어난 건지 알 수 없었다. 조금 전까지 그는 작전실에서 와일로트 장군과 함께 베리코프가 연결되길 기다리고 있었다. 브로귈리오가 기억을 떠올리자, 지금 이 순간 제블렌을 향해 휩쓸고 내려오는 지구의 함대가 다시 머릿속에 떠올랐다.

"제벡스?"

대답이 없었다.

"제벡스, 대답해."

반응이 없었다.

브로귈리오의 가슴 속에 뭔가 차갑고 묵직한 게 털썩 내려앉았다. 그는 자리에서 박차고 일어나 더듬거리며 팬티와 속옷 상의를 가릴 가운을 찾았다. 그리고 옆방으로 서둘러 가서 스위트룸 모니터에 뜬 상태 표시를 살펴봤다. 전등과 냉난방 장치, 통신, 서비스…. 모든 게 비상용 예비 상태로 전환되어 있었다. 제벡스는 작동되지 않았다. 브로귈리오는 통신단말기를 켜려고 해봤지만, 모니터에는 모든 통신 채널이 포화상태라는 메시지만 떴다. 그 말은 이 상황이 그저 지역적인 문제가 아니라, 전체적이라는 의미였다. 복합 건물이 공황 상태였다. 그는 침실로 달려가 옷장에서 미친 듯이 옷들을 꺼내기 시작했다.

브로귈리오가 튜닉의 단추를 채우고 있을 때, 현관문에서 소리가 들어왔다. 그는 서둘러 나가서 지문 자물쇠에 엄지손가락을 대고 문을 비물질화시켰다. 에스토르두가 다른 두 보좌관과 함께 있었다. 그들 뒤쪽에서 고함과 요란한 소리가 들려왔다.

"어떻게 된 거야?" 브로귈리오가 물었다. "시스템 전체가 죽었어."

"제가 껐습니다." 에스토르두가 그에게 말했다. "제가 중앙 통제실에 가서 수동으로 중지시켰습니다. 제벡스를 통째로 다운시킨 겁니다."

브로귈리오의 수염이 떨리며 눈이 커졌다. "넌 대체…." 그가 입을 막 뗐을 때, 에스토르두가 성마르게 손을 저으며 그의 말을 막았다. 전혀 그답지 않은 짓이라 브로귈리오는 그저 노려볼 수밖에 없었다.

"무슨 일이 일어났는지 아직도 모르시겠습니까?" 에스토르두가 급하고 절박한 목소리로 말했다. "제벡스는 일관되게 작동되지 않았습니다. 뭔가가 내부에서부터 영향을 준 겁니다. 틀림없이 비자르일 겁니다. 어떻게 했는지 몰라도 비자르가 시스템에 들어갔겠죠. 그렇다면 투리엔인들이 우리의 움직임을 모조리 지켜봤을 수도 있습니다. 우리에게는 아직 열두 시간이 있으니, 빨리 움직인다면 아직 빠져나갈 수 있습니다. 그리고 우탄에는 비상 통신 채널이 있기 때문에, 대기 중인 수송 시스템이 제블렌에 입구 포트를 투사할 수 있습니다. 제벡스가 운영되지 않는 상태에서는 비자르도 우릴 볼 수 없으니, 우리는 투리엔인과 지구인의 방해를 받을 위험 없이 준비할 수 있습니다. 가장 가까운 지구 비행선도 열두 시간 떨어져 있습니다. 놈들이 여기에 도착할 즈음엔 저희도 사라졌을 테니, 놈들은 어디로 가야 할지 알 수 없을 겁니다. 놈들이 우탄으로 우리를 찾아 나서야겠다는 생각을 떠올릴 즈음엔 우리도 대응할 준비가 잘 되어 있을 겁니다. 각하, 아시겠죠? 이게 유일한 방법입니다. 제벡스가 작동되는 한, 우리는 그들 몰래 이동 계획을 짤 수 없었습니다."

브로귈리오가 그 이야기를 들으며 빠르게 머리를 돌렸다. 논쟁할 시간이 없었다. 그리고 어쨌든 에스토르두의 말이 옳았다. 브로귈리오가 고개를 끄덕였다. "제정신이 박힌 놈들은 전부 작전실로 직접 갈 거야." 그가 에스토르두를 보며 말했다. "란티아르를 찾아서 믿을 만한 승무원 다섯 명을 소집해 오늘 18시까지 지르베인으로 데려오라고 해. 너는…." 브로귈리오가 에스토르두 뒤에 서 있는 두 보좌관 중 한 명을 쳐다보며 말했다. "지르베인에 있는 작전 지휘관을 만나서 E등급 수송선 다섯 척을 발사 대기시켜. 18시에서 1분도 늦으면 안 돼. 그리고 수송선이 제블렌을 벗어나자마자 포트를 투사할 수 있도록 우탄에 동력을 배치해서 대기하라고 해." 그가 다른 보좌관을 손짓으로 가리켰다. "그리고 너는 와일로트 장군을 찾아서 경비대 4개 중대를 동원하라고 해. 그리고 여기에서 지르베인까지 이동할 수 있는 항공 수송을 조직해. 17시 30분에 떠날 수 있도록 준비해. 2천 명을 수용할 수 있는 항공기가 필요해. 네가 필요한 건 뭐든지 징발해도 좋아. 그리고 주저하지 말고 군을 이용해. 무슨 말인지 알겠어?" 브로궐리오는 옷깃을 똑바로 펴고, 침실로 돌아가서 허리띠를 차고 휴대용 무기를 챙겼다. "나는 지금 작전실로 갈 거야." 그가 바깥에 있는 부하들에게 소리쳤다. "너희 세 명은 지금으로부터 한 시간 내로 작전실로 와서 나한테 보고해. 내 말대로 하면, 내일 이 시간에는 우탄에 가 있을 거야."

37

샤피에론호는 제블렌에 가깝게 접근하면서 투리엔에서 오는 비행선들이 도착하길 기다렸다. 비행선들은 항성계 외곽에서 내부로 움직이기 시작한 상황이었지만, 도착하려면 아직 여러 시간이 남아 있었다. 사령실의 중앙 스크린에는 저고도 탐지기들이 전송한, 제블렌의 지상을 비추는 영상이 나오고 있었다. 행성은 혼돈 상태인 것처럼 보였다. 어디에도 날아다니는 비행체는 없었지만, 많은 곳에서 사람들이 걷거나 지상차를 타고 도시들을 떠나기 시작했는데, 무질서한 지상차의 흐름은 좁은 지역과 기분 전환용 드라이브 이상의 상황을 고려하지 않은 도로 체계 때문에 얼마 지나지 않아 꽉 막혔다. 몇몇 곳에서 소요와 폭동이 일어났지만, 대부분의 사람들은 이끄는 이도 없고 당황한 채로 공터에 모여 있는 정도에 불과했다. 지상에서의 통신이 엉망이라서 질서나 중요한 서비스를 유지하는 조직이 전혀 없다는 사실을 알게 되었다. 즉, 이 혼란 상황을 다시 바로잡기 위해 가니메데인이 해야 할 일이 많다는 뜻이었다.

가루스는 긴장하고 불안한 얼굴로 사령실 한가운데에 서서 보고를 받고 있었다. 제벡스를 꺼버린 건 비자르가 아니었다. 그렇다면 범인은 제블렌인일 수밖에 없었다. 그들은 자신들이 인식하지 못하는 사이에 제벡스를 통해 감시를 받고 있었다는 사실을 어찌어찌 알아채고는, 자신들이 하는 일을 비자르가 보지 못하게 하려고 시스템을 다운시켰다. 다시 말해, 제블렌인들이 뭔가 일을 꾸미고 있지만 그게 뭔지 알아낼 방법은 없었다. 가루스는 이 상황이 마음에 들지 않았다.

마음속 깊은 곳에서 가루스를 괴롭히는 또 다른 문제는 자신이 실패했다는 느낌이었다. 이샨과 쉴로힌, 몬카르는 샤피에론호를 제블렌으로 이끌고 온 덕분에 투리엔을 구했다며 그를 격려했지만, 가루스는 자신이 그들을 파국 직전의 상황까지 끌고 갔으며, 헌트와 지구에 있는 다른 지구인들이 재빠른 행동을 통해 그들을 구했다는 사실을 예민하게 의식하고 있었다. 그는 승무원과 이샨의 과학자들을 무책임하게 위험으로 몰아넣었고, 다른 이들이 그를 구했다. 그렇다. 투리엔에 대한 위협은 사라졌다. 그렇지만 가루스는 자신이 그에 대한 공로를 인정받을 자격이 없다는 느낌이 들었다. 가루스는 좀 더 기여하고 싶었다. 투리엔에서 쏟아지는 축하 인사는 그를 더욱 불편하게 만들 뿐이었다.

지구에 침투하기 위한 제블렌인 작전본부로 사용되던 코네티컷 저택의 방을 가득 메우고 있는 사람들과 어깨너머로 이야기를 나누고 있는 헌트의 모습이 사령실의 한쪽에 있는 작은 모니터에 보였다. "우리가 앞으로 지구에 있는 많은 사람에게 일으킬 문제가 뭔지 상상이 되세요?"

"그게 무슨 말이에요?" 미국 정부를 대표하는 노먼의 목소리가 뒤쪽 어딘가에서 들려왔다.

헌트가 반쯤 고개를 돌리고 자기 앞에 있는 모니터를 가리켰다. "언젠가 사람들은 자기 아이들을 투리엔에 있는 대학에 보내게 될 거예요. 그 아이들이 이런 신기술을 알아내고는 집에 수신자 요금 부담으로 전화하기 시작한다고 상상해보세요."

제벡스가 송신을 중단하면서 통신이 차단되자 코네티컷주에 있는 사람들은 간단히 통신망을 재구축했다. 그들은 맥클러스키 기지에 있는 관제실로 데이터 전화를 하고, 다시 무전을 통해 퍼셉트론호에 있는 비자르로 연결했다. 지구인들은 통신실 옆에 있는 스베렌센 사무실의 데이터 단말기들로 두 회선을 이용했는데, 모니터 하나에는 샤피에론호, 다른 하나에는 투리오스의 정부청사를 띄웠다.

"전 아직도 믿기지 않아요." CIA 요원 벤슨이 창가에 있는 의자에 앉아 말했다. 헌트의 어깨너머로 그의 모습이 얼핏 보였다. "누군가가 전화기를 들더니, 외계인 우주선에 있는 컴퓨터에 이야기해서 다른 별과 통화하는 모습을 제가 본 거잖아요. 도저히 믿을 수가 없습니다." 벤슨 요원이 화면에 보이지 않는 누군가를 향해 고개를 돌렸다. "이런, 몇 년 전에 CIA에 이런 게 있었더라면 좋을 텐데 말이야. 그랬으면 당신들이 크렘린의 남자화장실에서 이야기하는 소리까지도 다 들을 수 있었을 거요."

"내 생각에 그런 시대는 곧 끝날 것 같아요." 어딘가에서 대답이 들려왔는데, 가루스의 짐작에는 소련 억양 같았다.

가루스는 저들이 샤피에론호에 직접 올라탔더라도 지금과 차이가 없었을 것이라는 생각이 들었다. 지구인들은 아무리 위험하고 불분명한 상황일 때조차도 지금처럼 농담하고 웃었을 것이다. 그들은 시도하고, 실패하고, 잊어먹고, 웃고, 다시 시도하고… 성공했을 것이다. 그들은 이번 판을 이겼다. 이제 그 승리를 머릿속에서 지우고 과거로 넘겨버렸다. 그리고 그들은 지금 다음 문제만 생각하고 있다. 가루스는 가끔 지구인이 부러웠다.

갑자기 조락이 말했다. 컴퓨터의 말투가 급박했다. "주목해주세요. 새로운 사건이 일어났습니다. 4번 탐지기가 제블렌의 반대편 지상에서 비행선들이 빠르게 이륙하는 상황을 감지했습니다. 다섯 척이 밀집대형을 이루고 있습니다." 그 순간 중앙 스크린의 화면이 바뀌더니, 행성의 둥그런 지표면에 점점이 박힌 구름과 얼룩덜룩한 배경을 가로지르며 천천히 나아가는 점 다섯 개가 보였다.

보조 모니터에서는 앞으로 몸을 기울이는 헌트와 그의 뒤로 모여드는 다른 사람들이 보였다. 그들이 이야기를 멈췄다. 그 옆에 있는 모니터에는 칼라자르와 투리오스에서 지켜보고 있는 사람들이 보였는데, 다들 똑같이 긴장한 모습이었다.

"브로귈리오와 참모진들이 틀림없습니다." 잠시 후 칼라자르가 말했다. "우탄으로 도망가려는 겁니다. 에스토르두가 제블렌과 우탄 사이에 작동하는 수송 시스템이 대기 중이라고 했었습니다. 놈들이 계획했던 게 바로 이겁니다! 우리가 저 생각을 해야 했던 건데."

이샨이 사령실 가운데에 서 있는 가루스 곁으로 다가왔다. 사령실의 한쪽에 있던 쉴로힌과 몬카르, 그리고 과학자들도 주위에 모여들었다. "저들을 막아야 합니다." 이샨이 걱정스러운 목소리로 말했다. "저들은 우탄을 예비 기지로 대비시켜서 방어할 수 있도록 구축해놨을 겁니다. 저들이 우탄에 도착해서 재조직되면 끝까지 싸우려 할지도 모릅니다. 우리에게 맞서 싸울 수 있는 무기가 아무것도 없다는 사실을 저들이 알아채는 건 시간문제일 뿐입니다. 우탄이 저들의 손에 들어가면, 우리는 정말로 곤란한 상황에 빠질 겁니다."

"우탄이 뭔가요?" 모니터에서 헌트가 물었다.

가루스를 바라보던 이샨이 고개를 돌리더니, 머릿속으로 생각하면서 말하느라 약간 멍한 표정으로 말했다. "제블렌인의 우주 가장자리에 있는, 공기와 물도 없는 돌덩어리입니다. 하지만 금속이 아주 풍부하죠. 제블렌인은 오래전부터 우탄을 자신들의 산업을 건설할 원자재의 출처로 여겨왔습니다. 그들이 무기를 어디에서 만들었을지는 말할 필요도 없죠. 우리의 추측이 맞는다면, 그들은 행성 전체를 요새화한 무기 공장으로 바꿔놨을 겁니다. 브로귈리오가 거기에 가지 못하도록 막아야 합니다."

이샨이 헌트에게 이야기하고 있는 동안, 가루스는 재빨리 투리엔의 수송 시스템에 대해 기억나는 사항들을 머릿속에 떠올렸다. 비자르나 제벡스는 가지고 있는 감지기의 촘촘한 네트워크의 효과를 이용해서 각자의 지역으로 투사되는 빔을 차단할 수 있고, 막 형성되기 시작하는 수송용 블랙홀의 장(場)의 특성을 감시해서 초공간을 통해 흘러들어오는 에너지의 흐름을 막을 수 있다. 감지기들이 없다면, 차단 기능은 작동할 수 없다. 그런데 제블렌 근처에 있는 감지기들은 모조리 제벡스가 운영하던 장비라서 비자르는 제벡스를 통하지 않고서는 그 감지기들을 이용할 수 없는데, 제벡스는 죽었다. 따라서 우탄에서 오는 빔은 비자르가 막을 수 없다. 그게 바로 제블렌인들이 제벡스를 다운시킨 이유였다.

"우리가 할 수 있는 게 아무것도 없습니다." 다른 모니터에서 칼라자르의 목소리가 들렸다. "우리는 그 근처에 아무것도 가지고 있지 않습니다. 우리의 비행선들은 적어도 여덟 시간이 지나야 도착할 겁니다."

사령실에 고통스러운 침묵이 내려앉았다. 칼라자르는 속수무책으로 이쪽저쪽을 돌아봤다. 한쪽의 모니터에 떠 있는 헌트와 지구인들은 전혀 움직임이 없었다. 중앙 스크린에서는 제블렌 비행선 다섯 척이 행성의 구를 벗어나고 있었다.

갑자기 상황이 투명하게 펼쳐지며 드러나자, 가루스는 오랫동안 잊고 있었던 냉정함과 자신감이 혈관 속으로 서서히 흘러들어오는 느낌이 들었다. 그가 무엇을 해야 할지는 의심의 여지가 없었다. 가루스는 스스로 제어하고, 자신의 우주선을 지휘하는 본래의 모습을 되찾았다. "우리가 여기에 있습니다."

이샨이 가루스를 쳐다보다가 중앙 스크린으로 고개를 돌려 이제 별빛이 가득한 우주의 배경 속으로 빠르게 작아지고 있는 다섯 개의 점을 반신반의하는 표정으로 바라봤다. "놈들을 잡을 수 있을까요?" 그가 미심쩍은 목소리로 물었다.

가루스가 잔인한 미소를 지었다. "그래 봐야 제블렌인의 행성 간 수송선일 뿐입니다." 그가 말했다. "잊었습니까? 샤피에론호는 항성 간 우주선입니다." 칼라자르의 답변을 기다리지 않고 가루스가 고개를 들어 큰 소리로 외쳤다. "조락, 즉시 4번 탐지기를 발사해서 추적하고, 배치된 탐지기들을 불러들여. 샤피에론호를 고궤도로 올리고, 우주선에 실려 있는 모든 탐지기를 최대한 충천해놔. 그리고 최대 출력을 낼 수 있도록 주동력을 대기시켜."

"그다음엔 어떻게 할 건가요?" 칼라자르가 물었다.

"그건 나중에 걱정하죠." 가루스가 대답했다. "우선은 놈들을 놓치지 않는 게 중요합니다."

"탤리 호우(Tally ho)!" 조락이 영국식 억양을 깔끔하게 흉내 내며 소리쳤다.

보조 모니터에서 헌트가 자세를 똑바로 잡더니, 놀란 표정으로 눈을 껌뻑거렸다. "그런 소리는 대체 어디에서 배운 거야?" 그가 물었다.

"2차 세계대전 당시 영국의 전투기 조종사에 대한 다큐멘터리에서 봤어요. 여우 사냥꾼이 사냥개를 몰 때 외치던 소리라죠." 조락이 말했다. "박사님을 위해서 했던 거예요. 저는 박사님이 진가를 알아보실 줄 알았어요."

38

브로귈리오는 찌푸린 얼굴로 기함의 함교에 서 있었다. 기술자와 과학자들은 그의 앞에 일렬로 늘어선 모니터 주변에 옹기종기 모여서 원거리를 스캔하는 컴퓨터의 보고 내용을 바라보고 있었다. 속닥거리는 소리들 사이로 믿기지 않는다는 듯 헉하는 소리도 들려왔다.
"뭔가?" 마침내 인내심이 바닥난 브로귈리오가 물었다.

사람들 사이에 있던 에스토르두가 고개를 돌렸다. 그는 충격을 받아 눈을 동그랗게 뜨고 있었다. "이건 불가능합니다." 그가 작은 소리로 말했다. 그가 애매한 자세로 말했다. "하지만 사실입니다…. 의심할 바 없이 명확합니다."

"그게 뭔데?" 브로귈리오가 씩씩대며 말했다.

에스토르두가 마른침을 삼켰다. "저건… 샤피에론호입니다. 제블렌에서 벗어나 이쪽으로 기수를 돌렸습니다."

브로귈리오는 에스토르두를 미쳤냐는 듯 노려보다가 콧방귀를 뀌고는, 과학자 두 명을 옆으로 밀어내며 자신이 직접 모니터를 확인하러 갔다. 브로궐리오는 입을 꽉 다물고 수염을 떨었다. 그의 머리가 눈이 보고 있는 상황을 받아들이려 하지 않았다. 다른 모니터가 켜지며 원거리 광학 촬영기로 확대한 영상이 나타났다. 다르게 생각할 여지가 전혀 없었다. 브로궐리오가 몸을 돌려 와일로트 장군을 노려봤다. 와일로트 장군은 몇 걸음 뒤에서 멍하게 그 화면을 바라보고 있었다. "이건 어떻게 설명할 거야?" 브로궐리오가 빽 소리를 질렀다.

와일로트 장군이 항의하듯 고개를 저었다. "이건 말이 안 됩니다. 샤피에론호는 파괴되었습니다. 저도 샤피에론호가 파괴된 것으로 압니다."

"그러면 지금 우리한테 다가오고 있는 저건 뭔데?"

브로궐리오가 휙 몸을 돌려 과학자들을 쳐다봤다. "샤피에론호가 언제부터 제블렌에 있었지? 저게 여기서 뭘 하고 있었던 거야? 너희들은 왜 그런 사실에 대해 아무것도 모르고 있었던 거야?"

그들의 위에 있는 함교의 높은 자리에서 선장의 목소리가 들려왔다. "지금껏 저렇게 가속하는 비행선은 본 적이 없습니다! 우리를 향해 곧장 날아오고 있습니다. 우리는 저 우주선보다 빨리 날아갈 수 없습니다."

"저들은 아무 짓도 못 할 겁니다." 와일로트 장군이 목멘 소리로 말했다. "저 우주선은 무장되지 않았거든요."

"멍청이 자식!" 브로궐리오가 매섭게 말했다. "저게 파괴되지 않았다면, 투리엔으로 수송되었던 게 틀림없어. 그렇다면 저 우주선에는 지구인들이 승선해서 지구 무기를 탑재했을 수도 있어. 그놈들이 우리를 산산조각낼 거야. 네가 일을 엉망으로 처리한 탓에, 샤피에론호의 승무원도 그들을 말리기 위해서 손도 까딱하지 않을 거야."

와일로트 장군은 입술을 핥으며 아무 말도 하지 않았다.

"샤피에론호의 주변에 압력장이 빠르게 형성되고 있습니다." 원거리 정찰 담당자가 위에 있는 자리에서 소리쳤다. "우리는 레이더와 광학적 추적을 놓쳤습니다. 초공간 스캔에 따르면 우주선은 비행경로와 가속을 그대로 유지하고 있습니다."

에스토르두가 맹렬하게 머리를 굴렸다. "각하, 우리에게도 아직 기회가 남아있습니다." 그가 갑자기 말했다. 브로귈리오가 고개를 획 돌리더니, 무슨 말이냐는 듯 턱을 내밀었다. 에스토르두가 계속 말했다. "저 당시 가니메데인의 비행선에는 압력장 변속 장치가 없었습니다. 그리고 당시는 초공간 스캔 장비도 알지 못했습니다. 즉, 저들이 주동력으로 움직이는 동안에는 우리를 추적할 방법이 없다는 뜻입니다. 저들은 예측된 우리의 경로를 가로막기 위해 눈을 감은 상태로 달려가다가 궤도를 수정하기 위해 잠깐씩 속도를 늦출 수밖에 없습니다. 그들이 앞을 볼 수 없는 동안 경로를 변경하면 저 우주선을 떨쳐낼 수 있을 겁니다."

그때 다른 담당자가 소리쳤다. "후방 우현에서 중력 이상이 발생하기 시작했습니다. 거리는 1천6백 킬로미터, 강도 7입니다. 점점 강해지고 있습니다. 계기판에는 5등급 출구 포트로 나타납니다. 초공간 스캔에 따르면, 샤피에론호의 근처에 입구 포트가 위치한 것으로 보입니다." 함교에 긴장감이 치솟았다. 그건 비자르가 두 개의 빔을 투사해서 수송 포트를 한 쌍으로 연결했다는 의미였다. 샤피에론호에서 제블렌인 수송선단으로 초공간을 통해 '터널'을 뚫은 것이다. 5등급 포트는 상대적으로 작은 뭔가를 수송하는 포트다. 공포로 한층 높아진 담당자의 목소리가 다시 들려왔다. "이쪽의 출구 포트에서 물체가 나왔습니다. 이쪽 다가오고 있습니다. 빠릅니다!"

“폭탄이다!” 누군가 소리쳤다. “그놈들이 폭탄을 보낸 거야!”

함교의 사방에서 공포에 질린 비명이 터져 나왔다. 브로귈리오의 눈이 커지고, 땀이 비 오듯 흘렀다. 와일로트 장군은 의자 위로 무너져 내렸다.

담당자의 목소리가 다시 들려왔다. “물체가 식별되었습니다. 샤피에론호의 로봇 탐지기입니다. 우리의 경로와 속도를 따라붙고 있습니다. 출구 포트는 소멸했습니다.”

장거리 정찰 담당자가 말했다. “샤피에론호가 가까워지고 있는데, 여전히 가속 중입니다. 거리는 35만4천 킬로미터입니다.”

“처리해.” 브로귈리오가 위쪽을 쳐다보며 소리쳤다. “선장, 어서 빨리 떨쳐내.”

선장이 일련의 경로 수정 지시를 내렸다. 컴퓨터가 지시를 받고 집행했다.

“탐지기가 따라붙었습니다.” 담당자가 보고했다. “회피의 효과가 없었습니다. 샤피에론호가 새로운 경로로 수정해서 여전히 접근 중입니다.”

브로귈리오가 화난 얼굴로 에스토르두를 쳐다봤다. “저놈들이 못 볼 거랬잖아! 심지어 속도를 늦추지도 않았어.” 에스토르두가 양손을 펼치며 힘없이 고개를 저었다. “그런데 저놈들이 어떻게 한 거야? 너희 중에 어떻게 된 건지 아는 사람 없어?” 브로귈리오는 잠시 기다렸다가, 화난 얼굴로 샤피에론호의 추적 데이터가 떠 있는 모니터들을 손가락질했다. “저 우주선에 올라탄 천재들이 뭔가를 궁리해낸 거야. 그런데 내 주위엔 온통 멍청이들뿐이야.” 그가 함교를 이리저리 서성대기 시작했다. “어떻게 이런 일이 일어난 거지? 놈들은 천재들을 데리고 있는데, 나는 온통 멍청이뿐이야. 누가 나한테….”

"탐지기입니다!" 에스토르두가 갑자기 신음소리처럼 내뱉었다. "놈들은 저 탐지기와 샤피에론호를 초공간으로 연결한 게 틀림없습니다. 탐지기가 우리의 모든 움직임을 감시하고, 비자르를 통해 샤피에론호의 비행 제어 시스템의 정보를 계속 갱신하는 겁니다. 우리는 이제 샤피에론호를 떨쳐낼 방법이 없습니다."

브로귈리오가 그를 노려보다가, 함교 반대편에 있는 통신 담당자를 쳐다봤다. "우리는 지금 당장 우탄으로 도약해야 한다." 그가 단호하게 말했다. "지금 그쪽 상태는 어때?"

"생성기들이 동력을 채우고 대기 중입니다." 담당자가 그에게 말했다. "우탄의 조준 장치를 우리의 신호기에 고정해놨습니다. 그쪽에서는 당장에라도 이쪽에 포트를 던질 수 있습니다."

"하지만 저 탐지기가 우리와 함께 수송 시스템을 통과하면 어떡합니까?" 에스토르두가 말했다. "탐지기가 우리를 따라서 우탄에서 정상 우주로 나오면 비자르가 위치를 알게 될 겁니다. 그러면 우리의 목적지가 드러나게 됩니다."

"저 천재들은 이미 우리의 목적지를 짐작하고 있을 거야." 브로귈리오가 쏘아붙였다. "그렇다고 저들이 뭘 할 수 있는데? 우리는 우탄으로 다가오는 것들은 모조리 박살내서 원자로 만들어버릴 수 있어."

"그래도 우리는 아직 제블렌에 너무 가깝습니다." 에스토르두가 놀란 얼굴로 반박했다. "행성 전체를 마비시켜서… 모든 곳이 혼란 상태에 빠져들 겁니다."

"그래서 여기에 그냥 있자는 거야?" 브로귈리오가 경멸하는 투로 말했다. "저 탐지기가 경고에 불과하다는 사실은 아직 깨닫지 못했나? 다음에는 놈들이 터널을 통해 우리한테 폭탄을 보낼 거야." 그는 자신에게 반론을 제기하려면 해보라는 눈빛으로 함교를 돌아봤다.

아무도 나서지 못했다. 브로귈리오가 고개를 들어서 말했다. "선장, 지금 당장 넘어가, 우탄으로."

그 명령이 우탄으로 전달되었다. 몇 초가 채 지나기 전에 거대한 생성기들이 제블렌 수송선단 앞의 좁은 공간에 에너지를 쏟아부었다. 시공간의 구조가 접히고 휘어지고 부풀어 오르다 갑자기 우주 밖으로 수직으로 떨어졌다. 회전하는 소용돌이가 점점 커지며 다른 영역으로 가는 문이 열리기 시작했다. 처음에는 허공에 별빛이 엉킨 희미한 원처럼 보이다가, 점점 강하고 두툼해지고 뚜렷해지면서 서서히 넓어져 단조롭고 끝없는 암흑의 중심을 드러냈다.

바로 그때, 처음에는 내부에서부터 반대로 회전하는 빛의 굴절이 나타났다. 그 결과로 일어난 소용돌이들이 합쳐져서 어른거리다가 깜빡거리고, 시간과 공간의 섬유가 꼬이고 뒤엉켜 꿈틀거렸다. 뭔가가 잘못됐다. 포트가 불안정해지고 있었다. "무슨 일이야?" 브로귈리오가 물었다.

에스토르두가 미친 듯이 고개를 이리저리 돌리며 모니터들과 보고 자료들을 살펴봤다. "뭔가 포트의 형태를 변형시켜서… 장의 다면체를 허물고 있습니다. 이런 현상은 처음 봅니다. 비자르 외에는 이런 짓을 할 수 있는 존재가 없습니다."

"그건 불가능합니다." 다른 과학자가 소리쳤다. "비자르는 투사를 막을 수 없습니다. 제벡스가 다운되어서 이용할 수 있는 감지기가 없기 때문입니다."

"저건 투사를 막은 게 아닙니다." 에스토르두가 작은 소리로 말했다. "막았으면 포트가 형성되지 못했을 겁니다. 이건 뭔가 다른 짓을…." 그의 눈에 샤피에론호의 모습이 다시 들어왔다. "탐지기! 비자르가 탐지기를 이용해 입구 포트가 형성되는 모습을 지켜봤을 겁니다. 하지만 빔을 차단할 수 없으니, 우탄에서 투사된 블랙홀을 없애버리기 위해 거인별에서 상보적인 패턴의 블랙홀을 투사한 겁니다. 비자르가 수송 포트를 상쇄시키려는 겁니다."

"그건 불가능합니다." 다른 과학자가 항의했다. "단 한 대의 탐지기를 통해서는 그 정도로 높은 해상도를 얻어낼 수 없습니다. 이건 그냥 거인별에서 사실상 거의 보이지 않는 상태에서 겨누었을 겁니다."

"거인별과 우탄에서 투사한 동일한 용량의 빔이 구조적으로 상호작용을 일으킨 겁니다." 다른 과학자가 지적했다. "불안정한 공명 현상이 발생한다면 무슨 일이 일어날지 모릅니다."

"저게 불안정한 공명입니다." 에스토르두가 화면을 가리키며 소리쳤다. "제 말대로, 저건 비자르의 짓입니다."

"비자르는 우리를 위험에 빠트리지 않을 거야."

수송선 앞쪽에서 상대성이 뒤틀리고, 몸부림치고, 다중으로 연결된 커다란 소용돌이가 굽이쳤다. 각각 수 광년 떨어진 두 지점에서 투사한 거대한 에너지 덩어리가 물질화하고 중첩되어 충돌한 것이다. 소용돌이의 중심이 줄어들었다가 다시 커지고, 산산이 흩어졌다가 다시 모였다. 그런데 수송선은 여전히 그 중심을 향해 똑바로 나아가고 있었다.

브로귈리오는 과학자들의 이야기를 충분히 들었다. 브로귈리오가 고개를 들었더니 선장이 그를 바라보며 명령을 기다리고 있었다. 바로 그 마지막 순간에, 에스토르두의 모습이 그의 주의를 끌었다.

에스토르두는 이상한 표정으로 꼼짝 않고 가만히 서서 샤피에론 호의 영상을 응시하고 있었다. 그는 혼잣말을 중얼거렸는데, 주변의 상황을 모두 잊어버린 듯했다. "탐지기를 통한 초공간 연결." 그가 속삭였다. "바로 그 방법으로 비자르가 제벡스 안으로 들어간 거야." 전체적인 상황을 깨닫고는, 그의 눈이 커지며 얼굴이 하얗게 질렸다. "바로 그 방법으로… 제벡스에 전부 다 집어넣은 거야! 존재한 적이 없었어. 전혀, 아무것도. 놈들이 지금껏 내내 샤피에론호를 통해 그 짓을 한 거야. 우리는 무장도 하지 않은 우주선 한 척을 피해 도망치고 있는 거라고."

"무슨 소리야?" 브로귈리오가 매섭게 말했다. "왜 그런 얼굴을 하고 있어?"

에스토르두가 암울한 눈길로 그를 쳐다봤다. "존재하지 않아요…. 지구인의 공습 부대는 존재하지 않습니다. 존재한 적도 없었어요. 비자르가 샤피에론호를 통해 제벡스에다 그렇게 쓴 거예요. 모조리 조작이었어요. 내내 샤피에론 말고는 아무것도 없었어요."

선장이 위에서 내려다보며 말했다. "각하, 저희가 지금 반드시…." 그는 브로귈리오가 듣지 않는다는 사실을 알아채고는 말을 멈췄다. 그리고 잠시 망설이다 고개를 돌려 뒤쪽 어딘가에 대고 소리쳤다. "보정기 해제. 비상 추진 중단시키고, 전속력으로 후진. 회피 기능 계산해서 즉시 실행해."

"뭐…? 뭐라는 거야?" 브로귈리오가 얼굴을 돌려서 그의 뒤에 반원을 그리며 위축된 모습으로 서 있는 사람들을 바라봤다. "지금 지구인이 너희들 전부를 바보로 만들었다는 이야기야?"

위에서 억양이 없는 컴퓨터의 합성된 목소리가 나왔다.

"작동 불능. 작동 불능. 모든 수단 효과 없음. 비행선은 비가역적으로 가속 중. 현재는 변경이 불가능합니다. 반복합니다. 현재는 변경이 불가능합니다."

브로귈리오는 듣지 않았다. 시공간이 미친 듯이 뒤얽힌 매듭 속으로 뛰어들면서 그들 주변이 흐릿해지는 상황에서도. "이런 멍청이들!" 브로궐리오가 씩씩대며 말했다. 목소리가 커지고 걷잡을 수 없이 떨리기 시작했다. 그가 머리 위로 주먹을 치켜들었다. "멍청이! 멍청한 새끼들! 이 멍―청―이―들!"

*

"세상에, 수송선들이 그 안으로 곧장 들어갔어!" 샤피에론호의 사령실에 있는 모니터에 헌트가 놀라는 모습이 비쳤다. 중앙 스크린에는 32만 킬로미터 너머에서 아직도 제블렌 수송선단의 뒤꽁무니에 끈질기게 달라붙어 있는 탐지기가 보내오는 영상이 떠 있었다. 공포에 휩싸인 침묵이 사방에 내려앉았다.

"어떻게 된 거지?" 사령실 중앙에 있는 이샨이 조용히 물었다.

"진동하는 불안정성은 빔의 주파수대역에서 일어난 불일치로 인해 발생한 초공간 주파수 중첩과 관련된 게 분명합니다." 비자르가 대답했다. "그 영역에서 발생한 특성은 분석할 수 있는 범위를 넘어갑니다."

다른 모니터에서는 충격으로 입을 쩍 벌린 칼라자르가 이해가 되지 않는다는 듯 고개를 저었다. "이럴 의도는 절대로 아니었어." 그가 목멘 소리로 말했다. "왜 저들은 비행선을 돌리지 않은 거지? 포트를 이용하지 못하게 하려던 것뿐이었는데."

"조락, 주동력 끄고 감속해." 가루스가 무뚝뚝하고 감정이 없는 목소리로 지시했다. "정상 우주로 나가는 즉시 저 영역을 광학 스캔으로 살펴봐."

이제 휘몰아치는 빛과 암흑의 배경이 중앙 스크린을 꽉 채웠다. 다섯 개의 점이 그 앞에서 점차 작아져 가더니… 갑자기 혼돈이 그 점들을 삼켜버렸다. 탐지기가 수송선단을 따라가면서 혼돈이 빠르게 흐르는 것처럼 보였다. 그러다 샤피에론호의 압력장이 걷히고 조락이 우주선 자체의 광학 스캐너로 찍은 원거리 영상으로 변경하자 화면이 갑자기 바뀌었다. "불안정성이 가라앉고 있습니다." 비자르가 보고했다. "공명이 약해지면서 난류 회오리로 바뀌었습니다. 저기에 터널이 있었다면 함몰되었을 겁니다." 스크린에 뜬 영상에서는 포트의 형태가 소용돌이치는 빛의 파편들로 무너지며 빠르게 안으로 빨려들었다. 동시에 점점 작아지고, 희미해지고, 불그스름하게 바뀌었다. 그 부근의 별빛이 잠시 어른거리며 대격변이 일어났던 흔적을 보여줬다. 곧 그저 아무 일도 없었던 것처럼 모든 게 정상화되었다.

사령실은 한참 동안 완벽한 침묵에 휩싸여 있었다. 아무도 움직이지 않았다. 모니터에 비치는 지구인과 투리엔인은 우울한 표정이었다.

그때 비자르가 다시 말했다. 믿기지 않는다는 투가 역력한 목소리였다. "더 보고할 게 있습니다. 어떻게 그럴 수 있는 건지는 지금 제게 묻지 마세요. 하지만 그들이 터널을 통과한 것처럼 보입니다. 탐지기가 들어간 뒤로 터널이 닫히는 순간 송신한 내용이 들어왔는데, 마지막 신호를 보면 정상 우주로 재진입한 것 같습니다." 사령실에 놀라움이 가라앉기 전에, 중앙 스크린의 영상이 바뀌면서 탐지기가 마지막 송신한 영상이 나왔다. 대형이 흐트러진 제블렌인의 수송선 다섯 척이 일반적인 별들처럼 보이는 장식을 배경으로 확실히 정상 우주 같은 곳에 떠 있었다. 그리고 영상의 한쪽 구석에 보이는 조금 큰 점은 행성일 수도 있었다. 영상은 그 지점에서 멈췄다. "저기서 송신이 끊겼습니다." 비자르가 말했다.

"그들이 살아남은 거네?" 이샨이 더듬거리며 말했다. "저기가 어디야? 그들이 나간 곳이 우주의 어느 지점이야?"

"저는 모르겠습니다." 비자르가 대답했다. "제블렌인들은 우탄으로 가려 했던 게 틀림없지만, 무슨 일이든 일어날 수 있는 상황이었습니다. 지금 배경에 있는 별들과 우탄에서의 영상을 대조하고 있는데, 아마 시간이 좀 걸릴 겁니다."

"우리는 기다리는 위험을 감수할 수 없습니다." 칼라자르가 말했다. "우탄이 방어되어 있을지 몰라도, 거인별에서 예비 비행선들을 들여보내 브로귈리오가 우탄에 도착하기 전에 막아보겠습니다." 그가 잠시 기다렸지만, 아무도 반론을 제기하지 않았다. 칼라자르의 더욱 가라앉은 목소리로 말했다. "비자르, 예비 함대 지휘관을 연결해줘."

"우리가 여기서 할 수 있는 일은 이제 없습니다." 가루스가 매우 차분하고 침착한 목소리로 말했다. "조락, 기수를 제블렌으로 돌려. 거기서 투리엔인들이 도착할 때까지 기다릴 거야."

샤피에론호가 기수를 돌리는 동안, 거인별 항성계 외곽에서 조금 떨어진 곳에 블랙홀들이 열렸다. 예비로 대기하고 있던 투리엔의 비행선 소함대가 거기서 초공간으로 수송되어 우탄의 항성계 외곽에 다시 나타났다. 제블렌인의 장거리 정찰 장비가 거의 광속에 가까운 속도로 항성계 내부로 돌진하는 물체들을 감지했다. 우탄의 지휘관은 지구의 공습 부대 중 일부가 그쪽으로 기수를 돌린 것으로 판단하고, 몇 분이 채 지나기 전에 비상 신호용 주파수대역 전부를 통해 무조건 항복하겠다는 신호를 미친 듯이 보냈다. 투리엔인들은 몇 시간 후 우탄에 도착해서 아무런 저항 없이 행성을 장악했다.

그 결과는 예상 밖이었다. 그렇게 된 이유는 더욱 예상 밖이었다. 우려했던 것과 달리 브로귈리오의 비행선은 우탄이나 근처에 나타나지 않았다. 그들이 제블렌 근처에서 사라졌을 때, 우탄 관제소에서는 연결이 끊어지고, 그들이 어디로 이동했는지 찾을 수 없었다. 지도자가 없어진 상태였기 때문에, 우탄의 방어군은 싸우지도 않고 항복하기로 했다.

그렇다면 제블렌인의 수송선 다섯 척은 어디로 간 걸까? 비자르는 자신이 관할하는 우주 영역 안에는 어느 곳에서도 재등장하지 않았으며, 이전에 제벡스가 운영하던 수많은 행성에 작은 수송 포트를 투사해서 온갖 감지기와 장비를 장착한 탐색용 탐지기를 보냈지만, 수송선들은 그 중 어디에서도 발견되지 않았다고 보고했다. 수송선단은 은하계 내에 개척된 지역들에서는 완전히 사라진 것처럼 보였다.

투리엔인들은 우탄에서 다른 뭔가를 찾아냈다. 그 발견은 그들에게 충격과 혼란스러움을 안겨줬다. 그들이 발견한 것은 우주 공간에 일렬로 늘어서 있는 거대한 공학 구조물이었는데, 다양한 단계로 건설이 진행 중이었다. 각각의 물체는 한 면이 8백 킬로미터인 텅 빈 사각 형태였는데, 각 모서리에서 대각선으로 안쪽을 향해 뻗어 나간 막대로 지지되는 3백 킬로미터 지름의 구가 중앙에 있었다.

39

“전 이게 이해가 안 됩니다.” 우탄 근처에 떠 있는 투리엔의 비행선 안에서 밖을 내다보던 칼라자르가 말했다. “저것들은 우리가 설계했던 것과 똑같은 실물 크기의 사각수축기입니다. 제블렌인들은 저걸 수백 개나 건설하고 있었어요.”

“저도 모르겠습니다.” 칼라자르 옆에 서 있던 쇼음이 고개를 저으며 대답했다. “이해가 되지 않습니다.”

캐런 대사와 콜드웰, 단체커가 서로 눈길을 주고받았다. “사각수축기가 뭔가요?” 콜드웰이 물었다.

칼라자르가 한숨을 뱉었다. 더 이상 얼버무리는 건 소용이 없었다. “사각수축기는 우리가 태양계를 둘러싸기 위해 사용하려던 장치입니다. 명왕성 궤도에서 먼 거리에 떨어트려서 태양계 주변을 대략 구의 형태로 감쌀 수 있는 지점들에 배치할 예정이었습니다. 각각의 사각수축기는 그리드 안에서 초공간 장을 통해 주변에 있는 네 대의 사각수축기와 연결이 되어, 전체적으로 그 경계선에 시공간의 점진적인 변형을 일으켜서 외부로 나오지 못하도록 막는 중력 비탈을 형성하게 됩니다.

우리는 축소한 견본을 만들어서 시험한 적이 있습니다. 그리고 실제로 실물 크기로 몇 대를 만들기 시작했습니다만, 마지막 단계의 계획을 실행하기에는 아직 갈 길이 먼 상태였습니다." 칼라자르가 비행선 바깥의 모습을 손짓으로 가리켰다. "제블렌인들은 우리의 설계를 몰래 복제한 게 틀림없습니다. 그런데 그들의 프로그램은 우리보다 훨씬 앞서 있습니다. 저로서는 왜 그런 건지 이해가 되지 않습니다."

안경 너머로 눈을 껌뻑거리던 단체커가 그 수수께끼와 씨름을 하느라 눈살을 찌푸렸다. 그는 제블렌인과 관련된 모든 일을 둘러싸고 있던 양파껍질 같은 수수께끼의 마지막 껍질이 벗겨지기 직전인 것 같은 느낌이 들었다. 처음에는 지구의 공격성을 과장하고 나중에는 거짓 증거들을 만들면서, 제블렌인은 지구의 확장을 저지해야 하며 물리적인 감금이나 다름없는 조처를 해야 저지할 수 있을 거라고 가니메데인을 설득했다. 가니메데인은 아주 최근까지도 그 말을 믿고, 그에 따라 조치하는 데 필요한 준비에 들어갔다. 그런데 제블렌인은 그와 동일한 사업을 시작하면서 그 사실을 가니메데인에게 비밀로 했다. 왜지? 뭘 하려던 걸까?

단체커는 비자르가 샤피에론호의 사령실과 코네티컷의 스베렌센 사무실을 보여주는 영상을 바라봤다. 하지만 그 설명 뒤로 제시된 다른 의견은 없었다. 샤피에론호의 가니메데인들은 우주선 안의 중앙 스크린에 뜬 뭔가에 몰두하고 있었고, 다른 영상에서는 헌트의 뒤쪽과 그 방의 다른 쪽에 있는 모니터 주변에 모여 있는 다른 사람들이 보일 뿐이었다. 그 모니터는 샤피에론호에 연결되어 있었다. 양쪽 모두 흥분한 대화가 무수히 오갔지만, 무슨 일인지는 알 수 없었다.

"제블렌인이 똑같은 일을 자체적으로 계획했을 수 있나요?" 마침내 캐런 대사가 입을 열었다.

"무슨 이유로요?" 칼라자르가 물었다. "우리가 이미 그 계획을 진행하고 있었습니다. 그걸 통해 그들이 뭘 얻을 수 있었을까요?"

"시간?" 콜드웰이 의견을 냈다.

칼라자르가 고개를 저었다. "제블렌인에게 시간이 그렇게 중요했다면, 그들이 이 일에 쏟아부은 노력의 일부만 투여해도 우리의 프로그램을 좀 더 빨리 진행하도록 설득할 수 있었을 겁니다. 우리에게는 그들이 목표로 하는 어떤 일정보다 빠르게 해낼 수 있는 자원이 있으니까요."

프레누아 쇼음이 생각에 잠긴 얼굴로 말했다. "이상한 점이 또 있습니다. 몇 차례 우리가 그 프로그램의 속도를 올리려고 했을 때, 제블렌인은 지구의 확장 위험성을 깎아내리는 것처럼 보였었거든요. 그들은 우리에게 연구를 계속 진행하도록 하면서도, 제작은 그다지 서두르지 않는 듯했어요."

"제블렌인들은 관련된 전문 지식을 뽑아내고 있던 겁니다." 콜드웰이 투덜거렸다. "여러분보다 자신들의 계획을 훨씬 앞서가게 하려던 거겠죠." 그가 잠깐 말을 멈췄다가, 질문을 던졌다. "혹시 항성계 외에 다른 뭔가를 차단하는 일에 저걸 사용할 수도 있나요?"

"그럴 가능성은 거의 없습니다." 칼라자르가 대답했다. 그리고 곧 덧붙여서 말했다. "글쎄요, 비슷한 규모의 뭔가를 차단하는 일에 사용될 수 있을 것 같긴 합니다. 좀 더 작은 규모도 가능하겠죠."

"으음…." 콜드웰이 다시 생각에 잠겼다.

캐런 대사가 어깨를 으쓱하더니 양손을 들며 말했다. "제블렌인이 태양계를 막으려던 게 아니었다면, 뭔가 다른 걸 막으려고 계획했던 게 틀림없습니다…." 그녀의 목소리가 차츰 잦아들면서 갑자기 해답이 분명해졌다. 그녀에게도, 그리고 다른 모두에게도, 동시에.

칼라자르와 쇼음이 잠깐 동안 말없이 서로를 응시했다. "우리?" 마침내 칼라자르가 목멘 소리로 간신히 말했다. "투리엔인 말인가요? 제블렌인이 거인별을 막으려 했다고요?"

쇼음이 손을 들어 이마를 짚더니, 그 의미를 받아들이려 애쓰며 고개를 저었다. 콜드웰과 캐런 대사는 놀라서 할 말을 잃고 서 있었다.

단체커의 머릿속에 모든 일이 서서히 명확해졌다. "그래요!" 단체커가 소리쳤다. 그는 사람들이 모인 가운데로 걸어 나와서, 선 채로 잠시 자기 생각을 정리했다. 그러더니 열정적으로 머리를 끄덕이기 시작했다. "그래요!" 그가 다시 말했다. "받아들일 만한 설명은 그것뿐입니다." 단체커는 이때 그들이 동의해주기를 바라는 듯 기대에 찬 눈길로 사람들을 하나씩 바라봤다. 하지만 사람들은 우두커니 그를 쳐다보고만 있었다. 아무도 그가 무슨 이야기를 하려는 건지 이해하지 못했다. 단체커는 잠시 기다렸다가 설명했다. "저는 제블렌인이 그 오랜 시간 내내 강박적으로 람비아와 세리오스의 경쟁 관계에 집착해왔다는 생각을 전적으로 받아들인 적이 한 번도 없었습니다. 특히 그들이 가니메데인의 영향에 노출된 상태에서는요. 여러분은 그게 이상하게 생각되지 않았나요? 여러분 중에 그것보다는 더욱 깊은 뭔가가 있을 거라는 느낌을 받은 사람이 없었나요?" 단체커가 다시 질문을 던지듯 사람들을 쳐다봤다.

잠시 후 콜드웰이 말했다. "단체커 교수, 난 그렇게 생각하지 않았습니다. 왜죠? 하려는 이야기가 뭡니까?"

단체커가 입술을 축였다. "그건 흥미로운 생각입니다, 그렇지 않습니까? 수많은 세대의 제블렌인이 가고 오는 동안 변하지 않은 하나의 정체성이 사건의 배후에 계속 있었다는 생각 말입니다."

잠시 침묵이 흘렀다. 그때 캐런 대사가 깜짝 놀란 눈길로 그를 바라봤다. "제벡스? 이 모든 일의 배후가 그 컴퓨터라는 이야기를 하려는 건가요?"

단체커가 재빨리 고개를 끄덕였다. "제벡스는 오래전에 구축되었습니다. 제벡스의 창조자들, 즉 초기 람비아인의 후손들이 가지고 있던 무자비함과 야망이 제벡스의 기본 설계와 프로그램에 일종의 선천적인 질주 본능처럼 구현되지 않았을까요? 그리고 컴퓨터는 그런 야망을 실현하기 위해 제블렌인 권력자들을 도구로 이용하지 않았을까요? 하지만 만일 그렇다면, 제벡스는 투리엔인이 부과하는 제약을 자신을 가로막는 심각한 방해물이라 여겼을 겁니다."

콜드웰이 고개를 끄덕이기 시작했다. "제벡스는 어떻게든 투리엔을 치워버려야 했겠죠." 그가 동의했다.

"바로 그렇습니다." 단체커가 말했다. "하지만 너무 급하게 처리할 수는 없었습니다. 먼저 투리엔인들로부터 배워야 할 게 많았기 때문입니다. 그리고 정말로 교활한 부분은, 최후의 순간에 제블렌인이 투리엔인을 제거할 때, 투리엔인이 가진 독창성과 기술을 이용하려 했다는 사실입니다. 그런 후 훔친 가니메데인의 과학으로 무장하고, 제벡스를 지도자로 둔 제블렌인은 은하계를 자신들의 손에 넣었을 겁니다. 이 발달한 행성들과 즉시 수 광년을 건널 수 있는 기술을 생각해보세요. 그들은 탐사된 우주의 모든 부분에 대한 지배자가 되어서 자신들의 제국을 끝도 없이 확장했을 겁니다. 그리고 유일한 잠재적인 적은 아무것도 빠져나올 수 없는 중력 껍데기 안에 안전하게 갇혀있겠죠." 단체커가 옷깃을 움켜잡더니, 고개를 이리저리 돌리며 놀라워하는 주변 사람들의 표정을 읽었다. "마침내 우리는 그 배후에 무엇이 있었는지 알게 되었습니다. 그들이 공을 들여왔던 궁극적인 계획 말입니다. 아마도 그 계획은 미네르바에서부터 시작되었을 겁니다. 그리고 그들은 성공하기 직전이었어요!"

"그렇다면 우탄에 있는 무기들은…." 칼라자르가 머뭇거리며 말했다. 그는 이 엄청난 상황을 모두 이해하느라 아직도 버둥거리는 중이었다. "그 무기들은 투리엔인에게 사용하려던 게 아니었겠군요?"

"아마도 아닐 거라 생각합니다." 단체커가 말했다. "나중에 때가 되면 자신들의 확장에 힘을 보태기 위해 사용하려던 게 아닐까 합니다."

"네, 그리고 그 목록에 누가 가장 위에 있을지는 짐작이 되네요." 캐런 대사가 말했다. "그들은 람비아인이고, 우리는 세리오스인이니까요."

"당연히 그렇겠죠." 쇼음이 작은 소리로 말했다. "지구는 무방비 상태였을 겁니다. 제블렌인이 지구가 무장을 해제했다는 사실을 우리에게 감춘 것도 그 이유 때문이겠죠." 그녀는 내키지 않지만, 제블렌인의 솜씨를 인정할 수밖에 없다는 듯 고개를 천천히 끄덕였다. "그들은 정말 깔끔하게 처리했습니다. 처음에 제블렌인은 지구의 발전을 늦추면서 자신들은 점차 더 강해지고 더 많이 배웠습니다. 그러고 나서 그들은 갑자기 지구의 과학적 발견 속도를 가속시키더니, 그 결과를 교묘하게 조작해서 가니메데인의 도움을 받아 없애야 하는 위협으로 꾸며냈습니다. 그리고 마침내 그들은 자신들에 대한 위협을 제거했지만, 그 사실을 가니메데인에게 감추고, 대신 가니메데인에게 발전시키도록 했던 바로 그 기술을 가니메데인을 제거하는 수단으로 사용하려 했습니다. 그러고 나면 그들은 승리할 확률이 압도적인 상황에서, 아무런 방해 없이 세리오스인과의 오랜 원한을 풀 수 있었겠죠."

"우리는 전혀 가망이 없었을 겁니다." 콜드웰이 작은 소리로 말했다. 이번에는 진심으로 놀란 모양이었다.

"그리고 제블렌인은 태양계를 다시 소유했을 겁니다. 저는 그게 내내 그들의 첫 번째 목표였을 거라는 생각이 듭니다." 단체커가 말했다. "그들은 항상 태양계가 마땅히 자신들의 소유라고 여겼을 겁니다. 그리고 그들은 더 이상 가니메데인의 보조 역할을 할 필요가 없게 됩니다. 그들은 그 자리를 결코 우아하게 받아들이지 못했을 겁니다."

"모두 이해가 됩니다." 칼라자르가 체념한 듯한 목소리로 말했다. "그들이 왜 그렇게 끈덕지게 자치적으로 운영하고 자율적인 행성 집단을 이루려 했는지…, 그들에게 왜 자신들만의 우주를 관리하는, 비자르에게서 독립된 시스템이 필요했는지…." 그가 쇼음을 바라보며 고개를 끄덕였다. "이제 많은 일이 이해되기 시작합니다."

칼라자르는 잠시 침묵했다. 다시 입을 열었을 때 그의 목소리는 훨씬 가벼웠다. "이 모든 게 사실이라면, 다음에 처리해야 할 우리의 문제는 상당히 쉬울 것 같습니다. 이 문제의 뿌리가 제블렌인이 아니라 제벡스라면, 여하튼 그들에게는 희망이 있다는 뜻입니다. 불쾌한 징벌 조치는 필요하지 않을 겁니다."

쇼음이 먼 곳을 바라보는 듯한 눈빛으로 말했다. "네에…." 그녀가 천천히 말하며 고개를 끄덕이기 시작했다. "어쩌면, 적절한 도움을 줄 경우, 그들은 자신의 문명을 새로운 모형을 토대로 재구축하고, 지금의 상태에서 벗어나 성숙하고 온화한 종족이 될 수 있을지도 모르겠네요. 아직 전부를 잃어버린 건 아닌 것 같습니다."

"이번 일이 우리에게 긍정적인 목표와 성취해야 할 일을 주었습니다." 칼라자르가 더욱 의욕적인 목소리로 말했다. "그 모든 좌절에도 불구하고, 성공적인 결론에 이를 수 있을 겁니다. 쇼음이 말했듯이 전부를 잃어버린 건 아니니까요."

"에…, 지금 당장은 순전히 가설일 뿐입니다. 아시죠?" 단체커가 서둘러 말했다. "하지만 그 가설을 검증할 방법이 있을 겁니다. 모든 게 실제로 제벡스에서 비롯되었다면, 우리가 이야기해왔던 문제들의 기원을 제벡스의 오래된 자료실에 묻혀있는, 개념을 다루는 하부 네트워크에서 추적할 수 있을지도 모릅니다." 그가 칼라자르를 바라봤다. "여러분이 제블렌에 대한 완벽한 통제력을 갖게 된 뒤에, 통제된 방식으로 제벡스 일부분을 활성화시켜서 비자르에게 그 기록들을 샅샅이 조사하도록 할 수 있을 겁니다."

칼라자르가 바로 고개를 끄덕거렸다. "저도 그런 생각을 하고 있었습니다. 그 문제에 대해서는 이샨에게 이야기해야 할 겁니다." 그가 고개를 돌려 샤피에론호의 사령실 모습이 비치는 모니터를 바라봤다. "이샨은 아직 바쁜가요? 거긴 무슨 일이에요?"

모니터에는 사령실의 중앙 스크린 아래에 모여 있는 가니메데인들이 놀라워하는 모습이 비쳤다. 동시에 코네티컷의 모습을 비추는 다른 모니터에서 합창으로 외치는 고함이 터져 나왔는데, 방의 건너편에 있는 우탄의 투리엔 비행선에 연결된 단말기로 서로 급하게 달려오느라 헌트와 다른 이들이 부딪히는 모습이 보였다. 단체커와 칼라자르, 그리고 그들과 함께 있던 이들이 조금 전에 했던 대화를 잊고 놀란 눈으로 지켜봤다. 헌트가 모니터로 다시 돌아왔을 때는 너무 흥분한 탓에 거의 횡설수설에 가깝게 말했다. "우리가 그들을 발견했습니다! 조락이 행성을 재처리했는데, 이제 그들이 어디로 갔는지 알아요. 이건 불가능해요!"

단체커가 눈을 끔뻑이며 그를 쳐다봤다. "헌트, 대체 뭐라고 떠들어대는 거야? 부디 흥분을 가라앉히고, 자네가 하려던 말이 뭔지 쉽게 이야기해줘."

헌트가 약간의 노력을 기울여 자신을 추슬렀다. "제블렌 수송선 다섯 척 말이야. 그들에게 무슨 일이 일어났는지 알아냈어." 헌트가 말을 멈추고 숨을 고르더니, 고개를 돌려 그의 뒤에 있는 사람들 너머로 샤피에론호에 연결된 터미널 쪽을 향해 소리쳤다. "조락, 그 영상을 비자르한테 넘겨줄래? 그리고 비자르에게 그 영상을 우탄에 있는 비행선에 띄우라고 해줘." 단체커가 있는 비행선에, 터널이 닫히기 직전 샤피에론호의 탐지기가 송신한 제블렌 수송선의 마지막 모습이 담긴 영상이 나타났다. "받았어?" 헌트가 물었다.

단체커가 끄덕였다. "응. 이게 뭐야?"

"오른쪽 위의 구석에 있는 점이 행성이야." 헌트가 말했다. "우리가 조락에게 좀 더 잘 볼 수 있게끔 영상의 그 부분을 재처리해서 확대할 수 있겠냐고 했더니, 조락이 그렇게 해줬어. 우리는 그게 어느 행성인지 알아냈어."

"그래?" 단체커가 아리송한 표정을 짓더니 잠시 후에 물었다. "그게 어딘데?"

"언제냐고 묻는 게 더 나을 거야." 헌트가 그에게 말했다.

단체커가 인상을 찌푸리고 주위를 둘러봤더니, 다른 사람들도 자신만큼이나 혼란스러운 표정이었다.

"비자르, 사람들에게 그 부분을 보여줘." 헌트가 그들의 표정에 대답하듯 말했다.

즉시 점이 확대되더니 화면 전체를 꽉 채울 정도로 큰 원이 되었다. 별들 사이에서 밝게 빛나는 그 행성에는 구름층과 바다가 보였다. 해상도는 좋지 않았지만, 지표면의 대륙 윤곽은 알아볼 수 있었다. 칼라자르와 쇼음의 얼굴이 굳어졌다. 바로 그 즉시 단체커도 이유를 깨달았다.

단체커가 보고 있는 행성은 낯설지 않았다. 헌트와 마찬가지로, 그는 그 행성의 두 개의 거대한 빙원 사이에 끼어있는 모든 섬과 지협, 강어귀, 해안선을 무수히 살펴봤었다. 2년 전 휴스턴에서 월인에 대한 연구를 진행할 때의 일이었다. 단체커가 눈길을 돌렸다. 칼라자르와 쇼음은 여전히 두려운 침묵에 잠겨서 그 영상을 응시하고 있었다. 이제 콜드웰도 믿기지 않는다는 듯 눈이 동그랗게 커졌다. 단체커가 천천히 고개를 돌려 그들의 눈길을 따라 영상을 다시 봤다. 아직 그대로 거기에 있었다. 단체커는 상상도 못 했던 일이었다.

저 행성은 미네르바였다.

40

비자르와 우탄에 있는 투사기가 수 광년 떨어져 있는 상태에서 각기 동일한 시공간의 점에 대한 통제권을 두고 싸웠을 당시, 마지막 몇 초 사이에 어떻게 그런 일이 일어났는지 정확히 말해줄 수 있는 사람은 없었다. 많은 이들이 누구도 설명해줄 수 없을 거라 믿었다. 하지만 마침내 헌트는 캐런 대사와 노먼이 콜드웰과 이야기를 나누기 위해 휴스턴에 왔던 날, 폴 셸링이 했던 주장이 진실이었다고 받아들일 수밖에 없게 되었다. 우주 공간을 통한 순간이동의 가능성을 묘사한 가니메데인의 물리학 방정식은 시간을 통한 이동도 가능하게 만들어주는 공식이었다. 아무튼 제블렌인의 수송선 다섯 척은 수 광년의 공간과 수만 년의 시간을 거슬러 날아가 아직 미네르바가 존재하던 당시의 태양계에 내던져졌다. 가니메데인 과학자들이 배경에 있는 별들의 위치를 정밀하게 계산해서 그 시기를 고도로 정확하게 측정해냈다. 계산 결과 그 시점은 마지막 월인 전쟁이 일어나기 약 200년 전으로 밝혀졌다.

이는 그 행성에 기술적으로 훨씬 앞선 상태로 어느 날 갑자기 등장했던 람비아의 뛰어난 종족이 어디에서 왔는지를 설명해준다. 그리고 군사적인 대결을 그만두고 언젠가 지구로 이주하기 위해 건설적이고 협력적으로 일하기 시작했던 그 행성이, 왜 두 개의 경쟁국으로 나뉘어서 결국 서로를 파괴하게 되어버렸는지도 설명이 된다. 세리오스인은 가니메데인이 2천5백만 년 전 싣고 왔던 지구의 영장류에서 진화한 원주민이었다. 반면에 람비아인은 5만 년 미래의 제블렌에서 왔다. 람비아인은 어느 날 갑자기 등장한 게 아니었다. 그들은 '도착'했다.

이 문제는 과학자들에게 앞으로 여러 해 동안 논쟁할 수수께끼들을 잔뜩 남겨주었다. 예를 들자면, 람비아인은 어떻게 자신의 후손의 후손이 될 수 있었는가? 그들의 탐욕과 권력욕은 마침내 인류 전체의 특성이 아니라, 일개 집단의 특성인 것으로 드러났다. 하지만 그렇다면 그 특성은 어디에서 유래했는가? 제블렌인은 그 특성을 람비아인에게서 물려받았고, 람비아인은 그 특성을 미네르바에 도착한 제블렌인에게서 물려받았다. 그렇다면 그 특성은 언제, 어디에서 시작되었는가? 단체커는 뒤엉킨 시공간을 통과한 그들의 여행이 이 모든 일을 시작한 일종의 정신 이상을 초래했을 것으로 추측했지만, 이 문맥에 쓰인 '시작'이라는 단어가 '최소의 상태'를 의미하기에는 모호해서 그다지 만족스럽지 않았다.

제블렌인들이 미네르바에 돌아갔을 당시 그 뒤에 일어나게 될 사건들을 알고 있었을 것이라고 추정되었기 때문에, 또 다른 수수께끼가 생겼다. 제블렌인이 200년 후 일어날 전쟁과 투리엔인과 지낼 수천 년, 그리고 자신들이 비자르의 손에 의해 마침내 패배하리라는 사실을 알고 있었다면, 왜 그들은 그런 일이 일어나도록 나뒀을까?

그들은 뒤이어 일어날 일들을 바꿀 힘이 없었을까? 그렇지 않았을 것이다. 완전히 새로운 역사가 시간의 고리에 쓰여서 '그 이전'에 존재했던 뭔가 다른 역사를 지우고 대체한 걸까? 아니면 서둘러 도망가느라 기록을 거의 챙기지 못한 상태에서 일종의 스트레스로 인한 기억상실이 일어나 자신들이 누구인지, 어디서 왔는지 모르는 상태로 도착하는 바람에, 불변하는 순환 고리를 끝도 없이 다시 시작하는 운명에 처하게 된 걸까?

이런 의문은 투리엔인들에게도 자신들의 이론적인 연구의 한계를 벗어난 문제들이었기 때문에 해답을 알지 못했다. 어쩌면 언젠가 미래 세대의 가니메데인과 지구인 수학자와 물리학자가 그런 일에 담겨 있는 이상한 논리를 추론할 수 있는 날이 올 수도 있을 것이다. 하지만 어쩌면 아무도 알아내지 못할 수도 있었다.

그렇지만 지구인과 가니메데인, 제블렌인을 모두 당혹스럽게 만들었던 수수께끼 한 가지는 풀렸다. 달의 뒷면에서 고대의 가니메데인 통신 코드로 작성해서 송신한 첫 번째 메시지를 받아 비자르에게 직접 중계해준 중계기에 대한 수수께끼 말이다. 가니메데인은 그 중계기가 제블렌인이 놓아둔 장치라고 추측했고, 제블렌인은 투리엔인이 설치한 장비일 것으로 추측했었다. 그리고 당시의 상황 때문에, 어느 쪽도 상대방에게 이 문제에 대해 따질 수 없었다. 그리고 이제는 그게 파괴되어 버린 상황이라, 그 중계기를 조사할 방법이 없었다. 그렇다면 그 중계기는 무엇이었고, 어떻게 거기에 있었던 걸까?

그 해답은 제블렌인 수송선의 꽁무니를 따라 터널을 통과했던 탐지기일 수밖에 없었다. 그 탐지기는 자신의 모선에서 사용되는 통신 코드에 응답하도록 프로그램되었고, 투리엔에 초공간 연결 상태로 맞춰져 있었다. 쉴로힌의 과학자들이 마지막의 짧은 시간 동안 교환된 메시지의 로그를 분석한 결과, 터널이 닫히기 직전 그 탐지기는 샤피에론호의 다음 명령을 기다리는 수동 모드 상태였다는 사실이 밝혀졌다. 확실히 그 탐지기는 오랜 시간을 기다려왔다. 탐지기는 비자르가 제블렌 수송선을 쫓느라 가속시켰던 관성 때문에 미네르바 근처까지 날아가서 머물다가 태양으로부터 멀어져서 마침내 명왕성 너머에 있는 먼 궤도에 안정적으로 자리를 잡았다. 그리고 기다렸다. 그러다 마침내 자신이 이해할 수 있는 명령을 듣게 되었다. 그래서 그 메시지를 비자르에게 중계했다. 왜냐하면 비자르가 그렇게 하도록 지시를 내렸었기 때문이다. 탐지기는 그사이 5만 년의 시간이 지나갔을 거라는 사실은 알지 못했다.

그리하여 미네르바와 초기의 가니메데인, 람비아와 세리오스의 월인, 찰리와 코리엘, 지구와 호모 사피엔스, 그리고 거인별을 연결하는 하나의 원이 완성되었다. 이것은 그 자체의 끝에서 시작되는 원이었다. 그리고 그 과정 중에 제벡스와 브로귈리오, 람비아인은 확실히 그리고 영원히 과거에 붙박인, 깨지지 않는 순환 고리에 갇혀버렸다. 역설적이게도, 제블렌인이 갇힌 감옥은 자신들이 고안했던 장치보다 훨씬 더 탈출이 힘들었다.

부패한 요소가 사라지자, 결국 제블렌인들도 다른 곳에 있는 인류와 다르지 않은 존재라는 사실이 드러났으며, 협력적이고 낙관적인 새로운 분위기로 사회를 재건하는 일에 전력을 기울였다. 사회를 다시 세우는 일에는 사회적, 정치적 재구성뿐 아니라 육체적으로 힘든 노동도 많이 필요했는데, 이는 주로 브로귈리오가 화려하게 떠나면서 일으킨 중력 교란으로 발생한 홍수로 인해 광범위하게 파괴되었기 때문이었다. 그래서 칼라자르는 가루스를 제블렌 항성계의 임시 총독으로 임명해서 그 작업을 감독하고 조율하도록 했다. 제블렌은 앞으로 당분간 보호 관찰을 받을 것이다. 그리고 얼마간은 제벡스와 같은 형태로 행성 전체를 관할하는 시스템은 없을 것이다. 그럼에도 불구하고, 기획과 여타의 기능에는 광범위한 정보처리 능력이 필요했는데, 다행스럽게 적절한 크기의 기계가 있었다. 바로 조락이었다. 샤피에론호는 제블렌에 영구적으로 배치되었으며, 조락은 언젠가 행성 간의 네트워크의 규모로 커져서 비자르와 통합될 새로운 운영 네트워크의 핵심이 되었다.

또한, 일시적으로 컴퓨터 네트워크가 해체된 제블렌 행성은, 샤피에론호의 승무원들에게 2천5백만 년 떨어진 자신들의 문명을 대신해주고, 투리엔인의 방식에 적응하며 회복하기에 이상적인 환경을 제공해줬다. 동시에 그들은 가루스를 도와 행성을 재건하고 제블렌 정부의 새로운 체계를 시작하는 일에서 핵심적인 역할을 할 수 있었다. 그래서 가루스, 승무원들, 그리고 조락은 가치가 있는 일자리와 매력적인 미래, 그리고 다시 자신들의 고향을 갖게 되었다.

지구에서는 소브로스킨이 기존의 정권이 무너지고 남은 잔해에서 일어난 새로운 체제의 소련 외무부 장관이 되었다. 완전히 공개되지는 않을 게 분명한 크렘린 내부의 교묘한 음모를 거쳐, 베리코프는 외계 과학에 관한 자문관이 되었는데, 그는 외계인으로서 처음으로 지구의 시민권을 신청하고 부여받는 역사를 남겼다.

미국 국무부에서는 패커드 장관이 한 팀을 이끄는 수장으로 캐런 대사와 노먼을 임명했는데, 그 팀은 1세기 이상 악화된 동서 국가들 사이에 놓인 의심의 장벽을 무너뜨리고, 신흥 제3세계의 천연자원과 인적 자원, 미국과 소련의 경제적, 산업적 능력을 통합시켜 보편적인 번영의 시대를 세울 정책의 초안을 마련하는 일을 하게 될 것이다. 그리고 1차 세계대전을 재촉하고, 히틀러의 등장과 볼셰비키 혁명에 자금을 댔으며, 최근에 일어난 중동과 동남아 사태를 만들고, 전 세계를 부추겨서 핵무기 경쟁을 통해 자신들의 협박자금을 조성했고, 그 외에도 제벡스 내부에 아주 자세히 기록된 흥미로운 짓들을 수없이 저질렀던 국제 조직 네트워크를 영구적으로 해체하는 작업은 잘 진행되었다.

UN은, 이 국제기구를 교묘하게 조종해서 세계 권력이 중심이 되도록 하고, 이를 제블렌인의 손아귀에 고스란히 넘겨주려던 세력들을 숙청했다. UN은 앞으로 지구를 항성 간 공동체 안에 자리 잡을 수 있도록 하기 위한 기관으로 재구성하기로 했다. UN은 그 공동체 안에서 중요한 역할을 하게 될 것이다. 그 공동체에는 벤슨 요원, 쉬어러 대령, 소브로스킨의 장군들 같은 사람들도 여전히 해야 할 역할이 있었다. 가니메데인은 과학과 기술이 있더라도, 강력하고 적절한 군사력 역시 보유해야 한다는 지혜를 배웠다. 아직 탐사되지 못한 은하계에는 얼마나 더 많은 브로길리오가 있을지 알 수 없기 때문이었다.

그런 날이 오긴 하겠지만, 여전히 먼 미래였다. 그사이에 준비를 하면 된다. 행성 전체를 재교육하고, 자연 과학의 체계 전체를 다시 잡고, 최신으로 끌어올려야 한다. UN 우주군은 항해통신본부를 콜드웰이 지휘하는 새로운 상위 조직에 통합하기 위한 임시 계획을 세웠다. 콜드웰은 워싱턴으로 옮겨가 가니메데인의 기술을 고려한 우주 프로그램의 장기 계획을 다시 작성하는 거대한 업무를 시작하고, 지구의 통신망 중 일부를 선별해서 비자르에 접목하기 위한 연구도 추진할 것이다. 헌트는 새로운 조직의 부국장이 될 것이다. 그리고 단체커는 외계 생물학과 외계 진화 체계를 가진 수많은 외계 행성에 제한 없이 접근할 수 있다는 전망에 자극받아서 외계생물과학 연구소의 소장으로 오라는 제안을 수락했다. 적어도 그게 단체커가 워싱턴으로 가고 싶어 하는 이유이긴 했다. 당연히 콜드웰은 조직표에 린을 위한 자리도 마련해두었다.

하지만 전쟁의 진짜 영웅은 다른 누구도, 다른 어떤 것도 대신할 수 없는 비자르였다. 칼라자르는 비자르가 우탄을 장악해서 그 행성을 배타적으로 운영하는 것에 동의해줬다. 비자르가 독립적인 정책을 누리고, 그 과정에서 스스로 세운 방법과 계획을 통해 자신만의 독특한 지성을 더욱 발전시킬 수 있도록 자유를 준 것이었다. 하지만 비자르가 창조자와 연결된 관계는 절대 끊어지지 않을 것이다, 그리고 수년, 수백 년 내에 은하계로 뻗어가는 확장에서는 이미 강력한 조합이라는 사실이 증명된 인간과 가니메데인, 그리고 유기적, 비유기적인 직관과 능력이 동일하게 연합할 게 틀림없다.

에필로그

워싱턴 D.C.에서 몇 킬로미터 떨어진 메릴랜드주의 앤드루 공군 기지 비행장 한쪽으로, 검은 리무진 행렬이 천천히 접근하다가 줄지어 서 있는 외국 대사들과 의장대 앞에 멈췄다. 날씨는 화창하고 맑았다. 기지의 담장을 둘러싸고 바깥을 가득 메운 수천 명의 군중은 이상하게 조용했다.

보닛에 대통령 기장을 휘날리는 리무진 뒤에 있는 두 번째 리무진에서, 어쩐지 약간 어색하고, 공식적인 느낌이 드는 검은 핀스트라이프 스리피스 정장에 빳빳한 소매와 옷깃, 단단히 조인 넥타이를 한 헌트가 내렸다. 그리고 운전기사가 문을 잡은 사이 그의 뒤로 내리는 린을 도와줬다. 헌트와 비슷하게 차려입었지만, 전혀 그렇게 보이지 않는 단체커가 다음에 내렸다. 뒤이어 콜드웰과 UN 우주군 임원들이 내렸다.

헌트는 주위를 둘러보다가, 멀리 눈에 띄지 않는 곳에 대기 중인 비행기들 사이로 퍼셉트론호가 눈에 들어왔다. "집에 돌아온 것 같지가 않아, 그렇지 않아?" 헌트가 말했다. "나무판자로 막은 창문이 하나도 없어. 눈 조금이랑 주변에 산도 좀 있어야겠어."

"당신이 감상적인 사람일 줄은 전혀 몰랐어." 린이 말하며 고개를 들어 하늘을 봤다. "파란 하늘과 무성한 녹색. 난 여기가 좋아."

"내 생각엔 말이야, 낭만적인 사람은 옛날을 그리워하지 않아." 단체커가 말했다.

린이 고개를 끄덕였다. "이리저리 온갖 곳을 엄청나게 날아다녀 봤는데, 맥클러스키 기지만은 다시 보고 싶지 않아요."

"조만간 당신을 훨씬 멀리 보내야 할지도 몰라요." 콜드웰이 푸념하듯 말했다.

그들의 바로 앞의 차에 타고 있는 소련 서기장과 사절단은 아직 내리지 않았지만, 그 앞에 미국 대통령과 수행원들이 모여 있었다. 캐런 대사와 노먼이 일행들에서 떨어져 나와 뒤쪽으로 걸어왔다. "자, 이런 분위기에 적응하셔야 할 겁니다." 노먼이 손을 흔들며 말했다. "당분간은 여기가 여러분의 새로운 안식처가 될 거예요. 저는 여러분이 앞으로 여기를 사설공항처럼 느끼게 될 거라는 생각이 들어요. 여러분은 이제 무척 바빠질 겁니다."

"방금 그 이야기를 하던 중이었어요." 린이 말했다. "헌트는 맥클러스키 기지가 더 좋대요."

"언제 워싱턴 D.C.로 옮겨올 계획인가요?" 캐런 대사가 물었다.

"아직 적어도 몇 달은 걸릴 겁니다." 콜드웰이 대답했다.

캐런 대사가 단체커를 바라보며 말했다. "우리가 가장 먼저 해야 할 일은 어딘가에 가서 만찬을 즐기는 거겠죠, 단체커 교수님. 알래스카의 매점에서 먹었던 식사들에 대해 보상을 해야죠."

"훌륭한 제안이네요." 단체커가 대답했다. "저도 전적으로 동의

합니다." 린이 헌트의 옆구리를 쿡 찔렀다. 헌트가 다른 데를 쳐다보며 활짝 웃었다.

노먼이 손목시계를 힐끗 본 후 어깨너머를 바라봤다. 소브로스킨이 앞에 있는 차에서 소련 일행들을 이끌고 내렸다. "거의 시간이 되었네요." 노먼이 말했다. "이동하는 게 좋겠습니다." 그들은 앞으로 가서 소련 파견단과 합류했다. 그들은 모두 행사 전에 주빈용 라운지에서 만났었다. 일행 전체가 이동해서 리무진 행렬 앞에 있는 대통령과 수행원들에 합류했다. 그들이 잠시 멈추자 소브로스킨이 노먼에게 다가왔다. "친구, 그 날이 왔네요." 그가 말했다. "아이들은 다른 별 아래에 있는 다른 세계를 보게 될 겁니다."

"제가 이런 모습을 당신이 보게 될 거라고 했잖아요." 노먼이 말했다.

패커드 장관이 궁금한 눈빛으로 노먼을 바라봤다. "그게 무슨 뜻인가요?" 그가 물었다.

노먼이 미소를 지으며 말했다. "사연이 깁니다. 언젠가 시간이 되면 말씀드릴게요."

패커드 장관이 고개를 돌려 콜드웰을 바라봤다. "음, 적어도 이번에는 어떤 일이 일어날지 예상할 수 있겠군요, 콜드웰. 난 그런 곳에서는 절대로 못 살 것 같아요."

"걱정하지 마십시오." 콜드웰이 그에게 말했다. "우리도 대체로 장관님과 별로 다르지 않아요."

일행은 기지의 광장을 향해 걸어가다 다시 멈췄고, 패커드 장관을 포함한 맥클러스키 기지 팀이 직사각 모양으로 정렬했다. 가장 앞에는 미국과 소련 지도자들이 나란히 서고, 그들 뒤로 노먼과 소브로스킨이 양국의 대표단을 이끌고 섰다. 그리고 UN 우주군과 뒤쪽에 정렬된 나머지 차량에서 내린 사람들이 섰다. 모든 사람의 얼굴이 위를 향한 채 기다렸다. 그때 갑자기 기지 전체를 가로지르고, 바깥에 있는 군중을 훑고 지나가는 흥분의 물결이 느껴졌다.

우주선이 구름 한 점 없는 파란 하늘에서 점점 커지며 희미한 점처럼 보이기 시작했다. 점이 차츰 커지더니 햇빛을 받아 반짝거리며 밝은 은색 광채처럼 보이다가, 우아한 곡선을 이룬 모서리가 양쪽 끝에 있는 바늘 끝 같은 기관실로 합쳐지는 가느다란 V자 형태로 보였다. 우주선은 계속 점점 더 커졌다.

헌트는 선체를 따라 돌출된 부분들이 보이기 시작하자 입을 쩍 벌렸다. 우주선의 아래쪽에 있는 보조 덮개와 유선형 구조물, 돔, 회전식 포탑들이 서서히 순차적으로 자세한 모습을 드러내면서 처음으로 우주선의 엄청난 크기가 실감 났다. 그의 양쪽과 뒤쪽에서도 놀라워하는 소리가 터져 나왔다. 바깥의 군중들은 너무 놀라 마비가 된 듯했다. 우주선의 길이는 최소한 수 킬로미터…, 아니 수십 킬로미터는 될 것 같았다. 정확히 확인할 방법이 없었다. 우주선은 그들의 머리 위에서 점점 커지더니, 신화 속의 거대한 새처럼 하늘의 절반을 가렸다. 메릴랜드주를 통째로 덮을 수도 있을 것 같았다. 하지만 우주선은 아직도 성층권 혹은 그보다 높은 상공에 떠 있었다.

헌트는 이미 투리엔인의 동력 생성기를 봤었고, 그 크기가 수천 킬로미터라는 이야기를 들었지만, 그건 비교할 게 전혀 없는 텅 빈 우주에서였다. 그래서 당시 헌트의 감각은 직접 대면하는 충격을 받지 않았고, 그의 상상력만이 그 숫자들이 의미하는 바를 이해하려 낑낑댔었다. 이번에는 달랐다. 그는 지금 나무와 건물, 그리고 익숙한 세상을 이루는 모든 것들에 둘러싸인 상태로 지구 위에 서 있었다. 그 안에 저런 게 밀고 들어오는 일은 없었다. 이쪽 지평선에서 저쪽 지평선까지의 거리조차도, 설령 그 거리가 똑바로 다 보이지 않는다 해도, 허용 가능하게 적용된 규칙들과 어쩔 수 없는 한계로 정의된 시각을 설정해서 의식 없이 지각할 수 있다. 투리엔인의 우주선은 이런 체계에 맞지 않았다. 저 우주선은 알려진 모든 규칙을 파괴하고, 일반적인 한계를 무의미하게 만들어버리는 다른 규모의 질서에 속했다. 그는 바로 앞에 놓인 발톱의 의미를 이제 막 깨달은 벌레나, 바다를 언뜻 바라본 미생물이 된 느낌이 들었다. 그의 머릿속에는 저런 것을 수용할 수 있는 모델이 없었다. 그의 감각은 그가 본 것을 전체적으로 받아들이지 않으려 저항했다. 그의 두뇌는 평생 저장해왔던 경험 안에서 다룰 수 있던 것들과 저것을 화해시켜보려 애썼지만 되지 않았고, 결국 포기했다.

마침내 우주선의 아랫면에서 이동하는 한 개의 불빛이 그의 시야를 가로지르며 움직이자, 헌트는 최면 상태에서 깨어났다. 그의 주변에서 꼼짝도 못 하고 얼어붙었던 다른 사람들도 그 불빛을 보면서 술렁대기 시작했다. 뭔가가 내려오기 시작했는데, 벌써 우주선보다 상당히 가까워진 상태였다. 그 불빛은 한참 동안 하강한 후에야 겨우 모습을 알아볼 수 있었다. 불빛은 빠르고 조용히 기지의 중심을 향해 곧장 내려왔는데, 위쪽에 두 개의 낮고 날카롭게 기울어진 날개 외에는 전체적으로 매끄러우며, 납작하고 매우 가는 타원형의 금빛 비행선이었다. 비행선이 소리 없이 가까운 거리에 착륙했다. 뾰족한 부분이 헌트와 다른 사람들이 서 있는 곳을 향하고 있었다. 약 10여 초 동안 어떤 소리나 움직임도 없이 완벽한 정적 상태가 기지를 덮었다.

그때 비행선 앞쪽의 아랫면이 서서히 아래를 향해 열리며 넓고 얇은 경사로가 땅 위로 펼쳐졌다. 경사로에서 선체로 들어가는 부분은 밝은 노란색 불빛 때문에 잘 보이지 않았다. 린이 손으로 더듬어 헌트를 찾더니, 불빛 밖으로 2.5미터 장신의 형태가 십여 명 보이기 시작하자 헌트를 꽉 움켜쥐었다. 그들이 경사로를 내려오기 시작했다. 경사로의 아래에 내려온 그들은 멈춰 서서 지구인이 줄 서서 기다리고 있는 모습을 바라봤다.

가운데에 선 사람은 칼라자르였다. 그의 익숙한 짧은 은색 망토와 녹색 튜닉 덕분에 쉽게 알아볼 수 있었다. 그의 한쪽에는 프레누아 쇼음, 포르딕 이샨, 그리고 이샨의 부관 모리잘이 섰고, 다른 쪽에는 가루스와 쉴로힌, 몬카르, 그리고 샤피에론호에 있던 다른 가니메데인들이 서 있었다. 그들의 밝은 회색 피부는 좀 더 진하고, 상대적으로 약간 덩치가 작은 투리엔인들과 구별되었다. 맥클러스키 기지 팀은 이 순간을 오랫동안 기다렸다. 퍼셉트론호가 착륙한 뒤 그들이 처음 주저하며 그 비행선에 들어갔을 때, 그들은 투리엔인을 보지 못했고, 수 광년 떨어진 곳에서 송신된 신경 자극을 통해 만났었다. 이번에 저 투리엔인들은 진짜였다.

뒤에서 관악대가 곡을 연주하기 시작했다. 아직도 머리 위의 하늘을 가득 채운 엄청난 광경에 여전히 사로잡혀 있는 군중은 조용했다. 가니메데인들이 질서정연하게 신중하고 품위 있는 자세로 다시 움직이기 시작하자, 콜드웰이 맥클러스키 기지 팀을 이끌고 중간 지점으로 가서 그들을 만났다.

"가끔은 약간 무서운 생각도 들어. 하지만 난 지구가 해낼 거라 믿어." 그들이 움직이기 시작할 때 린이 속삭였다.

"당신은 마치 모든 게 끝난 것처럼 이야기하네." 헌트가 그녀에게 속삭였다. "이제 시작일 뿐이야."

그랬다. 이것은 가니메데인에게는 수천 년 동안 해왔던 업무의 끝이었고, 제블렌 주민들에게는 정신과 목표가 바뀌는 변화였고, 비자르에게는 존재의 새로운 단계였다. 하지만 호모 사피엔스에게는 완전히 새로운 시작이었다.

별의 계승자들이 이제 그 상속권을 주장하려 한다.

〈4권 계속〉

부록

십자말 퍼즐 정답

SHANNON DECODE
W N U O L R R
INNOCENT BEACON
N I L A T C H I
DEEPEND EXTREME
L A D S R S
EULER INTRO T
O R C D M R
G EXTRA APART
A A I T G H
AFRICAN ANNULAR
R I T G F E O U
RETAIN DISTRESS
A H O L I S T
YEMENI ENCASES

옮긴이 **최세진**

SF 전문번역가. 옮긴 책으로 《리틀 브라더》, 《홈랜드》, 《크로스토크》, 《우주복 있음, 출장 가능》, 《화재감시원》(공역), 《여왕마저도》(공역), 《계단의 집》, 《마일즈 보르코시건: 바라야 내전》, 《마일즈 보르코시건: 남자의 나라 아토스》, 《SF 명예의 전당 2: 화성의 오디세이》(공역), 《SF 명예의 전당 3: 유니버스》(공역), 《제대로 된 시체답게 행동해!》(공역) 등이 있다.

별의 계승자

③ 거인의 별

초판 1쇄 발행 2018년 1월 25일
초판 3쇄 발행 2022년 6월 20일

지은이 제임스 P. 호건
옮긴이 최세진
펴낸이 박은주
편집장 최재천
편집 설재인
디자인 김선예, 서예린, 오유진
마케팅 박동준

발행처 (주)아작
등록 2015년 9월 9일(제2021-000132호)
주소 04050 서울특별시 마포구 양화로 156 LG팰리스빌딩 1428호
전화 02.324.3945-6 **팩스** 02.324.3947
이메일 decomma@gmail.com
홈페이지 www.arzak.co.kr

ISBN 979-11-6668-695-5 04840
979-11-87206-66-8 04840 (세트)

책 값은 표지 뒤쪽에 있습니다.
잘못 만들어진 책은 구입하신 서점에서 교환해 드립니다.